GOLDMANN

Buch

Die Filme *Krieg der Sterne, Das Imperium schlägt zurück* und *Die Rückkehr der Jedi-Ritter* gehören zu den größten Leinwanderfolgen aller Zeiten. Jetzt setzt Hugo-Preisträger Timothy Zahn nach *Erben des Imperiums* und *Die dunkle Seite der Macht* die epische Saga von Luke Skywalker, Prinzessin Leia, Han Solo und ihren Gefährten und Gegnern mit einem neuen Band fort.

Die entscheidende Großoffensive gegen die Neue Republik ist in vollem Gange, und niemand weiß, wie lange die Rebellen den Attakken von Großadmiral Thrawns Klon-Soldaten standhalten können. Und während immer mehr Rebellenplaneten fallen, machen sich Luke Skywalker und Han Solo mit einigen Gefährten auf den Weg nach Wayland, dem Kloning-Zentrum des Imperiums. Doch dort treffen sie auf den Jedi-Meister C'baoth, der sich zum Herrscher des Imperiums ausgerufen hat. Es kommt zum mörderischen Entscheidungskampf. Und zu spät erkennt Luke, daß ihn der Jedi-Meister in eine tödliche Falle gelockt hat…

Das letzte Kommando – der dritte und letzte Teil von Timothy Zahns weltweit erfolgreicher Star-Wars-Fortsetzung.

Autor

Timothy Zahn gehört zu den populärsten Stimmen der modernen Science-fiction. Er hat dreizehn Romane sowie eine Vielzahl von Erzählungen geschrieben und wurde unter anderem mit dem »Hugo Award« ausgezeichnet. Timothy Zahn lebt in Oregon.

Bereits erschienen

Die Star-Wars-Saga: Krieg der Sterne / Das Imperium schlägt zurück / Die Rückkehr der Jedi-Ritter. Drei Romane in einem Band (23743)

Timothy Zahn: Star Wars. Krieg der Sterne – Erben des Imperiums (41334)

Timothy Zahn: Star Wars. Krieg der Sterne – Die dunkle Seite der Macht (42183)

L. Neil Smith: Star Wars. Lando Calrissian – Rebell des Sonnensystems (23684)

TIMOTHY ZAHN

STAR WARS®

DAS LETZTE KOMMANDO

Aus dem Amerikanischen
von Thomas Ziegler

GOLDMANN VERLAG

Die Originalausgabe erschien unter dem Titel
»Star Wars. The Last Command«
bei Bantam Books,
a division of Bantam Doubleday Dell Publishing Group, Inc.

Umwelthinweis:
Alle bedruckten Materialien dieses Taschenbuches
sind chlorfrei und umweltschonend.
Das Papier enthält Recycling-Anteile.

Der Goldmann Verlag
ist ein Unternehmen der Verlagsgruppe Bertelsmann

Deutsche Erstveröffentlichung 5/94

Umschlaggestaltung: Design Team München
unter Verwendung einer Illustration von Tom Jung
Satz: IBV Satz- und Datentechnik GmbH, Berlin
Druck: Elsnerdruck, Berlin
Verlagsnummer: 42415
SN · Herstellung: Peter Papenbrok
Made in Germany
ISBN 3-442-42415-1

7 9 10 8

Für alle, die geholfen haben,
diese Bücher zu ermöglichen,
vor allem
Anna Zahn
Betsy Mitchell
Lucy Autrey Wilson
und, natürlich, für den Mann,
mit dessen Vision alles begann,
George Lucas

1

Der imperiale Sternzerstörer *Schimäre* glitt durch den tiefen Weltraum, den mächtigen pfeilförmigen Rumpf auf den trüben Stern seines Zielsystems gerichtet, drei Tausendstel eines Lichtjahrs entfernt. Und bereitete sich auf die Schlacht vor.

»Alle Systeme sind gefechtsbereit, Admiral«, meldete der Kommoffizier vom backbord gelegenen Mannschaftsstand. »Die ersten Klarmeldungen des Geschwaders treffen bereits ein.«

»Sehr gut, Lieutenant«, nickte Großadmiral Thrawn. »Informieren Sie mich, sobald sich alle gemeldet haben. Captain Pellaeon?«

»Sir?« sagte Pellaeon und forschte im Gesicht seines Vorgesetzten nach Anzeichen des Stresses, unter dem der Großadmiral stehen mußte. Dies war schließlich nicht nur ein weiterer taktischer Schlag gegen die Rebellion – nicht nur eine unbedeutende Raumschlacht oder gar ein komplexer, aber direkter Blitzangriff auf irgendeine unwichtige planetare Basis. Nach fast einem Monat fieberhafter Vorbereitungen trat Thrawns meisterhafter Feldzug für den Endsieg des Imperiums in die entscheidende Phase.

Aber wenn der Großadmiral nervös war, ließ er es sich nicht anmerken. »Beginnen Sie mit dem Countdown«, befahl er Pellaeon mit so ruhiger Stimme, als würde er eine Mahlzeit bestellen.

»Jawohl, Sir«, sagte Pellaeon und drehte sich zu der Gruppe Hologestalten um, die auf ein Viertel ihrer natürlichen Größe reduziert vor ihm im Hologrammgürtel der Achternbrücke der *Schimäre* standen. »Meine Herren: die Startzeiten. *Kriegslust*: drei Minuten.«

»Verstanden, *Schimäre*«, nickte Captain Aban, und seiner korrekten militärischen Haltung gelang es nicht ganz, seinen Eifer, diesen Krieg zurück zur Rebellion zu tragen, zu verbergen. »Gute Jagd.«

Das Holobild verblaßte und verschwand, als die *Kriegslust* ihre Deflektorschirme hochfuhr und die Fernverbindung unterbrach. Pellaeon richtete seine Aufmerksamkeit auf das nächste Bild. »*Erbarmungslos*: vierkommafünf Minuten.«

»Verstanden«, sagte Captain Forja, schlug mit der rechten Faust in die linke Hand, ein uraltes Mirshaf-Siegeszeichen, und verschwand aus dem Hologrammwürfel.

Pellaeon warf einen Blick auf seinen Datenblock. »*Vollstrecker*: sechs Minuten.«

»Wir sind bereit, *Schimäre*«, sagte Captain Brandei mit leiser Stimme. Leise und mit einem unpassenden Unterton...

Pellaeon sah ihn stirnrunzelnd an. Auf ein Viertel der Originalgröße reduzierte Holos zeigten nicht viele Einzelheiten, aber trotzdem ließ sich Brandeis Gesichtsausdruck mühelos lesen. Es war der Ausdruck eines Mannes, der nach Blut lechzte.

»Dies ist ein Krieg, Captain Brandei«, sagte Thrawn und trat lautlos an Pellaeons Seite. »Keine Gelegenheit für einen persönlichen Rachefeldzug.«

»Ich kenne meine Pflicht, Admiral«, erwiderte Brandei steif.

Thrawns blauschwarze Augenbrauen wölbten sich leicht. »Ja, Captain? Kennen Sie sie tatsächlich?«

Langsam, widerwillig, erlosch das Feuer in Brandeis Gesicht. »Jawohl, Sir«, murmelte er. »Meine Pflicht gilt dem Imperium und Ihnen und den Schiffen und Mannschaften unter meinem Kommando.«

»Sehr gut«, sagte Thrawn. »Mit anderen Worten, den Lebenden. Nicht den Toten.«

Brandeis Zorn glühte noch immer, aber er nickte pflichtbewußt. »Jawohl, Sir.«

»Vergessen Sie das nie«, warnte ihn Thrawn. »Das Kriegsglück ist launisch, und ich kann Ihnen versichern, daß die Rebellion für die Zerstörung der *Gebieter* bei dem Scharmützel um die *Katana*-Flotte bezahlen wird. Aber im Kontext unserer Gesamtstrategie. Nicht als Teil eines privaten Rachefeldzugs.« Seine glühenden roten Augen verengten sich. »Ganz gewiß nicht dem eines Captains, der unter meinem Kommando steht. Ich denke, ich habe mich klar genug ausgedrückt.«

Brandeis Wange zuckte. Pellaeon hatte den Mann nie für brillant gehalten, aber er war klug genug, eine Drohung zu erkennen, wenn er sie hörte. »Überaus klar, Admiral.«

»Gut.« Thrawn musterte ihn noch einen Moment länger und nickte dann. »Ich nehme an, Sie haben Ihre Startzeit bereits erhalten?«

»Jawohl, Sir. *Vollstrecker* Ende.«

Thrawn sah Pellaeon an. »Machen Sie weiter, Captain«, sagte er und wandte sich ab.

»Jawohl, Sir.« Pellaeon studierte seinen Datenblock. *»Nemesis...«*

Er beendete die Liste ohne weitere Zwischenfälle. Als das letzte Holobild verschwand, traf auch die letzte Klarmeldung ihres eigenen Geschwaders ein.

»Wir scheinen gut im Zeitplan zu liegen«, stellte Thrawn fest, als Pellaeon auf seine Kommandostation zurückkehrte. »Die *Sturmfalke* berichtet, daß die Leitfrachter pünktlich gestartet sind und ihre Schleppkabel richtig funktionieren. Und wir haben gerade einen Notruf aus dem Ando-System aufgefangen.«

Die *Kriegslust* und ihr Geschwader hielten den Zeitplan ein. »Irgendeine Antwort, Sir?« fragte Pellaeon.

»Die Rebellenbasis auf Ord Pardron hat den Empfang bestätigt«, erklärte Thrawn. »Es wird interessant sein festzustellen, wieviel Hilfe sie schicken.«

Pellaeon nickte. Die Rebellen kannten Thrawns Taktik inzwischen gut genug, um davon auszugehen, daß Ando eine Finte war, und entsprechend zu reagieren. Aber andererseits konnten sie es sich auch nicht leisten, ein Angriffsgeschwader zu ignorieren, das aus einem imperialen Sternzerstörer und acht Dreadnaughts der *Katana*-Flotte bestand.

Nicht daß es irgendeine Rolle spielte. Sie würden ein paar Schiffe nach Ando schicken, um die *Kriegslust* zu bekämpfen, und ein paar weitere nach Filve, um die *Vollstrecker* zu bekämpfen, und noch ein paar nach Crondre, um die *Nemesis* zu bekämpfen, und so weiter und so weiter. Wenn die *Totenkopf* dann die Basis selbst angriff, würde ihre Verteidigung auf ein Skelett reduziert sein, und sie würden selbst nach jeder Verstärkung schreien, die die Rebellion zusammenkratzen konnte.

Und die Verstärkung würde nach Pardron in Marsch gesetzt werden. Während das wahre Ziel des Imperiums reif zum Pflükken war.

Pellaeon blickte durch die vordere Sichtluke zu dem Stern des Ukio-Systems hinaus, das direkt vor ihnen lag, und seine Kehle schnürte sich zusammen, als er über das ungeheure Täuschungsmanöver dieses ganzen Planes nachdachte. Da planetare Schirme nur durch massivstes Turbolaserfeuer und Protonentorpedo-Bombardements zu überwinden waren, ging man allgemein davon aus, daß man eine moderne Welt nur erobern konnte, wenn man in sicherer Entfernung eine hochmobile Bodentruppe absetzte und sie auf dem Landweg vorstoßen ließ, um die Schildgeneratoren zu zerstören. Durch das Feuer der Bodentruppen und den gleichzeitigen Beschuß aus dem Orbit wurde die Zielwelt stets schwer zerstört, bis sie endlich erobert war. Die Alternative – die Landung von Hunderttausenden von Soldaten und ein massiver Landkrieg, der Monate oder Jahre dauern konnte – war nicht besser. Einen Planeten relativ unzerstört, aber mit intakten Schildgeneratoren zu erobern, galt allgemein als möglich.

Dieser militärische Glaubenssatz würde heute fallen. Zusammen mit Ukio selbst.

»Hilferuf von Filve aufgefangen, Admiral«, meldete der Kommoffizier.

»Gut.« Thrawn konsultierte sein Chrono. »Noch sieben Minuten, denke ich, und wir können losschlagen.« Er kniff die Lippen kaum merklich zusammen. »Ich schätze, wir sollten uns besser davon überzeugen, daß unser erhabener Jedi-Meister bereit ist, seine Aufgabe zu erledigen.«

Pellaeon unterdrückte eine Grimasse. Joruus C'baoth – wahnsinniger Klon des längst verstorbenen Jedi-Meisters Jorus C'baoth, der sich vor einem Monat zum wahren Erben des Imperiums ausgerufen hatte. Er redete mit dem Mann genauso ungern wie Thrawn; aber er konnte sich eigentlich freiwillig dazu melden. Wenn er es nicht tat, würde er schlicht den Befehl dazu bekommen. »Ich werde gehen, Sir«, sagte er und stand auf.

»Danke, Captain«, sagte Thrawn. Als hätte Pellaeon eine Wahl gehabt.

Er spürte den mentalen Druck, sobald er den macht-neutralisierenden Einfluß der Ysalamiri verließ, die überall auf der Brücke verstreut an ihren Nährgerüsten hingen. Master C'baoth wartete offenkundig voller Ungeduld auf den Beginn der Operation. Pellaeon wappnete sich so gut er konnte, wehrte sich gegen C'baoths sanften mentalen Druck, der ihn zur Eile drängte, und machte sich auf den Weg zu Thrawns Kommandoraum.

Die Kammer war hell erleuchtet, im strengen Kontrast zu dem gedämpften Licht, das der Großadmiral normalerweise bevorzugte. »Captain Pellaeon«, rief C'baoth und winkte ihm aus dem Ring der Doppeldisplays in der Mitte des Raums zu. »Kommen Sie. Ich habe Sie erwartet.«

»Der Rest der Operation hat meine volle Aufmerksamkeit erfordert«, erklärte Pellaeon steif und versuchte, seine Abscheu vor dem Mann zu verbergen. Obwohl er nur zu gut wußte, wie sinnlos solche Versuche waren.

»Natürlich«, lächelte C'baoth, ein Lächeln, das deutlicher als alle Worte sein Vergnügen über Pellaeons Unbehagen zeigte. »Unwichtig. Ich nehme an, daß Großadmiral Thrawn endlich bereit ist?«

»Fast«, sagte Pellaeon. »Wir wollen Ord Pardron so vollständig wie möglich von allen Streitkräften entblößen, ehe wir zuschlagen.«

C'baoth schnaubte. »Sie nehmen also immer noch an, daß die Neue Republik nach Ihrer Pfeife tanzen wird.«

»Das wird sie«, versicherte Pellaeon. »Der Großadmiral hat den Feind gründlich studiert.«

»Er hat seine Kunstwerke studiert«, konterte C'baoth mit einem neuerlichen Schnauben. »Das wird sich als nützlich erweisen, sollte jemals die Zeit kommen, daß die Neue Republik uns nur noch ihre Künstler entgegensetzen kann.«

Ein Signal von dem Displayring ersparte Pellaeon eine Antwort. »Wir schlagen zu«, informierte er C'baoth und begann im Geist mit dem Countdown der sechsundsiebzig Sekunden, die sie brauchten, um Ukio von ihrer Position aus zu erreichen, während er gleichzeitig versuchte, C'baoths Worte nicht an sich heranzulassen. Er verstand selbst nicht, wie es Thrawn schaffte, die grundlegendsten Geheimnisse dieser Spezies anhand ihrer Kunst zu enträtseln. Aber er hatte oft genug erlebt, daß sich dieses Wissen als wahr erwiesen hatte, um dem Instinkt des Großadmirals in solchen Dingen zu trauen. C'baoth fehlte diese Erfahrung.

Aber schließlich war C'baoth auch nicht an einer ernsthaften Diskussion über dieses Thema interessiert. Im vergangenen Monat, seit er sich zum wahren Erben des Imperiums ausgerufen hatte, hatte C'baoth einen heimlichen Krieg gegen Thrawns Glaubwürdigkeit geführt und behauptet, daß wahre Erkenntnis nur durch die Macht zu erlangen war. Und das hieß, allein durch ihn.

Pellaeon kaufte ihm dieses Argument nicht ab. Der Imperator hatte ebenfalls über die Macht verfügt und trotzdem seinen eigenen Tod auf Endor nicht vorhersehen können. Aber die Saat der

Unsicherheit, die C'baoth auszubringen versuchte, begann nichtsdestotrotz aufzugehen, vor allem unter den weniger erfahrenen von Thrawns Offizieren.

Was für Pellaeon nur ein weiterer Grund dafür war, daß dieser Angriff erfolgreich verlaufen mußte. Der Ausgang hing ebensosehr von Thrawns Verständnis des ukionischen Kulturethos wie von der richtigen militärischen Taktik ab. Auf Thrawns Überzeugung, daß die Ukioner auf einer grundlegenden psychologischen Ebene Angst vor dem Unmöglichen hatten.

»Er wird nicht immer recht haben«, sagte C'baoth in Pellaeons Überlegungen hinein.

Pellaeon biß sich hart auf die Innenseite seiner Wange, und ein Schauder lief ihm über den Rücken angesichts der Tatsache, daß seine Gedanken so leicht zu durchschauen waren. »Das Konzept der Privatsphäre ist Ihnen völlig unbekannt, was?« grollte er.

»Ich bin das Imperium, Captain Pellaeon«, sagte C'baoth, und in seinen Augen loderte ein düsteres, fanatisches Feuer. »Auch Ihre Gedanken dienen mir.«

»Ich diene Großadmiral Thrawn«, entgegnete Pellaeon steif.

C'baoth lächelte. »Wenn Sie möchten, können Sie das ruhig glauben. Aber nun zum Geschäft – den wahren imperialen Angelegenheiten. Wenn die Schlacht hier beendet ist, Captain Pellaeon, möchte ich, daß Sie eine Botschaft nach Wayland senden.«

»Zweifellos, um Ihre umgehende Rückkehr anzukündigen«, sagte Pellaeon säuerlich. C'baoth hatte seit nun fast einem Monat immer wieder bekräftigt, daß er bald zu seiner früheren Heimatwelt Wayland zurückkehren würde, um die Kontrolle über die Klon-Fabriken im alten Lager des Imperators im Mount Tantiss zu übernehmen. Bis jetzt war er zu sehr damit beschäftigt gewesen, Thrawns Position zu untergraben, um mehr als nur darüber zu reden.

»Keine Sorge, Captain Pellaeon«, sagte C'baoth amüsiert. »Wenn der richtige Zeitpunkt kommt, werde ich in der Tat nach

Wayland zurückkehren. Deshalb werden Sie nach dieser Schlacht auch Kontakt mit Wayland aufnehmen und den Befehl geben, für mich einen Klon zu erschaffen. Einen ganz besonderen Klon.«

Großadmiral Thrawn wird dazu seine Zustimmung geben müssen, ging es ihm sofort durch den Kopf. »Was für eine Art Klon wollen Sie?« sagte er statt dessen unerklärlicherweise. Pellaeon blinzelte, dachte noch einmal über das Gesagte nach. Ja, das waren seine Worte gewesen, tatsächlich.

C'baoth lächelte erneut über seine stumme Verwirrung. »Ich wünsche mir lediglich einen Diener«, sagte er. »Jemand, der auf mich wartet, wenn ich zurückkehre. Geformt aus einem der kostbarsten Souvenirs des Imperators – Probe B-2332-54 war es, glaube ich. Sie werden natürlich dem Garnisonscommander einschärfen, daß alles unter absoluter Geheimhaltung geschehen muß.«

Ich werde nichts in dieser Richtung tun. »Jawohl«, hörte sich Pellaeon statt dessen sagen. Der Klang der Worte schockierte ihn; aber gewiß hatte er sie nicht so gemeint. Im Gegenteil, sobald die Schlacht beendet war, würde er diesen kleinen Zwischenfall sofort Thrawn melden.

»Sie werden außerdem dieses Gespräch vertraulich behandeln«, sagte C'baoth schläfrig. »Sobald Sie den Befehl ausgeführt haben, werden Sie alles vergessen.«

»Natürlich«, nickte Pellaeon, damit er Ruhe gab. Ja, er würde Thrawn unterrichten, soviel stand fest. Der Großadmiral würde wissen, was zu tun war.

Der Countdown erreichte Null, und auf dem Hauptwanddisplay erschien der Planet Ukio. »Wir sollten ein Taktikdisplay aktivieren, Master C'baoth«, sagte er.

C'baoth machte eine Handbewegung. »Wie Sie meinen.«

Pellaeon beugte sich über den Doppeldisplayring und drückte die entsprechende Taste, und im Zentrum des Raums erschien das holografische Taktikdisplay. Die *Schimäre* steuerte in einen hohen Orbit über dem Äquator der Tagseite; die zehn Dreadnaughts der *Katana*-Flotte, die zu ihrem Geschwader gehörten, teilten sich auf und nahmen eine äußere und innere Verteidigungsposition ein; und die *Sturmfalke* hielt ihnen auf der Nachtseite den Rücken frei. Fremde Schiffe, hauptsächlich Frachter und andere zivile Typen, flohen durch die nur kurz von der Bodenkontrolle geschaffenen Lücken im Energieschild Ukios, eine fahle blaue Hülle, die den Planeten in etwa fünfzig Kilometer Höhe umgab. Zwei der Reflexe leuchteten rot: die Leitfrachter von der *Sturmfalke*, so harmlos wirkend wie all die anderen Schiffe, die in verzweifelter Eile Deckung suchten. Die Frachter und die vier unsichtbaren Begleiter in ihrem Schlepptau.

»Unsichtbar nur für jene, deren Augen nicht sehen können«, murmelte C'baoth.

»Aber Sie können die Schiffe sehen, nicht wahr?« grollte Pellaeon. »Wie Jedi-Fähigkeiten doch wachsen können.«

Er hatte gehofft, C'baoth ein wenig zu reizen – nicht viel, nur ein wenig. Es war eine vergebliche Mühe. »Ich kann die Menschen innerhalb Ihrer kostbaren Tarnfelder sehen«, sagte der Jedi-Meister gelassen. »Ich kann ihre Gedanken sehen und ihren Willen lenken. Was spielt das Metall selbst schon für eine Rolle?«

Pellaeon spürte, wie seine Lippen zuckten. »Ich schätze, es gibt eine Menge Dinge, die für Sie keine Rolle spielen«, sagte er.

Aus den Augenwinkeln sah er, wie C'baoth lächelte. »Was für einen Jedi-Meister keine Rolle spielt, spielt auch für das Universum keine Rolle.«

Die Frachter und getarnten Kreuzer hatten jetzt fast den Schild erreicht. »Sie werden das Schleppkabel lösen, sobald sie innerhalb des Schildes sind«, erinnerte Pellaeon C'baoth. »Sind Sie bereit?«

Der Jedi-Meister richtete sich in seinem Sitz auf und schloß die Augen zu schmalen Schlitzen. »Ich warte auf den Befehl des Großadmirals«, sagte er sardonisch.

Eine Sekunde lang starrte Pellaeon das gleichmütige Gesicht des anderen an, und ein Schaudern durchlief ihn. Er erinnerte sich nur zu deutlich an das erste Mal, als C'baoth diese Form der direkten Fernkontrolle ausgeübt hatte. Er erinnerte sich an den Schmerz in C'baoths Gesicht; an die Mischung aus Konzentration und Schmerz, als er um die Aufrechterhaltung der mentalen Verbindung gekämpft hatte.

Vor kaum zwei Monaten hatte ihm Thrawn vertraulich gesagt, daß C'baoth nie eine Bedrohung für das Imperium darstellen würde, da ihm die Fähigkeit fehlte, seine Jedi-Kräfte langfristig zu fokussieren und zu konzentrieren. Irgendwie war es C'baoth seitdem offenbar gelungen, die notwendige Konzentration zu erlernen.

Was C'baoth zu einer Bedrohung für das Imperium machte. Zu einer sehr gefährlichen Bedrohung sogar.

Das Interkom piepste. »Captain Pellaeon?«

Pellaeon griff über den Displayring und drückte die Empfangstaste, verdrängte so gut er konnte seine Angst vor C'baoth. Zumindest im Moment brauchte die Flotte C'baoth. Glücklicherweise brauchte C'baoth die Flotte auch. »Wir sind bereit, Admiral«, sagte er.

»Bleiben Sie in Bereitschaft«, befahl Thrawn. »Die Schleppkabel werden jetzt gelöst.«

»Sie haben sich gelöst«, widersprach C'baoth. »Sie stehen unter Energie..., nähern sich jetzt ihren vorgeschriebenen Positionen.«

Zum erstenmal huschte eine Spur der alten Anstrengung über C'baoths Gesicht. Kaum überraschend; da das Tarnfeld die *Schimäre* daran hinderte, die Kreuzer zu orten, und gleichzeitig die eigenen Sensoren der Kreuzer lahmlegte, konnte C'baoth ihre genaue Position nur feststellen, indem er die von ihm kontrollierten Bewußtseine überprüfte. »Alle vier Schiffe befinden sich unter dem Schild«, meldete er.

»Sie müssen absolut sicher sein, Jedi-Meister. Wenn Sie sich irren...«

»Ich irre mich nicht, Großadmiral Thrawn«, fiel ihm C'baoth barsch ins Wort. »Ich trage meinen Teil zu dieser Schlacht bei. Kümmern Sie sich um Ihren.«

Für einen Moment blieb das Interkom stumm. Pellaeon blinzelte, stellte sich den Gesichtsausdruck des Großadmirals vor. »Nun gut, Jedi-Meister«, sagte Thrawn ruhig. »Bereiten Sie sich auf Ihren Teil vor.«

Ein Doppelklicken verriet, daß ein neuer Kommkanal geöffnet wurde. »Hier spricht der imperiale Sternzerstörer *Schimäre*. Ich rufe den Lehnsrat von Ukio«, sagte Thrawn. »Im Namen des Imperiums erkläre ich, daß das ukionische System wieder dem imperialen Gesetz und dem Schutz durch die imperialen Streitkräfte untersteht. Sie werden Ihre Schilde abschalten, alle Militäreinheiten zu ihren Basen zurückrufen und sich auf die ordnungsgemäße Übergabe des Kommandos vorbereiten.«

Es kam keine Antwort. »Ich weiß, daß Sie diese Nachricht empfangen«, fuhr Thrawn fort. »Wenn Sie nicht antworten, muß ich davon ausgehen, daß Sie sich den Befehlen des Imperiums widersetzen. In diesem Fall bliebe mir keine andere Wahl, als die Feindseligkeiten zu eröffnen.«

Wieder Schweigen. »Sie senden einen weiteren Notruf raus«, hörte Pellaeon den Kommoffizier sagen. »Klingt etwas panischer als der erste.«

»Ich bin sicher, daß der dritte noch panischer klingen wird«, versicherte ihm Thrawn. »Halten Sie sich für die Feuersequenz eins bereit, Master C'baoth.«

»Die Kreuzer sind bereit, Großadmiral Thrawn«, sagte C'baoth. »Genau wie ich.«

»Das will ich hoffen«, sagte Thrawn, unterschwellig drohend. »Wenn der Zeitplan nicht genau eingehalten wird, ist die ganze Aktion nicht nur sinnlos, sondern überaus schädlich. Turbolaserbatterie drei: Fertigmachen zur Feuersequenz eins auf meinen Befehl. Drei... zwei... eins... Feuer.«

Auf dem taktischen Holodisplay zuckte eine Doppellanze aus grünem Feuer von den Turbolaserbatterien der *Schimäre* auf den Planeten zu. Die Strahlen trafen das fahle Blau des planetaren Schildes und zerfaserten, als ihre Energie defokussiert und in den Weltraum reflektiert wurde...

Und genau nach Zeitplan eröffneten die beiden getarnten Kreuzer, die auf ihren Repulsorkissen exakt an den Einschlagstellen unter dem Schild schwebten, ebenfalls das Feuer; ihre Turbolaserblitze sengten durch die Atmosphäre und trafen zwei der wichtigsten Luftverteidigungsbasen Ukios.

Das war es, was Pellaeon sah. Für die Ukioner, die nichts von den getarnten Kreuzern ahnten, war es, als würde die *Schimäre* zwei verheerende Salven direkt durch einen undurchdringlichen planetaren Schild abfeuern.

»Dritter Notruf mitten in der Übertragung abgebrochen, Sir«, meldete der Kommoffizier in einem Anflug von schwarzem Humor. »Ich glaube, wir haben sie überrascht.«

»Wir sollten sie überzeugen, daß es kein Zufall war«, sagte Thrawn. »Fertigmachen zur Feuersequenz zwei. Master C'baoth?«

»Die Kreuzer sind bereit.«

»Turbolaserbatterie zwei: Fertigmachen zur Feuersequenz zwei auf meinen Befehl. Drei... zwei... eins... Feuer.«

Wieder blitzte das grüne Feuer auf und wieder, perfekt synchronisiert, erzeugten die beiden getarnten Kreuzer ihre Illusion. »Gut gemacht«, sagte Thrawn. »Master C'baoth, bringen Sie die Kreuzer in die Position für die Sequenzen drei und vier.«

»Wie Sie befehlen, Großadmiral Thrawn.«

Pellaeon wappnete sich unwillkürlich. Sequenz vier hatte zwei der dreißig einander überlappenden Schildgeneratoren zum Ziel. Ein derartiger Angriff würde bedeuten, daß Thrawn sein erklärtes Ziel aufgegeben hatte, Ukio mit intakten planetaren Verteidigungsanlagen einzunehmen.

»Imperialer Sternzerstörer *Schimäre*, hier spricht Tol dosLla vom ukionischen Lehnsrat«, drang eine leicht bebende Stimme aus dem Interkomlautsprecher. »Wir bitten Sie, das Bombardement Ukios einzustellen, damit wir die Kapitulationsbedingungen aushandeln können.«

»Meine Bedingungen sind sehr einfach«, sagte Thrawn. »Sie werden Ihren planetaren Schild abschalten und meinen Truppen die Landung erlauben. Sie übergeben ihnen die Kontrolle über die Schildgeneratoren und alle Boden-Raum-Waffensysteme. Alle Kampfmaschinen, die größer als ein Kommandogleiter sind, werden zu ihren jeweiligen Militärbasen zurückbeordert und der imperialen Kontrolle unterstellt. Obwohl Sie natürlich letztendlich dem Imperium verantwortlich bleiben werden, bleibt Ihr politisches und soziales System unter Ihrer Kontrolle. Natürlich vorausgesetzt, Ihre Leute verhalten sich entsprechend.«

»Und wenn diese Anweisungen ausgeführt sind?«

»Dann werden Sie ein Teil des Imperiums sein, mit allen dazugehörigen Rechten und Pflichten.«

»Sie planen keine Kriegssteuern?« fragte dosLla argwöhnisch. »Keine Zwangsrekrutierung unserer jungen Leute?«

Pellaeon konnte sich Thrawns grimmiges Lächeln vorstellen. Nein, das Imperium würde nie wieder auf Zwangsrekrutierung zurückgreifen müssen. Nicht, solange es über die Spaarti-Kloning-Zylinder aus der Sammlung des Imperators verfügte.

»Nein zu Ihrer zweiten Frage; ein eindeutiges Nein zu Ihrer ersten«, erklärte Thrawn dem Ukionen. »Wie Sie offenbar wissen, unterliegen die meisten imperialen Welten derzeit der Kriegsbesteuerung. Allerdings gibt es Ausnahmen, und es ist wahrscheinlich, daß Ihre leistungsfähige Agrarwirtschaft und Verarbeitungsindustrie einen direkten Beitrag zu den Kriegsanstrengungen leisten werden.«

Am anderen Ende trat eine lange Pause ein. DosLla war kein Narr, erkannte Pellaeon – der Ukione wußte nur zu gut, was Thrawn mit seiner Welt vorhatte. Zuerst würde er die direkte Kontrolle über die Boden-Raum-Verteidigungsanlagen übernehmen, dann über die Agrarwirtschaft, die Verarbeitungsindustrie und die riesigen Farm- und Viehzuchtregionen selbst; und binnen kurzer Zeit würde der ganze Planet nur noch ein Versorgungsdepot für die imperiale Kriegsmaschinerie sein.

Aber die Alternative war, daß er tatenlos zusehen mußte, wie seine Welt vor seinen Augen vollständig und unaufhaltsam zerstört wurde. Und das wußte er ebenfalls.

»Wir werden die planetaren Schilde abschalten, *Schimäre*, als Geste unseres guten Willens«, sagte dosLla schließlich mit trotzig, aber gleichzeitig auch resignierend klingender Stimme. »Aber ehe die Generatoren und Boden-Luft-Waffensysteme den imperialen Streitkräften übergeben werden können, brauchen wir Garantien für die Sicherheit des ukionischen Volkes und unseres Landes.«

»Gewiß«, sagte Thrawn ohne das leiseste Anzeichen des Triumphes, den die meisten imperialen Commander an diesem Punkt empfunden hätten. Eine kleine Geste der Höflichkeit, die, wie Pellaeon wußte, genauso präzise kalkuliert war wie der Angriff selbst. Indem er den ukionischen Führern die Möglichkeit gab, ohne Gesichtsverlust zu kapitulieren, reduzierte er den unausweichlichen Widerstand gegen die imperiale Herrschaft, bis es zu spät war. »Ein Unterhändler wird in Kürze bei Ihnen eintreffen, um die Einzelheiten mit Ihrer Regierung zu besprechen«, fuhr Thrawn fort. »Ich hoffe, Sie haben nichts dagegen einzuwenden, daß unsere Streitkräfte in der Zwischenzeit ihre vorläufigen Verteidigungspositionen einnehmen?«

Ein Seufzen, mehr fühl- als tatsächlich hörbar. »Wir haben keine Einwände, *Schimäre*«, sagte dosLla widerstrebend. »Wir schalten jetzt den Schild ab.«

Auf dem Taktikdisplay verblaßte der blaue Schleier, der den Planeten umgab. »Master C'baoth, die Kreuzer sollen über den Polarregionen Position beziehen«, befahl Thrawn. »Wir wollen doch nicht, daß unsere Landungsboote mit ihnen kollidieren. General

Covell, Sie können mit der Landung Ihrer Truppen beginnen. Standardverteidigungspositionen um alle Zielobjekte.«

»Verstanden, Admiral«, sagte Covell ein wenig zu trocken, und Pellaeon spürte, wie ein dünnes Lächeln um seine Lippen zuckte. Erst vor zwei Wochen waren die Flotten- und Armeecommander in das Geheimnis des Mount-Tantiss-Kloning-Projekts eingeweiht worden, und Covell gehörte zu jenen, die sich immer noch nicht ganz an die Vorstellung gewöhnt hatten.

Aber vielleicht hatte auch die Tatsache, daß drei seiner Kompanien, die zu den Landungstruppen gehörten, ausschließlich aus Klons bestanden, etwas mit seiner Skepsis zu tun.

Auf dem Taktikhologramm hatten die ersten Wellen der Landungsboote und ihrer TIE-Jäger-Eskorten die *Schimäre* und die *Sturmfalke* verlassen und schwärmten zu ihren zugewiesenen Zielen aus. Klons in Landungsbooten, bereit, imperiale Befehle auszuführen. Wie es die Klon-Crews der getarnten Kreuzer bereits getan hatten.

Pellaeon runzelte die Stirn, als ihn plötzlich ein seltsamer und unangenehmer Gedanke durchfuhr. Hatte C'baoth die Kreuzer deshalb so gut kontrollieren können, weil jede ihrer Tausendmanncrews aus Variationen von nur rund zwanzig verschiedenen Persönlichkeiten bestand? Oder – was noch beunruhigender war – konnte die mühelose Kontrolle des Jedi-Meisters teilweise auf der Tatsache beruhen, daß C'baoth selbst ein Klon war?

Und bedeutete dies, daß das Mount-Tantiss-Projekt C'baoth in seinem Machtstreben direkt in die Hände spielte? Vielleicht. Ein Problem, auf das er Thrawns Aufmerksamkeit lenken mußte.

Pellaeon sah C'baoth an, zu spät erkennend, daß in Gegenwart des Jedi-Meisters derartige Gedanken nicht allein ihm gehörten. Aber C'baoth blickte nicht in seine Richtung, ob nun wissend oder nicht. Er sah starr geradeaus, blicklos, mit verspanntem Gesicht. Seine Lippen verzogen sich zu einem angedeuteten Lächeln. »Master C'baoth?«

»Dort sind sie«, flüsterte C'baoth mit tiefer, kehliger Stimme. »Sie sind da«, wiederholte er, lauter diesmal.

Pellaeon blickte verwirrt zum Taktikdisplay hinüber. »Wer ist wo?« fragte er.

»Sie sind auf Filve«, sagte C'baoth. Abrupt sah er Pellaeon an, mit funkelnden, wahnsinnigen Augen. »Meine Jedi sind auf Filve.«

»Master C'baoth, bestätigen Sie, daß die Kreuzer ihre Polarpositionen eingenommen haben«, verlangte Thrawn scharf. »Dann erwarte ich einen Bericht über die Scheinangriffe...«

»Meine Jedi sind auf Filve«, fiel ihm C'baoth ins Wort. »Was kümmern mich da Ihre Angriffe?«

»C'baoth...«

Mit einer Handbewegung schaltete C'baoth das Interkom ab. »Jetzt, Leia Organa Solo«, murmelte er sanft, »gehörst du mir.«

Der *Millennium Falke* scherte hart nach Steuerbord aus, als ein TIE-Jäger über ihn hinwegraste, mit grell feuernden Lasern, erfolglos versuchend, dem Manöver des Frachters zu folgen. Leia Organa Solo biß die Zähne zusammen und beobachtete, wie einer ihrer begleitenden X-Flügler den imperialen Sternjäger in eine Wolke lodernden Staubes verwandelte. Der Himmel drehte sich über der Kanzel des *Falken,* als das Schiff auf seinen ursprünglichen Kurs zurückkehrte...

»Aufpassen!« schrie Dreipeo von dem Sitz hinter Leia, als ein anderer TIE-Jäger von der Seite heranbrauste. Die Warnung war überflüssig; ein Trudeln vortäuschend, wich der *Falke* bereits in einer Korkenzieherbahn in die andere Richtung aus, so daß seine unteren Vierlingslaserbatterien das Ziel erfassen konnten. Selbst durch das Cockpitschott war das Wookiee-Kriegsgeheul hörbar, und der TIE-Jäger ging den Weg seines zerstörten Vorgängers.

»Guter Schuß, Chewie«, rief Han Solo in das Interkom, als er den *Falken* wieder stabilisiert hatte. »Wedge?«

»Noch immer bei euch, *Falke*«, sagte Wedge Antilles prompt. »Im Moment sind wir sicher, aber es nähert sich bereits eine weitere Welle TIE-Jäger.«

»Ja.« Han sah Leia an. »Deine Entscheidung, Süße. Willst du immer noch eine Landung versuchen?«

Dreipeo gab ein leises elektronisches Keuchen von sich. »Captain Solo, Sie wollen doch sicherlich nicht vorschlagen...«

»Dreh das Ventil zu, Goldrute«, fiel ihm Han ins Wort. »Leia?«

Leia sah durch die Cockpitkanzel zu dem imperialen Sternzerstörer und den acht Dreadnaughts hinüber, die den Planeten vor ihnen belagerten. So wie Mynocks ein ungesichertes Kraftwerk umschwärmten. Es hätte ihre letzte diplomatische Mission vor der Geburt der Zwillinge sein sollen: eine kurze Reise, um eine nervöse filvianische Regierung zu beruhigen und die Entschlossenheit der Neuen Republik zu demonstrieren, die Systeme in diesem Sektor zu beschützen.

Schöne Demonstration.

»Es gibt keine Möglichkeit, den Belagerungsring zu durchbrechen«, sagte sie widerstrebend zu Han. »Selbst wenn wir es könnten, bezweifle ich, daß es die Filvianer riskieren würden, den Schild zu öffnen, um uns hereinzulassen. Besser, wir verschwinden von hier.«

»Klingt vernünftig«, knurrte Han. »Wedge? Wir drehen ab. Bleibt in unserer Nähe.«

»Verstanden, *Falke*«, antwortete Wedge. »Aber wir brauchen ein paar Minuten, um den Rücksprung zu berechnen.«

»Bemüht euch nicht«, sagte Han, während er sich mit seinem Sitz drehte und den Navcomputer aktivierte. »Ihr bekommt die Daten von uns.«

»Verstanden. Sondergeschwader: Abschirmformation.«

»Weißt du, allmählich bin ich es leid«, sagte Han zu Leia und drehte sich zu ihr um. »Ich dachte, deine Noghri-Kumpel würden dich in Ruhe lassen.«

»Das hat nichts mit den Noghri zu tun.« Leia schüttelte den Kopf, und eine merkwürdige Spannung legte sich um ihre Stirn. Bildete sie es sich nur ein, oder löste sich die Formation der imperialen Schiffe um Filve auf? »Sondern mit Großadmiral Thrawn, der mit seinen neuen Dreadnaughts von der Dunklen Macht spielt.«

»Stimmt«, sagte Han leise, und Leia fuhr zusammen, als sie spürte, wie in seiner Aura Bitterkeit aufblitzte. Trotz aller Bemühungen, es ihm auszureden, hielt es Han noch immer für sein persönliches Versagen, daß Thrawn von der Neuen Republik die herrenlosen Schiffe der *Katana*-Flotte – der sogenannten Dunklen Macht – in seine Gewalt gebracht hatte. »Ich hätte nicht geglaubt, daß er sie so schnell einsatzbereit machen könnte«, fügte Han hinzu, während er die Nase des *Falken* von Filve wegdrehte und Kurs auf den tiefen Weltraum nahm.

Leia schluckte. Die seltsame Spannung war noch immer da, wie ein ferner, bösartiger Druck gegen die Ränder ihres Bewußtseins. »Vielleicht verfügt er über genug Spaarti-Zylinder, um nicht nur Soldaten, sondern auch Ingenieure und Techniker zu klonen.«

»Ein verdammt spaßiger Gedanke«, knurrte Han; und durch die Spannung konnte Leia seinen plötzlichen Stimmungswechsel spüren, als er den Kommschalter drückte. »Wedge, wirf einen Blick auf Filve und sage mir, ob ich Gespenster sehe.«

Über das Komm hörte Leia, wie Wedge verblüfft tief Luft holte. »Meinst du damit, daß die imperialen Einheiten ihren Angriff abbrechen und unsere Verfolgung aufnehmen?«

»Genau das.«

»Sieht ziemlich real aus«, sagte Wedge. »Könnte ein guter Zeitpunkt sein, um von hier zu verschwinden.«

»Ja.« Han nickte langsam. »Vielleicht.«

Leia sah ihren Mann fragend an. Da war etwas in seiner Stimme… »Han?«

»Die Filvianer haben doch um Hilfe gerufen, ehe sie ihren Schild aktivierten, richtig?« fragte Han nachdenklich.

»Richtig«, bestätigte Leia zurückhaltend.

»Und die nächste Basis der Neuen Republik ist Ord Pardron, richtig?«

»Richtig.«

»Okay. Sondergeschwader, wir ändern den Kurs nach Steuerbord. Bleibt bei mir.«

Er hantierte an seinem Kontrollpult, und der *Falke* vollführte eine scharfe Drehung nach rechts. »Aufpassen, *Falke* – dieser Kurs führt uns zu der TIE-Jäger-Rotte«, warnte Wedge.

»Dazu kommt es nicht«, versicherte ihm Han. »Hier ist unser Vektor.«

Er richtete das Schiff auf ihren neuen Kurs aus und warf einen Blick auf die Heckdisplays. »Gut – sie verfolgen uns noch immer.«

Der Navcomputer hinter ihm piepte die Bestätigung, daß die Sprungberechnung abgeschlossen war. »Wedge, wir haben eure Koordinaten«, sagte Leia und griff nach dem Schalter für die Datenübertragung.

»Wartet, *Falke*«, ließ Wedges Stimme sie innehalten. »Wir bekommen Gesellschaft von Steuerbord.«

Leia blickte in die Richtung, und ihre Kehle schnürte sich zusammen, als sie sah, was Wedge meinte. Die anfliegenden TIE-Jäger kamen rasend schnell näher und waren bereits nahe genug, um jede Übertragung des *Falken* an seine Eskorte abzuhören. Jetzt die Sprungkoordinaten an Wedge zu senden, wäre wie eine offene Einladung an die Imperialen, am Rücksturzpunkt ein Empfangskomitee zu postieren.

»Vielleicht kann ich helfen, Eure Hoheit«, rief Dreipeo heiter. »Wie Sie wissen, beherrsche ich fließend über sechs Millionen Kommunikationsformen. Ich könnte die Koordinaten für Commander Antilles beispielsweise in die boordistische oder vaathkreesche Verkehrssprache übersetzen...«

»Und dann schickst du ihm die Übersetzung?« warf Han trocken ein.

»Natürlich...« Der Droide verstummte. »Du liebe Güte«, sagte er verlegen.

»Na ja, vergiß es«, sagte Han. »Wedge, du warst doch vor zwei Jahren auf Xyquine, oder?«

»Ja. Ah. Ein Cracken-Manöver?«

»Genau. Eins, zwei: eins, zwei.«

Jenseits der Kanzel erhaschte Leia einen Blick auf die X-Flügler, die um den *Falken* in eine komplizierte neue Begleitformation einschwenkten. »Was bringt uns das?« fragte sie.

»Die Freiheit«, erklärte Han und überprüfte erneut das Heckdisplay. »Ruf die Koordinaten ab, zähl zur zweiten Zahl jeder Gruppe eine Zwei hinzu und schick dann alles zu den X-Flüglern.«

»Ich verstehe«, nickte Leia, während sie sich an die Arbeit machte. Die Veränderung der zweiten Ziffer würde ihren Flugvektor nicht so sehr ändern, daß die Imperialen hinter den Trick kamen, aber dafür sorgen, daß die Verfolger ein paar Lichtjahre von ihnen entfernt in den Normalraum zurückstürzten. »Sehr schlau. Und dieses kleine Flugmanöver von vorhin war reine Augenwischerei?«

»Richtig. Damit sie glauben, wir hätten keine andere Möglichkeit mehr. Ein Trick, den Pash Cracken bei diesem Fiasko über Xyquine ausgeheckt hat.« Han sah erneut auf das Heckdisplay. »Ich schätze, wir haben genug Vorsprung, um ihnen zu entkommen«, sagte er. »Versuchen wir's.«

»Wir springen nicht in die Lichtgeschwindigkeit?« Leia runzelte die Stirn, und eine alte und recht schmerzhafte Erinnerung kam ihr in den Sinn. Diese verzweifelte Flucht von Hoth, mit Darth Vaders gesamter Flotte im Nacken und einem defekten Hyperantrieb...

Han warf ihr einen Seitenblick zu. »Mach dir keine Sorgen, Süße. Heute funktioniert der Hyperantrieb.«

»Hoffen wir's«, murmelte Leia.

»Sieh mal, solange sie uns verfolgen, ist Filve vor ihnen sicher«, fuhr Han fort. »Und je weiter wir sie fortlocken, desto mehr Zeit hat die Verstärkung, die von Ord Pardron unterwegs ist.«

Der grellgrüne Blitz eines Streifschusses hinderte Leia an der beabsichtigten Erwiderung. »Ich denke, wir haben ihnen soviel Zeit gegeben, wie wir können«, sagte sie statt dessen zu Han. Sie spürte die Unruhe der ungeborenen Zwillinge in ihrem Leib. »Können wir bitte von hier verschwinden?«

Ein zweiter Blitz zerfaserte am oberen Deflektorschirm des *Falken*. »Ja, ich schätze, du hast recht«, nickte Han. »Wedge? Seid ihr bereit, diese Party zu verlassen?«

»Wann ihr wollt, *Falke*«, antwortete Wedge. »Fliegt voraus – wir folgen euch.«

»Verstanden.« Han ergriff die Hyperantriebshebel und zog sie sacht an sich. Über der Cockpitkanzel verwandelten sich die Sterne in Sternlinien, und sie waren in Sicherheit.

Leia atmete tief ein und langsam wieder aus. Sie spürte immer noch die Furcht der Zwillinge, und für einen Moment konzentrierte sie sich darauf, sie zu beruhigen. Es war ein seltsames Gefühl, hatte sie schon oft gedacht, ein Bewußtsein zu berühren, das aus Emotionen und puren Sinneswahrnehmungen bestand und nicht aus Bildern und Worten. So verschieden von dem Bewußtsein Hans und Lukes und ihrer anderen Freunde.

Und so verschieden von dem fernen Bewußtsein, das die imperialen Angriffseinheiten koordiniert hatte.

Das Schott hinter ihr glitt auf, und Chewbacca kam ins Cockpit. »Guter Schuß, Chewie«, sagte Han, als der Wookiee seinen mächtigen Körper in den Backbordpassagiersitz neben Dreipeo wuchtete. »Gab es noch irgendwelche Probleme mit dem horizontalen Kontrollnock?«

Chewbacca grollte eine Verneinung. Seine dunklen Augen studierten Leias Gesicht, dann grollte er eine Frage. »Mir geht es gut«, versicherte er und blinzelte die pötzlichen und unerklärlichen Tränen fort. »Wirklich.«

Sie sah Han an und bemerkte seinen fragenden Blick. »Du hast dir doch keine Sorgen gemacht, oder?« sagte er. »Es war nur eine imperiale Angriffsflotte. Kein Grund zur Aufregung.«

Sie schüttelte den Kopf. »Das war es nicht, Han. Da war noch etwas anderes dort draußen. Eine Art...« Sie schüttelte erneut den Kopf. »Ich weiß es nicht.«

»Vielleicht war es nur eine Unpäßlichkeit wie damals über Endor«, vermutete Dreipeo hilfsbereit. »Sie erinnern sich – als Sie zusammengebrochen sind, während Chewbacca und ich mit der Reparatur des...«

Chewbacca grollte eine Warnung, und der Droide verstummte abrupt. Aber zu spät. »Nein – laß ihn reden«, sagte Han, und seine Aura war voll beschützenden Argwohns, als er Leia ansah. »Was war das für eine Unpäßlichkeit?«

»Es war nichts, Han«, beruhigte ihn Leia und ergriff seine Hand. »Bei unserem ersten Orbit um Endor haben wir die Stelle passiert, an der der Todesstern explodiert ist. Für ein paar Sekunden konnte ich so etwas wie die Präsenz des Imperators spüren. Das war alles.«

»Oh, das war alles«, wiederholte Han sarkastisch und funkelte Chewbacca finster an. »Ein toter Imperator versucht, dich in seinen Bann zu ziehen, und du hältst es für nicht erwähnenswert?«

»Sei nicht albern«, schalt ihn Leia. »Es gab keinen Grund zur Sorge – es war schnell vorbei, und es gab keine Nachwirkungen. Außerdem war das, was ich über Filve gespürt habe, etwas völlig anderes.«

»Freut mich zu hören«, sagte Han, noch nicht bereit, das Thema fallenzulassen. »Hast du dich danach untersuchen lassen?«

»Nun, es war keine Zeit...«

»Schön. Du erledigst das, sobald wir zurück sind.«

Leia nickte mit einem stummen Seufzer. Sie kannte diesen Ton; und außerdem mußte sie ihm in dieser Sache recht geben. »In Ordnung. Wenn ich es einrichten kann.«

»Du *wirst* es einrichten«, konterte Han. »Oder ich werde dich von Luke im Medi-Zentrum einsperren lassen. Ich meine es ernst, Süße.«

Leia drückte seine Hand und spürte, wie sich dabei ihr Herz zusammenkrampfte. Luke, ganz allein in imperialen Regionen unterwegs..., aber ihm ging es gut. Ihm mußte es gutgehen. »In Ordnung«, sagte sie zu Han. »Ich werde mich untersuchen lassen. Ich verspreche es dir.«

»Gut«, sagte er, ohne den Blick von ihrem Gesicht zu wenden. »Also, was hast du über Filve gespürt?«

»Ich weiß es nicht.« Sie zögerte. »Vielleicht war es dasselbe, was Luke auf der *Katana* gespürt hat. Du weißt schon – als die Imperialen dieses Enterkommando aus Klons an Bord abgesetzt haben.«

»Ja«, murmelte Han zweifelnd. »Vielleicht. Diese Dreadnaughts waren ziemlich weit weg.«

»Aber es müssen auch sehr viel mehr Klons an Bord gewesen sein.«

»Ja. Vielleicht«, sagte Han wieder. »Nun..., ich schätze, Chewie und ich sollten uns jetzt besser um diesen Ionenflußstabilisator kümmern, bevor er völlig den Geist aufgibt. Kommst du hier oben allein zurecht, Süße?«

»Kein Problem«, versicherte Leia, froh, das Thema zu wechseln. »Geht ihr beiden ruhig.«

Denn über die andere Möglichkeit wollte sie lieber nicht nachdenken. Der Imperator, so hatten sich hartnäckige Gerüchte gehalten, war in der Lage gewesen, mit der Macht direkte Kontrolle über seine Streitkräfte auszuüben. Wenn dieser Jedi-Meister, den Luke auf Jomark getroffen hatte, über dieselbe Fähigkeit verfügte...

Sie rieb ihren Bauch und konzentrierte sich auf die winzigen Bewußtseine in ihrem Leib. Nein, sie wollte wirklich nicht darüber nachdenken.

»Ich nehme an«, sagte Thrawn mit tödlicher Ruhe, »daß Sie eine Erklärung dafür haben.«

Langsam, bedächtig wandte C'baoth den Blick von dem Doppeldisplayring des Kommandoraums und sah den Großadmiral an. »Haben Sie auch eine Erklärung, Großadmiral Thrawn?« fragte er.

»Sie haben den Ablenkungsangriff auf Filve abgebrochen«, sagte Thrawn, C'baoths Frage ignorierend. »Dann haben Sie die gesamte Flotte auf eine sinnlose Verfolgungsjagd geschickt.«

»Und Sie, Großadmiral Thrawn, haben mir entgegen Ihrem Versprechen nicht meine Jedi geliefert«, konterte C'baoth. Seine Stimme, bemerkte Pellaeon unbehaglich, gewann langsam an Tonhöhe und Lautstärke. »Sie, Ihre zahmen Noghri, Ihr ganzes Imperium – alle haben versagt.«

Thrawns glühende rote Augen verengten sich. »Tatsächlich? Und war es ebenfalls unsere Schuld, daß Sie nicht in der Lage waren, Luke Skywalker festzuhalten, nachdem wir ihn Ihnen nach Jomark geliefert haben?«

»Sie haben ihn mir nicht geliefert, Großadmiral Thrawn«, beharrte C'baoth. »Ich habe ihn durch die Macht zu mir gerufen...«

»Der imperiale Geheimdienst hat das Gerücht verbreitet, daß Jorus C'baoth zurückgekehrt ist und auf Jomark gesehen wurde«, fiel ihm Thrawn kalt ins Wort. »Ein imperiales Schiff hat Sie dorthin gebracht, mit imperialen Mitteln wurde dieses Haus dort für Sie hergerichtet, und imperiale Ingenieure haben die getarnte Landeinsel für Sie gebaut. Das Imperium hat seinen Teil geleistet, um Ihnen Skywalker in die Hände zu spielen. Sie waren es, der dabei versagt hat, ihn dort festzuhalten.«

»Nein!« schnappte C'baoth. »Skywalker verließ Jomark, weil Mara Jade Ihnen entkam und ihn gegen mich aufhetzte. Und sie wird dafür bezahlen. Haben Sie verstanden? Sie wird dafür bezahlen.«

Für einen langen Moment schwieg Thrawn. »Sie haben die gesamte Filve-Angriffsflotte gegen den *Millennium Falken* geworfen«, sagte er schließlich wieder mit kontrollierter Stimme. »Haben Sie Erfolg gehabt und Leia Organa Solo gefangennehmen können?«

»Nein«, knurrte C'baoth. »Aber nicht, weil sie nicht zu mir kommen wollte. Sie will. Genau wie Skywalker.«

Thrawn warf Pellaeon einen Blick zu. »Sie will zu Ihnen kommen?« fragte er.

C'baoth lächelte. »Unbedingt«, sagte er, und seine Stimme hatte unerwarteterweise alle Aggressivität verloren. Klang fast träumerisch... »Sie will, daß ich ihre Kinder ausbilde«, fuhr er fort, während seine Blicke durch den Kommandoraum wanderten. »Ihnen den Weg der Jedi zeige. Sie nach meinem Bilde forme. Weil ich der Meister bin. Der einzige, den es gibt.«

Er sah wieder Thrawn an. »Sie müssen sie zu mir bringen, Großadmiral Thrawn«, sagte er, und es klang halb feierlich, halb flehend. »Wir müssen sie aus dem Bann jener befreien, die ihre Kräfte fürchten. Sie werden sie vernichten, wenn es uns nicht gelingt.«

»Natürlich müssen wir das«, sagte Thrawn besänftigend. »Aber Sie müssen diese Angelegenheit mir überlassen. Alles, was ich brauche, ist etwas mehr Zeit.«

C'baoth dachte darüber nach und griff unter seinem Bart nach dem Medaillon an seiner Halskette, und Pellaeon spürte Gänsehaut auf seinem Rücken. Ganz gleich, wie oft er es auch erlebte, er würde sich nie an diese plötzlichen, ins düstere Zwielicht des Klon-Wahnsinns abgleitenden Stimmungswechsel gewöhnen. Es war, wie er wußte, ein universelles Problem bei den frühen Klon-Experimenten gewesen: eine permanente mentale und emotionale Instabilität, die untrennbar mit der Länge des Wachstumszyklus des Duplikats zusammenhing. Wenige wissenschaftliche Arbeiten zu diesem Thema hatten die Ära der Klon-Kriege überdauert, aber Pellaeon war auf eine Abhandlung gestoßen, die postulierte, daß kein Klon, der in weniger als einem Jahr zur Reife gelangte, stabil genug sein würde, um außerhalb einer total kontrollierten Umgebung zu überleben.

In Anbetracht der Zerstörung, die sie in der Galaxis angerichtet hatten, war Pellaeon bisher davon ausgegangen, daß die Klon-Meister schließlich doch zumindest eine Teillösung für dieses Problem gefunden hatten. Ob sie dabei auch den eigentlichen Grund für den Wahnsinn entdeckt hatten, war eine völlig andere Frage.

Es konnte sehr gut möglich sein, daß Thrawn der erste war, der das Problem wirklich verstand.

»Nun gut, Großadmiral Thrawn«, sagte C'baoth abrupt. »Ich gebe Ihnen eine letzte Chance. Aber ich warne Sie: Es wird Ihre letzte sein. Danach werde ich die Angelegenheit selbst in die Hand nehmen.« Unter den buschigen Brauen blitzten seine Augen. »Und ich warne Sie außerdem: Wenn Sie nicht einmal eine derart kleine Aufgabe erledigen können, werde ich Sie vielleicht als unwürdig erachten, die Streitkräfte meines Imperiums zu führen.«

Thrawns Augen glitzerten, aber er neigte lediglich leicht den Kopf. »Ich nehme Ihre Herausforderung an, Master C'baoth.«

»Gut.« Bedächtig ließ sich C'baoth auf seinem Sitz nieder und schloß die Augen. »Sie können jetzt gehen, Großadmiral Thrawn. Ich möchte meditieren und die Zukunft meiner Jedi planen.«

Für einen Moment stand Thrawn schweigend da, die glühenden roten Augen unverwandt auf C'baoth gerichtet. Dann wanderte sein Blick zu Pellaeon. »Sie werden mich zur Brücke begleiten, Captain«, sagte er. »Ich möchte, daß Sie die Verteidigungsmaßnahmen für das Ukio-System überwachen.«

»Jawohl, Sir«, sagte Pellaeon, dankbar für jeden Grund, C'baoths Nähe zu entkommen.

Für einen Moment hielt er inne und spürte ein Stirnrunzeln auf seinem Gesicht, während er auf C'baoth hinunterblickte. War da nicht etwas gewesen, auf das er Thrawns Aufmerksamkeit lenken wollte? Etwas, das mit C'baoth und den Klons und dem Mount-Tantiss-Projekt zu tun hatte...?

Aber es fiel ihm nicht mehr ein, und mit einem geistigen Schulterzucken verdrängte er den Gedanken. Es würde ihm bestimmt rechtzeitig wieder einfallen.

Er bog um den Displayring und folgte seinem Commander aus dem Raum.

2

Sie wurde die Calius saj Leeloo genannt, die Stadt des glühenden Kristalls von Berchest, und sie hatte seit den frühesten Tagen der Alten Republik zu den spektakulärsten Wundern der Galaxis gezählt. Die ganze Stadt war im Grunde ein einziger riesiger Kristall, im Lauf von Äonen aus der salzigen Gischt des dunklen, rotorangefarbenen Wassers des Leefarimeers entstanden, das gegen das niedrige Kliff brandete, auf dem er ruhte. Die ursprüngliche Stadt war über Jahrzehnte hinweg von den einheimischen berchestianischen Künstlern aus dem Kristall geschliffen worden, und später hatten ihre Nachkommen sein langsames Wachstum kontrolliert und genährt.

In der Blütezeit der Neuen Republik war Calius eine bedeutende Touristenattraktion gewesen, und ihre Bewohner hatten gut von den Millionen Wesen gelebt, die zu der überwältigenden Schönheit der Stadt und ihrer Umgebung pilgerten. Aber das Chaos der Klon-Kriege und der anschließende Aufstieg des Imperiums hatten derart müßigen Lustbarkeiten ein Ende gemacht, und Calius war gezwungen gewesen, sich nach anderen Einkommensquellen umzusehen.

Glücklicherweise hatten die Touristenströme zu dauerhaften Handelsverbindungen zwischen Berchest und den meisten bedeutenden Systemen der Galaxis geführt. Die offensichtliche Lösung für die Berchestianer war, aus Calius ein Handelszentrum zu machen; und obwohl die Stadt sich kaum mit Svivren oder Ketaris messen konnte, hatten sie ein gewisses Maß an Erfolg gehabt.

Das einzige Problem war, daß das Handelszentrum auf imperialem Gebiet lag.

Eine Abteilung Sturmtruppen marschierte die belebte Straße hinunter, und auf ihren weißen Rüstungen spiegelte sich die Farbe der eckigen, rotorangenen Gebäude zu beiden Seiten. Luke Skywalker ging ihnen rechtzeitig aus dem Weg und zog seine Kapuze ein Stück tiefer ins Gesicht. Er spürte bei den Sturmtrupplern keine ungewöhnliche Wachsamkeit, aber so tief im imperialen Raum wollte er lieber kein Risiko eingehen. Die Sturmtruppler marschierten vorbei, ohne auch nur einen Blick in seine Richtung zu werfen, und mit einem stummen Seufzer der Erleichterung kehrten Lukes Gedanken wieder zu der Stadt zurück. Zusammen mit den Sturmtrupplern, den imperialen Flottensoldaten auf Landgang und den Schmugglern, die herumlungerten und nach Aufträgen Ausschau hielten, bildete die düstere, geschäftige Atmosphäre der Stadt einen seltsamen und auffälligen Kontrast zu ihrer heiteren Schönheit.

Und hinter all dieser heiteren Schönheit verbarg sich etwas, das weitaus gefährlicher war als die imperialen Sturmtruppen.

Eine Gruppe Klons.

Zumindest glaubte dies der Geheimdienst der Neuen Republik. Bei der sorgfältigen Auswertung Tausender abgehörter imperialer Kommuniqués waren Calius und das Berchest-System in Verdacht geraten, einer der Verschiebebahnhöfe für die neue Flut menschlicher Duplikate zu sein, die die Schiffe und Truppentransporter von Großadmiral Thrawns Kriegsmaschine bemannten.

Diese Flut mußte gestoppt werden, und zwar schnell. Was bedeutete, die Kloning-Tanks aufzuspüren und zu zerstören. Was zunächst bedeutete, die Transportwege von einem bekannten Verschiebebahnhof zurückzuverfolgen. Was zunächst bedeutete, festzustellen, ob diese Klons tatsächlich über Calius verschifft wurden.

Eine Gruppe Männer in den Dulbands und Gewändern svivrenischer Händler bog zwei Blöcke vor ihm um die Ecke, und wie schon so oft in den vergangenen zwei Tagen griff Luke mit der Macht hinaus. Ein rascher Check genügte: die Händler hatten nicht jene fremdartige Aura, die er bei dem Enterkommando aus Klons gespürt hatte, von denen sie an Bord der *Katana* angegriffen worden waren.

Aber noch als er sein Bewußtsein zurückzog, erregte etwas anderes Lukes Aufmerksamkeit. Etwas, das ihm in den Mahlstrom aus menschlichen und nichtmenschlichen Gedanken und Wahrnehmungen, die ihn wie Splitter aus gefärbtem Glas in einem Sandsturm umwirbelten, fast entgangen wäre. Ein kühl berechnendes Bewußtsein, eins, von dem Luke sicher war, ihm schon einmal begegnet zu sein, obwohl er es in dem mentalen Durcheinander nicht genau identifizieren konnte.

Und der Träger dieses Bewußtseins war sich wiederum Lukes Anwesenheit in Calius voll bewußt. Und er beobachtete ihn.

Luke verzog das Gesicht. Allein im Feindesland, zwei Kilometer von seinem Schiff entfernt, das auf dem Raumhafen von Calius wartete, und nur mit einem Lichtschwert bewaffnet, das ihn verraten würde, sobald er es unter seiner Tunika hervorzog, standen seine Chancen nicht sehr gut.

Aber er verfügte über diese Macht... Und er wußte, daß er verfolgt wurde. Alles in allem waren die Chancen doch ausgeglichen.

Ein paar Meter zu seiner Linken befand sich der Eingang zu dem langen, gewölbten Tunnel einer Fußgängerbrücke. Luke beschleunigte seine Schritte und steuerte sie an, während er sich an den Stadtplan zu erinnern und herauszufinden versuchte, wohin genau die Brücke führte. Über den eisigen Fluß der Stadt, entschied er, und hinauf zu den höher gelegenen und wohlhabenderen Vierteln, von denen aus man das Meer überblicken konnte. Er spürte, wie hinter ihm sein Verfolger die Brücke betrat; und während sich Luke von dem mentalen Getöse der belebten Geschäftsviertel entfernte, gelang es ihm endlich, den Mann zu identifizieren.

Es war nicht so schlimm, wie er befürchtet hatte. Aber zumindest potentiell war es schlimm genug. Mit einem Seufzer blieb Luke stehen und wartete. Die Brücke mit ihrer leichten Wölbung, die beide Enden vor den Blicken verbarg, war so gut für eine Konfrontation geeignet wie jeder andere Ort.

Sein Verfolger erreichte den letzten Abschnitt vor der Wölbung. Dann, als rechnete er damit, daß sein Opfer ihn erwartete, blieb er außer Sichtweite stehen. Luke griff mit seinen Sinnen heraus, spürte, wie ein Blaster gezogen wurde... »Alles in Ordnung«, rief er leise. »Wir sind allein. Kommen Sie heraus.«

Luke registrierte ein kurzes Zögern und aufflackernde Überraschung; und dann trat Talon Karrde in sein Blickfeld.

»Wie ich sehe, hält das Universum immer noch Überraschungen für mich bereit«, kommentierte der Schmuggler und neigte den Kopf zu einer angedeuteten Verbeugung, während er seinen Blaster zurück ins Halfter steckte. »So, wie Sie sich benommen haben, dachte ich, Sie wären ein Spion der Neuen Republik. Aber ich muß zugeben, daß ich nicht damit gerechnet habe, daß man ausgerechnet Sie schicken würde.«

Luke musterte ihn und versuchte intensiv, die Aura des Mannes zu lesen. Bei seinem letzten Zusammentreffen mit Karrde, kurz nach der Schlacht um die *Katana,* hatte der andere bekräftigt, daß er und seine Schmugglerbande in diesem Krieg neutral bleiben würden. »Und was hatten Sie vor, als Sie sicher waren, daß ich es bin?«

»Ich wollte Sie nicht verraten, wenn es das ist, was Sie meinen«, sagte Karrde und warf einen Blick über die Schulter. »Ich schlage vor, daß wir weitergehen. Berchestianer führen normalerweise keine langen Gespräche auf Brücken. Und der Tunnel trägt Stimmen über erstaunliche Entfernungen hinweg.«

Und wenn am anderen Ende der Brücke ein Hinterhalt auf sie wartete? Aber in diesem Fall würde Luke es rechtzeitig merken. »Ich habe nichts dagegen«, sagte er, trat zur Seite und forderte Karrde mit einem Wink auf, vorzugehen.

Der andere schenkte ihm ein sardonisches Lächeln. »Sie trauen mir nicht, was?« sagte er, schob sich an Luke vorbei und ging die Brücke hinunter.

»Muß an Hans Einfluß liegen«, sagte Luke entschuldigend, als er zu ihm aufschloß. »An seinem oder Ihrem. Oder vielleicht an Maras.«

Er spürte die Veränderung in Karrdes Aura: ein kurzes Aufflakkern von Besorgnis, die rasch wieder verdrängt wurde. »Da Sie Mara erwähnen – wie geht es ihr?«

»Sie hat sich fast erholt«, versicherte Luke. »Die Mediker meinen, daß es kein Problem ist, diese leichten neuralen Verletzungen zu kurieren; es kostet nur Zeit.«

Karrde nickte, die Augen auf das Ende des Tunnels gerichtet. »Ich weiß es zu schätzen, daß Sie sich so um sie kümmern«, sagte er fast widerwillig. »Unsere medizinischen Einrichtungen hätten ihr nicht helfen können.«

Luke wehrte den Dank ab. »Es war das mindeste, was wir tun konnten, nachdem Sie uns auf der *Katana* so geholfen haben.«

»Vielleicht.«

Sie erreichten das Ende der Brücke und betraten eine Straße, die wesentlich weniger bevölkert war als jene, die sie verlassen hatten. Über und vor ihnen konnten sie die drei kunstfertig geschliffenen Regierungsgebäude erkennen, die unweit der Küste die umstehenden Gebäude überragten. Luke griff mit der Macht hinaus und kontrollierte die Passanten in der Nähe. Nichts. »Haben Sie ein bestimmtes Ziel?« fragte er Karrde.

Der andere schüttelte den Kopf. »Ich mache nur einen Spaziergang durch die Stadt«, sagte er gleichmütig. »Und Sie?«

»Gleichfalls«, erwiderte Luke im gleichen Tonfall.

»Und hoffen dabei, ein oder zwei bekannte Gesichter zu sehen? Oder drei oder vier oder fünf?«

Also wußte Karrde – oder ahnte –, warum er hier war. Irgendwie überraschte es ihn nicht. »Wenn sie hier sind, werde ich sie finden«, erklärte er. »Ich vermute, Sie haben keine Informationen, die mir dabei helfen könnten?«

»Vielleicht«, sagte Karrde. »Haben Sie genug Geld, um dafür zu bezahlen?«

»Da ich Ihre Preise kenne, vermutlich nicht«, entgegnete Luke. »Aber ich könnte Ihnen einen Kreditrahmen einräumen lassen, wenn ich zurückkehre.«

»*Falls* Sie zurückkehren«, konterte Karrde. »Wenn ich bedenke, wie viele imperiale Truppen zwischen Ihnen und Ihrer Heimat stehen, sind Sie im Moment nicht unbedingt ein gutes Investmentrisiko.«

Luke wölbte eine Braue. »Im Gegensatz zu einem Schmuggler, der ganz oben auf der Fahndungsliste des Imperiums steht?« fragte er spitz.

Karrde lächelte. »Wie es der Zufall will, ist Calius einer der wenigen Orte im imperialen Raum, wo ich absolut sicher bin. Die berchestianische Regierung und ich kennen uns schon seit vielen Jahren. Wichtiger noch ist, daß es bestimmte, für sie wichtige Güter gibt, die nur ich liefern kann.«

»Militärische Güter?«

»Ich habe mit Ihrem Krieg nichts zu schaffen, Skywalker«, erinnerte ihn Karrde kühl. »Ich bin neutral, und ich will es auch bleiben. Ich dachte, ich hätte das Ihnen und Ihrer Schwester bei unserer letzten Begegnung klargemacht.«

»Oh, es war klar genug«, nickte Luke. »Ich dachte nur, Sie hätten es sich vielleicht im Lauf der letzten Monate anders überlegt.«

Karrdes Gesichtsausdruck veränderte sich nicht, aber Luke konnte den fast unbewußten Stimmungswechsel spüren. »Mir gefällt die Vorstellung ganz und gar nicht, daß Großadmiral Thrawn

Zugang zur Kloning-Technologie hat«, gab er zu. »Langfristig hat sie das Potential, das Gleichgewicht der Macht zu seinen Gunsten zu verschieben, und das will keiner von uns erleben. Aber ich denke, daß Ihre Seite auf die Situation ein wenig überreagiert.«

»Ich begreife nicht, wieso Sie es für eine Überreaktion halten können«, sagte Luke. »Das Imperium verfügt über den Großteil der zweihundert Dreadnaughts von der *Katana*-Flotte, und jetzt verfügt es über ein unbegrenztes Reservoir an Klons, um sie zu bemannen.«

»›Unbegrenzt‹ würde ich eigentlich nicht sagen«, meinte Karrde. »Die Wachstumsrate der Klons ist begrenzt, wenn sie mental stabil genug sein sollen, um ihnen Kriegsschiffe anzuvertrauen. Das Minimum beträgt ein Jahr pro Klon, wenn ich mich an die alte Faustregel richtig erinnere.«

Eine Gruppe von fünf Vaathkree überquerte vor ihnen eine Kreuzung. Bis jetzt hatte das Imperium nur Menschen geklont, aber Luke überprüfte sie trotzdem. Wieder nichts. »Ein Jahr pro Klon, sagen Sie?«

»Das ist das absolute Minimum«, bestätigte Karrde. »Die Dokumente aus der Klon-Vorkriegszeit, die ich gesehen habe, empfehlen als angemessenes Limit sogar drei bis fünf Jahre. Schneller als der normale menschliche Wachstumszyklus, gewiß, aber kaum ein Grund zur Panik.«

Luke blickte zu den geschliffene Türmen hinauf, deren sonnenbeschienenes Rotorange im scharfen Kontrast zu den gebauschten weißen Wolken stand, die vom dahinterliegenden Meer herantrieben. »Was würden Sie sagen, wenn ich Ihnen erzähle, daß die Klons, die uns auf der *Katana* angegriffen haben, in weniger als einem Jahr herangereift sind?«

Karrde zuckte die Schultern. »Das hängt davon ab, um wieviel weniger.«

»Der volle Zyklus betrug zwischen fünfzehn und zwanzig Tagen.«

Karrde blieb abrupt stehen. »Was?« fragte und starrte Luke an.

»Fünfzehn bis zwanzig Tage«, wiederholte Luke und blieb ebenfalls stehen.

Für einen langen Moment sah ihm Karrde in die Augen. Dann, langsam, wandte er sich ab und ging weiter. »Das ist unmöglich«, sagte er. »Das muß ein Irrtum sein.«

»Ich kann Ihnen eine Kopie der Studien besorgen.«

Karrde nickte nachdenklich, die Augen ins Leere gerichtet. »Zumindest erklärt das Ukio.«

»Ukio?« Luke runzelte die Stirn.

Karrde warf ihm einen Blick zu. »Richtig – Sie sind offenbar schon länger von zu Hause weg. Vor zwei Tagen haben die Imperialen gleichzeitig mehrere Angriffe auf Ziele im Abrion- und Dufilvian-Sektor gestartet. Sie haben die Militärbasis auf Ord Pardron erheblich beschädigt und das Ukio-System erobert.«

Luke spürte, wie sich sein Magen zusammenzog. Ukio gehörte zu den fünf wichtigsten Nahrungsmittelproduzenten in der gesamten Neuen Republik. Allein die Folgen für den Abrion-Sektor... »Wie stark wurde Ukio zerstört?«

»Offenbar überhaupt nicht«, sagte Karrde. »Nach meinen Informationen wurde der Planet mit intakten Schilden und Boden-Raum-Waffensystemen eingenommen.«

Sein Magen zog sich noch mehr zusammen. »Ich dachte, so etwas wäre unmöglich.«

»Großadmirale wurden vor allem wegen ihrer Fähigkeit ausgewählt, das Unmögliche zu vollbringen«, sagte Karrde trocken. »Die Einzelheiten des Angriffs sind noch weitgehend unbekannt; es wird interessant sein, festzustellen, wie sie es geschafft haben.«

Thrawn verfügte also über die *Katana*-Dreadnaughts; und er verfügte über Klons, um sie zu bemannen; und jetzt verfügte er über genug Nahrungsmittel für diese Klons. »Das ist nicht nur der Beginn weiterer Scharmützel«, sagte Luke langsam. »Das Imperium ist dabei, eine Großoffensive zu starten.«

»So sieht es jedenfalls aus«, bestätigte Karrde. »Ich schätze, Sie haben einen Haufen Arbeit vor sich.«

Luke musterte ihn. Karrdes Stimme und Gesicht waren so ausdruckslos wie stets, aber er spürte, daß er sich nicht mehr so sicher war. »Und nichts davon ändert Ihre Meinung?« bedrängte er den anderen.

»Ich werde mich nicht der Neuen Republik anschließen, Skywalker«, sagte Karrde kopfschüttelnd. »Aus vielen Gründen. Nicht zuletzt wegen der Tatsache, daß ich gewissen Elementen in Ihrer Regierung nicht traue.«

»Ich denke, Fey'lya ist inzwischen diskreditiert genug...«

»Ich meinte damit nicht nur Fey'lya«, unterbrach Karrde. »Sie wissen so gut wie ich, wie die Mon Calamari zu uns Schmugglern stehen. Jetzt, wo Admiral Ackbar wieder in seine Ämter eingesetzt worden ist, werden alle in unserem Geschäft wieder verdammt aufpassen müssen.«

»Oh, kommen Sie«, schnaubte Luke. »Sie glauben doch nicht, daß Admiral Ackbar Zeit hat, sich um Schmuggler zu kümmern, oder?«

Karrde lächelte ironisch. »Eigentlich nicht. Aber ich bin auch nicht bereit, mein Leben darauf zu verwetten.«

Patt. »Also gut«, sagte Luke. »Lassen Sie uns rein geschäftlich an die Angelegenheit herangehen. Wir brauchen Informationen über die Schritte und Absichten des Imperiums, die Sie wahrscheinlich ohnehin schon verfolgen. Können wir diese Informationen von Ihnen kaufen?«

Karrde dachte nach. »Das könnte möglich sein«, sagte er zurückhaltend. »Aber nur, wenn ich darüber entscheiden kann, was wir Ihnen liefern. Ich möchte meine Gruppe nicht in eine inoffizielle Abteilung des Geheimdienstes der Neuen Republik verwandeln.«

»Einverstanden«, sagte Luke. Es war weniger, als er erhofft hatte, aber es war besser als nichts. »Ich werde Ihnen sofort nach meiner Rückkehr einen Kreditrahmen einräumen lassen.«

»Vielleicht sollten wir mit einem direkten Informationsaustausch anfangen«, schlug Karrde vor, während er die Kristallgebäude musterte. »Verraten Sie mir, was Sie auf Calius aufmerksam gemacht hat.«

»Ich habe einen besseren Vorschlag«, sagte Luke. Das ferne Gedankenecho war schwach, aber unmißverständlich. »Was würden Sie sagen, wenn ich Ihnen bestätige, daß die Klons hier sind?«

»Wo?« fragte Karrde scharf.

»Irgendwo in dieser Richtung«, sagte Luke und deutete leicht nach rechts. »Vielleicht einen halben Kilometer entfernt – schwer zu sagen.«

»In einem der Türme«, entschied Karrde. »Bequem und sicher und gut versteckt vor neugierigen Augen. Ich möchte wissen, ob es einen Weg gibt, hineinzukommen und sich umzusehen.«

»Einen Moment – sie bewegen sich«, sagte Luke. Seine Stirn furchte sich, als er sich bemühte, die Verbindung aufrechtzuerhalten. »Richtung..., fast in unsere Richtung, aber nicht ganz.«

»Wahrscheinlich werden sie zum Raumhafen gebracht«, vermutete Karrde. Er sah sich um und wies nach rechts. »Wahrscheinlich werden sie die Mavrillestraße benutzen – zwei Blocks weiter in dieser Richtung.«

Sie beeilten sich, aber nicht zu sehr, um keinen Verdacht zu erregen, und legten die Distanz in drei Minuten zurück. »Sie werden wahrscheinlich einen Frachttransporter oder einen leichten Laster nehmen«, sagte Karrde, als sie eine Stelle fanden, von der aus sie die Straße überblicken konnten, ohne den Fußgängerverkehr entlang der Fahrbahn zu stören. »Ein Militärfahrzeug würde nur Aufsehen erregen.«

Luke nickte. Mavrille, so wußte er durch sein Kartenstudium, war eine der wenigen Straßen in Calius, die breit genug geschliffen waren, daß Fahrzeuge sie benutzen konnten, mit dem Resultat, daß der Verkehr sehr dicht war. »Ich wünschte, ich hätte ein Makrofernglas dabei«, kommentierte er.

»Vertrauen Sie mir – Sie sehen auch so schon verdächtig genug aus«, konterte Karrde, während er den Hals streckte und über die Köpfe der Passanten spähte. »Irgendeine Spur von ihnen?«

»Sie kommen eindeutig hierher«, erklärte Luke. Er griff mit der Macht hinaus und versuchte, die Klon-Aura von dem Sandsturm der anderen Gedanken und Bewußtseine um ihn herum zu unterscheiden. »Ich schätze, es sind zwanzig oder dreißig.«

»Dann ist es ein Frachttransporter«, entschied Karrde. »Da kommt einer – direkt hinter diesem Trast-Lastgleiter.«

»Ich sehe ihn.« Luke holte tief Luft und konzentrierte seine Jedi-Kräfte. »Sie sind es«, murmelte er, und ein Schauder lief ihm über den Rücken.

»In Ordnung«, sagte Karrde mit grimmiger Stimme. »Sehen Sie genau hin; vielleicht haben sie eine oder mehrere der Belüftungsklappen geöffnet.«

Der Frachttransporter näherte sich ihnen auf seinen Repulsorkissen und kam einen knappen Block entfernt abrupt zum Halt, als der Fahrer des Lastgleiters vor ihm plötzlich bemerkte, daß er seine Abzweigung erreicht hatte. Der Gleiter bog schwerfällig um die Ecke, so daß sich der ganze Verkehr hinter ihm staute.

»Warten Sie hier«, sagte Karrde und verschwand im Strom der Passanten, die in diese Richtung eilten. Luke behielt die Umgebung weiter im Auge, um sofort festzustellen, ob man ihn oder Karrde entdeckt und erkannt hatte. Wenn es sich bei diesem ganzen Manöver um eine Art komplizierte Falle für Außenweltspione handelte, dann war jetzt der offenkundige Zeitpunkt zum Zuschnappen gekommen.

Der Gleiter verschwand endlich hinter der Ecke, und der Frachttransporter rumpelte weiter. Er kam an Luke vorbei und rollte die Straße hinunter, bis er ein paar Sekunden später um eins der rotorangenen Gebäude bog. Luke trat zurück in die Seitenstraße, aus der er gekommen war, und wartete; und eine Minute später tauchte Karrde wieder auf. »Zwei der Klappen waren geöffnet, aber ich konnte nicht genug sehen, um sicher zu sein«, informierte er schweratmend Luke. »Und Sie?«

Luke schüttelte den Kopf. »Ich konnte auch nichts erkennen Aber sie waren es. Ich bin mir dessen sicher.«

Für einen Moment musterte Karrde sein Gesicht. Dann nickte er knapp. »In Ordnung. Was jetzt?«

»Ich werde versuchen, mit meinem Schiff vor ihnen zu starten«, sagte Luke. »Wenn es mir gelingt, ihren Hyperraumvektor zu verfolgen, können wir vielleicht feststellen, wohin sie fliegen.« Er hob die Brauen. »Obwohl zwei Schiffe, die zusammenarbeiten, eine genauere Messung vornehmen könnten.«

Karrde lächelte dünn. »Sie werden es mir nachsehen, wenn ich das Angebot ablehne«, sagte er. »Ein Tandemflug mit einem Agenten der Neuen Republik ist nicht unbedingt das, was ich unter Neutralität verstehe.« Er warf einen Blick über Lukes Schulter und musterte die Straße hinter ihm. »Jedenfalls denke ich, daß es besser ist, wenn ich ihre Spur von hier aus zurückverfolge. Mal sehen, ob ich ihren Herkunftsort herausfinden kann.«

»Klingt gut«, nickte Luke. »Ich mach' mich jetzt besser auf den Weg zum Raumhafen, um die Startvorbereitungen zu treffen.«

»Wir bleiben in Verbindung«, versprach Karrde. »Sorgen Sie dafür, daß der Kreditrahmen großzügig ausfällt.«

Gouverneur Staffa stand am höchsten Fenster des Zentralregierungsturms Nummer eins und senkte sein Makrofernglas mit einem befriedigten Schnauben. »Das war er, in Ordnung, Fingal«, sagte er zu dem kleinen Mann an seiner Seite. »Es besteht kein Zweifel. Luke Skywalker persönlich.«

»Glauben Sie, daß er den Spezialtransport gesehen hat?« fragte Fingal und befingerte nervös sein eigenes Makrofernglas.

»Nun, natürlich hat er ihn gesehen«, knurrte Staffa. »Glauben Sie etwa, er hat aus Gesundheitsgründen auf der Mavrillestraße herumgelungert?«

»Ich dachte nur...«

»Denken Sie nicht, Fingal«, fiel ihm Staffa ins Wort. »Dafür fehlen Ihnen alle Voraussetzungen.«

Er schlenderte zu seinem Schreibtisch, legte das Makrofernglas in eine Schublade und lud Großadmiral Thrawns Direktive auf seinen Datenblock. Es war – seiner persönlichen und streng vertraulichen Meinung nach – eine ziemlich bizarre Direktive, eigenartiger sogar als diese mysteriösen Truppentransporte, die das imperiale Oberkommando seit einiger Zeit über Calius laufen ließ. Aber unter den gegebenen Umständen blieb ihm keine andere Wahl, als davon auszugehen, daß Thrawn wußte, was er tat.

Jedenfalls war es sein Problem – nicht Staffas –, wenn er es nicht wußte, und nur das war von Bedeutung. »Ich möchte, daß Sie eine Nachricht an den imperialen Sternzerstörer *Schimäre* senden«, befahl er Fingal, während er seine massige Gestalt bedächtig in seinen Sessel wuchtete und den Datenblock über den Schreibtisch schob. »Entsprechend den hier gespeicherten Instruktionen kodiert. Informieren Sie Großadmiral Thrawn, daß Skywalker in Calius gewesen ist und daß ich ihn persönlich in der Nähe des Spezialtransports gesehen habe. Und daß er der Direktive des Großadmirals entsprechend Berchest ungehindert verlassen hat.«

»Ja, Gouverneur«, sagte Fingal und machte sich auf seinem eigenen Datenblock Notizen. Wenn der kleine Mann etwas Ungewöhnliches darin sah, einen Rebellenspion frei auf imperialem Territorium herumlaufen zu lassen, so verriet er es nicht. »Was ist mit dem anderen Mann, Gouverneur? Mit dem Skywalker dort unten zusammen war?«

Staffa schürzte die Lippen. Der Preis auf Talon Karrdes Kopf betrug inzwischen fast fünfzigtausend – eine große Summe Geldes, selbst für einen Mann mit dem Gehalt und den Vergünstigungen eines planetaren Gouverneurs. Er hatte immer gewußt, daß irgendwann der Tag kommen würde, an dem es in seinem ureigensten Interesse war, die stillschweigende Geschäftsbeziehung zu beenden, die er mit Karrde hatte. Vielleicht war dieser Zeitpunkt endlich gekommen.

Nein. Nein, nicht solange in der Galaxis immer noch Krieg tobte. Später vielleicht, wenn der Sieg nahe war und die Versorgungslage sich gebessert hatte. Aber jetzt noch nicht. »Der andere Mann ist ohne jede Bedeutung«, erklärte er Fingal. »Ein Spezialagent, den ich losgeschickt habe, um den Rebellenspion aus seinem Versteck zu locken. Vergessen Sie ihn. An die Arbeit – sorgen Sie dafür, daß diese Nachricht kodiert und gesendet wird.«

»Ja, Sir«, nickte Fingal und trat zur Tür.

Die Tür glitt zur Seite… und in dem kurzen Moment, als Fingal nach draußen trat, glaubte Staffa, ein seltsames Glitzern in den Augen des kleinen Mannes zu sehen. Natürlich lag es nur an der Vorzimmerbeleuchtung. Neben seiner bedingungslosen Loyalität zu seinem Gouverneur war Fingals hervorstechendste und sympathischste Eigenschaft sein gleichfalls bedingungsloser Mangel an Fantasie.

Staffa holte tief Luft, verbannte Fingal und Rebellenspione und sogar Großadmirale aus seinen Gedanken, lehnte sich in seinem Sessel zurück und begann darüber nachzudenken, was er mit der Ladung machen würde, die Karrdes Leute in diesem Moment am Raumhafen löschten.

3

Langsam, als würde sie eine lange, düstere Treppe hinaufsteigen, erwachte Mara Jade aus ihrem tiefen Schlaf. Sie öffnete die Augen, sah sich in dem dämmrigen Zimmer um und fragte sich, wo in der Galaxis sie sich befand.

Es war eine Medikstation – das verrieten die Biomonitore, die zusammengeklappten Raumteiler und die anderen Multiform-Betten im Zimmer. Aber es war keine von Karrdes Einrichtungen, zumindest keine, die sie kannte.

Aber das Design selbst war ihr nur zu gut bekannt. Es war ein imperialer Standard-Genesungsraum.

Derzeit schien sie allein zu sein, aber sie wußte, daß es nicht lange so bleiben würde. Lautlos schwang sie sich aus dem Bett und kauerte auf dem Boden nieder, wo sie kurz ihre körperliche Verfassung analysierte. Keine Beschwerden oder Schmerzen; keine Benommenheit oder sichtbaren Verletzungen. Sie schlüpfte in den Bademantel und die Hausschuhe, die am Bettende deponiert waren, und schlich zur Tür, bereit, jeden zum Schweigen zu bringen oder sonstwie abzuschalten, der draußen auf sie lauerte. Sie hielt die Hand vor den Türöffner, und als das Paneel zur Seite glitt, war sie mit einem Sprung im Wartezimmer der Genesungsstation...

Und blieb abrupt und ein wenig verwirrt stehen.

»Oh, hallo, Mara«, sagte Ghent geistesabwesend und blickte kurz von dem Computerterminal auf, an dem er saß, ehe er seine Aufmerksamkeit wieder dem Bildschirm zuwandte. »Wie fühlen Sie sich?«

»Eigentlich nicht schlecht«, sagte Mara, starrte den Jungen an und kramte angestrengt in ihren verschwommenen Erinnerungen. Ghent – einer von Karrdes Leuten und wahrscheinlich der beste Hacker der Galaxis. Und die Tatsache, daß er an einem Terminal saß, bedeutete, daß sie keine Gefangenen waren – oder ihr Kerkermeister war so abgrundtief dumm, daß er nicht wußte, daß man einen Hacker nicht in Spuckweite eines Computers kommen lassen durfte.

Aber hatte sie Ghent nicht zum Hauptquartier der Neuen Republik auf Coruscant geschickt? Ja, sie hatte. Auf Karrdes Befehl hin, kurz bevor er seine Leute zusammengetrommelt und sie in die Schlacht um die *Katana*-Flotte geführt hatte.

Wo sie mit ihrem Z-95 einen imperialen Sternzerstörer gerammt hatte... mit dem Schleudersitz ausgestiegen war... und ihren Schleudersitz intelligenterweise direkt in einen Ionenkanonenstrahl gesteuert hatte. Was ihre Steuerungssysteme zerstört hatte, so daß sie dazu verdammt war, für ewig durch den interstellaren Raum zu treiben.

Sie sah sich um. Die Ewigkeit hatte offenbar nicht so lange gedauert, wie sie erwartet hatte. »Wo sind wir?« fragte sie, obwohl sie eine ziemlich gute Vorstellung hatte, wie die Antwort lauten würde. Sie hatte recht.

»Im alten imperialen Palast auf Coruscant«, erklärte Ghent mit einem leichten Stirnrunzeln. »Im medizinischen Flügel. Ihr Nervensystem war geschädigt. Erinnern Sie sich nicht?«

»Es ist alles ein wenig verschwommen«, gestand Mara. Aber als die letzten Spinnweben um ihr Bewußtsein zerrissen, fiel ihr nach und nach alles ein. Die zerstörten Lebenserhaltungssysteme ihres Schleudersitzes; und eine seltsame, trunkene Benommenheit, als aus der Finsternis der Schlaf zu ihr gekommen war. Sie hatte wahrscheinlich bereits an Sauerstoffmangel gelitten, bevor man sie gefunden und an Bord eines Schiffes geholt hatte.

Nein. Nicht *man*: *er*. Es gab nur einen einzigen Menschen, der in der Lage war, einen einzelnen beschädigten Schleudersitz zwischen den Trümmern der Schlacht in der unermeßlichen Leere des Weltraums aufzuspüren. Luke Skywalker, der letzte der Jedi-Ritter.

Der Mann, den sie töten würde.

DU WIRST LUKE SKYWALKER TÖTEN.

Sie trat einen Schritt zurück und lehnte sich an den Türpfosten, als ihre Knie plötzlich schwach wurden und die Worte des Imperators in ihrem Kopf hallten. Sie war hier gewesen, auf dieser Welt und in diesem Gebäude, als er über Endor gestorben war. Hatte durch seinen Geist gesehen, wie Luke Skywalker ihn niedergestreckt und damit auch ihr Leben zerstört hatte.

»Wie ich sehe, sind Sie wach«, erklang eine neue Stimme.

Mara öffnete die Augen. Bei dem Neuankömmling handelte es sich um eine Frau mittleren Alters in einem Medikerkittel; sie kam von der gegenüberliegenden Tür direkt auf sie zu, einen Emde-Droiden im Schlepptau. »Wie fühlen Sie sich?«

»Gut«, sagte Mara, von dem plötzlichen Drang überwältigt, auf die andere Frau einzuschlagen. Diese Leute – diese Feinde des Imperiums – hatten kein Recht, hier im Palast des Imperators zu sein...

Sie holte tief Luft und kämpfte den Gefühlsaufruhr nieder. Die Medikerin war plötzlich stehengeblieben und runzelte in professioneller Besorgnis die Stirn; Ghent hatte seinen geliebten Computer für einen Moment vergessen und sah sie verwirrt an. »Tut mir leid«, murmelte sie. »Ich schätze, ich bin noch nicht ganz da.«

»Verständlich«, nickte die Medikerin. »Schließlich haben Sie einen Monat lang in diesem Bett gelegen.«

Mara starrte sie an. »Einen *Monat*?«

»Nun, fast einen Monat«, berichtigte sich die Medikerin. »Sie haben außerdem einige Zeit in einem Bactatank verbracht. Keine Sorge – vorübergehende Gedächtnisstörungen sind bei der Behandlung von Nervenschäden üblich, aber nach der Therapie klingen sie fast immer von allein ab.«

»Ich verstehe«, sagte Mara mechanisch. Ein Monat. Sie hatte einen ganzen Monat verloren. Und in dieser Zeit...

»Wir haben für Sie oben eine Gästesuite vorbereitet, die Sie beziehen können, wenn Sie sich kräftig genug fühlen, um uns zu verlassen«, fuhr die Medikerin fort. »Soll ich nachsehen, ob sie fertig ist?«

Mara sah sie an. »Das wäre nett«, nickte sie.

Die Medikerin löste ein Interkom von ihrem Gürtel und aktivierte es; als sie zu sprechen begann, trat Mara an ihr vorbei an Ghents Seite. »Wie hat sich im letzten Monat der Krieg entwikkelt?« fragte sie ihn.

»Oh, das Imperium macht wie üblich Ärger«, sagte Ghent mit einer Handbewegung gen Himmel. »Zumindest haben die Imperialen hier für ziemliche Unruhe gesorgt. Ackbar und Madine und die anderen laufen wie aufgescheucht herum. Sie versuchen, sie zurückzuschlagen oder zu stoppen – irgendwas in dieser Richtung.«

Und das war, wußte Mara, alles, was sie über die aktuellen Geschehnisse aus ihm herausbekommen würde. Abgesehen von seiner Faszination für Schmugglermärchen interessierte sich Ghent allein für seine Computer.

Sie runzelte die Stirn, als ihr verspätet einfiel, warum Karrde Ghent hierhergeschickt hatte. »Warte mal«, sagte sie. »Ackbar hat wieder das Kommando? Du meinst, du hast ihn bereits von allem Verdacht befreit?«

»Sicher«, sagte Ghent. »Diese verdächtige Sache mit dem Bankkonto, um die Rat Fey'lya solchen Wirbel gemacht hat, war ein einziger Schwindel – die Kerle, die elektronisch in die Bank eingebrochen sind, haben gleichzeitig sein Konto manipuliert. Wahrscheinlich der imperiale Geheimdienst – die Programmierung trägt seine Handschrift. Oh, sicher; ich habe das schon zwei Tage nach meiner Ankunft bewiesen.«

»Ich kann mir vorstellen, daß sie froh darüber waren. Aber warum bist du noch immer hier?«

»Nun...« Für einen Moment wirkte er betroffen. »Einerseits, weil niemand gekommen ist, um mich zu holen.« Sein Gesicht hellte sich auf. »Außerdem ist da dieser wirklich ausgefuchste Chiffrierkode, den jemand hier benutzt, um dem Imperium Informationen zu senden. General Bel Iblis sagt, daß die Imperialen einen Spion namens Delta-Quelle haben, der sie direkt aus dem Palast mit Nachrichten versorgt.«

»Und er hat dich gebeten, den Kode zu knacken«, nickte Mara und spürte ein Zucken um ihre Lippen. »Ich schätze, er hat dir dafür kein Geld oder sonst eine Gegenleistung geboten, oder?«

»Nun...«, Ghent zuckte die Schultern. »Wahrscheinlich. Aber ich weiß es nicht genau.«

Die Medikerin hatte das Interkom wieder in ihrem Gürtel. »Man wird Sie sofort abholen«, informierte sie Mara.

»Danke«, erwiderte Mara und unterdrückte den Drang, der anderen zu sagen, daß sie sich im imperialen Palast sogar im Schlaf besser zurechtfand als jeder andere im hellen Tageslicht. Zusammenarbeit und Höflichkeit – das waren die Schlüssel, um an ein Schiff zu kommen, mit dem sie und Ghent diese Welt und ihren Krieg hinter sich lassen konnten.

Hinter der Medikerin glitt die Tür zur Seite, und eine große Frau mit schneeweißen Haaren trat ins Zimmer. »Hallo, Mara«, sagte sie mit einem ernsten Lächeln. »Mein Name ist Winter, persönliche Beraterin von Prinzessin Leia Organa Solo. Ich bin froh, Sie wieder auf den Beinen zu sehen.«

»Ich bin froh, hier zu sein«, sagte Mara und versuchte, ihre Stimme höflich klingen zu lassen. Noch jemand, der zu Skywalker gehörte. Das hatte ihr gerade noch gefehlt. »Ich nehme an, Sie sind es, die mich abholen soll?«

»Ich stehe Ihnen in den nächsten Tagen in jeder Hinsicht zur Verfügung«, erklärte Winter. »Prinzessin Leia hat mich gebeten, mich um Sie zu kümmern, bis sie mit Captain Solo von Filve zurückkehrt.«

»Ich brauche keine Hilfe, und ich brauche niemand, der sich um mich kümmert«, wehrte Mara ab. »Alles, was ich brauche, ist ein Schiff.«

»Daran arbeite ich bereits«, sagte Winter. »Ich hoffe, daß es uns bald gelingt, etwas für Sie zu finden. Kann ich Ihnen jetzt Ihre Suite zeigen?«

Mara unterdrückte eine Grimasse. Die Usurpatoren von der Neuen Republik ließen sich gütig dazu herab, sie in ihrem eigenen Haus aufzunehmen. »Das ist sehr freundlich«, sagte sie und bemühte sich, nicht zu sarkastisch zu klingen. »Kommst du, Ghent?«

»Gehen Sie schon mal vor«, sagte Ghent geistesabwesend, auf den Computermonitor konzentriert. »Ich bin hier noch eine Weile beschäftigt.«

»Das ist schon in Ordnung«, versicherte ihr Winter. »Hier entlang, bitte.«

Sie verließen das Wartezimmer, und Winter führte sie in den rückwärtigen Teil des Palastes. »Ghents Suite liegt direkt neben Ihrer«, erklärte Winter unterwegs, »aber ich glaube nicht, daß er sie im letzten Monat mehr als zweimal benutzt hat. Er hat sich vorübergehend im Wartezimmer der Genesungsstation einquartiert, um Sie im Auge zu behalten.«

Mara mußte lächeln. Ghent, der etwa neunzig Prozent seiner Zeit die Außenwelt gar nicht bemerkte, war nicht unbedingt das, was sie sich unter einem Pfleger oder Leibwächter vorstellte. Aber es war die Absicht, die zählte. »Ich möchte mich bei Ihnen und Ihren Leuten für alles bedanken, was Sie für mich getan haben«, sagte sie zu Winter.

»Es war das mindeste, was wir für Sie tun konnten – schließlich haben Sie uns bei der *Katana*-Schlacht geholfen.«

»Es war Karrdes Idee«, sagte Mara knapp. »Danken Sie ihm, nicht mir.«

»Das haben wir getan«, erklärte Winter. »Aber Sie haben für uns ebenfalls Ihr Leben riskiert. Wir werden das nicht vergessen.«

Mara warf der weißhaarigen Frau einen Seitenblick zu. Sie hatte die Akten des Imperators über die Führer der Rebellion gelesen, Leia Organa eingeschlossen, und der Name Winter brachte bei ihr keine Glocke zum Läuten. »Wie lange arbeiten Sie schon für Organa Solo?« fragte sie.

»Ich bin mit ihr am königlichen Hof von Alderaan aufgewachsen«, sagte Winter mit einem bittersüßen Lächeln. »Wir waren Freundinnen in unserer Kindheit, und als sie die ersten Schritte in die galaktische Politik machte, ernannte mich ihr Vater zu ihrer Ratgeberin. Seitdem bin ich bei ihr.«

»Ich kann mich nicht erinnern, während der Rebellion von Ihnen gehört zu haben«, versuchte es Mara.

»Ich bin im Krieg von einem Planeten zum anderen gezogen, im Auftrag des Versorgungs- und Beschaffungsamtes«, erklärte Winter. »Wenn mich meine Kollegen unter einem Vorwand in ein Lager oder Depot einschleusen konnten, war es für mich kein Problem, mir die genaue Lage der Güter zu merken, die sie benötigten. Es machte die anschließenden Überfälle einfacher und sicherer.«

Mara nickte verstehend. »Dann waren Sie also der Agent, der bei uns Zielfinder hieß. Der mit dem perfekten Gedächtnis.«

Winters Stirn runzelte sich leicht. »Ja, das war einer meiner Kodenamen«, bestätigte sie. »Ich habe im Lauf der Jahre noch viele andere benutzt.«

»Ich verstehe«, sagte Mara. Sie konnte sich an eine ganze Reihe Hinweise auf den geheimnisvollen Rebellen namens Zielfinder in den Prä-Yavon-Geheimdienstberichten erinnern und an die hitzigen Diskussionen über seine oder ihre mögliche Identität. Sie fragte sich, ob die Datensammler ihr überhaupt auf die Spur gekommen waren.

Sie hatten inzwischen die Turbolifte im rückwärtigen Teil des Palastes erreicht, eine der wichtigsten Neuerungen, die der Imperator in dem bewußt altertümlich erbauten Gebäude eingeführt hatte, nachdem es von ihm übernommen worden war. Die Turbolifte ersparten einem die Benutzung der endlosen Treppen in den belebteren Teilen des Gebäudes... und tarnten außerdem bestimmte weitere Umbauten, die der Imperator im Palast vorgenommen hatte. »Wieso gibt es Probleme mit meinem Schiff?« fragte Mara, als Winter den Rufknopf drückte.

»Das Problem ist das Imperium«, sagte Winter. »Sie haben einen Großangriff auf uns gestartet, und alle unsere Einheiten werden für die Verteidigung gebraucht, von den leichten Frachtern abgesehen.«

Mara runzelte die Stirn. Großangriffe gegen überlegene Streitkräfte klangen ganz und gar nicht nach Großadmiral Thrawn. »Steht es so schlimm?«

»Schlimm genug«, erwiderte Winter. »Ich weiß nicht, ob Sie es wissen, aber sie haben uns die *Katana*-Flotte vor der Nase weggeschnappt. Als wir ankamen, hatten sie bereits hundertachtzig Dreadnaughts weggeschafft. Zusammen mit ihrer neuen unerschöpflichen Quelle an Schiffsbesatzungen und Soldaten hat es das Machtgleichgewicht bereits gefährlich verschoben.«

Mara nickte mit einem bitteren Geschmack im Mund. So gesehen, klang es *doch* nach Thrawn. »Was bedeutet, daß ich mich für nichts fast umgebracht hätte.«

Winter lächelte dünn. »Wenn es Sie tröstet – viele andere Leute auch.«

Die Turboliftkabine kam. Sie traten hinein, und Winter drückte den Knopf für die Wohnbereiche des Palastes. »Ghent erwähnte, daß das Imperium Ärger macht«, sagte Mara, als die Kabine nach oben stieg. »Ich hätte mir denken können, daß alles, was den Nebel um ihn herum durchdringt, von ernster Natur sein muß.«

»Ernst ist untertrieben«, entgegnete Winter grimmig. »In den letzten fünf Tagen haben wir die Kontrolle über fünf Sektoren verloren, und dreizehn weitere stehen auf der Kippe. Der größte Verlust war die Nahrungsmittelindustrie von Ukio. Irgendwie ist es ihnen gelungen, den Planeten mit intakten Abwehrsystemen zu erobern.«

Maras Lippen zuckten. »Hat jemand in der Verteidigungszentrale geschlafen?«

»Nach den vorläufigen Berichten zu urteilen, nein.« Winter zögerte. »Es gibt Gerüchte, daß die Imperialen eine neue Superwaffe eingesetzt haben, die direkt durch das planetare Schild Ukios feuern konnte. Wir sind noch immer dabei, dieses Gerücht zu überprüfen.«

Mara schluckte und erinnerte sich an den alten Todesstern. Eine derartige Waffe in den Händen eines Strategen wie Thrawn...

Sie schüttelte den Gedanken ab. Es war nicht ihr Krieg. Karrde hatte versprochen, daß sie in diesem Konflikt neutral bleiben würden. »Ich denke, ich nehme am besten direkt Kontakt mit Karrde auf«, sagte sie. »Vielleicht kann er jemand schicken, um uns abzuholen.«

»Das wird wahrscheinlich schneller gehen als darauf zu warten, daß eins unserer Schiffe frei wird«, stimmte Winter zu. »Er hat eine Datenkarte mit dem Namen eines Kontaktmanns zurückgelassen, über den Sie Verbindung mit ihm aufnehmen können. Er sagte, Sie wüßten, welchen Chiffrierkode Sie benutzen müssen.«

Der Turbolift hielt auf dem Gästestockwerk des Präsidenten, einer der wenigen Bereiche des Palastes, die der Imperator während seiner Herrschaft unangetastet gelassen hatte. Mit seinen altmodischen Scharniertüren und handgearbeiteten, exotischen Holzmöbeln vermittelte er einem das Gefühl, tausend Jahre in die Vergangenheit versetzt zu sein. Der Imperator hatte die Suiten hier hauptsächlich für jene Emissäre reserviert, die eine Vorliebe für die alten Tage hatten, oder für jene, die sich von der sorgfältig inszenierten geschichtlichen Kontinuität beeindrucken ließen.

»Captain Karrde hat einen Teil Ihrer Kleidung und persönlichen Sachen nach der *Katana*-Schlacht für Sie zurückgelassen«, erklärte Winter, als sie eine der geschnitzten Türen aufschloß und öffnete. »Wenn er etwas übersehen hat, lassen Sie es mich wissen, und ich werde es Ihnen besorgen. Hier ist die Datenkarte, die ich erwähnt habe«, fügte sie hinzu und zog sie aus ihrer Tunika.

»Danke«, sagte Mara und atmete tief ein, als sie die Karte entgegennahm. Ihre Suite war ganz mit Fijisi-Holzmöbeln von Cardooine eingerichtet; und der köstliche Duft erinnerte sie an die glitzernden Tage des großen Imperiums in all seiner Macht...

»Kann ich sonst noch etwas für Sie tun?«

Die Erinnerung verblaßte. Winter stand vor ihr... und die glorreichen Tage des Imperiums waren vorbei. »Nein, schon in Ordnung«, sagte sie.

Winter nickte. »Wenn Sie etwas brauchen, rufen Sie einfach den diensthabenden Offizier«, sagte sie mit einer Handbewegung zum Schreibtisch. »Ich werde mich später weiter um Sie kümmern; im Moment wartet eine Ratssitzung auf mich, an der ich teilnehmen muß.«

»Gehen Sie ruhig«, sagte Mara. »Und vielen Dank.«

Winter lächelte und ging. Mara atmete tief den Duft des Fijisi-Holzes ein und verbannte mit einem Ruck die aufsteigenden Erinnerungen. Sie war hier, hier im Jetzt; und wie ihr der Imperator so oft eingehämmert hatte, galt es als erstes, sich den aktuellen Umständen anzupassen. Und das bedeutete, nicht wie ein Flüchtling aus dem medizinischen Flügel auszusehen.

Karrde hatte eine umfangreiche Garderobe für sie zurückgelassen: ein halbformelles Kleid, zwei Kombinationen unbestimmter Herkunft, die sie auf den Straßen von hundert Welten tragen konnte, ohne als Fremde aufzufallen, und vier von den nüchternen Monturen, die sie gewöhnlich an Bord ihres Schiffes trug. Sie wählte eine der letzteren, zog sich um und inspizierte dann die anderen Dinge, die Karrde zurückgelassen hatte. Mit etwas Glück – und vielleicht ein wenig Voraussicht von Karrdes Seite...

Dort war es: das Unterarmhalfter für ihren kleinen Blaster. Der Blaster selbst fehlte natürlich – der Captain der *Gnadenlos* hatte ihn ihr abgenommen, und es war wenig wahrscheinlich, daß ihn die Imperialen ihr in absehbarer Zeit zurückgeben würden. Nach einem Duplikat in den Arsenalen der Neuen Republik zu suchen war vermutlich Zeitverschwendung, obwohl sie versucht war, Winter darum zu bitten, um zu sehen, wie sie darauf reagierte.

Glücklicherweise gab es eine andere Möglichkeit.

Jede Wohnetage des imperialen Palastes war mit einer umfangreichen Bibliothek ausgestattet, und in jeder dieser Bibliotheken gab es einen Multikartenband mit dem Titel *Die vollständige Geschichte von Corvis Minor*. Wenn man bedachte, wie banal die Geschichte von Corvis Minor verlaufen war, bestand kaum die Wahrscheinlichkeit, daß jemand diesen Band aus dem Regal nahm. Was nur von Vorteil sein konnte, da sich in der Box keine einzige Datenkarte befand.

Der Blaster unterschied sich ein wenig von dem Modell, das Mara an die Imperialen verloren hatte. Aber sein Energiemagazin war gefüllt, und er paßte perfekt in ihr Unterarmhalfter, und das allein zählte. Jetzt hatte sie zumindest die Chance, sich zu wehren, wenn der Krieg nach dieser Welt griff oder innerhalb der Neuen Republik Kämpfe ausbrachen.

Sie blieb einen Moment stehen, die falsche Datenkartenbox in der Hand, und dachte an die seltsame Bemerkung, die Winter gemacht hatte. Was hatte sie mit dieser unerschöpflichen Quelle an Schiffsbesatzungen und Soldaten gemeint? Waren ein oder mehrere Systeme der Neuen Republik zu den Imperialen übergelaufen? Oder hatte Thrawn eine bis dato unbekannte Kolonialwelt entdeckt, deren Bevölkerung rekrutiert werden konnte?

Sie würde der Frage auf jeden Fall nachgehen. Zunächst, entschied sie, mußte sie eine Botschaft verschlüsseln und an Karrdes Verbindungsmann senden. Je früher sie von hier verschwand, desto besser.

Sie stellte die leere Datenboxkarte ins Regal zurück, spürte das beruhigende Gefühl an ihrem Unterarm und machte sich auf den Weg zu ihrer Suite.

Thrawn hob seine glühenden roten Augen von dem verfault aussehenden nichtmenschlichen Kunstwerk, das auf dem Doppeldisplayring um seinen Kommandosessel abgebildet war. »Nein«, sagte er. »Völlig außer Frage.«

Langsam, bedächtig wandte sich C'baoth von der holografischen woostrischen Statue ab, die er betrachtet hatte. »Nein?« wiederholte er, und seine Stimme grollte wie ein aufziehendes Gewitter. »Was meinen Sie mit Nein?«

»Das Wort spricht für sich selbst«, sagte Thrawn eisig. »Die militärische Logik sollte es ebenfalls. Wir verfügen nicht über genügend Streitkräfte für einen Direktangriff auf Coruscant; und für eine traditionelle Belagerung fehlen uns die nötigen Nachschublinien und Versorgungsbasen. Ein Angriff würde keinen Erfolg haben und nur unsere Ressourcen verschwenden, und aus diesem Grund wird das Imperium keinen starten.«

C'baoths Gesicht wurde finster. »Passen Sie auf, Thrawn«, warnte er. »Ich herrsche über das Imperium, nicht Sie.«

»Tatsächlich?« konterte Thrawn und streichelte den Ysalamir, der über seiner Schulter an einem Nährgerüst hing.

C'baoth richtete sich zu seiner vollen Größe auf, Feuer loderte plötzlich in seinen Augen. »Ich herrsche über das Imperium!« brüllte er, daß seine Stimme im Kommandoraum widerhallte. »Sie werden mir gehorchen, oder Sie werden sterben!«

Vorsichtig zog sich Pellaeon in die machtleere Base zurück, die Thrawns Ysalamir umgab. Wenn sich C'baoth unter Kontrolle hatte, wirkte er selbstbewußter und beherrschter als je zuvor; aber gleichzeitig wurden diese gewalttätigen Ausbrüche von Klon-Wahnsinn immer häufiger und aggressiver. Wie ein System in einer positiven Rückkoppelungsschleife, das sich immer stärker aufschaukelte, bis es sich selbst zerstörte.

Bis jetzt hatte C'baoth noch niemand getötet oder irgend etwas zerstört. Nach Pellaeons Meinung war es nur eine Frage der Zeit, bis sich das änderte.

Vielleicht war derselbe Gedanke auch Thrawn gekommen. »Wenn Sie mich töten, werden Sie den Krieg verlieren«, erinnerte er den Jedi-Meister. »Und wenn Sie den Krieg verlieren, werden Leia Organa Solo und ihre Zwillinge niemals Ihnen gehören.«

C'baoth trat einen Schritt auf Thrawns Kommandosessel zu, mit Augen, die noch heißer brannten als zuvor – und dann, abrupt, schien er wieder auf normale Größe zusammenzuschrumpfen. »Sie hätten es nie gewagt, so mit dem Imperator zu sprechen«, sagte er fast pikiert.

»Im Gegenteil«, eröffnete ihm Thrawn. »Bei nicht weniger als vier Gelegenheiten habe ich dem Imperator gesagt, daß ich seine Truppen und Schiffe nicht für Angriffe auf einen Feind verschwenden würde, den zu besiegen ich noch nicht vorbereitet war.«

C'baoth schnaubte. »Nur Narren sprachen so zu dem Imperator«, höhnte er. »Narren oder Lebensmüde.«

»So dachte auch der Imperator«, bestätigte Thrawn. »Als ich mich zum erstenmal weigerte, nannte er mich einen Verräter und unterstellte mein Geschwader jemand anders.« Der Großadmiral hob die Hand und streichelte den Ysalamir. »Nach der Vernichtung der Flotte war er klug genug, meine Empfehlungen nicht mehr zu mißachten.«

Lange Zeit studierte C'baoth Thrawns Gesicht, während sich sein eigener Ausdruck ständig veränderte, als hätte der Geist dahinter Mühe, seine Gedanken oder Gefühle zu kontrollieren. »Sie könnten das ukionische Täuschungsmanöver wiederholen«, schlug er schließlich vor. »Diesen Trick mit den getarnten Kreuzern und den synchronisierten Turbolasersalven. Ich würde Ihnen helfen.«

»Das ist überaus großzügig von Ihnen«, sagte Thrawn. »Unglücklicherweise wäre auch das reine Verschwendung an Zeit und Material. Die Rebellenführer von Coruscant werden sich nicht so schnell ergeben wie die Bauern von Ukio. Ganz gleich, wie genau wir den Angriff synchronisieren, werden sie schließlich erkennen, daß die Turbolasersalven, die die Oberfläche treffen, nicht dieselben sind, die die *Schimäre* abfeuert, und zur richtigen Schlußfolgerung gelangen.«

Er wies auf die holografischen Statuen im Raum. »Die Bevölkerung und die Führer von Woostri jedoch sind eine völlig andere Sache. Wie die Ukionen haben sie eine starke Furcht vor dem Unbekannten und vor dem, was sie für das Unmögliche halten. Genauso wichtig ist, daß sie dazu neigen, Gerüchte drohender Gefahr auf völlig unverhältnismäßige Weise aufzubauschen. Die Strategie der getarnten Kreuzer sollte bei ihnen funktionieren.«

C'baoths Gesicht lief wieder rot an. »Großadmiral Thrawn...«

»Aber was Organa Solo und ihre Zwillinge betrifft«, fiel ihm Thrawn sanft ins Wort, »so können Sie sie haben, wann immer Sie wünschen.«

Der embryonale Wutanfall verrauchte. »Wie meinen Sie das?« fragte C'baoth mißtrauisch.

»Ich meine, daß es unmöglich ist, Coruscant mit nackter Gewalt anzugreifen und Organa Solo zu entführen«, erklärte Thrawn. »Andererseits ist es ohne weiteres machbar, sie von einer kleinen Gruppe kidnappen zu lassen. Ich habe bereits den Geheimdienst angewiesen, für diesen Zweck einen Kommandotrupp zusammenzustellen. Er sollte im Lauf des Tages bereit sein.«

»Einen Kommandotrupp.« C'baoths Lippen zuckten. »Muß ich Sie daran erinnern, daß Ihre Noghri in dieser Angelegenheit permanent versagt haben?«

»Richtig«, sagte Thrawn in einem seltsam grimmigen Tonfall. »Was der Grund dafür ist, daß die Noghri daran nicht beteiligt sein werden.«

Pellaeon sah den Großadmiral überrascht an, warf dann unwillkürlich einen Blick zu der zum Vorzimmer führenden Tür des Kommandoraums, wo Thrawns Leibwächter Rukh wartete. Seit Lord Darth Vader die Noghri durch Täuschung in den Dienst des Imperiums gelockt hatte, hatten die leichtgläubigen grauhäutigen Nichtmenschen darauf bestanden, jede Mission zu einer Frage der persönlichen Ehre zu machen. Von einem Auftrag abgelöst zu werden, vor allem von einem derart wichtigen, mußte für sie wie ein Schlag ins Gesicht sein. Oder schlimmer. »Admiral?« murmelte er. »Ich bin mir nicht sicher...«

»Wir werden später darüber diskutieren, Captain«, sagte Thrawn. »Im Moment muß ich nur wissen, ob Master C'baoth tatsächlich bereit ist, seine junge Jedi in Empfang zu nehmen.« Eine blauschwarze Augenbraue hob sich. »Oder ob er zumindest bereit ist, darüber zu diskutieren.«

C'baoth lächelte dünn. »Soll ich darin eine Herausforderung sehen, Großadmiral Thrawn?«

»Sehen Sie es so, wie Sie wollen«, gab Thrawn zurück. »Ich weise nur darauf hin, daß ein kluger Taktiker die Kosten einer Operation berechnet, bevor er sie durchführt. Organa Solos Zwillinge müssen jetzt jeden Tag zur Welt kommen, was bedeutet, daß Sie sich nicht nur um Organa Solo, sondern auch um zwei Säuglinge kümmern müssen. Wenn Sie damit nicht zurechtkommen, wäre es das beste, die Operation zu verschieben.«

Pellaeon wappnete sich für die nächste Explosion des Klon-Wahnsinns. Aber zu seiner Überraschung erfolgte sie nicht. »Die einzige Frage lautet, Großadmiral Thrawn«, sagte C'baoth sanft, »ob Ihre imperialen Kommandos mit den neugeborenen Kindern zurechtkommen oder nicht.«

»Sehr gut«, nickte Thrawn. »Wir werden uns in dreißig Minuten mit dem Rest der Flotte treffen; Sie werden dann auf die *Totenkopf* umsteigen, um sie beim Angriff auf Woostri zu unterstützen. Wenn Sie zur *Schimäre* zurückkehren« – erneut hob sich eine Braue – »sollten wir Ihre Jedi haben.«

»Sehr gut, Großadmiral Thrawn«, sagte C'baoth. Er plusterte sich wieder auf und strich seinen langen weißen Bart glatt. »Aber ich warne Sie: Wenn Sie mich dieses Mal enttäuschen, werden Ihnen die Konsequenzen nicht gefallen.« Er wandte sich ab, durchquerte den Kommandoraum und verschwand durch die Tür.

»Es war mir wie immer ein Vergnügen«, brummte Thrawn, als die Tür zuglitt.

Pellaeon befeuchtete seine Lippen. »Admiral, mit allem schuldigen Respekt...«

»Sie machen sich Sorgen, weil ich versprochen habe, Organa Solo von dem denkbar sichersten Ort im Rebellenterritorium zu entführen?« fragte Thrawn.

»Um offen zu sein, jawohl, Sir«, sagte Pellaeon. »Der imperiale Palast gilt als uneinnehmbare Festung.«

»Ja, das stimmt«, bestätigte Thrawn. »Aber der Imperator hat ihn dazu gemacht... und wie bei allen anderen Dingen hat der Imperator einige kleine Geheimnisse über den Palast für sich behalten. Und für einige wenige Vertraute.«

Pellaeon sah ihn fragend an. Geheimnisse... »Sie meinen geheime Ein- und Ausgänge?« spekulierte er.

Thrawn schenkte ihm ein Lächeln. »Exakt. Und jetzt, wo wir davon ausgehen können, daß Organa Solo für eine Weile im Palast bleiben wird, lohnt es sich, einen Kommandotrupp loszuschikken.«

»Aber kein Noghri-Team.«

Thrawn ließ die Blicke über die Sammlung holografischer Skulpturen schweifen, die überall im Raum verteilt standen. »Mit den Noghri stimmt irgend etwas nicht, Captain«, sagte er ruhig. »Ich weiß noch nicht, was es ist, aber ich weiß, daß es ein Problem gibt. Ich spüre es bei jedem Gespräch mit den Dynasten von Honoghr.«

Pellaeon dachte an jene peinliche Szene vor einem Monat, als der fast schon kriecherisch unterwürfige Bote der Noghri-Dynasten an Bord gekommen war und die Nachricht überbracht hatte, daß der mutmaßliche Verräter Khabarakh aus der Haft geflohen war. Trotz aller Anstrengungen war es ihnen bis jetzt noch nicht gelungen, ihn wieder einzufangen. »Vielleicht nagt noch immer diese Sache mit Khabarakh an ihnen«, schlug er vor.

»Und das sollte sie auch«, sagte Thrawn kalt. »Aber es steckt mehr dahinter. Und bis ich herausfinde, wieviel mehr, stehen die Noghri unter Verdacht.«

Er beugte sich nach vorn und betätigte zwei Kontrollen an seinem Pult. Die holografischen Skulpturen verblaßten und wurden von einer taktischen Karte der derzeitigen Position der wichtigsten Kampfgebiete ersetzt. »Aber im Moment müssen wir uns mit zwei drängenderen Fragen befassen«, fuhr er fort und lehnte sich wieder in seinem Sessel zurück. »Erstens müssen wir unseren zunehmend arroganten Jedi-Meister von der irrigen Annahme ablenken, daß er der rechtmäßige Herrscher meines Imperiums ist. Organa Solo und ihre Zwillinge sind diese Ablenkung.«

Pellaeon dachte an all die anderen Versuche, Organa Solo gefangenzunehmen. »Und wenn das Team versagt?«

»Es gibt Alternativen«, beruhigte ihn Thrawn. »Trotz seiner Macht und selbst seiner Unberechenbarkeit ist Master C'baoth immer noch manipulierbar.«

Er wies auf die Taktikkarte. »Aber im Moment ist noch wichtiger, daß wir den Schwung unseres Schlachtplans beibehalten. Bis jetzt läuft der Feldzug programmgemäß. Die Rebellion hat im Farrfin- und Dolomar-Sektor härteren Widerstand geleistet als erwartet, aber ansonsten haben sich die Zielsysteme der imperialen Macht ergeben.«

»Ich würde keine unserer Eroberungen schon jetzt als sicher bezeichnen«, wandte Pellaeon ein.

»Richtig«, nickte Thrawn. »Jede hängt davon ab, daß wir eine starke und deutlich sichtbare imperiale Präsenz zeigen. Und deshalb ist es lebenswichtig, daß wir den Nachschub an Klons aufrechterhalten.«

Er schwieg. Pellaeon betrachtete die Taktikkarte und suchte fieberhaft nach der Antwort, die Thrawn offensichtlich von ihm erwartete. Die Spaarti-Kloning-Zylinder, jahrzehntelang im privaten Depot des Imperators auf Wayland versteckt, befanden sich am sichersten Ort der Galaxis. Begraben unter einem Berg, beschützt durch eine imperiale Garnison und umgeben von feindseligen Eingeborenen, war ihre Existenz nur den höchsten imperialen Commandern bekannt.

Er erstarrte. Den höchsten imperialen Commandern und vielleicht... »Mara Jade«, sagte er. »Sie erholt sich auf Coruscant. Weiß sie etwa von dem Lager?«

»Das ist in der Tat die Frage«, nickte Thrawn. »Die Chancen stehen gut, daß sie es nicht weiß – ich kenne viele Geheimnisse des Imperators, und es hat mich trotzdem große Mühe gekostet, Wayland zu finden. Aber wir können dieses Risiko nicht eingehen.«

Pellaeon nickte und unterdrückte ein Frösteln. Er hatte sich schon gefragt, warum der Großadmiral für diese Mission ein Geheimdienstteam gewählt hatte. Im Gegensatz zu normalen Kommandoeinheiten waren Geheimdiensteinheiten in so nichtmilitärischen Methoden wie Attentaten ausgebildet… »Werden Sie ein einziges Team mit beiden Missionen beauftragen, Sir, oder werden Sie zwei schicken?«

»Ein Team sollte genügen«, sagte Thrawn. »Die beiden Ziele liegen nahe genug beieinander, um dies zu rechtfertigen. Und Jade zu neutralisieren bedeutet nicht unbedingt, sie zu töten.«

Pellaeon runzelte die Stirn. Aber ehe er Thrawn fragen konnte, wie er das meinte, griff der Großadmiral nach seinem Schaltpult, und das Taktikdisplay wich einer Karte des Orus-Sektors. »In der Zwischenzeit sollten wir unsere Feinde nicht bestärken, daß Calius saj Leeloo von großer Bedeutung für sie ist. Liegt ein weiterer Bericht von Gouverneur Staffa vor?«

»Jawohl, Sir«, sagte Pellaeon und lud ihn auf seinem Datenblock. »Skywalker ist zur gleichen Zeit wie die Köderfähre gestartet und dürfte ihren Vektor verfolgt haben. Wenn dem so ist, wird er das Poderis-System in etwa dreißig Stunden erreichen.«

»Ausgezeichnet«, sagte Thrawn. »Er wird zweifellos Coruscant Bericht erstatten, bevor er Poderis erreicht. Sein anschließendes Verschwinden sollte sie endgültig davon überzeugen, daß sie die Route unserer Klon-Transporte gefunden haben.«

»Jawohl, Sir«, sagte Pellaeon und behielt seine Zweifel an ihrer Fähigkeit für sich, Skywalker tatsächlich verschwinden zu lassen. Thrawn wußte wahrscheinlich, was er tat. »Etwas anderes, Sir. Im Anschluß an Staffas Originalbericht traf ein zweiter ein, der mit einem Geheimdienstkode verschlüsselt war.«

»Von seinem Berater Fingal«, nickte Thrawn. »Ein Mann wie Gouverneur Staffa, dessen Loyalität so fragwürdig ist, schreit geradezu danach, ihm einen geheimen Wachhund zur Seite zu stellen. Gab es irgendwelche Abweichungen vom Bericht des Gouverneurs?«

»Nur eine, Sir. Der zweite enthielt eine genaue Beschreibung von Skywalkers Kontakt, ein Mann, den Staffa als einen seiner Agenten bezeichnet hat. Fingals Beschreibung läßt vermuten, daß es sich bei dem Mann in Wirklichkeit um Talon Karrde handelte.«

Thrawn stieß nachdenklich die Luft aus. »Tatsächlich. Hat Fingal irgendeine Erklärung für Karrdes Anwesenheit in Calius gegeben?«

»Ihm zufolge soll es Anzeichen dafür geben, daß Gouverneur Staffa seit mehreren Jahren ein geheimes Handelsabkommen mit Karrde hat«, erwiderte Pellaeon. »Fingal berichtet, daß er den Mann festnehmen und verhören lassen wollte, aber keine Möglichkeit dazu hatte, ohne Skywalker mißtrauisch zu machen.«

»Ja«, murmelte Thrawn. »Nun... was geschehen ist, ist geschehen. Und wenn es nur um Schmuggel ging, spielt es keine Rolle. Trotzdem können wir nicht zulassen, daß Schmuggler um unsere ausgelegten Fallen herumschwirren und sie womöglich aufdekken. Und Karrde hat bereits bewiesen, daß er große Schwierigkeiten machen kann.«

Für einen Moment studierte Thrawn schweigend die Karte des Orus-Sektors. Dann sah er zu Pellaeon auf. »Aber im Moment müssen wir uns um andere Dinge kümmern. Nehmen Sie Kurs auf das Poderis-System, Captain; ich möchte, daß die *Schimäre* in vierzig Stunden dort ist.« Er lächelte dünn. »Und teilen Sie dem Garnisonscommander mit, daß er bis zu unserer Ankunft einen angemessenen Empfang vorbereiten soll. In zwei oder drei Tagen werden wir unserem geliebten Jedi-Meister vielleicht ein überraschendes Geschenk präsentieren können.«

»Jawohl, Sir.« Pellaeon zögerte. »Admiral... was passiert, wenn wir Organa Solo und ihre Zwillinge C'baoth übergeben und es ihm wirklich gelingt, sie seinem Willen zu unterwerfen? Dann hätten wir es mit vier von seiner Sorte statt mit nur einem zu tun. Fünf, wenn wir Skywalker auf Poderis gefangennehmen können.«

»Es besteht kein Grund zur Sorge«, sagte Thrawn kopfschüttelnd. »Organa Solo oder Skywalker zu unterwerfen, dürfte C'baoth viel Zeit und Kraft kosten. Bis die Zwillinge alt genug sind, um eine Gefahr für uns zu bilden, wird noch mehr Zeit vergehen, gleichgültig, was er mit ihnen macht. Lange bevor irgend etwas davon passiert« – Thrawns Augen glitzerten –, »werden wir zu einer befriedigenden Einigung mit unserem Jedi-Meister über die Machtverteilung im Imperium gelangt sein.«

Pellaeon schluckte. »Verstanden, Sir«, stieß er hervor.

»Gut. Dann sind Sie entlassen, Captain. Gehen Sie auf die Brücke zurück.«

»Jawohl, Sir.« Pellaeon wandte sich ab und durchquerte den Raum, die Kehle wie zugeschnürt. Ja, er hatte tatsächlich verstanden. Thrawn würde mit C'baoth zu einer Einigung gelangen... oder er würde den Jedi-Meister töten lassen.

Wenn er konnte. Es war, entschied Pellaeon, eine Konfrontation, auf deren Ausgang er lieber keine Wette abschließen wollte.

Und wenn es dazu kam, wollte er bestimmt nicht in der Nähe sein.

4

Poderis gehörte zu jener ausgewählten Gruppe von Welten, die in den Sternkatalogen allgemein als »unbedeutend« bezeichnet wurden: Planeten, die nicht wegen ihrer wertvollen Ressourcen oder günstigen Lage besiedelt geblieben waren, sondern wegen der Dickschädeligkeit ihrer Kolonisten. Mit seinem verwirrenden zehnstündigen Rotationszyklus, einer Sumpfökologie in den Niederungen, die den Lebensraum der Kolonisten auf einen ausgedehnten Archipel hoher Tafelberge begrenzte, und einer fast senkrechten Achsenneigung, die im Frühling und Herbst zu verheerenden Stürmen führte, gehörte Poderis nicht unbedingt zu den beliebtesten Zielen von Weltenbummlern. Die Bevölkerung war zäh und unabhängig, tolerant gegenüber Besuchern, aber seit langem dafür bekannt, daß sie die Politik in der übrigen Galaxis ignorierte.

Was ihn zu einem idealen Verschiebebahnhof für die neuen Klon-Transporte des Imperiums machte.

Der Mann, der Luke beschattete, war klein und durchschnittlich, die Sorte Mensch, die nirgendwo auffiel. Er beherrschte außerdem seinen Job und zeigte eine Geschicklichkeit, die auf lange Erfahrung im imperialen Geheimdienst hindeutete. Aber diese Erfahrung schloß natürlich nicht die Verfolgung von Jedi-Rittern ein. Luke hatte seine Gegenwart gespürt, kaum daß sich der Mann an seine Fersen geheftet hatte, und ihn eine Minute später in der Menge entdeckt.

Jetzt blieb nur noch das Problem, was er mit ihm machen sollte.

»Erzwo?« rief Luke leise in das Interkom, das unauffällig in den Kragensteg seiner Kapuzenrobe eingearbeitet war. »Wir haben Gesellschaft bekommen. Wahrscheinlich Imperiale.«

Aus dem Interkom drang ein leises, besorgtes Trillern, gefolgt von etwas, bei dem es sich offensichtlich um eine Frage handelte. »Es gibt nichts, was du tun kannst«, antwortete Luke, den Inhalt der Frage mehr ahnend und sich gleichzeitig wünschend, Dreipeo wäre da, um zu übersetzen. Er verstand im allgemeinen den Kern von Erzwos Aussagen, aber in Situationen wie dieser war der Kern vielleicht nicht genug. »Schleicht jemand um den Frachter herum? Oder auf dem Raumhafen im allgemeinen?«

Erzwo pfiff eine definitive Verneinung. »Nun, sie werden noch früh genug auftauchen«, warnte ihn Luke und blieb stehen, um die Auslagen eines Schaufensters zu bewundern. Der Verfolger, bemerkte er, ging ein paar Schritte weiter, bis er einen Vorwand fand, ebenfalls stehenzubleiben. Tatsächlich ein Profi. »Mach dich an die Startvorbereitungen, aber so, daß niemand Verdacht schöpft. Sobald ich bei dir bin, müssen wir verschwinden können.«

Der Droide trällerte eine Bestätigung. Luke griff an seinen Hals, schaltete das Interkom ab und sah sich rasch um. Die wichtigste Aufgabe war es, den Verfolger abzuschütteln, ehe die Imperialen offen gegen ihn vorgingen. Und um das zu erreichen, brauchte er ein Ablenkungsmanöver...

Fünfzig Meter weiter entdeckte er in der Menge etwas, das ihm als seine günstigste Gelegenheit erschien: ein Mann, der eine Robe gleichen Zuschnitts und gleicher Farbe wie Luke trug. Unauffällig beschleunigte Luke seine Schritte, ohne verdächtige Eile zu zeigen, und steuerte auf ihn zu.

Der andere Mann in der Robe näherte sich der T-Kreuzung vor ihnen und bog um die rechte Ecke. Luke ging noch etwas schneller und spürte dabei in seinem Verfolger den Verdacht aufflackern, daß er entdeckt worden war. Luke unterdrückte den Impuls, loszulaufen, und schlenderte gelassen um die Ecke.

Die Straße sah wie die meisten anderen aus, die er in der Stadt gesehen hatte: breit, kopfsteingepflastert, recht belebt und zu beiden Seiten von Grausteingebäuden gesäumt. Automatisch griff er mit der Macht heraus, überprüfte seine Umgebung und glaubte schon, in Sicherheit zu sein...

Als er abrupt den Atem anhielt. Direkt vor ihm, weit entfernt, aber deutlich spürbar, gab es kleine Bereiche der Finsternis, wo seine Jedi-Sinne versagten. Als ob die Macht, mit der er Informationen sammelte, dort nicht mehr existierte... oder blockiert wurde.

Was bedeutete, daß dies kein gewöhnlicher Hinterhalt für einen gewöhnlichen Spion der Neuen Republik war. Die Imperialen wußten, daß er hier war, und waren mit Ysalamiri nach Poderis gekommen.

Und wenn er nicht sofort etwas unternahm, würden sie ihn erwischen.

Er musterte wieder die Gebäude zu seinen Seiten. Sie waren niedrig, die meisten nur zweistöckig, mit strukturierten Fassaden und dekorativen Dachbrüstungen. Die Häuser zu seiner Rechten bildeten eine lange, ununterbrochene Zeile; das erste Gebäude auf der anderen Straßenseite, direkt nach der T-Kreuzung, hatte eine gebogene Fassade, die zum Nachbargebäude eine schmale Lücke freiließ. Keine besonders gute Deckung, aber nah genug, und außerdem alles, was er hatte. Er eilte über die Straße, halb damit rechnend, daß die Falle zuschnappte, bevor er sein Ziel erreichte, und schlüpfte in die Öffnung. Er ging in die Knie, ließ die Macht in seine Muskeln fließen und sprang.

Fast hätte er es nicht geschafft. Die Brüstung direkt über ihm war schief und glatt, und für eine Sekunde schien er mitten in der Luft zu hängen, während seine Finger nach einem Halt suchten. Dann klammerte er sich fest, und mit einem Kraftakt zog er sich hoch, schwang sich aufs Dach und blieb flach liegen.

Gerade rechtzeitig. Als er vorsichtig über den Rand der Brüstung spähte, sah er seinen Beschatter um die Ecke stürmen, seine Tarnung völlig aufgebend. Er stieß die Passanten zur Seite, die ihm im Weg standen, und sagte etwas Unhörbares in das Interkom in seiner Hand...

Und aus der Querstraße einen Block weiter tauchte eine Abteilung weißgepanzerter Sturmtruppler auf. Die Blastergewehre vor der Brust präsentiert, mit Nährgerüsten auf dem Rücken, an denen die dunklen, länglichen Ysalamiri hingen, sperrten sie das Ende der Straße ab.

Es war ein perfekt geplantes, perfekt ausgeworfenes Netz; und Luke blieben vielleicht drei Minuten, das Dach zu überqueren und auf der anderen Seite nach unten zu klettern, ehe sie entdeckten, daß ihnen ihr Fisch entschlüpft war. Er zog sich vom Rand zurück und sah zur anderen Seite des Daches hinüber.

Das Dach hatte keine andere Seite. Kaum sechzig Zentimeter von seiner Position entfernt verwandelte sich das Dach abrupt in eine glatte Wand, die etwa hundert Meter steil in die Tiefe fiel und sich in beide Richtungen erstreckte, so weit das Auge reichte. An ihrem Fuß gab es nur den fernen Dunst der Niederungen unter dem Tafelberg.

Er hatte sich verrechnet, möglicherweise mit tödlichen Folgen. Ganz auf den Mann konzentriert, der ihn beschattete, hatte er völlig übersehen, daß ihn sein Weg an den Rand des Tafelbergs geführt hatte. Die abfallende Wand unter ihm war eine der massiven Schildbarrieren, die der Abwehr der für die Stadt zerstörerischen Stürme dienten.

Luke war dem imperialen Netz entkommen... nur um festzustellen, daß es für ihn keinen Fluchtweg gab.

»Großartig«, sagte er gepreßt, während er zurück zur Brüstung kroch und hinunter zur Straße sah. Weitere Sturmtruppler hatten inzwischen die erste Abteilung verstärkt und kontrollierten die verdutzten Passanten, die in die Falle gegangen waren; hinter ihnen sperrten zwei andere Abteilungen den Zugang zur T-Kreuzung ab. Lukes Beschatter, nun mit einem Blaster in der Hand, drängte sich durch die Menge auf den anderen Robenträger zu, den Luke etwas früher entdeckt hatte.

Der andere Robenträger...

Luke biß sich auf die Lippe. Es war nicht besonders freundlich, einen völlig unschuldigen Passanten hineinzuziehen. Aber andererseits wußten die Imperialen offensichtlich, wen sie suchten, und ebenso offensichtlich war, daß sie ihn lebend wollten. Er wußte, daß es für einen Jedi absolut inakzeptabel war, den Mann dort unten einer tödlichen Gefahr auszusetzen. Luke konnte nur hoffen, ihm Unannehmlichkeiten zu bereiten, fiel nicht in die gleiche Kategorie.

Er biß die Zähne zusammen, griff mit der Macht hinaus und riß dem Beschatter den Blaster aus der Hand. Er wirbelte ihn dicht über die Köpfe der Menge hinweg und ließ ihn in die Hand des anderen Robenträgers fallen.

Der Beschatter schrie den Sturmtrupplern etwas zu; aber was als Triumphschrei begonnen hatte, verwandelte sich in der Macht, richtete den Blaster auf seinen früheren Besitzer und schoß.

Natürlich schoß er nur über die Menge hinweg – er hatte keine Möglichkeit, so genau zu zielen, daß er den Imperialen traf, selbst wenn er es gewollt hätte. Aber selbst ein kleiner Fehlschuß genügte, um die Sturmtruppler abrupt in Aktion treten zu lassen. Die Imperialen, die die Gesichter und IDs der Passanten überprüft hatten, brachen die Personenkontrolle sofort ab und drängten sich durch die Menge zu dem Mann in der Robe, während jene, die an den beiden Enden der Straße postiert waren, nach vorn eilten, um ihnen Rückendeckung zu geben.

Wie nicht anders zu erwarten, war es für den Mann in der Robe zuviel. Er ließ den Blaster fallen, der auf unerklärliche Weise in seine Hände gelangt war, schlüpfte an den wie gelähmt stehenden Passanten vorbei und verschwand in einer schmalen Gasse.

Luke sah nicht länger hin. Sobald jemand einen Blick auf das Gesicht des fliehenden Mannes warf, flog die Täuschung auf, und er mußte von diesem Dach und auf dem Weg zum Raumhafen sein, bevor dies passierte. Er glitt zum Rand des schmalen Simses.

Es sah nicht sehr vielversprechend aus. Die Wand, gebaut, um Stürmen mit einer Geschwindigkeit von zweihundert Kilometern pro Stunde zu widerstehen, war völlig glatt, ohne einen Vorsprung, an dem sich die Windwirbel verfangen konnten. Es gab auch keine sichtbaren Fenster, Wartungstüren oder sonstige Öffnungen. Zumindest sollte das kein Problem sein; er konnte mit dem Lichtschwert eine improvisierte Tür in die Wand schneiden, falls es nötig sein sollte. Die eigentliche Frage war, wie er der imperialen Falle entkommen konnte, bevor die wirkliche Jagd begann.

Er sah sich um. Er mußte sich beeilen. Aus der Richtung des Raumhafens auf der anderen Seite der Stadt, über den niedrigen Gebäuden deutlich sichtbar, näherten sich die ersten Blitzjäger.

Er konnte nicht zurück auf die Straße, ohne unwillkommenes Aufsehen zu erregen. Er konnte auch nicht über den schmaleren oberen Rand der Schildbarriere kriechen, zumindest nicht schnell genug, um außer Sichtweite zu sein, ehe die Blitzjäger eintrafen. Was ihm nur eine Richtung ließ. Nach unten.

Aber nicht unbedingt *ganz* nach unten...

Er blinzelte in den Himmel. Poderis' Sonne stand dicht über dem Horizont und näherte sich merklich dem vorläufigen Ende ihres Zehnstundenzyklus. Im Moment schien sie den herannahenden Blitzjägerpiloten direkt in die Augen, aber in fünf Minuten würde sie ganz hinter dem Horizont verschwunden sein. Dann würden die Suchtrupps wieder freie Sicht haben, und in der Nacht würde die Klinge seines Lichtschwerts für jeden von weitem erkennbar sein.

Es hieß jetzt oder nie.

Luke zog sein Lichtschwert unter der Robe hervor, zündete es und achtete darauf, daß die leuchtendgrüne Klinge von den heranbrausenden Blitzjägern nicht gesehen werden konnte. Mit der Spitze schnitt er vorsichtig dicht unterhalb des Randes eine längliche, schräg abfallende Vertiefung in die steile Schildbarriere. Seine Robe bestand aus relativ dünnem Material, und es dauerte nur eine Sekunde, den linken Ärmel abzureißen und ihn um die Finger seiner linken Hand zu wickeln. Die umwickelten Finger hatten festen Halt in der Vertiefung, die er soeben herausgeschnitten hatte und die lang genug war, um an ihr entlangzurutschen. Er klammerte sich fest, drückte die Spitze der Lichtschwertklinge gegen das Ende der improvisierten Schiene und schwang sich vom Dach. An den Fingern hängend, das Lichtschwert in der ausgestreckten Hand, fräste er eine Führungsrille in die Wand, an der er rasch in einem sanften Bogen die Schildbarriere hinunterrutschte.

Es war gleichzeitig erregend und furchteinflößend. Erinnerungen übermannten ihn: Der Wind, der um ihn heulte, während er durch den Zentrumskern von Cloud City, der Wolkenstadt auf Bespin, fiel; wie er nur Minuten später buchstäblich an den Fingerspitzen unter der Stadt hing; wie er im zweiten Todesstern auf dem Boden lag und durch seinen Schmerz die wütende Hilflosigkeit des Imperators spürte, als Vader ihn in den Tod stürzte. Unter seiner Brust und seinen Beinen glitt die glatte Oberfläche der Schildbarriere vorbei und führte ihn rasch zum Rand und der darunter klaffenden Leere...

Er hob den Kopf, blinzelte gegen den Wind an, der ihm ins Gesicht pfiff, und blickte über die Schulter. Der tödliche Rand war jetzt sichtbar, und er näherte sich ihm mit halsbrecherischer Geschwindigkeit. Näher und näher... und dann, in der letzten Sekunde, änderte er den Winkel seines Lichtschwerts. Die nach unten führende Schiene ging in die Horizontale über, und ein paar Minuten später kam er sanft zum Halt.

Für einen Moment hing er einfach da, schaukelte gefährlich an einer Hand, während er Atem holte und seinen Herzschlag unter Kontrolle brachte. Über sich, in den letzten Strahlen der untergehenden Sonne deutlich erkennbar, sah er die Rille, die er soeben gefräst hatte, leicht nach links ansteigend. Über eine Strecke von hundert Meilen, schätzte er. Hoffentlich weit genug von der Falle der Imperialen entfernt. Er würde es noch früh genug erfahren.

Hinter ihm verschwand die Sonne unter dem Horizont und entzog die dünne Führungsschiene seinen Blicken. Vorsichtig, bemüht, den Griff seiner verkrampften Finger nicht zu lockern, begann er, ein Loch durch die Schildbarriere zu schneiden.

»Meldung vom Commander der Sturmtruppen, Admiral«, rief Pellaeon und verzog das Gesicht, während er sie vom Kommdisplay ablas. »Skywalker scheint sich nicht innerhalb des Kordons zu befinden.«

»Das überrascht mich nicht«, sagte Thrawn düster und funkelte seine Displays an. »Ich habe den Geheimdienst wiederholt davor gewarnt, die Reichweite von Skywalkers Spürsinn zu unterschätzen. Offenbar hat man mich nicht ernstgenommen.«

Pellaeon schluckte hart. »Jawohl, Sir. Aber wir wissen, daß er da *war,* und er kann nicht weit gekommen sein. Die Sturmtruppler haben einen zweiten Kordon eingerichtet und mit der gründlichen Durchsuchung der Gebäude begonnen.«

Thrawn holte tief Luft. »Nein«, sagte er, nun wieder mit gleichmütig klingender Stimme. »Er ist nicht in eins der Gebäude geflohen. Nicht Skywalker. Dieses kleine Ablenkungsmanöver mit dem Köder und dem Blaster...« Er sah Pellaeon an. »Nach oben, Captain. Er ist auf eines der Dächer geklettert.«

»Die Aufklärer suchen bereits in dieser Richtung«, sagte Pellaeon. »Wenn er dort oben ist, werden sie ihn aufspüren.«

»Gut.« Thrawn drückte einen Knopf an seinem Kommandopult und ließ sich eine holografische Karte dieses Teils des Tafelbergs zeigen. »Was ist mit der Schildbarriere am westlichen Rand des Kordons? Kann man an ihr hinunterklettern?«

»Unsere Leute meinen, nein«, schüttelte Pellaeon den Kopf. »Zu glatt und zu steil, ohne Vorsprung oder Brüstung am unteren Ende. Wenn Skywalker auf dieser Seite der Straße nach oben geklettert ist, muß er noch immer da sein. Oder am Fuß des Tafelbergs.«

»Vielleicht«, sagte Thrawn. »Weisen Sie auf jeden Fall einen der Aufklärer an, dieses Gebiet abzusuchen. Was ist mit Skywalkers Schiff?«

»Der Geheimdienst versucht immer noch festzustellen, welches seines ist«, gestand Pellaeon. »Es gibt einige Probleme mit den Aufzeichnungen. Wir sollten es in ein paar Minuten identifiziert haben.«

»Minuten, die wir nicht mehr haben, dank der Nachlässigkeit dieses Beschatters«, sagte Thrawn scharf. »Er wird um einen Rang degradiert.«

»Jawohl, Sir«, sagte Pellaeon und gab den Befehl weiter. Eine recht harte Strafe, aber es hätte auch viel schlimmer kommen können. Der verstorbene Lord Vader hätte den Mann kurzerhand erwürgt. »Der Raumhafen selbst ist natürlich umstellt.«

Thrawn rieb sich nachdenklich das Kinn. »Wahrscheinlich Zeitverschwendung«, sagte er bedächtig. »Andererseits...«

Er drehte den Kopf und sah durch die Sichtluke zu dem langsam rotierenden Planeten hinüber. »Ziehen Sie sie zurück, Captain«, befahl er. »Alle bis auf die Klon-Soldaten. Sie sollen sich vor den Schiffen postieren, die am wahrscheinlichsten Skywalker gehören können.«

Pellaeon blinzelte. »Sir?«

Thrawn drehte sich um und sah ihn an, mit einem neuen Glitzern in diesen glühenden roten Augen. »Der Raumhafenkordon verfügt nicht über genug Ysalamiri, um einen Jedi zu stoppen, Captain. Also brauchen wir es gar nicht erst versuchen. Wir lassen ihn mit seinem Schiff starten und greifen ihn mit der *Schimäre* an.«

»Jawohl, Sir«, sagte Pellaeon und spürte, wie sich seine Stirn furchte. »Aber warum...«

»Warum die Klons zurücklassen?« beendete Thrawn den Satz für ihn. »Weil zwar Skywalker wertvoll für uns ist, aber nicht sein Astromech-Droide.« Er lächelte dünn. »Was sich natürlich ändert, wenn Skywalkers heroische Anstrengungen, von Poderis zu entkommen, den Droiden davon überzeugen, daß dieser Planet tatsächlich der wichtigste Verschiebebahnhof für unsere Klon-Transporte ist.«

»Ah«, machte Pellaeon, endlich begreifend. »In diesem Fall werden wir den Droiden zur Rebellion zurückkehren lassen?«

»Exakt.« Thrawn wies auf Pellaeons Pult. »Geben Sie die Befehle, Captain.«

»Jawohl, Sir.« Pellaeon wandte sich seinem Pult zu und spürte eine leichte Erregung, während er die Anweisungen des Großadmirals weiterleitete. Vielleicht würde ihnen Skywalker diesmal in die Hände fallen.

Erzwo schnatterte nervös, als Luke endlich durch die Schleuse ihres kleinen Frachters stürmte und das Schott hinter sich versiegelte. »Alles startbereit?« rief er über die Schulter dem Droiden zu, während er zur Cockpitnische eilte.

Erzwo trillerte eine Bestätigung zurück. Luke ließ sich in den Pilotensitz fallen, schnallte sich an und überflog die Instrumente. »Okay«, rief er. »Los geht's.«

Luke gab Energie auf den Repulsorantrieb und ließ den Frachter hart nach steuerbord ausscheren, kaum daß er in der Luft war. Zwei Blitzjäger starteten mit ihm und nahmen eine Tandem-Verfolgerformation ein, als er den Rand des Tafelbergs ansteuerte. »Paß auf diese Blitzjäger auf, Erzwo«, rief Luke, voll auf den rasend schnell näherkommenden Stadtrand und den Luftraum über ihnen konzentriert. Der Kampf mit den Klon-Soldaten, die den Raumhafen bewacht hatten, war heftig, aber viel zu kurz gewesen, um realistisch zu sein. Entweder hatte das Imperium einem völlig Unbedarften das Kommando übertragen, oder sie hatten ihn absichtlich zum Schiff durchbrechen lassen. Um ihn in die eigentliche Falle zu locken...

Der Rand des Tafelbergs schoß unter ihnen vorbei. Luke warf einen kurzen Blick auf das Heckdisplay, um sich zu vergewissern, daß die Stadt hinter ihnen lag, und aktivierte dann den Hauptsublichtantrieb.

Der Frachter raste wie ein verbrühter Mynock himmelwärts, ließ die verfolgenden Blitzjäger weit hinter sich zurück. Die offiziell klingenden Befehle aus dem Interkom, sofort zu stoppen, verwandelten sich in ein überraschtes Keuchen, als Luke sich nach vorn beugte und das Gerät abschaltete. »Erzwo? Bist du in Ordnung?«

Der Droide pfiff eine Bestätigung, und eine Frage flackerte über Lukes Computermonitor. »Es waren Klons, ja«, bestätigte er grimmig und fröstelte unwillkürlich. Die seltsame Aura, die die neuen Menschenduplikate des Imperiums zu umgeben schien, wirkte aus der Nähe doppelt so unheimlich. »Ich muß dir noch etwas sagen«, fügte er hinzu. »Die Imperialen wußten, daß ich es war. Diese Sturmtruppler hatten Ysalamiri dabei.«

Erzwo flötete nachdenklich, gluckste dann eine Frage. »Richtig – diese ganze Delta-Quelle-Sache«, bestätigte Luke, nachdem er die Bemerkung des Droiden verstanden hatte. »Leia meinte, wenn wir das Leck nicht bald abdichten können, werden wir unsere Zentrale aus dem imperialen Palast verlegen müssen. Vielleicht müssen wir sogar Coruscant ganz verlassen.«

Doch wenn es sich bei der Delta-Quelle um einen menschlichen oder nichtmenschlichen Spion und nicht um ein perfekt getarntes Abhörsystem im Palast selbst handelte, war eine Verlegung reine Zeitverschwendung. Erzwos vielsagendes Schweigen verriet Luke, daß der Droide genauso dachte.

Der ferne Horizont des dunklen Planeten, in den dunklen, aber sterngefleckten Himmel übergehend, zeigte jetzt eine sichtbare Krümmung. »Am besten fängst du an, unseren Sprung in die Lichtgeschwindigkeit zu berechnen, Erzwo«, rief er über die Schulter. »Wir müssen so schnell wie möglich von hier verschwinden.«

Vom Platz des Droiden drang ein bestätigendes Piepsen, und er richtete seine Aufmerksamkeit wieder auf den vor ihnen liegenden Horizont. Eine ganze Flotte von Sternzerstörern, wußte er, konnte hinter diesem Horizont lauern, unsichtbar für seine Instrumente, darauf wartend, daß er sich weit genug von jeder Deckung entfernte, um ihren Angriff zu starten.

Unsichtbar für seine Instrumente, aber vielleicht nicht für seine Jedi-Sinne. Er schloß die Augen zu Schlitzen, flutete seinen Geist mit Ruhe und griff mit der Macht hinaus…

Er entdeckte ihn einen Sekundenbruchteil vor Erzwos verblüfftem Warntrillern. Ein imperialer Sternzerstörer; aber er schnitt ihnen nicht den Weg ab, wie Luke erwartet hatte. Statt dessen näherte er sich ihnen von hinten in einem atmosphärenahen Orbit, der es ihm gestattet hatte, die Geschwindigkeit zu erhöhen, ohne die Vorteile der planetaren Deckung aufzugeben.

»Halte durch!« brüllte Luke und fuhr den Antrieb auf Notlast hoch. Aber es war eine sinnlose Geste, und das wußten sowohl er als auch die Imperialen. Der Sternzerstörer holte rasend schnell auf, griff bereits mit aktivierten Traktorstrahlen nach ihnen. Noch ein paar Sekunden, und er hatte sie in seiner Gewalt.

Oder zumindest den Frachter...

Luke löste die Sicherheitsgurte, öffnete dabei eine getarnte Klappe und drückte die darunter verborgenen drei Knöpfe. Der erste Knopf schaltete den Autopiloten ein; der zweite aktivierte den Protonentorpedowerfer im Achternbereich und ließ ihn wie wild blindlings auf den Sternzerstörer feuern.

Der dritte aktivierte den Selbstzerstörungsmechanismus des Frachters.

Sein X-Flügler war startbereit im Frachtraum hinter der Cockpitnische untergebracht und sah wie ein seltsames Metalltier aus, das aus seiner Höhle blickte. Luke sprang in die offene Kanzel und stieß sich dabei den Kopf an der niedrigen Decke des Frachters. Erzwo, bereits im Droidensockel des X-Flüglers verankert, trällerte leise vor sich hin, während er die Systeme des Jägers von Bereitschaft auf Start umschaltete. Als sich Luke anschnallte und den Pilotenhelm aufsetzte, meldete der Droide bereits, daß sie startklar waren.

»Okay«, sagte Luke und legte seine linke Hand auf den Spezialschalter, der zusätzlich an seinem Kontrollpunkt angebracht worden war. »Wenn es funktionieren soll, müssen wir genau nach Plan vorgehen. Halte dich bereit.«

Er schloß wieder die Augen und ließ die Macht durch seine Sinne fluten. Schon einmal, bei seinem ersten Versuch, den Jedi-Meister C'baoth aufzuspüren, war er auf diese Weise mit den Imperialen konfrontiert gewesen – ein X-Flügler gegen einen imperialen Sternzerstörer. Auch damals hatte es sich um einen vorbereiteten Hinterhalt gehandelt, obwohl er es nicht erkannt hatte, bis C'baoths unheilige Allianz mit dem Imperator aufgedeckt worden war. In jener Schlacht hatten ihn seine Fähigkeiten, sein Glück und die Macht gerettet.

Wenn die Spezialisten auf Coruscant ihre Arbeit gut gemacht hatten, war diesmal das Glück bereits eingebaut.

Tief in der Macht versunken, spürte er den Würgegriff des Traktorstrahls eine halbe Sekunde vor dem eigentlichen Kontakt. Seine Hand drückte den Schalter; und als der Frachter im mächtigen Griff des Traktorstrahls erbebte, explodierte sein Bug in einer Wolke aus Metalltrümmern. Einen Atemzug später, vorwärtsgetrieben von einem Deckkatapult, schoß der X-Flügler durch die glitzernden Bruchstücke. Für einen langen, lähmenden Moment schien es, als würde der Traktorstrahl trotz des störenden Partikelnebels seinen Griff aufrechterhalten. Dann, abrupt, löste sich der Griff.

»Wir sind frei!« schrie Luke Erzwo zu, riß den X-Flügler zur Seite und steuerte mit Höchstgeschwindigkeit den tiefen Weltraum an. »Ich muß ausweichen – halt dich fest.«

Er riß den X-Flügler erneut zur Seite, und im gleichen Moment zuckten zwei grellgrüne Blitze an der Stahlglaskanzel vorbei. Da er sich jetzt außerhalb der Reichweite ihrer Traktorstrahlen befand, hatten sich die Imperialen offenbar entschlossen, ihn vom Himmel zu schießen. Eine weitere Salve aus grünem Feuer sengte vorbei, und Erzwo stieß einen Entsetzenslaut aus, als etwas durch die Deflektoren brannte und die Bauchseite des X-Flüglers traf. Luke griff erneut mit der Macht hinaus, ließ sie seine Hände über die Kontrollen führen...

Und dann, fast ohne Vorwarnung, war es soweit. Luke griff nach dem Hyperantriebshebel und zog ihn an sich.

Mit einem Flackern der Pseudobewegung verschwand der X-Flügler in die Sicherheit des Hyperraums, während die Turbolaserbatterien noch eine Sekunde lang auf jene Stelle feuerten, wo er sich soeben noch befunden hatte. Dann schwiegen die Batterien; und Pellaeon stieß zischend die Luft aus, ohne es zu wagen, einen Blick zur Kommandostation zu werfen, wo Thrawn saß. Es war das zweitemal, daß ihnen Skywalker aus dieser Art Falle entkommen war... und beim letztenmal hatte ein Mann für dieses Versagen mit dem Leben bezahlt.

Auch der Rest der Brückencrew hatte es nicht vergessen. In der spröden Stille war deutlich zu hören, wie Stoff über den Sitzbezug schabte, als Thrawn aufstand. »Nun«, sagte der Großadmiral mit sonderbarer Ruhe. »Man muß den Rebellen zu ihrem Einfallsreichtum gratulieren. Ich habe schon einmal erlebt, daß dieser Trick funktionierte, aber nicht so wirkungsvoll.«

»Jawohl, Sir«, sagte Pellaeon und versuchte erfolglos, die Spannung aus seiner Stimme zu verbannen.

Aus den Augenwinkeln konnte er sehen, daß Thrawn ihn beobachtete. »Skywalker wäre ein interessantes Zusatzgeschenk für Master C'baoth gewesen, aber seine Flucht ist kaum ein Anlaß zu ernster Sorge. Bei dieser Operation ging es hauptsächlich darum, die Rebellion davon zu überzeugen, daß sie den Klon-Verschiebebahnhof entdeckt haben. Dieses Ziel wurde erreicht.«

Der Druck auf Pellaeons Brust begann nachzulassen. Wenn der Großadmiral nicht wütend war...

»Das bedeutet allerdings nicht«, fuhr Thrawn fort, »daß das Versagen der *Schimäre*-Crew ignoriert werden kann. Folgen Sie mir, Captain.«

Pellaeon stand auf, und der Druck kehrte zurück. »Jawohl, Sir.«

Thrawn führte ihn zur Achterntreppe und stieg in den steuerbord gelegenen Mannschaftsstand hinunter. Er ging an den Besatzungsmitgliedern an ihren Konsolen und den steif hinter ihnen stehenden Offizieren vorbei und verharrte an der Kontrollstation für die Steuerbordtraktorstrahler. »Ihr Name«, sagte er ruhig zu dem jungen Mann, der in Habachtstellung dort stand.

»Fähnrich Mithel«, sagte der andere mit bleichem, aber gefaßtem Gesicht. Der Ausdruck eines Mannes, der dem Tod ins Auge sah.

»Berichten Sie, was geschehen ist, Fähnrich.«

Mithel schluckte. »Sir, ich hatte gerade den Traktorstrahl an den Frachter gekoppelt, als er in eine Wolke aus trakreflektierenden Partikeln auseinanderbrach. Der Zielsucher versuchte, sich an alle gleichzeitig zu koppeln, und vèrfing sich in einer Rückkoppelungsschleife.«

»Und was haben Sie getan?«

»Ich – Sir, ich wußte, daß der Ziel-Sternjäger außer Reichweite sein würde, wenn ich wartete, bis sich die Partikel auf natürlichem Weg auflösen. Ich versuchte, sie deshalb manuell aufzulösen, indem ich den Traktorstrahl auf Einzelmodus schaltete.«

»Es hat nicht funktioniert.«

Ein leises Seufzen entschlüpfte Mithels Lippen. »Nein, Sir. Das Zielsuchersystem wurde nicht damit fertig. Es versagte völlig.«

»Ja.« Thrawn wölbte leicht eine Braue. »Sie hatten jetzt ein paar Augenblicke Zeit, über Ihre Handlungsweise nachzudenken, Fähnrich. Fällt Ihnen jetzt eine Alternative ein?«

Die Lippen des jungen Mannes zuckten. »Nein, Sir. Es tut mir leid, aber ich sehe keine andere Möglichkeit. Ich kann mich an keine Anweisungen in den Handbüchern erinnern, die diese Situation betreffen.«

Thrawn nickte. »Korrekt«, bestätigte er. »Es gibt keine Alternative. Im Lauf der letzten Jahrzehnte sind verschiedene Methoden vorgeschlagen worden, um mit dieser Trümmertaktik fertig zu werden, aber keine hat sich als praktikabel erwiesen. Ihr Versuch gehörte zu den innovativeren, vor allem, wenn man bedenkt, wie wenig Zeit Ihnen zur Verfügung stand. Die Tatsache, daß er fehlgeschlagen ist, schmälert dies in keiner Weise.«

Ein Ausdruck vorsichtigen Unbehagens huschte über Mithels Gesicht. »Sir?«

»Das Imperium braucht flinke und kreative Geister, Fähnrich«, sagte Thrawn. »Sie sind hiermit zum Lieutenant befördert..., und Ihre erste Aufgabe ist es, ein Mittel gegen die Trümmertaktik zu finden. Nach ihrem Erfolg hier wird die Rebellion vielleicht noch einmal zu diesem Trick greifen.«

»Jawohl, Sir«, keuchte Mithel, während die Farbe langsam in sein Gesicht zurückkehrte. »Ich... danke Ihnen, Sir.«

»Glückwunsch, Lieutenant Mithel«, nickte Thrawn und drehte sich dann zu Pellaeon um. »Die Brücke gehört Ihnen, Captain. Setzen Sie unseren planmäßigen Flug fort. Ich bin in meinem Kommandoraum, wenn Sie mich brauchen.«

»Jawohl, Sir«, stieß Pellaeon hervor.

Und blieb neben dem frischgebackenen Lieutenant stehen, während Thrawn davonging, und er spürte, wie sich betäubte Ehrfurcht auf der Brücke ausbreitete. Gestern hatte die Crew der *Schimäre* dem Großadmiral vertraut und ihn respektiert. Nach dem heutigen Tag würde sie bereit sein, für ihn zu sterben.

Und zum erstenmal seit fünf Jahren spürte Pellaeon mit jeder Faser seines Körpers, daß das alte Imperium tatsächlich untergegangen war. Das neue Imperium, mit Großadmiral Thrawn an der Spitze, war geboren.

Der X-Flügler hing antriebslos in der Schwärze des Weltraums, Lichtjahre von jeder Materie entfernt, die größer als ein Staubkorn war. Es war, dachte Luke, fast wie eine Wiederholung jenes anderen Kampfes gegen einen Sternzerstörer, jenes Kampfes, nach dem er im Tiefraum gestrandet und von Talon Karrde und Mara Jade zum Planeten Myrkr gebracht worden war.

Glücklicherweise war die Ähnlichkeit nur scheinbar. Größtenteils.

Von dem Droidensockel hinter ihm drang ein nervöses Trillern.

»Nur die Ruhe, Erzwo, entspann dich«, sagte Luke besänftigend. »So schlimm ist es nicht. Wir hätten Coruscant sowieso nicht erreichen können, ohne unterwegs aufzutanken. Wir müssen es jetzt etwas früher tun, das ist alles.«

Die Antwort bestand aus einer Art indigniertem Knurren. »Ich *nehme* dich ernst, Erzwo«, sagte Luke geduldig, während er die Daten auf seinem Navdisplay an den Droiden weiterleitete. »Schau – hier sind alle Planeten, die wir selbst mit zu fünfzig Prozent zerstörten Energiezellen erreichen können. Siehst du?«

Für einen Moment schien der Droide über die Liste nachzudenken, und Luke nutzte die Gelegenheit, um sie ebenfalls noch einmal zu überfliegen. Die Auswahl war groß, das stimmte. Das Problem war nur, daß viele der Welten für einen einsamen X-Flügler der Neuen Republik kein gesunder Ort waren. Die Hälfte stand unter direkter imperialer Kontrolle, und die meisten anderen neigten entweder in diese Richtung oder hielten sich ihre politischen Optionen offen.

Trotzdem, selbst auf einer imperial kontrollierten Welt gab es Sensorlücken, durch die ein einzelner Sternjäger vermutlich schlüpfen konnte. Er konnte an einer abgelegenen Stelle landen, sich zu Fuß zu einem Raumhafen durchschlagen und mit dem imperialen Geld, das er noch übrig hatte, Ersatzkraftstoffzellen kaufen. Die Zellen zum X-Flügler zu transportieren konnte vielleicht zu einem Problem werden, aber zu keinem unlösbaren.

Erzwo zwitscherte einen Vorschlag. »Kessel ist eine Möglichkeit«, nickte Luke. »Aber ich weiß nicht – soweit ich mich erinnern kann, ist Moruth Doole immer noch an der Macht, und Han hat ihm nie über den Weg getraut. Ich denke, wir versuchen es besser auf Fwillsving oder sogar...«

Er verstummte, als ihm einer der Planeten auf der Liste ins Auge stach. Ein Planet, den Leia in sein Navsystem programmiert hatte, fast aus einer Eingebung heraus, kurz bevor er zu seiner Mission aufgebrochen war.

Honoghr.

»Ich habe eine bessere Idee, Erzwo«, sagte Luke langsam. »Statten wir Honoghr einen Besuch ab.«

Von hinten drang ein verblüfftes, ungläubiges Kreischen. »Oh, komm schon«, mahnte Luke. »Leia und Chewie waren dort und sind sicher wieder zurückgekehrt, oder nicht? Und Dreipeo auch«, fügte er hinzu. »Du willst doch nicht, daß Dreipeo behauptet, du hättest Angst vor einer Welt, vor der *er* keine Angst gehabt hat, oder?«

Erzwo knurrte wieder. »Es spielt keine Rolle, ob er nun eine Wahl hatte oder nicht«, sagte Luke fest. »Was zählt, ist, daß er es getan hat.«

Der Droide gab ein klagendes und eher resigniertes Glucksen von sich. »Das ist die richtige Einstellung«, lobte Luke und ließ vom Navcomputer den Sprung nach Honoghr berechnen. »Leia wollte ohnehin, daß ich sie besuche. Auf diese Weise töten wir zwei Dünenechsen mit einem Schlag.«

Erzwo gab ein kurzes, unbehagliches Grunzen von sich und verstummte... Und selbst Luke, der Leias Urteil über die Noghri voll vertraute, gab im stillen zu, daß es vielleicht nicht die beruhigendste Redewendung gewesen war.

5

Die Gefechtsdaten aus dem Woostri-System flackerten über den Datenblock und endeten. »Ich kann es immer noch nicht glauben«, sagte Leia kopfschüttelnd, als sie den Datenblock auf den Tisch legte. »Wenn das Imperium eine Superwaffe hat, mit der sich planetare Schiffe durchdringen lassen, hätten sie sie in jedem der angegriffenen Systeme eingesetzt. Es muß irgendein Trick oder eine Illusion sein.«

»Ich stimme dem zu«, sagte Mon Mothma ruhig. »Die Frage ist, wie wir den Rest des Rates und das Parlament davon überzeugen. Von den äußeren Systemen ganz zu schweigen.«

»Wir müssen herausfinden, was wirklich auf Ukio und Woostri geschehen ist«, erklärte Admiral Ackbar. »Und wir müssen es schnell herausfinden.«

Leia griff wieder nach ihrem Datenblock und warf dabei Admiral Ackbar über den Tisch hinweg einen kurzen Blick zu. Die riesigen Augen des Mon Calamari wirkten ungewöhnlich müde, sein normalerweise lachsfarbener Teint war merklich blasser. Er war erschöpft, und zwar sehr... und da die Großoffensive des Imperiums noch immer durch die Galaxis auf sie zurollte, würde er in absehbarer Zeit kaum viel Schlaf finden.

Ebensowenig wie die anderen, was das betraf. »Wir wissen bereits, daß Großadmiral Thrawn über die Fähigkeit verfügt, die Denkweise seiner Gegner zu erkennen«, erinnerte sie die anderen. »Wußte er vielleicht im voraus, daß sich die Ukioner und Woostri so schnell ergeben würden?«

»Im Gegensatz, sagen wir, zu den Filvianern?« Mon Mothma nickte bedächtig. »Interessanter Gedanke. Das würde darauf hindeuten, daß die Illusion nicht über längere Zeit hinweg aufrechterhalten werden kann.«

»Oder daß sie extrem viel Energie kostet«, fügte Ackbar hinzu. »Wenn das Imperium eine Methode entwickelt hat, unsichtbare Energie auf einen Schild zu fokussieren, könnten sie damit einen Teilbereich lange genug schwächen, um eine Turbolasersalve durch die Öffnung zu feuern. Aber das würde schrecklich viel Energie erfordern.«

»Und sollte sich außerdem als Energiebelastung des Schildes bemerkbar machen«, stellte Mon Motha fest. »Nach unseren Informationen war dies nicht der Fall.«

»Vielleicht stimmen unsere Informationen nicht«, gab Ackbar zurück. Er warf Rat Borsk Fey'lya einen kurzen Blick zu. »Oder sie wurden vom Imperium manipuliert«, meinte er spitz. »So etwas ist schon früher vorgekommen.«

Auch Leia sah Fey'lya an und fragte sich, ob der kaum verhüllte Vorwurf an seine Leute den Bothan dazu bringen würde, sein selbstgewähltes Schweigen aufzugeben. Aber Fey'lya saß nur da, die Augen auf den Tisch gerichtet, das cremefarbene Fell bewegungslos. Er sagte nichts, reagierte nicht, dachte vielleicht nicht einmal.

Früher oder später, nahm sie an, würde er seinen verbalen Mut und einen Teil seiner alten politischen Stärke zurückgewinnen. Aber jetzt, wo seine falsche Denunziation Ackbars allen noch frisch im Gedächtnis war, tat er auf die für seine Spezies typische Weise Buße.

Leias Magen zog sich vor Frustration zusammen. Wieder einmal verstieß das inflexible, auf dem Alles-oder-Nichts-Prinzip beruhende bothanische Politikverständnis fundamental gegen die Interessen der Neuen Republik. Vor ein paar Monaten hatten Fey'lyas Anschuldigungen gegen Ackbar wertvolle Zeit und Energie gekostet; jetzt, wo der Rat die intellektuellen Fähigkeiten jedes einzelnen Mitglieds brauchte – Fey'lya eingeschlossen –, spielte er den stummen Märtyrer.

Es gab Tage – und lange, dunkle Nächte –, in denen Leia insgeheim bezweifelte, daß sie die Neue Republik zusammenhalten konnte.

»Sie haben natürlich recht, Admiral«, sagte Mon Mathma seufzend. »Wir brauchen mehr Informationen. Und wir brauchen sie rasch.«

»Talon Karrdes Organisation ist immer noch unsere beste Chance«, sagte Leia. »Sie verfügt über die richtigen Kontakte, sowohl auf unserer als auch auf imperialer Seite. Und nach Lukes letzter Nachricht zu urteilen klang Karrde interessiert.«

»Wir können es uns nicht leisten, auf die Hilfe eines Schmugglers zu warten«, grollte Ackbar. »Was ist mit General Bel Iblis? Er kämpft schon seit Jahren allein gegen das Imperium.«

»Der General hat uns seine Kontakte bereits übergeben«, erinnerte Mon Mothma, während an ihrer Wange ein Muskel zuckte. »Im Moment sind wir immer noch damit beschäftigt, sie in unsere Organisationen zu integrieren.«

»Ich habe nicht seine Kontakte gemeint«, widersprach Ackbar. »Ich meinte den General selbst. Warum ist er nicht hier?«

Leia sah Mon Mothma an, und ihr Magen zog sich erneut zusammen. Garm Bel Iblis war eine der frühen Kräfte hinter der Konsolidierung der einzelnen Widerstandsgruppen zu einer allumfassenden Rebellen-Allianz gewesen und hatte jahrelang eine Schattenführungstriade mit Mon Mothma und Leias Adoptivvater Bail Organa gebildet. Aber Bail Organa war mit seinem Volk beim Angriff des Todessterns auf Alderaan gestorben, und als Mon Mothma nach und nach immer mehr Macht an sich gerissen hatte, hatte Bel Iblis die Allianz verlassen und sich zurückgezogen. Seitdem hatte er seinen Privatkrieg gegen das Imperium geführt... bis es, fast durch Zufall, zur Begegnung mit seinem corellianischen Landsmann Han Solo gekommen war.

Nur auf Hans Drängen hin war Bel Iblis mit seiner Streitmacht auf sechs Dreadnaughts der Neuen Republik im Kampf um die *Katana*-Flotte zur Hilfe geeilt. Mon Mothma hatte die früheren Differenzen begraben und ihn willkommen geheißen.

Und dann hatte sie eine Kehrtwendung gemacht und ihn den Verteidigungskräften in den Außensektoren der Neuen Republik zugeteilt. So weit von Coruscant entfernt wie nur möglich.

Leia war noch nicht bereit, Mon Mothmas Entscheidung auf Rachsucht zurückzuführen. Aber es gab andere Entscheidungsträger in der Neuen Republik, die sich noch gut an Bel Iblis und sein taktisches Genie erinnerten... und nicht alle waren ohne weiteres bereit, Mon Mothma über jeden Zweifel erhaben zu sehen.

»Die Erfahrung des Generals wird an der Front gebraucht«, sagte Mon Mothma ruhig.

»Seine Erfahrung wird auch hier gebraucht«, gab Ackbar zurück; aber Leia konnte die Resignation in seiner Stimme hören. Ackbar war soeben von einer Inspektion der Streitkräfte im Farrfin- und Dolomar-Sektor zurückgekehrt und würde morgen nach Dantooine aufbrechen. Jetzt, wo die Kriegsmaschinerie des Imperiums heranrückte, konnte sich die Neue Republik den Luxus nicht leisten, ihre besten Frontkommandeure in der Etappe zu belassen.

»Ich verstehe Ihre Bedenken«, sagte Mon Mothma etwas freundlicher. »Wenn wir die Lage dort draußen stabilisiert haben, werde ich General Bel Iblis zurückbeordern und ihm die taktische Planung übertragen.«

Falls wir die Lage stabilisieren können, fügte Leia im stillen hinzu und spürte erneut, wie sich ihr Magen zusammenzog. Bis jetzt lief die Offensive des Imperiums unaufhaltsam weiter...

Der Gedanke brach abrupt ab, und plötzlich, verspätet, dämmerte ihr, was wirklich mit ihr geschah. Nein – es war nicht ihr *Magen,* der sich zusammenzog...

Ackbar sprach wieder. »Verzeihen Sie«, fiel ihm Leia ins Wort und stand vorsichtig auf. »Es tut mir leid, daß ich unterbreche, aber ich muß in die Medikersektion.«

Mon Mothmas Augen weiteten sich. »Die Zwillinge?«

Leia nickte. »Ich glaube, sie sind unterwegs.«

Die Wände und Decke des Kreißsaals waren in einem warmen Braun gehalten und mit einer Reihe flackernder Lichter versehen, die mit Leias Gehirnwellenmustern synchronisiert waren. Theoretisch sollten sie ihr helfen, sich zu entspannen und zu konzentrieren. Was die praktische Seite betraf, hatte die Technik nach zehn Stunden ihre Wirkung auf Leia eingebüßt.

Eine neue Wehe kam, die bisher stärkste. Automatisch griff Leia mit der Macht hinaus und setzte die Methode ein, die Luke ihr beigebracht hatte, um den Schmerz aus ihren protestierenden Muskeln zu verbannen. Wenigstens gab ihr der Geburtsprozeß die Chance, ihre Jedi-Techniken zu üben.

Und nicht nur jene, die der Schmerzkontrolle dienten. *Es ist gut,* dachte sie tröstend zu den winzigen Bewußtseinen in ihr. *Es ist gut. Mutter ist hier.*

Es half nicht viel. Kräften ausgesetzt, die sie nicht verstehen konnten, die kleinen Körper zusammengepreßt, langsam dem Unbekannten entgegentreibend, loderte die Angst in ihren unentwikkelten Bewußtseinen.

Aber um gerecht zu sein, ihrem Vater ging es nicht viel besser.

»Alles in Ordnung?« fragte Han zum x-ten Mal, in mitfühlender Spannung mit ihren verkrümmten Schultern.

»Mir geht es gut«, beruhigte ihn Leia. Ihre Schultern entspannten sich, als die Wehe endete, und sie drückte ebenfalls seine Hand. »Aber du siehst nicht besonders gut aus.«

Han schnitt eine Grimasse. »Ich sollte längst schon im Bett sein«, sagte er trocken.

»Daran wird's liegen«, stimmte Leia zu. Seit dem Einsetzen der Wehen war Han so nervös gewesen wie ein Tauntaun auf einem Kugellager, aber er bemühte sich mannhaft, es nicht zu zeigen. Mehr wegen ihr, vermutete Leia, als aus Sorge um sein Image. »Tut mir leid.«

»Mach dir keine Gedanken.« Han warf einen Blick zur Seite, wo die Mediker und zwei Emde-Droiden über die Kontrollen des Geburtsbetts gebeugt standen. »Sieht aus, als wäre es gleich soweit, Süße.«

»Darauf kannst du wetten«, stimmte Leia zu und stöhnte auf, als sich die nächste Wehe ankündigte. »Oh...«

Hans Besorgnis steigerte sich um eine Zehnerpotenz. »Alles in Ordnung?«

Leia nickte, denn ihre Halsmuskulatur war im Moment zu verkrampft, als daß sie sprechen konnte. »Halt mich, Han«, keuchte sie schließlich. »Halt mich einfach fest.«

»Ich bin bei dir«, sagte er leise und legte seine Hand beruhigend unter ihre Schulter.

Sie hörte ihn kaum. Tief in ihr begannen sich die kleinen Leben, die sie und Han gezeugt hatten, zu bewegen... Und abrupt verwandelte sich ihre flackernde Angst in völliges Entsetzen.

Habt keine Angst, dachte sie zu ihnen. *Habt keine Angst. Es wird alles gut. Ich bin hier. Bald werdet ihr bei mir sein.*

Sie erwartete keine Reaktion – die Bewußtseine der Zwillinge waren bei weitem noch nicht so entwickelt, um so etwas Abstraktes wie Worte oder das Konzept zukünftiger Ereignisse verstehen zu können. Aber sie machte trotzdem weiter, umhüllte sie und ihre Angst so gut es ging mit ihrer Liebe und ihrem Frieden und ihrem Trost. Eine weitere Wehe kam – die unaufhaltsame Bewegung Richtung Außenwelt setzte sich fort...

Und dann, zu Leias unbeschreiblichem Entzücken, griff eins der winzigen Bewußtseine nach ihr und berührte sie auf eine Art, wie keiner der Zwillinge bisher auf ihren nonverbalen Trost reagiert hatte. Die aufsteigende Angst nahm ab, und Leia hatte den plötzlichen mentalen Eindruck einer Babyhand, die fest ihren Finger umklammerte. *Ja,* sagte sie zu dem Ungeborenen. *Ich bin deine Mutter, und ich bin hier.*

Das winzige Bewußtsein schien darüber nachzudenken. Leia fuhr mit ihrer Tröstung fort, und das Bewußtsein entfernte sich ein wenig von ihr, als hätte etwas anderes die Aufmerksamkeit des Ungeborenen erregt. Ein gutes Zeichen, entschied sie; wenn es in der Lage war, sich von dem Geschehen ablenken zu lassen...

Und dann, zu ihrer Verblüffung, begann auch die Panik des zweiten Bewußtseins zu verblassen. Das zweite Bewußtsein, das – soweit sie wußte – ihre Existenz bisher noch nicht einmal bemerkt hatte...

Später kam ihr alles sehr logisch, wenn nicht unausweichlich vor. Aber in diesem Moment schickte die Erkenntnis einen Schauder durch den Kern von Leias Seele. Die Zwillinge, die in der Macht gewachsen waren, während sie in ihr wuchsen, waren auf irgendeine Weise miteinander verbunden – auf eine Weise und in einem Ausmaß miteinander verbunden, von denen Leia wußte, daß sie daran nie einen Anteil haben würde.

Es war einer der stolzesten und gleichzeitig einer der schmerzlichsten Momente in Leias Leben. Einen solchen Blick auf die Zukunft zu erhaschen – ihre Kinder in der Macht wachsen und stärker werden zu sehen... und zu wissen, daß es da einen Teil in ihrem Leben geben würde, der ihr stets verschlossen bleiben würde...

Die Wehe hörte auf, die grandiose und bittersüße Vision der Zukunft schrumpfte zu einem kleinen Knoten aus Schmerz im Hintergrund ihres Bewußtseins. Ein Schmerz, der noch verstärkt wurde durch ihre Scham, daß sie in dieser Flut egoistischer Gefühle nicht einen Gedanken daran verschwendet hatte, daß Han das Leben der Zwillinge noch weniger teilen konnte als sie.

Und plötzlich, durch den mentalen Nebel, schien ein helles Licht vor ihren Augen zu explodieren. Instinktiv umklammerte sie Hans Hand fester. »Was...?«

»Sie kommen«, keuchte Han und verstärkte ebenfalls den Druck seiner Hand. »Das erste ist schon halb draußen.«

Leia blinzelte, und das halb eingebildete Licht erlosch, als ihr Bewußtsein die Verbindung zu ihren Kindern löste. Ihre Kinder, deren Augen nichts anderes kannten als ein trübes, diffuses Glühen. »Dreht das Licht herunter«, keuchte sie. »Es ist zu hell. Die Augen der Kinder...«

Und dann, scheinbar übergangslos, war der erste Teil plötzlich vorbei. »Das erste ist da«, rief Han atemlos. »Es ist...« Er verdrehte den Hals. »Es ist unsere Tochter.« Er sah wieder Leia an, und die Spannung in seinem Gesicht löste sich in dem schrägen Grinsen auf, das sie so gut kannte. »Jaina.«

Leia nickte. »Jaina«, wiederholte sie. Irgendwie hatten die Namen, die sie ausgesucht hatten, noch nie so richtig geklungen wie in diesem Moment. »Was ist mit Jacen?«

»Ich würde sagen, er kann's kaum erwarten, seiner Schwester zu folgen«, warf die Medikerin trocken ein. »Sie müssen pressen – sieht aus, als würde er von sich aus herauskriechen wollen. Okay... *Pressen.*«

Leia holte tief Luft. Endlich. Nach zehn Stunden Wehen – nach neun Monaten Schwangerschaft – war das Ende endlich in Sicht.

Nein. Nicht das Ende. Der Anfang.

Ein paar Minuten später legten sie die Zwillinge in ihre Arme... Und als sie sie das erstemal betrachtete und dann zu Han aufsah, hatte sie das Gefühl vollkommenen Friedens. Draußen zwischen den Sternen mochte ein Krieg toben; aber hier und jetzt war das Universum in Ordnung.

»Aufpassen, Sonderführer«, dröhnte die Stimme von Sonder eins in Wegdes Ohr. »Sie haben einen Verfolger.«

»Verstanden«, sagte Wedge und riß seinen X-Flügler hart herum. Der TIE-Abfangjäger schoß mit feuernden Laserkanonen vorbei und versuchte, Wedges Manöver nachzuvollziehen. Eine knappe halbe Sekunde später raste ein X-Flügler heran und verwandelte den Imperialen in eine Wolke flammenden Staubes.

»Danke, Sonder acht«, sagte Wedge, blies sich einen Schweißtropfen von der Nase und kontrollierte seinen Scanner. Im Moment zumindest schien ihre kleine Ecke des Schlachtfeldes feindfrei zu sein. Er drehte langsam bei und überprüfte den Kampfverlauf.

Es war schlimmer als befürchtet. Schlimmer, was das betraf, als noch vor fünf Minuten. Zwei weitere Sternzerstörer der *Sieges*-Klasse waren aus dem Hyperraum gekommen und nahmen eine Abfangposition gegenüber einem ihrer drei verbliebenen Calamari-Sternkreuzer ein. Und bei der Heftigkeit, mit der sie ihn mit Turbolaserfeuer eindeckten... »Sondergeschwader: Kurswechsel nach zwanzig-zwei-Komma-acht«, befahl er, schlug den Abfangkurs ein und fragte sich, wie in aller Welt die Imperialen es geschafft hatten, so nah an ihrem Ziel herauszukommen. Selbst unter idealen Umständen war ein derart präziser Sprung schwierig zu berechnen; in der Hitze und dem Durcheinander einer Schlacht sollte es eigentlich nahezu unmöglich sein. Nur ein weiterer Beweis für die unglaubliche neue Fähigkeit des Imperiums, seine Streitkräfte zu koordinieren.

Von dem Astromech-Droiden auf dem Sockel hinter ihm drang ein warnendes Zwitschern: sie befanden sich jetzt zu nah an einer großen Masse, um in die Lichtgeschwindigkeit springen zu können. Wedge sah sich stirnrunzelnd um und entdeckte schließlich den Abfangkreuzer in der Ferne, der sorgfältig Distanz zum eigentlichen Schlachtfeld hielt. Offenbar wollten die Imperialen nicht, daß die Schiffe der Neuen Republik die Party vorzeitig verließen.

Direkt vor ihm schwärmten einige der TIE-Jäger der *Sieges*-Sternzerstörer aus, um sie zu stellen. »Porkins-Formation«, befahl Wedge seiner Gruppe. »Paßt auf eure Flanken auf. Sternkreuzer *Orthavan,* hier Sondergeschwader; wir kommen rein.«

»Bleiben Sie draußen, Sonderführer«, sagte eine ernste Mon-Calamari-Stimme. »Die Übermacht ist zu groß. Sie können uns nicht helfen.«

Wedge knirschte mit den Zähnen. Der Mon Cal hatte wahrscheinlich recht. »Wir werden es trotzdem versuchen«, erklärte er. Die heranbrausenden TIE-Jäger waren fast in Schußweite. »Haltet durch.«

»Sondergeschwader, hier spricht Bel Iblis«, meldete sich eine neue Stimme. »Brechen Sie Ihren Angriff ab. Ändern Sie auf meinen Befehl Ihren Kurs um dreißig Grad nach Backbord.«

Nur mit Mühe unterdrückte Wedge den Drang, etwas zu sagen, das ihm wahrscheinlich ein Kriegsgerichtsverfahren eingebracht hätte. Solange ein Schiff noch ganz war, bestand für ihn noch Hoffnung, es zu retten. Offenbar hatte der große General Bel Iblis anders entschieden. »Verstanden, General«, seufzte er. »Sondergeschwader: Fertigmachen!«

»Sondergeschwader... Achtung!«

Gehorsam, aber widerwillig schwang Wedge seinen X-Flügler zur Seite. Die TIE-Jäger änderten ebenfalls den Kurs; schienen plötzlich in Unordnung zu geraten...

Und mit einem Brüllen, das sogar von den feinverteilten Gasen des interstellaren Raumes übertragen wurde, schoß eine Angriffsformation aus A-Flüglern an der Stelle vorbei, wo sich soeben noch das Sondergeschwader befunden hatte. Die TIE-Jäger, die bereits dabei waren, das Manöver der X-Flügler nachzumachen, wurden kalt erwischt. Bevor sie eine Barrikadenposition einnehmen konnten, waren die A-Flügler an ihnen vorbei und rasten mit Höchstgeschwindigkeit dem bedrängten Sternkreuzer entgegen. »Okay, Sondergeschwader«, sagte Bel Iblis. »Sie sind an der Reihe. Halten Sie ihnen den Rücken frei.«

Wedge grinste dünn. Er hätte so etwas von Bel Iblis erwarten müssen. »Verstanden, General. Sondergeschwader: Schnappen wir sie uns.«

»Und dann«, fügte Bel Iblis grimmig hinzu, »bereiten Sie sich auf den Rückzug vor.«

Wedge blinzelte, sein Lächeln erstarb. *Rückzug?* Er drehte seinen X-Flügler den TIE-Jägern zu und warf einen Blick nach hinten auf das Hauptschlachtfeld.

Vor ein paar Minuten hatte er die Lage für schlimm gehalten. Jetzt stand sie am Rand einer Katastrophe. Bel Iblis' Streitkräfte waren auf kaum zwei Drittel der ursprünglich fünfzehn Großkampfschiffe reduziert, und die meisten davon drängten sich in einer verzweifelten Bastionformation zusammen. Um sie herum, systematisch aus allen Rohren auf ihre Abwehrschirme feuernd, befanden sich über zwanzig Sternzerstörer und Dreadnaughts.

Wedge sah wieder zu den heranrasenden TIE-Jägern hinüber; und dann zu dem Abfangkreuzer hinter ihnen. Der Abfangkreuzer, dessen Gravitationswellen-Projektoren die bedrängten Streitkräfte an der Flucht in die Lichtgeschwindigkeit hinderten...

Und dann waren sie über den TIE-Jägern, und zum Nachdenken blieb keine Zeit mehr. Die Schlacht war heftig, aber kurz – das plötzliche Auftauchen der A-Flügler aus dem Schatten des Sondergeschwaders hatte die TIE-Jäger offensichtlich aus der Fassung gebracht. Drei Minuten, vielleicht vier, und das Sondergeschwader hatte seine Arbeit erledigt.

»Was jetzt, Sonderführer?« fragte Sonder zwei, als sich das Geschwader in den Trümmern neu formierte.

Wedge kreuzte im Geist die Finger und sah zur *Orthavan* hinüber. Wenn Bel Iblis' Schachzug nicht funktioniert hatte...

Er hatte. Der Angriff der A-Flügler hatte die *Sieges*-Sternzerstörer gerade lange genug abgelenkt, um dem Sternkreuzer eine Atempause zu verschaffen und wieder in die Offensive gehen zu lassen. Die *Orthavan* feuerte jetzt gleichzeitig aus ihren zahlreichen Turbolaser- und Ionenkanonenbatterien, störte die Systeme der Imperialen und trommelte auf ihre Hüllen ein. Noch während Wedge zusah, schoß ein Geysir aus superheißen Gasen aus dem Mittelteil des nächsten Sternzerstörers und ließ das Schiff wild rotierend davontreiben. Der Sternkreuzer tauchte unter dem Irrläufer weg, entfernte sich von der Schlacht und nahm Kurs auf den Abfangkreuzer.

»Parallelkurs zur *Orthavan*«, befahl Wedge. »Sie brauchen vielleicht Rückendeckung.«

Die Worte hatten seinen Mund kaum verlassen, als zwei Dreadnaughts aus der Lichtgeschwindigkeit stürzten und plötzlich neben der *Orthavan* auftauchten. Wedge hielt den Atem an, aber der Sternkreuzer war bereits zu schnell, als daß die Dreadnaughts mehr als einen ungezielten Schuß auf ihn abgeben konnten. Er raste an ihnen vorbei; und als sie beidrehten, um ihm zu folgen, wiederholte das Geschwader A-Flügler sein früheres Angriffsmanöver. Auch diesmal übertraf die Ablenkungswirkung bei weitem den tatsächlichen Schaden, den sie anrichteten. Als die Sternjäger abdrehten, war die *Orthavan* bereits zu weit entfernt, um noch von den Dreadnaughts eingeholt zu werden.

Und die Imperialen wußten es. Hinter Wedge piepte der Astromech-Droide: das Pseudogravitationsfeld brach zusammen, als der ferne Abfangkreuzer seine Gravitationswellen-Projektoren abschaltete, um sich auf die eigene Flucht in die Lichtgeschwindigkeit vorzubereiten.

Der Abfangkreuzer...

Und zu spät begriff er. Er hatte sich geirrt – diese *Sieges*-Sternzerstörer waren nicht auf irgendwelche halbmystischen Koordinationstechniken angewiesen gewesen, um so dicht neben dem Sternkreuzer in den Normalraum zurückzustürzen. Sie hatten nur einem vom Abfangkreuzer gelieferten Hyperraumvektor folgen und warten müssen, bis sie der Rand des Gravitationskegels in den Normalraum riß.

Wedge spürte, wie seine Lippen zuckten. Vor langer Zeit schon hatte man ihm beigebracht, daß es ebenso gefährlich war, den Feind zu über- wie zu unterschätzen. Es war eine Lektion, die er nie wieder vergessen würde.

»Abfang-Gravfeld erloschen«, drang Bel Iblis' Stimme in sein Ohr. »Alle Einheiten: Bestätigen und zum Rückzug fertigmachen.«

»Sondergeschwader: Verstanden«, sagte Wedge mit einer Grimasse, während er ihren vorbereiteten Fluchtvektor ansteuerte und zurück zu den Überresten der Hauptstreitmacht sah. Es gab keinen Zweifel: Sie waren geschlagen, und zwar vernichtend geschlagen, und nur Bel Iblis' legendäre taktische Fähigkeiten hatten verhindert, daß aus der Niederlage eine Katastrophe geworden war.

Und der Preis war wahrscheinlich der Verlust eines weiteren Systems an das Imperium.

»Sondergeschwader: Los.«

»Verstanden«, seufzte Wedge und zog den Hyperantriebshebel

zurück… Und als sich die Sterne in Sternlinien verwandelten, ging ihm ein ernüchternder Gedanke durch den Kopf.

In absehbarer Zukunft würde die Unterschätzung des Imperiums wahrscheinlich nicht das eigentliche Problem sein.

6

Die Sternlinien schrumpften wieder zu Sternen, und die *Wilder Karrde* kehrte in den Normalraum zurück. Direkt vor ihnen befand sich die winzige weiße Zwergsonne des Chazwa-Systems, die vor den hellen Sternen im Hintergrund kaum zu erkennen war. Nicht weit davon entfernt, etwas seitlich versetzt, ein größtenteils dunkler Kreis mit einem schmalen, hellen Randstreifen, befand sich der Planet Chazwa. In der Dunkelheit des umgebenden Weltraums waren die trüben Positionslichter von vielleicht fünfzig Schiffen zu erkennen, die teils eintrafen, teils abflogen. Hauptsächlich Frachter und Großraumkreuzer, die Chazwas zentrale Lage als Umschlagplatz nutzten. Einige wenige waren eindeutig imperiale Kriegsschiffe.

»Nun, da sind wir«, sagte Aves im Plauderton vom Kopilotensitz. »Übrigens möchte ich in aller Deutlichkeit feststellen, daß ich das für eine verrückte Idee halte.«

»Vielleicht«, gestand Karrde, während er Kurs auf den Planeten nahm und seine Displays überprüfte. Gut; der Rest der Gruppe hatte es ebenfalls geschafft. »Aber wenn die Klon-Transportwege des Imperiums tatsächlich durch den Orus-Sektor führen, müßte die Chazwa-Garnison über entsprechende Aufzeichnungen verfügen. Möglicherweise finden wir in ihnen auch den Ursprungsort, wenn jemand sorglos war.«

»Ich habe mich nicht auf die Einzelheiten des Überfalls bezogen«, sagte Aves. »Ich meinte, daß es verrückt ist, daß wir uns überhaupt einmischen. Es ist der Krieg der Neuen Republik, nicht unserer – sollen sie sich darum kümmern.«

»Wenn ich ihnen zutrauen würde, daß sie es können, würde ich es ihnen überlassen«, sagte Karrde und spähte durch die Steuerbordsichtluke. Einer der Frachter schien langsam in die ungefähre Richtung der *Wilder Karrde* zu treiben. »Aber ich bin mir nicht sicher, ob sie der Sache gewachsen sind.«

Aves grunzte. »Ich kaufe Skywalker diese Geschichte noch immer nicht ab. Wenn man stabile Klone so schnell züchten könnte, hätten es die alten Klon-Meister bereits getan.«

»Vielleicht haben sie es auch«, erwiderte Karrde. »Ich glaube nicht, daß es irgendwo Informationen über die Kloning-Techniken dieser Ära gibt. Alles, was ich gesehen habe, bezog sich auf die viel früheren Vorkriegsexperimente.«

»Nun ja...« Aves schüttelte den Kopf. »Ich würde trotzdem die ganze Sache am liebsten aussitzen.«

»Vielleicht stellen wir fest, daß wir in dieser Angelegenheit keine andere Wahl haben.« Karrde deutete auf den näher kommenden Frachter. »Wir scheinen Besuch zu bekommen. Kümmern Sie sich um seine ID?«

»Sicher.« Aves warf einen Blick auf den Frachter und machte sich dann an seinem Kontrollpult zu schaffen. »Von diesem Schiff habe ich noch nie was gehört. Warten Sie einen Moment... Ja. Ja, sie haben ihre ID geändert – sieht nach einer simplen Transpondermaske aus. Mal sehen, ob Ghents Zauberdekoderset die Maske lüften kann.«

Karrde nickte, und die Erwähnung von Ghents Namen ließ seine Gedanken kurz durch die ganze Galaxis zu Coruscant und den beiden Mitarbeitern wandern, die er dort in der Obhut der Neuen Republik zurückgelassen hatte. Wenn die Berechnungen seiner Medik-Experten stimmten, mußte Mara inzwischen genesen sein. Sie mußte bald versuchen, mit ihm Kontakt aufzunehmen, und er machte im Geist einen Vermerk, die Kontaktpipeline zu überprüfen, sobald sie hier fertig waren.

»Hab' ihn«, sagte Aves triumphierend. »Sieh an, sieh an – ich glaube, es ist ein alter Freund von Ihnen, Karrde. Die *Kerns Stolz*; im Besitz des nicht besonders ehrenwerten Samuel Tomas Gillespee.«

»Er ist es tatsächlich«, sagte Karrde, während er das nur hundert Meter entfernte Schiff betrachtete. »Ich schätze, wir fragen ihn besser, was er will.«

Er ließ eine Richtstrahlverbindung herstellen. »Talon Karrde ruft die *Kerns Stolz*«, sagte er. »Sitzen Sie nicht faul herum, Gillespee – sagen Sie hallo.«

»Hallo, Karrde«, antwortete eine vertraute Stimme. »Es stört Sie doch nicht, daß ich mich zuerst überzeuge, mit wem ich es zu tun habe, bevor ich hallo sage, oder?«

»Nicht im geringsten«, versicherte ihm Karrde. »Übrigens, hübsche kleine Maske, die Ihr Schiffs-ID da trägt.«

»Sie hätte offensichtlich hübscher ausfallen können«, sagte Gillespee trocken. »Wir haben noch nicht einmal Ihre geknackt. Was treiben Sie hier draußen?«

»Das wollte ich Sie auch fragen«, sagte Karrde. »Ich dachte, Sie wollten sich zur Ruhe setzen.«

»Das habe ich auch«, sagte Gillespee grimmig. »Das Geschäft aufgegeben und mich zurückgezogen. Mir ein großes Stück Land auf einem hübschen kleinen Hinterwäldlerplaneten gekauft, um den Bäumen beim Wachsen zuzusehen und allem Ärger auszuweichen. Der Planet heißt Ukio – schon mal von gehört?«

Aves an Karrdes Seite schüttelte den Kopf und murmelte etwas Unverständliches. »Ich glaube, den Namen habe ich letztens zufällig gehört, ja«, gestand Karrde. »Haben Sie den Angriff der Imperialen miterlebt?«

»Den Angriff, die Kapitulation und die Besetzung«, grollte Gillespee. »Um genau zu sein, ich konnte das Bombardement von einem Logenplatz verfolgen. Es war ziemlich spektakulär, kann ich Ihnen sagen.«

»Es könnte sich auch als ziemlich profitabel entpuppen«, sagte Karrde und überlegte fieberhaft. Soweit er wußte, lagen der Neuen Republik noch immer keine genauen Informationen vor, wie das Imperium Ukio erobert hatte. Daten über den Angriff konnten für ihre Taktiker von unschätzbarem Wert sein. Was sowohl für den Zeugen als auch für den Lieferanten bares Geld bedeutete. »Ich nehme an, Sie haben während des Angriffs keine Aufzeichnungen gemacht, oder?«

»Während des Bombardements, ja«, sagte Gillespee. »Die Datenkarte meines Makrofernglases. Warum?«

»Es besteht eine gute Chance, daß ich dafür einen Käufer finden kann«, erklärte Karrde. »Als kleiner Ausgleich für Ihren verlorenen Besitz.«

»Ich bezweifle, daß Ihr Käufer so viel Geld hat«, schnaufte Gillespee. »Es war einfach unglaublich, Karrde – einfach unglaublich. Ich meine, wir reden hier nicht über Svivren, aber selbst Ukio hätte ihnen etwas länger Widerstand leisten müssen, bevor sie ihn überrannten.«

»Das Imperium ist geübt darin, Welten zu überrennen«, erinnerte ihn Karrde. »Sie hatten Glück, daß Sie überhaupt entkommen sind.«

»Da haben Sie verdammt recht«, stimmte Gillespee zu. »Faughn und Rappaport haben mich eine Sekunde vor dem Eintreffen der Sturmtruppen herausgehauen. Aber da waren die Arbeiter schon da, die mein Land in eine Getreidefarm verwandeln sollten. Ich sage Ihnen, dieses neue Klon-System der Imperialen ist wirklich unheimlich.«

Karrde warf Aves einen Blick zu. »Wieso?«

»Was meinen Sie mit wieso?« gab Gillespee zurück. »Meiner Meinung nach sollten die Leute nicht so aussehen, als kämen sie alle von einem Fließband. Und wenn doch, dann würde ich – bei allen Mynocks! – auf keinen Fall dem Imperium die Kontrolle über die Fabrik geben. Sie hätten die Kerle an den Straßensperren sehen sollen – ich bekomm' jetzt noch eine Gänsehaut.«

»Das bezweifle ich nicht«, sagte Karrde. »Was haben Sie vor, wenn Sie Chazwa verlassen?«

»Ehe ich etwas vorhaben kann, muß ich erst *dorthin*«, konterte Gillespee säuerlich. »Ich hatte gehofft, dort Brascks alten Kontaktmann zu treffen und ihn zu fragen, ob wir bei ihm mitmachen können. Warum, haben Sie etwas Besseres anzubieten?«

»Möglich. Wir könnten damit anfangen, daß wir diese Makrofernglas-Datenkarte meinem Käufer schicken; er hat mir einen Kreditrahmen eingerichtet, aus dem ich Sie bezahlen kann. Danach plane ich ein anderes Projekt, das interessant...«

»Wir bekommen Gesellschaft«, unterbrach Aves. »Zwei imperiale Schiffe auf Kollisionskurs. Sehen wie Fregatten der *Lanzen*-Klasse aus.«

»Uh-oh«, machte Gillespee. »Vielleicht war unser Abgang von Ukio doch nicht so sauber, wie wir dachten.«

»Ich schätze, es ist wahrscheinlicher, daß wir ihr Ziel sind«, sagte Karrde und spürte, wie seine Lippen zuckten, als er einen Ausweichkurs in die Steuerung eintippte. »Es war nett, mit Ihnen zu plaudern, Gillespee. Wenn Sie unsere Unterhaltung fortsetzen möchten, können Sie mich in acht Tagen im Trogan-System treffen – Sie kennen den Ort.«

»Wenn Sie es schaffen, schaffe ich es auch«, erwiderte Gillespee. »Wenn nicht, machen Sie es ihnen nicht zu einfach.«

Karrde unterbrach die Verbindung. »Bestimmt nicht«, murmelte er. »In Ordnung; wir verschwinden. Aber hübsch sachte...«

Er ließ die *Wilder Karrde* leicht nach Backbord abdrehen, daß es so aussah, als würden sie dem Planeten ausweichen und einen neuen Hyperraumvektor ansteuern wollen. »Soll ich die anderen alarmieren?« fragte Aves.

»Noch nicht«, sagte Karrde, warf einen kurzen Blick auf die Displays und ließ den Navcomputer den Sprung in die Lichtgeschwindigkeit berechnen. »Ich würde die Mission lieber abbrechen und es später noch einmal versuchen, statt mich mit zwei *Lanzen* herumzuschlagen, die auf einen Kampf aus sind.«

»Ja«, nickte Aves langsam. »Karrde... sie ändern den Kurs nicht.«

Karrde blickte auf. Aves hatte recht: Die *Lanzen* flogen unbeirrt weiter, folgten noch immer ihrem alten Vektor.

Der sie direkt zur *Kerns Stolz* führte.

Er sah Aves an und stellte fest, daß der andere auch ihn ansah. »Was sollen wir tun?« fragte Aves.

Karrde sah wieder zu den imperialen Schiffen hinüber. Die *Wilder Karrde* war weit davon entfernt, kampfuntüchtig zu sein, und seine Leute gehörten zu den Besten. Aber mit Waffensystemen, die auf die Bekämpfung feindlicher Sternjäger abgestimmt waren, stellten die beiden *Lanzen* für die Gruppe, die er nach Chazwa gebracht hatte, einen überlegenen Gegner dar.

Plötzlich reagierte die *Kerns Stolz*. Sie vollführte ein Koiogran-Manöver, scherte hart zur Seite aus und entfernte sich mit Höchstgeschwindigkeit in einem scharfen Winkel von ihrem ursprünglichen Kurs. Die *Lanzen* ließen sich nicht narren und setzten ihr nach.

Was die *Wilder Karrde* aus der Schußlinie brachte. Sie konnten Chazwa anfliegen, das Archiv der Garnison überfallen und von hier verschwinden, bevor die *Lanzen* zurückkehrten. Eine schnelle, saubere und für die Neue Republik zweifellos die angenehmste Lösung.

Aber Gillespee war ein alter Bekannter... und auf Karrdes Werteskala rangierte ein Schmugglerkollege höher als jede interstellare Regierung, mit der er nichts zu tun hatte. »Offenbar ist Gillespees Flucht von Ukio doch nicht so glatt gegangen, wie er dachte«, bemerkte er, während er die *Wilder Karrde* beidrehte und das Interkom einschaltete. »Lachton, Chin, Corvis – Turbolaser hochfahren. Wir greifen ein.«

»Was ist mit den anderen Schiffen?« fragte Aves, als er die Deflektorschilde und ein Taktikdisplay aktivierte.

»Als erstes müssen wir die Aufmerksamkeit der *Lanzen* auf uns ziehen«, sagte Karrde. Die drei Männer an den Turbolasern meldeten, daß sie bereit waren; er holte tief Luft und gab Energie auf die Triebwerke.

Der Kommandant der *Lanzen* war kein Narr. Noch während die *Wilder Karrde* Fahrt aufnahm, brach eins der imperialen Schiffe die Verfolgung der *Kerns Stolz* ab und stellte sich der neuen Bedrohung entgegen. »Ich schätze, jetzt sind sie auf uns aufmerksam geworden«, sagte Aves gepreßt. »Kann ich jetzt die anderen zur Party einladen?«

»Von mir aus«, nickte Karrde und stellte mit seinem Komm eine Richtstrahlverbindung zur *Kerns Stolz* her. »Gillespee, hier spricht Karrde.«

»Ja, ich sehe Sie«, antwortete Gillespee. »Was treiben Sie da eigentlich?«

»Ich helfe Ihnen«, sagte Karrde. Vor ihnen eröffneten die zwanzig Vierlingslaserbatterien der *Lanzen*-Fregatte das Feuer und ließen grüne Blitze auf die *Wilder Karrde* niederregnen. Die Turbolaser feuerten zurück, obwohl ihre drei Geschütze eher mitleiderregend wirkten im Vergleich zur Feuerkraft der Fregatte. »In Ordnung – den haben wir festgenagelt. Am besten verschwinden Sie, ehe der andere in Schußweite kommt.«

»*Sie* haben *ihn* festgenagelt?« erwiderte Gillespee. »Hören Sie, Karrde…«

»Ich sagte, verschwinden Sie«, unterbrach Karrde scharf. »Wir können ihn nicht ewig aufhalten. Machen Sie sich wegen mir keine Sorgen – ich bin nicht ganz allein.«

»Sie kommen«, sagte Aves, und Karrde nahm sich einen Moment Zeit, um einen Blick auf das Heckdisplay zu werfen. Sie kamen tatsächlich: fünfzehn Frachter, die alle auf die plötzlich unterlegene Fregatte losgingen.

Aus dem Komm drang ein verblüffter Pfiff. »Es war also kein Scherz«, stellte Gillespee fest.

»Nein, das war es nicht«, bestätigte Karrde. »Werden Sie jetzt endlich verschwinden?«

Gillespee lachte laut. »Ich verrate Ihnen ein kleines Geheimnis, Karrde. Ich bin auch nicht allein.«

Und plötzlich, durch das Netzwerk der auf die *Wilder Karrde* einhämmernden Laserstrahlen kaum erkennbar, verließen die trüben Lichtpunkte von fast zwanzig Schiffen ihren jeweiligen Kurs. Wie hungrige Barabel stürzten sie sich auf die zweite Fregatte.

»So, Karrde«, fuhr Gillespee im Plauderton fort. »Ich schätze, wir müssen unsere Geschäfte auf Chazwa erst einmal verschieben. Was halten Sie davon, wenn wir dieses Gespräch anderswo fortsetzen? Sagen wir in acht Tagen?«

Karrde lächelte. »Ich freue mich darauf.«

Er sah zu der Fregatte hinüber, und sein Lächeln verblaßte. Die Standardbesetzung eines *Lanzen*-Typs betrug 850 Mann; und nach der Geschicklichkeit zu urteilen, mit der sie die anderen Schiffe abwehrten, war die Fregatte voll bemannt. Wie viele von ihnen, fragte er sich, kamen frisch aus Großadmiral Thrawns Klon-Fabrik? »Nebenbei, Gillespee«, fügte er hinzu, »wenn Sie zufällig einem von unseren Kollegen über den Weg laufen sollten, laden Sie ihn auch ein. Ich denke, was ich zu sagen habe, wird alle interessieren.«

»Kein Problem, Karrde«, knurrte Gillespee. »Wir sehen uns in acht Tagen.«

Karrde schaltete das Komm ab. Das war also erledigt. Gillespee würde die anderen großen Schmugglergruppen informieren; und wie er Gillespee kannte, würde er aus der unverbindlichen Einladung eine Pflicht machen, der sich niemand entziehen würde. Sie würden nach Trogan kommen – alle oder fast alle.

Jetzt mußte er sich nur noch überlegen, was er ihnen sagen würde.

Großadmiral Thrawn lehnte sich in seinem Kommandositz zurück. »In Ordnung, meine Herren«, sagte er und ließ seine Blicke über die vierzehn Männer wandern, die in einem lockeren Halbkreis um sein Schaltpult standen. »Gibt es irgendwelche Fragen?«

Der Mann an einem Ende des Halbkreises musterte die anderen. »Keine Fragen, Admiral«, meldete er in einem zackigen militärischen Tonfall, der im scharfen Kontrast zu seiner schlampig-zivilen Erscheinung stand. »Wie sieht der Zeitplan aus?«

»Ihr Frachter wird derzeit präpariert«, erklärte Thrawn. »Sobald er startklar ist, brechen Sie auf. Wann werden Sie in den imperialen Palast eindringen können?«

»Nicht vor sechs Tagen, Sir«, sagte der schlampig gekleidete Mann. »Ich möchte ein oder zwei andere Häfen anlaufen, ehe ich das Schiff nach Coruscant bringe – ihr Sicherheitsdienst wird leichter zu täuschen sein, wenn wir ihm eine legale Datenspur liefern, die er zurückverfolgen kann. Natürlich vorausgesetzt, daß Sie es nicht früher erledigt haben wollen.«

Thrawns glühende Augen verengten sich ein wenig, und Pellaeon wußte, an wen er dachte. An Mara Jade, die mitten im Hauptquartier der Rebellen saß. Und ihnen vielleicht in diesem Moment die Positionsdaten des Depots des Imperators auf Wayland verriet... »Bei dieser Operation kommt es auf Schnelligkeit an«, informierte Thrawn den Kommandoführer. »Aber Schnelligkeit allein ist nutzlos, wenn Sie enttarnt werden, bevor Sie in den imperialen Palast eindringen können. Sie haben das Kommando, Major Himron. Ich überlasse Ihnen die Entscheidung.«

Der Kommandoführer nickte. »Jawohl, Sir. Danke, Admiral. Wir werden Sie nicht enttäuschen.«

Thrawn lächelte andeutungsweise. »Ich weiß, daß Sie das nicht tun werden, Major. Wegtreten.«

Schweigend wandten sich die vierzehn Männer ab und marschierten aus dem Kommandoraum. »Einige meiner Instruktionen, Captain, scheinen Sie überrascht zu haben«, stellte Thrawn fest, als sich die Tür hinter ihnen schloß.

»Jawohl, Sir, das stimmt«, gab Pellaeon zu. »Es machte natürlich alles einen Sinn«, fügte er hastig hinzu. »Ich hatte die Operation einfach nicht zu Ende gedacht.«

»Wir müssen auf alles vorbereitet sein«, sagte Thrawn und aktivierte sein Pult. Das Licht verblaßte, und an den Wänden des Kommandoraums erschien eine Reihe holografischer Gemälde und Skizzen. »Mriss-Kunst«, informierte er Pellaeon. »Eines der seltsamsten Beispiele für blockiertes Denken in der zivilisierten Galaxis. Bis zur Entdeckung durch die Zehnte Alderaanische Expedition hatte nicht eine einzige der Dutzende von Mriss-Kulturen irgendeine Form dreidimensionaler Kunst entwickelt.«

»Interessant«, sagte Pellaeon pflichtschuldig. »Eine Folge mangelnder Wahrnehmungssysteme?«

»Das ist die Meinung vieler Experten«, sagte Thrawn. »Aber für mich ist klar, daß es hauptsächlich auf einen Fall kultureller Blindheit in Verbindung mit einer sehr subtilen, aber äußerst starken sozialen Harmonisierung zurückzuführen war. Eine Kombination von Eigenschaften, die wir uns zunutze machen werden.«

Pellaeon betrachtete die Kunstwerke, und sein Magen zog sich zusammen. »Wir greifen Mrisst an?«

»Es ist zweifellos an der Zeit«, nickte Thrawn. »Und eine Basis dort würde uns in die Lage versetzen, direkte Angriffe auf das Herz der Rebellion starten zu können.«

»Aber das muß der Rebellion bewußt sein«, sagte Pellaeon vorsichtig. Wenn der Großadmiral C'baoths hartnäckigen Forderungen nach einem Angriff auf Coruscant nun doch nachgegeben hatte… »Sie werden einen massiven Gegenangriff starten, Sir, wenn wir uns auch nur in die Nähe von Mrisst wagen.«

»Exakt«, sagte Thrawn und lächelte mit grimmiger Befriedigung. »Was bedeutet, daß wir endlich eine Möglichkeit haben, die Flotte des Coruscant-Sektors in einen Hinterhalt zu locken. Mrisst ist der perfekte Köder. Wenn sie uns dort angreifen, werden wir sie an Ort und Stelle schlagen. Und wenn sie auf irgendeine Weise die Falle wittern und nicht eingreifen, haben wir unsere vorgeschobene Basis. So oder so wird das Imperium triumphieren.«

Er griff wieder nach seinem Pult, und die holografischen Kunstwerke wichen einer taktischen Sternenkarte. »Aber diese Schlacht liegt noch in der Zukunft«, sagte er. »Im Moment ist unser vordringlichstes Ziel, eine Streitmacht aufzustellen, die stark genug ist, um uns den Endsieg zu garantieren. Und währenddessen die Rebellion zu destabilisieren.«

Pellaeon nickte. »Der Angriff auf Ord Mantell sollte dafür sorgen.«

»Er wird sicherlich in den umliegenden Systemen ein gewisses Maß an Furcht verbreiten«, bestätigte Thrawn. »Und den Druck der Rebellen auf unsere Versorgungslinien zu den Werften reduzieren helfen.«

»Das wäre günstig«, sagte Pellaeon mit finsterem Gesicht. »Nach dem letzten Bericht von Bilbringi gibt es einen kritischen Mangel an Tibannagas, Hfredium und Kammris.«

»Ich habe bereits die Bespin-Garnison angewiesen, ihre Tibannagasproduktion zu erhöhen«, erklärte Thrawn und tippte einen Befehl in sein Kontrollpult. »Was die Metalle betrifft, so hat der Geheimdienst vor kurzem ein leicht zugängliches Lager entdeckt.«

Der Bericht erschien auf dem Monitor, und Pellaeon beugte sich nach vorn, um ihn zu lesen. Er kam bis zu den Positionsangaben... »*Das* versteht der Geheimdienst unter einem leicht zugänglichen Lager?«

»Sie sind offenbar anderer Meinung?« sagte Thrawn mild.

Pellaeon sah wieder auf den Bericht und spürte, wie sich sein Gesicht verzog. Das Imperium hatte Lando Calrissians mobilen

Minenkomplex auf dem superheißen Planeten Nkllon schon einmal angegriffen, damals, als sie für Thrawns Attacke auf die Sluis-Van-Raumwerften Minenmaulwürfe gebraucht hatten. Dieser andere Überfall hatte das Imperium über eine Million Arbeitsstunden gekostet, um den Sternzerstörer *Vollstrecker* für die extreme Hitze auf Nkllons sonnennahem Orbit zu präparieren und um die Schäden anschließend zu beheben. »Ich nehme an, Sir«, sagte er, »das hängt davon ab, wie lange wir auf den Einsatz des mit dem Angriff beauftragten Sternzerstörers verzichten können.«

»Eine berechtigte Frage«, bestätigte Thrawn. »Glücklicherweise werden wir diesmal keine Sternzerstörer einsetzen müssen. Drei von unseren neuen Dreadnaughts sollten genügen, um die Verteidigungssysteme von Nkllon auszuschalten.«

»Aber ein Dreadnaught kann nicht... ah«, unterbrach sich Pellaeon, als er plötzlich verstand. »Sie müssen nicht unbedingt der direkten Sonneneinstrahlung standhalten. Wir können eins der Schildschiffe übernehmen, die ihre Frachter ins innere System und wieder zurück transportieren. Ein Dreadnaught ist klein genug, um hinter seinen Schirm zu passen.«

»Exakt«, nickte Thrawn. »Und eins aufzubringen dürfte kein Problem sein. Trotz ihrer beeindruckenden Größe bestehen Schildschiffe kaum mehr als aus dem Schild, den Kühlsystemen und einem kleinen Container, in dem die Energieversorgung und die Crew untergebracht sind. Sechs voll bemannte Angriffsfähren sollten reichen.«

Pellaeon nickte und überflog weiter den Bericht. »Was passiert, wenn Calrissian seine Vorräte vor dem Eintreffen der Angriffsfähren verkauft?«

»Das wird er nicht«, versicherte ihm Thrawn. »Der Marktpreis für Metalle hat gerade erst zu steigen begonnen; und Männer wie Calrissian warten immer darauf, daß er noch höher steigt.«

Vorausgesetzt, Calrissian wurde nicht plötzlich von einem Anfall patriotischer Begeisterung für seine Freunde in der Regierung der Neuen Republik gepackt und entschied, seine Metalle zu einem reduzierten Preis zu verkaufen. »Ich würde trotzdem empfehlen, Sir, diesen Angriff so schnell wie möglich durchzuführen.«

»Empfehlung vermerkt, Captain«, sagte Thrawn mit einem dünnen Lächeln. »Und zufällig bereits beherzigt. Der Angriff begann vor zehn Minuten.«

Pellaeon lächelte schmal. Eines Tages, entschied er, würde er lernen, den Großadmiral nicht zu unterschätzen. »Jawohl, Sir.«

Thrawn lehnte sich in seinem Sitz zurück. »Kehren Sie auf die Brücke zurück, Captain, und bereiten Sie den Sprung in die Lichtgeschwindigkeit vor. Ord Mantell erwartet uns.«

7

Das Piepen von seinem Pult riß Luke aus seinem unruhigen Schlummer. Er blinzelte den Schlaf fort und überflog die Displays. »Erzwo?« rief er und streckte sich, so gut es in der Enge des Cockpits ging. »Wir sind fast da. Mach dich bereit.«

Ein nervös klingendes Trällern antwortete. »Komm schon, Erzwo, entspann dich«, riet Luke dem Droiden, während er die Finger um den Hyperantriebshebel des X-Flüglers legte und die Macht durch sich fließen ließ. Gleich war es soweit... *Jetzt.* Er zog den Hebel zurück, und die Sternlinien erschienen und schrumpften wieder zu Sternen.

Und dort, direkt vor ihnen, lag die Noghri-Heimatwelt Honoghr.

Erzwo gab einen leisen Pfiff von sich. »Ich weiß«, nickte Luke, ebenfalls von Bedenken erfüllt. Leia hatte ihn vorgewarnt; aber trotz dieser Warnung war der Anblick der vor seinem X-Flügler liegenden Welt ein Schock. Unter den vereinzelten weißen Wolken, die über die Oberfläche trieben, war die gesamte planetare Landmasse ein stumpfes, eintöniges Braun. *Kholm*-Gras, hatte Leia es genannt: die einheimische honoghrische Pflanze, die das Imperium genetisch verändert hatte, um ihre systematische Vernichtung der planetaren Ökologie zu einem Dauerzustand werden zu lassen. Dieses Täuschungsmanöver, in Verbindung mit zunächst Vaders und später Thrawns bewußt begrenzter Hilfe, hatte dem Imperium für vier Jahrzehnte die Dienste der Noghri gesichert. Selbst jetzt waren überall in der Galaxis Noghri-Todeskommandos unterwegs, um für jene zu kämpfen und zu sterben, deren kaltblütiger Verrat und Vorliebe für Betrug sie in Sklaven verwandelt hatten.

Erzwo trällerte etwas, und Luke löste den Blick von dem stummen Monument der imperialen Skrupellosigkeit. »Ich weiß es nicht«, gestand er, als die Frage des Droiden über sein Computerdisplay flimmerte. »Um das festzustellen, brauchen wir ein Team von Umwelt- und Ökologiespezialisten. Sieht nicht sehr hoffnungsvoll aus, was?«

Der Droide flötete – ein elektronisches Schulterzucken, das sich plötzlich in einen verblüffenden Pfiff verwandelte. Lukes Kopf ruckte herum, gerade rechtzeitig, um ein kleines Patrouillenschnellboot vorbeirasen zu sehen. »Ich schätze, sie haben uns entdeckt«, bemerkte er so gelassen wie möglich. »Hoffen wir, daß es die Noghri sind und nicht ein imp...«

»Sternjäger, sofort identifizieren«, drang eine tiefe, katzenhafte Stimme aus dem Komm.

Luke ging auf Sendung und griff mit der Macht zu dem Patrouillenboot hinaus, das jetzt zurückkehrte und eine Angriffsposition einnahm. Selbst über diese Entfernung hinweg hätte er einen menschlichen Piloten erspüren müssen, was bedeutete, daß sie es tatsächlich mit Noghri zu tun hatten. Zumindest hoffte er es. »Hier spricht Luke Skywalker«, sagte er. »Sohn des Lord Darth Vader, Bruder von Leia Organa Solo.«

Für einen langen Moment blieb das Komm stumm. »Warum bist du gekommen?«

Der gesunde Menschenverstand warnte Luke davor, das Problem mit seinen Energiezellen zu erwähnen, solange er nicht wußte, wo die Noghri-Führer politisch standen. Aber Leia hatte mehrfach betont, wie beeindruckt sie von dem Noghri-Sinn für Ehre und rückhaltlose Ehrlichkeit gewesen war. »Die Primärenergiezellen meines Schiffes sind beschädigt«, erklärte er. »Ich dachte, ihr könntet mir vielleicht helfen.«

Aus dem Komm drang ein leises Zischen. »Du bringst uns in große Gefahr, Sohn des Vader«, sagte der Noghri. »In unregelmäßigen Abständen kommen imperiale Schiffe nach Honoghr. Wenn man dich entdeckt, werden wir alle leiden.«

»Ich verstehe«, sagte Luke und spürte, wie ein Teil der Last von ihm wich. Wenn sich die Noghri Sorgen darum machten, daß ihn die Imperialen entdeckten, bedeutete dies zumindest, daß sie Leias Aufforderung zur Rebellion gegen das Imperium nicht völlig abgelehnt hatten. »Wenn ihr wollt, verschwinde ich wieder.«

Er hielt den Atem an, während Erzwo hinter ihm leise stöhnte. Wenn die Noghri ihn beim Wort nahmen, war es fraglich, ob er einen anderen Planeten erreichen konnte, um seine Energiezellen aufzufrischen.

Offenbar dachte der Noghri-Pilot ähnlich. »Die Lady Vader hat bereits sehr viel für die Noghri riskiert«, sagte er. »Wir können nicht zulassen, daß dein Leben in Gefahr gerät. Folge mir, Sohn des Vader. Ich werde dich in die Sicherheit bringen, die die Noghri dir bieten können.«

Laut Leia gab es auf Honoghr nur ein kleines Gebiet, in dem außer dem vom Imperium genetisch veränderten *kholm*-Gras noch andere Pflanzen gedeihen konnten. Khabarakh und die Maitrakh des Clans Kihm'bar hatten sie, Chewbacca und Dreipeo aufgenommen und mit Geschick und noch mehr Glück in einem der Dörfer dieses

Landstrichs vor den neugierigen imperialen Augen versteckt. Leia hatte die Koordinaten des Reinen Landes zusammen mit den Koordinaten des Systems selbst einprogrammiert... und als Luke dem Patrouillenboot zur Planetenoberfläche folgte, wurde rasch deutlich, daß sie dieses Gebiet nicht ansteuerten.

»Wohin fliegen wir?« fragte er den Noghri-Piloten, als sie eine Wolkenbank durchstießen.

»Zur Zukunft unserer Welt«, sagte der Nichtmensch.

»Ah«, brummte Luke. Vor ihnen tauchte eine Doppelkette zerklüfteter Kliffs auf und erinnerte ihn an die stilisierten Rückenkämme eines Paares Kraytdrachen von Tatooine. »Liegt eure Zukunft in diesen Bergen?« spekulierte er.

Aus dem Komm drang ein leises Zischen. »Wie die Lady Vader und davor der Lord Vader«, sagte der Noghri, »verstehst auch du es, die Seelen der Noghri zu lesen.«

Luke zuckte die Schultern. In Wirklichkeit war es ein Schuß ins Blaue gewesen. »Was passiert dort?«

»Andere werden es dir zeigen«, versicherte der Pilot. »Ich muß dich jetzt verlassen. Lebewohl, Sohn des Vader. Meine Familie wird sich lange an diesen ehrenvollen Tag erinnern.« Das Patrouillenboot stieg steil in die Höhe und steuerte den Weltraum an...

Und in perfekter Synchronisation tauchten scheinbar aus dem Nichts zwei bewaffnete Luftwagen auf und nahmen ihn in die Mitte. »Wir grüßen dich, Sohn des Vader«, drang eine neue Stimme aus dem Komm. »Wir sind geehrt, dich führen zu dürfen. Folge uns.«

Einer der Luftwagen setzte sich an die Spitze, während der andere die Rückendeckung übernahm. Luke blieb in der Formation und versuchte zu erkennen, was ihr Ziel sein mochte. Soweit er feststellen konnte, waren die Kliffs so öde wie der ganze Planet.

Erzwo trillerte, und über Lukes Display flimmerte eine Mitteilung. »Ein Fluß?« fragte Luke und spähte aus der Kanzel. »Wo... Oh, da ist er. Zwischen den beiden Kliffketten, nicht wahr?«

Der Droide piepte eine Bestätigung. Es war ein reißender Fluß, erkannte Luke, als sie näherkamen, und zahlreiche weiße Wasserstrudel deuteten auf verborgene Felsbänke hin. Wahrscheinlich erklärte dies, warum der Spalt zwischen den beiden Kliffketten so steil und tief war.

Ein paar Minuten später erreichten sie das Ende der Kliffketten. Der Luftwagen an der Spitze drehte nach Backbord ab, überflog einige Gebirgsausläufer und verschwand hinter einem der höheren Gipfel. Luke folgte ihm, steuerte seinen X-Flügler um die Gebirgsausläufer und flog in den Schatten der Kliffs.

Und in eine völlig andere Welt. Entlang den schmalen Uferbänken des Flusses war der Boden eine dichte Masse aus leuchtendem Grün.

Erzwo trällerte verblüfft. »Es sind Pflanzen«, sagte Luke, und erst, als die Worte seinen Mund verlassen hatten, erkannte er, wie lächerlich sie waren. Natürlich waren es Pflanzen; aber Pflanzen auf Honoghr zu finden...

»Es ist die Zukunft unserer Welt«, erklärte einer seiner Begleiter, und der grimmige Stolz in seiner Stimme war unüberhörbar. »Die Zukunft, die uns die Lady Vader geschenkt hat. Folge uns, Sohn des Vader. Das Landefeld liegt vor uns.«

Das Landefeld entpuppte sich als riesiger, flacher Felsen, der etwa zwei Kilometer die Schlucht hinauf teilweise in den reißenden Fluß ragte. Luke behielt das strudelnde Wasser unter sich im Auge und ließ den X-Flügler behutsam niedergehen. Glücklicherweise war der Felsen größer, als er aus fünfzig Metern Höhe gewirkt hatte. Die Luftwagen warteten, bis er gelandet war, drehten dann ab und verschwanden in der Schlucht. Luke fuhr die Systeme des X-Flüglers auf Bereitschaft herunter und sah sich um.

Das Grün, erkannte er, war nicht so monochrom, wie er zunächst gedacht hatte. Es gab zumindest vier verschiedene Schattierungen, die ein Muster bildeten, das zu regelmäßig war, um natürlich zu sein. An einer Stelle entdeckte er ein in den Fluß führendes

Rohr, dessen anderes Ende in dem Pflanzenteppich verschwand. Wahrscheinlich benutzten sie den Druck der Strömung, entschied er, um das Ufer zu bewässern. Ein paar Meter stromabwärts von seinem Landeplatz, durch einen Felsüberhang vor Entdeckung geschützt, sah er ein kleines, hüttenähnliches Haus. Zwei Noghri standen vor der Tür: einer mit stahlgrauer Haut, der andere von einem viel dunkleren Grau. Während er sie betrachtete, setzten sie sich in Bewegung und kamen auf ihn zu.

»Sieht wie das Empfangskomitee aus«, sagte Luke zu Erzwo und klappte per Knopfdruck die Kanzel hoch. »Du bleibst hier und rührst dich nicht. Und ich meine es wörtlich. Wenn du wie bei dieser ersten Reise nach Dagobah ins Wasser fällst, können wir von Glück reden, wenn wir alle deine Einzelteile wiederfinden.«

Es war unnötig, den Befehl zu wiederholen. Erzwo trällerte eine nervöse Bestätigung und dann eine ebenso nervöse Frage. »Ja, ich bin sicher, daß sie uns freundlich gesonnen sind«, beruhigte ihn Luke, nahm den Pilotenhelm ab und stand auf. »Keine Sorge, ich gehe nicht weit weg.« Er schwang sich aus dem X-Flügler und ging auf seine Gastgeber zu.

Die beiden Noghri hatten bereits den Rand des Landefelsens erreicht und sahen ihm schweigend entgegen. Luke unterdrückte eine Grimasse, während er sich ihnen näherte, griff mit der Macht hinaus und wünschte sich, über genug Erfahrung zu verfügen, um die Gedanken dieser Spezies – oder auch nur ihre Aura – lesen zu können. »Ich überbringe euch die Grüße der Neuen Republik«, sagte er, als er schließlich nahe genug war, um das Tosen des Flusses zu übertönen. »Ich bin Luke Skywalker. Sohn des Lord Darth Vader, Bruder von Leia Organa Solo.« Er streckte die linke Haus aus, die Handfläche nach oben, wie ihm Leia geraten hatte.

Der ältere Noghri trat vor und berührte mit seiner Schnauze Lukes Handteller. Die Nüstern drückten sich gegen seine Haut, und Luke konnte nur mit Mühe verhindern, daß er vor der kitzelnden Berührung zurückzuckte. »Ich grüße dich, Sohn des Vader«, sagte der Nichtmensch und ließ Lukes Hand los. Beide Noghri fielen gleichzeitig vor ihm auf die Knie und breiteten die Arme in der Geste der Unterwerfung aus, von der ihm Leia erzählt hatte. »Ich bin Ovkhevam Clan Bakh'tor. Ich diene dem Volk der Noghri hier am Ort der Zukunft unserer Welt. Du ehrst uns mit deiner Gegenwart.«

»Ihr ehrt mich mit eurer Gastfreundschaft«, sagte Luke, als sich beide Nichtmenschen wieder aufrichteten. »Und dein Begleiter ist...«

»Ich bin Khabarakh Clan Kihm'bar«, sagte der jüngere Noghri. »Der Clan Vader hat mich geehrt.«

»Khabarakh Clan Kihm'bar«, wiederholte Luke und betrachtete den jungen Nichtmenschen mit neuer Wertschätzung. Das also war der junge Noghri-Kämpfer, der alles riskiert hatte, um Leia zu seinem Volk zu bringen und sie vor Großadmiral Thrawn zu beschützen. »Für die Dienste, die du meiner Schwester Leia geleistet hast, danke ich dir. Meine Familie und ich stehen in deiner Schuld.«

»Die Schuld liegt nicht bei dir, Sohn des Vader«, sagte Ovkhevam. »Die Schuld liegt vielmehr bei dem Volk des Noghri. Die Taten Khabarakhs Clan Kihm'bar sind nur der Beginn der Rückzahlung.«

Luke nickte, unsicher, was er darauf sagen sollte. »Ihr habt diesen Ort die Zukunft der Welt genannt?« fragte er, um das Thema zu wechseln.

»Es ist die Zukunft, die dem Noghri-Volk von der Lady Vader geschenkt wurde«, erklärte Ovkhevam mit einer weit ausholenden Handbewegung, die das ganze Tal umschloß. »Mit ihrem Geschenk haben wir hier das Land von den vergifteten Pflanzen des Imperiums gereinigt. Hier wird eines Tages genug gedeihen, um uns alle zu ernähren.«

»Sehr beeindruckend«, sagte Luke, und es war ehrlich gemeint. In der Ebene wäre all das Grün vor dem Hintergrund des *kholm-*

Grases wie ein Banta auf einer Jawa-Familienfeier aufgefallen. Aber hier, wo die Zwillingskliffketten Schutz vor neugierigen Blicken boten, sofern man nicht direkt von oben auf sie hinunterschaute, war die Chance groß, daß anfliegende imperiale Schiffe nie etwas davon bemerken würden. Der Fluß lieferte genügend Wasser, das subtropische Klima bot eine längere Vegetationszeit als im Reinen Land selbst; und wenn es zum Schlimmsten kam konnte eine Anzahl richtig angebrachter Sprengkörper den Fluß stauen oder einen Teil der Kliffs zum Einsturz bringen und den Beweis für ihre heimliche Rebellion gegen das Imperium unter sich begraben.

Und die Noghri hatten kaum einen Monat Zeit gehabt, um alles zu planen, zu entwerfen und zu errichten. Kein Wunder, daß Thrawn und Vader in den Noghri solch nützliche Diener gesehen hatten.

»Die Lady Vader hat es ermöglicht«, sagte Ovkhevam. »Wir haben dir wenig als Zeichen unserer Gastfreundschaft anzubieten, Sohn des Vader. Aber was wir haben, gehört dir.«

»Vielen Dank«, nickte Luke. »Aber wie der Pilot eures Patrouillenbootes bereits bemerkt hat, ist meine Anwesenheit auf Honoghr eine Gefahr für euch. Wenn ihr mir für mein Schiff Ersatzenergiezellen zur Verfügung stellen könnt, werde ich so schnell wie möglich wieder verschwinden. Natürlich werde ich dafür bezahlen.«

»Wir werden keine Bezahlung vom Sohn des Vader annehmen«, sagte Ovkhevam, allein über die Vorstellung entsetzt. »Auf diese Weise können wir einen kleinen Teil der Schuld des Noghri-Volkes begleichen.«

»Ich verstehe«, sagte Luke und unterdrückte ein Seufzen. Sie meinten es sicherlich gut, aber diesem Gerede von der Schuld aufgrund ihrer Dienste für das Imperium mußte ein Ende gemacht werden. Völker und Wesen, die weitaus entwickelter waren als sie, waren den Täuschungsmanövern des Imperators zum Opfer gefallen. »Ich schätze, zunächst müssen wir herausfinden, ob eure

Ersatzzellen in mein Schiff passen. Wie können wir das feststellen?«

»Es ist bereits erledigt«, erklärte Khabarakh. »Die Luftwagen werden dem Raumhafen in Nystao mitteilen, was du brauchst. Die Energiezellen und die Techniker, die sie einbauen werden, müßten bei Einbruch der Nacht hier eintreffen.«

»In der Zwischenzeit bieten wir dir unsere Gastfreundschaft an«, fügte Ovkhevam hinzu, während er Khabarakh mit einem Seitenblick bedachte. Vielleicht meinte er, daß der jüngere Noghri dem älteren das Reden überlassen sollte.

»Ich fühle mich geehrt«, sagte Luke. »Zeigt mir den Weg.«

Die Hütte unter dem Felsüberhang war so klein, wie sie vom Landefelsen aus gewirkt hatte. Der Großteil des verfügbaren Platzes wurde von zwei schmalen Feldbetten, einem niedrigen Tisch und dem Vorrats-/Küchen-Modul aus einem kleinen Raumschiff eingenommen. Aber zumindest war es hier stiller als draußen.

»Das wird dein Heim sein, solange du dich auf Honoghr aufhältst«, erklärte Ovkhevam. »Khabarakh und ich werden draußen Wache halten. Um dich mit unserem Leben zu beschützen.«

»Das wird nicht nötig sein«, versicherte ihm Luke und sah sich in der Hütte um. Sie war für einen längeren Aufenthalt eingerichtet. »Was macht ihr beiden hier draußen, wenn ich fragen darf?«

»Ich bin der Hüter dieses Ortes«, sagte Ovkhevam. »Ich kümmere mich um die Pflege der Pflanzen. Khabarakh Clan Kihm'bar...« Er sah den jüngeren Nichtmenschen an, und Luke glaubte in diesem Blick grimmigen Humor zu erkennen.

»Khabarakh Clan Kihm'bar ist ein Flüchtling, der sich hier vor dem Noghri-Volk versteckt. Selbst in diesem Moment suchen viele Schiffe nach ihm.«

»Natürlich«, sagte Luke trocken. Da Großadmiral Thrawn gedroht hatte, Khabarakh einem gründlichen imperialen Verhör zu unterziehen, war es für den jungen Kämpfer lebenswichtig gewesen, aus der Haft zu »fliehen« und von der Bildfläche zu verschwinden. Ebenso lebenswichtig war, daß die überall in der Galaxis verstreuten Noghri-Kommandos über den Verrat des Imperiums informiert wurden. Für beides war offenbar gesorgt worden.

»Möchtest du etwas essen?« fragte Ovkhevam. »Oder schlafen?«

»Nein, danke«, sagte Luke. »Ich denke, am besten kehre ich zu meinem Schiff zurück und baue diese Energiezellen aus.«

»Darf ich dir helfen?« fragte Khabarakh.

»Das wäre schön, ja«, sagte Luke. Er brauchte keine Hilfe, aber je früher die Noghri ihre eingebildete Schuld beglichen, desto besser. »Komm – Werkzeuge sind im Schiff.«

»Es gibt Neuigkeiten aus Nystao«, sagte Khabarakh und näherte sich, unsichtbar in der Dunkelheit, der Stelle, wo Luke mit dem Rücken an die Landekufe seines X-Flüglers gelehnt saß. »Der Kapitän des imperialen Schiffes hat sich entschlossen, ein paar kleinere Reparaturen vornehmen zu lassen. Die Arbeiten werden wahrscheinlich zwei Tage dauern.« Er zögerte. »Die Dynasten möchten sich dafür bei dir entschuldigen, Sohn des Vader.«

»Eine Entschuldigung ist unnötig«, versicherte ihm Luke und blickte am Schatten der Tragfläche des Sternjägers vorbei zu dem dünnen Sternenband hinauf, das am ansonsten tiefschwarzen Himmel glitzerte. Jetzt war er also sicher. Er saß zwei weitere Tage hier fest. »Ich wußte schon, bevor ich hier herkam, daß so etwas passieren könnte. Es tut mir nur leid, daß ich euch weitere Unannehmlichkeiten bereite.«

»Deine Anwesenheit ist keine Unannehmlichkeit.«

»Ich weiß eure Gastfreundschaft zu schätzen.« Luke nickte zu den Sternen über ihren Köpfen hinauf. »Ich nehme an, es gibt noch immer keinen Hinweis, daß sie mein Schiff entdeckt haben?«

»Würde der Sohn des Vader nicht wissen, wenn so etwas passiert?« konterte Khabarakh.

Luke lächelte in die Dunkelheit. »Selbst Jedi haben ihre Grenzen, Khabarakh. Eine ferne Gefahr ist sehr schwer aufzuspüren.«

Und dennoch, sagte er sich im stillen, war die Macht offenbar immer noch mit ihm. Dieser Schlachtkreuzer dort oben hätte auch zu einem viel gefährlicheren Zeitpunkt auftauchen können – beispielsweise, wenn das Noghri-Technoteam das Tal betreten oder verlassen hätte oder wenn Luke mit dem Jäger in den Weltraum gestartet wäre. Ein wachsamer Kapitän hätte ihn in beiden Fällen entdeckt und alles zunichte gemacht.

Eine leise Bewegung, mehr zu erahnen als über dem Tosen des Flusses zu hören, und Khabarakh ließ sich an seiner Seite nieder. »Es ist nicht genug, oder?« fragte der Noghri leise. »Dieser Ort. Die Dynasten nennen ihn unsere Zukunft. Aber er ist es nicht.«

Luke schüttelte den Kopf. »Nein«, mußte er zugeben. »Ihr habt euch schreckliche Mühe mit diesem Ort gegeben und er wird euch bei der Ernährung eures Volkes sicherlich helfen. Aber die Zukunft von Honoghr selbst... Ich bin kein Experte, Khabarakh. Aber nach dem, was ich gesehen habe, glaube ich nicht, daß Honoghr gerettet werden kann.«

Der Noghri zischte zwischen den Nadelzähnen, ein Laut, der fast völlig im Rauschen des Wildwassers unterging. »Du sprichst die Gedanken vieler Noghri aus«, sagte er. »Vielleicht denken sogar alle so.«

»Wir können euch bei der Suche nach einer neuen Heimat helfen«, versprach Luke. »Es gibt viele Welten in der Galaxis. Wir werden einen Ort finden, wo ihr noch einmal von vorn anfangen könnt.«

Khabarakh zischte erneut. »Aber er wird nicht Honoghr sein.«

Luke schluckte hart. »Nein.«

Für eine Weile schwiegen sie. Luke lauschte dem Rauschen des Flusses, und sein Herz krampfte sich aus Mitleid mit den Noghri zusammen. Aber die Verwüstung Honoghrs zu beheben, überstieg bei weitem seine Kräfte. Die Jedi hatten in der Tat ihre Grenzen.

Er spürte einen Luftzug, als Khabarakh aufsprang. »Bist du hungrig?« fragte er Luke. »Ich kann dir etwas zu essen bringen.«

»Ja, danke«, sagte Luke.

Der Noghri verschwand. Luke unterdrückte ein Seufzen und änderte seine Haltung an der Landekufe. Es war schlimm genug zu wissen, daß es ein Problem gab, das er nicht lösen konnte; hier zwei Tage herumsitzen zu müssen, während es ihm anklagend in die Augen sprang, machte es nur noch schlimmer.

Er sah zu dem dünnen Sternenband hinauf und fragte sich, wie Leia über die ganze Situation gedacht hatte. Hatte auch sie erkannt, daß Honoghr nicht zu retten war? Oder hatte sie eine Idee gehabt, wie das Problem doch zu lösen war?

Oder war sie mit ihrem Überleben zu sehr beschäftigt gewesen, um überhaupt so weit im voraus zu denken?

Er schnitt eine Grimasse, als neues Schuldgefühl in ihm hochstieg. Irgendwo dort draußen auf Coruscant stand seine Schwester kurz davor, ihre Zwillinge zur Welt zu bringen. Gut möglich, daß es schon geschehen war. Han war natürlich bei ihr, aber er wollte auch dabei sein.

Aber wenn er nicht körperlich zu ihr gehen konnte...

Er holte tief Luft und entspannte sich. Schon einmal, auf Dagobah, war es ihm gelungen, in die Zukunft zu blicken. Seine Freunde zu sehen und den Weg, den sie gehen würden. Damals hatte ihn Yoda geleitet... aber wenn er aus eigener Kraft das richtige Muster fand, war er vielleicht in der Lage, einen Blick auf seine Nichte und seinen Neffen zu werfen. Vorsichtig konzentrierte er seine Gedanken und seinen Willen und griff mit der Macht hinaus...

Leia kauerte in der Dunkelheit, Blaster und Lichtschwert in der Hand, das hämmernde Herz voller Furcht und Entschlossenheit. Hinter ihr war Winter, in den Armen zwei kleine Leben, hilflos und zerbrechlich. Eine Stimme – Hans – von derselben Furcht und Entschlossenheit erfüllt. Chewbacca war irgendwo in der Nähe – irgendwo über ihnen, glaubte er – und Lando war bei ihm. Vor ihnen befanden sich schattenhafte Gestalten, die Gedanken voller

Drohung und einer kalten und tödlichen Absicht. Ein Blaster feuerte – und noch einer –, eine Tür sprang krachend auf...

»Leia!« keuchte Luke, von Krämpfen geschüttelt, als die Trance wie eine Seifenblase zerplatzte und ein letztes Bild aufflackerte und in der Honoghr-Nacht verblaßte. Eine gesichtslose Person, die sich aus dem schattenhaften Bösen löste und sich seiner Schwester und ihren Kindern näherte. Eine gefährliche Person...

»Was ist?« fauchte eine Noghri-Stimme neben ihm.

Luke öffnete die Augen und sah Khabarakh und Ovkhevam vor sich kauern, die alptraumhaften Gesichter vom trüben Glanz eines kleinen Lichtstabs erhellt. »Ich habe Leia gesehen«, sagte er und hörte das Zittern in seiner Stimme. »Sie und ihre Kinder waren in Gefahr.« Er holte fröstelnd Luft und reinigte seinen Körper vom Adrenalin. »Ich muß zurück nach Coruscant.«

Ovkhevam und Khabarakh wechselten einen Blick. »Aber wenn sie jetzt in Gefahr sind...?« sagte Ovkhevam.

»Es war nicht die Gegenwart«, schüttelte Luke den Kopf. »Es war die Zukunft. Ich weiß nicht, wie weit.«

Khabarakh berührte Ovkhevams Schulter, und für eine Minute redeten die Noghri leise in ihrer eigenen Sprache miteinander. *In Ordnung*, sagte sich Luke und setzte die Jedi-Entspannungstechniken ein. *In Ordnung*. Lando war in der Vision dabeigewesen – er erinnerte sich deutlich, Lando dort gesehen zu haben. Aber Lando war, soweit er wußte, noch immer in seinem Nomad-City-Bergbaukomplex auf Nkllon. Was bedeutete, daß Luke immer noch genug Zeit hatte, um nach Coruscant zurückzukehren, ehe der Angriff begann.

Oder waren ihm die Hände gebunden? War die Vision ein wahres Abbild der Zukunft? Oder konnte er die Ereignisse ändern, die er gesehen hatte? *Schwer zu sehen*, hatte Master Yoda zu Lukes Vision auf Dagobah gesagt. *Immer in Bewegung ist die Zukunft*. Und wenn jemand mit Yodas tiefem Wissen in der Macht nicht in der Lage gewesen war, die Unsicherheiten auszuschließen...

»Wenn du es wünschst, Sohn des Vader, werden die Kommandos das imperiale Schiff erobern«, sagte Ovkhevam. »Wenn sie die Besatzung schnell töten, wird niemand davon erfahren und den Noghri die Schuld geben können.«

»Das kann ich nicht zulassen«, schüttelte Luke den Kopf. »Es ist zu gefährlich. Es gibt keine Garantie dafür, daß es geheimgehalten werden kann.«

Ovkhevam richtete sich auf. »Wenn die Lady Vader in Gefahr ist, ist das Noghri-Volk bereit, dieses Risiko einzugehen.«

Luke blickte zu ihnen auf und hatte plötzlich ein seltsames Gefühl. Die alptraumhaften Noghri-Gesichter hatten sich nicht verändert; aber ein Herzschlag lang hatte sich Lukes Wahrnehmung verändert. Es waren nicht länger die abstrakten Gesichtszüge irgendwelcher Nichtmenschen. Plötzlich waren aus ihnen die Gesichter von Freunden geworden.

»Als ich das letzte Mal eine derartige Vision hatte, bin ich ohne nachzudenken losgestürmt, um zu helfen«, sagte er ruhig zu ihnen. »Es hat nicht nur nichts genutzt, es hat ihnen sogar fast die Chancen genommen, zu entkommen.« Er betrachtete seine künstliche rechte Hand. Spürte erneut, wie Vaders Lichtschwert durch sein Gelenk schnitt... »Und es hat mich noch andere Dinge gekostet.«

Er sah wieder zu ihnen auf. »Ich werde denselben Fehler nicht noch einmal begehen. Nicht, wenn das Leben des Noghri-Volkes auf dem Spiel steht. Ich werde warten, bis das imperiale Schiff fort ist.«

Khabarakh berührte sanft seine Schulter. »Sorge dich nicht um ihre Sicherheit, Sohn des Vader«, sagte er. »Die Lady Vader ist nicht leicht zu besiegen. Nicht, solange der Wookiee Chewbacca an ihrer Seite ist.«

Luke sah zu den Sternen hinauf. Nein, solange Han und Chewie und die gesamte Palastwache an ihrer Seite standen, sollte Leia mit jedem normalen Angreifer fertig werden.

Aber da war dieses letzte unscharfe Bild. Die Person, die stark in der Macht war...

Auf Jomark hatte der Jedi-Meister C'baoth deutlich gemacht, daß er Leia und die Kinder haben wollte. Konnte er sie so verzweifelt wollen, daß er persönlich nach Coruscant kam, um sie zu holen?

»Sie werden siegen«, versicherte Khabarakh.

Luke zwang sich zu einem Nicken. »Ich weiß«, sagte er und versuchte, überzeugend zu klingen. Es hatte keinen Sinn, sich Sorgen zu machen.

Die letzten Feuer waren gelöscht, die letzten Haarrisse abgedichtet, die letzten Verwundeten zur Krankenstation gebracht... und mit einer seltsamen Mischung aus Resignation und kaltem Zorn blickte Lando Calrissian aus dem Fenster seines persönlichen Kommandoraums und wußte, daß es vorbei war. Cloud City auf Bespin; und jetzt Nomad City auf Nkllon. Zum zweitenmal hatte ihm das Imperium etwas geraubt, für das er gearbeitet hatte – für das er geschuftet und geschwitzt und gekämpft hatte –, und es in Asche verwandelt.

Von seinem Konsolentisch drang ein Piepen. Er trat näher, beugte sich nach unten und drückte den Kommschalter. »Calrissian«, sagte er und wischte sich mit der Hand über die Stirn.

»Sir, hier spricht Bagitt von der Maschinenzentrale«, meldete sich eine müde Stimme. »Der letzte Antriebsmotivator hat soeben den Geist aufgegeben.«

Lando schnitt eine Grimasse; aber in Anbetracht der Zerstörungen, die diese TIE-Jäger in seinem mobilen Minenkomplex angerichtet hatten, war es nicht unbedingt eine Überraschung. »Irgendeine Chance, sie soweit zu reparieren, daß wir uns wieder bewegen können?«

»Ohne eine Fregattenladung voller Ersatzteile nicht«, erklärte Bagitt. »Tut mir leid, Sir, aber zuviel ist kaputtgegangen.«

»Verstanden. In diesem Fall sollten sich Ihre Leute besser auf die Reparatur der Lebenserhaltungssysteme konzentrieren.«

»Ja, Sir. Äh... Sir, es geht das Gerücht um, daß wir alle Langstreckenkommunikationsmittel eingebüßt haben.«

»Nur vorübergehend«, beruhigte ihn Lando. »Es wird bereits daran gearbeitet. Und wir haben genug Ersatzteile, um zwei neue Sender zu bauen.«

»Ja, Sir«, sagte Bagitt und klang einen Hauch weniger mutlos. »Nun... Ich denke, ich gehe jetzt hinüber zur Lebenserhaltung.«

»Halten Sie mich auf dem laufenden«, bat Lando.

Er schaltete das Komm ab und kehrte ans Fenster zurück. Zwanzig Tage blieben ihnen; zwanzig Tage, bis Nkllons langsame Umdrehung sie vom Mittelpunkt der Nachtseite ins volle Sonnenlicht trug. Und dann spielte es keine Rolle mehr, ob die Antriebsmotivatoren, die Kommunikationsanlage oder sogar die Lebenserhaltungssysteme funktionierten oder nicht. Wenn die Sonne ihren langsamen Aufstieg am Horizont begann, waren alle Bewohner von Nomad City auf dem Weg in einen sehr schnellen und warmen Tod.

Zwanzig Tage.

Lando blickte durch die Sichtluke zum Nachthimmel hinauf und ließ die Blicke über die Sternbilder wandern, die er sich in seinen wenigen Mußestunden ausgedacht hatte. Wenn es ihnen gelang, im Lauf des nächsten Tages den Langstreckensender zu reparieren, konnten sie Coruscant um Hilfe bitten. Ganz gleich, was die imperiale Angriffsflotte mit den Schildschiffen im Außensystemdepot angestellt hatte, die Raumschifftechniker der Neuen Republik sollten in der Lage sein, eins flugfähig zu machen, zumindest soweit, daß es eine letzte Reise ins innere System überstand. Es würde eng werden, aber mit etwas Glück...

Abrupt versiegte sein Gedankenstrom. Dort, fast direkt über ihm, war der glitzernde Stern eines anfliegenden Schildschiffs aufgetaucht.

Instinktiv stürzte er zu seinem Schreibtisch, um die Verteidigungsstationen zu alarmieren. Wenn das wieder die Imperialen waren, die ihr Zerstörungswerk vollenden wollten...

Er verharrte. Nein. Wenn es die Imperialen waren, konnte er nichts dagegen tun. Er hatte keine Jäger mehr, und die Abwehrstationen von Nomad City waren zerstört. Es hatte keinen Sinn, seine Leute aufzuscheuchen.

Und dann drang von seinem Schreibtisch das statische Kreischen eines Komm-Überlagerungssignals. »Nomad City, hier spricht General Bel Iblis«, dröhnte eine nur allzu vertraute Stimme los. »Können Sie mich hören?«

Lando sprang zum Tisch. »Hier spricht Lando Calrissian, General«, sagte er so gelassen wie nur möglich. »Sind Sie das dort oben?«

»Das sind wir«, bestätigte Bel Iblis. »Wir waren draußen bei Qat Chrystac, als wir Ihren Hilferuf empfingen. Tut mir leid, daß wir nicht rechtzeitig hier sein konnten.«

»Mir auch«, sagte Lando. »Wie steht es im Schildschiffdepot?«

»Ich fürchte, es ist nicht mehr zu gebrauchen«, sagte Bel Iblis. »Ihre Schildschiffe sind zu groß, um leicht zerstört werden zu können, aber die Imperialen haben sie übel zugerichtet. Im Moment scheint dies das einzige noch flugtüchtige Exemplar zu sein.«

»Nun, das ist sowieso eine akademische Frage«, sagte Lando. »Nomad City ist hinüber.«

»Keine Chance, sie wieder in Bewegung zu setzen?«

»Nicht in den zwanzig Tagen, die uns bis zur Morgendämmerung bleiben«, erklärte Lando. »Wir könnten sie wahrscheinlich tief genug eingraben, um einen Nkllon-Tag zu überstehen, aber uns fehlt das dazu erforderliche schwere Gerät.«

»Vielleicht können wir sie von Nkllon zum Außensystem schaffen und dort reparieren«, schlug Bel Iblis vor. »Eine Angriffsfregatte und ein paar schwere Schlepper sollten genügen, sofern es uns gelingt, ein zweites Schildschiff flugbereit zu machen.«

»Und Admiral Ackbar davon zu überzeugen, eine Angriffsfregatte von der Front abzuziehen«, erinnerte ihn Lando.

»Richtig«, gab Bel Iblis zu. »Ich schätze, ich sollte jetzt die restlichen schlechten Neuigkeiten hören. Was hat das Imperium geraubt?«

Lando seufzte. »Alles«, sagte er. »Unsere ganzen Vorräte. Hfredium, Kammris, Dolovit – alles gehört jetzt ihnen.«

»Wieviel insgesamt?«

»Die Produktion von etwa vier Monaten. Im aktuellen Marktpreiswert von etwas mehr als drei Millionen.«

Für einen Moment sagte Bel Iblis nichts. »Ich wußte nicht, daß Sie so produktiv sind. Das macht es nur noch wichtiger, daß wir Coruscant dazu bringen, Ihnen zu helfen, die Produktion wieder aufzunehmen. Wie viele Leute haben Sie da unten?«

»Knapp fünftausend«, erklärte Lando. »Aber einige sind in verdammt schlechter Verfassung.«

»Ich habe genug Erfahrung mit dem Transport von Verwundeten«, sagte Bel Iblis grimmig. »Keine Sorge, wir holen sie an Bord. Allerdings möchte ich, daß eine Gruppe zurückbleibt und die Schildschiffe repariert. Alle anderen bringen wir nach Qat Chrystac. Der Ort ist so gut wie jeder andere geeignet, um ein formelles Hilfeansuchen an Coruscant zu richten.«

»Ich wußte nicht, daß es *überhaupt* einen guten Ort für ein Hilfeansuchen gibt«, knurrte Lando.

»Auf Coruscant hat man im Moment alle Hände voll zu tun«, stimmte Bel Iblis zu. »Aber ich schätze, Sie haben eine überdurchschnittliche Chance, daß Ihr Ansuchen in dem Durcheinander nicht untergeht.«

Lando kaute an seiner Lippe. »Dann weichen wir dem Durcheinander eben aus. Nehmen Sie mich mit nach Coruscant, und lassen Sie mich persönlich mit den Verantwortlichen sprechen.«

»Das wird Sie zusätzliche fünf Tage Flugzeit kosten«, erinnerte Bel Iblis. »Können Sie sich das leisten?«

»Besser fünf Tage riskieren als tatenlos auf Qat Chrystac herumsitzen und rätseln, ob mein Antrag überhaupt die Kommunikationszentrale verlassen hat«, konterte Lando. »Ich schätze, ich brauche fünf Tage für den Flug nach Coruscant, ein oder zwei Tage, um Leia dazu zu überreden, mir ein Schiff und die Schlepper zu überlassen, und dann zehn weitere, um zurückzukehren und den Job zu erledigen.«

»Siebzehn Tage. Wird ziemlich eng.«

»Ich habe keine bessere Idee. Was meinen Sie?«

Bel Iblis schnaubte leise. »Nun, ich wollte sowieso bald nach Coruscant. Warum also nicht jetzt?«

»Vielen Dank, General«, sagte Lando.

»Kein Problem. Am besten, Ihre Leute machen sich schon bereit – unsere Fährten starten, sobald wir im Schatten des Planeten sind.«

»Gut. Wir sehen uns.«

Lando schaltete das Komm ab. Es war kein sehr aussichtsreicher Versuch, soviel stand fest. Aber realistisch betrachtet war es die einzige Möglichkeit, die er hatte. Und außerdem, selbst wenn man sein Ersuchen ablehnte, war eine Reise nach Coruscant keine schlechte Idee. Er würde Leia und Han und die neugeborenen Zwillinge sehen, vielleicht sogar Luke oder Wedge treffen.

Er sah aus der Sichtluke und lächelte. Zumindest brauchte er sich auf Coruscant keine Sorgen über imperiale Angriffe zu machen.

Er aktivierte das Interkom und gab die Evakuierungsbefehle.

8

Jacen war mitten im Abendessen eingeschlafen, aber Jaina machte noch immer weiter. Leia, die bisher auf der Seite gelegen hatte, änderte ihre Haltung, wobei sie darauf achtete, ihre Tochter nicht zu stören, und griff wieder nach ihrem Datenblock. Wenn sie sich richtig erinnerte, hatte sie schon mindestens viermal versucht, diese Seite zu beenden. »Beim fünften Versuch klappt's bestimmt«, sagte sie trocken zu Jaina und streichelte den Kopf ihrer Tochter mit der freien Hand.

Jaina war mit wichtigeren Dingen beschäftigt und reagierte nicht. Für einen Moment sah Leia ihre Tochter an, und erneut bahnte sich Staunen einen Weg durch ihre Müdigkeit. Diese winzigen Hände, die unbeholfen ihren Körper betatschten; der feine schwarze Haarflaum auf ihrem Kopf; dieses kleine Gesicht mit seinem wunderschönen ernsten Ausdruck kindlicher Konzentration, während sie angestrengt saugte. Ein brandneues Leben, so zerbrechlich und dennoch so bemerkenswert zäh.

Und sie und Han hatten es erschaffen. Hatten beide erschaffen.

Auf der anderen Seite des Raumes öffnete sich die Tür zum Wohnbereich ihrer Suite. »Hallo, Süße«, rief Han leise. »Alles in Ordnung?«

»Ja«, antwortete sie gedämpft. »Wir sind wieder einmal beim Essen.«

»Sie essen wie ausgehungerte Wookiees«, sagte Han, trat ans Bett und musterte die Babys. »Jacen ist schon fertig?«

»Ich schätze, er wollte nur einen kleinen Imbiß«, sagte Leia und drehte den Kopf, um einen Blick auf das schlafende Baby an ihrer Seite zu werfen. »Er wird sich wahrscheinlich in spätestens einer Stunde einen Nachschlag holen.«

»Ich wünschte, sie würden sich auf einen gemeinsamen Zeitplan einigen«, meinte Han, während er sich behutsam auf die Bettkante setzte und mit der Spitze seines Zeigefingers Jacens Handteller streichelte. Die winzige Hand schloß sich reflexartig um seinen Finger, und als Leia aufblickte, sah sie im Gesicht ihres Mannes das vertraute schräge Grinsen. »Aus ihm wird mal ein kräftiger Bursche.«

»Du solltest mal spüren, wie kräftig sie hier oben zupacken können«, sagte Leia mit einem Blick auf Jaina an ihrer Brust. »Ist Lando noch unten?«

»Ja, er und Bel Iblis sprechen immer noch mit Admiral Drayson«, sagte Han und legte seine freie Hand auf Leias Schulter. Die Wärme fühlte sich angenehm durch ihr dünnes Nachthemd an. Fast so gut wie die Wärme seiner Gedanken in ihrem Bewußtsein. »Sie versuchen noch immer, ihm ein paar Schiffe für Nkllon abzuschwatzen.«

»Wie sieht es aus?«

Han entzog seinen Finger sanft Jacens Griff und summte seinem schlafenden Sohn leise ins Ohr. »Nicht besonders gut«, gestand er. »Um Nomad City in den Weltraum zu liften, brauchen wir mindestens eine Angriffsfregatte. Drayson ist nicht gerade erpicht, ein so großes Schiff von der Front abzuziehen.«

»Hast du ihn darauf hingewiesen, wie dringend wir die Metalle brauchen, die Lando dort schürft?«

»Ich habe es erwähnt. Er war nicht beeindruckt.«

»Man muß wissen, wie man mit Drayson umzugehen hat.« Leia sah Jaina an. Sie saugte noch immer, aber die Augen fielen ihr allmählich zu. »Wenn Jaina eingeschlafen ist, kann ich nach unten gehen und Lando helfen.«

»Sicher«, sagte Han trocken. »Ich will dir nicht zu nahe treten, Süße, aber du wirst niemand beeindrucken, wenn du am Tisch einschläfst.«

Leia schnitt eine Grimasse. »Na danke, *so* müde bin ich wirklich nicht. Und ich bekomme mindestens soviel Schlaf wie du.«

»Nicht einmal annähernd«, sagte Han, nahm die Hand von Leias Schulter und streichelte Jainas Wange. »Ich kann weiterschlafen, wenn ich sie nachts zum Füttern geholt habe.«

»Du solltest wegen ihnen überhaupt nicht aufstehen«, sagte Leia. »Winter oder ich können sie genausogut aus der Wiege holen.«

»Wie nett«, sagte Han halb indigniert, halb spöttisch. »Solange die Kinder nicht da waren, war ich dir gut genug. Jetzt brauchst du mich nicht mehr, was? Mach nur so weiter, schieb mich ruhig zur Seite.«

»Natürlich brauche ich dich«, beruhigte ihn Leia. »Solange die meisten Droiden für die Verteidigung eingesetzt sind und die Windeln der beiden Babys gewechselt werden müssen, wirst du immer einen Platz an meiner Seite haben.«

»Oh, großartig«, grollte Han. »Da lasse ich mich doch lieber beiseite schieben.«

»Dafür ist es zu spät«, sagte Leia, streichelte seine Hand und wurde wieder ernst. »Ich weiß, daß du helfen willst, Han, und ich weiß das wirklich zu schätzen. Aber ich fühle mich schuldig dabei.«

»Nun, das brauchst du nicht«, erklärte Han, nahm ihre Hand und drückte sie. »Du weißt doch, wir alten Schmuggler sind daran gewöhnt, zu nachtschlafender Zeit aktiv zu sein.« Er sah zu Winters Zimmertür hinüber. »Ist Winter bereits zu Bett gegangen?«

»Nein, sie ist noch nicht wieder da«, sagte Leia und griff mit der Macht hinaus. Das Zimmer war tatsächlich leer. »Sie hat unten irgend etwas zu erledigen – ich weiß nicht, was.«

»Aber ich«, sagte Han nachdenklich. »Sie stöbert unten in der Bibliothek in den alten Allianz-Archiven.«

Leia drehte den Kopf und studierte sein Gesicht. »Probleme?«

»Ich weiß es nicht«, sagte Han langsam. »Winter redet nicht viel über das, was sie beschäftigt. Zumindest nicht mit mir. Aber sie macht sich wegen irgend etwas Sorgen.«

Leia erspürte hinter der Tür eine Aura. »Sie ist zurück«, eröffnete sie Han. »Mal sehen, vielleicht spricht sie mit mir darüber.«

»Viel Glück«, knurrte Han, drückte Leias Hand ein letztes Mal und stand auf. »Ich schätze, ich gehe wieder nach unten. Ich werde Lando ein wenig helfen, Drayson Honig ums Maul zu schmieren.«

»Ihr beide solltet ihn zu einem Sabaccspiel überreden«, schlug Leia vor. »Spielt um die Schiffe, wie ihr beide damals um den *Falken* gespielt habt. Vielleicht kannst du eine Angriffsfregatte gewinnen.«

»Wie, gegen Drayson spielen?« fragte Han schnaubend. »Danke, Kleines, aber Lando und ich könnten mit einer eigenen Flotte nichts anfangen. Wir sehen uns später.«

»Okay. Ich liebe dich, Han.«

Er schenkte ihr ein weiteres schräges Grinsen. »Ich weiß«, sagte er und ging hinaus. Mit einem Seufzen lehnte Leia ihre Schulter gegen das Kissen und drehte sich halb zu Winters Zimmer um. »Winter?« rief sie gedämpft.

Eine kurze Pause folgte; dann öffnete sich lautlos die Tür. »Ja, Eure Hoheit?« sagte Winter und trat leise ins Zimmer.

»Ich möchte einen Moment mit dir sprechen, wenn du nichts dagegen hast«, sagte Leia.

»Natürlich«, nickte Winter und glitt auf jene wundervoll graziöse Weise, um die Leia sie immer beneidet hatte, auf sie zu. »Ich glaube, Jacen schläft. Soll ich ihn in die Wiege legen?«

»Bitte«, nickte Leia. »Han sagte mir, daß du in den alten Allianz-Archiven gestöbert hast.«

Winters Gesichtsausdruck veränderte sich nicht, aber Leia spürte die leichte Veränderung in ihrer Aura und ihrer Körpersprache. »Ja.«

»Darf ich fragen, warum?«

Vorsichtig nahm Winter Jacen aus dem Bett und trug ihn zur Wiege. »Ich glaube, ich habe im Palast einen imperialen Agenten entdeckt«, sagte sie. »Ich habe nach Beweisen gesucht.«

Leia spürte, wie sich ihre Nackenhärchen aufrichteten. »Wer ist es?«

»Ich möchte lieber niemanden anklagen, ehe ich nicht mehr Informationen habe«, sagte Winter. »Ich könnte mich auch irren.«

»Deine Skrupel in Ehren«, sagte Leia, »aber wenn du eine Vorstellung hast, wer dieses Delta-Quelle-Informationsleck sein könnte, müssen wir es sofort wissen.«

»Es hat nichts mit der Delta-Quelle zu tun«, sagte Winter kopfschüttelnd. »Zumindest nicht direkt. Dafür ist sie noch nicht lange genug hier.«

Leia runzelte die Stirn und versuchte, ihre Aura zu lesen. Sie spürte große Sorge, verbunden mit dem ausgeprägten Wunsch, keine voreiligen Anschuldigungen zu erheben. »Ist es Mara Jade?« fragte sie.

Winter zögerte. »Ja. Aber um es noch einmal zu betonen, ich habe keine Beweise.«

»Was hast du *dann*?«

»Nicht sehr viel«, sagte Winter, während sie Jacen behutsam zudeckte. »Im Grunde nur ein kurzes Gespräch mit ihr, als ich sie aus der Medikstation abgeholt habe. Sie fragte mich, was ich während der Rebellion gemacht habe, und ich habe ihr erzählt, daß ich für das Versorgungs- und Beschaffungsamt tätig war. Dann identifizierte sie mich als Zielfinder.«

Leia dachte nach. Winter hatte während jener Zeit sehr viele Kodenamen getragen. »War das falsch?«

»Nein, ich habe diesen Namen eine Zeitlang benutzt«, erwiderte Winter. »Aber genau das ist der Punkt. Als Zielfinder war ich nur für ein paar Wochen auf Averam aktiv. Bevor der imperiale Geheimdienst die dortige Zelle zerschlug.«

»Ich verstehe«, sagte Leia bedächtig. »Und Mara gehörte nicht zu den Averisten?«

»Ich weiß es nicht«, schüttelte Winter den Kopf. »Ich habe nur ein paar Mitglieder der Gruppe kennengelernt. Deshalb habe ich in den Aufzeichnungen nachgesehen. Ich dachte, daß es irgendwo vielleicht ein vollständiges Verzeichnis gibt.«

»Das bezweifle ich«, erklärte Leia. »Lokale Zellen wie diese haben fast nie Personalakten geführt. Es hätte das Todesurteil für die gesamte Gruppe bedeutet, wenn sie den Imperialen in die Hände gefallen wären.«

»Ich weiß.« Winter sah sie über die Wiege hinweg an. »Womit wir in einer Sackgasse stecken.«

»Vielleicht«, sagte Leia, blickte an Winter vorbei und rief sich ins Gedächtnis, was sie über Mara wußte. Es war nicht besonders viel. Mara hatte nie behauptet, früher für die Allianz gearbeitet zu haben, was Winters Verdacht untermauern würde. Andererseits hatte sie erst vor zwei Monaten Luke gebeten, Karrde aus einer Arrestzelle auf Thrawns eigenem Flaggschiff zu befreien. Das ergab keinen Sinn, wenn sie tatsächlich eine imperiale Agentin war. »Ich denke«, sagte sie langsam zu Winter, »auf welcher Seite Mara früher auch stand, es ist jetzt vorbei. Ihre Loyalität gilt jetzt wahrscheinlich allein Karrde und seinen Leuten.

Winter lächelte dünn. »Ist das eine Jedi-Erkenntnis, Eure Hoheit? Oder nur Ihre professionelle diplomatische Meinung?«

»Beides«, erklärte Leia. »Ich glaube nicht, daß uns von ihr irgendeine Gefahr droht.«

»Ich hoffe, Sie haben recht.« Winter gestikulierte. »Soll ich Jaina jetzt zu Bett bringen?«

Leia senkte den Blick. Jaina hatte die Augen fest geschlossen, während ihr Mund leise nuckelnde Geräusche machte. »Ja, danke«, sagte sie und streichelte ein letztes Mal die Wange ihrer Tochter. »Ist unten noch immer der Empfang für die sarkanische Delegation im Gange?« fragte sie, als die von Jaina wegrollte und ihre verkrampften Muskeln streckte.

»Als ich vorbeikam, ja«, sagte Winter, hob Jaina hoch und legte sie neben Jacen in die Wiege. »Mon Mothma bat mich, Sie zu fragen, ob Sie für ein paar Minuten vorbeischauen können.«

»Ja, darauf wette ich«, sagte Leia, stand auf und ging zum Kleiderschrank. Ihre beiden Babys gaben ihr endlich einen überzeugenden Vorwand, nicht an diesen oberflächlichen offiziellen Empfängen teilzunehmen, die mehr Zeit kosteten, als sie Nutzen brachten. Trotzdem versuchte Mon Mothma hartnäckig, sie wieder mit diesen ermüdenden Pflichten zu belasten. »Und es tut mir leid, daß ich sie enttäuschen muß«, fügte sie hinzu. »Aber ich fürchte, ich habe etwas Wichtigeres zu tun. Paßt du in der Zwischenzeit auf die Zwillinge auf?«

»Sicher«, sagte Winter. »Darf ich fragen, wo Sie hinwollen?«

Leia suchte im Kleiderschrank nach etwas, das für einen Auftritt in der Öffentlichkeit passender war als ihr Nachthemd. »Ich werde versuchen, etwas über Mara Jades Vergangenheit herauszufinden.«

Sie spürte Winters Überraschung durch das ganze Zimmer. »Darf ich fragen, wie?«

Leia lächelte dünn. »Ich werde sie fragen.«

Er stand vor ihr, das Gesicht halb unter der Kapuze seines Gewandes verborgen, mit gelben Augen, die sie über die Unendlichkeit hinweg durchbohrten. Seine Lippen bewegten sich, aber seine Worte gingen in dem heiseren Heulen der Alarmsirenen unter, die Mara mit einer Unruhe erfüllten, die rasch in Panik überging. Zwei Gestalten erschienen zwischen ihr und dem Imperator: das dunkle, beeindruckende Bild Darth Vaders und die kleinere, schwarzgekleidete Gestalt Luke Skywalkers. Sie standen sich vor dem Imperator gegenüber und zündeten ihre Lichtschwerter. Die Klingen kreuzten sich, grelles Rotweiß gegen grelles Grünweiß, und machten sich zum Kampf bereit.

Und dann, ohne Vorwarnung, lösten sich die Klingen ... und mit doppeltem Haßgebrüll, selbst über die Sirenen hinweg hörbar, drehten sich beide um und stürmten auf den Imperator los.

Mara hörte sich aufschreien, als sie ihrem Meister zu Hilfe kommen wollte. Aber die Entfernung war zu groß, ihr Körper zu langsam. Sie schrie eine Herausforderung, versuchte, sie zumindest abzulenken. Aber weder Vader noch Skywalker schienen sie zu hören. Sie trennten sich, um den Imperator von beiden Seiten zugleich anzugreifen... und als sie die Lichtschwerter hoben, sah sie, daß der Imperator sie anstarrte.

Sie erwiderte seinen Blick und wünschte sich verzweifelt, der nahenden Katastrophe den Rücken zuzudrehen, aber sie konnte sich nicht bewegen. Tausend Gedanken und Gefühle strömten durch diesen Blick in sie hinein, ein glitzerndes Kaleidoskop aus Schmerz und Furcht und Zorn, das sich viel zu schnell drehte, als daß sie es erfassen konnte. Der Imperator hob seine Hände, schickte Kaskaden aus gezackten blauweißen Lichtblitzen gegen seine Feinde. Beide Männer wankten unter dem Gegenangriff, und Mara hatte plötzlich die quälende Hoffnung, daß es diesmal anders ausgehen würde. Aber nein. Vader und Skywalker strafften sich, und mit einem neuerlichen Zornesschrei hoben sie ihre Lichtschwerter.

Und dann, über die erhobenen Lichtschwerter, rollte ferner Donner heran...

Und mit einem Ruck, der sie fast aus ihrem Sessel fallen ließ, schrak Mara aus dem Traum auf.

Sie holte fröstelnd tief Luft und wehrte sich gegen die Flut der Gefühle, die der Traum hinterlassen hatte: gegen den Strudel aus Schmerz, Zorn und Einsamkeit. Aber diesmal war ihr nicht der Luxus vergönnt, ungestört wieder zu sich zu kommen. Sie spürte vage die Gegenwart einer anderen Präsenz vor ihrem Zimmer; und noch als sie aus dem Schreibtischsessel glitt und instinktiv Kampfstellung einnahm, wiederholte sich der rollende Donner – ein leises Klopfen – aus ihrem Traum.

Für einen langen Moment war sie versucht, still zu sein und abzuwarten, ob der Besucher glaubte, daß das Zimmer leer war, und wieder ging. Aber sie wußte, daß das Licht in ihrem Raum durch die Ritze unter der altmodischen Scharniertür zu sehen war. Und wenn der Besucher dort draußen der war, mit dem sie rechnete, würde sie ihn durch Schweigen ohnehin nicht täuschen können. »Herein«, rief sie.

Die Tür schwang auf..., aber es war nicht Luke Skywalker. »Hallo, Mara«, sagte Leia Organa Solo mit einem Nicken. »Störe ich Sie?«

»Ganz und gar nicht«, sagte Mara höflich und unterdrückte eine Grimasse. Gesellschaft konnte sie jetzt am wenigsten gebrauchen, vor allem die Gesellschaft einer Frau, die eng mit Skywalker verbunden war. Aber solange sie und Ghent hier festsaßen, war es nicht klug, jemand mit Organa Solos Einfluß bewußt vor den Kopf zu stoßen. »Ich lese gerade die neuesten Berichte von der Front. Kommen Sie herein.«

»Danke«, sagte Organa Solo und trat an ihr vorbei in die Suite. »Ich habe mir auch gerade die Berichte angesehen. Großadmiral Thrawn rechtfertigt zweifellos das Vertrauen, das der verstorbene Imperator in seine Fähigkeiten gesetzt hat.«

Mara warf ihr einen scharfen Blick zu und fragte sich, was Skywalker ihr erzählt hatte. Aber Organa Solos Augen waren auf das Fenster und die Lichter von Imperial City gerichtet. Und das wenige, was sie in der Aura der anderen Frau lesen konnte, verriet ihr, daß es nicht spöttisch gemeint war. »Ja, Thrawn war einer der Besten«, sagte sie. »Brillant und einfallsreich, mit einem fast unstillbaren Hunger nach Siegen.«

»Vielleicht mußte er beweisen, daß er genauso fähig war wie die anderen Großadmirale«, vermutete Organa Solo. »Vor allem, wenn man seine Mischlingsherkunft und die Vorurteile des Imperators gegenüber Nichtmenschen bedenkt.«

»Ich bin überzeugt, daß es damit zu tun hatte«, sagte Mara.

Organa Solo trat einen Schritt näher ans Fenster und kehrte Mara weiter den Rücken zu. »Haben Sie den Großadmiral gut gekannt?« fragte sie.

»Nicht besonders«, antwortete Mara vorsichtig. »Er hat in meiner Gegenwart ein paarmal mit Karrde gesprochen und einmal unsere Myrkr-Basis besucht. Eine Zeitlang war er tief im Geschäft mit Myrkr-Ysalamiri verstrickt – Karrde hat einmal berechnet, daß sie fünf- oder sechstausend Exemplare gesammelt...«

»Ich meinte, haben Sie ihn während des Krieges gekannt?« sagte Organa Solo und drehte sich endlich zu ihr um.

Mara hielt ihrem Blick stand. Wenn Skywalker ihr erzählt hatte... Aber wenn er es ihr erzählt hatte, warum war Mara dann nicht in einer Arrestzelle? Nein; Organa Solo ließ nur einen Versuchsballon steigen. »Warum hätte ich Thrawn während des Krieges kennen sollen?« konterte sie.

Organa Solo zuckte andeutungsweise die Schultern. »Es gibt Gerüchte, daß Sie früher einmal dem Imperium gedient haben.«

»Und Sie wollen sich dessen vergewissern, ehe Sie mich einsperren lassen?«

»Ich wollte feststellen, ob Sie Informationen über den Großadmiral haben, die wir gegen ihn einsetzen können«, korrigierte Organa Solo.

Mara schnaubte. »Es gibt keine«, sagte sie. »Nicht über Thrawn. Er hat kein bestimmtes Verhaltensmuster; keine Lieblingsstrategien; keine erkennbaren Schwachpunkte. Er studiert seine Feinde und paßt seine Angriffe ihren jeweiligen psychologischen blinden Flecken an. Er verheizt seine Streitkräfte nicht, und er ist nicht zu stolz, sie zurückzuziehen, wenn klar ist, daß er verliert. Was nicht sehr oft geschieht. Wie Sie inzwischen herausgefunden haben.« Sie wölbte eine Braue. »Hilft Ihnen das weiter?« fragte sie sarkastisch.

»Um ehrlich zu sein, ja«, sagte Organa Solo. »Wenn wir den Schwachpunkt ermitteln können, den er sich bei uns zunutze machen will, können wir vielleicht die Stoßrichtung seines Angriffs vorausberechnen.«

»Das wird nicht leicht sein«, warnte Mara.

Organa Solo lächelte matt: »Nein, aber es ist immerhin ein Ansatzpunkt. Danke für Ihre Hilfe.«

»Gern geschehen«, sagte Mara automatisch. »Gibt es sonst noch etwas?«

»Nein, ich glaube nicht«, erwiderte Organa Solo, löste sich vom Fenster und ging zur Tür. »Ich muß mich eine Weile hinlegen, ehe die Zwillinge wieder wach werden. Und Sie werden wahrscheinlich auch bald zu Bett gehen wollen.«

»Und ich darf mich auch weiter frei im Palast bewegen?«

Organa Solo lächelte erneut. »Natürlich. Was auch immer Sie in der Vergangenheit getan haben, jetzt dienen Sie nicht mehr dem Imperium. Gute Nacht.« Sie drehte sich zur Tür, berührte den Griff...

»Ich werde Ihren Bruder töten«, eröffnete ihr Mara. »Hat er Ihnen das erzählt?«

Organa Solo versteifte sich kaum merklich, und Mara spürte die Schockwelle, die diese Jedi-trainierte Gelassenheit erschütterte. Ihre Hand löste sich vom Türgriff und fiel nach unten. »Nein, das hat er nicht«, sagte sie, Mara noch immer den Rücken zuwendend. »Darf ich fragen, warum?«

Er hat mein Leben zerstört«, sagte Mara, die wieder den alten Schmerz tief in ihrer Brust spürte, und sie fragte sich, warum sie Organa Solo davon erzählte. »Sie täuschen sich; ich habe nicht nur dem Imperium gedient. Ich war eine persönliche Agentin des Imperators. Er holte mich nach Coruscant und in den imperialen Palast und bildete mich aus, seinen Willen überall in der Galaxis zu vollstrecken. Ich konnte an jedem Ort des Imperiums seine Stimme hören und gab seine Befehle weiter, gleichgültig, ob sie einer Sturmtruppenbrigade oder einem Großmufti galten. Ich hatte Autorität und Macht und einen Lebenszweck. Man kannte mich als die rechte Hand des Imperators, und man respektierte mich wie ihn. Ihr Bruder hat mir all das genommen.«

Organa Solo drehte sich zu ihr um. »Das tut mir leid«, sagte sie.

»Aber er hatte keine andere Wahl. Das Leben und die Freiheit von Milliarden Lebewesen…«

»Ich werde dieses Thema nicht mit Ihnen diskutieren«, unterbrach Mara. »Sie können nicht verstehen, was ich durchgemacht habe.«

Ein Schatten vergangenen Schmerzes huschte über Organa Solos Gesicht. »Sie irren sich«, sagte sie leise. »Ich verstehe Sie sehr gut.«

Mara funkelte sie an; aber es war ein Funkeln, hinter dem sich kein richtiger Haß verbarg. Leia Organa Solo von Alderaan, die gezwungen worden war, mitanzusehen, wie der erste Todesstern ihre Heimatwelt vernichtete… »Zumindest ging Ihr Leben weiter«, grollte sie schließlich. »Sie hatten die ganze Rebellion – mehr Freunde und Verbündete, als Sie überhaupt zählen konnten. Ich hatte niemand.«

»Es muß hart gewesen sein.«

»Ich habe es überstanden«, sagte Mara knapp. »Werden Sie mich *jetzt* unter Arrest stellen?«

Diese alderaanisch-kultivierten Brauen wölbten sich leicht. »Sie reden ständig davon, daß ich Sie einsperren lassen müßte. Ist es das, was Sie wollen?«

»Ich habe Ihnen bereits gesagt, was ich will. Ich will Ihren Bruder töten.«

»Wirklich?« fragte Organa Solo. »Wollen Sie das wirklich?«

Mara lächelte dünn. »Bringen Sie ihn her, und ich beweise es Ihnen.«

Organa Solo studierte ihr Gesicht, und Mara spürte auch die schwache Berührung ihrer rudimentären Jedi-Sinne. »Nach dem, was Luke mir erzählt hat, scheinen Sie bereits mehrmals Gelegenheit gehabt zu haben, ihn zu töten«, stellte Organa Solo fest. »Sie haben sie nicht genutzt.«

»Nicht, weil ich es nicht wollte«, sagte Mara. Aber dieser Gedanke quälte auch sie seit langem. »Ich befand mich ständig in Situationen, wo ich ihn lebend brauchte. Aber das wird sich ändern.«

»Vielleicht«, sagte Organa Solo, noch immer Maras Gesicht studierend. »Aber vielleicht sind es gar nicht Sie, die ihn tot sehen will.«

Mara runzelte die Stirn. »Was soll *das* denn bedeuten?«

Organa Solos Blicke wanderten von Mara zum Fenster, und Mara spürte, wie sich die Aura der anderen Frau straffte. »Ich war vor ein paar Monaten auf Endor«, sagte sie.

Ein eisiges Gefühl kroch Maras Wirbelsäule hinauf. Sie war ebenfalls auf Endor gewesen, um dort Großadmiral Thrawn vorgeführt zu werden... Und sie erinnerte sich, wie sich der Weltraum um diesen Planeten, über dem der Imperator gestorben war, angefühlt hatte. »Und?« drängte sie. Selbst in ihren eigenen Ohren klang ihre Stimme gepreßt.

Organa Solo hörte es auch. »Sie wissen, wovon ich rede, nicht wahr?« fragte sie, die Augen noch immer auf die Lichter von Imperial City gerichtet. »Die Präsenz des Imperators ist dort noch immer als Schatten vorhanden. Ein Teil dieses letzten Ausbruchs aus Zorn und Wut. Wie... Ich weiß nicht, womit man es vergleichen kann.«

»Wie ein emotionaler Blutfleck«, sagte Mara leise, als sich das Bild spontan und klar in ihr Bewußtsein drängte. »Er markierte die Stelle, an der er starb.«

Sie sah Organa Solo an. Die Blicke der anderen Frau waren jetzt auf sie gerichtet. »Ja«, sagte Organa. »Genauso war es.«

Mara holte tief Luft und verdrängte die schwarze Kälte aus ihrem Bewußtsein. »Aber was hat das mit mir zu tun?«

Organa Solo musterte sie. »Ich denke, Sie wissen es.«

DU WIRST LUKE SKYWALKER TÖTEN. »Nein«, sagte Mara mit plötzlich trockenem Mund. »Sie irren sich.«

»Wirklich?« fragte Organa Solo sanft. »Sie sagten, Sie konnten die Stimme des Imperators an jedem Ort der Galaxis hören.«

»Ich konnte seine *Stimme* hören«, fauchte Mara. »Mehr nicht.«

Organa Solo zuckte die Schultern. »Sie müssen es natürlich am besten wissen. Aber vielleicht lohnt es sich doch, darüber nachzudenken.«

»Das werde ich«, sagte Mara steif. »Wenn das jetzt alles ist, können Sie gehen.«

Organa Solo nickte, und ihre Aura verriet keinen Ärger darüber, daß man sie wie eine Dienstbotin entlassen hatte. »Danke für Ihre Hilfe«, sagte sie. »Wir reden später weiter.«

Sie verabschiedete sich mit einem Lächeln, öffnete die Tür und ging. »Da wäre ich mir nicht so sicher«, murmelte Mara, kehrte zum Schreibtisch zurück und ließ sich in den Sessel fallen. Jetzt reichte es ihr. Wenn Karrde zu beschäftigt war, um sich mit seinem Kontaktmann in Verbindung zu setzen, dann mußte eben der Kontaktmann sie und Ghent von hier abholen. Sie lud ihre Kodedatei und beantragte eine Langstreckenkommverbindung.

Die Antwort kam prompt. ZUGANG UNMÖGLICH, rollten die Worte über ihr Display. LANGSTRECKENKOMMUNIKATIONSSYSTEM VORÜBERGEHEND AUSGEFALLEN.

»Hervorragend«, knurrte sie. »Wann wird es wieder funktionieren?«

NICHT FESTSTELLBAR. WIEDERHOLE: LANGSTRECKENKOMMUNIKATIONSSYSTEM VORÜBERGEHEND AUSGEFALLEN.

Mit einem Fluch schaltete sie das Terminal ab. Das ganze Universum schien heute nacht gegen sie zu sein. Sie griff nach dem Datenblock, den sie vorhin gelesen hatte, legte ihn wieder hin und stand auf. Es war spät, sie war bereits an ihrem Schreibtisch eingeschlafen, und wenn sie vernünftig war, würde sie jetzt aufhören und ins Bett gehen.

Sie trat ans Fenster, lehnte sich an den geschnitzten Holzrahmen und sah zu den Lichtern der Stadt hinaus, die sich in die Unendlichkeit zu erstrecken schien. Und versuchte nachzudenken.

Nein. Es war unmöglich. Unmöglich, absurd und undenkbar. Organa Solo verschwendete mit diesen gescheiten Spekulationen nur ihre Zeit. Nach fünf Jahren sollte Mara ihre eigenen Gedanken und Gefühle kennen. Sollte wissen, was real war und was nicht.

Und dennoch...

Das Traumbild erschien vor ihrem inneren Auge. Der Imperator, wie er sie mit bitterer Intensität anstarrte, während sich Vader und Skywalker ihm näherten. Der unausgesprochene, aber spürbare Vorwurf in diesen gelben Augen; daß ihr Versagen, Skywalker im Versteck von Jabba dem Hutt zu erledigen, zu dieser Situation geführt hatte. Diese Flutwelle aus hilfloser Wut, als die beiden Lichtschwerter auf ihn niedersausten. Dieser letzte Schrei, der ewig in ihrem Kopf widerhallte...

DU WIRST LUKE SKYWALKER TÖTEN.

»Aufhören!« knirschte sie und schmetterte ihren Kopf gegen den Fensterrahmen. Das Bild und die Worte explodierten in einem Blitz aus Schmerz und einem Funkenregen und verschwanden.

Lange Zeit stand sie einfach da, hörte das Hämmern ihres Herzens in ihren Ohren, während widersprüchliche Gedanken durch ihren Kopf zuckten. Zweifellos hatte der Imperator Skywalker tot sehen wollen – aber Organa Solo irrte sich trotzdem. Sie mußte sich irren. Es war Mara, die Luke Skywalker töten wollte, und nicht ein Gespenst aus der Vergangenheit.

Weit auf der anderen Seite der Stadt erhellte ein sanft flackerndes, vielfarbiges Licht die umliegenden Gebäude und die Wolken am Himmel und riß sie aus ihren Gedanken. Die Glocke an der uralten Zentralen Versammlungshalle, die wie seit drei Jahrhunderten die Stunde anzeigte. Das Licht wechselte die Farbe und flackerte erneut, dann verblaßte es.

Eine halbe Stunde nach Mitternacht. In ihren Gedanken verloren, hatte Mara nicht gemerkt, daß es schon so spät war. Und all das führte außerdem zu nichts. Sie konnte ebensogut zu Bett gehen und versuchen, die Gedanken lange genug zu verbannen, um etwas Schlaf zu finden. Mit einem Seufzen löste sie sich vom Fenster…

Und erstarrte. Tief in ihrem Kopf klingelte eine Alarmglocke.

Irgendwo ganz in der Nähe drohte Gefahr.

Sie zog ihren kleinen Blaster aus dem Unterarmhalfter und horchte angestrengt. Nichts. Sie warf wieder einen Blick zum Fenster, fragte sich flüchtig, ob jemand sie durch die Sichtblende beobachtete, und glitt lautlos zur Tür. Sie drückte ihr Ohr gegen das Blatt und lauschte wieder.

Für einen Moment blieb alles still. Dann, durch das dicke Holz fast unhörbar, registrierte sie näherkommende Schritte. Leise, aber zielbewußte Schritte, wie sie sie schon immer mit Profikämpfern assoziiert hatte. Ihr Körper spannte sich; aber die Schritte passierten ihre Tür, ohne anzuhalten, und verklangen am anderen Ende des Korridors.

Sie zählte bis zehn, um ihnen einen Vorsprung zu geben. Dann, vorsichtig, öffnete sie die Tür und spähte nach draußen.

Sie waren zu viert, trugen die Uniform der Palastwache und marschierten in einer V-Formation. Sie erreichten das Ende des Korridors und wurden langsamer, während der Mann an der Spitze einen schnellen Blick um die Ecke warf. Er krümmte leicht die Hand, und alle bogen um die Ecke und verschwanden. Richtung Treppe, die hinunter zu den Zentralsektionen des Palastes oder hinauf zum Turm und den ständig genutzten Wohnsuiten führte.

Mara starrte ihnen hinterher, und ein plötzlicher Adrenalinstoß vertrieb ihre Müdigkeit. Die V-Formation, die offenkundige Vorsicht, das Handzeichen und ihre eigene Vorahnung drohender Gefahr – alles führte zu derselben Schlußfolgerung.

Imperiale Geheimdienstagenten waren in den Palast eingedrungen.

Sie drehte sich zu ihrem Schreibtisch um und verharrte mit einem stummen Fluch. Zu den ersten Aufgaben des Kommandos mußte das Anzapfen des Palastcomputers und -kommsystems gehört haben. Jeder Versuch, Alarm zu geben, würde von ihnen wahrscheinlich abgehört werden und sie warnen.

Was bedeutete, daß Mara selbst eingreifen mußte, wenn sie sie aufhalten wollte. Sie umklammerte ihren Blaster, schlüpfte aus dem Zimmer und eilte ihnen nach.

Sie war bereits am Ende des Korridors und wollte soeben einen vorsichtigen Blick um die Ecke werfen, als sie hinter sich das Klikken einer Blastersicherung hörte. »In Ordnung, Jade«, murmelte ihr eine Stimme ins Ohr. »Ganz ruhig. Das Spiel ist aus.«

9

Admiral Drayson lehnte sich in seinem Sitz zurück und schüttelte den Kopf. »Tut mir leid, Calrissian, General Bel Iblis«, sagte er zum wahrscheinlich zehnten Mal seit Beginn dieser Sitzung. »Wir können es einfach nicht riskieren.«

Lando holte tief Luft und kämpfte um seine rapide nachlassende Geduld. Es waren sein Schweiß und die Früchte seiner Arbeit, die Drayson so beiläufig wegwarf. »Admiral...«

»So groß ist das Risiko auch nicht«, sagte Bel Iblis sanft und weitaus höflicher, als es Lando gekonnt hätte. »Ich habe Ihnen mindestens acht Orte genannt, von denen wir risikolos eine Angriffsfregatte abziehen können, die nach höchstens zehn Tagen ihren Dienst wieder antritt.«

Drayson schnaubte. »Bei der Geschwindigkeit, mit der die Offensive voranschreitet, könnte Großadmiral Thrawn in zehn Tagen drei weitere Sektoren einnehmen. Wollen Sie, daß daraus vier werden?«

»Admiral, wir reden hier über eine einzige Angriffsfregatte«, sagte Lando. »Nicht über ein Dutzend Sternkreuzer oder eine orbitale Kampfstation. Was kann eine Angriffsfregatte schon gegen Thrawns Streitmacht ausrichten?«

»Er hat mit einem einzigen aufgetakelten Frachter eine schwerbewachte Werft eingenommen«, gab Drayson zurück. »Finden Sie sich damit ab, meine Herren: Wenn man gegen einen Mann wie Thrawn kämpft, gelten alle normalen Regeln nicht mehr. Er könnte uns in einem Netz fangen, das so unsichtbar ist, daß wir es erst bemerken, wenn es zu spät ist. Er hat es schon einmal getan.«

Lando schnitt eine Grimasse; aber er konnte Drayson für seine Einstellung schwerlich einen Vorwurf machen. Vor ein paar Monaten, als er und Han zu Bel Iblis' versteckter Militärbasis gebracht worden waren, war er selbst zu drei Vierteln überzeugt gewesen, daß es sich bei der ganzen Sache um ein gigantisches und kompliziertes Täuschungsmanöver handelte, das Thrawn inszeniert hatte, um sie zu überlisten. Erst die Schlacht um die *Katana*-Flotte hatte ihn eines Besseren belehrt, und es war eine wertvolle Lektion gewesen. »Admiral, wir alle stimmen überein, daß Thrawn ein brillanter Taktiker ist«, sagte er, wobei er seine Worte sorgfältig abwog. »Aber wir können nicht davon ausgehen, daß alles, was in der Galaxis passiert, Teil eines grandiosen, allumfassenden Planes ist, den er ausgebrütet hat. Er hat meine Metallvorräte geraubt und Nomad City lahmgelegt. Die Wahrscheinlichkeit spricht dafür, daß das alles war, was er wollte.«

Drayson schüttelte den Kopf. »Ich fürchte ›die Wahrscheinlichkeit spricht dafür‹ genügt nicht, Calrissian. Wenn Sie mir den Beweis liefern, daß das Imperium den Abzug einer Angriffsfregatte nicht ausnutzen wird, werde ich mir überlegen, ob ich Ihnen eine leihweise zur Verfügung stelle.«

»Oh, kommen Sie, Admiral...«

»Und wenn ich an Ihrer Stelle wäre«, fügte Drayson hinzu und sammelte seine Datenkarten ein, »würde ich die Sache mit dem

Nkllon-Minenkomplex nicht so hoch hängen. Viele von uns erinnern sich noch sehr gut daran, daß es Ihre Minenmaulwürfe waren, die Thrawn beim Angriff auf die Sluis-Van-Raumwerften eingesetzt hat.«

»Und Calrissians Informationen über die Maulwürfe haben verhindert, daß der Angriff Erfolg hatte«, erinnerte Bel Iblis den anderen sanft. »Viele von uns erinnern sich auch daran.«

»Nur wenn Sie davon ausgehen, daß Thrawn tatsächlich vorhatte, die Schiffe zu stehlen«, erwiderte Drayson, als er vom Tisch aufstand. »Ich persönlich glaube, daß es ihm nur darum ging, sie aus dem Verkehr zu ziehen. Wenn Sie mich jetzt entschuldigen würden, meine Herren. Ich habe einen Krieg zu führen.«

Er ging hinaus, und Lando gab einen leisen, resignierten Seufzer von sich. »Soviel dazu«, sagte er und griff nach seinen eigenen Datenkarten.

»Geben Sie sich nicht die Schuld daran«, riet Bel Iblis, als er von seinem Stuhl aufstand und sich müde streckte. »Es geht weniger um Sie und Nomad City als um mich. Drayson hat schon immer zu denen gehört, die Meinungsverschiedenheiten mit Mon Mothma für den ersten Schritt zur Kollaboration mit dem Imperium halten. Offensichtlich ist er noch immer dieser Meinung.«

»Ich dachte, Sie hätten sich mit Mon Mothma wieder zusammengerauft«, sagte Lando und erhob sich ebenfalls.

»Oh, das haben wir«, zuckte Bel Iblis die Schultern, ging um den Tisch herum und näherte sich der Tür. »Mehr oder weniger. Sie hat mich eingeladen, in die Neue Republik zurückzukehren, ich habe ihren Führungsanspruch akzeptiert, und offiziell ist alles in Ordnung. Aber alte Erinnerungen verblassen nur langsam.« Seine Lippen zuckten leicht. »Und ich muß gestehen, daß ich meine Trennung von der Allianz nach der Vernichtung Alderaans ein wenig diplomatischer hätte betreiben können. Sind Sie im Gästestockwerk des Präsidenten untergebracht?«

»Ja. Und Sie?«

»Ebenfalls. Kommen Sie – ich bringe Sie nach oben.«

Sie verließen den Konferenzraum und folgten dem Tunnelgang zu den Turboliften. »Glauben Sie, er wird seine Meinung noch ändern?« fragte Lando.

»Drayson?« Bel Iblis schüttelte den Kopf. »Keine Chance. Wenn es uns nicht gelingt, Mon Mothma aus dem Kriegsraum zu locken, damit sie Sie anhört, ist Ihre einzige Chance die Hoffnung, daß Ackbar im Lauf der nächsten Tage nach Coruscant zurückkehrt. Von der Bedeutung Nomad Citys einmal ganz abgesehen, schätze ich, daß er Ihnen ein oder zwei Gefallen schuldet.«

Lando dachte an jene eher peinliche Szene, als er Ackbar gesagt hatte, daß er aus dem Militärdienst ausscheiden würde. »Daß er in meiner Schuld steht, bedeutet nichts, wenn er ebenfalls eine Falle vermutet«, sagte er statt dessen. »Nicht nach dem Desaster von Sluis Van.«

»Stimmt«, gab Bel Iblis zu. Er sah im Vorbeigehen in einen Quergang, und als er wieder nach vorn blickte, glaubte Lando, leichte Besorgnis in seinem Gesicht zu erkennen. »Unglücklicherweise wird alles noch durch die Gegenwart dieser Delta-Quelle kompliziert, die das Imperium hier im Palast eingeschleust hat. Daß Thrawn im Moment keine weiteren Pläne mit Nkllon hat, bedeutet nicht unbedingt, daß er keine aushecken wird, sobald er erfährt, was wir vorhaben.«

»*Falls* er es erfährt«, korrigierte Lando. »Die Delta-Quelle ist nicht allgegenwärtig. Han und Leia haben ein paar wichtige Missionen durchgeführt, ohne daß sie dahinterkam.«

»Was wieder einmal den grundlegenden Wert kleiner Gruppen beweist. Trotzdem, je früher dieses Leck identifiziert und abgedichtet wird, desto besser.«

Sie kamen an einem weiteren Seitenkorridor vorbei, und wieder warf Bel Iblis einen Blick hinein. Diesmal gab es keinen Zweifel an seinem besorgten Gesichtsausdruck. »Probleme?« fragte Lando leise.

»Ich bin mir nicht sicher«, antwortete Bel Iblis. »Sollten in diesem Teil des Palastes nicht überall Wachen postiert sein?«

Lando sah sich um. Sie *waren* allein. »Hat es vielleicht mit dem Empfang der Sarkaner zu tun?«

»Erst waren welche hier«, sagte Bel Iblis. »Als ich meine Suite verließ, habe ich zumindest zwei gesehen.«

Lando sah den Gang zurück, und ein unangenehmes Gefühl kroch ihm über den Rücken. »Aber wo sind sie jetzt?«

»Ich weiß es nicht.« Bel Iblis holte tief Luft. »Ich schätze, Sie sind nicht bewaffnet, oder?«

Lando schüttelte den Kopf. »Der Blaster ist oben in meinem Zimmer. Ich habe nicht damit gerechnet, daß ich ihn brauchen werde.«

»Wahrscheinlich brauchen Sie ihn auch nicht«, sagte Bel Iblis und schob die Hand unter seine Jacke, während er sich umschaute. »Wahrscheinlich gibt es dafür eine einfache, völlig harmlose Erklärung.«

»Sicher«, meinte Lando und griff nach seinem Komm. »Stellen wir fest, was los ist.« Er schaltete das Gerät ein...

Und schaltete es sofort wieder ab, als leises statisches Kreischen aus dem Lautsprecher drang. »Ich schätze, die Erklärung ist doch nicht so einfach«, sagte er grimmig. Plötzlich sehnte er sich nach einem Blaster. »Was jetzt?«

»Wir werden schon eine Möglichkeit finden, die Palastwache zu alarmieren«, sagte Bel Iblis, während er sich umsah. »In Ordnung. Die Turbolifte dort vorn nützen uns nichts – sie führen nur zu den Wohnbereichen. Aber am anderen Ende gibt es eine Treppe, die zur Palastzentrale führt. Wir probieren es dort.«

»Klingt gut«, nickte Lando. »Lassen Sie uns vorher zu meiner Suite gehen, damit ich meinen Blaster holen kann.«

»Gute Idee«, stimmt Bel Iblis zu. »Verzichten wir auf den Turbolift – die Treppe ist dort drüben. Es ist sicherer so.«

Die Treppe war so menschenleer wie der Korridor hinter ihnen.

Aber als Bel Iblis durch die Tür zum nächsten Stockwerk treten wollte, hob er plötzlich warnend eine Hand. Lando glitt an seine Seite und spähte in die Etage.

Vor ihnen schlich eine einsame Gestalt den Korridor hinunter. Eine schlanke Frau mit rotgoldenem Haar und einem Blaster schußbereit in der Hand.

Mara Jade.

Metall schabte über Stoff, als Bel Iblis seinen Blaster zog. Er bedeutete Lando, ihm zu folgen, und eilte auf leisen Sohlen durch den Korridor.

Als sie das Ende des Gangs erreichte, hatten sie sie fast eingeholt. Sie blieb dort stehen, spähte um die Ecke...

Bel Iblis hob seinen Blaster. »In Ordnung, Jade«, sagte er leise. »Ganz ruhig. Das Spiel ist aus.«

Für einen Moment war Lando sicher, daß sie Widerstand leisten würde. Sie drehte halb den Kopf, sah über die Schulter, als würde sie ihre Gegner anvisieren... »Calrissian!« sagte sie, und die Erleichterung in ihrer Stimme war unüberhörbar. Ebenso die unterschwellige Spannung. »Es sind Imperiale im Palast, als Wachen verkleidet. Ich habe vier von ihnen entdeckt.«

»Interessant«, sagte Bel Iblis und sah sie forschend an. »Wo wollten Sie hin?«

»Ich hielt es für eine gute Idee, ihnen zu folgen und herauszufinden, was sie vorhaben«, knurrte sie sarkastisch. »Wollen Sie mir helfen oder nicht?«

Bel Iblis warf einen vorsichtigen Blick um die Ecke. »Ich sehe niemand. Sie sind wahrscheinlich nach unten gegangen. Entweder wollen sie zum Kriegsraum oder zum sarkanischen Empfang.«

Und plötzlich verstand Lando. »Nein«, sagte er. »Sie sind nicht nach unten, sie sind nach *oben*. Sie sind hinter Leias Zwillingen her.«

Mara fluchte gepreßt. »Sie haben recht. Thrawn hat sie diesem wahnsinnigen C'baoth versprochen. Das muß es sein.«

»Sie könnten recht haben«, nickte Bel Iblis. »Wo ist Ihr Zimmer, Calrissian?«

»Zwei Türen hinter uns«, sagte Lando mit einem Nicken über die Schulter.

»Holen Sie Ihren Blaster«, befahl Bel Iblis und spähte wieder um die Ecke. »Sie folgen mit Mara diesem Korridor dort drüben und gehen zur Haupttreppe. Stellen Sie fest, ob dort jemand ist; wenn möglich, versuchen Sie Leia und Solo zu warnen. Ich werde nach unten gehen und Verstärkung holen.«

»Seien Sie vorsichtig – sie haben vielleicht am Ende der Treppe eine Wache postiert«, warnte Mara.

»Oben ist bestimmt jemand postiert«, konterte Bel Iblis. »Passen Sie auf sich auf.« Nach einem letzten Blick um die Ecke drängte er sich vorbei und war fort.

»Warten Sie hier«, befahl Lando Mara und steuerte sein Zimmer an. »Ich bin gleich zurück.«

»Beeilen Sie sich«, rief sie ihm nach.

Er rannte zu seinem Zimmer; und als er die Tür aufschloß, warf er einen Blick zu Mara hinüber. Sie stand noch immer an der Ecke, mit einem intensiven, aber gleichzeitig leeren Ausdruck auf der Hälfte ihres Gesichts, die er sehen konnte.

Dieses Gesicht. Dieses irgendwie, irgendwo vertraute Gesicht. Er hatte es bereits zu einen bestimmten Zeitpunkt an einem bestimmten Ort unter bestimmten Umständen gesehen, konnte sich aber nicht genau erinnern.

Er schüttelte den Gedanken ab. Wer immer sie auch gewesen war, jetzt war eindeutig nicht die richtige Zeit, es herauszufinden. Han, Leia und ihre Kinder schwebten in Lebensgefahr..., und es lag an ihm und Mara, sie zu retten.

Er drehte sich zu seinem Zimmer um und stürzte hinein.

Leia Organa Solo. Leia Organa Solo. Wach auf. Du bist in Gefahr. Wach auf. Leia Organa Solo, wach auf...

Mit einem Keuchen schreckte Leia aus dem Traum hoch, und diese hartnäckige Stimme hallte noch immer in ihrem Bewußtsein nach, als sie erwachte. Für eine Handvoll traumumnebelter Herzschläge wußte sie nicht, wo sie war, und ihre Augen und Jedi-Sinne irrten nervös durch das dunkle Zimmer, während sie sich zu orientieren versuchte. Dann zerrissen die letzten Spinnweben des Schlafes, und sie war wieder in ihrer Suite im imperialen Palast. Han an ihrer Seite brummte leise im Schlaf, als er sich umdrehte; auf der anderen Seite des Zimmers lagen die Zwillinge in ihrer Wiege; im Nebenraum schlief Winter und träumte zweifellos in den laserscharfen Bildern ihres perfekten Gedächtnisses. Und draußen vor der Suite...

Sie runzelte die Stirn. Jemand war an der Außentür. Nein – mehr als einer. Mindestens fünf oder sechs standen davor.

Sie schlüpfte aus dem Bett und hob automatisch ihren Blaster und das Lichtschwert vom Boden auf. Es war wahrscheinlich nichts – höchstwahrscheinlich nur eine Gruppe Palastwächter, die in eine müßige Unterhaltung verstrickt für einen Moment stehengeblieben waren, ehe sie ihre Runde fortsetzten. Aber dennoch, sie verstießen dabei gegen mehrere strenge Vorschriften für das diensthabende Personal. Sie würde sie auf diplomatische, aber eindeutige Weise an ihre Pflichten erinnern.

Der dicke Teppich dämpfte ihre Schritte, als sie durch den Wohnbereich zur Tür eilte, wobei sie die Jedi-Techniken zur sensorischen Verstärkung einsetzte. Wenn sie von innen die Stimmen der Wachen hören und identifizieren konnte, würde sie sie einzeln und unter vier Augen am Morgen verwarnen.

Sie schaffte es nicht bis zur Tür. Auf halben Weg blieb sie im Wohnbereich abrupt stehen, als ihr verstärkter Gehörsinn ein leises Summen von draußen vernahm. Sie lauschte angestrengt und versuchte, die plötzliche Ablenkung ihres eigenen Herzschlags zu ignorieren. Das Geräusch war leise, aber sehr deutlich; und sie wußte, daß sie es früher schon einmal gehört hatte.

Und dann, plötzlich, wußte sie es: das Summen eines elektronischen Dietrichs. Jemand versuchte, in die Suite einzubrechen.

Und noch während sie dort stand, vor Schock erstarrt, wurde das Schloß mit einem Klicken entriegelt.

Sie hatte keine Zeit, wegzurennen, und es gab keinen Ort, zu dem sie fliehen konnte... Aber die Erbauer des Turms hatten Vorkehrungen für diese Art von Gefahr getroffen. Leia hob ihren Blaster, verzweifelt hoffend, daß der Mechanismus noch funktionierte, und gab zwei schnell hintereinander folgende Schüsse auf die Tür ab.

Das Holz gehörte zu den härtesten und widerstandsfähigsten Sorten der Galaxis und ihre Schüsse hatten es wahrscheinlich nur angekratzt. Aber es genügte. Die eingebauten Sensoren hatten den Angriff registriert; und noch während das Zischen der Schüsse in Leias verstärktem Gehör hallte, fiel dröhnend die schwere innere Metallsicherheitstür nach unten.

»Leia«, ertönte hinter ihr Hans fragende Stimme, durch das Klingeln in ihren Ohren seltsam fern wirkend.

»Jemand versucht einzubrechen«, sagte sie, fuhr herum und stürzte zur Schlafzimmertür, wo er mit einem schußbereiten Blaster in der Hand stand. »Ich habe die Sicherheitstür rechtzeitig schließen können, aber das wird sie nicht aufhalten.«

»Nicht lange«, stimmte Han zu und musterte die Tür, als Leia ihn erreichte. »Geh ins Schlafzimmer und ruf die Wache – ich werde versuchen, sie aufzuhalten.«

»In Ordnung. Sei vorsichtig – sie meinen es ernst.«

Die Worte hatten kaum ihren Mund verlassen, als das gesamte Zimmer zu erbeben schien. Die Eindringlinge hatten jede Zurückhaltung aufgegeben und die Außentür in Stücke gesprengt.

»Ja, das würde ich auch als ernst bezeichnen«, bestätigte Han grimmig. »Hol Winter und Reipeo und schnapp dir die Zwillinge. Wir müssen rasch handeln.«

Das erste Geräusch, das den kunstvollen Bogen der Turmtreppe herunterdrang, konnte von einem fernen Blasterschuß stammen – Mara wußte es nicht genau. Das nächste, nur ein paar Sekunden später, war eindeutig.

»Uh-oh«, brummte Calrissian. »Das bedeutet Ärger.«

Ein weiterer Schuß hallte durch das Treppenhaus. »Klingt wie ein schwerer Blaster«, sagte Mara angestrengt lauschend. »Es ist ihnen offenbar nicht gelungen, die Tür heimlich zu öffnen.«

»Oder sie wollen nur die Zwillinge«, konterte Calrissian düster und bog um die Ecke, an der sie stehengeblieben waren. »Kommen Sie.«

»Warten Sie«, sagte Mara und hielt ihn mit der freien Hand am Arm fest, während sie sich sorgfältig umsah. Der weite Bogen der ersten Treppenflucht endete an einem Zwischenstockwerk mit einer prachtvollen schmiedesteinernen Balustrade. Von ihrer Position aus waren die beiden schmaleren Treppen, die von den Seiten des Absatzes in Form einer Doppelhelix weiter nach oben führten, gerade noch zu erkennen. »Dieser Absatz wäre eine gute Stelle für eine Rückendeckung, und ich bin nicht zäh genug, um einen Blasterblitz zu überleben.«

Calrissian murmelte eine ungeduldig klingende, aber unverständliche Bemerkung, blieb jedoch stehen. Einen Moment später war er offenbar froh darüber. »Sie haben recht – da oben ist jemand, an der linken Treppe«, flüsterte er.

»Das bedeutet, daß auch an der rechten jemand postiert ist«, stellte Mara fest. Sie suchte die Konturen und Spalten der steinernen Balustrade ab, als ein weiterer Blasterschuß herunterhallte. Geheimdienstler lauerten mit Vorliebe in den Schatten... »Und auf jeder Seite der Haupttreppe ist einer postiert«, fügte sie hinzu. »Etwa zwei Meter vom Rand entfernt.«

»Ich sehe sie«, sagte Calrissian. »Das wird nicht leicht werden.« Er warf einen Blick über die Schulter. »Komm schon, Bel Iblis, wo bleibst du?«

»Er sollte sich besser beeilen«, nickte Mara, spähte vorsichtig zu den vier Imperialen hinauf und versuchte, sich an den genauen Bauplan des Turms zu erinnern. »Organa Solos Tür wird ihnen nicht lange standhalten.«

»Bestimmt nicht lange genug, daß wir diesen Posten ausschalten können«, stimmte Calrissian zu und zischte leise durch die Zähne. »Einen Moment. Warten Sie hier – ich habe eine Idee.«

»Was haben Sie vor?« fragte Mara, als er sich von der Ecke entfernte.

»Haupthangar«, sagte Calrissian knapp und wandte sich der Treppe hinter ihnen zu. »Chewie war erst dort unten, hat am *Falken* herumgebastelt. Wenn er noch immer da ist, können wir an der Fassade des Turmes hinaufklettern und sie herausholen.«

»Wie?« fragte Mara. »Die Fenster da oben bestehen aus Stahlglas – wenn Sie sie sprengen, töten sie alle im Inneren.«

»Das wird nicht nötig sein«, sagte Calrissian mit einem dünnen, schlauen Lächeln. »Leia hat ein Lichtschwert. Lenken Sie inzwischen diese Kerle ab, okay?«

Er rannte zur Treppe und verschwand nach unten. »Sicher«, knurrte Mara und richtete ihre Aufmerksamkeit wieder auf die Imperialen auf der Treppe. Hatten sie bemerkt, daß sie und Calrissian hier unten herumschlichen? Wahrscheinlich. Was bedeutete, daß der Kerl an der linken Treppe seine Deckung nur verlassen hatte, um sie zu ködern.

Nun, sie würde sich ködern lassen. Sie wechselte ihren Blaster in die linke Hand, stützte ihre Hand gegen die Eckwand, zielte sorgfältig...

Der Schuß von der anderen Treppe schlug über ihrem Blaster in die Wand ein und ließ heiße Steinsplitter auf ihre Hand niederprasseln. »Verdammt!« fauchte sie, zog die Hand zurück und wischte die Splitter ab. Sie wollten also ein Spielchen mit ihr treiben, was? Schön – sie würde mitspielen. Sie hob den Blaster wieder, näherte sich der Ecke...

Die Ahnung drohender Gefahr rettete ihr das Leben. Sie ließ sich auf ein Knie fallen; und in der Bewegung zuckten von vorn zwei Blasterschüsse auf sie zu und trafen die Wand an der Stelle, wo sich soeben noch ihr Kopf befunden hatte. Augenblicklich warf sie sich nach hinten und landete mit der Seite auf dem Boden, drehte die Augen und den Blaster in die Richtung, aus der die Schüsse gekommen waren.

Sie waren zu zweit und schlichen lautlos durch den Korridor auf der gegenüberliegenden Seite der Treppe auf sie zu. Während sie auf den Bauch rollte, gab sie zwei schnelle Schüsse ab, die beide ihr Ziel verfehlten. Sie ignorierte die Schüsse, die jetzt gefährlich nah einschlugen, richtete ihre Waffe auf den vorderen Angreifer und feuerte zweimal.

Er verkrampfte sich und brach zusammen, schoß dabei reflexartig weiter, traf aber nur die Decke. Ein Schuß sengte an Maras Ohr vorbei, als sie auf den zweiten Gegner zielte, und der nächste verfehlte sie nur um Haaresbreite, als seine Waffe sie genauer ins Visier nahm…

Und abrupt war die Luft über Maras Kopf von einem gleißenden Gewitter aus Blasterfeuer erfüllt. Der Imperiale stürzte wie ein betäubter Banta zu Boden und blieb reglos liegen.

Mara wirbelte herum. Ein halbes Dutzend Palastwachen stürmten die untere Treppe herauf und auf sie zu, die Waffen schußbereit in den Händen. Hinter ihnen folgte Bel Iblis. »Alles in Ordnung mit Ihnen?« rief er.

»Mir geht es gut«, knurrte sie und zog sich weiter von der Ecke zurück. Gerade noch rechtzeitig; die Imperialen auf dem Zwischenstockwerk erkannten, daß ihr kleiner Überraschungsangriff fehlgeschlagen war, und feuerten aus allen Rohren. Mara sprang auf und duckte sich unter dem Regen der Steinsplitter. »Calrissian ist hinunter zum Hangar«, rief sie Bel Iblis über den Lärm zu.

»Ja, wir sind ihm unterwegs begegnet«, nickte der andere, als die Palastwachen vorwärts stürmten. »Was ist hier passiert?«

»Ein paar Nachzügler sind zur Party gekommen«, informierte ihn Mara und drehte den Kopf zum Korridor.

»Wahrscheinlich kamen sie von der Kommsektion. Ihre Freunde auf dem Absatz haben versucht, mich abzulenken, während sie sich anschlichen. Hätte auch fast funktioniert.«

»Ich bin froh darüber«, sagte Bel Iblis und sah über ihre Schulter. »Lieutenant?«

»Wird nicht einfach werden, Sir«, rief der Befehlshaber der Palastwachen über den Lärm hinweg. »Aus der Waffenkammer ist ein E-Web-Repetierblaster unterwegs – sobald er hier ist, können wir sie vom Absatz blasen. Bis dahin bleibt uns nur, sie in Atem zu halten und zu hoffen, daß sie einen Fehler machen.«

Bel Iblis nickte langsam, die Lippen zu einer dünnen Linie zusammengepreßt, mit einem Hauch von Verzweiflung in den Augen. Ein Blick, den Mara bisher nur selten gesehen hatte, und dann nur in den Augen der besten Militärkommandeure: der Ausdruck eines Führers, der dabei war, seine Männer in den Tod zu schikken. »Wir können nicht warten«, sagte er. Die Verzweiflung war noch immer da, aber seine Stimme klang fest. »Die Gruppe da oben wird vorher Solos Tür aufgebrochen haben. Wir müssen sie jetzt ausschalten.«

Der Wachoffizier holte tief Luft. »Verstanden, Sir. Okay, Männer, ihr habt den General gehört. Suchen wir Deckung und erledigen sie.«

Mara trat einen Schritt auf Bel Iblis zu. »Sie werden es nicht rechtzeitig schaffen«, sagte sie leise.

»Das weiß ich«, sagte der andere gepreßt. »Aber je mehr wir jetzt ausschalten, desto weniger sind übrig, wenn die anderen die Treppe herunterkommen.«

Sein Blick glitt über ihre Schulter. »Wenn«, fügte er leise hinzu, »sie Geiseln dabei haben.«

Das schwere Blasterfeuer verklang stotternd, ein metallisches Krachen folgte, und dann trat Stille ein. »Du liebe Güte«, stöhnte Dreipeo aus der Ecke, wo er versuchte, sich so unsichtbar wie möglich zu machen. »Ich fürchte, die vordere Sicherheitstür hat nachgegeben.«

»Ein Glück, daß du da bist, um uns darüber aufzuklären«, sagte Han gereizt, während seine Blicke gehetzt durch Winters Schlafzimmer irrten. Es war eine sinnlose Übung, wie Leia wußte – alles, was sie zu ihrer Verteidigung einsetzen konnten, hatten sie bereits benutzt. Winters Bett und Andenkentruhe blockierten die beiden Türen, der Kleiderschrank war zum Fenster geschoben und auf die Seite gekippt worden, um als improvisierter Feuerschutz zu dienen. Und das war es. Bis die Angreifer eine oder beide Türen aufbrachen, konnten sie nur warten.

Leia atmete tief ein und versuchte, ihren rasenden Herzschlag zu beruhigen. Seit diesen ersten Entführungsversuchen auf Bimmisaari waren die Imperialen hinter ihr her gewesen, und hinter ihr allein – kein besonders angenehmer Gedanke, aber einer, an den sie sich nach dem jahrelangen Krieg halbwegs gewöhnt hatte.

Diesmal war es anders. Diesmal waren sie nicht hinter ihr und den ungeborenen Zwillingen her, sondern hinter ihren Babys. Babys, die sie ihr aus den Armen reißen und irgendwo verstecken konnten, wo sie sie vielleicht nie wiederfinden würde.

Sie verstärkte den Griff um ihr Lichtschwert. Nein. Es würde nicht passieren. Sie würde es nicht zulassen.

Von draußen drang das gedämpfte Krachen berstenden Holzes. »Das war die Couch«, brummte Han. Ein weiteres Krachen... »Und der Sessel. Hab' mir schon gedacht, daß sie sie nicht lange aufhalten werden.«

»Es war den Versuch wert«, sagte Leia.

»Sicher.« Han schnaubte. »Siehst du, ich hab' schon seit Monaten gepredigt, daß wir mehr Möbel brauchen.«

Leia lächelte dünn und drückte seine Hand. Ihm gelang selbst in der angespanntesten Lage eine lockere Bemerkung. »Hast du nicht«, widersprach sie. »Du bist doch nie hier gewesen.« Sie sah wieder zu Winter hinüber, die unter den Stahlglasfenstern auf dem Boden saß, in jedem Arm einen der Zwillinge. »Wie geht es ihnen?«

»Ich glaube, sie wachen auf«, entgegnete Winter leise.

»Ja, das stimmt«, bestätigte Leia und streichelte jedes Baby mit ihren Gedanken, tröstete sie, so gut sie konnte.

»Sorg dafür, daß sie stillbleiben«, knurrte Han. »Unsere Freunde dort draußen brauchen keine Hilfe.«

Leia nickte und spürte, wie neue Furcht ihr Herz umklammerte. Beide Schlafzimmer – ihres und Winters – grenzten an den Wohnbereich der Suite, wodurch die Angreifer eine fünfzigprozentige Chance hatten, durch die Tür zu stürmen, hinter der sich ihre Opfer versteckten. Angesichts ihrer Bewaffnung würden sie durch eine falsche Entscheidung nur ein paar Minuten verlieren; aber ein paar Minuten konnten den Unterschied zwischen Leben und Tod bedenken.

Der Einschlag eines schweren Blasterschusses drang durch die Wand ihres Zimmers, und für einen Moment atmete Leia auf. Aber nur für einen Moment. Eine Sekunde später wiederholte sich das Geräusch und kam diesmal von der Tür vor ihnen. Die Imperialen hatten sich offenbar entschlossen, beide Türen aufzubrechen.

Sie drehte sich zu Han um und stellte fest, daß er sie ansah. »Es wird sie trotzdem für eine Weile aufhalten«, beruhigte er sie mit bemühtem Optimismus. »Sie müssen ihre Feuerkraft aufteilen. Wir haben immer noch etwas Zeit.«

»Wenn wir sie nur nutzen könnten«, sagte Leia und sah sich vergeblich im Zimmer um. Winter hatte sich im Dienst des Versorgungs- und Beschaffungsamts der Rebellion daran gewöhnt, nur mit leichtem Gepäck zu reisen, und es gab einfach nichts, das ihnen helfen konnte.

Draußen fielen weitere Schüsse, gefolgt von einem gedämpften

Splittern. Die normalen Holztüren würden bald nachgeben, dann schützten sie nur noch die inneren Sicherheitstüren. Leia sah sich erneut im Zimmer um, während die Verzweiflung bereits ihre Gedanken umwölkte. Der Kleiderschrank, das Bett, die Andenkentruhe; das war alles. Sonst gab es nur die Sicherheitstüren, die Stahlglasfenster und die nackten Wände.

Die nackten Wände...

Plötzlich war sie sich des Lichtschwerts in ihrer verkrampften Hand voll bewußt. »Han, warum verschwinden wir nicht einfach von hier?« sagte sie mit einem Hauch aufflackernder Hoffnung. »Ich kann mit meinem Lichtschwert ein Loch in die Wand zur Nachbarsuite schneiden. Und von dort aus könnten wir weiter – wir könnten den halben Korridor hinter uns haben, bevor sie diese Tür aufbrechen.«

»Ja, daran hab' ich auch schon gedacht«, sagte Han gepreßt. »Das Problem ist, daß sie wahrscheinlich auch daran gedacht haben.«

Leia schluckte. Ja – die Imperialen waren bestimmt darauf vorbereitet. »Wie wäre es dann, wenn wir nach unten verschwinden?« beharrte sie. »Oder nach oben? Glaubst du, sie erwarten, daß wir durch die Decke fliehen?«

»Du hast Thrawn in Aktion erlebt«, konterte Han. »Was glaubst *du*?«

Leia seufzte, und der kurze Hoffnungsschimmer erlosch. Er hatte recht. Wenn der Großadmiral persönlich diesen Angriff geplant hatte, dann konnten sie gleich die Sicherheitstür öffnen und sich ergeben. Alles, was ihnen einfiel, war wahrscheinlich in allen Einzelheiten vorausberechnet worden und würde mit entsprechenden Gegenmaßnahmen beantwortet werden.

Sie schüttelte heftig den Kopf. »Nein«, sagte sie laut. »Er ist nicht unfehlbar. Wir haben ihn schon einmal überlistet, und wir können es wieder tun.« Sie drehte sich zu Winter und den Zwillingen um, die noch immer unter dem Fenster schliefen.

Das Fenster...

»In Ordnung«, sagte sie langsam. »Was ist mit dem Fenster?«

Er starrte sie an. »Du willst durchs Fenster? Aber wohin?«

»Wohin auch immer wir kommen«, sagte sie. Draußen feuerten jetzt die Blaster auf die Sicherheitstür. »Nach oben, nach unten, zur Seite – es ist mir egal.«

Han sah immer noch verdutzt drein. »Süße, nur für den Fall, daß du es noch nicht bemerkt hast, diese Steinmauern sind völlig glatt. Selbst Chewie könnte sie ohne Kletterausrüstung nicht ersteigen.«

»Genau aus diesem Grund werden sie nicht damit rechnen, daß wir durchs Fenster fliehen«, sagte Leia. »Vielleicht kann ich mit dem Lichtschwert Hand- und Fußgriffe in die Mauer...«

Sie verstummte, sah wieder zum Fenster hinüber. Es war kein Lichtreflex gewesen: Es näherten sich tatsächlich zwei Scheinwerfer. »Han...«

Er fuhr herum. »Uh-oh«, brummte er. »Noch mehr Gesellschaft. Großartig.«

»Könnte es ein Rettungsteam sein?« fragte Leia zögernd.

»Das bezweifle ich«, schüttelte Han den Kopf und studierte die sich nähernden Lichter. »Seit Beginn der Schießerei sind erst ein paar Minuten vergangen. Einen Moment...«

Leia sah sich um. Die Scheinwerfer draußen fingen an zu flakkern. Sie versuchte erfolglos, ein Muster darin zu erkennen, irgendeinen vertrauten Kode...

»Captain Solo!« rief Dreipeo aufgeregt. »Wie Sie wissen, beherrsche ich fließend über sechs Millionen Kommunikationsformen...«

»Es ist Chewie«, unterbrach ihn Han, während er aufsprang, sich vors Fenster stellte und mit beiden Händen winkte.

»...und dieses Signal scheint mit einem der Kodes verwandt zu sein, die professionelle Sabaccspieler verwenden, wenn sie...«

»Das Fenster muß weg«, sagte Han mit einem Seitenblick zur Tür. »Leia?«

»Sofort.« Leia ließ den Blaster fallen und kam hoch, das Lichtschwert in der Hand.

»...gemeinsam eine dritte oder vierte Partei im Spiel betrügen...«

»Halt die Klappe, Goldrute«, fuhr Han Dreipeo an, während er Winter und die Zwillinge vom Fenster wegbrachte. Die Scheinwerfer draußen kamen schnell näher, und jetzt konnte Leia auch im Streulicht der Stadt die verschwommenen Umrisse des *Falken* erkennen. Eine Erinnerung drängte sich auf: Die Noghri hatten bei ihrem Entführungsversuch auf Bpfassh einen nachgebauten *Falken* als Köder benutzt. Aber die Imperialen würden wohl kaum einen Sabaccspielerkode verwenden... Oder doch?

Es spielte keine Rolle. Sie würde lieber ihren Feinden an Bord eines Schiffes gegenübertreten als hier darauf zu warten, daß sie herein marschierten. Und bevor sie an Bord waren, würde sie spüren, ob sie es mit Chewie zu tun hatten oder nicht. Sie trat ans Fenster, zündete das Lichtschwert und hob es...

Und hinter ihr, mit einem letzten explosionsartigen Krachen, barst die Sicherheitstür.

Leia wirbelte herum und erhaschte durch den Rauch und die Funken einen kurzen Blick auf zwei Männer, die die Andenkentruhe beiseite schoben und sich duckten, als Han ihren Arm packte und sie zu Boden riß. Eine Blastersalve schlug in die Wand und das Fenster ein, als sie ihr Lichtschwert abschaltete und wieder nach ihrem Blaster griff. Han an ihrer Seite erwiderte bereits das Feuer. Vier weitere Imperiale waren jetzt an der Tür und deckten den splitternden Schrank mit Blasterblitzen ein. Leia biß die Zähne zusammen, schoß zurück und wußte gleichzeitig, wie sinnlos es war. Je länger dieses Feuergefecht andauerte, desto größer wurde die Wahrscheinlichkeit, daß ein verirrter Schuß eins ihrer Babys traf...

Und plötzlich, unerwartet, berührte etwas ihr Bewußtsein. Ein mentaler Druck; halb Bitte, halb Forderung. Und was er ihr sagte...

Sie holte tief Luft. »Aufhören!« rief sie über den Lärm hinweg. »Feuer einstellen. Wir ergeben uns.«

Die Schießerei nahm ab und hörte dann ganz auf. Sie legte ihren Blaster auf den zersplitterten Kleiderschrank und hob die Hände, während die beiden Imperialen vorsichtig vom Boden aufstanden und näherkamen. Und sie versuchte, Hans' ungläubigen Gesichtsausdruck zu ignorieren.

Die Balustrade nahe der rechten Treppe explodierte unter dem konzentrierten Feuer der Palastwachen in einer Wolke aus Splittern und Steinstaub. Als die Balustrade zusammenbrach, wurde einer der Wachen von einem Schuß getroffen, kippte nach hinten und blieb reglos liegen. Mara spähte vorsichtig um die Ecke, durch die Staubwolken und die blendenden Blasterblitze, und fragte sich, ob es ihnen gelungen war, den Imperialen auszuschalten, auf den sie ihr Feuer konzentriert hatten.

Es war ihnen gelungen. Durch den aufklarenden Rauch konnte sie die Umrisse eines versengten und staubbedeckten Körpers erkennen. »Sie haben einen erwischt«, berichtete sie, als sie sich zu Bel Iblis umdrehte. »Drei sind noch übrig.«

»Und die anderen im nächsten Stock«, erinnerte er sie mit grimmigem Gesicht. »Hoffen wir, daß das legendäre Solo-Glück auch Leia und die Babys und alle anderen einschließt, die dort oben als Geiseln genommen werden.«

»Sie erwähnen die Geiseln jetzt schon zum zweitenmal«, sagte Mara.

Bel Iblis zuckte die Schultern. »Ein Geiselschirm ist ihre einzige Chance, hier herauszukommen«, sagte er. »Und ich bin sicher, daß sie das wissen. Der einzige andere Weg führt nach oben, und ich habe Calrissian bereits angewiesen, den Luftraum über dem Palast zu sperren. Da die Turbolifte blockiert sind, bleibt ihnen nur die Treppe.«

Mara starrte ihn fröstelnd an. In dem ganzen Durcheinander war sie noch nicht dazu gekommen, die Lage nüchtern zu überdenken. Aber Bel Iblis' Worte und ihre eigenen Erinnerungen vereinigten sich jetzt zu einem blendenden Blitz der Erkenntnis.

Für eine Handvoll Herzschläge stand sie da, dachte darüber nach und fragte sich, ob es eine reale Möglichkeit oder nur ein Streich ihrer Fantasie war. Aber es erschien ihr schlüssig. Logisch, taktisch brillant, ein Meisterwerk Großadmiral Thrawns. Es mußte die Lösung sein.

Und es hätte funktioniert..., wäre da nicht dieser eine Fehler. Thrawn wußte offenbar nicht, daß sie im Palast war. Oder er glaubte nicht, daß sie die rechte Hand des Imperators gewesen war.

»Ich bin gleich zurück«, sagte sie zu Bel Iblis, trat an ihm vorbei und rannte den Korridor hinunter. Sie bog in einen Quergang und musterte den geschnitzten Fries, der sich oben an der Wand entlangzog. Irgendwo hier mußte sich das versteckte Zeichen befinden, nach dem sie suchte.

Dort war es. Sie blieb vor einem ansonsten völlig normal wirkenden Paneel stehen und blickte dabei nach rechts und links in den Korridor. Skywalker und Organa Solo mochten vielleicht ihre frühere Zusammenarbeit mit dem Imperium akzeptieren, aber sie bezweifelte, daß sonst jemand im Palast so nachsichtig darüber dachte. Doch der Korridor war menschenleer. Sie stellte sich auf die Zehenspitzen, schob zwei Finger in die unauffälligen Vertiefungen im Fries und wartete, bis die eingebauten Sensoren auf die Wärme ihrer Hand reagierten.

Und mit einem leisen Klicken öffnete sich das Paneel.

Sie schlüpfte durch die Öffnung, schloß das Paneel und sah sich um. Die Geheimgänge des Imperators, mehr oder weniger parallel zu den Turboliftschächten angelegt, waren notwendigerweise schmal und eng. Aber sie waren hell erleuchtet, staubfrei und schalldicht. Und wichtiger noch, sie führten an den Imperialen auf dem Zwischenstockwerk vorbei.

Zwei Minuten und drei Treppen später erreichte sie den Ausgang zu Organa Solos Etage. Sie atmete tief durch, machte sich kampfbereit und schlüpfte durch das Paneel in den Gang.

In Anbetracht des drei Stockwerke tiefer tobenden Kampfes erwartete sie, in der Nähe des Schlupfloches auf einen zweiten Posten zu treffen. Sie hatte recht: Zwei Männer in den Uniformen der Palastwache kauerten mit dem Rücken zu ihr an der Wand und hielten das andere Ende des Korridors im Auge. Der Lärm des schweren Blasterfeuers, der aus der anderen Richtung drang, übertönte ihre leisen Schritte, und sehr wahrscheinlich hatten die beiden ihre Gegenwart noch gar nicht bemerkt, als sie sie niederstreckte. Sie überzeugte sich rasch, daß sie tatsächlich kampfunfähig waren, und näherte sich dem zu Organa Solos Suite führenden Korridor.

Sie hatte ihn erreicht und wollte sich gerade einen Weg durch die Trümmer der gesprengten Außentür bahnen, als das Blasterfeuer im Inneren plötzlich in einem explosionsartigen Krachen unterging.

Sie biß die Zähne zusammen, als die Verteidiger das Feuer aus ihren Blastern eröffneten. Wenn sie einfach hineinstürmte, würde sie wahrscheinlich getötet werden. Aber wenn sie vorsichtig hineinschlich, würde wahrscheinlich jemand anders sterben, bevor sie eine Position erreichte, von der aus sie gezielt schießen konnte.

Vorausgesetzt...

Leia Organa Solo, rief sie stumm und griff mit der Macht hinaus, wie sie es erst getan hatte, als Calrissian seinen Blaster geholt hatte. Aber auch diesmal war sie sich nicht sicher, ob Organa Solo sie überhaupt hören konnte. *Ich bin es, Mara. Ich bin in ihrem Rükken. Ergeben Sie sich. Hören Sie? Ergeben Sie sich. Ergeben Sie sich. Ergeben Sie sich.*

Und als sie die Außentür erreichte, hörte sie über dem Lärm des Blasterfeuers Organa Solos gedämpften Ruf: »Aufhören! Feuer einstellen. Wir ergeben uns.«

Vorsichtig blickte Mara um die Ecke. Dort waren sie: Vier Imperiale standen oder knieten am geschwärzten Türrahmen, die Blaster drohend ins Innere gerichtet, während zwei weitere hinter der zerstörten Sicherheitstür aus ihrer kauernden Haltung aufsprangen. Keiner von ihnen achtete auch nur im geringsten darauf, was hinter ihrem Rücken vor sich ging.

Mara lächelte dünn, hob den Blaster und eröffnete das Feuer.

Sie hatte zwei bereits erledigt, ehe die anderen überhaupt registrierten, daß sie da war. Ein dritter fiel in der Drehung, vergeblich versuchend, den Blaster auf sie zu richten. Der vierte legte die Waffe auf sie an, als ihn ein Schuß aus dem Zimmer zu Boden schickte.

Fünf Sekunden später war alles vorbei.

Einer hatte überlebt. Knapp.

»Wir glauben, daß er der Führer der Gruppe ist«, informierte Bel Iblis Han, als die beiden dem Korridor zur Mediksektion folgten. »Vorläufig als Major Himron identifiziert. Allerdings werden wir das erst mit letzter Sicherheit wissen, wenn er wieder zu Bewußtsein kommt. Falls er es schafft.«

Han nickte und warf einen kurzen Blick auf die beiden wachsamen Posten, die sie passierten. Immerhin hatte dieses kleine Fiasko die Palastwache aufgerüttelt. Wurde auch Zeit. »Irgendeine Ahnung, wie sie hereingekommen sind?«

»Das wird eine meiner ersten Fragen sein«, erklärte Bel Iblis. »Er liegt auf der Intensivstation – hier entlang.«

Lando wartete mit einem der Mediker an der Tür, als Han und Bel Iblis ankamen. »Sind alle in Ordnung?« fragte Lando und sah seinen Freund von oben bis unten an. »Ich habe Chewie hinaufgeschickt, aber man hat mir gesagt, daß ich bei dem Gefangenen bleiben soll.«

»Es geht allen gut«, versicherte Han, als Bel Iblis an Lando vorbeitrat und den Mediker zur Seite schob. »Chewie war schon oben, als ich ging, und hilft Leia und Winter beim Umzug in eine andere Suite. Nebenbei, danke für deine Hilfe.«

»Keine Ursache«, knurrte Lando. »Vor allem, da wir im Grunde nur zugeschaut haben. Hättet ihr euer kleines Feuerwerk nicht um zwei Minuten verschieben können?«

»Sieh mich nicht so an, Alter«, konterte Han. »Es war Maras Timing, nicht meines.«

Ein Schatten schien sich über Landos Gesicht zu legen. »Richtig. Mara.«

Han sah ihn stirnrunzelnd an. »Was soll das heißen?«

»Ich weiß es nicht«, sagte Lando kopfschüttelnd. »Irgend etwas an ihr stört mich. Erinnerst du dich an den Zwischenfall auf Karrdes Myrkr-Basis, kurz bevor Thrawn hereinschneite und wir uns im Wald verstecken mußten?«

»Du sagtest, du würdest sie von irgendwoher kennen«, nickte Han. In all den Monaten, die seitdem vergangen waren, hatte er die Bemerkung nicht vergessen. »Ist dir inzwischen eingefallen, woher?«

»Noch nicht«, grollte Lando. »Aber ich komme der Sache immer näher. Ich weiß es.«

Han sah Bel Iblis und den Mediker an und dachte an das, was Luke ein paar Tage später auf dem Rückzug von Myrkr gesagt hatte. Daß Mara ohne Umschweife erklärt hatte, ihn töten zu wollen. »Wo auch immer du sie gesehen hast, sie scheint jetzt auf unserer Seite zu sein.«

»Ja«, meinte Lando düster. »Vielleicht.«

Bel Iblis winkte sie zu sich herüber. »Wir werden versuchen, ihn zu wecken«, sagte er. »Kommen Sie.«

Sie gingen hinein. Um das ISP-Bett waren ein halbes Dutzend Mediker und Emde-Droiden sowie drei von Ackbars höchsten SD-Offizieren versammelt. Auf Bel Iblis' Nicken hin hantierte einer der Mediker an dem Pflegeset, in dem der Oberarm des Imperialen steckte; und als Han und Lando an die Bettseite traten, hustete er plötzlich und öffnete flatternd die Augen. »Major Himron?« fragte einer der SD-Offiziere. »Können Sie mich hören, Major?«

»Ja«, keuchte der Imperiale blinzelnd. Seine Augen musterten die Leute, die um ihn herumstanden... Und Han hatte den Eindruck, daß er plötzlich wachsam wurde. »Ja«, wiederholte er.

»Ihr Angriff ist fehlgeschlagen«, eröffnete ihm der Offizier. »Ihre Männer sind alle tot, und wir sind nicht sicher, ob Sie überleben werden.«

Himron seufzte und schloß die Augen. Aber diese Wachsamkeit war immer noch in seinem Gesicht. »Kriegspech«, sagte er.

Bel Iblis beugte sich nach vorn. »Wie sind Sie in den Palast eingedrungen, Major?«

»Schätze, es kann... jetzt nichts schaden«, murmelte Himron. Sein Atem ging stoßweise. »Hintertür... Geheimer Eingang... Von innen abgeschlossen. Sie hat uns 'reingelassen.«

»Jemand hat sie hereingelassen?« fragte Bel Iblis. »Wer?«

Himron schlug die Augen auf. »Unser Kontakt hier. Name... Jade.«

Bel Iblis warf Han einen verblüfften Blick zu. »Mara Jade?«

»Ja.« Himron schloß wieder die Augen und stieß zischend die Luft aus. »Spezialagentin des... Imperiums. Früher nannte man sie... die rechte Hand des Imperators.«

Er verstummte und schien ein wenig tiefer ins Bett zu sinken. »Mehr kann ich im Moment nicht erlauben, General Bel Iblis«, sagte der Chefmediker. »Er braucht Ruhe, und wir müssen ihn stabilisieren. In ein oder zwei Tagen wird er vielleicht kräftig genug sein, um weitere Fragen zu beantworten.«

»Ist schon in Ordnung«, sagte einer der Offiziere vom Sicherheitsdienst und wandte sich zur Tür. »Wir haben für den Anfang genug gehört.«

»Einen Moment«, rief Han ihm nach. »Was haben Sie vor?«

»Was glauben Sie wohl?« entgegnete der Offizier. »Ich werde Mara Jade unter Arrest stellen lassen.«

»Aufgrund der Behauptung eines imperialen Offiziers?«

»Er hat keine andere Wahl, Solo«, sagte Bel Iblis ruhig und legte eine Hand auf Hans Schulter. »Eine derart ernste Anschuldigung erfordert, daß man sie in Untersuchungshaft nimmt. Machen Sie sich keine Sorgen – wir werden die Angelegenheit schon aufklären.«

»Das sollten wir auch«, meinte Han warnend. »Himmel, eine imperiale Agentin – sie hat dort oben mindestens drei von ihnen erledigt...«

Landos Gesichtsausdruck ließ ihn verstummen. »Lando?«

Langsam richtete der andere den Blick auf ihn. »Ich hab's«, sagte er leise. »Ich weiß jetzt, wo ich sie schon einmal gesehen habe. Sie war eine der neuen Tänzerinnen in Jabba dem Hutts Palast auf Tatooine, als wir zu deiner Rettung kamen.«

Han runzelte die Stirn. »In Jabbas Palast?«

»Ja. Und ich bin mir nicht sicher..., aber in dem ganzen Durcheinander, bevor wir die Große Grube von Carkoon verließen, glaube ich gehört zu haben, wie sie Jabba bat, sie mit auf die Segelbarke zu nehmen. Nein, nicht bat – sie hat ihn richtiggehend angefleht.«

Han sah auf den bewußtlosen Major Himron hinunter. Die rechte Hand des Imperators? Und Luke hatte gesagt, daß sie ihn töten wollte...

Er schüttelte den Gedanken ab. »Mir ist es egal, was sie war«, sagte er. »Sie hat uns trotzdem dort oben vor den Imperialen gerettet. Komm jetzt – helfen wir Leia, die Zwillinge zu Bett zu bringen. Und dann werden wir herausfinden, was hier vor sich geht.«

10

Das Schankcafé Whistler's Whirlpool auf Trogan war in Karrdes Augen eines der besten Beispiele für eine gute Idee, die dadurch ruiniert wurde, daß die Designer ihren ganzen Plan nicht richtig durchdacht hatten. An der Küste des am dichtesten besiedelten Kontinents von Trogan gelegen, war der Whirlpool um eine natürliche Formation namens Trinkbecher erbaut worden, eine schüsselförmige Felsgrube, die am Grund mit dem Meer verbunden war. Sechsmal am Tag ließen Trogans mächtige Gezeitenkräfte das Wasser in der Schüssel entweder steigen oder sinken und verwandelten sie dabei in einen tosenden, gischtweißen Mahlstrom. Die Tische des Schankcafés waren in konzentrischen Kreisen um die Schüssel angeordnet und schufen so ein perfektes Gleichgewicht zwischen Luxus und spektakulärem Naturschauspiel – das richtige Lockmittel für die Milliarden Menschen und Nichtmenschen mit einer Vorliebe für eine derartige Kombination.

Zumindest hatten das die Designer und ihre Auftraggeber geglaubt. Unglücklicherweise hatten sie offenbar drei Punkte übersehen: Erstens war ein solcher Ort fast per definitionem eine Touristenattraktion, abhängig von den Wechselfällen dieses Marktes; zweitens nutzte sich der Charme des Whirlpools im Lauf der Zeit ab, während das zentralisierte Design verhinderte, daß der Ort für andere Unterhaltungszwecke verwendet werden konnte; und drittens, selbst wenn ein solcher Umbau vorgenommen worden wäre, hätte das Tosen der Miniaturwellenbrecher im Trinkbecher wahrscheinlich jede Nutzung unmöglich gemacht.

Die Bewohner der Calius saj Leeloo auf Berchest hatten ihre in Vergessenheit geratene Touristenattraktion in ein Handelszentrum verwandelt. Die Bewohner von Trogan hatten Whistler's Whirlpool einfach aufgegeben.

»Ich rechne immer noch damit, daß jemand den Laden kauft und aufpoliert«, kommentierte Karrde und betrachtete die leeren Stühle und Tische, während er mit Aves einen der Gänge hinunterschlenderte und sich dem Trinkbecher und der dort wartenden Gestalt näherte. Die jahrelange Vernachlässigung hatte zweifellos ihre Spuren hinterlassen, aber das Lokal war bei weitem in einem besseren Zustand, als man erwarten konnte.

»Ich habe es auch immer gemocht«, stimmte Aves zu. »Etwas laut, aber das ist ja heutzutage fast überall der Fall.«

»Immerhin kann man sich an den Tischen unterhalten, ohne daß die Nachbarn mithören können«, sagte Karrde. »Das allein spricht schon für das Lokal. Hallo, Gillespee.«

»Karrde«, nickte Gillespee grüßend, stand von seinem Tisch auf und reichte ihm die Hand. »Ich fing schon an zu zweifeln, ob Sie wirklich kommen.«

»Das Treffen beginnt erst in ein oder zwei Stunden«, erinnerte ihn Aves.

»Oh, kommen Sie«, sagte Gillespee mit einem schlauen Grinsen. »Seit wann erscheint Talon Karrde pünktlich zu seinen Verabredungen? Aber Sie hätten sich die Mühe sparen können – meine Leute haben bereits alles überprüft.«

»Ich weiß Ihre Mühe zu schätzen«, sagte Karrde. Was natürlich nicht bedeutete, daß er darauf verzichten würde, die Umgebung von seinen eigenen Leuten überprüfen zu lassen. Jetzt, wo ihm das Imperium im Nacken saß und die nächste imperiale Garnison nur zwanzig Kilometer entfernt war, konnten ein paar zusätzliche Sicherheitsmaßnahmen nicht schaden. »Haben Sie die Gästeliste?«

»Hier«, sagte Gillespee, brachte einen Datenblock zum Vorschein und reichte ihn Karrde. »Ich fürchte, sie ist nicht so lang, wie ich gehofft hatte.«

»Ist schon in Ordnung«, versicherte Karrde, während er die Liste überflog. Gewiß, sie war kurz, aber hochkarätig besetzt; einige der berühmtesten Schmuggler hatten sich angekündigt. Brasck,

Par'tah, Ellor, Dravis – das mußte Billeys Gruppe sein; Billey selbst scheute Auftritte in der Öffentlichkeit – Mazzic, Clyngunn der ZeHethbra, Ferrier…

Er blickte scharf auf. »Ferrier?« fragte er. »*Niles* Ferrier, der Raumschiffdieb?«

»Ja, das ist er«, nickte Gillespee stirnrunzelnd. »Er ist auch Schmuggler.«

»Er arbeitet außerdem für das Imperium«, konterte Karrde.

»Genau wie wir«, meinte Gillespee schulterzuckend. »Wie Sie auch, wenn ich mich nicht irre.«

»Ich rede nicht davon, daß er Waren zu oder von imperialen Welten schmuggelt«, erklärte Karrde. »Ich rede davon, daß er direkt für Großadmiral Thrawn arbeitet. Er hat in seinem Auftrag den Mann entführt, der die *Katana*-Flotte entdeckt hat.«

Gillespees Gesicht verdüsterte sich kaum merklich. Vielleicht erinnerte er sich an seine knappe Flucht von Ukio vor der imperialen Invasionsstreitmacht mit ihren *Katana*-Schiffen. »Ferrier hat das getan?«

»Und es schien ihm zu gefallen«, bestätigte Karrde, während er sein Komm vom Gürtel löste und es einschaltete. »Lachton?«

»Hier«, drang Lachtons Stimme prompt aus dem Lautsprecher.

»Wie sieht's in der Garnison aus?«

»Wie in einem Leichenschauhaus in den Betriebsferien«, sagte Lachton trocken. »Seit drei Stunden hat niemand den Stützpunkt betreten oder verlassen.«

Karrde wölbte eine Braue. »Tatsächlich? Das ist sehr interessant. Keine Flüge? Keine Aktivitäten in der Garnison selbst?«

»Nichts von beidem«, sagte Lachton. »Im Ernst, Karrde, die Stützpunkt ist wie ausgestorben. Vielleicht haben sie neue Ausbildungsholos bekommen.«

Karrde lächelte dünn. »Ja, das wird's bestimmt sein. In Ordnung, halten Sie weiter die Augen offen. Informieren Sie mich sofort, wenn es irgendwelche Aktivitäten gibt.«

»Verstanden. Ende.«

Karrde schaltete das Komm ab und befestigte es wieder an seinem Gürtel. »Die Imperialen verlassen ihre Garnison nicht«, erklärte er den anderen. »Überhaupt nicht.«

»Kommt uns das nicht gelegen?« fragte Gillespee. »Sie können wohl kaum unsere Party sprengen, wenn sie in ihren Kasernen hocken.«

»Richtig«, nickte Karrde. »Andererseits habe ich noch nie von einer Garnison gehört, die sich einfach einen Tag frei nimmt.«

»Stimmt«, gab Gillespee zu. »Sofern durch Thrawns Großoffensive nicht alle diese drittrangigen Garnisonen von Personal entblößt sind.«

»Nur ein Grund mehr für sie, ihre täglichen Patrouillen als sichtbare Demonstration der Stärke fortzusetzen«, sagte Karrde. »Ein Mann wie Großadmiral Thrawn rechnet damit, daß seine Gegner versuchen werden, das Machtvakuum zu füllen.«

»Vielleicht sollten wir das Treffen absagen«, schlug Aves vor und sah unbehaglich zum Eingang zurück. »Es könnte sich um eine Falle handeln.«

Karrde sah an Gillespee vorbei zu dem strudelnden Wasser, das die Wände des Trinkbechers hinaufbrandete. In knapp zwei Stunden würde das Wasser seinen niedrigsten und ruhigsten Stand erreichen, was der Grund dafür war, warum sie das Treffen für diesen Zeitpunkt angesetzt hatten. Wenn er es jetzt absagte – gegenüber all diesen berühmten Schmugglern zugab, daß Talon Karrde sich vom Imperium einschüchtern ließ... »Nein«, sagte er langsam. »Wir bleiben. Schließlich sind unsere Gäste nicht direkt wehrlos. Und wir sollten über jede offizielle Aktion gegen uns rechtzeitig informiert werden.« Er lächelte schmal. »Wenn wir auf diese Weise feststellen können, was sie im Schilde führen, ist es das Risiko fast wert.«

Gillespee zuckte die Schultern. »Vielleicht haben sie überhaupt nichts vor. Vielleicht haben wir den imperialen Geheimdienst so gut ausgetrickst, daß er gar nicht bemerkt hat, was hier vor sich geht.«

»Das klingt kaum nach dem imperialen Geheimdienst, den wir alle kennen und lieben«, sagte Karrde und sah sich um. »Aber uns bleiben noch zwei Stunden bis zur Konferenz. Ich schlage vor, wir treffen ein paar Vorbereitungen, in Ordnung?«

Schweigend saßen sie da, jeder einzelne Vertreter und jede kleine Gruppe für sich an einem der Tische, während er seine Rede hielt... Und als er fertig war und sie musterte, wußte Karrde, daß er sie nicht überzeugt hatte.

Brasck machte es offiziell. »Wohlgesprochen, Karrde«, sagte der Brubb. Seine dünne Zunge zuckte zwischen den Lippen hervor und schmeckte die Luft. »Man könnte sogar sagen leidenschaftlich, wenn ein solcher Begriff auf Sie überhaupt zutreffen würde. Aber Sie haben uns nicht überzeugt.«

»Habe ich Sie wirklich nicht überzeugt, Brasck?« konterte Karrde. »Oder ist es mir lediglich mißlungen, Ihren Widerstand zu brechen, den Sie allen Aktionen gegen das Imperium entgegensetzen?«

Brascks Mienenspiel veränderte sich nicht, aber die graugrün gefleckte Haut seines Gesichts – fast der einzige Teil seines Körpers, der aus dem Panzer hervorsah – wurde ein wenig grauer. »Das Imperium zahlt gut für Schmuggelware«, sagte er.

[Und für Sklaven auch?] fragte Par'tah im Singsang der Ho'Din-Sprache. Sie wedelte leicht mit ihren schlangengleichen Kopftentakeln und riß den Mund in einer Ho'Din-Geste der Verachtung auf. [Und für Entführungsopfer? Sü sünd nücht besser als der Hutt.]

Einer von Brascks Leibwächtern erhob sich halb von seinem Sitz – ein Mann, wie Karrde wußte, der wie Brasck von Jabba dem Hutt ausgebildet worden war und sich selbständig gemacht hatte, als Luke Skywalker und seine Verbündeten den Kopf dieser Organisation ausgeschaltet hatten. »Niemand, der den Hutt kannte, würde so etwas behaupten«, grollte er und pochte bekräftigend mit einem steifen Finger auf den Tisch.

»Wir sind nicht zum Streiten hier«, sagte Karrde, ehe Par'tah oder einer aus ihrem Gefolge antworten konnte.

»Warum *sind* wir hier?« warf Mazzic ein, der zwischen einem hornköpfigen Gotal und einer hübschen, aber gesichtslos wirkenden Frau saß, die ihre kunstfertig geflochtenen Zöpfe hochgesteckt und mit einem halben Dutzend großer emaillierter Nadeln befestigt hatte. »Verzeihen Sie, Karrde, aber das Ganze klingt verdammt nach einer Rekrutierungsrede der Neuen Republik.«

»Ja, und die hat Han Solo bereits gehalten«, stimmte Dravis zu und legte die Füße auf den Tisch. »Billey hat bereits erklärt, daß er nicht daran interessiert ist, Fracht für die Neue Republik zu befördern.«

»Zu gefährlich«, warf Clyngunn ein und schüttelte seine zottige, schwarzweiß gestreifte Mähne. »Viel zu gefährlich.«

»Wirklich?« sagte Karrde mit geheuchelter Überraschung. »Warum ist es gefährlich?«

»Sie machen wohl Scherze«, rumpelte der ZeHethbra und schüttelte erneut seine Mähne. »Angesichts der imperialen Maßnahmen gegen die Transportwege der Neuen Republik bedeutet jeder Start, daß man das eigene Leben in ihren Würgegriff gibt.«

»Sie wollen damit also sagen«, erklärte Karrde, »daß die imperiale Stärke für unsere Geschäftsaktivitäten zunehmend gefährlicher wird.«

»Oh, nein, Karrde«, sagte Brasck und drohte ihm mit einem großen Finger. »Sie werden uns nicht dazu bringen, bei diesem Plan mitzumachen, indem Sie uns die Worte im Mund herumdrehen.«

»Von irgendwelchen Plänen war nicht die Rede, Brasck«, widersprach Karrde. »Ich habe nur vorgeschlagen, die Neue Republik mit allen nützlichen Informationen zu versorgen, auf die wir im Zuge unserer Aktivitäten stoßen.«

»Und Sie glauben nicht, daß das Imperium diese Handlungsweise inakzeptabel finden wird?« fragte Brasck.

[Seüt wann kümmern wür uns darum, was das Ümperüum denkt?] konterte Par'tah.

»Seit Großadmiral Thrawn das Kommando übernommen hat«, sagte Brasck schlicht. »Ich habe Geschichten über diesen Kriegsherrn gehört, Par'tah. Er war es, der meine Welt in das imperiale Leichentuch gehüllt hat.«

»Das sollte eigentlich ein guter Grund für Sie sein, sich gegen ihn zu stellen«, bemerkte Gillespee. »Wenn Sie Angst davor haben, was Thrawn Ihnen *jetzt* antun könnte, dann fragen Sie sich mal, was aus Ihnen wird, wenn er die gesamte Galaxis wieder in das imperiale Leichentuch hüllt.«

»Uns wird nichts passieren, wenn wir uns nicht gegen ihn stellen«, beharrte Brasck. »Sie sind viel zu sehr auf unsere Dienste angewiesen.«

»Das ist eine hübsche Theorie«, drang eine Stimme aus dem Hintergrund der Gruppe. »Aber ich kann Ihnen jetzt schon sagen, daß sie keinen Pfifferling wert ist.«

Karrde richtete die Augen auf den Sprecher. Er war ein großer, kräftiger Mensch mit dunklem Haar, einem Bart und einer dünnen, nicht angezündeten Zigarre zwischen den Zähnen. »Und Sie sind...?« fragte Karrde, obwohl er ziemlich genau wußte, wer er war.

»Niles Ferrier«, stellte sich der andere vor. »Und ich kann Ihnen ganz offen sagen, daß es Ihnen nichts nutzen wird, sich nur um Ihre eigenen Angelegenheiten zu kümmern, wenn Thrawn zu dem Entschluß kommt, daß er Sie braucht.«

»Aber er zahlt gut«, sagte Mazzic und streichelte geistesabwesend die Hand seiner Begleiterin. »Zumindest habe ich das gehört.«

»Sie haben das gehört?« knurrte Ferrier. »Haben Sie auch gehört, daß er mich über New Cov gefangengenommen und mein

Schiff beschlagnahmt hat? Und mich dann mit einer bombenverseuchten Geheimdienstschabracke auf einen häßlichen kleinen Botengang geschickt hat? Malen Sie sich selbst aus, wie die Strafe ausgesehen hätte, wenn es uns nicht gelungen wäre, den Auftrag auszuführen.«

Karrde sah sich im Raum um, lauschte dem gedämpften Rauschen des strudelnden Wassers im Trinkbecher und schwieg. Solo hatte Ferriers Rolle ganz anders geschildert; und er traute Solo mehr als dem Schiffdieb. Trotzdem war es möglich, daß Solo die Situation falsch eingeschätzt hatte. Und wenn Ferriers Geschichte half, die anderen zu überzeugen, daß etwas gegen das Imperium unternommen werden mußte...

»Hat man Sie für Ihre Mühen bezahlt?« fragte Mazzic.

»'türlich wurde ich bezahlt«, schnaufte Ferrier. »Darum geht es nicht.«

»Mir schon«, sagte Mazzic und drehte sich wieder zu Karrde um. »Tut mir leid, Karrde, aber Sie haben mir immer noch keinen guten Grund geliefert, mich auf Ihre Seite zu schlagen.«

»Was ist mit den neuen Kloning-Aktivitäten des Imperiums?« erinnerte ihn Karrde. »Machen Sie Ihnen keine Sorgen?«

»Ich bin nicht gerade besonders glücklich darüber«, räumte Mazzic ein. »Aber ich schätze, das ist ein Problem der Neuen Republik, nicht unseres.«

[Wann würd es unser Problem?] fragte Par'tah. [Wenn das Ümperüum alle Schmuggler durch düese Klons ersetzt hat?]

»Niemand wird uns durch Klons ersetzen«, sagte Dravis. »Sehen Sie, Karrde, Brasck hat recht. Das Imperium braucht uns zu sehr, um gegen uns vorzugehen... Vorausgesetzt, wir wechseln nicht die Seiten.«

»Genau«, stimmte Mazzic zu. »Wir sind Geschäftsleute, schlicht und einfach. Wenn die Neue Republik mehr für Informationen zahlt als das Imperium, werde ich sie ihnen mit Freuden verkaufen. Wenn nicht...« Er zuckte die Schultern.

Karrde nickte, sich insgeheim mit seiner Niederlage abfindend. Par'tah mochte bereit sein, die Angelegenheit weiter zu diskutieren, und wahrscheinlich auch ein oder zwei der anderen. Ellor vielleicht – der Duro hatte bis jetzt geschwiegen, was bei seiner Spezies oft ein Zeichen der Zustimmung war. Aber der Rest war nicht überzeugt, und sie weiter zu bedrängen, würde sie nur noch widerspenstiger machen. Vielleicht waren sie später bereit, die Realitäten der Bedrohung durch das Imperium zu akzeptieren. »Nun gut«, sagte er. »Ich denke, Ihre Standpunkte sind jetzt klar. Danke, daß Sie Ihre Zeit geopfert haben. Vielleicht können wir das Treffen zu einem späteren Zeitpunkt wieder...«

Und ohne Vorwarnung explodierte die Rückseite des Whistler's Whirlpool.

»Bleiben Sie alle, wo Sie sind!« dröhnte eine verstärkte Stimme über den Lärm. »Gesichter nach vorn – keiner rührt sich. Sie stehen alle unter imperialem Arrest.«

Karrde spähte über die Köpfe des plötzlich erstarrten Publikums zur Rückseite des Gebäudes. Durch den Rauch und den Staub konnte er eine Doppelreihe von etwa dreißig imperialen Armeesoldaten erkennen, die sich ihren Weg durch die Trümmer der Rückwand bahnten, die Flanken von jeweils zwei weißgepanzerten Sturmtrupplern gesichert. Hinter ihnen, im Dunst halb unsichtbar, schwebten zwei schnelle Kommandowagen und gaben ihnen Rückendeckung. »Also sind sie doch noch zur Party gekommen«, murmelte er.

»Und haben sie gesprengt«, stimmte Gillespee gepreßt zu. »Sieht aus, als hätten Sie Ferrier richtig eingeschätzt.«

»Vielleicht.« Karrde blickte zu Ferrier hinüber und erwartete halb, ein triumphierendes Grinsen auf dem Gesicht des großen Mannes zu sehen. Aber Ferrier sah ihn nicht an. Seine Aufmerksamkeit war zur Seite gerichtet; nicht auf die näherrückenden Soldaten, sondern auf einen Teil der Wand rechts von dem neuen Loch. Karrde folgte seiner Blickrichtung...

Gerade rechtzeitig, um zu sehen, wie sich ein solider schwarzer Schatten von der Wand löste und sich lautlos hinter eins der flankierenden Sturmtruppen-Duos schlich.

»Andererseits vielleicht auch nicht«, informierte er Gillespee und nickte andeutungsweise in Richtung des Schattens. »Werfen Sie mal einen Blick hin – direkt neben Ellors Schulter.«

Gillespee atmete scharf ein. »Was, zur Hölle, ist *das*?«

»Ferriers Schoßdefel, schätze ich«, erklärte Karrde. »Manchmal auch Gespenst genannt – Solo hat mir davon erzählt. Das ist unsere Chance. Alle bereit?«

»Wir sind bereit«, sagte Gillespee, und hinter ihm erklang zustimmendes Gemurmel. Karrde ließ seine Blicke über seine Schmugglerkollegen und ihre Helfer wandern, sah jedem für einen Moment in die Augen. Sie erwiderten den Blick, und ihr Schock über den Überfall wich rasch kaltem Zorn..., und auch sie waren bereit. Ferriers schattenhafter Defel erreichte das Ende der näherrückenden Reihe der Imperialen; und plötzlich wurde einer der Sturmtruppler von den Beinen gerissen und gegen seinen Gefährten geschmettert. Die Soldaten in der Nähe reagierten sofort und schwenkten ihre Waffen zur Seite, während sie nach dem unsichtbaren Angreifer suchten.

»Jetzt«, knurrte Karrde.

Und aus den Augenwinkeln sah er, wie über dem Rand des Trinkbechers die langen Läufe von zwei Blas-Techn-A280-Blastergewehren erschienen und das Feuer eröffneten.

Die erste Salve schlug im Zentrum der Soldatenformation ein und tötete eine Handvoll Imperiale, bevor die anderen hinter den leeren Tischen und Stühlen in Deckung gehen konnten. Karrde schnellte nach vorn, kippte den nächsten Tisch um und ließ sich auf ein Knie fallen.

Eine fast überflüssige Vorsichtsmaßnahme. Die Aufmerksamkeit der Imperialen war für eine tödliche halbe Sekunde von ihren vermeintlichen Gefangenen abgelenkt..., und noch während

Karrde seine Waffe zog, explodierte der ganze Raum in Blasterfeuer.

Brasck und seine Leibwächter schalteten in den ersten fünf Sekunden eine ganze Abteilung Soldaten aus, in einem synchronisierten Feuerstoß, der bewies, daß der Brubb seine Söldnerherkunft nicht vergessen hatte. Par'tahs Gefolge konzentrierte sich auf das andere Ende der Formation; ihre Waffen waren kleiner und weniger vernichtend als Brascks schwere Blasterpistolen, reichten aber völlig aus, die Imperialen festzunageln. Dravis, Ellor und Clyngunn nutzten das massive Feuer, um die übrigen Soldaten nacheinander auszuschalten. Mazzic ignorierte die unmittelbare Bedrohung durch die Soldaten und schoß statt dessen auf die Kommandowagen im Hintergrund.

Was eine gute Idee war. »Aves! Fein!« schrie Karrde über den Lärm hinweg. »Konzentriert das Feuer auf die Kampfwagen.«

Vom Rand des Trinkbechers hinter ihm drang eine gebrüllte Bestätigung, und die Gewehrblitze, die an seiner Schulter vorbeisengten, suchten sich ihre neuen Ziele. Karrde spähte über seinen Tisch und erhaschte einen Blick auf Mazzics weibliche Begleiterin – ihre Zöpfe hingen jetzt über ihre Schultern und ihr Gesicht war nicht länger ausdruckslos –, wie sie die letzte ihrer emaillierten Nadeln mit tödlicher Zielgenauigkeit auf einen der Soldaten warf. Ein weiterer Imperialer sprang aus seiner Deckung hoch, legte das Gewehr auf sie an und kippte wieder nach hinten, als ihn Karrdes Schuß mitten in die Brust traf. Mehrere Schüsse schlugen in seinen Tisch ein, daß die Splitter durch die Luft pfiffen, und zwangen ihn, sich zu Boden zu werfen. Von draußen drang das Krachen einer mächtigen Explosion, nur einen Atemzug später von einer zweiten Detonation gefolgt.

Und dann, plötzlich, war alles vorbei.

Vorsichtig schielte Karrde über seinen Tisch. Die anderen folgten seinem Beispiel, die Waffen schußbereit in den Händen, während sie die Trümmer durchforschten. Clyngunn war am Arm verletzt und suchte in seinem Gürtelset nach einem Verband; Brascks Gewand war an mehreren Stellen verbrannt, der darunterliegende Körperpanzer geschwärzt und von Blasen übersät. »Seid ihr alle in Ordnung?« rief Karrde.

Mazzic richtete sich auf. Selbst aus der Ferne konnte Karrde die weißen Knöchel der Hand erkennen, mit der er seinen Blaster umklammert hielt. »Sie haben Lishma erwischt«, sagte er mit tödlicher Ruhe in der Stimme. »Er hat nicht mal geschossen.«

Karrde senkte den Blick zu dem zertrümmerten Tisch zu Mazzics Füßen und dem Gotal, der reglos halb darunter begraben lag. »Es tut mir leid«, sagte er, und er meinte es auch. Er hatte die Gotal schon immer gemocht.

»Mir tut es auch leid«, sagte Mazzic, schob den Blaster mit Verve ins Halfter und sah Karrde mit lodernden Augen an. »Aber dem Imperium wird es noch viel mehr leid tun. Okay, Karrde; ich bin überzeugt. Wo kann ich mich einschreiben?«

»Irgendwo weit von diesem Ort entfernt, schätze ich«, sagte Karrde und spähte durch die geborstene Wand zu den brennenden Kampfwagen hinüber, während er nach seinem Komm griff. Dort draußen rührte sich nichts, aber das würde nicht lange so bleiben. »Es ist bestimmt schon Verstärkung unterwegs. Lachton, Torve – meldet euch!«

»Hier«, erklang Torves Stimme. »Was, beim Kosmos, war das?«

»Die Imperialen wollten ein kleines Spielchen mit uns spielen«, sagte Karrde grimmig. »Haben sich mit zwei Kampfwagen angeschlichen. Rührt sich was bei euch?«

»Hier nicht«, antwortete Torve. »Sie kamen auf jeden Fall nicht vom Raumhafen.«

»Hier auch nicht«, warf Lachton ein. »Die Garnison ist immer noch so still wie ein Grab.«

»Hoffen wir, daß es noch für ein paar Minuten so bleibt«, sagte Karrde. »Informieren Sie die anderen; wir ziehen uns zum Schiff zurück.«

»Schon unterwegs. Wir sehen uns an Bord.«

Karrde schaltete das Komm ab und drehte sich um. Gillespee half gerade Aves und Fein über den Rand des Trinkbechers; die Web-Harnische, die sie dicht unterhalb der Felskante gehalten hatten, schleiften hinter ihnen her. »Gut gemacht, meine Herren«, lobte er sie. »Danke.«

»Es war uns ein Vergnügen«, brummte Aves, während er seinen Harnisch ablegte und sich das Blastergewehr von Gillespee zurückgeben ließ. Selbst bei niedrigstem Wasserstand, bemerkte er, waren die Strudel stark genug gewesen, um die beiden Männer bis zu den Knien zu durchnässen. »Zeit zu verschwinden?«

»Sobald wir können«, nickte Karrde und drehte sich zu den anderen Schmugglern um. »Also, Freunde, wir sehen uns im Weltraum.«

An der *Wilder Karrde* erwartete sie kein Hinterhalt. Kein Hinterhalt, kein Jäger griff an, kein imperialer Sternzerstörer lauerte im Orbit auf sie. So, wie es aussah, hätte der Zwischenfall in Whistler's Whirlpool auch eine großartige Massenhalluzination sein können.

Abgesehen von der Zerstörung des Schankcafés und den vernichtenden Kampfwagen und den sehr realen Brandwunden. Und natürlich dem toten Gotal.

»Also, wie sieht Ihr Plan aus?« fragte Dravis. »Sie wollen vermutlich, daß wir ihnen helfen, die von Ihnen erwähnte Klon-Nachschublinie zurückzuverfolgen, oder?«

»Ja«, bestätigte Karrde. »Wir wissen, daß sie über Poderis führt, was bedeutet, daß wir im Orus-Sektor anfangen.«

»Sie führte bisher über Poderis«, erinnerte Clyngunn. »Thrawn könnte sie inzwischen verlegt haben.«

»Aber wahrscheinlich nicht, ohne Spuren zu hinterlassen, die wir verfolgen können«, sagte Karrde. »Also, gilt die Abmachung?«

»Meine Gruppe steht auf Ihrer Seite«, sagte Ferrier sofort. »Um genau zu sein, Karrde, wenn Sie wollen, kann ich Ihren Leuten ein paar richtige Kampfschiffe besorgen.«

»Vielleicht nehme ich Sie beim Wort«, versprach Karrde. »Par'tah?«

[Wür werden Ühnen beü der Suche helfen], sagte Par'tah mit einer so zornigen Stimme, wie Karrde sie noch nie gehört hatte. Der Tod des Gotal hatte sie fast ebenso schwer getroffen wie Mazzic. [Dem Ümperüum muß eüne Lektüon erteült werden.]

»Danke«, sagte Karrde. »Mazzic?«

»Ich teile Par'tahs Meinung«, sagte er kalt. »Aber ich denke, die Lektion muß etwas drastischer ausfallen. Machen Sie sich auf die Suche nach den Klons – Ellor und ich haben etwas anderes vor.«

Karrde sah Aves an, der die Schultern zuckte. »Wenn er ihnen auf die Finger klopfen will, okay; wer sind wir denn, daß wir es wagen würden, ihn daran zu hindern?« murmelte der andere.

Karrde zuckte ebenfalls die Schultern und nickte. »In Ordnung«, wandte er sich an Mazzic. »Viel Glück. Versuchen Sie, nicht mehr abzubeißen, als Sie schlucken können.«

»Das werden wir nicht«, versicherte Mazzic. »Wir machen uns auf den Weg – bis später.«

An der äußersten Steuerbordseite der Sichtluke lösten sich zwei Schiffe aus der losen Formation, flackerten in der Pseudobewegung und verschwanden im Hyperraum. »Jetzt sind nur noch Sie übrig, Brasck«, stellte Karrde fest. »Wie entscheiden Sie sich?«

Aus dem Kommlautsprecher drang ein langer, subtil modulierter Seufzer; eine der vielen unübersetzbaren verbalen Gesten der Brubb. »Ich kann und werde mich nicht gegen Großadmiral Thrawn stellen«, sagte er schließlich. »Die Neue Republik mit Informationen zu versorgen, würde nur seinen Haß und seine Rache auf uns herabbeschwören.« Ein weiterer modulierter Seufzer. »Aber ich werde Sie auch nicht an Ihren Aktivitäten hindern oder Sie an ihn verraten.«

»Das ist fair«, nickte Karrde. Es war sogar weit mehr, als er von Brasck erwartet hatte. Die Angst der Brubbs vor dem Imperium reichte tief. »Also gut. Lassen Sie uns jetzt unsere Gruppen organisieren; in, sagen wir fünf Tagen, treffen wir uns auf Chazwa wieder. Viel Glück für Sie alle.«

Die anderen bestätigten, beendeten die Verbindung und sprangen nacheinander in die Lichtgeschwindigkeit. »Soviel zur Neutralität«, seufzte Aves, als er sich an den Navcomputer setzte. »Mara wird daran viel Freude haben, wenn sie davon erfährt. Nebenbei, wann kommt sie eigentlich zurück?«

»Sobald ich eine Möglichkeit finde, sie zurückzuholen«, sagte Karrde schuldbewußt. Es waren schon mehrere Tage vergangen, seit er die Nachricht erhalten hatte, daß sie und Ghent wieder zu ihm stoßen wollten, eine Nachricht, die wahrscheinlich schon vorher ein paar Tage unterwegs gewesen war. Vermutlich stand sie inzwischen kurz vor einem Tobsuchtsanfall. »Nach der letzten Erhöhung der Belohnung, die das Imperium auf uns ausgesetzt hat, lauern rings um Coruscant wahrscheinlich zwanzig Kopfgeldjäger auf uns.«

Aves bewegte sich unbehaglich. »Glauben Sie, das war der Grund für den Zwischenfall dort unten? Ein Kopfjäger hat Wind von dem Treffen bekommen und es an die Imperialen verraten?«

Karrde sah hinaus zu den Sternen. »Ich weiß wirklich nicht, was dahintersteckt«, gestand er. »Kopfjäger machen normalerweise keine Geschäfte mit den Behörden, solange keine finanzielle Regelung getroffen ist. Andererseits, wenn die Imperialen sich schon die Mühe einer Razzia machen, gehen sie gewöhnlich viel gründlicher vor.«

»Sofern sie nicht Gillespee verfolgt haben und nicht wußten, daß wir auch dort waren«, schlug Aves zögernd vor. »Könnte sein, daß er nicht mehr als drei Abteilungen Soldaten und zwei Kampfwagen wert ist.«

»Ich schätze, das ist möglich«, gab Karrde zu. »Aber es ist trotzdem schwer zu glauben, daß ihr Geheimdienst so schlampig gearbeitet hat. Nun, ich werde von unseren Leuten auf Trogan ein paar unauffällige Nachforschungen anstellen lassen. Mal sehen, ob sie diese Einheit zurückverfolgen und herausfinden können, von wem der Tip kam. In der Zwischenzeit müssen wir eine Jagd organisieren. Machen wir uns an die Arbeit.«

Niles Ferrier lächelte hinter seinem ungepflegten Bart, stellte Pellaeon fest, als die Sturmtruppler ihn über die Brücke führten; ein selbstgefälliges, äußerst zufriedenes Lächeln, das verriet, daß er keine Vorstellung hatte, warum man ihn zur *Schimäre* gebracht hatte. »Er ist hier, Admiral«, murmelte Pellaeon.

»Ich weiß«, sagte Thrawn ruhig, dem näherkommenden Raumschiffdieb den Rücken zugewandt. Ruhig, aber mit einem tödlichen Ausdruck in den glühenden roten Augen. Pellaeon schnitt eine Grimasse und wappnete sich. Es würde kein Vergnügen werden.

Die Gruppe erreichte Thrawns Kommandositz und blieb stehen. »Niles Ferrier, Admiral«, meldete der Sturmtruppencommander. »Wie Sie befohlen haben.«

Für einen langen Moment rührte sich der Großadmiral nicht, und während Pellaeon zusah, verblaßte Ferriers Grinsen ein wenig. »Sie waren vor zwei Tagen auf Trogan«, sagte Thrawn schließlich, ohne sich umzudrehen. »Sie haben sich mit zwei Männern getroffen, die derzeit vom Imperium gesucht werden: Talon Karrde und Samuel Tomas Gillespee. Sie haben außerdem eine kleine und unvorbereitete Einheit unter dem Befehl eines Lieutenants Reynol Kosk zu einem unüberlegten Angriff auf diese Versammlung überredet, einen Angriff, der fehlschlug. Ist das alles richtig?«

»Sicher«, nickte Ferrier. »Sehen Sie, deshalb habe ich Ihnen diese Nachricht geschickt. Damit Sie wissen...«

»Dann würde ich gern von Ihnen hören«, unterbrach Thrawn und drehte sich endlich mit seinem Sessel, um den Dieb anzusehen, »warum ich nicht Ihre sofortige Exekution befehlen soll.«

Ferriers Kinnlade fiel nach unten. »Was?« sagte er. »Aber – ich habe Kontakt mit Karrde aufgenommen. Er vertraut mir jetzt – verstehen Sie? Darum ging es doch. Ich kann den Rest seiner Gruppe aufspüren und Ihnen die ganze Bande liefern…« Er verstummte, schluckte hart und sichtbar.

»Sie sind direkt für den Tod von vier Sturmtrupplern und zweiunddreißig imperialen Armeesoldaten verantwortlich«, fuhr Thrawn fort. »Außerdem für die Zerstörung von zwei Kommandowagen und ihrer Besatzung. Ich bin nicht der Lord Darth Vader, Ferrier – ich verheize meine Männer nicht grundlos. Und ich nehme ihren Tod auch nicht auf die leichte Schulter.«

Die Farbe wich langsam aus Ferriers Gesicht. »Sir – Admiral –, ich weiß, daß Sie auf Karrdes ganze Gruppe ein Kopfgeld von fast…«

»Aber all das verblaßt im Vergleich zu der ungeheuren Katastrophe, die Sie angerichtet haben«, fiel ihm Thrawn erneut ins Wort. »Der Geheimdienst hat mich vor fast vier Tagen über dieses Treffen der Schmugglerchefs informiert. Ich kannte den Ort, die Zeit und die Gästeliste… und ich hatte der Trogan-Garnison bereits präzise Anweisungen gegeben – *präzise* Anweisungen, Ferrier –, sie unter keinen Umständen zu behelligen.«

Pellaeon hatte nicht geglaubt, daß Ferriers Gesicht noch bleicher werden konnte. Er hatte sich geirrt. »Sie…? Aber – Sir –, aber… Ich verstehe das nicht.«

»Dessen bin ich mir sicher«, sagte Thrawn mit tödlicher Ruhe. Er machte eine Handbewegung; und der Noghri-Leibwächter Rukh, der neben Thrawns Sessel gestanden hatte, trat einen Schritt vor. »Aber es ist im Grunde ganz einfach. Ich kenne diese Schmuggler, Ferrier. Ich habe dafür gesorgt, daß ich im letzten Jahr mit jedem von ihnen mindestens einmal persönlich zusammentraf. Keiner von ihnen will in diesen Krieg verwickelt werden, und ich bin mir sicher, ohne Ihren eigenmächtigen Angriff hätten sie Trogan in der Überzeugung verlassen, die Sache in bewährter Schmugglerneutralität aussitzen zu können.«

Er gab Rukh erneut einen Wink, und plötzlich hielt der Noghri einen schmalen Dolch in der Hand. »Als Ergebnis Ihrer Einmischung«, fuhr er ruhig fort, »haben sie sich gegen das Imperium zusammengeschlossen – genau die Entwicklung, die zu vermeiden ich mir große Mühe gegeben habe.« Seine glühenden Augen bohrten sich in Ferriers Gesicht. »Und ich mag es nicht, meine Kräfte zu vergeuden.«

Ferriers Augen irrten zwischen Thrawn und der Klinge in Rukhs Hand hin und her und seine Gesichtsfarbe wechselte jetzt von Leichenweiß zu Aschgrau. »Es tut mir leid, Admiral«, stieß er hervor. »Das habe ich nicht gewollt – ich meine, geben Sie mir noch eine Chance, ja? Nur noch eine einzige Chance! Ich kann Ihnen Karrde liefern – ich schwöre es. Also, he – ich meine, nicht nur Karrde. Ich werde Ihnen alle liefern.«

Er verstummte und stand nur da, blickte elend drein. Thrawn ließ ihn noch ein paar Herzschläge lang schmoren. »Sie sind ein Narr, Ferrier«, sagte er schließlich. »Aber auch Narren haben gelegentlich ihren Nutzen. Sie werden noch eine Chance bekommen. Eine *letzte* Chance. Ich schätze, ich habe mich klar genug ausgedrückt.«

»Jawohl, Admiral, sehr klar«, sagte Ferrier und wackelte so heftig mit dem Kopf, daß es mehr ein Zucken als ein Nicken war.

»Gut.« Thrawn machte eine Handbewegung und Rukhs Messer verschwand. »Sie können damit beginnen, daß Sie mir genau erzählen, was sie vorhaben.«

»Sicher.« Ferrier holte fröstelnd Luft. »Karrde, Par'tah und Clyngunn wollen sich – ich glaube, in drei Tagen – auf Chazwa treffen. Oh – sie wissen, daß Sie Ihre neuen Klons durch den Orus-Sektor transportieren.«

»Tatsächlich«, sagte Thrawn gleichmütig. »Und sie wollen die Transporte stoppen?«

»Nein – nur herausfinden, woher sie kommen. Dann werden sie es der Neuen Republik verraten. Brasck macht zwar nicht mit, aber er sagte, er würde sie auch nicht daran hindern. Dravis will sich mit Billey abstimmen und dann wieder zu ihnen stoßen. Und Mazzic und Ellor haben etwas anderes vor – sie sagten nicht, was.«

Ihm gingen die Worte – oder die Luft – aus, und er verstummte.

»In Ordnung«, sagte Thrawn nach einem Moment. »Sie werden folgendes tun. Sie und Ihre Leute werden sich planmäßig mit Karrde und den anderen auf Chazwa treffen. Sie bringen Karrde ein Geschenk mit: eine Angriffsfähre, die Sie von der Hishyim-Patrouillenstation gestohlen haben.«

»Präpariert, richtig?« Ferrier nickte eifrig. »Ja, das war auch meine Idee – ihnen präparierte Schiffe andrehen, die...«

»Karrde wird dieses Geschenk natürlich gründlich untersuchen«, unterbrach ihn Thrawn mit merklich nachlassender Geduld. »Das Schiff wird deshalb in einem einwandfreien Zustand sein. Es dient lediglich dazu, Ihre Glaubwürdigkeit zu untermauern. Sofern man Ihnen überhaupt vertraut.«

Ferriers Lippen zuckten. »Ja, Sir. Und dann?«

»Sie werden weiter über Karrdes Aktivitäten berichten«, antwortete Thrawn. »Und von Zeit zu Zeit bekommen Sie von mir weitere Anweisungen. Anweisungen, die Sie umgehend und ohne Fragen zu stellen, ausführen werden. Ist das klar?«

»Sicher«, sagte Ferrier. »Keine Sorge, Admiral, Sie können sich auf mich verlassen.«

»Das hoffe ich auch.« Thrawn sah Rukh bedeutungsvoll an. »Denn ich würde es bedauern, Rukh befehlen zu müssen, Ihnen einen Besuch abzustatten. Ich denke, wir verstehen uns?«

Auch Ferrier sah Rukh an und schluckte hart. »Ja, ich hab's kapiert.«

»Gut.« Er drehte sich mit seinem Sitz und kehrte Ferrier wieder den Rücken zu. »Commander, begleiten Sie unseren Gast zu seinem Schiff und sorgen Sie dafür, daß seine Leute auf die Angriffsfähre gebracht werden, die ich für sie bereitgestellt habe.«

»Jawohl, Sir«, sagte der Sturmtruppencommander. Er gab Ferrier einen Stoß, und die Gruppe machte kehrt und ging nach achtern.

»Geh mit ihnen, Rukh«, sagte Thrawn. »Ferrier ist ein Einfaltspinsel, und ich möchte, daß er genau begreift, was passieren wird, wenn er meine Pläne noch einmal durchkreuzt.«

»Ja, mein Lord«, sagte der Noghri und schlich lautlos dem Schiffsdieb hinterher.

Thrawn wandte sich an Pellaeon. »Ihre Analyse, Captain?«

»Keine erfreuliche Situation, Sir«, erklärte Pellaeon, »aber nicht so schlimm wie befürchtet. Wir haben Karrdes Gruppe unter Beobachtung, sofern wir Ferrier glauben können. Und in der Zwischenzeit werden er und seine neuen Verbündeten nichts anderes tun, als die falsche Spur zu verfolgen, die wir für die Rebellion ausgelegt haben.«

»Und irgendwann werden sie genug davon haben und jeder wird wieder seine eigenen Wege gehen«, nickte Thrawn und verengte nachdenklich die glühenden Augen. »Vor allem, wenn die finanzielle Last der ausbleibenden Geschäfte mit dem Imperium zu drückend wird. Aber auch das wird dauern.«

»Was sind die Optionen?« fragte Pellaeon. »Ferriers Vorschlag annehmen und ihnen bombenpräparierte Schiffe geben?«

Thrawn lächelte. »Ich habe etwas viel Nützlicheres und Befriedigenderes im Sinn, Captain. Früher oder später, da bin ich mir sicher, werden einige der anderen Schmuggler erkennen, wie wenig überzeugend der Angriff auf Trogan in Wirklichkeit war. Ein paar klug plazierte Beweise werden sie vielleicht überzeugen, daß Karrde dahintersteckte.«

Pellaeon blinzelte. »Karrde?« wiederholte er.

»Warum nicht?« fragte Thrawn. »Ein betrügerischer und brutaler Versuch, die anderen zu überzeugen, daß seine Furcht vor dem Imperium berechtigt war. Dadurch wird Karrde bei ihnen jeden Einfluß verlieren und uns möglicherweise die Mühe ersparen, ihn selbst zu erledigen.«

»Es lohnt sich auf jeden Fall, darüber nachzudenken, Sir«, stimmte Pellaeon diplomatisch zu. Der Höhepunkt einer Großoffensive war seiner Meinung nach nicht der richtige Zeitpunkt, um am Abschaum der Galaxis Rache zu üben. Dafür war genug Zeit, sobald sie die Rebellion niedergeschlagen hatten. »Darf ich Sie daran erinnern, Admiral, daß der geplante Angriff auf Ketaris unsere Aufmerksamkeit erfordert?«

Thrawn lächelte erneut. »Ihr Pflichteifer ist lobenswert, Captain.« Er drehte den Kopf und sah aus der Seitensichtluke. »Noch keine Nachricht von Coruscant?«

»Noch nicht, Sir«, sagte Pellaeon nach einem prüfenden Blick in das Kommlog. »Aber Himron wollte zunächst eine Datenspur legen. Möglicherweise kostet es ihn mehr Zeit als geplant.«

»Vielleicht.« Thrawn drehte sich wieder um, und Pellaeon konnte die Anspannung in seinem Gesicht sehen. »Vielleicht auch nicht. Trotzdem, selbst wenn es uns nicht gelingt, unserem geliebten Jedi-Meister die Zwillinge zu besorgen, sollte Major Himron Mara Jade genug belasten, um die Bedrohung, die sie für uns darstellt, zu neutralisieren. Im Moment ist dies der wichtigste Punkt.«

Er richtete sich in seinem Sessel auf. »Nehmen Sie Kurs auf das Ketaris-Schlachtschiff, Captain. Wir brechen auf, sobald Ferrier von Bord ist.«

11

Der stämmige Mann bog eilig und sichtlich schlecht gelaunt in den Großen Korridor, als Han ihn endlich einholte. Aber das war in Ordnung; auch Han war nicht in bester Stimmung. »Colonel Bremen«, sagte er und schob sich an die Seite des Mannes, als er den ersten der dünnen purpurnen und grünen Ch'halabäume passierte, die den Großen Korridor säumten. »Haben Sie einen Moment Zeit für mich?«

Bremen warf ihm einen gereizten Blick zu. »Wenn es um Mara Jade geht, Solo, will ich nichts davon hören.«

»Sie steht noch immer unter Hausarrest«, sagte Han unbeirrt. »Ich will wissen, warum.«

»Na, vielleicht hat es was mit diesem imperialen Angriff vor zwei Tagen zu tun«, sagte Bremen sarkastisch. »Was meinen Sie?«

»Könnte sein«, stimmte Han zu und schob einen der Ch'halazweige zur Seite, der weit vom Stamm abstand. Die subtilen Farbschlieren unter der transparenten Borke des Baumes explodierten an der Stelle, wo der Zweig herauswuchs, in einem zornigen Rot, das wellenförmig den Stamm durchlief, bis es langsam verblaßte. »Ich schätze, es hängt davon ab, ob wir neuerdings den imperialen Gerüchten glauben oder nicht.«

Bremen blieb abrupt stehen und drehte sich zu ihm um. »Hören Sie, Solo, was wollen Sie von mir?« fauchte er. Eine neue Welle aus hellem Rot lief über den Ch'halabaum, den Han berührt hatte, und auf der anderen Seite des Korridors blickte einige Diplomaten, die in ein Gespräch vertieft dort saßen, neugierig auf. »Sehen wir uns doch mal einen Moment die Fakten an, okay? Jade wußte von der Geheimtür und den Gängen – sie gibt das ohne Umschweife zu. Sie war am Tatort, bevor Alarm gegeben wurde – auch das gibt sie zu.«

»Nun, das läßt sich auch von Lando und General Bel Iblis sagen«, konterte Han und spürte, wie der dünne Firnis der Diplomatie, an dem Leia so hart gearbeitet hatte, die ersten Risse bekam. »*Sie* hat man nicht eingesperrt.«

»Das läßt sich doch kaum miteinander vergleichen, oder?« gab Bremen zurück. »Calrissian und Bel Iblis arbeiten schon lange für die Neue Republik, und es gibt Leute hier, die für sie bürgen. Nichts davon trifft auf Jade zu.«

»Leia und ich bürgen für sie«, erklärte Han und bemühte sich, die Tatsache zu verdrängen, daß sie Luke töten wollte. »Genügt das nicht? Oder sind Sie nur wütend darüber, daß sie Ihren Job erledigt hat?«

Es war die falsche Bemerkung. Bremen lief fast so rot an wie der Ch'halabaum und sein Gesicht wurde so hart, daß man es als Raumschiffswandung verwenden konnte. »Sie hat lediglich ein paar mutmaßliche imperiale Agenten erschossen«, sagte er frostig. »Das beweist absolut nichts. Da dort draußen der Großadmiral die Fäden zieht, könnte es sich bei dem ganzen Angriff auch um einen komplizierten Plan gehandelt haben, der uns überzeugen sollte, daß sie auf unserer Seite steht. Nun, tut mir leid, aber wir machen keine Ausnahme. Sie bekommt das volle Programm: Aktenanalyse, Personenanalyse, Querverbindungsprüfung und ein paar Frage/Antwort-Sitzungen mit unseren Verhörspezialisten.«

»Großartig«, schnaubte Han. »Wenn sie jetzt noch nicht auf unserer Seite ist, wird sie's hinterher bestimmt sein.«

Bremen richtete sich zu seiner vollen Größe auf. »Wir wollen uns damit nicht beliebt machen, Solo. Wir machen es, um die Neue Republik zu schützen – und damit auch Sie und Ihre Kinder, falls Sie das vergessen haben. Ich nehme an, Ratsfrau Organa Solo wird an Mon Mothmas Konferenz teilnehmen; wenn sie irgendwelche Beschwerden oder Vorschläge hat, kann sie sie dort vorbringen. Bis dahin möchte ich von niemand etwas über Jade hören. Vor allem nicht von Ihnen. Ist das klar, *Captain* Solo?«

Han seufzte. »Ja, sicher.«

»Gut.« Bremen fuhr herum und ging weiter den Korridor hinunter. Han sah ihm mit funkelnden Augen nach.

»Du verstehst wirklich, mit den Leuten umzugehen, was?« sagte trocken eine vertraute Stimme an seiner Seite.

Han drehte sich leicht überrascht um. »Luke! Seit wann bist du zurück?«

»Seit etwa zehn Minuten«, erklärte Luke und nickte den Korridor hinunter. »Ich habe in deiner Suite angerufen und Winter sagte mir, ihr beide wärt zu einer Sondersitzung gegangen. Ich hatte gehofft, euch vorher einzuholen.«

»Ich bin eigentlich nicht eingeladen«, sagte Han mit einem letzten finsteren Blick auf Bremens entschwindenden Rücken. »Und Leia ist im Moment bei Mara.«

»Ah. Mara.«

Han sah wieder seinen Freund an. »Sie war da, als wir sie brauchten«, erinnerte er den jüngeren Mann.

Luke schnitt eine Grimasse. »Und ich nicht.«

»Das habe ich damit nicht gemeint«, protestierte Han.

»Ich weiß«, beruhigte ihn Luke. »Aber ich hätte trotzdem hier sein müssen.«

»Nun...« Han zuckte die Schultern und wußte nicht, was er darauf sagen sollte. »Du kannst nicht immer hier sein, um sie zu beschützen. Dafür bin ich da.«

Luke schenkte ihm ein schiefes Lächeln. »Stimmt. Hab' ich ganz vergessen.«

Han sah über seine Schulter. Andere Diplomaten und Berater tauchten auf, aber Leia war nicht unter ihnen. »Komm – sie muß irgendwo aufgehalten worden sein. Wir treffen sie unterwegs.«

»Ich bin überrascht, daß du sie allein im Palast herumlaufen läßt«, bemerkte Luke, als sie an den Reihen der Ch'halabäume entlang gingen.

»Sie ist nicht ganz allein«, sagte Han trocken. »Chewie hat sie seit dem Überfall nicht mehr aus den Augen gelassen. Der große Wuschelkopf schläft sogar vor ihrer Tür.«

»Muß dir ein sicheres Gefühl geben.«

»Klar. Die Kinder werden wahrscheinlich gegen Wookieehaar allergisch werden.« Han warf Luke einen Blick zu. »Wo warst du überhaupt? Nach deiner letzten Nachricht wolltest du schon vor drei Tagen zurück sein.«

»Das war, bevor ich auf...« Luke brach ab und musterte die

Leute im Korridor. »Ich erzähle es dir später«, schloß er. »Winter sagte, daß Mara unter Hausarrest steht?«

»Ja, und es sieht so aus, als würde es auch so bleiben«, knurrte Han. »Zumindest, bis wir die Wichtigtuer vom Sicherheitsdienst überzeugen können, daß sie in Ordnung ist.«

»Ja«, sagte Luke zögernd. »Nun, das wird vielleicht nicht so einfach sein.«

Han runzelte die Stirn. »Warum nicht?«

Luke schien sich zu straffen. »Weil sie die meisten Kriegsjahre hindurch dem Imperator als persönliche Assistentin gedient hat.«

Han starrte ihn an. »Das soll wohl ein Witz sein?«

»Leider nicht«, sagte Luke kopfschüttelnd. »Er hat sie überall eingesetzt. Man nannte sie die rechte Hand des Imperators.«

Genauso hatte sie auch der imperiale Major unten in der Mediksektion genannt. »Großartig«, sagte er zu Luke und blickte wieder geradeaus. »Einfach großartig. Warum hast du das nicht schon früher erwähnt?«

»Ich hielt es nicht für wichtig«, sagte Luke. »Sie arbeitet jetzt nicht mehr für das Imperium, soviel steht fest.« Er warf Han einen bedeutungsvollen Blick zu. »Und ich schätze, jeder von uns hat ein paar dunkle Flecke in seiner Vergangenheit, über die er nicht gern spricht.«

»Ich glaube nicht, daß Bremen und seine Heißsporne vom Sicherheitsdienst die Sache so sehen werden«, sagte Han grimmig.

»Nun, wir müssen sie nur überzeugen...«

Er verstummte. »Was ist?« fragte Han.

»Ich weiß es nicht«, erwiderte Luke langsam. »Ich habe gerade eine Störung in der Macht gespürt.«

Ein kalter Klumpen bildete sich in Hans Magengrube. »Was für eine Art Störung?« fragte er. »Bedeutet sie Gefahr?«

»Nein«, sagte Luke, die Stirn vor Konzentration gefurcht. »Eher eine Art Überraschung. Oder Schock.« Er sah Han an. »Und ich bin mir nicht sicher... aber ich denke, sie kam von Leia.«

Han legte die Hand um den Griff seines Blasters und blickte sich nervös im Korridor um. Leia war allein mit einer ehemaligen imperialen Agentin... und sie war überrascht genug, daß Luke es spüren konnte. »Meinst du, wir sollten laufen?« fragte er leise.

»Nein«, sagte Luke. Seine Hand, stellte Han fest, nestelte an seinem Lichtschwert. »Aber wir können schnell gehen.«

Jenseits der Tür erklang die gedämpfte Stimme eines W-2RD-Wachdroiden, und mit einem müden Seufzer schaltete Mara den Datenblock ab und warf ihn auf den Schreibtisch. Früher oder später, glaubte sie, würde der Sicherheitsdienst diese höflichen kleinen, in Freundlichkeit verpackten Verhöre leid werden. Aber offenbar war es noch nicht soweit. Sie griff mit der Macht hinaus und versuchte, ihren Besucher zu identifizieren, in der Hoffnung, daß es zumindest nicht dieser Bremen war.

Er war es nicht; und sie hatte gerade noch Zeit, ihre Überraschung zu überwinden, als sich die Tür öffnete und Leia Organa Solo hereinkam.

»Hallo, Mara«, sagte Organa Solo und nickte grüßend. Hinter ihr schloß der Wachdroide die Tür, und Mara erhaschte einen kurzen Blick auf einen sichtlich unglücklichen Wookiee. »Ich bin nur vorbeigekommen, um zu sehen, wie es Ihnen geht.«

»Mir geht's einfach großartig«, grollte Mara, unsicher, ob Organa Solo nach Bremen eine Verbesserung oder eine Verschlechterung war. »Was war da draußen los?«

Leia schüttelte den Kopf, und Mara spürte die Verärgerung der anderen Frau. »Jemand vom Sicherheitsdienst hat offenbar entschieden, daß Sie nicht mehr als einen Besucher zur gleichen Zeit haben dürfen, sofern es sich nicht um einen von ihnen handelt. Chewie mußte draußen bleiben, und er war nicht sehr glücklich darüber.«

»Ich schätze, er vertraut mir nicht?«

»Nehmen Sie es nicht persönlich«, riet Leia. »Wookiees nehmen diese Lebensschuldverpflichtung sehr ernst. Er ist noch immer ziemlich aufgewühlt, weil er uns fast an dieses Kidnapperkommando verloren hat. Um offen zu sein, im Moment vertraut er Ihnen mehr als jedem anderen im Palast.«

»Ich bin froh, daß mir *überhaupt* jemand vertraut«, sagte Mara und hörte die Bitterkeit in ihrer Stimme. »Vielleicht sollte ich ihn bitten, sich Colonel Bremen vorzuknöpfen.«

Organa Solo seufzte. »All das tut mir leid, Mara. Wir haben in ein paar Minuten unten eine Konferenz und ich werde mich weiter um Ihre Freilassung bemühen. Aber ich glaube nicht, daß Mon Mothma und Ackbar ihr Einverständnis geben werden, bis der Sicherheitsdienst seine Untersuchung abgeschlossen hat.«

Und wenn sie herausfinden, daß sie *wirklich* die rechte Hand des Imperators gewesen war... »Ich hätte Winter rechtzeitig dazu bringen sollen, mir ein Schiff zur Verfügung zu stellen.«

»Dann wären ich und die Zwillinge jetzt in den Händen der Imperialen«, sagte Organa Solo leise. »Unterwegs zum Jedi-Mister C'baoth.«

Mara spürte, wie sich ihre Kiefermuskulatur verhärtete. Auf Anhieb fiel ihr kein Schicksal ein, das schrecklicher war. »Sie haben mir bereits gedankt«, murmelte sie. »Sagen wir einfach, Sie schulden mir einen Gefallen, und dabei belassen wir es dann, okay?«

Organa Solo lächelte schmal. »Ich denke, daß wir Ihnen viel mehr als nur einen Gefallen schulden«, erwiderte sie.

Mara sah ihr offen in die Augen. »Denken Sie daran, wenn ich Ihren Bruder töte.«

Organa Solo zeigte keine Regung. »Sie glauben immer noch, daß Sie ihn töten wollen?«

»Ich will nicht darüber sprechen«, wehrte Mara ab, stand auf und trat ans Fenster. »Mir geht es gut, Sie versuchen, mich hier herauszuholen, und wir sind alle froh, daß ich Sie vor C'baoth gerettet habe. Gibt es sonst noch etwas?«

Sie spürte Organa Solos forschende Blicke in ihrem Rücken.

»Eigentlich nicht«, sagte die andere. »Ich wollte Sie nur fragen, warum Sie es getan haben.«

Mara starrte aus dem Fenster und spürte eine unangenehme Gefühlswoge gegen den massiven Panzer um ihre Seele anbranden, an dem sie so schwer gearbeitet hatte. »Ich weiß es nicht«, gestand sie. »Ich hatte zwei Tage Zeit, darüber nachzudenken, und ich weiß es immer noch nicht. Vielleicht...« Sie zuckte die Schultern. »Ich schätze, es hat mir einfach nicht gefallen, daß Thrawn Ihre Kinder entführen wollte.«

Für eine Weile schwieg Organa Solo. »Wo kamen Sie her, Mara?« fragte sie schließlich. »Bevor der Imperator Sie nach Coruscant geholt hat?«

Mara dachte nach. »Ich weiß es nicht. Ich erinnere mich nur an meine erste Begegnung mit dem Imperator und den Flug hierher auf seinem Privatschiff. Aber ich habe keine Erinnerungen an meine Vergangenheit.«

»Wissen Sie, wie alt Sie damals waren?«

Mara schüttelte den Kopf. »Nicht genau. Ich war alt genug, um mit ihm zu reden und zu verstehen, daß ich meine Heimat verlassen und mit ihm gehen muß. Aber mehr weiß ich nicht.«

»Was ist mit Ihren Eltern? Erinnern Sie sich an sie?«

»Nur ein wenig«, sagte Mara. »Sie sind nicht mehr als Schatten.« Sie zögerte. »Aber ich habe das Gefühl, daß sie mich nicht gehen lassen wollten.«

»Ich bezweifle, daß der Imperator ihnen in dieser Sache eine Wahl gelassen hat«, sagte Organa Solo mit plötzlich sanft klingender Stimme. »Was ist mit Ihnen, Mara? Hatten *Sie* eine Wahl?«

Mara lächelte dünn durch die plötzlichen, unerklärlichen Tränen. »Darauf wollen Sie also hinaus. Sie glauben, ich habe mein Leben für Ihre Zwillinge riskiert, weil ich ebenfalls entführt wurde?«

»Wurden Sie entführt?«

»Nein«, sagte Mara tonlos und drehte sich wieder zu ihr um. »So war es nicht. Ich wollte einfach nicht, daß der verrückte C'baoth sie bekommt. Belassen wir es dabei.«

»In Ordnung«, sagte Organa Solo. »Aber wenn Sie jemals darüber reden möchten...«

»Ich weiß, wo ich Sie finden kann«, fiel ihr Mara ins Wort. Sie konnte einfach nicht glauben, daß sie Organa Solo all das erzählt hatte... aber tief im Inneren mußte sie zugeben, daß es seltsam gut tat, darüber zu reden. Vielleicht wurde sie weich.

»Und Sie können mich jederzeit anrufen«, lächelte Organa Solo, als sie aufstand. »Ich muß jetzt hinunter zur Konferenz. Mal sehen, was Thrawns Klon-Kämpfer heute wieder angerichtet haben.«

Mara runzelte die Stirn. »Was für Klon-Kämpfer?«

Jetzt runzelte Organa Solo die Stirn. »Sie wissen es nicht?«

»Was wissen?«

»Das Imperium hat irgendwo ein paar Spaarti-Kloning-Zylinder entdeckt. Sie produzieren große Mengen Klons und schicken sie gegen uns in den Kampf.«

Mara starrte sie an, von einem eisigen Gefühl überwältigt. Klons... »Niemand hat mir davon erzählt«, flüsterte sie.

»Es tut mir leid«, sagte Organa Solo. »Ich dachte, jeder wüßte Bescheid. Es ist seit fast einem Monat das Hauptgesprächsthema im Palast.«

»Ich war in der Mediksektion«, sagte Mara mechanisch. Klons. Die über die Schiffe der *Katana*-Flotte verfügten und von einem kaltblütigen Genie wie Großadmiral Thrawn kommandiert wurden. Es war ein zweiter Klon-Krieg.

»Stimmt – ich hatte es vergessen«, gestand Organa Solo. »Ich war zu sehr mit anderen Dingen beschäftigt.« Sie sah Mara seltsam an. »Geht es Ihnen gut?«

»Alles in Ordnung«, sagte Mara mit fern klingender Stimme, während Erinnerungen wie heiße Blitze durch ihren Kopf zuckten. Ein Wald – ein Berg – ein verstecktes und streng geheimes Depot für die privaten Schätze des Imperators...

Und eine riesige Höhle voller Kloning-Tanks.

»Schön«, meinte Organa Solo, zweifellos nicht überzeugt, aber nicht bereit, das Thema weiterzuverfolgen. »Nun... wir sehen uns später.« Sie griff nach der Türklinke...

»Warten Sie.« Organa Solo drehte sich um. »Ja?«

Mara holte tief Luft. Allein die Existenz des Depots war ein streng gehütetes Geheimnis gewesen, nur einer Handvoll Leute bekannt – der Imperator hatte das immer wieder betont. Aber daß Thrawn über eine unerschöpfliche Armee von Klons verfügte, mit denen er die Galaxis überrennen konnte... »Ich glaube, ich weiß, wo Thrawns Spaarti-Zylinder stecken.«

Selbst mit ihren rudimentären Jedi-Sinnen konnte sie die Schockwelle spüren, die von Organa Solo ausging. »Wo?« fragte sie mit mühsam kontrollierter Stimme.

»Der Imperator besaß eine private Schatzkammer«, sagte Mara schwerfällig. Sein faltiges Gesicht schien vor ihr zu schweben, diese gelben Augen starrten sie schweigend und anklagend an. »Sie befand sich unter einem Berg auf einer Welt, die er Wayland nannte – ich weiß nicht, ob sie überhaupt einen offiziellen Namen hatte. Dort bewahrte er all seine persönlichen Andenken und Souvenirs und ausgefallene technische Gerätschaften auf, von denen er glaubte, daß sie ihm irgendwann nützlich sein könnten. Eine der künstlichen Höhlen enthielt eine komplette Klon-Fabrik, die er offenbar von einem der Klon-Meister übernommen hatte.«

»Wie komplett war sie?«

»Sehr«, sagte Mara mit einem Frösteln. »Sie verfügte über ein vollständiges Nährsystem sowie über eine Blitzlernanlage zur Persönlichkeitsprägung und technischen Ausbildung während der Reifungsphase der Klons.«

»Wie viele Zylinder gab es?«

Mara schüttelte den Kopf. »Ich weiß es nicht genau. Sie waren in konzentrischen Kreisen angelegt, wie bei einer Sportarena, und sie füllten die gesamte Höhle.«

»Waren es tausend Zylinder?« drängte Organa Solo. »Zweitausend? Zehn?«

»Ich würde sagen, mindestens zwanzigtausend«, erklärte Mara. »Vielleicht mehr.«

»Zwanzigtausend«, sagte Organa Solo mit wie aus Eis geschnitztem Gesicht. »Und jeder produziert alle zwanzig Tage einen Klon.«

Mara starrte sie an. »Zwanzig *Tage*?« wiederholte sie. »Das ist unmöglich.«

»Ich weiß. Thrawn macht es trotzdem. Kennen Sie Waylands Koordinaten?«

Mara schüttelte den Kopf. »Ich war nur einmal dort, und der Imperator hat das Schiff selbst gesteuert. Aber ich weiß, daß ich Wayland wiederfinden kann, wenn man mir die entsprechenden Karten und einen Navcomputer zur Verfügung stellt.«

Organa Solo nickte langsam, und ihre Aura war für Mara wie ein Wind, der durch eine Schlucht heulte. »Ich werde sehen, was ich tun kann. In der Zwischenzeit...« Ihre Blicke richteten sich abrupt auf Maras Gesicht. »Sie werden niemand erzählen, was Sie mir gerade erzählt haben. *Niemand.* Thrawn bekommt noch immer Informationen aus dem Palast... und wegen dieser Sache wird er über Leichen gehen.«

Mara nickte. »Ich verstehe«, sagte sie. Plötzlich schien es kälter im Zimmer zu werden.

»In Ordnung. Ich werde die Sicherheitsmaßnahmen verschärfen lassen. Sofern ich es kann, ohne unwillkommenes Aufsehen zu erregen.« Sie schwieg und legte den Kopf leicht zur Seite, als würde sie horchen. »Ich gehe jetzt besser. Han und Luke kommen, und dies ist nicht der richtige Ort für einen Kriegsrat.«

»Sicher«, sagte Mara und drehte sich wieder dem Fenster zu. Die Würfel waren gefallen, und sie hatte sich jetzt endgültig auf die Seite der Neuen Republik geschlagen. Auf die Seite Luke Skywalkers. Des Mannes, den sie töten mußte.

Sie hielten noch am gleichen Abend Kriegsrat in Leias Büro, der einzige Ort, zu dem – wie sie wußten – die mysteriöse Delta-Quelle keinen Zugang hatte. Luke sah sich beim Eintreten im Zimmer um und erinnerte sich an die seltsamen Ereignisse, die diese Leute – diese Freunde – in sein Leben gebracht hatten. Han und Leia saßen auf der Couch und genossen einen kurzen Moment der ungestörten Zweisamkeit, bevor die Realitäten einer Galaxis im Krieg wieder ihre Aufmerksamkeit erforderten. Chewbacca saß zwischen ihnen und der Tür, den Blitzwerfer griffbereit auf seinen zotteligen Knien, entschlossen, die selbstauferlegten Pflichten seiner Lebensschuld nicht noch einmal zu vernachlässigen. Lando war über Leias Computerterminal gebeugt, dessen Monitor eine Art Liste aktueller Marktpreise zeigte. Dreipeo und Erzwo waren in einer Ecke in ein gedämpftes Gespräch vertieft und tauschten wahrscheinlich die letzten Neuigkeiten und irgendwelchen Droidenklatsch aus. Und Winter saß unauffällig in einer anderen Ecke und paßte auf die schlafenden Zwillinge auf.

Seine Freunde. Seine Familie.

»Nun?« fragte Han.

»Ich habe die gesamte Bürosektion überprüft«, berichtete Luke. »Es sind keine Lebewesen oder Droiden in der Nähe. Wie sieht's hier aus?«

»Ich habe Lieutenant Page persönlich kommen und den Raum auf Abhöranlagen untersuchen lassen«, sagte Leia. »Und seitdem ist niemand hereingekommen. Alles sollte sicher sein.«

»Hervorragend«, sagte Han. »Können wir jetzt erfahren, worum es eigentlich geht?«

»Ja«, sagte Leia, und Luke spürte, wie sich seine Schwester straffte. »Mara glaubt zu wissen, wo sich die Klon-Fabrik des Imperiums befindet.«

Han richtete sich auf und warf Lando einen raschen Blick zu. »Wo?«

»Auf einem Planeten, den der Imperator Wayland nannte«,

sagte Leia. »Offenbar ein Kodename – er steht auf keiner Liste, die ich kenne.«

»Was war er, eins der alten Zentren der Klon-Meister?« fragte Luke.

»Mara sagte, daß er das Depot des Imperators war«, erklärte Leia. »Ich hatte den Eindruck, daß es sich um eine Art Mischung aus Schatzkammer und Ausrüstungslager handelte.«

»Ein privates Rattennest«, sagte Han. »Klingt ganz nach ihm. Wo liegt es?«

»Sie kennt die Koordinaten nicht«, antwortete Leia. »Sie war nur einmal da. Aber sie glaubt, daß sie es wiederfinden kann.«

»Warum hat sie es nicht schon früher erwähnt?« fragte Lando.

Leia zuckte die Schultern. »Offenbar wußte sie nichts von den Klons, bis ich ihr davon erzählt habe. Vergeßt nicht, daß sie sich einer neuralen Regeneration unterziehen mußte, als hier darüber gesprochen wurde.«

»Es fällt mir trotzdem schwer zu glauben, daß sie von dieser Sache nichts mitbekommen hat«, wandte Lando ein.

»Schwer, aber nicht unmöglich«, sagte Leia. »In den Lageberichten, zu denen sie Zugang hatte, wurden die Klons nie erwähnt. Und sie hat im Palast nicht unbedingt Gesellschaft gesucht.«

»Das zeitliche Zusammentreffen ist trotzdem ziemlich auffällig«, erklärte Lando. »Man könnte sogar sagen, verdächtig auffällig. Sie hat sich praktisch frei im Palast bewegen können. Dann wird sie von einem imperialen Kommandoführer belastet und eingesperrt – und plötzlich hält sie uns Wayland vor die Nase und verlangt von uns, daß wir sie befreien.«

»Wer sagte etwas von Befreien?« fragte Leia verblüfft.

»Hat sie das nicht angeboten?« sagte Lando. »Sie bringt uns nach Wayland, wenn wir sie befreien?«

»Sie hat nichts verlangt«, protestierte Leia. »Und *ich* habe ihr lediglich angeboten, ihr heimlich einen Navcomputer zu verschaffen, damit sie Waylands Position bestimmen kann.«

»Ich fürchte, das wird nicht reichen, Süße«, schüttelte Han den Kopf. »Die Koordinaten sind ein Anfang, aber ein ganzer Planet bietet ziemlich viele Verstecke für ein Depot.«

»Vor allem für eins, das der Imperator nicht gefunden wissen wollte«, stimmte Luke zu. »Lando hat recht. Wir werden sie mitnehmen müssen.«

Han und Lando starrten ihn an, und selbst Leia wirkte überrascht. »Du kaufst ihr diese Geschichte doch nicht ab, oder?« sagte Lando.

»Ich glaube nicht, daß wir eine Wahl haben«, meinte Luke. »Je länger wir warten, desto mehr Klone wird das Imperium gegen uns einsetzen können.«

»Was ist mit dem Transportweg, den ihr entdeckt habt?« warf Leia ein. »Der über Poderis und den Orus-Sektor führt?«

»Ihn zurückzuverfolgen kostet Zeit«, sagte Luke. »So kommen wir viel schneller ans Ziel.«

»*Falls* sie die Wahrheit sagt«, konterte Lando düster. »Wenn nicht, landet ihr in einer Sackgasse.«

»Oder schlimmer«, fügte Han hinzu. »Thrawn hat schon einmal versucht, dich mit diesem C'baoth zusammenzubringen. Das könnte eine weitere Falle sein.«

Luke sah sie nacheinander an und wünschte, er könnte es ihnen erklären. Irgendwo tief in seinem Inneren wußte er, daß er das Richtige tat; daß sein Weg ihn in diese Richtung führte. Genau wie damals bei dieser entscheidenden Konfrontation mit Vader und dem Imperator waren sein und Maras Schicksal an diesem Ort und zu diesem Zeitpunkt miteinander verknüpft. »Es ist keine Falle«, sagte er schließlich. »Zumindest nicht von Maras Seite.«

»Ich stimme dem zu«, warf Leia ruhig ein. »Und ich denke, du hast recht. Wir müssen sie mitnehmen.«

Han drehte sich in seinem Sessel, warf Luke einen fragenden Blick zu, sah Leia an. »Laß mich raten«, knurrte er. »Das ist wieder einer dieser verrückten Jedi-Einfälle, stimmt's?«

»Teilweise«, gestand Leia. »Aber hauptsächlich ist es einfache taktische Logik. Ich glaube nicht, daß Thrawn sich so viel Mühe gegeben hätte, Mara als Helferin bei diesem Entführungsversuch hinzustellen, wenn er damit nicht ihre Glaubwürdigkeit untergraben wollte für den Fall, daß sie uns von Wayland erzählt.«

»Wenn du davon ausgehst, dann mußt du auch davon ausgehen, daß Thrawn mit dem Scheitern des Versuchs gerechnet hat«, wandte Lando ein.

»Ich gehe davon aus, daß sich Thrawn auf alle Eventualitäten vorbereitet«, erwiderte Leia. Ein Muskel zuckte an ihrer Wange. »Und wie du schon sagtest, Han, beruht es zum Teil auch auf Jedi-Einsicht. Ich habe während des Überfalls Maras Bewußtsein zweimal berührt: einmal, als sie mich weckte, dann wieder, als sie im Rücken des Kommandos auftauchte.«

Sie sah Luke an, und in ihrer Aura konnte er erkennen, daß sie von Maras Mordplänen gegen ihn wußte. »Mara mag uns nicht besonders«, sagte sie laut. »Aber ich schätze, auf einer Ebene spielt dies keine Rolle. Sie weiß, was eine Neuauflage der Klon-Kriege aus der Galaxis machen wird, und sie will das nicht erleben.«

»Wenn sie bereit ist, mich mit nach Wayland zu nehmen, werde ich gehen«, fügte Luke entschlossen hinzu. »Ich bitte keinen von euch, uns zu begleiten. Ich bitte nur darum, daß ihr Mon Mothma dazu bringt, sie freizulassen.« Er zögerte. »Und um euren Segen.«

Für einen langen Moment war es still im Zimmer. Han starrte zu Boden, die Stirn nachdenklich gefurcht, Leias Hand haltend. Lando strich über seinen Schnurrbart und sagte nichts. Chewbacca befingerte seinen Blitzwerfer und brummte leise vor sich hin; in der gegenüberliegenden Ecke gab Erzwo ein gedankenverlorenes Trillern von sich. Einer der Zwillinge – Jacen, entschied Luke – stöhnte leicht im Schlaf, und Winter streichelte beruhigend seinen Rücken.

»Wir können nicht mit Mon Mothma darüber reden«, sagte Han schließlich. »Sie wird es über die offiziellen Kanäle leiten, und wenn es zu einer Entscheidung kommt, wird der halbe Palast Bescheid wissen. Falls Thrawn Mara endgültig zum Schweigen bringen will, wird er genug Zeit dafür haben.«

»Was ist die Alternative?« fragte Leia mit plötzlicher Wachsamkeit in den Augen.

»Wie Lando schon sagte«, erklärte Han ohne Umschweife. »Wir müssen sie befreien.«

Leia warf Luke einen verblüfften Blick zu. »Han! Das können wir nicht.«

»Sicher können wir das«, bekräftigte Han. »Chewie und ich haben schon einmal jemand aus einem imperialen Knast befreit, und es hat großartig funktioniert.«

Chewbacca knurrte. »Hat es doch«, protestierte Han und sah zu ihm hinüber. »Es war nicht *unsere* Schuld, daß sie ihn eine Woche später wieder geschnappt haben.«

»Das habe ich nicht gemeint«, sagte Leia nervös. »Du redest von einer äußerst illegalen Aktion. Die an Verrat grenzt.«

Han streichelte ihr Knie. »Die ganze Rebellion war eine äußerst illegale Aktion, die an Verrat grenzte, Süße«, erinnerte er sie. »Wenn die Regeln nicht funktionieren, muß man sie brechen.«

Leia holte tief Luft und atmete langsam wieder aus. »Du hast recht«, gab sie schließlich zu. »Du hast recht. Wann tun wir es?«

»*Wir* – das heißt, du – tust nichts«, eröffnete ihr Han. »Das übernehmen Luke und ich. Du bleibst mit Chewie hier, wo es sicher ist.«

Chewbacca grollte etwas und brach mittendrin ab. Leia sah den Wookiee an, dann Luke... »Du mußt nicht mitkommen, Han«, sagte Luke, in der Aura seiner Schwester die Angst um ihren Mann lesend, die sie nicht aussprechen konnte. »Mara und ich schaffen das schon allein.«

»Wie, ihr beide wollt allein einen ganzen Kloning-Komplex ausschalten?« schnaubte Han.

»Wir haben keine große Wahl«, sagte Luke. »Solange die Delta-

Quelle aktiv ist, gibt es nicht viele andere Leute, denen wir trauen können. Und die, denen wir trauen können, wie unseren Freunden vom Sondergeschwader, sind an der Front zur Verteidigung eingesetzt.« Er machte eine das Zimmer umfassende Handbewegung. »Bleiben nur noch wir übrig.«

»Also tun wir es«, sagte Han. »Zu dritt haben wir immer noch eine bessere Chance als zu zweit.«

Luke sah Leia an. Ihre Augen waren voller Angst um ihren Mann; aber in ihrer Aura spürte er, daß sie widerstrebend Hans Entscheidung akzeptierte. Sie erkannte die kritische Bedeutung dieser Mission, und sie war eine viel zu erfahrene Kämpferin, um nicht zu begreifen, daß Hans Angebot Sinn machte.

Oder vielleicht wollte sie nicht, wie Han, daß Luke allein mit der Frau loszog, die ihn töten wollte.

»In Ordnung, Han«, sagte sie. »Sicher – bilden wir eine Dreiergruppe.«

»Warum nicht gleich eine Vierergruppe?« seufzte Lando. »Wie es aussieht, kommt meine Nomad-City-Petition ohnehin nicht durch, und ich habe auch sonst nichts anderes zu tun. Ich hätte nichts dagegen, es ihnen ein wenig heimzuzahlen.«

»Klingt vernünftig, Alter«, nickte Han. »Willkommen an Bord.« Er drehte sich zu Chewbacca um. »Okay, Chewie. Was ist *dein* Problem?«

Luke sah Chewbacca überrascht an. Er hatte nicht bemerkt, daß es überhaupt Probleme gab; aber jetzt, wo er darauf achtete, konnte er tatsächlich den Aufruhr in den Gefühlen des Wookiees spüren. »Was ist los, Chewie?«

Für einen Moment grollte der andere nur etwas Unverständliches. Dann, mit sichtlichem Widerwillen, sagte er es ihnen. »Nun, wir würden dich auch gern dabei haben«, erklärte Han. »Aber jemand muß hier bleiben und auf Leia aufpassen. Oder traust du der Palastwache den Job zu?«

Chewbacca tat mit einem knappen Grollen seine Meinung über

die Palastwache kund. »Richtig«, stimmte Han zu. »Deshalb bleibst du hier.«

Luke richtete den Blick auf Leia. Sie sah ihn ebenfalls an, und er spürte, daß auch sie das Dilemma erkannte. Chewbaccas ursprüngliche Lebensschuld galt Han, und es quälte ihn schrecklich, daß sich Han ohne ihn in diese gefährliche Situation begab. Aber Leia und die Zwillinge standen ebenfalls unter dem Schutz dieses Wookiees, und es war ebenso undenkbar für ihn, sie unbewacht im Palast zurückzulassen.

Und dann, noch während er nach einer Lösung suchte, sah Luke das Aufleuchten in den Augen seiner Schwester. »Ich habe eine Idee«, sagte die bedächtig.

Alle hörten zu, und zu Hans völliger Überraschung erklärte sich Chewbacca sofort einverstanden. »Du machst Witze«, sagte Han. »Das ist ein Scherz, nicht wahr? Klar – es ist ein Scherz. Denn wenn du glaubst, daß ich Leia und die Zwillinge...«

»Es ist die einzige Möglichkeit, Han«, sagte Leia ruhig. »Oder Chewie wird leiden.«

»Chewie hat früher schon gelitten«, gab Han zurück. »Er wird darüber hinwegkommen. Komm schon, Luke – sag was.«

Luke schüttelte den Kopf. »Tut mir leid, Han. Ich halte es zufällig für eine gute Idee.« Er zögerte, aber er konnte nicht widerstehen. »Ich schätze, es ist einer dieser verrückten Jedi-Einfälle.«

»Sehr komisch«, knurrte Han. Er sah sich um. »Lando? Winter? Los, so sagt doch was.«

»Laß mich aus dem Spiel, Han«, sagte Lando und hob abwehrend die Hände. »Damit habe ich nichts zu tun.«

»Was mich betrifft, ich vertraue Prinzessin Leias Urteilsvermögen«, fügte Winter hinzu. »Wenn sie glaubt, daß wir dort sicher sind, glaube ich es auch.«

»Dir bleiben noch ein paar Tage, um dich an die Vorstellung zu gewöhnen«, erinnerte ihn Leia, ehe Han etwas sagen konnte. »Vielleicht können wir deine Meinung ändern.«

Hans Gesichtsausdruck war wenig ermutigend. Aber er nickte immerhin. »Ja. Sicher.«

Für einen Moment herrschte Schweigen. »War es das?« fragte Lando schließlich.

»Das war es«, bestätigte Leia. »Wir müssen eine Mission planen. Machen wir uns an die Arbeit.«

12

Das Interkom an der Ecke des Kommunikationspults sprach an. »Karrde?« erklang Dankins müde Stimme. »Wir nähern uns dem Bilbringi-System. Rücksturz in etwa fünf Minuten.«

»Wir sind gleich oben«, informierte ihn Karrde. »Sorgen Sie dafür, daß die Turbolaser bemannt sind – wir wissen nicht, was uns erwartet.«

»Verstanden«, sagte Dankin. »Ende.«

Karrde schaltete das Interkom und die Dechiffrieranlage des Pultes ab. »Er klingt erschöpft«, bemerkte Aves auf der anderen Seite des Pultes, als er seinen Datenblock weglegte.

»Fast so erschöpft, wie Sie aussehen«, meinte Karrde mit einem letzten Blick auf das Display, bevor er es ebenfalls abschaltete. Der Bericht von seinen Leuten auf Anchoron lautete wie die anderen zuvor: alles negativ. »Es ist schon zu lange her, daß wir Doppelschichten schieben mußten«, fügte er hinzu. »Niemand ist mehr daran gewöhnt. Ich werde sie in Zukunft häufiger ansetzen.«

»Das wird der Crew bestimmt gefallen«, sagte Aves trocken. »Wir hassen den Gedanken, daß die Leute uns für weich halten.«

»Widerspricht unserem Image«, stimmte Karrde zu und stand auf. »Gehen wir; wir sehen die Unterlagen später durch.«

»Wie Sie meinen«, brummte Aves. »Sind Sie absolut sicher, daß Skywalker auf Berchest tatsächlich Klons entdeckt hat?«

»Skywalker war sicher«, erwiderte Karrde, während er das Büro verließ und zur Brücke ging. »Sie wollen doch nicht etwa andeuten, daß mich der ehrenwerte Jedi belogen hat?«

»Nicht belogen, nein«, schüttelte Aves den Kopf. »Ich frage mich nur, ob die ganze Sache nicht nur ein Täuschungsmanöver war. Ein Köder, den Thrawn bewußt ausgelegt hat, um uns von dem wirklichen Nachschubweg abzulenken.«

»Dieser Gedanke ist mir auch schon gekommen«, bestätigte Karrde. »Selbst wenn man bedenkt, daß Gouverneur Staffa in unserer Schuld steht – es war ein wenig zu einfach, in das System zu kommen und es wieder zu verlassen.«

»Sie haben diese Vorbehalte nicht erwähnt, als Sie auf Chazwa die Suchaufträge verteilt haben.«

»Ich bin sicher, daß den anderen inzwischen ähnliche Gedanken gekommen sind«, erklärte Karrde. »Genau wie der Gedanke, daß für den Fall, daß sich ein imperialer Agent unter uns befindet, es das Beste ist, ihn glauben zu lassen, daß wir auf Großadmiral Thrawns Täuschungsmanöver hereingefallen sind. Wenn es ein Täuschungsmanöver *ist.*«

»*Und* wenn es einen imperialen Agenten in der Gruppe gibt«, sagte Aves.

Karrde lächelte. »›Wenn wir Bruallki hätten, hätten wir Bruallki, und Menkooro…‹«

»›wenn wir Menkooro hätten‹«, beendete Aves das alte Sprichwort. »Sie glauben immer noch, daß Ferrier für Thrawn arbeitet, oder?«

Karrde zuckte die Schultern. »Nur sein Wort steht gegen das Solos, daß er in Sachen *Katana*-Flotte dem Imperium nicht freiwillig als Agent gedient hat.«

»Deshalb haben Sie Torve diese Angriffsfähre zum Roche-System bringen lassen?«

»Stimmt«, nickte Karrde und wünschte kurz, Mara wäre hier. Aves war ein hervorragender Mann, aber man mußte ihm Dinge erklären, die Mara sofort von allein erkannt hätte. »Ich kenne dort draußen ein paar Verpinen, die mir einen Gefallen schulden. Wenn die Angriffsfähre auf irgendeine Weise präpariert ist, werden sie es herausfinden.«

Das Schott zur Brücke glitt zur Seite, und sie traten ein. »Status?« fragte Karrde, während er durch die Sichtluke den gefleckten, vorbeirasenden Himmel des Hyperraums betrachtete.

»Alle Systeme in Bereitschaft«, meldete Dankin und überließ den Pilotensitz Aves. »Balig, Lachton und Corvis sind an den Turbolasern.«

»Danke«, sagte Karrde und ließ sich neben Aves im Kopilotensitz nieder. »Bleiben Sie hier, Dankin; heute sind Sie der Captain.«

»Ich fühle mich geehrt«, sagte Dankin trocken, trat zur Kommstation und setzte sich.

»Was meinen Sie, was das alles zu bedeuten hat?« fragte Aves, als er das Schiff für den Rücksturz vorbereitete.

»Keine Ahnung«, gab Karrde zu. »Laut Par'tah wollte Mazzic nur sagen, daß ich nach unserem Treffen mit den anderen auf Chazwa nach Bilbringi kommen soll.«

»Wahrscheinlich geht es um die drastische Lektion für das Imperium, von der er und Ellor auf Trogan gesprochen haben«, sagte Aves bedächtig. »Ich glaube nicht, daß mir das gefällt.«

»Denken Sie immer daran, egal, was passiert, wir sind harmlose Zuschauer«, erinnerte ihn Karrde. »Ein hereinkommender Frachter mit einem amtlich beglaubigten Transportauftrag und einer Ladung Koensyr-Energiekonverter an Bord. Absolut legal.«

»Solange man keinen genauen Blick riskiert«, sagte Aves. »Okay, es geht los.« Er drückte die Hyperantriebshebel nach vorn, und die Sternlinien erschienen und schrumpften wieder zu einem Hintergrund aus Sternen.

Einem Hintergrund aus Sternen, halb fertiggestellten Schiffen,

Wartungs- und Baumaschinen und treibenden Dockplattformen. Und, fast direkt vor der *Wilder Karrde,* einer mächtigen, schwerbewaffneten Golan-II-Kampfstation.

Sie hatten die imperialen Werften von Bilbringi erreicht.

Dankin pfiff leise. »Sehen Sie sich all diese neuen Schiffe an«, sagte er mit ehrfürchtig klingender Stimme. »Sie meinen es ernst, was?«

»Ja, das tun sie«, bestätigte Karrde. »Und auf Ord Trasi oder Yaga Minor meinen sie es auch ernst.« Und wenn sich Thrawn mit seiner Kloning-Operation auch nur halb so viel Mühe gab wie mit seinem Kriegsschiffbau...

»Hereinkommender Frachter, hier ist die Bilbringi-Kontrolle«, unterbrach ihn eine amtlich klingende Stimme aus dem Komm. »Identifizieren Sie sich und Ihren Heimathafen und Ihren Auftrag.«

»Dankin?« murmelte Karrde.

Dankin nickte. »Frachter *Hab Camber,* Heimathafen Valrar«, sagte er knapp ins Komm. »Unter dem Befehl von Captain Abel Quiller. Wir haben eine Ladung Energiekonverter für Dock siebenundvierzig an Bord.«

»Verstanden«, sagte der Raumlotse. »Warten Sie auf die Bestätigung.«

Aves berührte Karrdes Arm und deutete auf die Kampfstation vor ihnen. »Sie starten eine Angriffsfähre«, sagte er.

Und zwar in Richtung *Wilder Karrde.* »Kurs beibehalten«, wies ihn Karrde ruhig an. »Vielleicht wollen sie nur feststellen, ob wir nervös werden.«

»Oder sie rechnen mit Schwierigkeiten«, konterte Aves.

»Oder sie wollen uns erledigen«, warf Dankin ein. »Wenn Mazzic schon hier gewesen ist...«

»Frachter *Hab Camber,* behalten Sie Ihre Position bei«, unterbrach der Raumlotse. »Ein Inspektionsteam ist unterwegs, um Ihre Frachtpapiere zu überprüfen.«

Dankin aktivierte das Komm. »Wieso, was ist los?« fragte er mit der richtigen Mischung aus Verwirrung und Verärgerung. »Hören Sie, wir müssen unseren Auftrag erledigen – ich habe keine Zeit für diesen bürokratischen Unsinn.«

»Wenn Sie möchten, können wir Ihr Zeitproblem ein für alle Male lösen«, bot der Raumlotse mit bösartig klingender Stimme an. »Wenn nicht, sollten Sie sich auf die Ankunft des Teams vorbereiten.«

»Verstanden, Kontrolle«, grollte Dankin. »Ich hoffe nur, Ihre Leute beeilen sich.«

»Kontrolle Ende.«

Dankin sah Karrde an. »Was jetzt?«

»Wir bereiten uns auf die Ankunft des Teams vor«, sagte Karrde und ließ seinen Blick über die ausgedehnte Werft wandern. Wenn sich Mazzic an den Zeitplan hielt, den er Par'tah genannt hatte, mußte er bald auftauchen.

Er stutzte. »Aves, geben Sie mir darüber eine Analyse«, sagte er und deutete auf eine Ansammlung dunkler, irregulärer Flecken, die nahe dem Zentrum des Werftgebiets trieben. »In meinen Augen sehen sie nicht wie Schiffe aus.«

»Sind sie auch nicht«, bestätigte Aves ein paar Sekunden später. »Könnten Asteroiden mittlerer Größe sein – vierzig Meter im Durchmesser. Ich zähle... zweiundzwanzig Stück.«

»Seltsam«, sagte Karrde und betrachtete stirnrunzelnd das Sensordisplay, das Aves aktiviert hatte. In diesem Gebiet befanden sich über dreißig kleine Versorgungsboote, stellte er fest, und eine ähnliche Anzahl von Wartungstechnikern kroch auf den Asteroiden herum. »Ich frage mich, was die Imperialen mit diesen vielen Asteroiden vorhaben.«

»Vielleicht betreiben sie Bergbau«, schlug Aves zögernd vor. »Aber ich habe noch nie gehört, daß jemand einen ganzen Asteroiden zu einer Werft geschleppt hat.«

»Ich auch nicht«, nickte Karrde. »Es ist nur ein Gedanke... aber ich frage mich, ob sie vielleicht etwas mit Thrawns magischer Superwaffe zu tun haben. Mit der er Ukio und Woostri erobert hat.«

»Das könnte die strengen Sicherheitsvorkehrungen erklären«, sagte Aves. »Da wir gerade davon sprechen, diese Angriffsfähre nähert sich. Sollen wir sie an Bord lassen?«

»Wenn wir nicht beidrehen und fliehen wollen, sehe ich nicht viele Alternativen«, sagte Karrde. »Dankin, wieviel Neugierde vertragen unsere Frachtpapiere?«

»Eine Menge«, sagte Dankin langsam. »Hängt davon ab, ob sie mißtrauisch oder nur vorsichtig sind. Karrde, werfen Sie mal einen Blick nach Backbord, etwa vierzig Grad. Dieser halbfertige Sternzerstörer – sehen Sie ihn?«

Karrde drehte sich mit seinem Sitz. Der Sternzerstörer war in Wirklichkeit mehr als nur halb fertiggestellt; nur die Kommandosuperstruktur und die Sektionen des Bugbastionkamms fehlten noch. »Ich sehe ihn«, sagte er. »Was ist damit?«

»Es scheint da Aktivitäten zu ge...«

Und mitten im Satz explodierte die Steuerbordseite des Sternzerstörers.

Aves pfiff in verblüffter Bewunderung. »Ein Kriegsschiff erledigt«, sagte er, als ein Teil der vorderen Hülle wie die Seite in einer feurigen Explosion verging. »Glauben Sie, Mazzic steckt dahinter?«

»Ich glaube nicht, daß daran ein Zweifel besteht«, sagte Karrde und aktivierte das Hauptdisplay, um besser sehen zu können. Für einen Moment erhaschte er vor den lodernden Flammen einen Blick auf die Silhouetten von einem halben Dutzend frachtergroßer Schiffe, die mit hoher Geschwindigkeit Kurs auf den Randbereich der Werft nahmen. »Ich glaube außerdem, daß sie etwas zu weit gegangen sind«, fügte er hinzu und sah wieder zu dem Sternzerstörer hinüber. Eine Gruppe Bergungsboote schwärmten bereits zu dem brennenden Schiff aus, dicht gefolgt von drei Rotten TIE-Jägern.

Und dann, abrupt, drehten die heranrasenden Jäger ab und nahmen die Verfolgung der Frachter auf. »Sie haben sie entdeckt«, sagte Karrde grimmig und nahm eine rasche Lagebeurteilung vor. Mazzics Gruppe war zahlen- und waffenmäßig unterlegen, ein Ungleichgewicht, das wahrscheinlich noch schlimmer werden würde, bevor sie weit genug von der Werft entfernt waren, um in den Hyperraum fliehen zu können. Die drei Turbolaser der *Wilder Karrde* konnten das Gleichgewicht wiederherstellen; unglücklicherweise waren sie zu weit vom Ort des Geschehens entfernt, um ihnen in irgendeiner Weise zu helfen.

»Kommen wir ihnen zu Hilfe?« brummte Aves.

»Wenn wir vernünftig sind, werden wir keinen Finger rühren«, erklärte Karrde, ließ den Navcomputer ihre eigene Lichtsprungberechnung vornehmen und aktivierte das Interkom. »Sie bei dieser unüberlegten taktischen Planung zu unterstützen würde sie nur zu neuen Taten ermutigen. Aber ich schätze, wir können auch nicht einfach herumsitzen. Corvis?«

»Hier«, meldete sich Corvis' Stimme.

»Auf meinen Befehl hin eröffnen Sie das Feuer auf diese anfliegende Angriffsfähre«, wies ihn Karrde an. »Balig und Lachton, Sie nehmen sich die Kampfstation vor. Mal sehen, wieviel Chaos wir anrichten können. Aves, Sie bringen uns gleichzeitig auf einen Vektor, der...«

»Einen Moment, Karrde«, unterbrach Dankin. »Dort – fünfzig Grad backbord.«

Karrde drehte den Kopf. Dort, unter Verwendung des gleichen Vektors, über den Mazzics Sabotagecrew floh, waren zwei corellianische Kanonenboote aus dem Hyperraum gestürzt. Eine Formation TIE-Jäger, die ungefähr aus dieser Richtung heranbrauste, flog ein Abfangmanöver und wurde sofort in flammenden Staub verwandelt. »Nun, nun«, sagte Karrde. »Vielleicht ist Mazzics Taktik doch nicht so schlecht, wie ich dachte.«

»Das müssen Ellors Leute sein«, meinte Aves.

Karrde nickte. »Stimmt. Corellianische Kanonenboote sind nicht Mazzics Stil – und übersteigen bestimmt sein Budget. Die Strategie paßt zur legendären kulturellen Rücksichtslosigkeit der Duros.«

»Ich dachte, corellianische Kanonenboote würden auch Ellors Budget übersteigen«, bemerkte Dankin. »Glauben Sie, daß er sie von der Neuen Republik gestohlen hat?«

»›Gestohlen‹ ist so ein hartes Wort«, spottete Karrde sanft. »Ich schätze, er hat sie lediglich inoffiziell geliehen. Die Schiffe der Neuen Republik benutzen oft die Versorgungsdepots der Duros im Handelskreuz, und Ellor ist bei einigen von ihnen stiller Teilhaber.«

»Ich wette, daß es diesmal ein paar Beschwerden über den Service geben wird«, sagte Aves trocken. »Nebenbei, wollen wir immer noch diese Angriffsfähre ausschalten?«

Karrde hatte sie fast vergessen. »Eigentlich nicht. Corvis, Balig, Lachton – Turbolaser herunterfahren. An alle anderen: Alarm aufgehoben. Bereiten Sie sich auf die imperialen Inspekteure vor.«

Er bekam seine Bestätigungen, und als er sich umdrehte, stellte er fest, daß Aves ihn anstarrte. »Wir verschwinden nicht?« fragte der andere vorsichtig. »Nicht einmal nach diesem Zwischenfall?« Er wies auf die backbord tobende Schlacht.

»Was dort draußen passiert, hat nichts mit uns zu tun«, sagte Karrde mit seinem unschuldigsten Gesichtsausdruck. »Wir sind ein unabhängiger Frachter mit einer Ladung Energiekonverter. Erinnern Sie sich?«

»Sicher, sicher…«

»Wichtiger noch, es wird vielleicht ganz nützlich sein, zu erfahren, was nach diesem Angriff passiert«, fuhr Karrde mit einem Blick zu den Schiffen fort. Da ihr Fluchtvektor jetzt von Ellors Kanonenbooten gedeckt wurde und die Großkampfschiffe der Werft zu weit entfernt waren, um rechtzeitig einzugreifen, schienen die Saboteure relativ problemlos entkommen zu können. »Wir hören ihre Kommunikationsverbindungen ab, beobachten die Aufräumarbeiten und die Sicherheitsmaßnahmen nach dem Überfall und stellen fest, wieviel Schaden wirklich angerichtet wurde. Solche Sachen.«

Aves wirkte nicht überzeugt, aber er wußte, daß es keinen Sinn hatte, mit Karrde zu streiten. »Wenn Sie glauben, daß wir damit durchkommen«, sagte er zweifelnd. »Ich meine, wegen dem auf uns ausgesetzten Kopfgeld und so.«

»Dies ist der letzte Ort, wo ein imperialer Commander mit uns rechnet«, beruhigte ihn Karrde. »Deshalb wird auch niemand nach uns suchen.«

»Bestimmt nicht auf seinem Schiff unter dem Kommando von Captain Abel Quiller«, sagte Dankin, löste die Sicherheitsgurte und stand auf. »Ungeduldig und bombastisch, richtig?«

»Richtig«, bestätigte Karrde. »Aber übertreiben Sie's nicht mit dem Bombast. Wir wollen keine feindseligen Gefühle hervorrufen, nur Verachtung.«

»Verstanden«, nickte Dankin.

Er verließ die Brücke und Karrde wandte sich wieder dem ausglühenden Wrack des nun totgeborenen Sternzerstörers zu. Eine drastische Lektion, in der Tat, und eine, gegen die Karrde heftig Einspruch erhoben hätte, wäre er von Mazzic und Ellor um seinen Rat gebeten worden. Aber sie hatten es nicht getan, sondern ihren Plan einfach in die Tat umgesetzt.

Und jetzt war die Gefahr eines Gegenschlags noch viel größer als nach dem Zwischenfall auf Trogan. Denn Großadmiral Thrawn würde darauf mit einer schnellen und gewalttätigen Antwort reagieren. Und wenn er Mazzic als den Verantwortlichen für den Angriff ermittelte... und die Spur weiter zu ihm verfolgte...

»Wir können jetzt nicht mehr aufhören«, murmelte er halb zu sich selbst. »Wir müssen uns organisieren. Wir alle.«

»Was?« fragte Aves.

Karrde konzentrierte sich auf ihn. Auf dieses offene und verwirrte Gesicht, auf seine Weise klug, aber weder brillant noch intuitiv. »Vergessen Sie's«, sagte er und lächelte, um seinen Worten die Schärfe zu nehmen.

Er drehte sich zu der anfliegenden Angriffsfähre um. Und er schwor sich, wenn alles vorbei war, würde er einen Weg finden, Mara zurückzuholen.

Die letzte Seite rollte über das Display, und Thrawn blickte zu dem Mann auf, der in Habtachtstellung vor ihm stand. »Haben Sie diesem Bericht irgend etwas hinzuzufügen, General Drost?« fragte er mit ruhiger Stimme.

Viel zu ruhig für Pellaeons Geschmack. Gewiß ruhiger, als Pellaeons Stimme geklungen hätte, wenn *er* hier das Kommando gehabt hätte. Ihm blieb nichts anderes übrig, als durch die Sichtluke der *Schimäre* zu dem geschwärzten Wrack hinüberzusehen, das einmal ein fast fertiggestellter und unschätzbar wertvoller Sternzerstörer gewesen war, und schweigend darauf zu warten, daß Großadmiral Thrawn Drost den Kopf abriß. Der Mann hatte nichts anderes verdient.

Und Drost wußte es. »Nein, Sir«, sagte er gepreßt.

Thrawn bannte einen Moment länger seinen Blick und sah dann aus der Sichtluke. »Können Sie mir irgendeinen Grund nennen, Sie nicht sofort Ihres Kommandos zu entbinden?«

Ein fast unhörbares Seufzen entschlüpfte Drosts Lippen. »Nein, Sir«, sagte er wieder.

Für einen langen Moment war das einzige Geräusch das gedämpfte Hintergrundgemurmel von der Brücke der *Schimäre*. Pellaeon funkelte Drosts versteinertes Gesicht an und fragte sich, welche Strafe ihn erwartete. Ein Fiasko wie dieses sollte ihm im besten Fall ein Kriegsgerichtsverfahren und die unehrenhafte Entlassung aus dem Dienst wegen grober Fahrlässigkeit einbringen. Im schlechtesten Fall... Nun, Lord Vaders traditionelle Reaktion auf Inkompetenz war bekannt.

Und Rukh hielt sich schon hinter Thrawns Kommandositz bereit.

»Kehren Sie in Ihr Hauptquartier zurück, General«, sagte Thrawn. »Die *Schimäre* wird in etwa dreißig Stunden aufbrechen. Bis dahin haben Sie Zeit, ein neues Sicherheitssystem für die Werften zu entwickeln und umzusetzen. Dann werde ich meine Entscheidung über Ihre Zukunft treffen.«

Drost sah Pellaeon an, blickte dann wieder zu Thrawn. »Verstanden, Sir«, sagte er. »Ich werde Sie nicht noch einmal enttäuschen, Admiral.«

»Ich verlasse mich darauf«, sagte Thrawn mit einem kaum merklichen drohenden Unterton. »Wegtreten.«

Drost nickte und wandte sich ab, ging mit neuer Entschlossenheit davon.

»Sie mißbilligen meine Handlungsweise, Captain.«

Pellaeon zwang sich, dem Blick dieser glühenden roten Augen standzuhalten. »Ich hätte eine strenge Bestrafung für richtiger gehalten«, sagte er.

»Drost ist auf seine Art ein guter Mann«, erwiderte Thrawn gleichmütig. »Seine größte Schwäche ist sein Hang zur Selbstzufriedenheit. Für die nächste Zukunft zumindest sollte er davon kuriert sein.«

Pellaeon sah wieder zu dem Wrack vor der Sichtluke der *Schimäre* hinüber. »Eine recht kostspielige Lektion«, meinte er säuerlich.

»Ja«, bestätigte Thrawn. »Und sie demonstriert präzise, warum ich mir Karrdes Schmugglerkollegen nicht zum Feind machen wollte.«

Pellaeon sah ihn irritiert an. »Das waren die Schmuggler? Ich dachte, es wäre ein Sabotagekommando der Rebellen gewesen.«

»Drost ist derselben Meinung«, sagte Thrawn. »Aber die Methode und Ausführung unterschied sich erheblich von der Vorgangsweise der Rebellen. Ich denke, Mazzic ist der Hauptverdächtige. Obwohl es in Ellors Gruppe genug Duros gibt, die auch dafür verantwortlich sein könnten.«

»Ich verstehe«, sagte Pellaeon langsam. Dies warf ein völlig neues Licht auf den Zwischenfall. »Ich nehme an, wir werden ihnen zeigen, wie leichtsinnig es war, das Imperium anzugreifen.«

»Nichts wäre mir lieber«, stimmte Thrawn zu. »Und zu den Glanzzeiten der imperialen Macht hätte ich auch nicht gezögert. Unglücklicherweise wäre zu diesem Zeitpunkt eine solche Reaktion kontraproduktiv. Sie würde die Schmuggler nicht nur in ihrer Entschlossenheit bestärken, sondern auch das Risiko mit sich bringen, die übrigen Randelemente der Galaxis gegen uns aufzuhetzen.«

»So sehr brauchen wir ihre Hilfe und Dienste nun auch nicht«, sagte Pellaeon. »Jetzt nicht.«

»Wir sind auf diese Kreaturen zweifellos nicht mehr so angewiesen wie früher«, sagte Thrawn. »Das bedeutet aber nicht, daß wir in einer Position sind, völlig auf sie zu verzichten. Aber darum geht es gar nicht. Das Problem ist die gefährliche Tatsache, daß diese Randexistenzen über große Erfahrung darüber verfügen, ohne offizielle Erlaubnis in offiziellen Kreisen zu operieren. Sie von Plätzen wie Bilbringi fernzuhalten, würde weit mehr Personal erfordern, als wir derzeit erübrigen können.«

Pellaeon biß die Zähne zusammen. »Das verstehe ich, Sir. Aber wir können einen Angriff dieser Größenordnung nicht einfach ignorieren.«

»Das werden wir auch nicht«, versprach Thrawn ruhig, mit glitzernden Augen. »Und wenn er kommt, wird unsere Reaktion dem Imperium große Vorteile bringen.« Er drehte sich mit seinem Sitz und betrachtete das Zentrum der Werften. »In der Zwischenzeit...«

»GROSSADMIRAL THRAWN!«

Das Gebrüll dröhnte wie ein ohrenbetäubender Donnerschlag durch die Brücke, hallte von achtern nach vorn und wieder zurück. Pellaeon wirbelte herum und griff reflexartig nach dem Blaster, den er nicht trug.

Joruus C'baoth stürmte über die Brücke auf sie zu, mit blitzenden Augen und wehendem Bart. Eine zornige Strahlung schien die Luft um ihn zu verbrennen; die beiden Sturmtruppen, die den Eingang zur Brücke bewachten, lagen hinter ihm auf dem Boden, bewußtlos oder tot.

Pellaeon schluckte hart und griff nach der beruhigenden Festigkeit des Ysalamir-Nährgerüsts, das an der Rücklehne von Großadmiral Thrawns Kommandositz befestigt war. Das Gerüst drehte sich von ihm fort, als Thrawn herumfuhr und dem heranstürmenden Jedi-Meister entgegensah. »Sie wollen mich sprechen, Master C'baoth?«

»Sie haben versagt, Großadmiral Thrawn«, fauchte C'baoth ihn an. »Haben Sie mich verstanden? Ihre Kommandos haben versagt.«

»Ich verstehe Sie«, nickte Thrawn gelassen. »Was haben Sie mit meinen Wachen gemacht?«

»*Meinen* Männern!« schnappte C'baoth, und erneut hallte seine Stimme auf der Brücke wider. Selbst ohne das Element der Überraschung war es ein wirksamer Trick. »Meine! *Ich* kommandiere das Imperium, Großadmiral Thrawn. Nicht Sie.«

Thrawn drehte sich zur Seite und winkte dem Offizier des Backbordmannschaftsstands zu. »Alarmieren Sie die Krankenstation«, befahl er dem Mann. »Sie sollen ein Team schicken.«

Für einige quälende Herzschläge glaubte Pellaeon, C'baoth würde widersprechen oder – schlimmer – auch den Mannschaftsstandoffizier ausschalten. Aber seine ganze Aufmerksamkeit schien auf Thrawn gerichtet zu sein. »Ihre Kommandos haben versagt, Großadmiral Thrawn«, wiederholte er diesmal mit tödlicher Ruhe in der Stimme.

»Ich weiß«, sagte Thrawn. »Alle bis auf den befehlshabenden Major scheinen dabei getötet worden zu sein.«

C'baoth richtete sich zu seiner vollen Größe auf. »Dann ist es an der Zeit, daß ich diese Sache selbst in die Hand nehme. Sie werden mich nach Coruscant bringen. Jetzt.«

Thrawn nickte. »Wie Sie wünschen, Master C'baoth. Wir werden meine Spezialfracht an Bord nehmen und dann aufbrechen.«

Es war zweifellos nicht die Antwort, die C'baoth erwartet hatte. »Was?« fragte er stirnrunzelnd.

»Ich sagte, sobald die Spezialfracht an Bord der *Schimäre* und der anderen Schiffe ist, brechen wir nach Coruscant auf«, wiederholte Thrawn.

C'Baoth warf Pellaeon einen Blick zu, schien mit den Augen nach der Information zu suchen, für die seine Jedi-Sinne blind waren. »Was ist das für ein Trick?« grollte er und sah wieder Thrawn an.

»Es ist kein Trick«, versicherte ihm Thrawn. »Ich habe entschieden, daß ein Blitzangriff auf das Herz der Rebellion der beste Weg ist, ihre Moral zu erschüttern und sie auf die nächste Phase der Offensive vorzubereiten.«

C'baoth sah aus der Sichtluke zu den ausgedehnten Werften von Bilbringi hinaus. Sein Blick glitt vorbei an der geschwärzten Hülle des Sternzerstörers..., wanderte zu dem Asteroidenhaufen im Zentralsektor...

»Diese da?« fragte er und wies mit einem Finger auf sie. »Sind sie Ihre Spezialfracht?«

»Sie sind der Jedi-Meister«, sagte Thrawn. »Was meinen Sie?«

C'baoth funkelte ihn an, daß Pellaeon der Atem stockte. Der Großadmiral stellte ihn auf die Probe, erkannte Pellaeon – ein recht gefährliches Spiel, wie er fand. Die einzigen, die genau wußten, was Thrawn mit diesen Asteroiden vorhatte, befanden sich derzeit unter dem schützenden Einfluß der Ysalamiri. »Nun gut, Großadmiral Thrawn«, sagte C'baoth. »Ich werde es herausfinden.«

Er holte tief Luft und schloß die Augen, und die Linien in seinem Gesicht gruben sich noch tiefer ein unter einer mentalen Anspannung, wie sie Pellaeon seit langer Zeit nicht mehr bei dem Jedi-Meister erlebt hatte. Er beobachtete den anderen, rätselnd, was er plante... und plötzlich verstand er. Dort draußen bei den Asteroiden befanden sich Hunderte von Offizieren und Technikern, die an dem Projekt gearbeitet hatten, und jeder von ihnen hatte seine persönlichen Vermutungen über den Zweck dieses Projekts. C'baoth griff nach all diesen Bewußtseinen, sammelte diese Spekulationen und setzte sie zu einem vollständigen Bild zusammen...

»Nein!« stieß er plötzlich hervor und richtete die blitzenden Augen wieder auf Thrawn. »Sie können Coruscant nicht vernichten. Nicht, solange ich meine Jedi nicht habe.«

Thrawn schüttelte den Kopf. »Ich habe nicht die Absicht, Coruscant zu vernichten...«

»Sie lügen!« fiel ihm C'baoth ins Wort und zielte mit einem anklagenden Finger auf ihn. »Sie haben mich immer belogen. Aber jetzt ist Schluß. Jetzt ist Schluß. *Ich* befehlige das Imperium und all seine Streitkräfte.«

Er hob die Hände hoch über den Kopf, und zwischen ihnen entstand ein unheimliches blauweißes Koronaleuchten. Pellaeon duckte sich gegen seinen Willen, dachte an die Lichtblitze, die C'baoth in der Krypta von Wayland auf sie geschleudert hatte. Aber es kamen keine Blitze. C'baoth stand einfach da, die Hände in der Luft, die Augen in die Unendlichkeit gerichtet. Pellaeon sah ihn verwirrt an..., und er wollte C'baoth soeben fragen, was er eigentlich wollte, als sein Blick zufällig auf den Backbordmannschaftsstand fiel.

Die Crewmitglieder saßen steif in ihren Sitzen, die Rücken durchgedrückt, die Hände im Schoß gefaltet, die Augen blicklos auf die Konsolen gerichtet. Die Offiziere hinter ihnen waren genauso steif, genauso reglos, genauso gelähmt. Der Steuerbordmannschaftsstand bot das gleiche Bild wie die Achternbrücke.

Und an den Konsolen, die Pellaeon sehen konnte und über die eigentlich die hereinkommenden Berichte aus den anderen Sektoren des Schiffes flimmern sollten, waren die Displays grau geworden.

Es war ein Moment, den Pellaeon seit diesem ersten Besuch auf Wayland erwartet und gefürchtet hatte. C'baoth hatte das Kommando über die *Schimäre* übernommen.

»Beeindruckend«, sagte Thrawn in die knisternde Stille hinein. »Wirklich sehr beeindruckend. Und was beabsichtigen Sie jetzt zu tun?«

»Muß ich mich wiederholen?« sagte C'baoth mit einem leichten, angestrengten Beben in der Stimme. »Ich werde dieses Schiff nach Coruscant bringen. Um meine Jedi zu holen, nicht, um sie zu vernichten.«

»Von hier aus brauchen Sie mindestens fünf Tage bis nach Coruscant«, sagte Thrawn kalt. »Fünf Tage, in denen Sie die Kontrolle über die siebenunddreißigtausend Besatzungsmitglieder der *Schimäre* aufrechterhalten müssen. Natürlich noch länger, wenn Sie am Ende des Fluges tatsächlich einen Kampf führen wollen. Und wenn Sie wollen, daß wir mit einer ganzen Streitmacht dort eintreffen, wird diese Zahl Siebenunddreißigtausend steil in die Höhe schießen.«

C'baoth schnaubte verächtlich. »Sie zweifeln an der Kraft der Macht, Großadmiral Thrawn?«

»Nicht im geringsten«, sagte Thrawn. »Ich zeige Ihnen lediglich die Probleme, denen Sie und die Macht gegenüberstehen werden, wenn Sie mit dieser Handlungsweise fortfahren. Wissen Sie beispielsweise, wo die Flotte des Coruscant-Sektors stationiert ist, oder kennen Sie die Zahl und Typen der Schiffe, aus denen sie besteht? Haben Sie sich überlegt, wie Sie Coruscants orbitale Kampfstationen und die bodengebundenen Systeme ausschalten können? Wissen Sie, wer derzeit das Kommando über die planetaren Abwehranlagen hat und wie er oder sie die zur Verfügung stehenden Streitkräfte einsetzen wird? Haben Sie Coruscants Energiefeld bedacht? Wissen Sie, wie man die strategischen und taktischen Möglichkeiten eines imperialen Sternzerstörers am besten einsetzt?«

»Sie wollen mich verwirren«, beschuldigte ihn C'baoth. »Ihre Männer – *meine* Männer – kennen die Antwort auf all diese Fragen.«

»Auf einige davon, ja«, bestätigte Thrawn. »Aber Sie können die Antworten nicht lernen. Nicht alle. Sicherlich nicht schnell genug.«

»Ich kontrolliere die Macht«, wiederholte C'baoth zornig. Aber Pellaeon hörte den verzweifelten Unterton in seiner Stimme. Wie ein Kind, das sich in einen Wutanfall hineingesteigert hatte und nicht wirklich erwartete, daß es damit seinen Willen durchsetzen konnte...

»Nein«, sagte Thrawn in einem plötzlichen tröstenden Tonfall. Vielleicht hatte auch er die Verzweiflung in C'baoths Stimme gehört. »Die Galaxis ist noch nicht für Ihre Führung bereit, Master C'baoth. Später, wenn die Ordnung wiederhergestellt ist, werde ich Ihnen die Herrschaft über das Imperium übergeben. Aber diese Zeit ist noch nicht gekommen.«

Für einen langen Moment rührte sich C'baoth nicht, nur seine Lippen, kaum sichtbar hinter dem dichten Bart, bewegten sich. Dann, fast widerwillig, senkte er die Arme; und im gleichen Augenblick erfüllte erstickte Keuchen und Stöhnen und das Knirschen von Stiefelsohlen auf dem Stahldeck die Brücke, als die Crewmitglieder aus der Kontrolle des Jedi-Meisters entlassen wurden. »Sie werden mir das Imperium niemals übergeben«, sagte C'baoth zu Thrawn. »Nicht freiwillig.«

»Das wird vielleicht von Ihrer Fähigkeit abhängen, das zu erhalten, was ich soeben neu errichte«, entgegnete Thrawn.

»Und was ohne Sie nicht entstehen wird?«

Thrawn wölbte eine Braue. »Sie sind der Jedi-Meister. Wenn Sie in die Zukunft blicken, können Sie dann ein zukünftiges Imperium sehen, das ohne mich entsteht?«

»Ich sehe viele mögliche Zukünfte«, sagte C'baoth. »Nicht in allen überleben Sie.«

»Eine Ungewißheit, der sich alle Soldaten stellen müssen«, nickte Thrawn. »Aber das habe ich nicht gefragt.«

C'baoth lächelte dünn. »Glauben Sie nie, daß Sie für mein Imperium unersetzlich sind, Großadmiral. Das bin nur ich.«

Er ließ seinen Blick über die Brücke schweifen und richtete sich dann zu seiner vollen Größe auf. »Im Moment jedenfalls bin ich damit einverstanden, daß Sie meine Streitkräfte in die Schlacht führen.« Er sah Thrawn scharf an. »Sie können die Führung übernehmen; aber Sie werden Coruscant nicht vernichten. Nicht, bis ich meine Jedi habe.«

»Wie ich bereits sagte, habe ich nicht die Absicht, Coruscant zu vernichten«, informierte ihn Thrawn. »Im Moment dienen die Furcht und die Unterminierung der Moral, die mit einer Belagerung einhergehen, meinen Zielen viel besser.«

»*Unseren* Zielen«, korrigierte C'baoth. »Vergessen Sie das nicht, Großadmiral Thrawn.«

»Ich vergesse niemals etwas, Master C'baoth«, konterte Thrawn ruhig.

»Gut«, sagte C'baoth ebenso ruhig. »Dann dürfen Sie sich wieder Ihren Pflichten widmen. Sollten Sie mich brauchen, ich bin meditieren. Ich meditiere über die Zukunft meines Imperiums.«

Er drehte sich um und ging über die Brücke davon; und Pellaeon stieß den Atem aus, den er angehalten hatte, ohne es zu bemerken. »Admiral...«

»Nehmen Sie Verbindung mit der *Erbarmungslos* auf, Captain«, befahl Thrawn, während er sich mit seinem Sitz umdrehte. »Sagen Sie Captain Dorja, daß ich für die nächsten sechs Stunden eine fünfhundert Mann starke Hilfscrew brauche.«

Pellaeon blickte in den Backbordmannschaftsstand hinunter.

Hier und dort konnte er ein Besatzungsmitglied aufrecht an seiner Station sitzen oder einen Offizier mehr oder weniger gerade stehen sehen. Aber die meisten Crewmitglieder waren in ihren Sitzen zusammengebrochen, die Offiziere lehnten haltsuchend an Wänden oder Konsolen oder lagen zitternd auf dem Deck. »Jawohl, Sir«, sagte er, trat zu seinem Sessel und aktivierte das Komm. »Werden Sie die Coruscant-Operation verschieben?«

»Nicht länger, als absolut notwendig«, erwiderte Thrawn. »Die Geschichte ist in Bewegung, Captain. Wer nicht mit ihr Schritt hält, wird hinter ihr zurückfallen und tatenlos zusehen müssen.«

Er blickte zurück zur Tür, durch die C'baoth verschwunden war. »Und wer sich uns in den Weg stellt«, fügte er leise hinzu, »wird nicht einmal mehr zusehen können.«

13

Sie kamen mitten in der Nacht nach Coruscant: zehn von ihnen, als Jawas verkleidet, schlüpften durch die Geheimtür, die von der Palastwache sorgfältig versiegelt worden war und die Luke nun genauso sorgfältig wieder entsiegelte. Unbeobachtet zum Turm zu gelangen, war kein Problem – niemand hatte bis jetzt die Zeit gefunden, etwas gegen das Labyrinth der Geheimgänge des Imperators zu unternehmen.

Und so folgten sie Luke lautlos in die Suite... und zum erstenmal stand Han Auge in Auge den Leibwächtern gegenüber, die nach dem Willen seiner Frau sie und ihre Kinder vor dem Imperium schützen sollten.

Eine Gruppe Noghri.

»Wir grüßen dich, Lady Vader«, sagte der erste der grauhäutigen

Nichtmenschen mit feierlicher Stimme, sank zu Boden und breitete die Arme aus. Die anderen folgten seinem Beispiel, was in dem engen Vorraum der Suite eigentlich zu einem peinlichen Gedränge hätte führen müssen. Aber so war es nicht, und das sagte wahrscheinlich genug über ihre Gewandtheit. »Ich bin Cakhmaim, Krieger vom Clan Eikh'mir«, fuhr der Noghri am Boden liegend fort. »Ich führe die Ehrengarde der *Mal'ary'ush*. Deinem Dienst und deinem Schutz widmen wir uns und unser Leben.«

»Erhebe dich«, sagte Leia im würdevollen Tonfall. Han warf ihr einen verstohlenen Blick zu und stellte fest, daß ihr Gesicht und ihre Haltung so würdig wie ihre Stimme waren. Genau die Sorte Autoritätsfirlefanz, die bei ihm gewöhnlich automatisch zur Aufsässigkeit führte. Aber bei Leia sah es gut aus. »Als *Mal'ary'ush* nehme ich eure Dienste an.«

Die Noghri standen so lautlos auf, wie sie sich zu Boden geworfen hatten. »Mein Lieutenant, Mobvekhar Clan Hakh'khar«, sagte Cakhmaim und deutete auf den Noghri zu seiner Rechten. »Er wird die zweite Wache übernehmen.«

»Mein Mann, Han Solo«, erwiderte Leia und wies auf Han.

Cakhmaim drehte sich zu ihm um, und nur mit Mühe unterdrückte Han den Impuls, nach seinem Blaster zu greifen. »Wir grüßen dich«, sagte der Nichtmensch feierlich. »Die Noghri erweisen dem Gatten der Lady Vader die Ehre.«

Dem Gatten? Han warf Leia einen verdutzten Blick zu. Ihre Miene war noch immer ernst, aber um ihre Mundwinkel spielte die Andeutung eines vergnügten Lächelns. »Danke«, knurrte Han. »Ist mir ein Vergnügen.«

»Und du, Khabarakh« sagte Leia und streckte einem anderen Noghri ihre Hand entgegen. »Es ist schön, dich wiederzusehen. Ich hoffe, der Maitrakh deiner Familie geht es gut?«

»Ihr geht es sehr gut, Mylady«, antwortete der Noghri, trat vor und ergriff ihre Hand. »Sie sendet dir ihre Grüße und erneuert das Versprechen, dir zu dienen.«

Die Tür hinter dem Noghri öffnete sich, und Chewbacca schlüpfte herein. »Ärger?« fragte Han, froh über die Ablenkung von all diesen Höflichkeitsfloskeln.

Chewbacca grollte eine Verneinung, während er die Gruppe der Nichtmenschen musterte. Er entdeckte Khabarakh und glitt mit einem gebrummten Gruß an seine Seite. Khabarakh erwiderte den Gruß. »Wer steht noch unter unserem Schutz, Lady Vader?« fragte Cakhmaim.

»Meine Beraterin Winter und meine Zwillinge«, sagte Leia. »Kommt; ich zeige sie euch.«

Von Cakhmaim und Mobvekhar flankiert, ging sie ins Schlafzimmer. Die anderen Nichtmenschen verteilten sich in der Suite und überprüften die Wände und Türen. Chewbacca und Khabarakh verschwanden in eine leise Unterhaltung vertieft in Winters Schlafzimmer.

»Dir gefällt die Sache immer noch nicht, oder?« fragte Luke an Hans Seite.

»Eigentlich nicht«, gestand Han, während er Chewbacca und Khabarakh nachblickte. »Aber ich scheine keine große Wahl zu haben.«

Er spürte, daß Luke die Schultern zuckte. »Du kannst mit Chewie hierbleiben«, bot er an. »Lando, Mara und ich können auch allein nach Wayland gehen.«

»Oder ihr könntet die Noghri mitnehmen«, schlug Han trocken vor. »Zumindest müßtet ihr euch dort draußen keine Sorgen machen, daß irgend jemand sie sieht.«

»Niemand wird uns hier sehen«, miaute eine ernste Stimme an seinem Ellbogen.

Han zuckte zusammen, fuhr herum und griff nach seinem Blaster. Ein Noghri stand neben ihm, in Ordnung. Er hätte schwören können, daß keiner der zwergenhaften Nichtmenschen in seiner Nähe gewesen war. »Schleicht ihr euch immer auf diese Weise an?« fragte er.

Der Nichtmensch neigte den Kopf. »Verzeih mir, Gatte der Lady Vader. Ich wollte dich nicht kränken.«

»Sie sind hervorragende Jäger«, murmelte Luke.

»Ja, das hab' ich gehört«, wandte sich Han wieder an Luke. Beeindruckend, sicher, aber es war nicht die *Fähigkeit* der Nichtmenschen, Leia zu beschützen, die ihm Sorgen bereitete. »Hör mal, Luke...«

»Sie sind in Ordnung, Han«, sagte Luke leise. »Das sind sie wirklich. Leia hat ihnen schon einmal ihr Leben anvertraut.«

»Ja«, sagte Han erneut. Versuchte, das Bild zu verdrängen: Leia und die Zwillinge in der Hand der Imperialen... »Ist am Raumhafen alles glatt gegangen?«

»Keine Probleme«, versicherte ihm Luke. »Wedge und ein paar seiner Kameraden vom Sondergeschwader haben das Schiff beim Anflug eskortiert, und Chewie hat für die notwendige Tarnung gesorgt. Es hat uns auch niemand beim Betreten des Palastes gesehen.«

»Ich hoffe, du hast die Tür hinter dir versiegelt«, sagte Han. »Wenn ein anderes imperiales Kommando eindringt, wird Leia alle Hände voll zu tun haben.«

»Sie ist verschlossen, aber nicht richtig versiegelt«, schüttelte Luke den Kopf. »Wir werden sie von Cakhmaim hinter uns versiegeln lassen.«

Han sah ihn stirnrunzelnd an und ihm kam ein unangenehmer Verdacht. »Du meinst, wir sollen *jetzt* aufbrechen?«

»Kannst du dir einen besseren Zeitpunkt vorstellen?« konterte Luke. »Ich meine, die Noghri sind hier, und der *Falke* ist startbereit. Und niemand wird Mara bis zum Morgen vermissen.«

Han sah über Lukes Schulter zur Schlafzimmertür hinüber, wo soeben Leia auftauchte, ihre Noghri-Eskorte noch immer im Schlepptau. Es machte Sinn – das mußte er zugeben. Aber irgendwie hatte er gehofft, noch etwas mehr Zeit mit Leia verbringen zu können.

Doch in dieser Zeit würde das Imperium weitere Klons produzieren...

Er schnitt eine Grimasse. »Einverstanden«, brummte er. »Sicher. Warum nicht?«

»Ich weiß«, sagte Luke mitfühlend. »Und es tut mir leid.«

»Vergiß es. Wie willst du es machen?«

»Lando und ich holen Mara heraus«, sagte Luke wieder ganz sachlich. Wahrscheinlich spürte er, daß Han nicht in der Stimmung für Mitgefühl war. »Du holst mit Chewie den *Falken* und nimmst uns an Bord. Und vergiß nicht, die Droiden mitzunehmen.«

»Natürlich«, sagte Han und spürte, wie seine Lippen zuckten. Es war schon schlimm genug, daß er Leia und seine Kinder allein lassen und in eine weitere imperiale Festung eindringen mußte – jetzt mußte er auch noch Dreipeo mitschleppen und sich das Geschwätz dieser überkultivierten Blechbirne anhören. Es wurde immer besser. »Hast du den von Chewie präparierten Hemmbolzen?«

»Hier«, nickte Luke und klopfte gegen seine Tasche. »Ich weiß auch, wo ich ihn anbringen muß.«

»Hoffentlich irrst du dich nicht«, warnte Hand. »Wenn sich ein W-2RD-Droide erst mal in Bewegung gesetzt hat, mußt du ihm den Kopf abschlagen, um ihn zu stoppen.«

»Ich verstehe«, nickte Luke. »Wir treffen dich draußen, wo wir das Noghri-Schiff versteckt haben – Chewie kennt die Stelle.« Er wandte sich ab und ging zur Tür.

»Viel Glück«, murmelte Han. Er drehte sich um... »Was *glotzt* du so?« fragte er.

Der Noghri an seiner Seite neigte den Kopf. »Ich wollte dich nicht kränken, Gatte der Lady Vader«, versicherte er Han. Er kehrte ihm den Rücken zu und setzte seine Untersuchung der Wand fort.

Han schnitt eine Grimasse und sah sich nach Leia um. Okay, er würde noch in dieser Nacht aufbrechen; aber er würde nirgendwohin gehen, ohne sich vorher von seiner Frau verabschiedet zu haben. Und zwar unter vier Augen.

Der Imperator hob die Hände und schleuderte Kaskaden aus gezackten blauweißen Blitzen auf seine Feinde. Beide Männer wankten unter dem Gegenangriff, und von plötzlicher Hoffnung erfüllt, dachte Mara, daß diesmal der Kampf vielleicht anders ausgehen würde. Aber nein. Vader und Skywalker richteten sich auf, und mit einem elektronisch klingenden Wutschrei hoben sie ihre Lichtschwerter...

Mara schreckte aus dem Schlaf hoch und griff automatisch unter ihr Bett nach dem Blaster, der dort nicht war. Dieser Schrei hatte wie der Alarm des W-2RD-Droiden geklungen, der vor ihrer Tür Wache stand. Ein Alarm, der bereits im Keim erstickt worden war...

Das Türschloß wurde mit einem Klicken entriegelt. Maras suchende Hand berührte den Datenblock, den sie vor dem Einschlafen gelesen hatte..., und als die Tür aufschwang, schleuderte sie den Apparat mit aller Kraft auf die dunkle Gestalt, die sich als Silhouette im Türrahmen abzeichnete. Das improvisierte Wurfgeschoß erreichte nie sein Ziel. Die Gestalt hob einfach eine Hand, und der Datenblock kam mitten in der Luft zum Stillstand. »Alles in Ordnung, Mara«, murmelte sie, als sie einen Schritt weiter ins Zimmer trat. »Ich bin es nur – Luke Skywalker.«

Mara spähte durch die Dunkelheit und griff mit ihren Gedanken nach dem Eindringling. Es war tatsächlich Skywalker. »Was wollen Sie?« fragte sie.

»Wir holen Sie heraus«, erklärte Skywalker, trat an den Schreibtisch und machte Licht. »Kommen Sie – Sie müssen sich anziehen.«

»Ach ja?« gab Mara zurück und blinzelte einen Moment, bis sich ihre Augen an die Helligkeit gewöhnt hatten. »Verraten Sie mir auch, wohin wir gehen?«

Ein leichtes Runzeln furchte Skywalkers Stirn. »Wir gehen nach Wayland«, sagte er. »Sie haben Leia gesagt, daß Sie den Planeten finden können.«

Mara starrte ihn an. »Sicher, das habe ich gesagt. Aber wann habe ich gesagt, daß ich jemand dorthin bringen werde?«

»Sie müssen, Mara«, entgegnete Skywalker mit diesem irritierenden idealistischen Ernst in der Stimme. Dieselbe Ernsthaftigkeit, die sie daran gehindert hatte, diesen wahnsinnigen Joruus C'baoth auf Jomarak zu töten. »Wir stehen am Rand eines neuen Klon-Krieges. Wir müssen ihn verhindern.«

»Dann verhindern Sie ihn«, konterte sie. »Das ist nicht mein Krieg, Skywalker.«

Aber die Worte waren nicht mehr als ein Reflex, und sie wußte es. In dem Augenblick, als sie Organa Solo von dem Depot des Imperators erzählt hatte, hatte sie sich auf die Seite dieser Kriegspartei geschlagen, und das bedeutete, daß sie tun mußte, was von ihr verlangt wurde. Selbst wenn es bedeutete, sie persönlich nach Wayland zu bringen.

Mit all diesen wohltrainierten Jedi-Spürsinnen mußte Skywalker es auch erkennen. Glücklicherweise hatte er genug Takt, es ihr nicht offen ins Gesicht zu schleudern. »In Ordnung«, grollte sie und schwang die Beine aus dem Bett. »Warten Sie draußen – ich komme gleich nach.«

Während sie sich anzog, hatte sie Zeit, die Umgebung mit ihren weit weniger entwickelten Macht-Sinnen zu überprüfen, und war deshalb nicht überrascht, daß außer Skywalker Calrissian auf sie wartete, als sie ihre Suite verließ. Der Zustand des W-2RD-Wachdroiden *war* allerdings eine Überraschung. So, wie der elektronische Schrei erstickt worden war, hatte sie erwartet, die Einzelteile des Wachdroiden auf dem Boden verstreut vorzufinden; statt dessen stand er völlig intakt neben ihrer Tür und bebte leicht in mechanischer Wut oder Frustration. »Wir haben ihn mit einem Hemmbolzen mattgesetzt«, erklärte Skywalker.

Sie sah genauer hin und entdeckte an der Seite des Droiden das flache Gerät. »Ich wußte nicht, daß man einen Wachdroiden hemmen kann.«

»Es ist nicht einfach, aber Han und Chewie kannten eine Methode«, sagte Skywalker, während die drei durch den Gang zu den Turboliften eilten. »Sie meinten, dadurch würde der Ausbruch weniger verdächtig wirken.«

Ausbruch. Mara warf Skywalker einen Seitenblick zu; das Wort ließ diese ganze Angelegenheit in einem völlig neuen Licht erscheinen. Hier war er: Luke Skywalker, Jedi-Ritter, Held der Rebellion, Garant von Recht und Ordnung... Und er hatte soeben das gesamte Establishment der Neuen Republik getäuscht, von Mon Mothma angefangen, um sie zu befreien. Mara Jade, eine Schmugglerin, der er nicht das geringste schuldete, und die sogar gedroht hatte, ihn zu töten.

All das, weil er erkannt hatte, daß es getan werden mußte. Und er vertraute ihr, daß sie ihm dabei helfen würde.

»Netter Trick«, murmelte sie und warf im Vorbeilaufen einen Blick in einen Seitenkorridor, nach Wachen Ausschau haltend. »Ich werde Solo bitten, ihn mir beizubringen.«

Calrissian ließ den Gleiter auf einem alten Privatraumhafen niedergehen. Der *Millennium Falke* war bereits da, und ein sichtlich nervöser und ungeduldiger Chewbacca erwartete sie vor der offenen Schleuse.

»Wurde auch Zeit«, sagte Solo, als Mara Skywalker ins Cockpit folgte. Sie waren kaum an Bord, stellte sie fest, und er hatte den Frachter bereits gestartet. Er mußte genauso nervös sein wie der Wookiee. »Okay, Mara. Wohin?«

»Nehmen Sie Kurs auf Obroa-skai«, wies sie ihn an. »Das war damals der letzte Halt vor Wayland. Wenn wir dort eintreffen, dürfte ich den Rest herausgefunden habe.«

»Hoffentlich«, sagte Solo und schaltete den Navcomputer ein.

»Schnallen Sie sich besser an – wir springen so schnell wie möglich in die Lichtgeschwindigkeit.«

Mara glitt in den Passagiersitz hinter ihm, Skywalker nahm den anderen. »Wir groß ist unsere Streitmacht?« fragte sie, als sie sich anschnallte.

»Sie sehen sie vor sich«, grunzte Solo. »Sie, ich, Luke, Lando und Chewie.«

»Ich verstehe«, sagte Mara und schluckte hart. Fünf gegen die Verteidiger von Thrawns wichtigster Militärbasis. »Halten Sie es nicht für unsportlich?« fragte sie sarkastisch.

»Auf Yavin sah es auch nicht anders aus«, erinnerte Solo. »Oder auf Endor.«

Sie funkelte seinen Rücken an, wollte den Zorn und den Haß fließen lassen. Aber alles, was sie fühlte, war ein stiller und seltsam ferner Schmerz. »Ihr Selbstvertrauen ist sehr beruhigend«, schnappte sie.

Solo zuckte die Schultern. »Man kann eine Menge erreichen, wenn man sich nicht so verhält, wie der Gegner es erwartet«, sagte er. »Erinnern Sie mich bei Gelegenheit daran, daß ich Ihnen erzähle, wie wir von Hoth entkommen sind.«

Die Tür hinter ihnen glitt zur Seite, und Chewbacca polterte ins Cockpit. »Alles erledigt?« fragte Solo ihn.

Der Wookiee grollte etwas, das wahrscheinlich eine Bestätigung war. »Gut. Überprüfe noch schnell die Restdämpfer – sie standen vorhin im Rotbereich.«

Mit einem weiteren Grollen machte sich der Wookiee an die Arbeit. »Ehe ich's vergesse, Luke«, fügte Solo hinzu, »du bist für die Droiden dort hinten verantwortlich. Ich möchte nicht, daß Dreipeo irgendwo herumfummelt, wenn Chewie oder Lando nicht bei ihm sind. Alles klar?«

»Alles klar«, sagte Luke. Er schenkte Mara ein vergnügtes Grinsen. »Dreipeo hat manchmal zuviel freie Zeit«, erklärte er. »Seit kurzem interessiert er sich für Mechanikerarbeiten.«

»Und er ist ein verdammt schlechter Mechaniker«, warf Solo säuerlich ein. »Okay, Chewie, mach dich bereit. Los geht's…«

Er zog die Hyperantriebshebel zurück. Die Sterne jenseits der Sichtluke verwandelten sich in Sternlinien…, und sie waren auf dem Weg. Fünf Personen, auf dem Weg zur Eroberung einer imperialen Festung.

Mara sah zu Skywalker hinüber. Und der einzige von ihnen, der ihr wirklich vertraute, war der Mann, den sie töten mußte.

»Dein erstes Kommando, seit du den Dienst quittiert hast, Han«, sagte Skywalker in die Stille hinein.

»Ja«, sagte Solo gepreßt. »Hoffen wir, daß es nicht mein letztes ist.«

»Die *Kriegslust* ist mit ihrem Geschwader eingetroffen, Captain«, rief der Kommoffizier zum Kommandogang der *Schimäre* hinauf. »Captain Aban meldet, daß alle Schiffe kampfbereit sind, und bittet um den endgültigen Einsatzbefehl.«

»Geben Sie ihnen den Befehl«, wies Pellaeon ihn an, blickte durch die Sichtluke zu der neuen Gruppe Positionslichter hinüber, die steuerbordseits aufgetaucht waren, und versuchte, die düsteren Vorahnungen zu verdrängen, die wie giftige Gase in seinen Eingeweiden rumorten. Es war schön und gut, daß Thrawn die kampfgestählte Elite des Imperiums für einen Blitzangriff auf Coruscant sammelte: Nicht so schön und gut war die Möglichkeit, daß es mit dem Angriff allein nicht getan sein würde. C'baoth war an Bord, und C'baoths Sinnen und Trachten schien derzeit einzig und allein auf die Gefangennahme von Organa Solo und ihren Zwillingen gerichtet zu sein. Er hatte bereits seine Fähigkeit demonstriert, absolute Kontrolle über die *Schimäre* und ihre Besatzung zu übernehmen, ein arrogantes kleines Kunststück, das diese Operation bereits um einige Stunden verzögert hatte. Wenn er sich mitten in der Schlacht um Coruscant erneut dazu entschloß…

Pellaeon schnitt eine Grimasse, als vor seinem inneren Auge die fahlen Erinnerungsbilder der Niederlage auf Endor aufblitzten. Der zweite Todesstern war dort vernichtet worden, zusammen mit Vaders Supersternzerstörer *Exekutor* und viel zu vielen der besten und intelligentesten Offiziere des Imperiums. Wenn sich durch C'baoths Einmischung dieses Debakel wiederholte – wenn das Imperium Großadmiral Thrawn und seine Kernstreitmacht aus Sternzerstörern verlor –, würde es sich vielleicht nie wieder davon erholen.

Er blickte immer noch aus der Sichtluke auf die sich sammelnde Angriffsflotte, bemüht, seine Besorgnis zu unterdrücken, als ein Schauder des Unbehagens die Brücke durchlief... Und ohne aufzusehen, wußte er, was es bedeutete.

C'baoth war hier.

Pellaeons Kommandositz und sein schützender Ysalamir waren ein Dutzend große Schritte entfernt – viel zu weit, um ihn zu erreichen, ohne dabei aufzufallen. Auch keiner der anderen Ysalamiri auf der Brücke war in Reichweite. Es hatte keinen Sinn, vor seiner Crew wie ein verängstigter Feldkrabbler herumzulaufen, selbst wenn C'baoth es zulassen würde.

Und wenn sich der Jedi-Meister statt dessen entschloß, ihn zu paralysieren, wie er es über Bilbringi mit dem Rest der *Schimäre*-Besatzung getan hatte...

Ein Frösteln überlief Pellaeons Rücken. Er hatte die medizinischen Berichte über jene gelesen, die in der Krankenstation behandelt werden mußten, und er spürte nicht den Wunsch, dies ebenfalls durchzumachen. Abgesehen von den Unannehmlichkeiten und der emotionalen Verwirrung, die es mit sich brachte, würde eine solche öffentliche Demütigung seine Autorität als Befehlshaber dieses Schiffes untergraben.

Er konnte nur hoffen, daß er in der Lage sein würde, C'baoth zu geben, was er wollte, ohne dabei schwach und unterwürfig zu wirken. Er drehte sich zu dem näherkommenden Jedi-Meister um und fragte sich, ob er mit derselben Furcht vor der Demütigung spielte, mit der auch der Imperator seinen Aufstieg zur Macht begonnen hatte. »Master C'baoth«, nickte er ernst. »Was kann ich für Sie tun?«

»Ich will, daß man mir sofort ein Schiff zur Verfügung stellt«, sagte C'baoth mit einem seltsamen, nach innen gerichteten Feuer in den Augen. »Eines, das über die erforderliche Reichweite verfügt, mich nach Wayland zu bringen.«

Pellaeon blinzelte. »Nach Wayland?«

»Ja«, sagte C'baoth und sah aus der Sichtluke. »Ich habe Ihnen vor langer Zeit gesagt, daß ich eines Tages dort das Kommando übernehmen werde. Dieser Tag ist jetzt gekommen.«

Pellaeon straffte sich. »Ich hatte den Eindruck, Sie hätten sich bereit erklärt, bei dem Angriff auf Coruscant mitzu...«

»Ich habe meine Meinung geändert«, fiel ihm C'baoth schroff ins Wort.

Schroff, aber seltsam geistesabwesend. »Ist auf Wayland etwas passiert?« fragte Pellaeon.

C'baoth sah ihn an, und Pellaeon hatte das merkwürdige Gefühl, daß ihn der Jedi-Meister erst jetzt richtig bemerkte. »Was auf Wayland passiert oder nicht passiert, geht Sie nichts an, Imperialer Captain Pellaeon«, sagte er. »Ihre einzige Aufgabe ist es, mir ein Schiff zur Verfügung zu stellen.« Er sah wieder aus der Sichtluke. »Oder muß ich mir selbst eins aussuchen?«

Eine Bewegung im Hintergrund der Brücke erregte Pellaeons Aufmerksamkeit: Großadmiral Thrawn hatte seinen privaten Kommandoraum verlassen, um die letzten Vorbereitungen für den Angriff auf Coruscant zu überwachen. Während Pellaeon ihn ansah, wanderten Thrawns glühend rote Augen über die Brücke, fanden C'baoth und verharrten kurz auf Pellaeons Gesicht und Haltung. Er drehte den Kopf und nickte, und ein Sturmtruppler mit einem Ysalamir-Nährgerüst auf dem Rücken trat an Thrawns Seite. Zusammen gingen sie weiter.

C'baoth drehte sich nicht einmal um. »Sie werden mir ein Schiff zur Verfügung stellen, Großadmiral Thrawn«, rief er. »Ich will nach Wayland aufbrechen. Sofort.«

»Tatsächlich?« sagte Thrawn und trat an Pellaeons Seite. Der Sturmtruppler postierte sich hinter den beiden und brachte Pellaeon endlich in die Sicherheit der machtleeren Blase um den Ysalaamir. »Darf ich fragen, warum?«

»Meine Gründe gehen nur mich etwas an«, sagte C'baoth düster. »Wollen Sie sie in Frage stellen?«

Für einen langen Moment fürchtete Pellaeon, daß Thrawn die Herausforderung annehmen würde. »Ganz und gar nicht«, sagte der Großadmiral schließlich. »Wenn Sie nach Wayland möchten, steht es Ihnen natürlich frei. Lieutenant Tschel?«

»Sir?« fragte der junge diensthabende Offizier aus dem Backbordmannschaftsstand und nahm Haltung an.

»Nehmen Sie Verbindung mit der *Totenkopf* auf«, befahl Thrawn. »Informieren Sie Captain Harbid, daß die Sterngaleone *Draklor* aus seinem Geschwader abgezogen und mir unterstellt wird. Nur mit der Besatzung; um Truppen und Passagiere kümmere ich mich.«

»Jawohl, Sir«, bestätigte Tschel und ging zur Kommstation.

»Ich habe nicht um Truppen gebeten, Großadmiral Thrawn«, sagte C'baoth mit einem Gesichtsausdruck, der zwischen Pikiertheit und Mißtrauen hin und her schwankte. »Auch nicht um andere Passagiere.«

»Ich plane schon seit einiger Zeit, General Covell das Kommando über die Mount-Tantiss-Garnison zu übertragen«, erklärte Thrawn. »Außerdem müssen die dort stationierten Truppen verstärkt werden. Dies scheint mir ein günstiger Zeitpunkt dafür zu sein.«

C'baoth sah Pellaeon an, dann wieder Thrawn. »In Ordnung«, sagte er schließlich, sich offenbar für Pikiertheit entscheidend. »Aber es wird *mein* Schiff sein – nicht Covells. *Ich* werde die Befehle geben.«

»Natürlich, Master C'baoth«, sagte Thrawn besänftigend. »Ich werde den General entsprechend informieren.«

»Einverstanden.« C'baoths Lippen bewegten sich unsicher hinter seinem langen weißen Bart, und für einen Moment glaubte Pellaeon, er würde wieder die Kontrolle über sich verlieren. Sein Kopf zuckte zur Seite; dann hatte er die Beherrschung über sich zurückgewonnen. »Einverstanden«, wiederholte er knapp. »Ich bin in meinem Quartier. Rufen Sie mich, wenn mein Schiff bereit ist.«

»Wie Sie wünschen«, nickte Thrawn.

C'baoth warf beiden einen durchdringenden Blick zu, wandte sich dann ab und stolzierte davon. »Informieren Sie General Covell über die Änderung der Pläne, Captain«, befahl Thrawn Pellaeon, während er C'baoths Weg über die Brücke verfolgte. »Im Computer ist eine Liste der Soldaten und Besatzungsmitglieder, die als Klon-Schablonen ausgewählt wurden; Covells Leute sollen dafür sorgen, daß sie an Bord der *Draklor* gehen. Zusammen mit einer Kompanie der besten Soldaten des Generals.«

Pellaeon betrachtete forschend Thrawns Profil. Covells Truppen – und Covell selbst, was das betraf – hatten eigentlich die Streitkräfte ablösen sollen, die zur Zeit auf Qat Chrystac kämpften. »Glauben Sie, daß Mount Tantiss in Gefahr ist?«

»Nicht in substantieller Gefahr, nein«, sagte Thrawn. »Trotzdem gibt es die Möglichkeit, daß unser weitblickender Jedi-Meister vielleicht etwas aufgefangen hat – möglicherweise Unruhen unter den Eingeborenen. Besser, wir gehen kein Risiko ein.«

Pellaeon sah aus der Sichtluke zu dem Stern, der Coruscants Sonne war. »Könnte es etwas mit den Rebellen zu tun haben?«

»Unwahrscheinlich«, entgegnete Thrawn. »Bis jetzt gibt es keinen Hinweis darauf, daß sie von Waylands Existenz erfahren haben, von irgendwelchen Gegenmaßnahmen ganz zu schweigen. Falls und wenn dies geschieht, dürften wir dies früh genug erfahren.«

»Über die Delta-Quelle.«

»Und über die normalen Geheimdienstkanäle.« Thrawn lächelte dünn. »Es stört Sie immer noch, nicht wahr, Informationen aus einer Quelle zu beziehen, die Sie nicht kennen?«

»Ein wenig, Sir, ja«, gestand Pellaeon.

»Sehen Sie darin eine Kultivierung Ihres Vertrauens«, sagte Thrawn. »Eines Tages werde ich Ihnen die Delta-Quelle übergeben. Aber jetzt noch nicht.«

»Jawohl, Sir«, sagte Pellaeon. Er sah nach achtern, in die Richtung, in der C'baoth verschwunden war. Irgend etwas an diesem Zwischenfall rief eine beunruhigende, aber unklare Erinnerung in ihm wach. Sie hatte etwas mit C'baoth und Wayland zu tun...

»Sie wirken besorgt, Captain«, stellte Thrawn fest.

Pellaeon schüttelte den Kopf. »Mir gefällt der Gedanke nicht, daß er sich im Inneren von Mount Tantiss aufhält, Admiral. Ich weiß nicht, warum. Mir gefällt es einfach nicht.«

Thrawn folgte seinem Blick. »Ich würde mir keine Sorgen machen«, sagte er leise. »Um genau zu sein, dies ist eher eine Lösung als ein Problem.«

Pellaeon runzelte die Stirn. »Ich verstehe nicht.«

Thrawn lächelte erneut. »Alles zu seiner Zeit, Captain. Jetzt ruft uns die Pflicht. Ist mein Flaggschiff bereit?«

Pellaeon schüttelte die Gedanken ab. Jetzt, wo das Zentrum der Rebellion schutzlos vor ihnen lag, war nicht die Zeit für vage Ängste. »Die *Schimäre* erwartet Ihre Befehle, Admiral«, gab er die formelle Antwort.

»Gut.« Thrawn ließ seinen Blick über die Brücke wandern und wandte sich dann wieder Pellaeon zu. »Überzeugen Sie sich, daß der Rest der Streitmacht ebenfalls bereit ist, und informieren Sie sie, daß wir warten, bis die *Draklor* verschwunden ist.«

Er sah aus der Sichtluke. »Und dann«, fügte er sanft hinzu, »werden wir die Rebellion daran erinnern, was Krieg bedeutet.«

14

Sie standen schweigend da: Mara und Luke, abwartend, während der dunkle, kapuzenverhüllte Schatten sich ihnen näherte, ein funkelndes Lichtschwert in der Hand. Hinter der Gestalt stand ein alter Mann, Wahnsinn in den Augen und blaue Blitze in den Händen. Der Schatten blieb stehen und hob seine Waffe. Luke trat vor, hob sein eigenes Lichtschwert, von Angst und Entsetzen erfüllt…

Vom Korridor drang das Heulen des Alarms, schreckte Leia aus dem Schlaf und zerschmetterte den Alptraum in Splitter aus leuchtenden Farben.

Ihr erster Gedanke war, daß der Alarm Luke und Mara galt; ihr zweiter, daß ein zweites imperiales Kommando in den Palast eingedrungen war. Aber als sie wach genug war, um den Klang des Alarms zu erkennen, wußte sie, daß alles noch viel schlimmer stand.

Coruscant wurde angegriffen.

Auf der anderen Seite des Zimmers begannen die Zwillinge zu weinen. »Winter!« schrie Leia, griff nach ihrer Robe und schickte allen Trost, den sie aufbrachte, zu den Zwillingen.

Winter stand bereits in der Tür, halb angezogen. »Das ist ein Raumalarm«, rief sie Leia über das Heulen hinweg zu.

»Ich weiß«, sagte Leia und zog ihre Robe über. »Ich muß sofort zum Kriegsraum.«

»Ich verstehe«, sagte Winter und sah sie forschend an. »Ist mit Ihnen alles in Ordnung?«

»Ich habe geträumt, das ist alles«, erklärte Leia, griff nach einem Paar Stiefeletten und schlüpfte hinein. Typisch Winter, mitten im Chaos auf so etwas zu achten. »Luke und Mara haben mit irgend jemand gekämpft. Und ich glaube nicht, daß sie mit ihrem Sieg rechneten.«

»Sind Sie sicher, daß es nur ein Traum war?«

Leia biß sich auf die Lippe, während sie die Stiefeletten zuschnürte. »Ich weiß es nicht«, mußte sie zugeben. Wenn es kein Traum, sondern eine Jedi-Vision gewesen war...« Nein, es muß ein Traum gewesen sein«, entschied sie. »Luke würde es aus dem Weltraum erkennen, wenn C'baoth oder ein anderer Dunkler Jedi auf ihn wartet. Er würde es nicht riskieren, unter diesen Umständen die Mission fortzusetzen.«

»Hoffentlich«, sagte Winter. Aber sie klang nicht besonders zuversichtlich.

»Mach dir keine Sorgen«, beruhigte sie Leia. »Es war wahrscheinlich nur ein böser Traum, der vom Alarm ausgelöst wurde.« Und von einem Schuldgefühl, fügte sie im stillen hinzu, weil sie Han und Luke dazu überredet hatte, überhaupt nach Wayland zu gehen. »Kümmere dich um die Zwillinge, ja?«

»Wir passen schon auf sie auf«, sagte Winter.

Wir? Leia sah sich stirnrunzelnd um und bemerkte erst jetzt Mobvekhar und die beiden anderen Noghri, die in den Schatten um die Wiege Posten bezogen hatten. Sie wußte, daß sie nicht da gewesen waren, als sie sich ins Bett gelegt hatte, was bedeutete, daß sie in dem Moment, als Alarm gegeben worden war, aus dem Wohnbereich der Suite hereingeschlüpft waren. Ohne daß sie es bemerkt hatte.

»Du kannst ohne Furcht gehen, Lady Vader«, sagte Mobvekhar feierlich. »Deinen Erben wird kein Leid geschehen.«

»Ich weiß«, sagte Leia, und sie meinte es auch. Sie nahm ihr Interkom vom Nachttisch, dachte kurz daran, Informationen einzuholen, steckte es dann aber statt dessen in die Tasche ihrer Robe. Das letzte, was der Stab im Kriegsraum jetzt gebrauchen konnte, war eine Zivilistin, der man die ganze Situation erklären mußte. Sie würde früh genug erfahren, was passiert war. »Ich komme so bald wie möglich zurück«, wandte sie sich an Winter. Sie griff nach ihrem Lichtschwert und verließ die Suite.

Der Korridor draußen war voller Wesen aller Rassen, einige eilig ihren Geschäften nachgehend, die meisten verwirrt herumlaufend oder die vor ihrer Tür postierten Palastwachen nach Informationen fragend. Leia drängte sich an den Wachen vorbei und durch die furchtsam diskutierenden Gruppen und schloß sich einigen übernächtigt aussehenden Militärberatern an, die zu den Turboliften rannten. Eine volle Kabine war bei ihrem Eintreffen fahrbereit; zwei der Insassen, die die Ratsfrau Organa Solo offenbar erkannten, machten ihr sofort Platz. Die Tür schloß sich hinter ihr, quetschte dabei fast zwei Jawas in braunen Roben ein, die tollkühn im letzten Moment hereindrängten, und sie fuhren nach unten.

Das gesamte Erdgeschoß des Palastes diente militärischen Zwecken, angefangen von den außen liegenden Büros der Nachschubabteilung über die weiter innen liegenden Büros von Ackbar und Drayson und anderen Commandern bis hin zu den wichtigeren und sensibleren Sektionen im Zentrum. Leia eilte durch einen Kontrollraum, passierte zwei riesige Wookiee-Wachen und trat durch die Sicherheitsschotts in den Kriegsraum.

Obwohl seit dem Beginn des Alarms nur ein paar Minuten vergangen sein konnten, bot der Ort ein Bild kaum kontrollierten Chaos', als die gerade aus dem Schlaf gerissenen Offiziere und ihre Berater zu ihren Kampfstationen eilten. Ein einziger Blick auf das Haupttaktikdisplay verriet ihr, daß die Aufregung voll gerechtfertigt war: acht imperiale Abfangkreuzer waren in einer lockeren Formation in der Nähe des Eins-Eins-Sechs-Vektors im Sektor Vieri erschienen und blockierten mit ihren hyperantriebsneutralisierenden Gravitationskegeln die Region um Coruscant. Noch während sie hinsah, tauchte im Zentrum der Formation eine neue Gruppe auf: zwei weitere Abfangkreuzer sowie eine Eskorte aus sechs Dreadnaughts der *Katana*-Flotte.

»Was geht da vor sich?« sagte eine unbekannte Stimme an Leias Schulter.

Sie drehte sich um. Ein junger Mann – eigentlich noch ein Kind –

stand dort, strich sich übers wuschelige Haar und betrachtete stirnrunzelnd das Taktikdisplay. Für einen Moment erkannte sie ihn nicht; dann fiel es ihr ein. Ghent, der Hacker, den Karrde ihnen geliehen hatte, um den Bankeinbruchskode zu knacken, mit dem die Imperialen Admiral Ackbar denunziert hatte. Sie hatte vergessen, daß er noch immer auf Coruscant war. »Es ist ein imperialer Angriff«, sagte sie.

»Oh«, machte er. »Dürfen sie das denn?«

»Wir befinden uns im Krieg«, erinnerte sie ihn geduldig. »Im Krieg darf man alles, wenn die andere Seite nicht in der Lage ist, einen daran zu hindern. Wie bist du überhaupt hereingekommen?«

»Oh, ich hab' mir schon vor einer Weile einen Zutrittskode besorgt«, sagte er mit einer vagen Handbewegung, die Augen immer noch auf das Display gerichtet. »Hatte sonst nichts anderes zu tun. Können Sie sie aufhalten?«

»Wir werden es auf jeden Fall versuchen«, sagte Leia grimmig und sah sich im Raum um. Neben der Kommandokonsole entdeckte sie General Rieekan. »Halte dich im Hintergrund und faß ja nichts an.«

Sie hatte zwei Schritte in Rieekans Richtung gemacht, als ihr plötzlich bewußt wurde, was sie soeben gehört hatte. Ghent, der sich einen Zutrittskode der höchsten Sicherheitsstufe besorgt hatte, weil er nichts Besseres zu tun gehabt hatte...

Sie fuhr herum, ging zurück und ergriff Ghents Arm. »Wenn ich's mir recht überlege, kommst du besser mit«, sagte sie und führte ihn durch das Chaos zu einer Tür mit der Aufschrift CHIFFRIERZENTRALE an der Seite des Kriegsraums. Sie gab ihren Sicherheitskode ein, und die Tür öffnete sich.

Es war ein recht großer Raum, der bis zur Decke mit Computern, Chiffrierspezialisten und Interface-Droiden vollgestopft war. »Wer hat hier das Kommando?« rief Leia.

»Ich«, sagte ein mittelgroßer Mann mit den Rangabzeichen eines Colonels und trat von einer der Konsolen zurück.

»Ich bin Ratsfrau Organa Solo«, identifizierte sich Leia. »Das ist Ghent, ein hervorragender Hacker. Können Sie ihn gebrauchen?«

»Ich weiß nicht«, meinte der Colonel mit einem prüfenden Blick auf den Jungen. »Hast du schon mal einen imperialen Gefechtskode geknackt, Ghent?«

»Nee«, sagte Ghent. »Hab' noch nie einen gesehen. Aber ich hab' ein paar von ihren regulären Militärkodes geknackt.«

»Welche?«

Ghents Augen verschleierten sich ein wenig. »Nun, einer hieß Lepido-Programm. Oh, und als ich zwölf war, gab es einen namens ILKO-Chiffre. Das war ein verdammt harter Brocken – hat mich fast zwei Monate gekostet.«

Jemand pfiff leise. »Ist das gut?« fragte Leia.

Der Colonel schnaubte. »Das würde ich meinen, ja. ILKO war einer der Meisterchiffrierkodes des Imperiums für den Datentransfer zwischen Coruscant und der ursprünglichen Todesstern-Werft auf Horuz. *Wir* haben fast einen Monat gebraucht, um ihn zu knakken.« Er machte eine einladende Handbewegung. »Komm mit, Sohn – wir haben hier eine Konsole für dich. Wenn dir ILKO gefallen hat, wirst du Gefechtskodes lieben.«

Ghents Gesicht leuchtete auf, und er machte sich bereits über die Konsole her, als Leia in den Kriegsraum zurückkehrte.

Und feststellte, daß die Schlacht im vollen Gang war.

Sechs imperiale Sternzerstörer waren durch die Lücke im Zentrum der Abfangkreuzerformation aus dem Hyperraum gestürzt, teilten sich in zwei Gruppen zu drei Schiffen auf und steuerten die beiden mächtigen Golan-III-Kampfstationen im mittleren Orbit an. Ihre TIE-Jäger schwärmten vor ihnen aus und stürzten sich auf die Verteidiger, die jetzt die Raumdocks im unteren Orbit verließen und von Coruscants Oberfläche aufstiegen. Beide Seiten eröffneten das Feuer.

General Rieekan stand ein paar Schritte von der Hauptkommandokonsole entfernt, als Leia ihn erreichte.

»Prinzessin«, nickte er ernst zur Begrüßung.

»General«, nickte sie atemlos zurück und warf einen schnellen Blick auf die Konsolendisplays. Coruscants Energieschild war aktiviert, die bodengebundenen Abwehranlagen erreichten rasch vollen Gefechtsstatus, und eine zweite Welle X-Flügler und B-Flügler schossen aus den Raumdocks.

Und vor dem erhöhten Kommandositz, in alle Richtungen Befehle bellend, stand Admiral Drayson.

»Drayson?« fragte sie.

»Ackbar ist auf einer Inspektionsreise durch die Ketaris-Region«, sagte Rieekan grimmig. »Damit führt Drayson das Kommando.«

Leia blickte zum Haupttaktikdisplay auf, und ihr sank das Herz. Drayson war sicher kompetent..., aber gegen Großadmiral Thrawn genügte Kompetenz nicht. »Ist die Sektorflotte alarmiert worden?«

»Ich schätze, wir haben sie angefunkt, bevor das Schild aktiviert wurde«, sagte Rieekan. »Unglücklicherweise gehörte zu den ersten Angriffszielen der Imperialen die Relaisstation im Außenorbit, und wir wissen nicht, ob sie uns empfangen haben oder nicht. Wir müßten schon den Schild öffnen.«

Ihr Herz sank ihr noch etwas tiefer. »Dann ist es nicht nur eine Finte, um die Sektorflotte herzulocken«, erkannte Leia. »Sonst hätten sie die Relaisstation verschont, damit wir um Hilfe rufen können.«

»Ganz meine Meinung«, stimmte Rieekan zu. »Was auch immer Thrawn im Schilde führt, wir scheinen sein Ziel zu sein.«

Leia nickte wortlos und blickte zu den visuellen Displays hinauf. Die Sternzerstörer hatten inzwischen die äußere Todeszone der Kampfstationen erreicht, und die Schwärze des Weltalls wurde jetzt von heftigem Turbolaserfeuer erhellt. Außerhalb der Hauptfeuerzone formierten sich die Dreadnaughts und andere Unterstützungsschiffe, um die Sternzerstörer vor den aufsteigenden Verteidigern abzuschirmen.

Auf dem Haupttaktikdisplay flackerte eine grellweiße Lichtspur nach oben: ein Ionenkanonenstrahl von der Oberfläche leckte nach den Sternzerstörern. »Energieverschwendung«, kommentierte Rieekan verächtlich. »Sie sind außer Reichweite.«

Und selbst wenn sie es nicht wären – Leia wußte, daß die elektronische Störladung ebensogut die Kampfstation wie einen der Sternzerstörer hätte treffen können. Ionenkanonen waren nicht unbedingt für ihre Zielsicherheit bekannt. »Jemand anders muß das Kommando übernehmen«, sagte sie und sah sich im Kriegsraum um. Wenn sie Mon Mothma finden und überreden konnte, Rieekan das Kommando zu übertragen...

Abrupt verharrte ihr suchender Blick. Dort, an der Rückwand gelehnt, das Haupttaktikdisplay betrachtend, stand Sena Leikvold Midanyl, Chefberaterin von General Garm Bel Iblis..., der wesentlich mehr war als nur kompetent. »Ich bin gleich zurück«, rief sie Rieekan zu und drängte sich durch die Menge.

»Ratsfrau Organa Solo«, sagte Sena, als Leia sie erreichte, das Gesicht und die Aura voller Anspannung. »Man sagte mir, ich soll mich im Hintergrund halten. Können Sie mir sagen, was los ist?«

»Wir brauchen Garm, das ist los«, erklärte Leia mit einem Blick in die Runde. »Wo ist er?«

»Beobachtungsgalerie«, sagte Sena und wies zu dem halbkreisförmigen Balkon hinauf, der sich über die hintere Hälfte des Kriegsraums zog.

Leia sah nach oben. Wesen aller Rassen drängten auf die Galerie – hauptsächlich Regierungsbeamte, die diesen Teil des Kommandostockwerks betreten durften, aber keinen Zugang zum eigentlichen Kriegsraum hatten. Abseits und allein, konzentriert das Haupttaktikdisplay beobachtend, saß Bel Iblis. »Holen Sie ihn herunter«, befahl Leia Sena. »Wir brauchen ihn.«

Sena schien zu seufzen. »Er wird nicht kommen«, sagte sie. »Nicht, solange ihn Mon Mothma nicht darum bittet. Das waren seine eigenen Worte.«

Leia spürte, wie sich ihr Magen zusammenzog. Bel Iblis' ausgeprägter Stolz war ihr bekannt, aber jetzt war nicht die richtige Zeit für persönliche Auseinandersetzungen. »Das kann er nicht tun. Wir brauchen seine Hilfe.«

Sena schüttelte heftig den Kopf. »Ich habe es versucht. Er wollte nicht auf mich hören.«

Leia atmete tief durch. »Vielleicht hört er auf mich.«

»Hoffentlich.« Sena deutete auf das Display, wo einer von Bel Iblis' Dreadnaughts hinter dem Raumdock hervorgekommen war, um sich der startenden Welle der Sternjäger anzuschließen. »Das ist die *Sprinter*«, identifizierte sie ihn. »Meine Söhne Peter und Dayvid sind an Bord.«

Leia berührte ihre Schulter. »Keine Sorge – ich hole ihn herunter.«

Die Zentralsektion der Galerie war fast überfüllt, als sie sie erreichte. Aber dort, wo Bel Iblis saß, gab es noch genug freien Platz. »Hallo, Leia«, sagte er. »Ich dachte, Sie wären unten.«

»Das sollte ich auch sein – genauso wie Sie«, sagte Leia. »Wir brauchen Sie unten...«

»Haben Sie Ihr Interkom dabei?« unterbrach er schroff.

Sie sah ihn verwundert an. »Ja.«

»Nehmen Sie es. Jetzt. Rufen Sie Drayson an, und warnen Sie ihn vor diesen beiden Abfangkreuzern.«

Leia sah zum Haupttaktikdisplay hinüber. Die beiden Abfangkreuzer, die später dazugestoßen waren, vollführten soeben ein fein abgestimmtes Manöver und erfaßten mit ihren fahlen Gravitationswellenkegeln eine der Kampfstationen. »Thrawn hat diesen Trick gegen uns auf Qat Chrystac eingesetzt«, fuhr Bel Iblis fort. »Er definiert mit einem Abfangkreuzer einen Hyperraumrand und läßt dann über einen Kreuzvektor ein Schiff an einem exakt bestimmten Punkt in den Normalraum zurückstürzen. Drayson muß diese Flanken mit ein paar Schiffen sichern, um Thrawns Überraschungsmanöver abzublocken.«

Leia griff bereits in die Tasche ihrer Robe. »Aber wir haben hier kein Schiff, das es mit einem weiteren Sternzerstörer aufnehmen kann.«

»Es geht nicht darum, es mit ihm aufzunehmen«, erklärte ihr Bel Iblis. »Was immer auch unterwegs ist, es wird blind hereinkommen, mit abgeschalteten Deflektoren und ohne funktionierende Zielerfassung. Wenn unsere Schiffe zur Stelle sind, werden sie Zeit für einen ungehinderten Schuß haben. Das könnte einen großen Unterschied bedeuten.«

»Ich verstehe«, sagte Leia, schaltete ihr Interkom ein und wählte die Zentralvermittlung an. »Hier ist Ratsfrau Leia Organa Solo. Ich habe eine dringende Nachricht für Admiral Drayson.«

»Admiral Drayson ist beschäftigt und darf nicht gestört werden«, antwortete die elektronische Stimme.

»Dies ist eine Ratspriorität«, sagte Leia. »Verbinde mich mit Drayson.«

»Stimmanalyse positiv«, bestätigte der Operator. »Ratspriorität ist durch militärische Notstandsmaßnahmen aufgehoben. Sie können Admiral Drayson eine Nachricht hinterlassen.«

Leia biß die Zähne zusammen und warf einen raschen Blick auf das Taktikdisplay. »Dann verbinde mich mit Draysons Chefberater.«

»Lieutenant DuPre ist beschäftigt und darf nicht...«

»Widerrufen«, unterbrach Leia. »Gib mir General Rieekan.«

»General Rieekan ist beschäftigt...«

»Zu spät«, sagte Bel Iblis leise.

Leia sah auf. Zwei Sternzerstörer der *Sieges*-Klasse waren plötzlich, in Schußweite ihrer Zielkampfstationen, aus dem Hyperraum gefallen, genau wie Bel Iblis es vorhergesagt hatte. Sie feuerten mächtige Breitseiten ab und drehten bei, bevor die Station oder ihre verteidigenden Kanonenboote das Feuer erwidern konnten. Auf dem Taktikdisplay flackerte der fahlblaue Schleier des Deflektorschilds der Station und beruhigte sich nur langsam.

»Drayson ist ihm nicht gewachsen«, seufzte Bel Iblis. »Er schafft es einfach nicht.«

Leia holte tief Luft. »Sie müssen nach unten kommen, Garm.«

Er schüttelte den Kopf. »Ich kann nicht. Nicht, solange mich Mon Mothma nicht darum bittet.«

»Sie benehmen sich wie ein kleines Kind«, fauchte Leia, alle diplomatischen Rücksichten fallenlassend. »Wegen Ihrem persönlichen Groll können Sie nicht die Leute dort draußen in den Tod schicken.«

Er sah sie an; und als sie ihn anfunkelte, entdeckte sie plötzlich den Schmerz in seinen Augen. »Sie verstehen das nicht, Leia«, sagte er. »Es liegt nicht an mir. Es liegt an Mon Mothma. Nach all den Jahren verstehe ich endlich, warum sie so handelt, wie sie handelt. Ich habe immer geglaubt, sie würde immer mehr Macht an sich reißen, weil sie die Macht liebt. Aber ich habe mich geirrt.«

»Und *warum* tut sie es?« fragte Leia, obwohl sie an einem Gespräch über Mon Mothma nicht interessiert war.

»Weil von jeder ihrer Entscheidungen das Leben anderer abhängt«, sagte er leise. »Und sie hat Angst davor, diese Verantwortung jemand anders zu übertragen.«

Leia starrte ihn an... Aber noch während sie protestierend den Mund öffnete, fügten sich plötzlich die Puzzleteile der vergangenen Jahre zusammen. All die diplomatischen Missionen, die Mon Mothma ihr auferlegt hatte, ohne Rücksicht auf ihre Jedi-Ausbildung oder ihr Familienleben zu nehmen. All das Vertrauen, das sie in Ackbar und einigen wenigen anderen gesetzt hatte; all die Verantwortung, die sie auf immer weniger Schultern verteilt hatte.

Auf die Schultern der wenigen Personen, denen sie zutraute, die Aufgabe zu meistern.

»Deshalb kann ich nicht einfach nach unten gehen und das Kommando übernehmen«, sagte Bel Iblis in die Stille hinein. »Solange sie mich nicht akzeptiert – voll akzeptiert – und mir ihr Vertrauen schenkt, wird sie mir nie echte Autorität in der Neuen Republik geben können. Sie wird immer irgendwo im Hintergrund lauern und mir über die Schulter sehen, um sicher zu gehen, daß ich keine Fehler mache. Sie hat dafür nicht die Zeit, ich habe dafür nicht die Geduld, und die Spannung zwischen uns wäre für jeden verheerend, der in der Mitte steht.«

Er nickte Richtung Kriegsraum. »Wenn sie bereit ist, mir zu vertrauen, werde ich bereit sein, ihr zu dienen. Bis dahin ist es für alle Beteiligten besser, wenn ich mich zurückhalte.«

»Bis auf jene, die draußen sterben«, erinnerte ihn Leia hart. »Lassen Sie mich mit ihr sprechen, Garm. Vielleicht kann ich sie überreden, Ihnen das Kommando zu geben.«

Bel Iblis schüttelte den Kopf. »Wenn Sie sie überreden müssen, Leia, können Sie es vergessen. Sie muß die Entscheidung allein treffen.«

»Vielleicht hat sie das bereits«, erklang hinter ihnen Mon Mothmas Stimme.

Leia drehte sich überrascht um. Ganz auf Bel Iblis konzentriert, hatte sie die Ankunft der älteren Frau nicht einmal bemerkt... »Mon Mothma«, sagte sie ein wenig schuldbewußt, dabei ertappt, hinter ihrem Rücken über sie geredet zu haben. »Ich...«

»Schon gut, Leia«, sagte Mon Mothma. »General Bel Iblis...«

Bel Iblis war aufgestanden. »Ja?«

Mon Mothma schien sich zu straffen. »Wir haben früher viele Differenzen gehabt, General. Aber das ist schon lange her. Wir waren einmal ein gutes Team. Es gibt keinen Grund, warum wir das nicht wieder sein können.«

Sie zögerte erneut; und plötzlich wurde Leia klar, wie unvorstellbar schwer es ihr fallen mußte. Wie demütigend es war, einem Mann gegenüberzutreten, der sich einst von ihr abgewandt hatte, und laut zugeben zu müssen, daß sie seine Hilfe brauchte. Wenn Bel Iblis erst nachgab, bis sie die Worte ausgesprochen hatte, die er hören wollte...

Und dann, zu Leias Überraschung, nahm Bel Iblis Haltung an.

»Mon Mothma«, sagte er formell, »in Anbetracht des derzeitigen Notstands bitte ich um Ihre Erlaubnis, das Kommando über die Verteidigung Coruscants zu übernehmen.«

Die Linien um Mon Mothmas Augen glätteten sich merklich, stumme Erleichterung ließ ihre Aura aufleuchten. »Ich wäre Ihnen dafür sehr dankbar, Garm.«

Er lächelte. »Dann an die Arbeit.«

Zusammen eilten sie zu der Treppe, die zum Kommandostockwerk hinunterführte; und von einem neuen Gefühl ihrer eigenen Grenzen überwältigt, erkannte sie, daß sie wahrscheinlich nur die Hälfte von dem, was gerade passiert war, verstanden hatte. Die langen und gefährlichen Zeiten, die Mon Mothma und Bel Iblis gemeinsam durchstanden hatten, mußten sie zusammengeschweißt, ein gegenseitiges Verständnis erzeugt haben, das weit tiefer reichte, als Leia mit ihren Jedi-Sinnen je ergründen konnte. Vielleicht, entschied sie, war dieses Verständnis die wahre verborgene Stärke der Neuen Republik. Die Stärke, die die Zukunft der Galaxis bestimmen würde.

Vorausgesetzt, sie hielt in den nächsten Stunden stand. Sie biß die Zähne zusammen und eilte ihnen nach.

Zwei corellianische Kanonenboote rasten an der *Schimäre* vorbei und deckten den Brückendeflektorschild mit einer Turbolasersalve ein. Eine Staffel TIE-Jäger war ihnen dicht auf den Fersen und formierte sich zu einem Rellis-Flankenmanöver, um freies Schußfeld zu bekommen. Hinter den Jägern entdeckte Pellaeon eine Eskortfregatte, die den Fluchtvektor der Kanonenboote blokkierte. »Staffel A-4, Kurz aus Sektor zwanzig-zwei«, befahl Pellaeon. Soweit er feststellen konnte, machte die Schlacht gute Fortschritte.

»Sie verschwinden«, bemerkte Thrawn an seiner Seite.

Pellaeon musterte den Sektor. »Wo?« fragte er.

»Sie bereiten sich auf den Rückzug vor«, informierte ihn

Thrawn und wies auf zwei Rebellen-Dreadnaughts, die in die Schlacht eingegriffen hatten. »Achten Sie darauf, wie dieser Dreadnaught eine Abschirmposition für den Rückzug einnimmt. Dort – der zweite folgt seinem Beispiel.«

Pellaeon starrte die manövrierenden Dreadnaughts stirnrunzelnd an. Er sah es immer noch nicht; aber er hatte noch nie erlebt, daß sich Thrawn in seiner Einschätzung irrte. »Sie geben die Kampfstationen auf?«

Thrawn schnaufte leise. »Sie hätten diese Schiffe gar nicht erst zu ihrer Verteidigung einsetzen dürfen. Golan-Verteidigungsplattformen vertragen wesentlich mehr Schläge, als ihr bisheriger Bodencommander offenbar angenommen hat.«

»Ihr bisheriger Bodencommander?«

»Ja«, sagte Thrawn. »Ich würde sagen, daß unser alter corellianischer Widersacher soeben das Kommando über die Verteidigung Coruscants übernommen hat. Ich frage mich, warum es nicht schon früher geschehen ist.«

Pellaeon zuckte die Schultern und studierte das Schlachtfeld. Der Großadmiral hatte recht; die Verteidiger begannen mit dem Rückzug. »Vielleicht mußten sie ihn erst wecken.«

»Vielleicht.« Thrawn warf einen müßigen Blick auf das Schlachtfeld. »Wie Sie sehen, stellt uns der Corellianer vor die Wahl: entweder bleiben wir hier und greifen die Kampfstationen an, oder wir folgen den Verteidigern in die Feuerzone ihrer bodengebundenen Waffensysteme. Glücklicherweise« – seine Augen glitzerten – »haben wir eine dritte Option.«

Pellaeon nickte. Er hatte sich schon gefragt, wann Thrawn seine neue brillante Belagerungswaffe einsetzen würde. »Jawohl, Sir«, sagte er. »Soll ich die Traktorkatapulte aktivieren?«

»Wir warten, bis der Corellianer seine Schiffe noch etwas weiter zurückgezogen hat«, erwiderte Thrawn. »Wir wollen schließlich nicht, daß er etwas verpaßt.«

»Verstanden«, sagte Pellaeon. Er trat zu seinem Kommandositz, ließ sich nieder und überzeugte sich, daß die Asteroiden und Hangartraktorstrahlen einsatzbereit waren.

Und warteten auf den Befehl des Großadmirals.

»In Ordnung«, sagte Bel Iblis. »*Sprinter*, beginnen Sie mit dem Rückzug – decken Sie diese Eskortfregatten an Ihrer Backbordflanke. Rotführer, passen Sie auf diese TIE-Abfangjäger auf.«

Leia beobachtete das Taktikdisplay und hielt den Atem an. Ja; es funktionierte. Die Imperialen wagten sich nicht in die Reichweite der bodengebundenen Waffen und ließen die Verteidiger sich nach Coruscant zurückziehen. Nur die beiden Kampfstationen blieben in der Gefahrenzone, und sie konnten mehr Schläge einstecken, als Leia bisher angenommen hatte. Und auch das würde sich bald ändern – der Großadmiral würde wohl kaum bleiben, bis die Vektorflotte eintraf. Es war fast vorbei, und sie hatten es geschafft.

»General Bel Iblis?« rief ein Offizier von einer der Überwachungsstationen. »Wir bekommen merkwürdige Daten von einem der *Schimäre*-Hangars.«

»Was für Daten?« fragte Bel Iblis und trat an seine Konsole.

»Sieht aus, als hätten sie ihre Traktorstartkatapulte aktiviert«, sagte der Offizier und wies auf einen der bunten Flecke an der Silhouette des Sternzerstörers auf seinem Display. »Aber sie pumpen viel zuviel Energie hinein.«

»Könnten Sie eine ganze TIE-Staffel auf einmal starten?« spekulierte Leia.

»Das glaube ich nicht«, erwiderte der Offizier. »Das ist ja das Merkwürdige: Soweit wir feststellen können, hat bis jetzt noch nichts den Hangar verlassen.«

An Leias Seite versteifte sich Bel Iblis. »Berechnen Sie den Startvektor«, befahl er. »Alle Schiffe: Sensorüberwachung dieses Vektors auf Triebwerkemissionen. Ich denke, die *Schimäre* hat soeben ein getarntes Schiff gestartet.«

Jemand fluchte inbrünstig. Leia sah zum visuellen Hauptdisplay hinauf, und ihre Kehle schnürte sich zusammen, als ihr das kurze Gespräch mit Admiral Ackbar einfiel. Ackbar war fest davon überzeugt gewesen – und hatte auch sie überzeugt –, daß die Doppelblindeigenschaften eines Tarnfelds für den Benutzer selbst zu gefährlich waren, um es als effektive Waffe einzusetzen. Wenn Thrawn einen Weg gefunden hatte, dieses Problem zu umgehen...

»Sie katapultieren wieder«, meldete der Sensoroffizier. »Und wieder.«

»Die *Totenkopf*«, warf ein anderer Offizier ein, »katapultiert ebenfalls.«

»Sagen Sie den Kampfstationen, sie sollen diese Vektoren unter Beschuß nehmen«, befahl Bel Iblis. »So nah an den Sternzerstörern wie möglich. Wir müssen herausfinden, was Thrawn vorhat.«

Er hatte die Worte kaum ausgesprochen, als auf dem visuellen Display ein Lichtblitz aufflackerte. Eine der Eskortfregatten auf dem ersten projizierten Vektor explodierte plötzlich, brennende Gase fauchten aus ihrer Achternsektion, während das ganze Schiff wie wild um seine Querachse rotierte. »Kollision!« schrie jemand. »Eskortfregatte *Evanrue* – Einschlag eines unbekannten Objekts.«

»Einschlag?« wiederholte Bel Iblis. »Kein Turbolasertreffer?«

»Die Telemetrie weist auf den Einschlag eines Festkörpers hin«, schüttelte der andere den Kopf.

Leia sah wieder auf das visuelle Display, wo die *Evanrue* jetzt von brennenden Gasen umlodert war, während sie darum kämpfte, ihre Drehung unter Kontrolle zu bekommen. »Tarnschilde führen zur Doppelblindheit«, sagte Leia. »Wie manövrieren sie?«

»Vielleicht manövrieren sie gar nicht«, sagte Bel Iblis mit vor Argwohn dunkler Stimme. »Taktik: Geben Sie mir eine neue Ortungsspur ab dem *Evanrue*-Einschlag. Gehen Sie von einem unbeweglichen Objekt aus; berechnen Sie die Aufprallgeschwindigkeit und seinen möglichen neuen Kurs, und vergessen Sie nicht, das lokale Gravitationsfeld zu berücksichtigen. Leiten Sie die errechnete Position an die *Sprinter* weiter; sie soll das Feuer eröffnen, sobald sie die Koordinaten haben.«

»Ja, Sir«, sagte einer der Offiziere. »Koordinaten werden jetzt der *Sprinter* übermittelt.«

»Ich widerrufe meinen letzten Befehl«, besann sich Bel Iblis und hob eine Hand. »Weisen Sie die *Sprinter* an, nur die Ionenkanone einzusetzen – wiederhole, nur die Ionenkanone. Keine Turbolaser.«

Leia sah ihn verwundert an. »Sie wollen das Schiff unbeschädigt in die Hände bekommen?«

»Ich versuche, es unbeschädigt in die Hände zu bekommen, ja«, sagte Bel Iblis bedächtig. »Aber ich glaube nicht, daß es ein Schiff ist.«

Er versank in Schweigen. Auf dem visuellen Display begann die Ionenkanone der *Sprinter* zu feuern.

Der Dreadnaught eröffnete das Feuer, wie Thrawn es vorhergesagt hatte. Aber nur, wie Pellaeon mit einiger Überraschung feststellte, mit der Ionenkanone. »Admiral?«

»Ja, ich sehe es«, sagte Thrawn. »Interessant. Ich hatte recht, Captain – unser alter corellianischer Widersacher hat tatsächlich dort unten das Kommando. Aber er erlaubt uns nicht länger, ihn an der Nase herumzuführen.«

Pellaeon nickte, als er plötzlich begriff. »Er verstand, das Tarnfeld des Asteroiden auszuschalten.«

»In der Hoffnung, ihn unbeschädigt in die Hände zu bekommen.« Thrawn griff nach seinem Kontrollpult. »Bugturbolaserbatterien: Zielerfassung auf Asteroiden Nummer eins. Erst auf mein Kommando feuern.«

Pellaeon sah auf sein visuelles Vergrößerungsdisplay. Der Dreadnaught hatte sein Ziel erfaßt, seine Ionenstrahlen verschwanden mitten im Weltraum, als sie durch das Tarnfeld drangen. Lange würde es nicht mehr standhalten...

Abrupt verschwanden die Sterne in jener leeren Region. Für ein paar Herzschläge gab es da nur absolute Finsternis, als der Tarnschild in sich zusammenfiel; dann, ebenso abrupt, wurde der Asteroid sichtbar.

Der Ionenbeschuß hörte auf. »Turbolaser, bereithalten«, sagte Thrawn. »Sie sollen ihn sich zunächst genau ansehen... Turbolaser: Feuer.«

Pellaeon blickte zur Sichtluke hinüber. Die grünen Blitze zuckten los und verschwanden in der Ferne, wo sie sich an ihrem Ziel vereinigten. Eine Sekunde später kam ein matter Blitz aus dieser Richtung, ein Blitz, der sich wesentlich heller auf seinem visuellen Display wiederholte. Eine weitere Salve – und noch eine – und noch eine...

»Feuer einstellen«, sagte Thrawn mit sichtlicher Befriedigung. »Die Überreste können sie haben. Hangar: Katapultstatus.«

»Wir sind bei zweiundsiebzig, Sir«, meldete der Maschinenoffizier mit gepreßter Stimme. »Aber die Energierückkoppelungsumschalter stehen im Weißbereich. Wir können diese Leerlaufabschüsse nicht fortsetzen, ohne daß die Umschalter oder der Traktorprojektor selbst durchbrennen.«

»Leerlaufabschüsse einstellen«, befahl Thrawn. »Und weisen Sie die anderen Schiffe entsprechend an. Wie viele Abschüsse waren es insgesamt, Captain?«

Pellaeon überprüfte die Zahlen. »Zweihundertsiebenundachtzig«, meldete er Großadmiral Thrawn.

»Ich nehme an, daß alle zweiundzwanzig tatsächlichen Asteroiden draußen sind?«

»Jawohl, Sir«, bestätigte Pellaeon. »Die meisten in den ersten zwei Minuten. Obwohl wir nicht feststellen können, ob sie alle die geplanten Umlaufbahnen eingenommen haben.«

»Die spezifischen Umlaufbahnen sind irrelevant«, versicherte ihm Thrawn. »Wichtig ist, daß die Asteroiden irgendwo im Weltraum um Coruscant sind.«

Pellaeon lächelte. Ja, das waren sie..., nur daß es wesentlich weniger von ihnen gab, als die Rebellen vermuten mußten. »Ziehen wir uns jetzt zurück, Sir?«

»Wir ziehen uns jetzt zurück«, bestätigte Thrawn. »Coruscant ist – zumindest für einige Zeit – als Kriegsgegner ausgeschaltet.«

Drayson nickte dem diensthabenden Offizier zu und trat zu der kleinen Gruppe, die hinter den Konsolen auf ihn wartete. »Die endgültigen Zahlen liegen vor«, sagte er mit hohl klingender Stimme. »Sie sind sich wegen der Schlachttrümmer nicht absolut sicher, ob sie ein paar übersehen haben. Aber selbst dann..., sie haben zweihundertsiebenundachtzig gezählt.«

»Zweihundertsiebenundachtzig?« wiederholte General Rieekan erschüttert.

»Das ist die Zahl«, nickte Drayson und warf Bel Iblis einen finsteren Blick zu. Als wäre alles, dachte Leia, Bel Iblis' Schuld. »Was jetzt?«

Bel Iblis rieb sich nachdenklich die Wange. »Zunächst einmal glaube ich nicht, daß die Lage so schlimm ist, wie sie aussieht«, sagte er. »Wenn man bedenkt, wie teuer Tarnschilde sind, kann ich mir nicht vorstellen, daß Thrawn über genug Mittel verfügt, um fast dreihundert Stück davon zu verschwenden. Vor allem, wenn eine kleinere Zahl seinen Zwecken ebenso dient.«

»Sie glauben, daß die anderen Traktorstrahlabschüsse eine Finte waren?« fragte Leia.

»Das ist unmöglich«, wandte Rieekan ein. »Ich habe das Sensorpult beobachtet. Diese Projektoren haben eindeutig Energie verbraucht.«

Bel Iblis sah Drayson an. »Sie kennen die Sternzerstörer besser als jeder andere, Admiral. Ist das möglich?«

Drayson runzelte die Stirn, und sein beruflicher Stolz überdeckte für einen Moment seine private Abneigung gegen Bel Iblis. »Es könnte möglich sein«, meinte er schließlich. »Man könnte einen Rückkoppelungsumschalter mit dem Traktorstrahlprojektor verbinden und die Überschußenergie entweder zu einem Blitzkondensator oder einer Verteilerstation irgendwo im Schiff leiten. Auf diese Weise könnte man große Energiemengen in den Projektor pumpen, ohne ein Objekt abzuschießen.«

»Gibt es eine Möglichkeit, den Unterschied zwischen einem Leerlaufabschuß und einem tatsächlichen Asteroidenstart festzustellen?« fragte Mon Mothma.

»Aus dieser Entfernung?« Drayson schüttelte den Kopf. »Nein.«

»Es spielt doch im Grunde keine Rolle, wie viele dort oben sind«, sagte Rieekan. »Früher oder später werden sie aus der Umlaufbahn abstürzen, und selbst ein einziger Asteroideneinschlag wäre für den Planeten katastrophal. Bis wir sie alle neutralisiert haben, können wir es nicht riskieren, den planetaren Schild zu senken.«

Leia bemerkte aus den Augenwinkeln eine Bewegung, und als sie sich umschaute, sah sie Colonel Bremen, der sich ihnen mit finsterem Gesicht näherte. »Trotzdem, es könnte schlimmer sein«, bekräftigte Bel Iblis. »Die Sektorflotte kann die Relaisstation im Außenorbit in ein paar Stunden ersetzen, so daß wir von hier aus weiter die Streitkräfte der Neuen Republik lenken können.«

»Was sehr praktisch ist, denn wir müssen einen Allweltenalarm auslösen«, warf Bremen ein. »Mara Jade ist geflohen.«

Mon Mothma atmete scharf ein. »Wie?« fragte sie.

»Sie hatte Hilfe«, erklärte Bremen grimmig. »Der Wachdroide war deaktiviert. Mit einem Hemmbolzen mattgesetzt, der sein Urteilsvermögen blockiert. Außerdem ist ein Teil seiner Speicherbänke gelöscht worden.«

»Wann ist es passiert?« fragte Rieekan.

»Vor ein paar Stunden.« Bremen sah sich im Kriegsraum um. »Ich habe nach dem Ausbruch sofort die Wachen im Kommandostockwerk verstärken lassen, für den Fall, daß parallel zum imperialen Angriff irgendwelche Sabotageakte geplant waren.«

»Der Plan könnte immer noch bestehen«, sagte Bel Iblis. »Haben Sie den Palast abgeschottet?«

»Wie den Safe eines Schmugglers«, bestätigte Bremen. »Aber ich bezweifle, daß sie noch hier sind.«

»Wir müssen uns vergewissern«, sagte Mon Mothma. »Ich will, daß der Palast gründlich durchsucht wird, Colonel.«

Bremen nickte. »Wird sofort erledigt.«

Leia straffte sich. Es würde ihnen nicht gefallen, was sie jetzt zu sagen hatte. »Machen Sie sich nicht die Mühe, Colonel«, sagte sie und hielt Bremen am Arm fest. »Mara ist nicht hier.«

Alle starrten sie an. »Woher wissen Sie das?« fragte Bel Iblis.

»Weil sie Coruscant in der Nacht verlassen hat. Zusammen mit Han und Luke.«

Langes Schweigen folgte. »Ich habe mich schon gefragt, warum Solo nicht mit Ihnen in den Kriegsraum gekommen ist«, sagte Bel Iblis. »Wollen Sie uns nicht verraten, was das alles zu bedeuten hat?«

Leia zögerte; aber sie konnte sich nicht vorstellen, daß einer von diesen Leuten etwas mit dem Delta-Quelle-Sicherheitsleck zu tun hatte. »Mara glaubt zu wissen, wo sich die Kloning-Fabrik des Imperiums befindet. Wir hielten es für ratsam, die Sache von ihr und einem kleinen Team überprüfen zu lassen.«

»*Wir*?« fauchte Drayson. »Wer ist *wir*?«

Leia sah ihm offen in die Augen. »Meine Familie und ihre engsten Freunde«, sagte sie. »Die einzigen Leute, von denen ich absolut sicher sein kann, daß sie keine Informationen an das Imperium weitergeben.«

»Das ist eine ungeheuerliche Beleidigung...«

»Genug, Admiral«, fiel ihm Mon Mothma ruhig ins Wort. Ruhig, aber in ihren Augen war ein harter Ausdruck. »Für Verweise ist später immer noch Zeit. Ob es nun klug war oder nicht, die Tatsache bleibt bestehen, daß sie unterwegs sind, und wir müssen jetzt entscheiden, wie wir ihnen am besten helfen können. Leia?«

»Am wichtigsten ist, so zu tun, als wäre Mara noch immer hier«, sagte Leia, während der Druck auf ihrer Brust langsam nachließ. »Sie hat mir gesagt, daß sie nur einmal auf Wayland gewesen ist, und sie wußte nicht, wie lange sie brauchen wird, um die Route zu rekonstruieren. Je mehr Vorsprung sie haben, desto weniger Zeit hat das Imperium, Verstärkung hinzuschicken.«

»Was passiert dann?« fragte Mon Mothma. »Vorausgesetzt, sie finden die Fabrik?«

»Sie werden versuchen, sie zu zerstören.«

Ein Moment des Schweigens folgte. »Allein«, sagte Drayson.

»Sofern Sie ihnen keine Flotte zur Verfügung stellen können, ja«, bestätigte Leia.

Mon Mothma schüttelte den Kopf. »Sie hätten das nicht tun dürfen, Leia«, sagte sie. »Nicht ohne vorherige Rücksprache mit dem Rat.«

»Wenn ich den Rat gefragt hätte, wäre Mara jetzt vielleicht schon tot«, sagte Leia unverblümt. »Wenn das Imperium erfahren hätte, daß sie Wayland finden kann, hätte das nächste imperiale Kommando nicht nur den Auftrag, sie zu diskreditieren.«

»Der Rat ist über jeden Verdacht erhaben«, sagte Mon Mothma mit plötzlich frostig klingender Stimme.

»Auch alle Berater der Ratsmitglieder?« konterte Leia. »Oder die Taktiker und Versorgungsoffiziere und Archivare? Hätte ich dem Rat einen Angriff auf Wayland vorgeschlagen, hätten all diese Leute eingeweiht werden müssen.«

»Und noch mehr«, nickte Bel Iblis. »Sie hat recht, Mon Mothma.«

»Mir geht es nicht um Schuldzuweisungen, Garm«, sagte Mon Mothma ruhig. »Auch nicht um die Verteidigung irgendwelcher Machtpositionen. Mir geht es um die Möglichkeit, daß es sich dabei um eine Falle handeln könnte, Leia... und daß sie Ihrem Mann und Ihrem Bruder vielleicht das Leben kostet.«

Leia schluckte hart. »Daran dachten wir auch«, sagte sie. »Aber wir kamen zu dem Entschluß, daß es das Risiko wert ist. Und es gab sonst niemand, der es erledigen konnte.«

Für einen langen Moment sagte niemand etwas. Dann rührte sich Mon Mothma. »Sie werden mit jedem reden müssen, der über Maras Flucht informiert ist, Colonel«, wandte sie sich an Bremen. »Falls und wenn wir Waylands Koordinaten bekommen, werden wir uns überlegen müssen, wieviel Verstärkung wir ihnen schikken können.«

»Vorausgesetzt, wir stellen mit Sicherheit fest, daß es keine Falle ist«, warf Drayson düster ein.

»Natürlich«, stimmte Mon Mothma zu, Leias Blicken ausweichend. »Im Moment können wir mehr nicht tun. Konzentrieren wir uns auf Coruscants aktuelle Probleme: die Verteidigung gegen und die Suche nach diesen getarnten Asteroiden. General Bel Iblis...«

Eine Hand berührte sachte Leias Schulter, und als sie sich umdrehte, sah sie den Hacker Ghent vor sich stehen. »Ist alles vorbei?« flüsterte er.

»Die Schlacht ist vorbei, ja«, sagte sie mit einem Seitenblick zu Mon Mothma und den anderen. Sie waren bereits in eine Diskussion über die Asteroiden vertieft, aber früher oder später würde einer von ihnen Ghent bemerken und sich daran erinnern, daß er hier nichts zu suchen hatte. »Komm«, sagte sie zu ihm und zog ihn zum Ausgang des Kriegsraums. »Ich werde dir draußen alles erzählen. Was hältst du von den imperialen Gefechtskodes?«

»Oh, sie sind okay«, meinte er. »Aber die Typen haben mich nicht viel machen lassen. Ich kannte mich mit ihren Maschinen nicht so gut aus wie sie. Außerdem herrscht da drinnen ein ziemlich alberner Drill.«

Leia lächelte. Die beste und erfolgreichste Dechiffriermethode, die von den Experten der Neuen Republik entwickelt worden war, und Ghent sah in ihr nur einen albernen Drill. »Die Leute halten sich nun mal gern an bestimmte Routinen«, sagte sie diplomatisch. »Vielleicht kann ich für dich ein Gespräch mit dem Verantwortlichen arrangieren, damit du ihm deine Vorschläge machen kannst.«

Ghent machte eine vage Handbewegung. »Nee. Militärtypen dürften meine Methoden nicht gefallen. Selbst Karrde werden sie manchmal zuviel. Nebenbei, Sie wissen, daß hier irgendwo ein Impulssender arbeitet, oder?«

»Der von der Delta-Quelle benutzt wird?« Leia nickte. »Die Spionageabwehr versucht ihn zu lokalisieren, seit er auf Sendung gegangen ist. Aber er scheint dabei eine Art Frequenzwechselphase zu benutzen, und sie haben bis jetzt kein Glück gehabt.«

»Oh.« Ghent schien dies erst einmal verdauen zu müssen. »Nun, das ist ein technisches Problem. Ich verstehe davon nichts.«

»Ist schon gut«, beruhigte ihn Leia. »Ich bin sicher, du findest eine andere Möglichkeit, ihnen zu helfen.«

»Ja«, sagte er und zog eine Datenkarte aus der Tasche. »Jedenfalls... Hier.«

Sie nahm die Karte und sah sie verwundert an. »Was ist das?«

»Der Chiffrierkode des Impulssenders.«

Leia blieb abrupt stehen. »Der *was*?«

Er blieb ebenfalls stehen und sah sie mit unschuldigen Augen an. »Der Chiffrierkode, der beim Frequenzwechsel benutzt wird. Ich habe ihn endlich geknackt.«

Sie starrte ihn an. »Einfach so? Du hast dich einfach hingesetzt und ihn geknackt?«

Er zuckte die Schultern. »Na ja, in etwa. Ich arbeite schon seit einem Monat daran, wissen Sie.«

Leia sah die Datenkarte in ihrer Hand an, von einem seltsamen und nicht gerade unangenehmen Gefühl der Erregung überwältigt. »Weiß sonst noch jemand davon?« fragte sie leise.

Er schüttelte den Kopf. »Ich wollte sie eigentlich diesem Colonel geben, aber er war zu beschäftigt.«

Der Chiffrierkode der Delta-Quelle... Und die Delta-Quelle

wußte nicht, daß sie ihn hatte. »Erzähl niemand davon«, sagte sie. »Und ich meine *niemand.*«

Ghent runzelte die Stirn, zuckte dann die Schultern. »Okay. Wie Sie wollen.«

»Danke«, murmelte Leia und schob die Datenkarte in die Tasche ihrer Robe. Sie war der Schlüssel zur Delta-Quelle – sie wußte es tief in ihrem Inneren. Sie mußte jetzt nur noch herausfinden, wie sie ihn am besten einsetzen konnte.

Und sie mußte es schnell herausfinden.

15

Die Festung von Hijarna hatte schon eintausend Jahre allmählichen Zerfalls hinter sich, als sie von der Fünften Alderaanischen Expedition entdeckt worden war, wie sie ihre stille, einsame Wacht über dieser stillen, einsamen Welt hielt. Als ungeheure Auftürmung unglaublich harter schwarzer Steine erhob sie sich auf einem hohen Kliff über einer Ebene, die noch immer die tiefen Narben massiver Zerstörung aufwies. Für einige war die rätselhafte Festung ein tragisches Monument: die letzte Zuflucht der Verteidiger einer verzweifelten Welt unter Belagerung. Für andere war sie der düstere und bösartige Grund sowohl für die Belagerung als auch die anschließende Verwüstung.

Für Karrde war sie, zumindest für den Augenblick, sein Zuhause.

»Sie verstehen es, einen zu beeindrucken, Karrde«, bemerkte Gillespee, während er die Füße auf den Rand des Notkommpults legte und sich umschaute. »Wie haben Sie diesen Ort eigentlich gefunden?«

»Steht alles in den alten Archiven«, antwortete Karrde und hielt sein Display im Auge. Eine Sternkarte tauchte auf, unterlegt von einem sehr kurzen Begleittext...

Gillespee nickte Richtung Karrdes Display. »Clyngunns Bericht?«

»Ja«, sagte Karrde und zog die Datenkarte heraus. »Soviel dazu.«

»Nichts, oder?«

»Richtig. Keine Hinweise auf Klon-Transporte auf Poderis, Chazwa oder Joiol.«

Gillespee nahm die Füße vom Pult und stand auf. »Nun, das war's dann wohl«, sagte er, trat zu der Obstschale, die auf einem Beistelltisch stand, und nahm sich eine Driblisfrucht. »Sieht aus, als hätte das Imperium seine Aktivitäten im Orus-Sektor eingestellt. Wenn es überhaupt Aktivitäten gegeben hat.«

»Da es keine Spuren gibt, tippe ich auf das letztere«, nickte Karrde, nahm eine der Karten, die er von seinem Kontaktmann auf Bespin bekommen hatte, und schob sie in das Display. »Trotzdem, wir mußten uns vergewissern. Zumindest können wir uns jetzt auf andere Möglichkeiten konzentrieren.«

»Ja«, sagte Gillespee widerwillig, als er wieder zu seinem Platz ging. »Nun..., wissen Sie, Karrde, diese ganze Sache ist irgendwie seltsam. Ich meine, daß Schmuggler diese Art von Schnüfflerarbeit machen. Hat sich auch noch nicht besonders ausgezahlt.«

»Ich habe Ihnen bereits gesagt, daß wir von der Neuen Republik eine Entschädigung bekommen werden.«

»Aber wir haben nichts, das wir ihnen verkaufen können«, stellte Gillespee fest. »Ich habe noch nie jemand gekannt, der Geld für nichts gezahlt hat.«

Karrde sah ihn stirnrunzelnd an. Gillespee hatte ein gefährlich aussehendes Messer zum Vorschein gebracht und schnitt sorgfältig eine Scheibe von der Driblisfrucht ab. »Es geht hier nicht um Bezahlung«, erinnerte er den anderen. »Es geht ums Überleben im Kampf gegen das Imperium.«

»Vielleicht geht es für Sie darum«, sagte Gillespee, betrachtete die Fruchtscheibe für einen Moment und steckte sie in den Mund. »Sie haben genug Sachen nebenher laufen, um für eine Weile die Geschäfte ruhen lassen zu können. Aber sehen Sie, der Rest von uns hat Löhne zu zahlen und Schiffe zu unterhalten. Es kommt kein Geld mehr herein, und unsere Angestellten werden sauer.«

»Sie und die anderen wollen also Geld?«

Er konnte sehen, wie Gillespee sich straffte. »Ich will Geld. Die anderen wollen aufhören.«

Es war, nüchtern betrachtet, keine unerwartete Entwicklung. Der weißglühende Zorn gegen das Imperium, der durch den Angriff im Whistler's Whirlpool ausgelöst worden war, kühlte allmählich ab, und die Tagesgeschäfte verlangten wieder ihr Recht. »Das Imperium ist noch immer gefährlich«, sagte er.

»Nicht für uns«, erklärte Gillespee unverblümt. »Seit dem Whirlpool hat sich das Imperium nicht mehr um uns gekümmert. Sie haben nicht reagiert, als wir im Orus-Sektor herumgeschnüffelt haben; sie haben nicht einmal Mazzic wegen dieser Sache bei den Bilbringi-Werften zur Rechenschaft gezogen.«

»Also ignorieren sie uns, trotz unserer Provokationen. Fühlen Sie sich dadurch sicher?«

Sorgfältig schnitt Gillespee eine weitere Scheibe von der Frucht ab. »Ich weiß es nicht«, gestand er. »Manchmal denke ich, daß Brasck recht hat: Wenn wir das Imperium in Ruhe lassen, wird es uns auch in Ruhe lassen. Aber ich muß immer wieder an diese Klon-Armee denken, mit der mich Thrawn von Ukio verjagt hat. Mir ist der Gedanke gekommen, daß er im Moment vielleicht zu sehr mit der Neuen Republik beschäftigt ist, um sich um uns zu kümmern.«

Karrde schüttelte den Kopf. »Thrawn ist nie zu beschäftigt, um jemand zu jagen, den er haben will«, sagte er. »Wenn er uns ignoriert, dann weil er weiß, daß dies der beste Weg ist, jede Opposition zum Schweigen zu bringen. Als nächstes wird er uns wahrscheinlich Transportverträge anbieten und so tun, als wären wir wieder gute Freunde.«

Gillespee sah ihn scharf an. »Sie haben mit Par'tah gesprochen?«

»Nein. Warum?«

»Sie hat mir vor zwei Tagen erzählt, daß man ihr angeboten hat, eine Ladung Sublichtantriebe zu den imperialen Werften von Ord Trasi zu bringen.«

Karrde schnitt eine Grimasse. »Hat sie akzeptiert?«

»Sie sagte, sie würde noch verhandeln. Aber Sie kennen Par'tah – sie braucht immer Geld. Wahrscheinlich kann sie es sich nicht leisten, nein zu sagen.«

Karrde wandte sich wieder dem Display zu, mit dem bitteren Geschmack der Niederlage im Mund. »Ich schätze, ich kann ihr keine Vorwürfe machen«, sagte er. »Was ist mit den anderen?«

Gillespee zuckte unbehaglich die Schultern. »Wie ich schon sagte, die Kosten laufen weiter. Wir müssen Geld verdienen.«

Und auf diese Weise fiel die widerwillige Koalition, die er mit Mühe zusammengeschmiedet hatte, wieder auseinander. Und das Imperium hatte nicht einen einzigen Schuß abfeuern müssen, um das zu erreichen. »Dann werde ich wohl allein weitermachen müssen«, sagte er und stand auf. »Danke für Ihre Hilfe. Ich nehme an, Sie wollen sich wieder Ihren Geschäften widmen.«

»He, nun schnappen Sie nicht gleich ein, Karrde«, meinte Gillespee spöttisch. »Sie haben recht, diese Klons sind eine ernste Sache. Wenn Sie meine Schiffe und Leute für Ihre Jagd mieten wollen, werden wir Ihnen gerne helfen. Wir können es uns nur nicht mehr leisten, umsonst zu arbeiten, das ist alles. Sagen Sie uns Bescheid.« Er wandte sich zur Tür...

»Einen Moment«, rief ihm Karrde nach. Ihm war plötzlich ein recht kühner Gedanke gekommen. »Angenommen, ich finde einen Weg, jedem sein Einkommen zu garantieren. Glauben Sie, daß die anderen dann auch an Bord bleiben werden?«

Gillespee musterte ihn argwöhnisch. »Versuchen Sie nicht, mich auf den Arm zu nehmen, Karrde. Sie haben soviel Geld doch gar nicht herumliegen.«

»Nein. Aber die Neue Republik. Und unter den derzeitigen Umständen werden Sie bestimmt nichts dagegen haben, ein paar weitere Kampfschiffe auf die Lohnliste zu setzen.«

»U-uh«, schüttelte Gillespee heftig den Kopf. »Tut mir leid, aber ich bin kein Freibeuter.«

»Auch dann nicht, wenn Ihre einzige Aufgabe darin besteht, Informationen zu sammeln?« fragte Karrde. »Ich verlange nichts anderes als das, was wir soeben im Orus-Sektor gemacht haben.«

»Klingt wie ein Traumangebot«, sagte Gillespee sardonisch. »Abgesehen von dem winzig kleinen Problem, jemand in der Neuen Republik zu finden, der dumm genug ist, Freibeuterhonorare für Schnüfflerarbeit zu zahlen.«

Karrde lächelte. »Um ehrlich zu sein, ich hatte nicht vor, Ihre wertvolle Zeit zu verschwenden, vor Ihnen das zu sagen. Haben Sie schon mal meinen Partner Ghent kennengelernt?«

Für einen Moment starrte Gillespee ihn nur mit verwirrtem Gesichtsausdruck an. Dann, abrupt, verstand er. »Das würden Sie nicht wagen.«

»Warum nicht?« konterte Karrde. »Im Gegenteil, wir würden ihnen damit einen Gefallen tun. Warum ihr Dasein mit diesen lästigen, kleinkrämerischen Details belasten, wo sie doch versuchen, einen Krieg zu gewinnen?«

»Und da sie uns sowieso bezahlen müssen, sobald wir für sie das Klon-Zentrum gefunden haben...«

»Genau«, nickte Karrde. »Sehen wir darin einfach einen Vorschuß auf noch zu leistende Arbeit.«

»Von dem sie erst erfahren werden, wenn alles vorbei ist«, meinte Gillespee trocken. »Die Frage ist, ob Ghent es schafft?«

»Mühelos«, versicherte ihm Karrde. »Vor allem, da er sich derzeit im imperialen Palast auf Coruscant befindet. Ich wollte sowieso dorthin, um Mara abzuholen; ich werde ihn einfach in die Datenbanken der Sektorflotte eindringen und uns registrieren lassen.«

Gillespee stieß zischend die Luft aus. »Klingt verlockend – das muß ich zugeben. Ich weiß nur nicht, ob es genug sein wird, um die anderen zurück an Bord zu holen.«

»Wir werden sie einfach fragen«, sagte Karrde und trat von seinem Schreibtisch zurück. »Laden wir sie zu einem Treffen in, sagen wir, vier Tagen ein?«

Gillespee zuckte die Schultern. »Versuchen können Sie's. Was haben Sie schon zu verlieren?«

Karrde wurde ernst. »Wenn man es mit Großadmiral Thrawn zu tun hat«, erinnerte er den anderen, »sollte man diese Frage nicht auf die leichte Schulter nehmen.«

Der Abendwind rauschte durch die verfallenen Mauern und Steinsäulen der zerstörten Festung und steigerte sich gelegentlich zu einem Pfeifen, wenn er ein kleines Loch oder eine Ritze fand. Karrde saß mit dem Rücken an eine der Säulen gelehnt, nippte an seiner Tasse und verfolgte, wie die Sonne hinter dem Horizont verschwand. Auf der Ebene unter ihm begannen die langen Schatten, die über den aufgewühlten Boden fielen, langsam zu verblassen, als die zunehmende Dunkelheit der Nacht unaufhaltsam über die Landschaft kroch.

Alles in allem ein Symbol für die Art und Weise, mit der dieser galaktische Krieg letztlich auch Karrde eingeholt hatte.

Er nahm einen weiteren Schluck von der Tasse und wunderte sich erneut über die ganze Absurdität dieser Situation. Hier war er: ein intelligenter, berechnender, angemessen egoistischer Schmuggler, der erfolgreich Karriere gemacht hatte. Ein Schmuggler zudem, der sich geschworen hatte, seine Leute aus diesem bestimmten Krieg herauszuhalten. Und dennoch, irgendwie, war er jetzt hier, tief darin verstrickt.

Und nicht nur darin verstrickt, sondern auf dem besten Weg, andere Schmuggler mit hineinzuziehen.

Er schüttelte in leichter Verärgerung den Kopf. Dieselbe Sache, wußte er, war auch während der großen Yavin-Schlacht Han Solo passiert. Er erinnerte sich noch gut, wie sehr es ihn amüsiert hatte, mitanzusehen, wie sich Solo immer mehr im Netz der Rebellen-Allianz aus Pflicht und Verantwortung verfangen hatte. Selbst in diesem Netz gefangen, kam ihm die ganze Sache bei weitem nicht so vergnüglich vor.

Von der anderen Seite des verfallenen Hofes drang das leise Knirschen von Kies. Karrde sah zu den Steinsäulen hinüber, die Hand am Blastergriff. Außer ihm sollte niemand hier sein. »Sturm?« rief er gedämpft. »Drang?«

Das vertraute Gackern/Schnurren antwortete, und Karrde stieß einen Seufzer der Erleichterung aus. »Hierher«, rief er dem Tier zu. »Komm schon – hierher.«

Der Befehl war überflüssig. Der Vornskr hetzte bereits um die Säulen und auf ihn zu, die Schnauze am Boden, aufgeregt mit dem Stummel des gestutzten Peitschenschwanzes wedelnd. Wahrscheinlich Drang, entschied Karrde; er war der geselligere der beiden, und Sturm neigte dazu, beim Fressen zu trödeln.

Der Vornskr kam schlitternd neben ihm zum Halt und gab erneut sein seltsames Gackern/Schnurren von sich – diesmal eher traurig klingend –, während er seine Schnauze in Karrdes ausgestreckte Hand legte. Es war Drang, tatsächlich. »Ja, es ist sehr still«, sagte Karrde, während er den Kopf des Tieres und die empfindlichen Stellen hinter den Ohren kraulte. »Aber die anderen werden bald zurück sein. Sie überprüfen die anderen Schiffe.«

Drang gab ein weiteres trauriges Gackern/Schnurren von sich und kauerte neben Karrdes Stuhl nieder, wachsam die leere Ebene unter ihnen beobachtend. Aber wonach immer er auch suchte, er fand es nicht, und nach einem Moment knurrte er kehlig und legte seine Schnauze auf den Steinboden. Seine Ohren zuckten einmal, wie nach einem Laut horchend, den es nicht gab, dann sanken sie nach unten.

»Auch da unten ist es still«, stimmte Karrde ernst zu und streichelte das Fell des Vornskr. »Was, glaubst du, ist hier passiert?«

Drang antwortete nicht. Karrde musterte den schlanken, muskulösen Rücken des Vornskr und wunderte sich erneut über diese fremdartigen Raubtiere, die er so leichthin – vielleicht sogar arrogant – in Schoßtiere verwandelt hatte. Fragte sich, ob er es sich nicht zweimal überlegt hätte, wäre ihm damals klar gewesen, daß sie die einzigen Tiere in der Galaxis waren, die mit der Macht jagten.

Es war eine groteske Schlußfolgerung. Machtsensitivität war natürlich nichts Ungewöhnliches – die Gotal hatten sie, wenngleich in für sie nutzloser Form, und es gab entsprechende hartnäckige Gerüchte über die Duinuogwuin, um nur zwei zu nennen. Aber alle, die über eine derartige Sensitivität verfügten, waren intelligente Wesen. Daß nichtintelligente Tiere die Macht auf diese Weise benutzten, war etwas völlig Neues.

Aber es war eine Schlußfolgerung, die von den Ereignissen der letzten Monate bestätigt wurde. Da war die unerwartete Reaktion seiner Schoßtiere auf Luke Skywalker in Karrdes Myrkr-Basis gewesen. Ähnlich hatten sie auf Mara an Bord der *Wilder Karrde* reagiert, als sie von dieser Ahnung erfaßt worden war, die sie vor dem imperialen Abfangskreuzer gerettet hatte. Da war die weit bösartigere Reaktion der wilden Vornskr auf Mara und Skywalker während ihres Dreitagemarsches durch die Wälder von Myrkr gewesen.

Skywalker war ein Jedi. Mara verfügte zweifellos ebenfalls über Jedi-Fähigkeiten. Und was vielleicht noch bedeutungsvoller war, die Existenz der bizarren, machtleeren Blasen, die von den Ysalamiri Myrkrs erzeugt wurden, konnte letztendlich als einfache Form der Verteidigung oder Tarnung gegen Raubtiere erklärt werden.

Abrupt ruckte Drangs Kopf hoch, seine Ohren stellten sich auf, und er fuhr halb herum. Karrde lauschte angestrengt... Und ein paar Sekunden später hörte er das ferne Dröhnen der zurückkehrenden Fähre. »Alles in Ordnung«, beruhigte er den Vornskr. »Es sind nur Chin und die anderen, die vom Schiff zurückkommen.«

Drang behielt seine Haltung noch für einen Moment bei. Dann, als hätte er sich entschieden, Karrdes Versicherung zu trauen, drehte er sich und legte seinen Kopf wieder auf den Boden. Beobachtete die Ebene, die, falls Karrdes Verdacht zutraf, für ihn noch stiller sein mußte als für Karrde. »Mach dir keine Sorgen«, tröstete er das Tier und kraulte es hinter den Ohren. »Wir werden bald von hier verschwinden. Und ich verspreche dir, auf dem nächsten Planeten wird es jede Menge Tiere geben.«

Die Ohren des Vornskr zuckten, aber vielleicht war es auch nur ein Reflex. Karrde warf einen letzten Blick auf die verblassenden Farben des Sonnenuntergangs, stand auf und rückte seinen Waffengürtel zurecht. Natürlich gab es keinen bestimmten Grund, schon jetzt hineinzugehen. Die Einladungen waren geschrieben, verschlüsselt und gesendet worden, und im Moment blieb ihm nichts anderes übrig, als auf die Antworten zu warten. Aber plötzlich fühlte er sich hier draußen einsam. Viel einsamer als noch vor ein paar Minuten. »Komm, Drang«, sagte er und streichelte ihn ein letztes Mal. »Es wird Zeit, nach drinnen zu gehen.«

Die Fähre setzte auf dem Boden des *Schimäre*-Hangars auf, Auslaßventile zischten über den Köpfen der Sturmtruppler, die um die nach unten sinkende Rampe eine Eskortformation einnahmen. Pellaeon blieb an Thrawns Seite stehen, schnitt angesichts der übelriechenden Dämpfe eine Grimasse und wünschte, er wüßte, was, beim Imperium, der Großadmiral diesmal wieder vorhatte.

Was immer es war, er hatte das unangenehme Gefühl, daß es ihm nicht gefallen würde. Thrawn behauptete zwar, daß diese Schmuggler berechenbar waren; und vielleicht waren sie es auch für ihn. Aber Pellaeon hatte seine eigenen Ansichten über den Umgang mit diesem Abschaum, und er hatte noch nie erlebt, daß eine Abmachung nicht auf die eine oder andere Weise gescheitert war.

Und keine *dieser* Abmachungen hatte mit einem dreisten Angriff auf eine Werft des Imperiums begonnen.

Die Rampe berührte den Boden und kam zum Stillstand. Der Sturmtruppencommander spähte in die Fähre und nickte... Und von zwei schwarzgekleideten Flottensoldaten begleitet, stieg der Gefangene zum Deck hinunter.

»Ah – Captain Mazzic«, sagte Thrawn sanft, als die Sturmtruppler um ihn eine Eskortformation einnahmen. »Willkommen auf der *Schimäre*. Ich entschuldige mich für diese recht theatralische Einladung und die Probleme, die dadurch vielleicht bei Ihren Geschäftsterminen entstehen. Aber es gibt bestimmte Angelegenheiten, die nur unter vier Augen besprochen werden können.«

»Sie sind ein richtiger Witzbold«, schnarrte Mazzic. Ein bemerkenswerter Kontrast, dachte Pellaeon, zu dem liebenswürdigen, hochkultivierten Frauenhelden, als der er in den Geheimdienstakten beschrieben wurde. Aber schließlich dürfte die Gewißheit, einem imperialen Verhör entgegenzusehen, von jedem Mann den Zivilisationslack abblättern lassen. »Wie haben Sie mich gefunden?«

»Kommen Sie, Captain«, sagte Thrawn gelassen. »Haben Sie im Ernst geglaubt, Sie könnten sich vor mir verstecken?«

»Karrde hat es geschafft«, schoß Mazzic zurück. Er gab sich große Mühe, den harten Burschen zu spielen; aber die nervösen Bewegungen seiner gefesselten Hände verrieten ihn. »Sie haben ihn noch immer nicht erwischt, oder?«

»Karrdes Zeit wird kommen«, versicherte Thrawn mit noch immer ruhig klingender, aber merklich kühlerer Stimme. »Doch es geht nicht um Karrde. Es geht um Sie.«

»Ja, und ich bin überzeugt, daß Sie sich darauf freuen«, knurrte Mazzic. »Bringen wir es hinter uns.«

Thrawn hob leicht die Brauen. »Sie mißverstehen mich, Captain. Sie sind nicht hier, um bestraft zu werden. Sie sind hier, weil ich die Spannungen zwischen uns beilegen möchte.«

Mazzic starrte ihn verblüfft an. »Wovon reden Sie überhaupt?« fragte er mißtrauisch.

»Ich rede über den kürzlichen Zwischenfall bei den Bilbringi-Werften«, sagte Thrawn. »Nein, leugnen Sie es nicht – ich weiß, daß Sie und Ellor diesen im Bau befindlichen Sternzerstörer vernichtet haben. Und normalerweise würde das Imperium eine derartige Tat streng bestrafen. Allerdings, unter diesen speziellen Umständen bin ich bereit, Gnade walten zu lassen.«

Mazzic starrte ihn noch immer an. »Ich verstehe nicht.«

»Es ist sehr einfach, Captain.« Thrawn machte eine Handbewegung, und einer von Mazzics Bewachern löste seine Fesseln. »Ihr Angriff auf Bilbringi war ein Racheakt für einen ähnlichen Angriff auf ein Schmugglertreffen auf Trogan, an dem Sie teilgenommen haben. Alles gut und schön; nur daß weder ich noch ein anderer hoher imperialer Offizier diesen Angriff angeordnet haben. In Wirklichkeit hatte der Garnisonscommander strikten Befehl, Ihr Treffen nicht zu stören.«

Mazzic schnaufte. »Erwarten Sie etwa, daß ich Ihnen das glaube?«

Thrawns Augen glitzerten. »Möchten Sie lieber glauben, daß ich so unfähig war, eine schlecht ausgerüstete Truppe mit dieser Mission zu beauftragen?« schnappte er.

Mazzic musterte ihn nachdenklich. »Ich war sowieso der Meinung, daß wir zu leicht entkommen sind«, brummte er.

»Dann verstehen wir uns«, sagte Thrawn, ruhiger diesmal. »Und die Angelegenheit ist damit erledigt. Die Fähre hat Befehl, Sie zurück zu Ihrer Basis zu bringen.« Er lächelte dünn. »Oder vielmehr zu der Geheimbasis auf Lelmra, zu der Ihr Schiff und Ihre Crew inzwischen geflohen sein dürften. Ich entschuldige mich für diese Unannehmlichkeit.«

Mazzics Augen wanderten durch den Hangar. Er schwankte zwischen dem Verdacht, daß alles nur ein Trick war, und der fast verzweifelten Hoffnung, daß Thrawn es ehrlich meinte. »Und das soll ich Ihnen glauben?« fragte er.

»Sie können glauben, was Sie wollen«, sagte Thrawn. »Aber bedenken Sie, daß ich Sie in der Hand hatte... und daß ich Sie gehen ließ. Guten Tag, Captain.«

Er wandte sich ab. »Aber wer war es dann?« rief Mazzic ihm nach. »Ich meine, wenn es keine imperialen Truppen waren?«

Thrawn drehte sich wieder zu ihm um. »Es waren tatsächlich imperiale Truppen«, sagte er. »Wir haben die Nachforschungen noch nicht abgeschlossen, aber es scheint, daß Lieutenant Kosk und seine Männer der Versuchung erlagen, sich nebenbei etwas Geld zu verdienen.«

Mazzic riß die Augen auf. »Jemand hat sie *bestochen*, damit sie uns angreifen? Imperiale Truppen?«

»Selbst imperiale Truppen sind nicht immer gegen die Verlokkungen der Bestechlichkeit gefeit«, sagte Thrawn mit düsterer Stimme, einer hervorragenden Imitation bitterer Verachtung. »In diesem Fall haben sie für ihren Verrat mit dem Leben bezahlt. Seien Sie versichert, daß die dafür verantwortliche Person oder Personen einen ähnlichen Preis bezahlen werden.«

»Sie wissen, wer es war?« fragte Mazzic.

»Ich glaube es zu wissen«, nickte Thrawn. »Bis jetzt habe ich allerdings noch keine Beweise.«

»Geben Sie mir einen Hinweis.«

Thrawn lächelte sardonisch. »Vielleicht kommen Sie selbst darauf, Captain. Guten Tag.«

Er wandte sich ab und ging zum Torbogen, der zu den Wartungs- und Reparatursektionen führte. Pellaeon wartete, bis Mazzic und seine Eskorte in der Fähre verschwunden waren, und eilte ihm dann nach. »Glauben Sie, daß Sie ihm genug gegeben haben, Admiral?« fragte er leise.

»Es spielt keine Rolle, Captain«, versicherte ihm Thrawn. »Wir haben ihm alles gegeben, was notwendig ist; und wenn Mazzic nicht klug genug ist, um Karrde zu verdächtigen – einer der anderen Schmugglerbosse wird es sein. Jedenfalls ist es immer besser, zuwenig anzubieten als zuviel. Manche Leute mißtrauen automatisch jeder Information, die sie zu leicht bekommen.«

Hinter ihnen hob sich die Fähre vom Deck und startete in den Weltraum... und aus dem Torbogen vor ihnen trat eine grinsende Gestalt. »Gute Arbeit, Admiral«, sagte Niles Ferrier und ließ seine Zigarre in den anderen Mundwinkel wandern. »Sie haben ihn geschnappt und dann wieder freigelassen. Er wird lange daran zu kauen haben.«

»Danke, Ferrier«, sagte Thrawn trocken. »Sie ahnen gar nicht, wieviel mir Ihr Lob bedeutet.«

Das Grinsen des Schiffsdiebs schien zu erstarren. Dann entschied er sich offenbar, die Bemerkung für bare Münze zu nehmen. »Okay«, sagte er. »Was ist unser nächster Schritt?«

Thrawns Augen blitzten bei dem Wort *unser* auf, aber er ließ es durchgehen. »Karrde hat letzte Nacht eine Reihe Funksprüche abgeschickt, von denen wir einen abgefangen haben«, sagte er. »Die Dechiffrierung läuft noch, aber es kann sich nur um eine Einladung zu einem weiteren Treffen handeln. Sobald wir die Zeit und den Ort kennen, werden wir Sie benachrichtigen.«

»Und ich gehe hin und helfe Mazzic, Karrde zu verdächtigen«, nickte Ferrier.

»Sie werden nichts dergleichen tun«, sagte Thrawn scharf. »Sie werden in einer Ecke sitzen und den Mund halten.«

Ferrier schien zusammenzuzucken. »Okay. Sicher.«

Thrawn bannte für einen weiteren Moment seinen Blick. »Was sie tun *werden*«, fuhr er schließlich fort, »ist, dafür zu sorgen, daß eine bestimmte Datenkarte in Karrdes Besitz gerät. Vorzugsweise in das Büro an Bord seines Schiffes – dort wird Mazzic wahrscheinlich als erstes suchen.«

Er machte eine Handbewegung, und ein Offizier trat vor und reichte Ferrier eine Datenkarte. »Ah«, sagte Ferrier schlau, als er sie entgegennahm. »Ja, ich verstehe. Der Beleg für Karrdes Abmachung mit diesem Lieutenant Kosk, was?«

»Korrekt«, bestätigte Thrawn. »Das und die zusätzlichen Beweise, die wir bereits in Kosks Personalakte eingefügt haben, dürften keinen Zweifel daran lassen, daß Karrde die anderen Schmuggler manipuliert hat. Ich glaube, das sollte genügen.«

»Ja, sie sind ein ziemlich brutaler Haufen.« Ferrier drehte die Datenkarte und kaute an seiner Zigarra. »Okay. Ich muß also nur an Bord der *Wilder Karrde* gelangen...«

Thrawns Gesichtsausdruck ließ ihn verstummen. »Nein«, sagte der Großadmiral bestimmt. »Im Gegenteil, Sie werden sich von seinem Schiff und seinen privaten Räumen am Boden so fern wie möglich halten. Um genau zu sein, solange Sie sich auf seiner Basis befinden, werden Sie strikt darauf achten, niemals allein zu sein.«

Ferrier blinzelte überrascht. »Ja, aber...« Hilflos hielt er die Datenkarte hoch.

Pellaeon spürte, wie Thrawn an seiner Seite einen ungeduldigen Seufzer ausstieß. »Ihr Defel wird die Datenkarte an Bord der *Wilder Karrde* deponieren.«

Ferriers Miene hellte sich auf. »Oh, ja. Ja. Er wird das Schiff wahrscheinlich betreten und verlassen können, ohne daß jemand was merkt.«

»Das sollte er auch«, sagte Thrawn warnend; und plötzlich klang seine Stimme eiskalt. »Denn ich habe Ihre Rolle beim Tod von Lieutenant Kosk und seinen Männern nicht vergessen. Sie schulden dem Imperium etwas, Ferrier. Und diese Schuld werden Sie begleichen.«

Ferrier erbleichte hinter seinem Bart. »Ich habe verstanden, Admiral.«

»Gut«, nickte Thrawn. »Sie werden auf Ihrem Schiff bleiben, bis die Dechiffrierabteilung Sie über den Ort von Karrdes Treffen informiert. Von da an sind Sie auf sich allein gestellt.«

»Sicher«, sagte Ferrier und schob die Datenkarte in seine Tunika. »Gut. Was mache ich, wenn Karrde erledigt ist?«

»Dann können Sie wieder Ihren Geschäften nachgehen«, erklärte Thrawn. »Wenn ich Sie wieder brauche, werde ich es Sie wissen lassen.«

Ferriers Lippen zuckten. »Sicher«, wiederholte er.

Und auf seinem Gesicht sah Pellaeon, daß ihm langsam zu dämmern begann, wie groß seine Schuld gegenüber dem Imperium wirklich war.

16

Der Planet war grün und blau und weiß gefleckt, nicht viel anders als all die anderen Planeten, die Han im Lauf der Jahre gesehen hatte. Mit dem winzigen Unterschied, daß dieser keinen Namen hatte.

Oder Raumhäfen. Oder Orbitdocks. Oder Städte, Kraftwerke oder andere Schiffe. Oder irgendwelche anderen Einrichtungen.

»Das ist er, ja?« fragte er Mara.

Sie antwortete nicht. Han sah zu ihr hinüber und stellte fest, daß sie den Planeten vor ihnen anstarrte. »Also, ist er's oder ist er's nicht?

»Er ist es«, sagte sie mit seltsam hohler Stimme. »Wir sind da.«

»Gut«, sagte Han, sie noch immer forschend musternd. »Großartig. Verraten Sie uns, wo sich dieser Berg befindet? Oder sollen wir einfach herumfliegen und warten, bis man uns unter Beschuß nimmt?«

Mara schien sich zusammenzureißen. »Er liegt in der Mitte zwischen Äquator und Nordpol«, erklärte sie. »Nahe dem östlichen Rand des Hauptkontinents. Ein einzelner Berg, der sich über Wälder und Grasland erhebt.«

»Okay«, meinte Han, gab die Informationen ein und hoffte, daß die Sensoren nicht versagten und ihn bloßstellten. Mara hatte über den *Falken* schon genug bissige Bemerkungen gemacht.

Hinter ihm glitt die Cockpittür zur Seite, und Lando und Chewbacca kamen herein. »Wie sieht's aus?« fragte Lando. »Sind wir da?«

»Wir sind da«, bestätigte Mara, ehe Han antworten konnte.

Chewbacca grollte eine Frage. »Nein, kein Hinweis auf technische Einrichtungen«, schüttelte Han den Kopf. »Keine Energiequellen, kein Funkverkehr.«

»Militärbasen?« fragte Lando.

»Wenn es welche gibt, kann ich sie nicht finden«, sagte Han.

»Interessant«, murmelte Lando. »Der Großadmiral scheint vertrauensseliger zu sein, als ich dachte.«

»Der Planet diente früher als private Schatzkammer«, erinnerte ihn Mara spitz. »Nicht als Ausstellungsort für imperiale Technik. Es gab keine Garnisonen oder Kommandozentren, die Thrawn hätte übernehmen können.«

»Also befindet sich alles im Inneren des Berges?« fragte Han.

»Draußen dürfte es außerdem ein paar Bodenpatrouillen geben«, sagte Mara. »Aber sie verfügen über keine Jägerstaffeln oder schwere Waffen, die sie gegen uns einsetzen könnten.«

»Eine angenehme Abwechslung«, bemerkte Lando trocken.

»Vorausgesetzt, Thrawn hat nicht ein paar eigene Garnisonen eingerichtet«, erinnerte Han. »Du machst mit Chewie am besten die Vierlingsgeschütze feuerbereit, nur für den Fall des Falles.«

»Verstanden.«

Die beiden gingen. Han steuerte einen Anflugvektor an und ließ einen Sensorcheck vornehmen. »Probleme?« fragte Mara.

»Wahrscheinlich nicht«, beruhigte Han sie, während er die Displays im Auge behielt. Aber nichts zeigte sich in ihrer Umgebung. »Unterwegs habe ich ein paar Mal geglaubt, etwas gesehen zu haben.«

»Calrissian glaubte auch etwas gesehen zu haben, als wir bei Obroa-skai den Kurs wechselten«, erinnerte Mara, während sie das Display betrachtete. »Könnte ein Schiff mit einem besonders guten Sensortarnmodus gewesen sein.«

»Oder nur eine Störung«, widersprach Han. »Die Fabritechs arbeiten in der letzten Zeit ziemlich unzuverlässig.«

Mara drehte den Kopf und sah nach Steuerbord. »Könnte uns jemand von Coruscant gefolgt sein?«

»Wer wußte denn von unserem Flug?« konterte Han. Nein, da draußen war nichts. Er mußte es sich eingebildet haben. »Wieviel von dieser privaten Schatzkammer haben Sie gesehen?«

Langsam drehte sich Mara wieder zu ihm um, und sie wirkte ganz und gar nicht überzeugt. »Nicht viel mehr als den Bereich zwischen dem Eingang und dem Thronsaal«, erklärte sie. »Aber ich weiß, wo die Spaarti-Zylinder-Kammer ist.«

»Was ist mit den Energiegeneratoren?«

»Ich habe sie nie gesehen«, sagte sie. »Aber ich habe gehört, daß das Kühlsystem sein Wasser aus einem Fluß bezieht, der über den nordöstlichen Hang des Berges fließt. Sie befinden sich wahrscheinlich irgendwo auf dieser Seite.«

Han kaute an seiner Lippe. »Und der Haupteingang liegt auf der südwestlichen Seite.«

»Der *einzige* Eingang«, korrigierte sie. »Es gibt nur den einen Weg hinein oder hinaus.«

»Das habe ich schon mal gehört.«

»Diesmal stimmt es«, erwiderte sie.

Han zuckte die Schultern. »Okay«, sagte er. Es hatte keinen Sinn, darüber zu streiten. Zumindest nicht, bis sie sich dort umgesehen hatten.

Die Cockpittür glitt zur Seite, und mit einem Blick über die Schulter stellte er fest, daß Luke hereingekommen war. »Wir sind da, Kleiner«, sagte er.

»Ich weiß«, nickte Luke und trat hinter Mara. »Mara hat es mir gesagt.«

Han sah Mara an. Soweit er wußte, war sie Luke während des ganzen Fluges ausgewichen, was auf einem Schiff von der Größe des *Falken* nicht gerade leicht war. Luke hatte ihr den Gefallen getan und war ihr auch aus dem Weg gegangen. »Ach ja?«

»Ist schon gut«, wiegelte Luke ab und musterte den Planeten vor ihnen. »Das also ist Wayland.«

»Das ist Wayland«, bestätigte Mara knapp, löste die Sicherheitsgurte und drängte sich an Luke vorbei. »Ich bin gleich wieder zurück«, sagte sie über die Schulter und ging hinaus.

»Ihr beide arbeitet wirklich gut zusammen«, bemerkte Han, als die Cockpittür hinter ihr zuglitt.

»Das tun wir in der Tat«, sagte Luke und ließ sich in den Kopilotensitz sinken, den Mara soeben verlassen hatte. »Du hättest uns an Bord der *Schimäre* erleben sollen, als wir Karrde befreit haben. Sie ist eine fantastische Partnerin.«

Han warf ihm einen Seitenblick zu. »Sieht man davon ab, daß sie dir ein Messer in den Leib stoßen will.«

»Das Risiko gehe ich ein.« Luke lächelte. »Muß einer dieser verrückten Jedi-Einfälle sein.«

»Das ist nicht komisch, Luke«, knurrte Han. »Sie will dich immer noch töten. Sie hat es Leia auf Coruscant gesagt.«

»Was nur beweist, daß sie es im Grunde gar nicht will«, konterte Luke. »Normalerweise laufen die Leute nicht herum und posaunen ihre Mordpläne hinaus. Vor allem nicht gegenüber den Familienangehörigen des Mordopfers.«

»Willst du dein Leben darauf verwetten?«

Luke zuckte andeutungsweise die Schultern. »Das habe ich bereits getan.«

Der *Falke* war inzwischen in die äußeren Atmosphäreschichten eingedrungen, und der Computer hatte endlich die mutmaßliche Position des Mount Tantiss ermittelt. »Also, wenn du mich fragst, jetzt ist nicht der richtige Zeitpunkt für riskante Wetten«, sagte er zu Luke, während er die Sensorkarte studierte. Am besten, sie näherten sich von Süden her, entschied er – dann konnte ihnen der Wald bei der Landung und dem Fußmarsch als Deckung dienen.

»Hast du irgendwelche Vorschläge?« fragte Luke.

»Ja, ich habe einen«, sagte Han und nahm Kurs auf den fernen Berg. »Wir lassen sie mit dem *Falken* am Landeplatz zurück.«

»Lebend?«

Es hatte Zeiten in seinem Leben gegeben, erinnerte sich Han, wo diese Frage nicht unbedingt lächerlich gewirkt hätte. »Natürlich lebend«, sagte er steif. »Es gibt viele Möglichkeiten zu verhindern, daß sie sich in Schwierigkeiten bringt.«

»Glaubst du wirklich, daß sie zurückbleiben wird?«

»Niemand sagte, daß wir sie fragen müssen.«

Luke schüttelte den Kopf. »Das können wir nicht tun, Han. Sie muß das hinter sich bringen.«

»Was?« knurrte Han. »Den Angriff auf die Klon-Fabrik oder den Anschlag auf dein Leben?«

»Ich weiß es nicht«, sagte Luke ruhig. »Vielleicht beides.«

Han hatte Wälder noch nie besonders gemocht, bevor er zur Rebellen-Allianz gestoßen war. Was allerdings auch nicht bedeutete, daß er sie *nicht* mochte. Wälder waren einfach etwas, an das ein durchschnittlicher Schmuggler kaum einen Gedanken verschwendete. Die meiste Zeit saß man auf schmutzigen kleinen Raumhäfen wie Mos Eisley oder Abregado-rae fest; und bei den seltenen Gelegenheiten, wo man sich in einem Wald traf, ließ man den Kunden den Wald im Auge behalten, während man selbst den Kunden im Auge behielt. Die Folge war, daß Han geglaubt hatte, ein Wald wäre wie der andere.

Seine Einsätze für die Allianz hatten alles geändert. Auf Endor, Corstris, Fedje und einem Dutzend anderer Welten hatte er auf die harte Tour gelernt, daß jeder Wald anders war, mit einer eigenen, unverwechselbaren Tier- und Pflanzenwelt und den entsprechenden Problemen, die sie einem zufälligen Besucher bereiteten. Nur eins von vielen Themen, über die er dank der Allianz mehr gelernt hatte, als er eigentlich wissen wollte.

Waylands Wälder paßten genau in dieses Schema; und das erste Problem war, den *Falken* durch das dichte obere Blätterdach zu bugsieren, ohne ein Loch zu hinterlassen, das jeder zufällig vorbeifliegende imperiale TIE-Pilot nicht einmal im Schlaf übersehen konnte. Zuerst mußte er eine Lichtung finden – die in diesem Fall durch einen umgestürzten Baum entstanden war –, und dann mußte er das Schiff fast seitlich landen, ein Manöver, das in einem planetaren Gravitationsfeld weitaus kniffliger war als draußen in einem Asteroidenfeld. Das untere Blätterdach – dessen Existenz er erst bemerkte, als er das obere fast ganz durchstoßen hatte – war das zweite Problem, und er mähte die Spitzen einer ganzen Reihe dieser niedrigeren Bäume ab, bevor er den *Falken* stabilisiert und aufgesetzt hatte, wobei er eine Menge Unterholz zermalmte.

»Tolle Landung«, kommentierte Lando trocken und rieb sich die Schultern unter den Sicherheitsgurten, als Han die Repulsoraggregate abschaltete.

»Zumindest ist die Sensorschüssel noch dran«, sagte Han spitz.

Lando blinzelte. »Das wirst du mir nie vergessen, was?«

Han zuckte die Schultern und aktivierte die Lebensform-Algorithmen. Es wurde Zeit, festzustellen, was sie draußen erwartete. »Du sagtest, sie würde nicht mal eine Schramme abbekommen«, erinnerte er den anderen.

»Fein«, brummte Lando. »Beim nächsten Mal werde *ich* den Energiefeldgenerator ruinieren, und *du* kannst das Schiff ins Herz des Todessterns steuern.«

Was ganz und gar nicht komisch war. Wenn das Imperium wieder über seine alten Ressourcen verfügte, würde Thrawn vielleicht versuchen, eine weitere dieser verfluchten Festungen zu bauen.

»Wir hier hinten sind fertig«, sagte Luke und steckte den Kopf ins Cockpit. »Wie sieht's aus?«

»Nicht besonders schlimm«, sagte Han nach einem Blick auf das Display. »Draußen treibt sich ein Haufen Tiere herum, aber sie halten Distanz.«

»Wie groß sind diese Tiere?« fragte Lando und beugte sich über Hans Schulter, um das Display zu studieren.

»Und wie groß ist dieser Haufen?« fügte Luke hinzu.

»Etwa fünfzehn Tiere«, erklärte Han. »Damit werden wir schon fertig. Sehen wir sie uns an.«

Mara und Chewbacca warteten mit Erzwo und Dreipeo an der Schleuse, wobei letzter zur Abwechslung einmal den Mund hielt. »Chewie und ich gehen zuerst«, bestimmte Han und zog seinen Blaster. »Ihr bleibt hier oben.«

Er drückte auf die Kontrollen, und das Schleusenschott glitt zur Seite, während sich die Rampe senkte und mit einem gedämpften Knirschen auf dem trockenen Laub aufsetzte. Bemüht, alle Richtungen gleichzeitig im Auge zu behalten, bewegte sich Han nach unten.

Er entdeckte das erste Tier, bevor er das Ende der Rampe erreichte: grau, mit weißen Flecken auf dem Rücken, vielleicht zwei Meter von der Nase bis zum Schwanz messend. Es kauerte auf einem Ast und beobachtete ihn mit kleinen Knopfaugen. Und nach seinen Zähnen und Klauen zu urteilen, war es eindeutig ein Raubtier.

Chewbacca an seiner Seite grollte leise. »Ja, ich sehe es«, bestätigte Han langsam und musterte das Raubtier. »Es kommt mir irgendwie bekannt vor. Erinnert an diese Panthacs auf Mantessa, oder?«

Chewbacca dachte nach, knurrte dann eine Verneinung. »Nun, wir können uns später darum kümmern«, entschied Han. »Luke?«

»Hier«, drang Lukes Stimme aus der Schleuse.

»Bring mit Mara die Ausrüstung herunter«, befahl Han, während er das Raubtier nicht aus den Augen ließ. Ihr Gespräch schien es nicht zu stören. »Fangt mit den Düsenrädern an. Lando, du gibst uns Feuerschutz. Sei wachsam.«

»Sicher«, sagte Lando.

Von oben drang Knirschen und Klicken, als die Transportsicherungen der beiden ersten Düsenräder gelöst wurden, gefolgt vom leisen Summen der aktivierten Repulsoraggregate.

Und mit einem plötzlichen lauten Krachen von Blättern und Ästen sprang das Raubtier los.

»Chewie!« war alles, was Han rufen konnte, ehe das Tier über ihm war. Er schoß, der Blasterblitz tötete es mitten im Sprung, und er konnte sich gerade noch rechtzeitig ducken, so daß der Kadaver an seinem Kopf vorbeiflog. Chewbacca stieß seine Wookiee-Kampfschreie aus, schwang seinen Blitzwerfer und feuerte in rascher Folge auf die Raubtiere, die zwischen den Bäumen auftauchten. Von der Schleuse drang ein warnender Ruf, und ein weiterer Schuß blitzte.

Und aus den Augenwinkeln, viel zu schnell, um auszuweichen, sah Han vier Klauenpaare auf sich zukommen.

Er schützte sein Gesicht mit dem Unterarm und duckte sich. Einen Atemzug später prallte das Raubtier gegen ihn und warf ihn zu Boden. Für einen Moment lastete es mit seinem ganzen Gewicht auf ihm, Klauen gruben sich durch seine Tarnjacke, Schmerz sengte...

Und dann, plötzlich, war das Gewicht verschwunden. Er senkte den Arm und sah, wie das Raubtier auf die Rampe hetzte und zum Sprung in den *Falken* ansetzte. Er wirbelte herum und feuerte, und gleichzeitig zuckte ein Schuß aus dem Inneren des Schiffes und traf das Tier ebenfalls.

Chewbacca schnarrte eine Warnung. Noch immer auf dem Rükken liegend, warf sich Han herum und sah, wie drei weitere Tiere über den Boden auf ihn zusprangen. Er erledigte das erste mit zwei schnellen Schüssen und richtete soeben den Blaster auf das zweite, als zwei schwarze Stiefel direkt vor ihm auf dem Boden landeten. Die Tiere sprangen direkt in die grellgrüne Klinge eines Lichtschwerts.

Han rollte herum, rappelte sich auf und sah sich um. Luke stand geduckt vor ihm, das Lichtschwert zum Schlag erhoben. Auf der anderen Seite der Rampe entdeckte er Chewbacca, drei der gefleckten Tiere tot zu seinen Füßen.

Hand musterte das tote Raubtier, das neben ihm lag. Jetzt, wo er die Kreatur genauer ansah...

»Paß auf – da drüben sind noch drei«, warnte Luke.

Han hob den Kopf. Zwei der Tiere waren sichtbar, kauerten zwischen den Bäumen. »Sie stellen keine Gefahr dar. Sind welche ins Schiff eingedrungen?«

»Nicht sehr weit«, erwiderte Luke. »Womit hast du sie gereizt?«

»Wir haben nichts gemacht«, sagte Han und schob seinen Blaster ins Halfter. »Ihr wart es, du und Mara, als ihr die Düsenräder gestartet habt.«

Chewbacca grollte, plötzlich begreifend. »Du hast's erfaßt, Alter«, nickte Han. »Schon damals hatten wir es mit ihnen zu tun.«

»Was sind sie?« fragte Luke.

»Sie heißen Garrals«, sagte Mara von der Rampe. Kauernd, ihren Blaster immer noch schußbereit in der Hand, starrte sie die um Chewbacca verteilten Kadaver an. »Das Imperium setzt sie als Wachhunde ein, normalerweise in dicht bewaldeten Grenzgarnisonen, wo Sondendroidenposten nicht praktikabel sind. Die Ultraschallgeräusche eines Repulsoraggregats sollen genauso klingen wie die Laute ihrer Beutetiere. Ziehen sie an wie ein Magnet.«

»Deshalb also haben sie hier auf uns gelauert«, sagte Luke und schaltete sein Lichtschwert ab, hielt es aber weiter in der Hand.

»Sie können die Repulsoraggregate eines Schiffes kilometerweit hören«, sagte Mara. Sie sprang von der Rampe, kniete neben einem der toten Garrals nieder und griff mit der freien Hand in das dichte Fell an seinem Hals. »Wenn sie per Funk überwacht werden, wissen die Controller im Mount Tantiss bereits, daß wir hier sind.«

»Großartig«, brummte Han und kauerte neben dem toten Garral zu seinen Füßen nieder. »Wonach suchen wir, einem Halsband?«

»Wahrscheinlich«, sagte Mara. »Überprüfen Sie auch die Läufe.«

Es dauerte ein paar Minuten, aber schließlich hatten sie sich überzeugt, daß keiner der toten Raubtiere mit einem Funkgerät versehen war.

»Müssen Nachkommen des Rudels sein, das den Berg beschützen sollte«, meinte Lando.

»Oder sie stammen ursprünglich von dieser Welt«, sagte Mara. »Ihr Heimatplanet ist nirgendwo verzeichnet.«

»So oder so sind sie ein Problem«, erklärte Han und schob den letzten Kadaver von der Rampe des *Falken.* »Wenn wir die Düsenräder nicht benutzen können, müssen wir zu Fuß gehen.«

Von oben drang ein leiser elektronischer Pfiff. »Verzeihen Sie, Sir«, sagte Dreipeo. »Gilt das auch für mich und Erzwo?«

»Sofern ihr nicht gelernt habt zu fliegen, ja«, sagte Han.

»Nun – Sir – mir scheint, daß vor allem Erzwo für diese Art Waldmarsch nicht ausgerüstet ist«, sagte Dreipeo steif. »Wenn wir die Lastenplattform nicht benutzen können, sollten wir vielleicht andere Arrangements treffen.«

»Das Arrangement ist, daß ihr wie wir zu Fuß gehen werdet«, sagte Han knapp. Er hatte nicht vor, den Tag mit einer langatmigen Diskussion mit Dreipeo zu verbringen. »Du hast es auf Endor getan; du wirst es auch hier tun.«

»Auf Endor mußten wir nicht so weit gehen«, erinnerte ihn Luke ruhig. »Wir müssen etwa zwei Wochen Fußmarsch vom Berg entfernt sein.«

»So schlimm ist es nicht«, sagte Han nach einer raschen Schätzung. Es war nicht so schlimm, aber es war schlimm genug. »Acht oder neun Tage höchstens. Vielleicht ein paar mehr, wenn es Schwierigkeiten gibt.«

»Oh, wir werden Schwierigkeiten bekommen, verlassen Sie sich drauf«, sagte Mara säuerlich, setzte sich auf die Rampe und legte ihren Blaster in den Schoß. »Das können Sie mir ruhig glauben.«

»Sie glauben also nicht, daß die Eingeborenen uns freundlich empfangen werden?«

»Ich glaube, sie werden uns mit schußbereiten Armbrüsten empfangen«, erwiderte Mara. »Es gibt hier zwei verschiedene Eingeborenenrassen, die Psadans und die Myneyrshi. Nicht einmal vor der Übernahme des Mount Tantiss durch das Imperium hatten sie viel für Menschen übrig.«

»Nun, zumindest stehen Sie dann nicht auf Seiten des Imperiums«, meinte Lando.

»Das hilft uns wahrscheinlich auch nicht weiter«, knurrte Mara. »Und wenn sie uns keine Schwierigkeiten machen, bleiben immer noch die einheimischen Raubtiere. Wir können von Glück reden, wenn wir es in zwölf oder dreizehn Tagen schaffen, statt in acht oder neun.«

Han sah in den Wald und entdeckte etwas. Etwas, das mehr als nur ein wenig beunruhigend war... »Stellen wir uns also auf zwölf ein«, sagte er. Plötzlich erschien es ihm wichtig, daß sie umgehend von hier verschwanden. »Also los. Mara, Sie machen die Ausrüstung fertig. Chewie, du holst die Rationspackungen aus den Überlebenstornistern – wir werden die Vorräte brauchen. Luke, du gehst mit den Droiden in diese Richtung« – er streckte die Hand aus – »und suchst nach einem Pfad. Vielleicht ein ausgetrocknetes Flußbett – wir sollten dem Berg nahe genug sein, um hier auf welche zu stoßen.«

»Gewiß, Sir«, sagte Dreipeo fröhlich und ging die Rampe hinunter. »Komm, Erzwo.«

Die anderen murmelten zustimmend und wandten sich zum

Schiff. Han wollte zur Rampe, aber Luke hielt ihn am Arm fest. »Was ist los?« fragte er leise.

Han drehte den Kopf zum Wald. »Diese Garrals, die uns beobachtet haben – sie sind fort.«

Luke sah sich um. »Sind sie alle zusammen weg?«

»Ich weiß es nicht. Ich habe sie nicht verschwinden sehen.«

Luke befingerte sein Lichtschwert. »Du glaubst, es war eine imperiale Patrouille?«

»Oder ein paar von diesen Beutetieren, die Mara erwähnt hat. Spürst du irgend etwas?«

Luke holte tief Luft, hielt sie für einen Moment an und atmete dann langsam aus. »Ich spüre niemand in der Nähe«, sagte er. »Aber sie könnten auch außer Reichweite sein. Denkst du, wir sollten die Mission abbrechen?«

Han schüttelte den Kopf. »Wenn wir das tun, verspielen wir den Überraschungsvorteil. Sobald sie wissen, daß wir ihre Klon-Fabrik gefunden haben, brauchen sie nicht mehr so zu tun, als wäre dies nur irgendein vergessenes Hinterwäldlersystem. Wenn wir mit einer Angriffsflotte zurückkehren, wird es hier von Sternzerstörern nur so wimmeln.«

Luke verzog das Gesicht. »Das denke ich auch. Und du hast recht – wenn sie den *Falken* entdeckt haben, sollten wir so schnell wie möglich von hier verschwinden. Kannst du die Koordinaten an Coruscant senden, bevor wir aufbrechen?«

»Ich weiß es nicht.« Han sah zum *Falken* auf, der vor ihm aufragte, und versuchte nicht daran zu denken, daß er vielleicht den Imperialen in die Finger fallen würde. »Wenn da draußen eine Patrouille ist, werden wir nicht die Zeit haben, den Sender so auszurichten, daß sie den Richtstrahl nicht bemerken. Nicht in Anbetracht der Probleme, die er in der letzten Zeit macht.«

Luke sah ebenfalls nach oben. »Klingt riskant«, meinte er. »Wenn wir in Schwierigkeiten geraten, werden sie nicht wissen, wohin sie die Verstärkung schicken sollen.«

»Ja, aber wenn wir senden und dabei von einer imperialen Patrouille überrascht werden, stecken wir garantiert in Schwierigkeiten«, knurrte Han. »Ich bin offen für jeden Vorschlag.«

»Was hältst du davon, wenn ich noch ein paar Stunden hierbleibe?« fragte Luke. »Wenn bis dahin noch keine Patrouille aufgetaucht ist, sollte ich ohne Risiko senden können.«

»Vergiß es«, schüttelte Han den Kopf. »Du müßtest allein marschieren, und die Wahrscheinlichkeit ist ziemlich hoch, daß du uns nicht wiederfinden wirst.«

»Ich bin bereit, das Risiko einzugehen.«

»Ich nicht«, sagte Han unverblümt. »Und außerdem, immer, wenn du allein losziehst, bringst du mich in Schwierigkeiten.«

Luke lächelte reuevoll. »Manchmal scheint es so auszusehen.«

»Darauf kannst du wetten«, versicherte ihm Han. »Komm, wir verschwenden unsere Zeit. Verschwinde von hier und such uns einen Weg.«

»In Ordnung«, sagte Luke mit einem Seufzer. Aber er klang nicht besonders enttäuscht. Vielleicht hatte er die ganze Zeit gewußt, daß es keine sehr kluge Idee gewesen war. »Kommt, Dreipeo, Erzwo. Wir gehen.«

Die erste Stunde war die härteste. Der kaum erkennbare Pfad, den Erzwo gefunden hatte, endete nach nicht einmal hundert Metern als Sackgasse in einer riesigen Dornbuschinsel und zwang sie, sich aus eigener Kraft einen Weg durch das verfilzte Dickicht zu bahnen. Dabei schreckten sie nicht nur das Pflanzenleben aus seiner Ruhe und mußten schließlich minutenlang auf ein Nest sechsbeiniger, einen halben Meter langer Kreaturen schießen, die beißend und kratzend auf sie losgingen. Glücklicherweise waren die Zähne und Klauen für viel kleinere Beute geschaffen, und bis auf ein paar Zahnabdrücke in Dreipeos linkem Bein richteten sie keinen Schaden an und wurden schließlich vertrieben. Dreipeo stöhnte lauter, als es der Zwischenfall oder der Schaden rechtfertigte, und lockte mit seinen Klagen wahrscheinlich das braungeschuppte Tier an, das ein paar Minuten später angriff. Hans schneller Blasterschuß konnte das Tier nicht stoppen, und Luke mußte es mit seinem Lichtschwert von Dreipeos Arm trennen. Anschließend wurde Dreipeos Gejammer noch lauter; und Han drohte ihm schon, ihn abzuschnallen und den Aasfressern zu überlassen, als sie unvermutet auf eins der ausgetrockneten Flußbetten stießen, auf die sie gehofft hatten. Da auch keine weiteren Tierangriffe ihren Vormarsch behinderten, kamen sie nun wesentlich schneller voran, und als die Dämmerung in das Blätterdach über ihren Köpfen kroch, hatten sie fast zehn Kilometer zurückgelegt.

»Ruft wundervolle Erinnerungen wach, nicht wahr?« kommentierte Mara sarkastisch, als sie ihren Rucksack abstreifte und ihn neben einen der niedrigen Büsche warf, die das Flußbett säumten.

»Genau wie damals auf Myrkr«, stimmte Luke zu und hieb mit dem Lichtschwert auf einen der Dornbüsche ein, die sie in den letzten Stunden nur zu gut kennengelernt hatten. »Ich habe übrigens nie erfahren, was nach unserem Verschwinden geschehen ist.«

»Das, was zu erwarten war«, erklärte Mara. »Kurz darauf erschienen Thrawns AT-ATs. Und wir sind dann fast doch noch erwischt worden, weil Karrde unbedingt bleiben und alles beobachten wollte.«

»Helfen Sie uns deshalb?« fragte er. »Weil Thrawn Karrde zum Tode verurteilt hat?«

»Lassen Sie uns eins gleich klarstellen, Skywalker«, knurrte sie. »Ich arbeite für Karrde, und Karrde hat bereits gesagt, daß wir in Ihrem Krieg neutral bleiben. Ich bin nur hier, weil ich ein wenig über die Zeit der Klon-Kriege weiß und nicht erleben will, daß eine Horde kaltgesichtiger Duplikate erneut versucht, die Galaxis zu überrennen. Der einzige Grund, warum *Sie* hier sind, ist die Tatsache, daß ich die Fabrik nicht allein zerstören kann.«

»Ich verstehe«, sagte Luke, kappte einen zweiten Dornbusch

und schaltete sein Lichtschwert ab. Er griff mit der Macht hinaus, hob die beiden Büsche vom Boden und setzte sie im Flußbett ab. »Nun, sie werden nichts aufhalten, was wirklich entschlossen ist, uns zu holen«, entschied er, die improvisierte Barriere betrachtend. »Aber sie sollten uns ein paar Sekunden verschaffen.«

»Fragt sich nur, ob uns das viel nützen wird«, sagte Mara, brachte einen Rationsriegel zum Vorschein und wickelte ihn aus. »Hoffen wir, daß dies keiner jener glücklichen Orte ist, wo die richtig großen Raubtiere nachts ihr Unwesen treiben.«

»Erzwos Sensoren werden sie hoffentlich entdecken, ehe sie zu nah kommen können«, erwiderte Luke. Er zündete wieder sein Lichtschwert und schnitt vorsichtshalber zwei weitere Dornbüsche ab.

Und er wollte es soeben abschalten, als er die unmerkliche Veränderung in Maras Augen spürte. Er fuhr herum und sah, daß sie sein Lichtschwert anstarrte, den Rationsriegel vergessen in der Hand, einen seltsam gequälten Ausdruck auf dem Gesicht. »Mara?« fragte er. »Ist mit Ihnen alles in Ordnung?«

Fast schuldbewußt wandte sie den Blick von ihm ab. »Sicher«, murmelte sie. »Mir geht es gut.« Sie funkelte ihn kurz an und biß wütend in ihren Rationsriegel.

»Okay.« Luke schaltete sein Lichtschwert ab und beförderte mit der Macht die gerade abgeschnittenen Dornbüsche auf die anderen. Noch immer keine besonders stabile Barriere, entschied er. Vielleicht, wenn er sie mit den Ranken befestigte, die zwischen diesen Bäumen wuchsen…

»Skywalker?«

Er drehte sich um. »Ja?«

Mara sah zu ihm auf. »Ich muß sie etwas fragen«, sagte sie ruhig. »Sie sind der einzige, der es weiß. Wie ist der Imperator gestorben?«

Für einen Moment studierte Luke ihr Gesicht. Selbst im verdämmernden Licht konnte er den Schmerz in ihren Augen erkennen;

die bitteren Erinnerungen an das luxuriöse Leben und die strahlende Zukunft, die ihr auf Endor entrissen worden waren. Aber neben dem Schmerz entdeckte er eine gleichermaßen starke Entschlossenheit. Auch wenn es noch so sehr schmerzte, sie wollte es hören. »Der Imperator versuchte, mich auf die dunkle Seite zu ziehen«, erklärte er, und seine eigenen, tief begrabenen Erinnerungen kehrten schmerzhaft zurück. Fast wäre an diesem Tag nicht der Imperator, sondern er gestorben. »Es wäre ihm fast gelungen. Ich konnte nur einen Schlag gegen ihn führen, dann stellte sich mir Vader entgegen. Ich schätze, er dachte, wenn ich Vader im Zorn tötete, würde ich mich damit ihm und der dunklen Seite öffnen.«

»Und statt dessen haben Sie sich gegen ihn zusammengetan«, sagte sie anklagend, mit plötzlichem Zorn in den Augen. »Sie haben ihn angegriffen – Sie beide...«

»Einen Moment«, protestierte Luke. »Ich habe ihn nicht angegriffen. Nicht nach diesem ersten Schlag.«

»Wovon reden Sie?« fragte sie. »Ich habe Sie gesehen. Sie beide haben ihn mit Ihren Lichtschwertern angegriffen.«

Luke starrte sie an..., und plötzlich verstand er. Mara Jade, die rechte Hand des Imperators, die seine Stimme an jedem Ort der Galaxis hören konnte. Sie hatte mit ihrem Herrn im Augenblick seines Todes Kontakt gehabt und alles beobachtet.

Nur daß sie es – irgendwie – mißverstanden hatte.

»Ich habe ihn nicht angegriffen, Mara«, erklärte er. »Er wollte mich gerade töten, als Vader auf ihn losging und ihn in einen offenen Schacht stürzte. Ich hätte nichts tun können, selbst wenn ich es gewollt hätte – ich war noch immer von den Lichtblitzen halb gelähmt, die er nach mir geschleudert hatte.«

»Wie meinen Sie das, selbst wenn Sie es gewollt hätten?« sagte Mara höhnisch. »Deshalb sind Sie doch überhaupt an Bord des Todessterns gegangen, oder?«

Luke schüttelte den Kopf. »Nein, ich wollte versuchen, Vader vor der dunklen Seite zu retten.«

Mara wandte sich ab, und Luke konnte den Aufruhr in ihrem Inneren spüren. »Warum sollte ich Ihnen glauben?« fragte sie schließlich.

»Warum sollte ich lügen?« konterte er. »Es ändert nichts an der Tatsache, daß sich ohne mich Vader nicht gegen ihn gewandt hätte. In diesem Sinne bin ich wahrscheinlich trotzdem für seinen Tod verantwortlich.«

»Richtig, das sind Sie«, stimmte Mara schroff zu. Aber sie zögerte einen Moment, bevor sie es sagte. »Und ich werde es nicht vergessen.«

Luke nickte schweigend und wartete, daß sie weitersprach. Aber sie sagte nichts, und nach einer Weile drehte er sich wieder zu den Dornbüschen um. »Ich an Ihrer Stelle wäre damit vorsichtig«, sagte Mara hinter ihm, die Stimme wieder kühl und kontrolliert. »Sie wollen doch nicht, daß wir hier in der Falle sitzen, wenn etwas Großes über die Büsche kommt?«

»Guter Einwand«, sagte Luke, sowohl die Worte als auch die dahinter verborgene Bedeutung verstehend. Sie hatten einen Auftrag, und bis dieser Auftrag erledigt war, brauchte sie Luke lebend.

Danach würde sie sich dem Schicksal stellen müssen, das auf sie wartete. Oder sie würde sich ein neues suchen müssen.

Er schaltete sein Lichtschwert ab und ging an Mara vorbei zu den anderen, die im Begriff waren, das Lager aufzuschlagen. Zeit, sich um die Droiden zu kümmern.

17

Die Tür zum Parlamentssaal glitt zur Seite, und in den Großen Korridor ergoß sich ein kleiner Strom aus Abgeordneten und Droiden, die sich angeregt in dem üblichen Spektrum verschiedener Sprachen unterhielten. Leia warf Winter einen Blick zu, während sie sich der Menge näherten, und nickte.

Es war Showzeit.

»Ist sonst noch was gekommen, von dem ich wissen sollte?« fragte sie, als sie die Menge passierten.

»Zum Pantolomin-Bericht ist ein ungewöhnlicher Nachtrag eingetroffen«, sagte Winter, ihre Umgebung im Auge behaltend. »Ein Kopfgeldjäger behauptet, in die imperialen Werften von Ord Trasi eingedrungen zu sein, und bietet uns Informationen über ihr neues Bauprogramm zum Kauf an.«

»Ich kenne diese Kopfjäger nur zu gut«, sagte Leia und versuchte, nicht die Passanten anzusehen, während sie sich durch die Menge drängten. »Wie kommt Colonel Derlin darauf, daß wir ihm trauen können?«

»Er ist sich nicht sicher, ob wir es können«, sagte Winter. »Der Schmuggler hat uns eine Kostprobe gegeben: die Information, daß binnen eines Monats drei imperiale Sternzerstörer fertiggestellt werden. Colonel Derlin sagte, daß Oberstleutnant Harleys einen Plan entwickelt, um diese Information zu überprüfen.«

Sie hatten den Großen Korridor jetzt verlassen und folgten einigen Abgeordneten, die noch nicht in den Büros oder den anderen Konferenzräumen verschwunden waren. »Klingt gefährlich«, sagte Leia, pflichtschuldig dem vorbereiteten Drehbuch folgend. »Ich hoffe, er hat nicht vor, einfach vorbeizufliegen.«

»Der Bericht nannte keine Einzelheiten«, erwiderte Winter. »Aber in einem Anhang wurde über die Möglichkeit spekuliert, von jemand, der mit dem Imperium Geschäfte macht, einen Frachter zu leihen.«

Die letzten Abgeordneten bogen in einen Seitenkorridor, und im Gang hielten sich außer ihnen jetzt nur noch eine Reihe Techniker, Berater, Bürokraten und andere niedrigrangige Vertreter der Neuen Republik auf. Leia warf jedem einen kurzen Blick zu und entschied, daß sie einen zweiten Durchgang des Drehbuchs nicht lohnten. Sie sah Winter an, nickte erneut und ging mit ihr zu den Turboliften.

Sie brauchten einen Ort, wo sich Ghent an die Arbeit machen konnte, ohne daß jemand von dem Projekt erfuhr, und das Studium der Originalpläne des Palastes hatte sie den idealen Platz finden lassen. Es war ein alter Notstromversorgungsraum, der vor Jahren stillgelegt und versiegelt worden war, eingezwängt zwischen den Büros des Sektorbeschaffungs- und -versorgungsamts und der Sternjäger-Kommandozentrale unten im Kommandostockwerk. Leia hatte von einem Wartungskorridor aus mit ihrem Lichtschwert einen neuen Eingang in die Wand geschnitten; Bel Iblis hatte für die Energie- und Datennetzleitungen gesorgt; und Ghent hatte mit der Arbeit an seinem Dechiffrierprogramm begonnen.

Sie hatten alles, was sie brauchten. Nur keine Ergebnisse.

Bei ihrem Eintreten saß Ghent im einzigen Sessel des Raums, die Füße auf der Kante seines Dechiffrierpults, verträumt ins Leere blickend. Sie waren beide im Zimmer und Winter hatte bereits die Tür geschlossen, als er endlich ihre Gegenwart bemerkte. »Oh – hi, sagte er und ließ die Füße zu Boden poltern.

»Nicht so laut, bitte«, ermahnte ihn Leia, unwillkürlich zusammenzuckend. Die Offiziere und Beamten, die auf den anderen Seiten der dünnen Wände arbeiteten, würden wahrscheinlich jedes ungewöhnliche Geräusch den Nachbarbüros zuschreiben. Aber vielleicht auch nicht. »Hat General Bel Iblis inzwischen die letzte Sendung überspielt?« fragte sie.

»Ja – vor etwa einer Stunde«, nickte Ghent, fast unhörbar flüsternd. »Ich habe sie gerade geknackt.«

Er drückte eine Taste, und auf dem Display erschienen eine Reihe entschlüsselter Botschaften. Leia trat hinter seinen Sitz und las die Meldung. Einzelheiten über bevorstehende militärische Aktionen, Gedächtnisprotokolle von Gesprächen hochrangiger Diplomaten, Palastklatsch – wie immer hatte die Delta-Quelle das gesamte Spektrum vom Wichtigen bis zum Trivialen abgedeckt.

»Da ist was von uns«, sagte Winter und wies auf eine Stelle auf dem Display.

Leia las die Meldung. Ein unbestätigter Geheimdienstbericht aus dem Bpfassh-System, nach dem die *Schimäre* und ihre Begleitschiffe in der Nähe von Anchoron gesehen worden waren. Die Information stammte von ihnen, richtig. »Wieviele Personen haben sie gehört?« fragte sie Winter.

»Nur siebenundvierzig«, antwortete Winter und hantierte bereits an Ghents Datenblock. »Es war gestern kurz vor drei Uhr nachmittags – während der zweiten Parlamentssitzung –, und der Große Korridor war ziemlich leer.«

Leia nickte und wandte sich wieder dem Display zu. Als Winter mit ihrer Liste fertig war, hatte sie zwei weitere ihrer Ködermeldungen gefunden. Als Winter damit fertig war, hatte sie weitere fünf entdeckt.

»Sieht aus, als wären das alle«, sagte sie, als Winter Ghent ihre ersten drei Listen gab. »Laß sie durch dein Raster laufen.«

»Okay«, sagte Ghent und warf Winter einen ehrfürchtigen Blick zu, bevor er sich wieder seiner Konsole zuwandte. Selbst nach drei Tagen konnte er es immer noch nicht fassen, daß sie sich an jedes Detail von fünfzig verschiedenen, einminütigen Gesprächen erinnerte. »Okay, mal sehen. Korrelationen... Okay. Wir sind runter auf hundertsiebenundzwanzig Möglichkeiten. Hauptsächlich Techniker und Verwaltungsbeamte, wie's aussieht. Auch ein paar auswärtige Diplomaten sind darunter.«

Leia schüttelte den Kopf. »Von denen kann keiner Zugang zu allen Informationen gehabt haben«, sagte sie mit einem Wink zum Dechiffrierdisplay. »Es muß jemand sein, der in der Kommandostruktur einen weit höheren Rang bekleidet...«

»Einen Moment«, unterbrach Ghent. »Sie wollen einen großen Fisch; Sie kriegen einen. Rat Sian Tevv von Sullust.«

Leia sah das Display stirnrunzelnd an. »Das ist unmöglich. Er gehört zu den ältesten Führern der Rebellen-Allianz. Ich glaube, es war sogar er, der Nien Nunb und seine Privatarmee zur Rebellion gebracht hat, als sie von dem Imperium aus dem Sullust-System vertrieben wurden.«

Ghent zuckte die Schultern. »Ich kenne ihn nicht. Ich weiß nur, daß er alle fünfzehn dieser kleinen Köder gehört hat, die über den Sender der Delta-Quelle gingen.«

»Es kann nicht Rat Tevv sein«, warf Winter geistesabwesend ein, noch immer mit dem Datenblock beschäftigt. »Er war bei den letzten sechs Gesprächen nicht dabei.«

»Vielleicht hat einer seiner Berater mitgehört«, spekulierte Ghent. »Er muß nicht persönlich dabeigewesen sein.«

Winter schüttelte den Kopf. »Nein. Einer seiner Berater war zugegen, aber nur bei einem dieser Gespräche. Noch wichtiger, Rat Tevv *war* vorgestern bei zwei Gesprächen dabei, die von der Delta-Quelle nicht weitergeleitet wurden. Um Viertel nach neun morgens und Viertel vor drei nachmittags.«

Ghent lud die entsprechende Liste. »Sie haben recht«, gab er zu. »Hab' nicht daran gedacht, die Sache auch in dieser Richtung abzuchecken. Schätze, ich muß ein besseres Rasterprogramm ausarbeiten.«

Die improvisierte Tür hinter Leia schwang auf, und als sie sich umdrehte, sah sie, daß Bel Iblis hereingekommen war. »Ich dachte mir schon, daß ich Sie hier finden werde«, nickte er Leia zu. »Wir sind soweit, den Sternenstaub-Plan auszuprobieren. Wollen Sie mitkommen und zusehen?«

Der neueste Plan, um den Schwarm der getarnten Asteroiden zu lokalisieren, die Thrawn im Orbit um Coruscant zurückgelassen hatte. »Winter, wenn du hier fertig bist, findest du mich im Kriegsraum.«

»Ja, Eure Hoheit.«

Leia und Bel Iblis verließen den Raum und eilten hintereinander durch den Wartungskorridor. »Haben Sie schon etwas gefunden?« fragte der General über die Schulter.

»Winter läßt gerade die Liste von gestern durchlaufen«, antwortete Leia. »Bis jetzt sind wir bei hundertdreißig Möglichkeiten.«

Bel Iblis nickte. »Wenn man bedenkt, wieviel von uns im Palast arbeiten, würde ich dies als Fortschritt bezeichnen.«

»Vielleicht.« Sie zögerte. »Mir ist der Gedanke gekommen, daß dieser Plan nur funktioniert, wenn die Delta-Quelle eine Einzelperson ist. Wenn es sich bei ihr um eine ganze Gruppe handelt, werden wir ihnen auf diese Weise nicht auf die Schliche kommen.«

»Möglich«, stimmte Bel Iblis zu. »Aber ich kann mir einfach nicht vorstellen, daß es hier so viele Verräter geben soll. Um offen zu sein, ich habe sogar Schwierigkeiten, an einen zu glauben. Ich meine immer noch, daß die Delta-Quelle eine Art exotisches Abhörsystem sein könnte. Etwas, das der Sicherheitsdienst bis jetzt noch nicht aufgespürt hat.«

»Ich habe die Spionageabwehr bei den Untersuchungen beobachtet«, sagte Leia. »Ich kann mir nicht vorstellen, daß sie irgend etwas übersehen haben.«

»Unglücklicherweise kann ich das auch nicht.«

Sie erreichten den Kriegsraum und fanden General Rieekan und Admiral Drayson hinter der Hauptkommandokonsole vor. »Prinzessin«, grüßte Rieekan ernst. »Sie kommen gerade zur rechten Zeit.«

Leia sah zum visuellen Hauptdisplay hinauf. Ein alter Transporter hatte sich von der Gruppe der Schiffe gelöst, die im Außenorbit

Wache hielten, und näherte sich vorsichtig dem Planeten. »Wie nah wird er kommen?«

»Wir wollen direkt über dem planetaren Schild beginnen, Rätin«, erklärte Drayson. »Die Gefechtsanalyse deutet darauf hin, daß die meisten Asteroiden wahrscheinlich in eine niedrige Umlaufbahn eingeschwenkt sind.«

Leia nickte. Und da diese die ersten sein würden, die durchschlüpfen würden, wenn sie den Schild öffneten, ergab es noch mehr Sinn, dort anzufangen.

Langsam, mit der unbeholfenen Schwerfälligkeit eines ferngesteuerten Schiffes, kam der Transporter näher. »In Ordnung«, sagte Drayson. »Transporter-eins-Kontrolle, schalten Sie den Antrieb ab und halten Sie sich bereit, auf meinen Befehl abzuladen. Fertig... Abladen.«

Für einen Moment geschah nichts. Dann, abrupt, quoll eine Wolke glitzernden Staubes aus dem Achterende des Transporters und breitete sich langsam hinter dem Schiff aus. »Weiter so«, sagte Drayson. »*Sprinter*, negative Ionenstrahlen feuerbereit machen.«

»Der Transporter hat seine Staubladung ausgestoßen, Admiral«, meldete einer der Offiziere.

»Transporter-eins-Kontrolle, ziehen Sie sich zurück«, befahl Drayson.

»Aber langsam«, murmelte Bel Iblis. »Damit die Antriebsstrahlen keine Lücken in den Staub brennen.«

Drayson warf ihm einen verärgerten Blick zu. »Nur die Ruhe«, sagte er unwirsch. »Liegen schon irgendwelche Werte vor?«

»Kommen sehr stark herein, Sir«, meldete der Offizier an der Sensorkonsole. »Zwischen Punkt neun-drei und neun-acht Echos auf allen Frequenzen.«

»Gut«, nickte Drayson. »Halten Sie sie im Auge. *Sprinter?*«

»*Sprinter* ist bereit, Sir«, bestätigte ein anderer Offizier.

»Feuer frei für negative Ionenstrahlen«, befahl Drayson. »Niedrigste Intensität. Mal sehen, ob es funktioniert.«

Leia blickte zum visuellen Display auf. Die glitzernden Staubpartikel begannen sich zusammenzuballen, als die Antriebsionen des abdrehenden Transporters die elektrostatischen Ladungen in der Wolke veränderten. Aus den Augenwinkeln sah sie die fahle Spur eines Ionenstrahls über das Haupttaktikdisplay wandern und die Wolke durchdringen. Er lud alle Staubpartikel mit derselben Polarität, so daß sie einander abstießen..., und plötzlich expandierte die Wolke wieder, erblühte auf dem visuellen Display wie eine exotische Blume.

»Feuer einstellen«, sagte Drayson. »Mal sehen, ob das genügt.«

Für einen langen Moment verfolgte Leia atemlos, wie sich die fahl glitzernde Blume weiter öffnete. Ihre Spannung war natürlich verfrüht. In Anbetracht der riesigen Räume dort draußen war es höchst unwahrscheinlich, daß diese erste Ladung die Umlaufbahn eines der Asteroiden kreuzte. Und selbst wenn, würde es auf dem visuellen Display nichts zu sehen geben. Bis auf den Moment vor dem Zusammenbruch schien das Tarnfeld das Licht und die Sensorstrahlen perfekt um sich zu krümmen, was bedeutete, daß in dem Staub kein dunkler Fleck sichtbar werden würde.

»Die Wolke beginnt sich aufzulösen, Admiral«, meldete der Sensoroffizier. »Die Auflösungsrate liegt bei zwölf.«

»Eine Folge des Sonnenwindes«, murmelte Rieekan.

»Wie erwartet«, erinnerte ihn Drayson. »Transporter-zwei-Kontrolle: Starten.«

Ein zweiter Transporter löste sich von den orbitalen Schiffen und steuerte die Oberfläche an. »Dies ist eindeutig die langsamste Methode«, kommentierte Bel Iblis ruhig.

»Stimmt«, nickte Rieekan. »Ich wünschte, Ihre KGF-Anlage wäre damals nicht auf Sivivren verlorengegangen. Jetzt könnten wir sie gut gebrauchen.«

Leia nickte. Kristall-Gravfeldfallen, ursprünglich entwickelt, aus Tausenden Kilometern Entfernung die Masse von sensorgetarnten Schiffen aufzuspüren, wären für diese Aufgabe ideal geeignet. »Ich dachte, der Geheimdienst hätte eine zweite Anlage entdeckt.«

»Sie haben sogar drei entdeckt«, sagte Rieekan. »Das Problem ist, daß sie sich alle im imperialen Raum befinden.«

»Ich bin trotzdem nicht überzeugt, daß uns eine KGF hier viel nützen würde«, wandte Bel Iblis ein. »Coruscants Gravitation würde alle Werte verfälschen, die wir von den Asteroiden bekommen.«

»Es wäre schwierig – das bezweifle ich nicht«, stimmte Rieekan zu. »Aber ich denke, das ist unsere beste Chance.«

Sie verstummten, als auf dem visuellen Display der zweite Transporter seine Zielzone erreichte und die Prozedur des ersten wiederholte. Wieder ohne Ergebnis.

»Der Sonnenwind erweist sich als großer Störfaktor«, stellte Bel Iblis fest, als der dritte Transporter startete. »Vielleicht sollten wir es beim nächsten Mal mit größeren Staubpartikeln versuchen.«

»Oder die Operation auf die Nachtseite verlagern«, schlug Rieekan vor. »Das würde den Effekt zumindest...«

»Turbulenzen!« schrie der Sensoroffizier. »Vektor eins-eins-sieben – Richtung vier-neun-zwei.«

Alle stürzten zur Sensorkonsole. Am äußersten Rand der noch immer expandierenden zweiten Staubwolke war eine fahle orangene Linie aufgetaucht, die die von dem unsichtbaren Asteroiden erzeugte Turbulenz markierte. »Zielerfassung vornehmen«, befahl Drayson. »*Sprinter*, feuern Sie, sobald Sie bereit sind.«

Auf dem Display erschienen rote Linien, als die Turbolaser der Dreadnaughts das Feuer auf die projizierte Asteroidenbahn eröffneten. Leia starrte auf das Display, die Hände in die Rückenlehne des Sitzes gekrallt..., und plötzlich wurde er sichtbar: ein trostloser Felsbrocken, der langsam an den Sternen vorbeitrieb.

»Feuer einstellen«, befahl Drayson. »Gut gemacht, meine Herren. In Ordnung, *Treue*, Sie sind an der Reihe. Setzen Sie Ihre Technocrew in Marsch und...«

Er brach ab. Auf dem visuellen Display war zu sehen, wie ein Netzwerk aus dünnen Linien die dunkle Oberfläche des Asteroiden überzog. Für einen kurzen Moment leuchteten sie grell auf und verblaßten dann.

»Befehl aufgehoben, *Treue*«, grollte Drayson. »Sieht aus, als möchte der Großadmiral nicht, daß jemand anderer einen Blick auf seine kleinen Spielzeuge wirft.«

»Zumindest haben wir das erste gefunden«, sagte Leia. »Das ist schon etwas.«

»Richtig«, meinte Rieekan trocken. »Bleiben nur noch bis zu knapp dreihundert Stück.«

Leia nickte wieder und wandte sich ab. Die Operation würde noch eine ganze Weile dauern, und sie konnte ebensogut zurück zu Winter und Ghent...

»Kollision!« stieß der Sensoroffizier hervor.

Sie wirbelten herum. Auf dem visuellen Display trudelte der dritte Transporter ab, das Heck eingedrückt und brennend, die Ladung aus Staub in alle Richtungen davontreibend.

»Können Sie die Bahn bestimmen?« fragte Drayson.

Die Hände des Offiziers huschten über sein Pult. »Negativ – unzureichende Daten. Ich kann Ihnen nur einen Wahrscheinlichkeitskegel geben.«

»Her damit«, sagte Drayson. »An alle Schiffe: Feuer eröffnen. Massives Flächenbombardement; Zielkegel wird überspielt.«

Auf dem Taktikdisplay erschien der Kegel, und die Turbolaser der fernen Flotte eröffneten das Feuer. »Erweitern Sie den Kegel auf fünfzigprozentige Wahrscheinlichkeit«, befahl Drayson. »Kampfstationen, Sie übernehmen den äußeren Kegel. Ich will, daß dieses Ziel gefunden wird.«

Die Ermunterung war überflüssig. Der Weltraum über Coruscant hatte sich in einen Feuersturm verwandelt, Turbolaserstrahlen und Protonentorpedos schlugen in dem markierten Wahrscheinlichkeitskegel ein. Die Zielzone verlängerte und erweiterte sich, während die Computer die möglichen Bahnen des unsichtbaren Asteroiden berechneten und die Schiffe und Stationen ihr Feuer entsprechend verlagerten.

Aber dort war nichts..., und nach ein paar Minuten fand sich Drayson schließlich mit seiner Niederlage ab.

»Alle Einheiten: Feuer einstellen«, sagte er mit müder Stimme. »Es hat keinen Sinn mehr. Wir haben ihn verloren.«

Sonst schien es nichts mehr zu sagen zu geben. Schweigend standen sie da und verfolgten, wie der manövrierunfähige Transporter, außer Reichweite der Traktorstrahlen der Flotte, sich langsam drehend dem planetaren Schild und seiner Vernichtung näherte. Sein eingedrücktes Heck streifte den Schild, und in das Feuer der brennenden Triebwerksgase mischten sich die grellen, blauweißen Entladungen aufbrechender atomarer Bindungen. Ein gedämpfter Blitz, als das Heck abgetrennt wurde – ein hellerer Blitz, als der Bug mit dem Schild kollidierte –, dunkle Trümmerteile vor dem Feuer, als die Hülle barst...

Und mit einem letzten Ausbruch diffuser Glut war er verschwunden.

Leia beobachtete, wie das letzte Flackern verblaßte, setzte ihre Jedi-Entspannungstechniken ein und unterdrückte ihren Zorn. Sich den Luxus zu erlauben und Thrawn dafür zu hassen, daß er ihnen das antat, würde nur ihr Denkvermögen beeinträchtigen. Schlimmer noch, ein solcher Haß würde sie einen gefährlichen Schritt näher zur dunklen Seite bringen.

Sie spürte eine Bewegung an ihrer Schulter, und als sie sich umdrehte, sah sie Winter an ihrer Seite. Die andere Frau blickte zu dem visuellen Display hinauf, mit einem Ausdruck uralten Schmerzes in den Augen. »Es ist alles in Ordnung«, beruhigte Leia sie. »Es war niemand an Bord.«

»Ich weiß«, murmelte Winter. »Ich mußte an einen anderen Transporter denken, der auf Xyquine abgestürzt ist. Ein Passagiertransporter...«

Sie holte tief Luft, und Leia konnte die bewußte Anstrengung sehen, mit der sie ihre stets zu lebendige Vergangenheit verdrängte. »Ich muß mit Ihnen reden, Eure Hoheit, sobald Sie hier fertig sind.«

Leia griff mit der Macht hinaus und berührte Winters Aura hinter ihrem bemüht neutralen Gesichtsausdruck. Offenbar waren es keine guten Neuigkeiten. »Ich komme sofort«, sagte sie.

Sie verließen den Kriegsraum, machten einen Bogen um die Turbolifte und begaben sich zu dem Wartungskorridor und ihrem geheimen Dechiffrierraum. Und es gab tatsächlich keine guten Neuigkeiten.

»Das ist unmöglich«, sagte Leia kopfschüttelnd, als sie Ghents Analyse gelesen hatte. »Wir *wissen*, daß es ein Leck im Palast gibt.«

»Ich habe es zigmal überprüft«, sagte Ghent. »Jedesmal mit demselben Ergebnis. Ich habe jeden eingegeben, der das von der Delta-Quelle gesendete Material gehört und nicht gehört hat; habe jeden eingegeben, der das von der Delta-Quelle *nicht* gesendete Material gehört oder nicht gehört hat; und jedesmal bekam ich dieselbe Antwort. Eine eindeutige, klare Null.«

Leia ließ das Programm noch einmal auf dem Datenblock ablaufen und verfolgte, wie die Namen mit jedem Raster weniger wurden, bis schließlich keiner mehr übrigblieb. »Dann muß die Delta-Quelle mehr als nur eine Person sein«, sagte sie.

»Das habe ich bereits überprüft«, sagte Ghent mit einer hilflosen Handbewegung. »Es funktionierte auch nicht. Es bleiben immer mindestens fünfzehn Leute übrig. Ihr Sicherheitsdienst kann so schlecht nicht sein.«

»Dann siebt sie das Material, bevor sie es sendet. Schickt nur einen Teil von dem ab, was sie hört.«

Ghent kratzte sich an der Wange. »Ich schätze, das könnte es sein«, sagte er widerstrebend. »Aber ich weiß es nicht. Manchmal sendet sie wirklich dummes Zeug – ich meine, in der letzten Übertragung ging es nur um ein Arcona-Paar, das sich darüber unterhielt, wie sie ihre Schlüpflinge taufen sollen. Entweder ist diese Delta-Quelle völlig durchgedreht, oder sie hat eine verdammt seltsame Prioritätenliste.«

Die Tür öffnete sich, und als Leia sich umdrehte, trat Bel Iblis ein. »Ich habe gesehen, wie Sie gegangen sind«, erklärte er. »Haben Sie etwas gefunden?«

Wortlos reichte ihm Leia den Datenblock. Bel Iblis überflog die Auswertung und las sie dann ein zweites Mal sorgfältig durch. »Interessant«, sagte er schließlich. »Entweder ist die Analyse falsch, oder Winters Gedächtnis beginnt sie im Stich zu lassen..., oder die Delta-Quelle ist uns auf die Schliche gekommen.«

»Wie kommen Sie darauf?« fragte Leia.

»Weil sie offenbar nicht mehr alles sendet, was sie hört«, erklärte Bel Iblis. »Irgend etwas muß ihr Mißtrauen erregt haben.«

Leia dachte an all diese erfundenen Gespräche zurück. »Nein«, sagte sie langsam. »Ich glaube es nicht. Ich habe nie auch nur das leiseste Anzeichen von Bosheit oder Mißtrauen gespürt.«

Bel Iblis zuckte die Schultern. »Die Alternative ist, daß wir hier ein ganzes Nest von Spionen haben. Aber keine Aufregung – das ist nicht so schlimm, wie es klingt. Wenn wir davon ausgehen, daß sie nicht sofort Verdacht geschöpft hat, sollten wir mit den Daten der beiden ersten Tage die Zahl der Verdächtigen auf ein handhabbares Maß reduzieren können.«

Leias Magen zog sich zusammen. »Garm, wir reden hier über mindestens hundert angesehene Vertreter der Neuen Republik. Wir können nicht herumlaufen und so viele Leute des Verrats bezichtigen. Rat Fey'lyas Verdächtigungen gegen Admiral Ackbar waren schon schlimm genug – das hier wäre noch um Größenordnungen schlimmer.«

»Das weiß ich, Leia«, sagte Bel Iblis fest. »Aber wir dürfen nicht zulassen, daß das Imperium weiter unsere Geheimnisse erfährt. Nennen Sie mir eine Alternative, und ich mache mit.«

Leia biß sich auf die Lippe, dachte fieberhaft nach. »Was ist mit der Bemerkung, die Sie auf dem Weg zum Kriegsraum gemacht haben?« fragte sie. »Sie sagten, die Delta-Quelle könnte auch ein exotisches Abhörsystem sein.«

»Wenn das zutrifft, muß es sich irgendwo im Großen Korridor befinden«, sagte Winter, ehe Bel Iblis antworten konnte. »Dort haben alle Gespräche stattgefunden, die gesendet wurden.«

»Sind Sie sicher?« fragte Bel Iblis stirnrunzelnd.

»Absolut«, sagte Winter. »Jedes einzelne.«

»Dann haben wir's«, sagte Leia erregt. »Irgendwie hat es jemand geschafft, eine Abhöranlage im Großen Korridor zu installieren.«

»Nicht so voreilig«, mahnte Bel Iblis. »Ich weiß, es klingt gut, aber das ist nicht so einfach. Mikrofonsysteme haben bestimmte, genau definierte Charakteristiken, die alle sehr gut bekannt sind und bei einer gründlichen Kontrolle durch die Spionageabwehr auffallen müssen.«

»Vorausgesetzt, sie schalten sich nicht ab, wenn die Spionageabwehr kommt«, warf Ghent ein. »Ich kenne Systeme, die so reagieren.«

Bel Iblis schüttelte den Kopf. »Aber dann muß es sich um ein System handeln, das über zumindest minimale Entscheidungskapazitäten verfügt. Alles mit einer ans Droidenniveau heranreichenden Intelligenz würde...«

»He!« unterbrach Ghent aufgeregt. »Das ist es. Die Delta-Quelle ist keine Person – sie ist ein Droide.«

Leia sah Bel Iblis an. »Ist das möglich?«

»Ich weiß es nicht«, sagte der General bedächtig. »Es ist bestimmt machbar, einen Droiden mit einem sekundären Spionageprogramm zu versehen. Das Problem ist, das Programm durch die Sicherheitskontrollen des Palastes zu bringen und der Spionageabwehr zu entgehen.«

»Es muß außerdem ein Droide sein, der einen guten Grund hat, sich im Großen Korridor aufzuhalten«, sagte Leia nachdenklich.

»Und er muß sich zurückziehen können, ohne Aufmerksamkeit zu erregen, wenn die Spionageabwehr eine Untersuchung startet.«

»Und angesichts der hochrangigen Personen, die den Großen Korridor benutzen, sind diese Untersuchungen recht häufig«, stimmte Bel Iblis zu. »Ghent, kannst du in die Speicher des Sicherheitsdienstes eindringen und uns eine Liste der Kontrollen in den letzten drei oder vier Tagen besorgen?«

»Sicher«, meinte der Junge schulterzuckend. »Aber es wird wahrscheinlich ein paar Stunden dauern. Sofern Sie Wert darauf legen, daß man mich nicht entdeckt.«

Bel Iblis sah Leia an. »Was meinen Sie?«

»Er darf auf keinen Fall erwischt werden«, sagte Leia. »Andererseits darf die Delta-Quelle auch nicht länger als unbedingt nötig im Palast ihr Unwesen treiben.«

»Eure Hoheit?« fragte Winter. »Entschuldigen Sie, aber wenn die Kontrollen so häufig sind, brauchen wir nur den Großen Korridor zu beobachten, bis die nächste beginnt, und feststellen, welche Droiden sich davonmachen.«

»Es ist einen Versuch wert«, sagte Bel Iblis. »Ghent, du kümmerst dich um die SD-Speicher. Leia, Winter – gehen wir.«

»Sie kommen«, drang Winters leise Stimme aus dem Interkom, das Leia in der Hand verbarg.

»Sind Sie sicher, daß es der Palast-SD ist?« erklang Bel Iblis' Stimme.

»Ja«, bestätigte Winter. »Ich habe gesehen, wie Colonel Bremen ihnen Befehle gegeben hat. Und sie haben Droiden und Ausrüstung dabei.«

»Klingt, als wären sie's«, murmelte Leia, wie zufällig die Hand zum Mund hebend und hoffend, daß die drei Kubaz, die auf der anderen Seite des Loungerings saßen, ihr merkwürdiges Verhalten nicht bemerkten. »Halten Sie die Augen offen.«

Beide murmelten zustimmend. Leia legte ihre Hand in den

Schoß und sah sich um. Das war es, in Ordnung: Wahrscheinlich waren sie der Delta-Quelle so dicht auf den Fersen wie nie zuvor. Jetzt, wo eine Parlamentssitzung soeben zu Ende ging und eine Ratssitzung unmittelbar bevorstand, war der Große Korridor voller hochrangiger Regierungsvertreter. Regierungsvertreter mit ihren Beratern und Assistenten und ihren Droiden.

Auf einer Ebene hatte Leia immer gewußt, daß es im imperialen Palast viele Droiden gab. Auf einer anderen Ebene, erkannte sie nun, hatte sie nie geahnt, wie viele es in Wirklichkeit waren. Sie sah eine ganze Reihe 3PO-Protokolldroiden in der Begleitung von Fremdweltendiplomaten, aber einige gehörten auch zum Gefolge diverser Palastbeamter. Mehrere insektenähnliche WSD-Wartungsdroiden schwebten auf Repulsorkissen hoch über der Menge und reinigten systematisch die Schnitzereien und die Glasfenster, die abwechselnd die Wände durchbrachen. Eine Anzahl KSE-Kurierdroiden huschten an der gegenüberliegenden Wand entlang, mit Botschaften unterwegs, die zu komplex für eine Kommübertragung oder zu sensibel für den direkten Datentransfer waren, und mußten ständig aufpassen, daß niemand auf sie trat. Etwas weiter entfernt, an einem der grünlich-purpurnen Ch'halabäume, halb hinter der Menge verborgen, kehrte ein RG-2E-Reinigungsdroide abgefallenes Laub zusammen.

Welchen von ihnen, fragte sie sich, hatte das Imperium in einen Spion verwandelt?

»Sie fangen an«, meldete Winter leise. »Sie kommen in den Korridor...«

Aus dem Interkom drang plötzlich ein Schaben, als hätte Winter die Hand über das Mikrofon gelegt. Weitere gedämpfte Laute folgten; und Leia fragte sich schon, ob sie losgehen und nachsehen sollte, als die Stimme eines Mannes ertönte. »Rätin Organa Solo?«

»Ja«, sagte sie vorsichtig. »Wer ist da?«

»Lieutenant Machel Kendy, Rätin«, sagte er. »Palastsicherheit. Wissen Sie, daß eine dritte Person Ihr Kommsignal abhört?«

»Ich werde nicht abgehört«, beruhigte ihn Leia. »Wir führen ein Dreiwegegespräch mit General Bel Iblis.«

»Ich verstehe«, sagte Kendy, leicht enttäuscht klingend. Wahrscheinlich hatte er geglaubt, über die Delta-Quelle gestolpert zu sein. »Ich muß Sie bitten, Ihr Gespräch für ein paar Minuten zu unterbrechen, Rätin. Wir sind dabei, den Großen Korridor zu untersuchen, und Kommsendungen stören unsere Arbeit.«

»Ich verstehe«, sagte Leia. »Wir warten, bis Sie fertig sind.«

Sie schaltete das Interkom ab und befestigte es an ihrem Gürtel, während ihr das Herz bis zum Halse schlug. Sie drehte sich in ihrem Sessel und sah zum Ende des Großen Korridors hinüber. Wenn sich hier ein Spionagedroide befand, würde er in diese Richtung fliehen, sobald er bemerkte, daß das Untersuchungsteam aus der anderen Richtung kam.

Die schwebenden Wartungsdroiden über ihrem Kopf hatten Gesellschaft von einer neuen Gruppe WSDs bekommen, die methodisch den oberen Teil der Wände und die runden Konturen der gewölbten Decke nach Mikrofonen oder Abhörsystemen absuchten, die möglicherweise seit dem letzten Kontrollgang angebracht worden waren. Direkt unter ihnen sah Leia Lieutenant Kendy und sein Team, die in militärischer Formation durch das Gewimmel der Diplomaten marschierten und die Displays ihrer tragbaren Detektoren im Auge behielten. Sie erreichten die Lounge, passierten sie und erreichten ohne Zwischenfall das Ende des Korridors. Dort wartete das Team, bis die WSD-Droiden und eine Gruppe von WSEs die Untersuchung der Wände abgeschlossen hatten und zu ihnen aufschlossen. Der gesamte Trupp formierte sich neu und verschwand Richtung innere Ratsbüros.

Und das war alles. Der gesamte Große Korridor war untersucht worden, ohne daß sie etwas entdeckt hatten..., und nicht ein einziger Droide war vor dem Suchteam geflohen.

Aus den Augenwinkeln nahm sie eine Bewegung wahr. Aber es war nur der RG-2E-Reinigungsdroide, den sie bereits bemerkt hatte; er rollte zu dem Ch'halabaum, der neben dem Loungering aus dem Boden wuchs. Leise vor sich hin klickend, fuhr der Droide dünne Fühler aus und suchte zwischen den Ästen nach toten oder absterbenden Blättern.

Tot oder absterbend. Genau wie ihre Theorie.

Mit einem Seufzer griff sie wieder nach ihrem Interkom. »Winter? Garm?«

»Hier, Eure Hoheit«, meldete sich sofort Winters Stimme.

»Ebenfalls hier«, fügte Bel Iblis hinzu. »Was ist passiert?«

Leia schüttelte den Kopf. »Absolut nichts«, informierte sie die beiden. »Soweit ich feststellen konnte, hat keiner der Droiden in irgendeiner Form reagiert.«

Eine kurze Pause folgte. »Ich verstehe«, sagte Bel Iblis schließlich. »Nun..., vielleicht ist unser Droide zufälligerweise heute nicht da. Wir sollten Winter zu Ghent schicken, damit er die Droiden in seine Liste aufnimmt.«

»Was meinst du, Winter?« fragte Leia.

»Ich kann es versuchen«, sagte die andere Frau zögernd. »Das Problem wird sein, bestimmte Droiden zu identifizieren. Äußerlich sieht ein 3PO-Protokolldroide wie der andere aus.«

»Versuchen Sie Ihr Bestes«, sagte Bel Iblis. »Er muß irgendwo hier sein, ich kann es fühlen.«

Leia hielt den Atem an und griff mit ihren Jedi-Sinnen hinaus. Sie verfügte weder über Bel Iblis' geschärfte Kämpferintuition noch über Lukes weitaus höher entwickelte Jedi-Fähigkeiten. Aber sie spürte es auch. Irgend etwas stimmte mit dem Großen Korridor nicht... »Ich denke, Sie haben recht«, sagte sie zu Bel Iblis. »Winter, du machst dich am besten sofort auf den Weg und erledigst das.«

»Natürlich, Eure Hoheit.«

»Ich komme mit Ihnen, Winter«, bot Bel Iblis an. »Ich will wissen, was aus dem Sternenstaub-Plan geworden ist.«

Leia schaltete ihr Interkom ab und lehnte sich in ihrem Sessel zurück, von Müdigkeit und Entmutigung übermannt, obwohl sie sich dagegen wehrte. Es war eine so gute Idee gewesen. Ghents Dechiffrierfähigkeiten zu nutzen, um die Delta-Quelle zu identifizieren. Aber bis jetzt hatte sich jede Spur vor ihren Augen in Luft aufgelöst.

Und die Zeit lief ihnen davon. Selbst wenn es ihnen gelang, Ghents Arbeit geheimzuhalten – was keinesfalls sicher war –, brachte jeder dieser gescheiterten Versuche sie dem unausweichlichen Tag näher, an dem die Delta-Quelle ihre Aktivitäten bemerkte und die Sendungen einstellte. Und wenn das geschah, hatten sie die letzte Chance verspielt, den imperialen Spion in ihrer Mitte aufzuspüren.

Und das wäre eine Katastrophe. Nicht wegen des Lecks an sich – der imperiale Geheimdienst hatte seit der Gründung der Rebellen-Allianz Informationen gestohlen, und sie hatten gelernt, damit zu leben. Weitaus gefährlicher für die Neue Republik war die zunehmende Atmosphäre aus Mißtrauen und Verdächtigungen, die sich durch die bloße Existenz der Delta-Quelle bereits im Palast ausgebreitet hatte. Rat Fey'lyas unhaltbare Anschuldigungen gegen Admiral Ackbar hatten bereits gezeigt, wie sehr dieses Mißtrauen der empfindlichen multikulturellen Koalition schaden konnte, aus der die Neue Republik bestand. Wenn sich in deren Führung tatsächlich ein echter imperialer Agent befand...

Auf der anderen Seite des Loungerings standen die drei Kubaz auf und gingen davon, bogen um den Ch'halabaum und den dort arbeitenden RG-2E-Droiden und verschwanden im Passantenstrom des Korridors. Leia ertappte sich dabei, wie sie den Droiden anstarrte, der mit einem Manipulatorarm behutsam in den Ästen nach einem Büschel toter Blätter griff und dabei leise vor sich hinklickte. Sie hatte sich bereits einmal ein Wettrennen mit einem imperialen Spionagedroiden auf der Noghri-Heimatwelt Honoghr geliefert, ein Wettrennen, das im Falle einer Niederlage eine Katastrophe für sie und den Völkermord an den Überresten der Noghri-

Rasse bedeutet hätte. Wenn Bel Iblis recht hatte – wenn die Delta-Quelle tatsächlich ein Droide und kein Verräter war...

Aber das half ihr auch nicht weiter. Das Imperium hätte ohne Hilfe keinen Spionagedroiden in den Palast einschleusen können. Jeder Droide, der in den Palast kam, ob nun nur vorübergehend oder für länger, wurde vom Sicherheitsdienst gründlich untersucht, und er verstand sein Geschäft. Versteckte sekundäre Spionageprogramme würden auffallen wie ein Ausbruch aus hellem Rot vor der unauffälligen Hintergrundmusterung dieses Ch'halabaumes...

Leia runzelte die Stirn und starrte den Baum an, als ihre sich überschlagenden Gedanken abrupt zum Stillstand kamen. Während sie hinsah, erschien auf dem schlanken Stamm ein weiterer kleiner Ausbruch aus Rot, schickte einen hellroten Ring wellenförmig nach oben, bis er von dem ruhigen purpurnen Hintergrund überdeckt wurde. Eine neue Welle folgte, und noch eine, und noch eine, wie die Ringe, die entstanden, wenn man einen Stein ins Wasser warf. Alle hatten mehr oder weniger dieselbe Größe; alle entstanden an derselben Stelle am Stamm.

Und alle waren exakt mit den klickenden Geräuschen des RG-2E-Droiden synchronisiert.

Und plötzlich traf die Erkenntnis sie wie eine mächtige Flutwelle aus eiskaltem Wasser. Mit bebenden Fingern nestelte sie an ihrem Gürtel und wählte an ihrem Interkom die Nummer der Zentralvermittlung. »Hier ist Rätin Organa Solo«, identifizierte sie sich. »Gib mir Colonel Bremen vom Sicherheitsdienst.

Sag ihm, ich habe die Delta-Quelle gefunden.«

Sie mußten fast acht Meter tief graben, ehe sie sie fanden: eine lange, dicke, altersfleckige Röhre, halb in der Seite der Pfahlwurzel des Ch'halabaums begraben, mit tausend dünnen Horchfühlern, die im einen Ende verschwanden, und einer Direktübertragungsfaser, die aus dem anderen herauswuchs. Selbst dann brauchten sie noch eine weitere Stunde und den vorläufigen Untersuchungsbericht, bis Bremen endlich überzeugt war.

»Die Technos sagen, sie hätten so etwas noch nie zuvor gesehen«, informierte der SD-Chef Leia, Bel Iblis und Mon Mothma, die auf dem schmutzigen Boden um den entwurzelten Ch'halabaum standen. »Aber offenbar funktioniert es hervorragend. Jeder Druck auf den Stamm des Ch'halabaums – der Druck von Schallwellen eingeschlossen – löst geringfügige chemische Veränderungen in den inneren Schichten der Borke aus.«

»Werden dadurch die veränderlichen Farben und Muster erzeugt?« fragte Mon Mothma.

»Genau«, nickte Bremen und blinzelte leicht. »Im nachhinein ist es klar – die Musteränderungen laufen viel zu schnell ab, um nicht biochemischen Ursprungs zu sein. Jedenfalls sammeln diese implantierten Fühler, die in den Stamm führen, laufend die Chemikalien und leiten die Information an das Modul in der Pfahlwurzel weiter. Das Modul nimmt die chemischen Daten auf, wandelt sie in Druckdaten und diese wiederum in Sprache um. Ein anderes Modul – vielleicht noch tiefer in der Pfahlwurzel versteckt – sortiert die Gespräche, verschlüsselt und sendet sie. Das ist alles.«

»Ein organisches Mikrofon«, nickte Bel Eblis. »Ohne jede Elektronik, die von der Spionageabwehr aufgespürt werden könnte.«

»Eine ganze Reihe von organischen Mikrofonen«, korrigierte Bremen mit einem bedeutungsvollen Blick zu der Doppelreihe der Bäume, die den Großen Korridor säumten. »Wir werden sie sofort entfernen.«

»Was für ein brillanter Plan«, sinnierte Mon Mothma. »Und so ganz nach Art des Imperators. Ich habe mich schon immer gewundert, wie er an einige der Informationen gekommen ist, die er im Senat gegen uns verwendet hat.« Sie schüttelte den Kopf. »Es scheint, daß sein langer Arm selbst über seinen Tod hinausreicht.«

»Nun, mit dem hier ist zumindest jetzt Schluß«, sagte Bel Iblis. »Rufen Sie ein Team her, Colonel, und graben Sie die Bäume aus.«

18

In der Ferne, auf der anderen Seite der verwüsteten Ebene, tauchte ein Lichtschein auf. »Mazzic kommt«, stellte Karrde fest.

Gillespee wandte sich vom Erfrischungstisch ab und spähte über die zerfallene Festungsmauer. »Irgend jemand kommt zumindest«, stimmte er zu, stellte seine Tasse und den kalten Brullki ab, den er gegessen hatte, und säuberte seine Hände an seiner Tunika. Er griff nach seinem Makrofernglas und blickte hindurch. »Ja, er ist es«, bestätigte er. »Komisch – er hat zwei andere Schiffe dabei.«

Karrde musterte stirnrunzelnd den näher kommenden Lichtfleck. »Zwei andere Schiffe?«

»Sehen Sie selbst«, sagte Gillespee und gab ihm das Makrofernglas.

Karrde hielt es vor die Augen. Es waren drei, richtig: eine schlanke Raumyacht und zwei schnittige, äußerst gefährlich aussehende Schiffe unbekannter Bauart. »Glauben Sie, er hat ein paar Gäste mitgebracht?« fragte Gillespee.

»Er hat nichts von Gästen erwähnt, als er vor ein paar Minuten mit Aves gesprochen hat«, erwiderte Karrde. Noch während er zusah, verließen die beiden Begleitschiffe die Formation, sanken der Ebene entgegen und verschwanden in einer der tiefen Spalten, die sie zerfurchten.

»Sie sollten die Sache besser überprüfen.«

»Vielleicht sollte ich das«, nickte Karrde, gab ihm das Makrofernglas zurück und nahm sein Interkom vom Gürtel. »Aves? Haben Sie die ID unserer Neuankömmlinge?«

»Sicher«, antwortete Aves' Stimme. »Die IDs aller drei sind getürkt, aber wir haben sie als *Ferner Regenbogen, Himmelskralle* und *Raptor* identifiziert.«

Karrde schnitt eine Grimasse. Die Bauart war vielleicht fremd, aber nicht die Namen. Mazzics Privattransporter und seine beiden bevorzugten Kampfschiffe. »Danke«, sagte er und schaltete das Interkom ab.

»Nun?« fragte Gillespee.

»Es ist nur Mazzic«, sagte Karrde.

»Wie war das mit Mazzic?« erklang Ferriers Stimme.

Karrde drehte sich um. Der Schiffdieb stand hinter ihnen am Erfrischungstisch, eine großzügige Portion gebrannter Pirkinüsse in der hohlen Hand. »Ich sagte, Mazzic kommt«, wiederholte er.

»Gut«, nickte Ferrier, schob eine Nuß in den Mund und knackte sie laut zwischen seinen Zähnen. »Wird auch Zeit. Endlich können wir mit der Konferenz beginnen.«

Er schlenderte kauend davon und nickte im Vorbeigehen Dravis und Clyngunn zu. »Ich dachte, Sie wollten ihn nicht dabeihaben«, murmelte Gillespee.

Karrde schüttelte den Kopf. »Wollte ich auch nicht. Offenbar waren nicht alle meiner Meinung.«

Gillespee runzelte die Stirn. »Sie meinen, jemand anders hat ihn eingeladen? Wer?«

»Ich weiß es nicht«, gestand Karrde und verfolgte, wie Ferrier hinüber zu der Ecke ging, wo sich Ellor mit seiner Gruppe versammelt hatte. »Ich konnte mich nicht umhören, ohne kleinlich, mißtrauisch oder anmaßend zu erscheinen. Wie dem auch sei, wahrscheinlich hat es nichts zu bedeuten. Es war vermutlich jemand, der annahm, daß alle, die am ersten Treffen auf Trogan teilgenommen haben, auch weiter mitmachen.«

»Obwohl er keine Einladung bekommen hat?«

Karrde zuckte die Schultern. »Vielleicht glaubte er, es wäre nur ein Versehen. Jedenfalls würde es nur Spannungen erzeugen, wenn wir jetzt viel Aufhebens darum machen. Ein paar von den anderen scheint es schon jetzt nicht zu passen, daß ich offenbar die Leitung der Operation übernommen habe.«

Gillespee schob den letzten Bissen Bruallki in den Mund. »Ja, vielleicht hat es nichts zu bedeuten«, sagte er düster. »Aber vielleicht doch.«

»Wir werden die Augen nach fremden Schiffen offenhalten«, versicherte Karrde. »Wenn Ferrier einen Handel mit dem Imperium gemacht hat, werden wir sie rechtzeitig entdecken.«

»Hoffentlich«, knurrte Gillespee, während er den Erfrischungstisch musterte. »Ich hasse es, mit vollem Magen zu fliehen.«

Karrde lächelte; und er wollte sich schon abwenden, als sein Interkom piepste. Er zog es heraus und ging auf Empfang, automatisch den Himmel absuchend. »Karrde«, meldete er sich.

»Hier ist Torve«, identifizierte sich der andere... Und sein Tonfall verriet Karrde, daß etwas nicht stimmte. »Könnten Sie für einen Moment herunterkommen?«

»Sicher«, sagte Karrde, mit der freien Hand unwillkürlich nach dem Blaster an seiner Seite greifend. »Soll ich jemand mitbringen?«

»Nicht nötig – wir feiern hier unten schließlich keine Party.«

Übersetzung: Verstärkung war bereits auf dem Weg. »Verstanden«, sagte Karrde. »Ich bin gleich da.«

Er schaltete das Interkom ab und befestigte es wieder an seinem Gürtel. »Probleme?« fragte Gillespee, Karrde über sein Glas hinweg musternd.

»Wir haben einen Eindringling«, sagte Karrde und sah sich auf dem Hof um. Keiner der anderen Schmuggler oder ihre Begleiter schienen in seine Richtung zu blicken. »Tun Sie mir den Gefallen und passen Sie hier auf.«

»Sicher. Soll ich auf jemand bestimmten achten?«

Karrde sah Ferrier an, der sich jetzt von Ellor löste und zu Par'tah und ihren Ho'Din ging. »Sorgen Sie dafür, daß sich Ferrier nicht davonmacht.«

Der Hauptteil der Basis war drei Etagen unter den noch erhaltenen obersten Stockwerken der verfallenen Festung eingerichtet worden, wo sich früher die Küchen und Versorgungsräume einer riesigen, hohen Halle befunden haben mußten, die wahrscheinlich als Bankettsaal gedient hatte. Die *Wilder Karrde* war in der Banketthalle selbst untergebracht – recht eng für ein Schiff dieser Größe, aber sie bot sowohl ein gutes Versteck als auch die Möglichkeit eines Blitzstarts, sollte es erforderlich werden. Karrde erreichte die hohen Doppeltüren und traf Fynn Torve und fünf Besatzungsmitglieder der *Sterneneis* mit gezogenen Blastern an. »Meldung«, verlangte er.

»Wir glauben, daß jemand hier eingedrungen ist«, erklärte Torve grimmig. »Chin hat mit den Vornskr einen Spaziergang ums Schiff gemacht und jemand in den Schatten der Südwand gesehen.«

Die Wand, die der heruntergelassenen Einstiegsrampe der *Wilder Karrde* am nächsten war. »Ist zur Zeit jemand an Bord des Schiffes?«

»Lachton arbeitet an der zweiten Kommandokonsole«, sagte Torve. »Aves hat ihm befohlen, auf der Brücke zu bleiben und mit dem Blaster auf die Tür zu zielen, bis wir Verstärkung geholt haben. Chin hat sich ein paar Leute von der *Ätherstraße* geschnappt, die in der Nähe waren, und mit der Durchsuchung der südlichen Räume begonnen; Dankin macht dasselbe mit den nördlichen.«

Karrde nickte. »Damit bleibt für uns das Schiff übrig. Sie beide« – er deutete auf zwei Besatzungsmitglieder der *Sterneneis* – »bleiben hier und bewachen die Türen. Machen wir uns an die Arbeit.«

Sie zogen eine der Doppeltüren auf und schlüpften hinein. Direkt vor ihnen erhob sich das dunkle Heck der *Wilder Karrde;* 150 Meter weiter, jenseits der zerstörten Festungsmauer, konnte man einen Teil des blauen Hijarnahimmels erkennen. »Ich wünschte, wir hätten mehr Licht«, brummte Torve, während er sich umsah.

»Es ist trotzdem nicht so einfach, sich zu verstecken«, beruhigte ihn Karrde und griff nach seinem Interkom. »Dankin, Chin, hier ist Karrde. Meldung.«

»Bis jetzt haben wir in den nördlichen Räumen nichts gefunden«, antwortete Dankins Stimme sofort. »Ich habe Corvis losgeschickt, um eine tragbare Sensorausrüstung zu holen, aber er ist noch nicht zurück.«

»Hier auch nichts, Capt'«, fügte Chin hinzu.

»In Ordnung«, sagte Karrde. »Wir kommen jetzt um die Steuerbordseite des Schiffes und nähern uns der Schleuse. Halten Sie sich bereit, uns notfalls Feuerschutz zu geben.«

»Wir sind bereit, Capt'.«

Karrde schob das Interkom wieder in seinen Gürtel. Nach einem tiefen Atemzug ging er los.

Sie durchsuchten das Schiff, die Banketthalle und alle Büros und Lagerräume in der Umgebung. Aber sie fanden niemand.

»Ich muß es mir eingebildet haben«, sagte Chin zerknirscht, als sich die Suchtrupps am Fuß der Einstiegsrampe der *Wilder Karrde* sammelten. »Tut mir leid, Capt'. Tut mir wirklich leid.«

»Mach dir keinen Gedanken«, sagte Karrde, die Banketthalle mit den Blicken durchforschend. Trotz der ergebnislos verlaufenen Suche hatte er noch immer ein unangenehmes Gefühl. Als ob jemand sie beobachtete und auslachte... »Wir alle irren uns manchmal. Sofern es sich wirklich um einen Irrtum gehandelt hat. Torve, sind Sie und Lachton sicher, daß Sie das ganze Schiff überprüft haben?«

»Jeden Kubikmeter«, sagte Torve fest. »Wenn sich jemand auf die *Wilder Karrde* geschlichen hat, dann war er längst weg, als wir hier eintrafen.«

»Was ist mit Ihren Schoßvornskr, Sir?« fragte einer der *Sterneneis*-Crewmitglieder. »Können Sie gut Spuren verfolgen?«

»Nur, wenn sie Ysalamiri oder Jedi jagen«, erwiderte Karrde. »Also. Wer immer auch hier war, er scheint jetzt weg zu sein. Trotzdem, vielleicht haben wir ihn vertrieben, bevor er erledigen konnte, was er vorhatte. Torve, ich möchte, daß Sie das Schiff rund um die Uhr bewachen lassen. Aves soll auch das diensthabende Personal an Bord der *Sterneneis* und der *Ätherstraße* alarmieren.«

»Verstanden«, sagte Torve und griff nach seinem Interkom. »Was ist mit unseren Gästen oben? Sollen wir sie auch warnen?«

»Was sind wir, ihre Mütter?« schnaubte einer der anderen Crewmitglieder. »Sie sind große Jungs – sie können auf sich selbst aufpassen.«

»Ich bin überzeugt, daß sie das können«, entgegnete Karrde mild. »Aber sie sind auf meine Einladung hier. Solange sie sich unter unserem Dach befinden, stehen sie unter unserem Schutz.«

»Bezieht sich das auch auf denjenigen, der den von Chin entdeckten Eindringling geschickt hat?« fragte Lachton.

Karrde blickte zu seinem Schiff auf. »Das wird von dem Auftrag abhängen, den der Eindringling gehabt hat«, sagte er. Es wurde Zeit, zu seinen Gästen zurückzukehren. Mazzic mußte inzwischen zu ihnen gestoßen sein, und nicht nur Ferrier wartete ungeduldig darauf, daß die Konferenz begann. »Lachton, sobald Corvis mit diesen Scannern eintrifft, möchte ich, daß Sie beide das Schiff gründlich überprüfen, von der Außenhülle angefangen. Vielleicht hat unser Besucher ein Geschenk hinterlassen, und ich möchte nicht mit einem Sender oder einer Zeitbombe an Bord von hier starten. Wenn Sie mich brauchen, ich bin oben in der Konferenz.«

Er überließ sie ihrer Arbeit und spürte erneut schmerzlich Mara Jades Abwesenheit. Irgendwann in den nächsten Tagen mußte er sich die Zeit nehmen, nach Coruscant zu fliegen und sie und Ghent zurückholen.

Vorausgesetzt, man erlaubte es ihm. Seine Informationsquellen hatten ein vages und beunruhigendes Gerücht aufgeschnappt, nach dem eine namentlich nicht bekannte Frau überführt worden war, einem imperialen Kommandoteam auf Coruscant geholfen zu haben. Angesichts von Maras offenkundiger Abneigung gegen Großadmiral Thrawn war es unwahrscheinlich, daß sie seinem Imperium in irgendeiner Hinsicht helfen würde. Aber andererseits standen viele Vertreter der Neuen Republik am Rand der Hysterie..., und wenn man ihre dunkle Vergangenheit bedachte, war Mara eine ideale Kandidatin für eine derartige Anschuldigung. Ein Grund mehr, sie von Coruscant zu holen.

Er erreichte den oberen Hof und stellte fest, daß Mazzic tatsächlich eingetroffen war. Er stand mit den Ho'Din zusammen und sprach ernst auf Par'tah ein, während sich seine täuschend dekorative Leibwächterin, die ihn bereits auf Trogan begleitet hatte, im Hintergrund hielt und sich bemühte, harmlos zu erscheinen.

Wie die beiden Männer direkt hinter ihm. Und die vier, die ein paar Meter weiter standen. Und die sechs, die sich auf dem Hof verteilt hatten.

Karrde blieb im torbogenförmigen Eingang stehen. Daß Mazzic zwei Kampfschiffe mitgebracht hatte, um unterwegs nicht ungeschützt zu sein, war eine Sache. Eine ganze Armee von Kämpfern zu einem friedlichen Treffen mitzubringen, war eine völlig andere. Entweder hatte ihn der imperiale Angriff auf Trogan ungewöhnlich nervös gemacht..., oder das Treffen sollte nach seinem Willen nicht so friedlich enden, wie es begonnen hatte.

»He – Karrde«, rief Ferrier und winkte ihn zu sich. »Kommen Sie – lassen Sie uns mit der Konferenz beginnen.«

»Sicher«, sagte Karrde und setzte sein bestes Gastgeberlächeln auf, als er den Raum betrat. Jetzt war es zu spät, um einige seiner Leute herzurufen und das Gleichgewicht der Kräfte wiederherzustellen. Er konnte nur hoffen, daß Mazzic ledglich vorsichtig war. »Guten Tag, Mazzic. Danke, daß Sie gekommen sind.«

»Kein Problem«, sagte Mazzic, die Augen kühl. Er erwiderte das Lächeln nicht.

»Wir haben bequemere Sessel in einem der angrenzenden Räume«, sagte Karrde und wies nach links. »Wenn Sie mir bitte folgen würden...«

»Ich habe eine bessere Idee«, unterbrach Mazzic. »Was halten Sie davon, an Bord der *Wilder Karrde* zu tagen?«

Karrde sah ihn an. Mazzic hielt seinem Blick mit undurchdringlichem Gesicht stand. Offenbar war er nicht nur vorsichtig. »Darf ich fragen, warum?« sagte Karrde.

»Wollen Sie damit andeuten, daß Sie etwas zu verbergen haben?« konterte Mazzic.

Karrde gestattete sich ein kühles Lächeln. »Natürlich habe ich etwas zu verbergen«, sagte er. »Wie Par'tah; wie Ellor; wie Sie. Schließlich sind wir konkurrierende Geschäftsleute.«

»Sie wollen uns also nicht an Bord der *Wilder Karrde* lassen?«

Karrde sah die Schmugglerbosse nacheinander an. Gillespee, Dravis und Clyngunn wirkten verwirrt und hatten zweifellos keine Ahnung, was hier vor sich ging. Par'tahs Ho'Din-Gesicht war schwer zu lesen, aber sie schien äußerst beunruhigt zu sein. Ellor wich seinen Blicken aus. Und Ferrier...

Ferrier grinste höhnisch. Nicht deutlich – fast unsichtbar hinter seinem Bart. Aber deutlich genug. Mehr als genug.

Und jetzt, viel zu spät, begriff er endlich. Was Chin gesehen und was alle anderen vergeblich gesucht hatten, war Ferriers schattenhafter Defel gewesen.

Mazzics Männer waren hier. Karrdes waren drei Stockwerke tiefer, bewachten sein Schiff und die Basis vor einer Gefahr, die längst nicht mehr bestand. Und all seine Gäste warteten auf seine Antwort. »Die *Wilder Karrde* ist unten untergebracht«, informierte er sie. »Wenn Sie mir bitte folgen würden?«

Dankin und Torve standen am Fuß der Einstiegsrampe der *Wilder Karrde,* als die Gruppe eintraf. »Hallo, Captain«, sagte Dankin überrascht. »Können wir Ihnen helfen?«

»Nicht nötig«, wehrte Karrde ab. »Wir haben uns entschieden, das Treffen an Bord des Schiffes abzuhalten, das ist alles.«

»An Bord des Schiffes?« wiederholte Dankin, während er die Gruppe musterte. Ihm gefiel offenbar nicht, was er sah. Kein Wunder: Zwischen den Schmugglerbossen, ihren Beratern und Leibwächtern stachen Mazzics Kämpfer wie Landescheinwerfer hervor. »Entschuldigung – ich war nicht informiert«, fügte er hinzu und schob den Daumen seiner rechten Hand wie zufällig in seinen Waffengürtel.

»Es war eine eher spontane Entscheidung«, erklärte Karrde. Aus den Augenwinkeln konnte er erkennen, wie der Rest seiner Leute im Bankettsaal ihre Arbeit liegenließ, als sie Dankins Handzeichen bemerkten. Sie kamen näher, kreisten sie ein…

»Oh, sicher«, sagte Dankin, nun leicht verlegen wirkend. »Aber das Schiff ist nicht hergerichtet. Ich meine, Sie wissen, wie es in der Offiziersmesse aussieht…«

»Wir sind am Dekor nicht interessiert«, unterbrach Mazzic. »Treten Sie bitte zur Seite – wir haben wichtige Dinge zu besprechen.«

»Natürlich – das verstehe ich«, sagte Dankin, noch verlegener wirkend, aber seinen Platz nicht räumend. »Das Problem ist, daß wir im Moment ein Scanteam an Bord haben. Besucher würden die Werte nur verfälschen.«

»Dann werden sie eben verfälscht«, warf Ferrier ein. »Für wen halten Sie sich eigentlich?«

Dankin hatte keine Chance, darauf zu antworten. Ein parfümgeschwängerter Luftzug strich an Karrdes Gesicht vorbei, und die harte Mündung eines Blasters bohrte sich in seine Seite. »Netter Versuch, Karrde«, sagte Mazzic, »aber es wird nicht funktionieren. Pfeifen Sie Ihre Leute zurück. Sofort.«

Vorsichtig sah Karrde über die Schulter. Mazzics schöne Leibwächterin erwiderte seinen Blick mit kalten und sehr professionellen Augen. »Und wenn nicht?«

»Dann kommt es zu einer Schießerei«, erklärte Mazzic unverblümt. »Jetzt und hier.«

Bewegung ging durch die Gruppe. »Könnte mir vielleicht jemand verraten, was hier vor sich geht?« brummte Gillespee unsicher.

»Ich werde es Ihnen im Schiff erklären«, sagte Mazzic, die Augen unverwandt auf Karrde gerichtet. »Vorausgesetzt, wir alle leben lange genug, um hineinzukommen. Das liegt allein an unserem Gastgeber.«

»Ich werde Ihnen meine Leute nicht ausliefern«, sagte Karrde fest. »Nicht ohne Kampf.«

»Ich bin an Ihren Leuten nicht interessiert«, sagte Mazzic. »Oder an Ihrem Schiff oder Ihrer Organisation. Das ist eine persönliche Sache zwischen Ihnen und mir. Und unseren Schmugglerkollegen.«

»Dann tragen Sie es aus«, schlug Dankin vor. »Wir machen Ihnen Platz, Sie können die Waffen wählen...«

»Ich spreche nicht von einer albernen privaten Fehde«, fiel ihm Mazzic ins Wort. »Hier geht es um Verrat.«

»Um *was*?« fragte Gillespee. »Mazzic...«

»Halten Sie den Mund, Gillespee«, sagte Mazzic mit einem finsteren Seitenblick. »Nun, Karrde?«

Langsam sah sich Karrde um. Er hatte hier keine Verbündeten; keine Freunde, die ihm zur Seite stehen würden, ganz gleich, welche Phantomvorwürfe Mazzic und Ferrier ausgeheckt hatten. Wie sehr sie ihn auch respektiert hatten, wie viele Gefallen sie ihm auch schuldeten – all das war bereits vergessen. Sie würden zusehen, wie seine Feinde ihn erledigten... Und dann würde sich jeder von ihnen ein Stück der Organisation unter den Nagel reißen, die er mit harter Arbeit aufgebaut hatte.

Aber bis dahin waren die Männer und anderen Wesen hier noch immer seine Mitarbeiter. Und er trug für sie die Verantwortung.

»In der Offiziersmesse ist nur Platz für uns acht«, sagte er ruhig zu Mazzic. »Alle Berater, Leibwächter und Ihre Kämpfer müssen draußen bleiben. Werden Sie ihnen den Befehl geben, meine Leute in Ruhe zu lassen?«

Für einen langen Moment studierte Mazzic sein Gesicht. Dann nickte er mit einem kurzen Rucken seines Kopfes. »Solange sie nicht provoziert werden, hat niemand etwas von ihnen zu befürchten. Shada, nehmen Sie seinen Blaster. Karrde..., nach Ihnen.«

Karrde sah Dankin und Torve an und nickte. Widerwillig traten sie von der Rampe, und er ging nach oben. Dicht gefolgt von den Leuten, von denen er einst gehofft hatte, sie zu einer Einheitsfront gegen das Imperium zusammenschweißen zu können.

Er hätte es besser wissen müssen.

In der Offiziersmesse angekommen, drängte Mazzic Karrde zu einem Sessel in einer Ecke, während die anderen ihm gegenüber am Tisch Platz nahmen. »In Ordnung«, sagte Karrde. »Wir sind hier. Was jetzt?«

»Ich will Ihre Datenkarten«, sagte Mazzic. »Alle. Wir fangen mit denen in Ihrem Büro an.«

Karrde nickte über die Schulter. »Durch die Tür und dann rechts in den Gang.«

»Zutrittskode?«

»Keiner. Ich vertraue meinen Leuten.«

Mazzics Lippen zuckten. »Ellor, hol sie. Und bring auch ein paar Datenblöcke mit.«

Wortlos stand der Duro auf und ging. »Während wir warten«, sagte Karrde in das verlegene Schweigen hinein, »könnte ich vielleicht den Vorschlag unterbreiten, wegen dem ich Sie nach Hijarna eingeladen habe.«

Mazzic schnaubte. »Sie haben Mumm, Karrde – das will ich Ihnen lassen. Mumm und Stil. Aber lassen Sie uns einfach still sitzen, okay?«

Karrde sah den Blaster an. »Wie Sie wünschen.«

Ellor kehrte eine Minute später mit einem Tablett voller Datenkarten und zwei obenauf liegenden Datenblöcken zurück. »Okay«, sagte Mazzic, als der Duro sich neben ihn setzte. »Gib Par'tah einen Datenblock und fang mit der Durchsicht an. Ihr beide wißt, wonach wir suchen.«

([Ich muß zunächst feststellen]), sagte Ellor, ([daß mir das nicht gefällt.])

[Üch stümme dem zu], sagte Par'tah, und ihre Kopftentakel wanden sich wie aufgeschreckte Schlangen. (Offen gegen eünen Konkurrenten zu kämpfen, gehört zum Geschäft. Aber das üst etwas anderes.]

»Es geht hier nicht ums Geschäft«, widersprach Mazzic.

»Natürlich nicht«, bestätigte Karrde. »Er hat bereits gesagt, daß er nicht an meiner Organisation interessiert ist. Erinnern Sie sich?«

»Versuchen Sie nicht, mir die Worte im Mund herumzudrehen, Karrde«, warnte Mazzic. »Ich hasse das noch mehr, als an der Nase herumgeführt zu werden.«

»Ich führe niemand an der Nase herum, Mazzic«, sagte Karrde fest. »Seit wir mit dieser Sache angefangen haben, bin ich zu Ihnen allen offen und ehrlich gewesen.«

»Vielleicht. Wir sind hier, um das festzustellen.«

Karrde sah sich am Tisch um und dachte an das Chaos, das nach dem Zusammenbruch der Organisation von Jabba dem Hutt über die zwielichtige Welt der Schmuggler hereingebrochen war. Jede Gruppe in der Galaxis hatte sich wie wild auf die Überreste gestürzt, Schiffe und Leute und Verträge an sich gerissen, manchmal erbittert um sie gekämpft. Vor allem die größeren Organisationen hatten vom Tod des Hutts profitiert.

Er fragte sich, ob Aves in der Lage sein würde, sich gegen sie durchzusetzen. Aves und Mara.

»Schon was gefunden?« fragte Mazzic.

[Wür werden Ühnen Bescheüd geben, wenn wür etwas fünden], erwiderte Par'tah, und ihr schriller Tonfall verriet, wie unangenehm ihr die ganze Situation war.

Karrde sah Mazzic an. »Könnten Sie mir zumindest verraten, was man mir vorwirft?«

»Ja, das interessiert mich auch«, bekräftigte Gillespee.

Mazzic lehnte sich in seinem Sessel zurück und legte die Waffe auf seinen Oberschenkel. »Dieser Angriff auf Trogan – bei dem mein Freund Lishma getötet wurde – scheint inszeniert worden zu sein.«

»Was meinen Sie mit ›inszeniert‹?« fragte Dravis.

»Wie ich es sagte. Jemand hat einen imperialen Lieutenant und seine Abteilung für den Angriff auf uns bezahlt.«

Clyngunn rumpelte tief in seiner Kehle. »Imperiale Truppen lassen sich nicht bestechen«, grollte er.

»Diese Abteilung schon«, entgegnete Mazzic.

»Wer hat das behauptet?« fragte Gillespee.

Mazzic lächelte dünn. »Einer, der es am besten wissen muß. Großadmiral Thrawn.«

Einen Moment herrschte betäubtes Schweigen. Dravis fand als erster seine Stimme wieder. »Ach, wirklich?« sagte er. »Und er hat es Ihnen rein zufällig erzählt?«

»Sie haben mich im Joiol-System geschnappt und zur *Schimäre* gebracht«, sagte Mazzic, ohne auf den Sarkasmus einzugehen. »Nach dem Zwischenfall bei den Bilbringi-Werften dachte ich, jetzt wäre es aus. Aber Thrawn sagte mir, er hätte mich nur zu sich bringen lassen, um einige Mißverständnisse auszuräumen – daß niemand im Imperium den Trogan-Angriff befohlen hat und daß ich nicht Ihnen die Schuld daran geben soll. Und dann ließ er mich gehen.«

»Nachdem er überzeugend dargelegt hat, daß ich dafür verantwortlich war?« fragte Karrde.

»Er hat nicht ausdrücklich Ihren Namen genannt«, sagte Mazzic. »Aber wer sonst hätte etwas davon, uns gegen das Imperium aufzuhetzen?«

»Wir haben es hier mit einem Großadmiral zu tun, Mazzic«, erinnerte ihn Karrde. »Einem Großadmiral, der subtile und komplizierte Strategien liebt. Und der ein persönliches Interesse an meiner Vernichtung hat.«

Mazzic lächelte dünn. »Ich nehme Thrawns Worte nicht für bare Münze, Karrde. Ich habe von einem Freund ein paar Nachforschungen in den imperialen Militärarchiven anstellen lassen, bevor ich hierher kam. Er lieferte mir die genauen Einzelheiten der Trogan-Abmachung.«

»Imperiale Archive können verändert werden«, wandte Karrde ein.

»Wie ich schon sagte, ich nehme es nicht für bare Münze«, erwiderte Mazzic. »Aber wenn wir hier die Kopie der Abmachung finden« – er hob seinen Blaster –, »würde ich dies für einen überzeugenden Beweis halten.«

»Ich verstehe«, murmelte Karrde mit einem Blick zu Ferrier. Das war es also, was sein Defel hier unten gemacht hatte. Er hatte Mazzics überzeugenden Beweis deponiert. »Ich nehme an, es ist zu spät zu erwähnen, daß wir ein paar Minuten vor Ihrer Ankunft hier unten einen Eindringling hatten.«

Ferrier schnaubte. »O ja. Guter Versuch, Karrde, aber etwas zu spät.«

»Etwas zu spät für was?« fragte Dravis stirnrunzelnd.

»Er versucht, den Verdacht auf jemand anders zu lenken, das ist alles«, sagte Ferrier verächtlich. »Er will uns weismachen, daß ihm einer von uns diese Datenkarte untergeschoben hat.«

»Welche Datenkarte?« spottete Gillespee. »Wir haben keine Datenkarte gefunden.«

([Doch, wir haben]), sagte Ellor leise.

Karrde sah ihn an. Ellors flaches Gesicht war starr, ausdruckslos, als er schweigend seinen Datenblock Mazzic reichte. Der andere warf einen Blick darauf; und auch sein Gesicht verhärtete sich. »Das wäre es also«, sagte er leise und legte den Datenblock auf den Tisch. »Nun. Ich schätze, es gibt nichts mehr zu sagen.«

»Einen Moment«, wandte Gillespee ein. »Es gibt noch etwas. Karrde hatte recht, was diesen Eindringling betrifft – ich war mit ihm oben, als Alarm gegeben wurde.«

Mazzic zuckte die Schultern. »Schön; ich spiele mit. Was war los, Karrde? Was haben Sie gesehen?«

Karrde schüttelte den Kopf und versuchte, nicht in die Mündung von Mazzics Blaster zu blicken. »Unglücklicherweise nichts. Chin glaubte, eine Bewegung in der Nähe des Schiffes gesehen zu haben, aber wir haben niemand gefunden.«

»Ich habe draußen nicht viele mögliche Verstecke gesehen«, sagte Mazzic spitz.

»Nicht für einen Menschen«, stimmte Karrde zu. »Andererseits haben wir zu diesem Zeitpunkt nicht auf die vielen Schatten an den Wänden und bei den Türen geachtet.«

»Sie wollen wohl damit sagen, daß es mein Gespenst war, was?« warf Ferrier ein. »Das ist typisch Karrde – Mißtrauen säen und damit die Wahrheit vernebeln. Nun, vergessen Sie's –, es wird nicht funktionieren.«

Karrde sah ihn forschend an. Das aggressive Gesicht, die argwöhnischen Augen... Und plötzlich erkannte er, daß er sich geirrt hatte, was diese Verschwörung betraf. Ferrier und Mazzic arbeiteten in Wirklichkeit gar nicht zusammen. Es war Ferrier allein, wahrscheinlich von Thrawn gesteuert, der versuchte, ihn zu erledigen.

Was bedeutete, daß Mazzic wirklich glaubte, daß Karrde sie alle verraten hatte. Was wiederum bedeutete, daß er vielleicht immer noch eine Chance hatte, ihn vom Gegenteil zu überzeugen. »Lassen Sie es mich anders herum versuchen«, sagte er und richtete seine Aufmerksamkeit wieder auf Mazzic. »Glauben Sie im Ernst, ich würde so leichtsinnig sein und den Beweis für meinen Verrat hier herumliegen lassen, wo jeder ihn finden kann?«

»Sie wußten nicht, daß wir danach suchen werden«, sagte Ferrier, ehe Mazzic antworten konnte.

Karrde sah ihn mit gewölbter Braue an. »Oh, jetzt heißt es also ›wir‹, Ferrier? Sie helfen Mazzic dabei?«

»Er hat recht, Karrde – hören Sie mit den Versuchen auf, die

Wahrheit zu vernebeln«, sagte Mazzic. »Glauben Sie, Thrawn würde sich all diese Mühe machen, nur um Sie zu erledigen? Das hätte er schon auf Trogan tun können.«

»Er konnte auf Trogan nichts gegen mich unternehmen«, schüttelte Karrde den Kopf. »Nicht, während Sie alle zuschauten. Er hätte damit riskiert, die gesamte Unterwelt gegen sich aufzubringen. Nein, diese Methode funktioniert viel besser. Er vernichtet mich, diskreditiert meine Warnungen vor ihm und bekommt dafür Ihr Wohlwollen und Ihre Dienste.«

Clyngunn wackelte mit dem zottigen Kopf. »Nein. Thrawn ist nicht wie Vader. Er würde keine Truppen für einen absichtlich fehlgeschlagenen Angriff opfern.«

»Dem stimme ich zu«, sagte Karrde. Ich glaube, daß jemand anders diesen Überfall geplant hat und daß Thrawn einfach das Beste daraus macht.«

»Jetzt wollen Sie wohl auch noch behaupten, daß ich es war«, knurrte Ferrier.

»Ich habe niemand beschuldigt«, erinnerte ihn Karrde mild. »Man könnte denken, daß Sie ein schlechtes Gewissen haben.«

»Da haben wir's – schon wieder betätigt er sich als Nebelwerfer«, sagte Ferrier und sah sich am Tisch um, ehe er seinen Blick wieder auf Karrde richtete. »Sie haben doch schon ganz offen mein Gespenst beschuldigt, diese Datenkarte hier deponiert zu haben.«

»Das haben Sie angedeutet, nicht ich«, sagte Karrde, den anderen wachsam beobachtend. Eigenständiges Denken war nicht unbedingt Ferriers Stärke, und die Anstrengung begann sich bemerkbar zu machen. Wenn er noch ein wenig mehr Druck ausübte… »Aber wenn wir schon mal beim Thema sind, wo *ist* Ihr Defel?«

»Er ist auf meinem Schiff«, sagte Ferrier prompt. »Drüben im Westhof bei den anderen. Er ist schon seit der Landung dort.«

»Warum?«

Ferrier runzelte die Stirn. »Was meinen Sie damit, warum? Er ist dort, weil er zu meiner Crew gehört.«

»Nein, ich meine, warum steht er nicht draußen vor der *Wilder Karrde* wie die anderen Leibwächter?«

»Wer sagte, daß er mein Leibwächter ist?«

Karrde zuckte die Schultern. »Davon bin ich ausgegangen. Schließlich hat er auf Trogan diese Rolle gespielt.«

»Das stimmt«, sagte Gillespee bedächtig. »Er stand an der Wand. Wo er sofort gegen die Imperialen losschlagen konnte, als sie auftauchten.«

»Fast so, als hätte er gewußt, daß sie kommen«, stimmte Karrde zu.

Ferriers Miene verfinsterte sich. »Karrde...«

»Genug«, fiel ihm Mazzic ins Wort. »Dies ist kein Beweis, Karrde, und Sie wissen es. Außerdem, was hätte Ferrier davon gehabt, einen derartigen Angriff zu organisieren?«

»So konnte er uns demonstrativ helfen, ihn zurückzuschlagen«, meinte Karrde. »In der Hoffnung, unser Mißtrauen wegen seiner Verbindung mit dem Imperium zu zerstreuen.«

»Verdrehen Sie ruhig die Worte«, sagte Ferrier und wies mit einem Finger auf den Datenblock, der neben Mazzic auf dem Tisch lag. »Aber in dieser Datenkarte steht nicht, daß *ich* Kosk und seine Truppe angeheuert habe. Sondern *Sie.* Ich persönlich denke, daß wir uns das lange genug angehört...«

»Einen Moment«, unterbrach Mazzic und drehte sich zu ihm um. »Woher wissen Sie, was in der Datenkarte steht?«

»Sie haben es uns gesagt«, erklärte Ferrier. »Sie haben gesagt, daß es die andere Hälfte der...«

»Ich habe nie den Namen des Lieutenants erwähnt.«

Im Raum wurde es plötzlich ganz still..., und Ferriers Gesicht hinter dem Bart war bleich geworden. »Sie müssen es.«

»Nein«, sagte Mazzic kalt. »Ich habe es nicht getan.«

»Niemand hat es erwähnt«, rumpelte Clyngunn.

Ferrier funkelte ihn an. »Das ist verrückt«, fauchte er, wieder neuen Mut fassend. »Alle Beweise deuten direkt auf Karrde – und

Sie wollen ihn davonkommen lassen, weil ich zufällig Kosks Namen irgendwo aufgeschnappt habe? Vielleicht hat ihn einer der Sturmtruppler während des Angriffs auf Trogan gerufen – woher soll ich das wissen?«

»Nun, hier ist eine leichtere Frage«, sagte Karrde. »Verraten Sie uns, wie Sie von der Zeit und dem Ort dieses Treffens erfahren haben. Eine Einladung haben Sie schließlich nicht bekommen.«

Mazzic warf ihm einen Blick zu. »Sie haben ihn nicht eingeladen?«

Karrde schüttelte den Kopf. »Ich habe ihm nie richtig getraut, nicht seit ich von seiner Rolle bei Thrawns Griff nach der *Katana*-Flotte gehört habe. Er wäre nicht mal auf Trogan dabeigewesen, wenn Gillespee diese Einladung nicht mehr oder weniger offen für jedermann ausgesprochen hätte.«

»Also, Ferrier?« drängte Dravis. »Oder wollen Sie behaupten, einer von uns hätte Ihnen davon erzählt?«

Um Ferriers Augenwinkel hatten sich tiefe Linien eingegraben. »Ich habe den Funkspruch an Mazzic abgefangen«, murmelte er. »Ihn entschlüsselt; mir gedacht, daß ich besser dabei sein sollte.«

»Erstaunlich schnelle Dechiffrierarbeit«, bemerkte Gillespee. »Unsere Chiffrierkodes sind ziemlich gut. Sie haben natürlich eine Kopie der verschlüsselten Originalübertragung, oder?«

Ferrier stand auf. »Ich muß mir das nicht anhören«, knurrte er. »Karrde ist hier der Verdächtige, nicht ich.«

»Setzen Sie sich, Ferrier«, sagte Mazzic leise. Sein Blaster zielte nicht mehr auf Karrde.

»Aber *er* ist es«, beharrte Ferrier. Er riß die rechte Hand hoch und deutete mit dem Zeigefinger anklagend auf Karrde. »Er ist derjenige, der...«

»Aufpassen!« schrie Gillespee.

Aber es war zu spät. Während er mit der rechten Hand ablenkend herumgewedelt hatte, war Ferriers linke Hand in seiner Hüftschärpe verschwunden und jetzt wieder aufgetaucht.

Zusammen mit einem Thermodetonator.

»Okay, Hände auf den Tisch«, schnarrte er. »Waffe fallen lassen, Mazzic.«

Mazzic legte langsam den Blaster auf den Tisch. »Sie kommen hier nicht raus, Ferrier«, stieß er hervor. »Es wird zu einer Schießerei zwischen Shada und meinen Kämpfern kommen.«

»Sie werden keinen Schuß auf mich abfeuern«, versicherte Ferrier, während er nach Mazzics Blaster griff. »Gespenst! Komm rein!«

Hinter ihm glitt die Messetür zur Seite, und ein schwarzer Schatten trat lautlos in den Raum. Ein schwarzer Schatten mit roten Augen und langen weißen Fängen.

Clyngunn stieß einen ZeHethbra-Fluch aus. »Also hatte Karrde in allem recht. Sie haben uns an das Imperium verraten.«

Ferrier ignorierte ihn. »Paß auf sie auf«, befahl er, während er Mazzics Blaster dem Schatten gab und seinen eigenen zog. »Kommen Sie, Karrde – wir gehen zur Brücke.«

Karrde rührte sich nicht. »Und wenn ich mich weigere?«

»Dann werde ich Sie töten und selbst das Schiff starten«, eröffnete ihm Ferrier knapp. »Vielleicht sollte ich das sowieso tun – Thrawn dürfte für Sie alle ein hübsches Kopfgeld zahlen.«

»In diesem Punkt stimme ich Ihnen zu«, sagte Karrde und stand auf. »Hier entlang.«

Sie erreichten die Brücke ohne Zwischenfall. »Sie fliegen«, befahl Ferrier und wies mit seinem Blaster auf die Steuerkonsole, während er rasch die Displays überflog. »Gut – ich dachte mir schon, daß das Schiff startbereit ist.«

»Wohin fliegen wir?« fragte Karrde und setzte sich in den Pilotensitz. Durch die Sichtluke waren einige seiner Leute zu erkennen, die ahnungslos Mazzics Kämpfern gegenüberstanden.

»Weg von hier, und zwar dort entlang«, sagte Ferrier und wies mit dem Blaster auf die geborstene Festungsmauer vor ihnen. »Dann sehen wir weiter.«

»Ich verstehe«, sagte Karrde, während er mit der rechten Hand den Startstatusbericht abrief und die linke wie zufällig auf sein Knie sinken ließ. Direkt über ihr, in die Unterseite der Hauptkonsole eingebaut, war ein Kniepaneel mit den Kontrollen für die Außenscheinwerfer des Schiffes. »Was geschieht dann?«

»Was meinen Sie wohl?« erwiderte Ferrier, ging zur Kommstation hinüber und überprüfte sie kurz. »Wir verschwinden von hier. Sind Ihre anderen Schiffe auf Kommbereitschaft?«

»Die *Sterneneis* und die *Ätherstraße*«, sagte Karrde und schaltete dreimal hintereinander die Außenscheinwerfer ein und aus. Draußen vor der Sichtluke blickten die ersten neugierigen Gesichter zu ihm herauf. »Ich nehme an, Sie wollen nicht allzu weit fliegen.«

Ferrier grinste ihn an. »Wie, haben Sie Angst, daß ich Ihren kostbaren Frachter stehle?«

»Sie werden ihn nicht stehlen«, sagte Karrde und sah ihm fest in die Augen. »Eher werde ich ihn zerstören.«

Ferrier schnaubte. »Große Worte von jemand, der am falschen Ende eines Blasters sitzt«, sagte er verächtlich und hob bekräftigend die Waffe.

»Ich bluffe nicht«, warnte ihn Karrde, während er die Positionslichter erneut einschaltete und einen verstohlenen Blick durch die Sichtluke riskierte. Das warnende Flackern der Scheinwerfer und der Anblick von Ferrier, wie er einen Blaster auf ihn richtete, mußte seinen Leuten verraten haben, daß hier oben etwas nicht stimmte. Zumindest hoffte er es. Wenn nicht, würde der überraschende Start der *Wilder Karrde* wahrscheinlich eine Schießerei auslösen.

»Natürlich nicht«, grunzte Ferrier und ließ sich neben ihm am Kopilotenpult nieder. »Entspannen Sie sich – Sie brauchen nicht den Helden zu spielen. Ich würde Ihnen die *Wilder Karrde* nur zu gern abnehmen, aber ich bin nicht so verrückt, ein Schiff ohne die entsprechende Besatzung zu fliegen. Nein, Sie werden mich nur zu meinem Schiff bringen. Wir verschwinden von hier und tauchen unter, bis sich die Lage wieder beruhigt hat.« Er warf einen letzten Blick auf das Display und nickte. »Okay. Los.«

Karrde aktivierte das Repulsortriebwerk und hob vorsichtig ab, halb erwartend, daß die draußen wartenden Berater und Leibwächter das Feuer aus ihren Blastern eröffnen würden. Aber niemand schoß, während er behutsam durch die gezackte Öffnung in der Mauer manövrierte. »Die da draußen haben sich verdrückt«, sagte Ferrier lässig in die Stille hinein. »Wahrscheinlich sind sie auf dem Weg zu ihren Schiffen, um uns zu verfolgen.«

»Das scheint Sie nicht zu beunruhigen.«

»Tut es auch nicht«, sagte Ferrier. »Sie müssen mich nur schnell zu meinem Schiff bringen, damit ich einen Vorsprung habe. Das können Sie doch, oder?«

Karrde sah den auf ihn gerichteten Blaster an. »Ich werde mein Bestes tun.«

Sie schafften es mühelos. Als die *Wilder Karrde* auf dem rissigen Steinboden neben einem modifizierten corellianischen Kanonenboot aufsetzte, tauchten die anderen erst aus den Torbögen auf, die zum Hauptteil der Festung führten, ein paar Minuten Flugzeit entfernt. »Ich wußte, daß Sie es schaffen würden«, lobte ihn Ferrier sarkastisch, stand auf und schaltete das Interkom ein. »Gespenst? Mach dich auf den Weg. Wir verschwinden von hier.«

Keine Antwort. »Gespenst? Hörst du mich?«

»Er wird für eine Weile gar nichts mehr hören«, erwiderte Clyngunns rumpelnde Stimme. »Wenn Sie ihn mitnehmen wollen, werden Sie ihn tragen müssen.«

Wütend schaltete Ferrier das Interkom ab. »Idiot. Das kommt davon, wenn man sich auf ein dummes Gespenst verläßt. Ich hätte Sie alle sofort töten sollen.«

»Vielleicht«, sagte Karrde. Er nickte über den Hof zu den näher kommenden Leibwächtern und Kämpfern hinüber. »Ich glaube nicht, daß Sie jetzt noch Zeit haben, Ihren Fehler zu korrigieren.«

»Ich werde es einfach auf später verschieben«, gab Ferrier zurück. »Aber Sie könnte ich trotzdem erledigen.«

»Nur wenn Sie bereit sind, mit mir zusammen zu sterben«, konterte Karrde und drehte sich leicht in seinem Sitz, um zu zeigen, daß seine linke Hand auf einem der Kniepaneelschalter lag. »Wie ich schon sagte, werde ich eher mein Schiff zerstören, als es Ihnen zu überlassen.«

Für einen langen Moment glaubte er, Ferrier würde es dennoch versuchen. Dann, mit offensichtlichem Widerwillen, nahm er die Waffe von ihm, zielte auf die Feuerleitsektion des Kontrollpults und gab zwei Schüsse ab. »Ein anderes Mal, Karrde«, sagte er, wich zur Brückentür zurück, warf einen raschen Blick nach draußen, als er sie öffnete, und schlüpfte hinaus.

Karrde holte tief Luft und atmete langsam wieder aus. Er ließ den Landescheinwerferschalter los, den er niedergedrückt gehalten hatte, und stand auf. Fünfzehn Sekunden später sah er durch die Sichtluke, wie Ferrier zu seinem Kanonenboot rannte.

Er griff vorsichtig an dem schmorenden Loch in seinem Kontrollpunkt vorbei und aktivierte das Interkom. »Hier ist Karrde«, sagte er. »Sie können die Tür jetzt entriegeln; Ferrier ist weg. Brauchen Sie medizinische Hilfe oder Unterstützung bei Ihrem Gefangenen?«

»Auf beide Fragen: Nein«, antwortete Gillespee. »Defel mögen vielleicht gute Schleicher sein, aber sie sind keine besonders guten Wächter. Ferrier hat ihn also im Stich gelassen, was?«

»Ich habe auch nichts anderes von ihm erwartet«, sagte Karrde. Durch die Sichtluke verfolgte er, wie Ferriers Kanonenboot auf seinen Repulsorkissen abhob und sich dabei nach Westen drehte. »Er startet soeben. Warnen Sie alle davor, das Schiff zu verlassen – er hat mit Sicherheit etwas vorbereitet, um eine Verfolgung zu verhindern.«

Und so war es auch. Die Worte hatten kaum Karrdes Mund verlassen, als das schwebende Schiff einen großen Kanister ausstieß.

Ein Lichtblitz, und plötzlich explodierte der Himmel in einem sich rasend schnell ausbreitenden Metallnetz. Das Netz umfaßte schließlich den ganzen Hof und senkte sich zu Boden, schlug Funken, wo es sich auf die parkenden Schiffe legte.

»Ein Connernetz«, erklang hinter ihm Dravis' Stimme. »Typischer Trick eines Schiffsdiebs.«

Karrde drehte sich um. Dravis, Par'tah und Mazzic standen an der Tür und blickten durch die Sichtluke dem davonfliegenden Schiff hinterher. »Wir haben viele Leute draußen«, erinnerte er sie. »Sie sollten es in Kürze verbrannt haben.«

[Er darf nücht entkommen], beharrte Par'tah mit einer Ho'Din-Geste der Verachtung zu dem Kanonenboot.

»Das wird er nicht«, versicherte Karrde. Das Kanonenboot hielt sich dicht über der Ebene, um nicht in den Wirkungsbereich der Waffen der netzblockierten Schiffe zu geraten. »Die *Ätherstraße* und die *Sterneneis* stehen im Norden und Süden bereit.« Er drehte sich um und sah Mazzic mit gewölbten Brauen an. »Aber unter den Umständen schätze ich, daß Mazzic die Ehre haben sollte.«

Mazzic schenkte ihm ein dünnes Lächeln. »Danke«, sagte er leise und griff nach seinem Komm. »Griv, Amber. Erledigt das Kanonenboot.«

Karrde sah sich um. Das Kanonenboot hatte jetzt fast den Horizont erreicht und begann mit seinem vertikalen Aufstieg in den Weltraum... Und während er zusah, hoben sich Mazzics Kampfschiffe aus ihren Verstecken und nahmen die Verfolgung auf.

»Ich schätze, ich muß mich bei Ihnen entschuldigen«, sagte Mazzic hinter ihm.

Karrde schüttelte den Kopf. »Vergessen Sie's«, sagte er. »Oder besser, vergessen Sie's nicht. Damit Ihnen bewußt bleibt, wie Großadmiral Thrawn arbeitet. Und was er von Leuten wie uns hält.«

»Keine Sorge«, sagte Mazzic leise. »Ich werde es nicht vergessen.«

»Gut«, sagte Karrde knapp. »Also denn. Unsere Leute sollen sich jetzt um das Netz kümmern – ich bin überzeugt, daß wir alle froh sein werden, Hijarna zu verlassen, bevor das Imperium erkennt, daß der Plan fehlgeschlagen ist.«

In der Ferne, dicht über dem Horizont, flackerte für einen Moment ein Lichtblitz. »Und während wir warten«, fügte Karrde hinzu, »können wir uns über den Vorschlag unterhalten, den ich Ihnen machen möchte.«

19

»In Ordnung«, sagte Han zu Lando, während er mit den Fingern über Erzwos linkes Bein tastete, auf der Suche nach einem besseren Halt. »Mach dich bereit.«

Der Droide zwitscherte etwas. »Er sagt, Sie sollen vorsichtig sein«, übersetzte Dreipeo, der nervös in sicherer Entfernung stand. »Sie erinnern sich bestimmt noch an das letzte Mal, als...«

»Wir haben ihn nicht absichtlich fallenlassen«, knurrte Han. »Wenn er lieber auf Luke warten möchte, ist es mir recht.«

Erzwo zwitscherte erneut. »Er sagt, das wird nicht nötig sein«, erklärte Dreipeo steif. »Er hat vollstes Vertrauen zu Ihnen.«

»Schön, das zu hören«, meinte Han. Unglücklicherweise gab es keinen besseren Griff. Er würde irgendwann mit Industrie-Automaton darüber sprechen müssen. »Also los, Lando: Hoch mit ihm.«

Gemeinsam wuchteten sie ihn hoch; und mit einem Ruck, den Hans Rücken schmerzhaft zu spüren bekam, löste sich der Droide aus dem Gewirr der Baumwurzeln, in denen er sich mit seinen Rädern verfangen hatte. »Alles klar«, brummte Lando, als sie den

Droiden mehr oder weniger sanft im laubbedeckten Schmutz des ausgetrockneten Flußbetts absetzten. »Wie fühlst du dich?«

Die Antwort dauerte diesmal länger. »Er sagt, daß es nur minimale Schäden zu geben scheint«, sagte Dreipeo. »Hauptsächlich kosmetischer Natur.«

»Übersetzung: Er rostet«, murmelte Han und rieb sich den Nakken, als er sich umdrehte. Fünf Meter weiter bahnte sich Luke mit seinem Lichtschwert einen Weg durch ein Gewirr dicker Ranken, die das Flußbett blockierten. Chewbacca und Mara kauerten mit schußbereiten Waffen neben ihm für den Fall, daß wieder die schlangenähnlichen Kreaturen auftauchten, die in manchen Gebüschen lauerten. Wie bei allen anderen Dingen auf Wayland hatten sie auch dies auf die harte Tour lernen müssen.

Lando trat an seine Seite und wischte ein paar Splitter der wie Säure brennenden Baumwurzel von seinen Händen. »Netter Ort, was?« meinte er.

»Ich hätte den *Falken* näher am Berg landen sollen«, brummte Han. »Spätestens dann, als wir herausfanden, daß wir die Düsenräder nicht benutzen können.«

»In diesem Fall hätten wir es jetzt vielleicht mit imperialen Patrouillen statt mit Säurewurzeln und Rankenschlangen zu tun«, widersprach Lando. »Ich persönlich halte das für einen fairen Tausch.«

»Vermutlich hast du recht«, stimmte Han widerwillig zu. Irgendwo in der Nähe ertönte ein kompliziertes Pfeifen, ein anderer Pfiff antwortete. Er sah in die entsprechende Richtung, konnte aber zwischen dem Gebüsch und den Ranken und den beiden verschiedenen Baumebenen nichts erkennen.

»Klingt nicht nach einem Raubtier«, sagte Lando.

»Vielleicht.« Han sah wieder über die Schulter zu Dreipeo hinüber, der tröstend auf Erzwo einsprach, während er die Säureverbrennungen des stämmigen Droiden untersuchte. »He – hört auf zu schwatzen. Macht euch mit den Scannern an die Arbeit.«

Erzwo fuhr gehorsam seine kleine Antenne aus und bewegte sie hin und her. Für eine Minute klickte er vor sich hin, dann trällerte er etwas. »Er sagt, daß es in zwanzig Metern Umkreis keine großen Tiere gibt«, sagte Dreipeo. »Jenseits dieser...«

»Er kann nicht durch das Unterholz sehen«, schnitt ihm Han das Wort ab. Ähnliche Gespräche hatte er schon zu oft geführt. »Danke.«

Erzwo zog seinen Sensor ein und nahm wieder die Unterhaltung mit Dreipeo auf. »Was meinst du, wo sie alle hin sind?« fragte Lando.

»Die Raubtiere?« Han schüttelte den Kopf. »Keine Ahnung. Vielleicht dorthin, wo auch die Eingeborenen sind.«

Lando sah sich um und stieß zischend die Luft zwischen den Zähnen aus. »Mir gefällt das nicht, Han. Sie müssen inzwischen wissen, daß wir hier sind. Worauf warten sie?«

»Vielleicht hat sich Mara geirrt«, schlug Han zweifelnd vor. »Vielleicht war das Imperium es leid, den Planeten mit ihnen teilen zu müssen, und hat sie ausgerottet.«

»Ein ermunternder Gedanke«, sagte Lando. »Aber das erklärt immer noch nicht, warum uns die Raubtiere seit zweieinhalb Tagen ignorieren.«

»Nein«, stimmte Han zu. Aber Lando hatte recht: Da draußen *war* etwas und beobachtete sie. Er spürte es bis in die Knochen. Etwas oder jemand. »Vielleicht haben die Überlebenden dieses ersten Kampfes die anderen gewarnt, uns in Ruhe zu lassen.«

Lando schnaubte. »Diese Viecher waren dümmer als Raumschnecken, und das weißt du.«

Han zuckte die Schultern. »War nur ein Gedanke.«

Vor ihnen erlosch der grünliche Lichtschein, als Luke sein Lichtschwert abschaltete. »Das dürfte reichen«, rief er ihnen gedämpft zu. »Habt ihr Erzwo befreit?«

»Ja, alles in Ordnung«, sagte Han und trat zu ihm. »Irgendwelche Schlangen?«

»Diesmal nicht.« Luke deutete mit dem Lichtschwert auf einen der Bäume, die das Flußbett säumten. »Aber es sieht so aus, als wären wir mit knapper Not einem neuen Angriff dieser Klauenvögel entgangen.«

Han kniff die Augen zusammen. Dort, auf einem der unteren Äste, befand sich ein weiteres der tellergroßen Lehm-und-Gras-Nester. Dreipeo hatte am Vortag eins davon gestreift, und Chewbacca pflegte noch immer die Wunden an seinem linken Arm, die ihm die Raubvögel zugefügt hatten, bevor es ihnen gelungen war, sie mit den Blastern und dem Lichtschwert zu töten. »Rühr es ja nicht an«, warnte er.

»Keine Sorge – es ist leer«, beruhigte ihn Luke und tippte es mit der Spitze des Lichtschwerts an. »Sie müssen weitergezogen sein.«

»Ja«, sagte Han langsam und trat einen Schritt näher ans Nest. »Stimmt.«

»Ist was nicht in Ordnung?«

Han sah ihn an. »Nein«, sagte er mit bemühter Gelassenheit. »Kein Problem. Warum?«

Hinter Luke gab Chewbacca ein tiefes Grollen von sich. »Marschieren wir weiter«, fügte Han hinzu, ehe Luke etwas sagen konnte. »Wir sollten noch ein Stück Weges zurücklegen, bevor es dunkel wird. Luke, nimm dir Mara und die Droiden und geh voraus. Chewie und ich übernehmen die Rückendeckung.«

Luke gefiel es nicht – er konnte es im Gesicht des Jungen lesen. Aber er nickte nur. »In Ordnung. Komm, Dreipeo.«

Sie folgten dem Flußbett, und wie gewöhnlich beschwerte sich Dreipeo die ganze Zeit. Lando warf Han einen Seitenblick zu, aber er folgte ihnen, ohne etwas zu sagen.

Chewbacca an seiner Seite knurrte eine Frage. »Wir werden schon herausfinden, was mit den Klauenvögeln passiert ist«, versicherte ihm Han und blickte noch einmal zu dem Nest zurück. Es sah nicht beschädigt aus, also hatte sich kein Raubtier an ihm zu schaffen gemacht. »Du bist derjenige, der frisches Fleisch zehn Meter gegen den Wind riechen kann. Also streng deine Nase an.«

Der Wookiee-Spürsinn wurde nicht besonders hart auf die Probe gestellt. Auf der anderen Seite des Baumes, neben einem Busch, lag einer der Vögel auf dem Rücken, die Flügel ausgebreitet und steif. Mausetot.

»Was meinst du?« fragte Han, als Chewbacca ihn vorsichtig aufhob. »Ein Raubtier?«

Chewbacca grollte eine Verneinung. Er fuhr die Kletterkrallen aus und kratzte an einem dunkelbraunen Fleck an den Federn unter dem linken Flügel. Er fand einen Schnitt und bohrte behutsam eine Kralle hinein.

Und knurrte. »Bist du sicher, daß es ein Messer war?« Han betrachtete stirnrunzelnd die Wunde. »Keine Klaue?«

Der Wookiee wies ihn mit einem erneuten Grollen auf das Offensichtliche hin: Wenn der Vogel von einem Raubtier getötet worden wäre, hätte es nur Federn und Knochen übriggelassen.

»Richtig«, bestätigte Han säuerlich, als Chewbacca den Klauenvogel in das Gebüsch warf. »Soviel zu der Hoffnung, daß keine Eingeborenen in der Nähe sind. Und zwar ganz in der Nähe.«

Chewbacca knurrte die auf der Hand liegende Frage. »Keine Ahnung«, gestand Han. »Vielleicht beobachten sie uns noch. Oder sie warten auf Verstärkung.«

Der Wookiee deutete auf den Vogel, und Han nahm ihn genauer in Augenschein. Die Lage der Verletzung deutete darauf hin, daß er die Flügel geöffnet gehabt hatte, als er getötet worden war. Was bedeutete, daß er im Fluge getötet worden war. Mit einem einzigen Stich. »Du hast recht – sie brauchen keine Verstärkung«, stimmte er zu. »Komm, holen wir die anderen ein.«

Solo hatte bis zum Einbruch der Nacht marschieren wollen, aber nachdem Skywalkers Astromech-Droide in ein weiteres Gewirr von Säurewurzeln gerollt war, gab er auf.

»Und was jetzt?« fragte Mara, als Skywalker seinen Rucksack neben ihren auf den Boden warf und seine Schultermuskulatur streckte. »Müssen wir ihn tragen?«

»Ich denke nicht«, sagte Skywalker mit einem Blick über die Schulter zu Calrissian und dem Wookiee, die den R2 auf die Seite gelegt hatten und an seinen Rädern herumbastelten. »Chewie meint, daß sie ihn flicken können.«

»Sie sollten ihn gegen einen eintauschen, der kein flaches Metalldeck zur Fortbewegung braucht.«

»Manchmal denke ich das auch«, gestand Skywalker und setzte sich neben sie. »Aber alles in allem schlägt er sich tapfer. Sie hätten sehen sollen, welche Strecke er in der Wüste von Tatooine zurückgelegt hat, damals, in unserer ersten Nacht.«

Mara sah an dem Droiden vorbei zu Solo hinüber, der auf seinem Schlafsack saß und den Wald im Auge behielt. »Verraten Sie mir, worüber Sie zuvor mit Solo gesprochen haben? Oder darf ich es nicht wissen?«

»Er und Chewie haben einen der Klauenvögel aus dem leeren Nest gefunden«, sagte Skywalker. »Dem neben dem zweiten Rankendickicht, durch das wir uns heute einen Weg bahnen mußten. Er ist durch einen Messerstich getötet worden.«

Mara schluckte und dachte an die Geschichten, die sie gehört hatte, als sie mit dem Imperator hiergewesen war. »Wahrscheinlich waren es die Myneirshi«, sagte sie. »Sie haben den Messerkampf zur Kunst entwickelt.«

»Wie denken sie über das Imperium?«

»Wie ich Ihnen schon sagte, sie mögen keine Menschen«, erklärte Mara. »Angefangen von denen, die als Kolonisten hierher kamen, lange bevor der Imperator den Planeten entdeckte.«

Sie sah Skywalker an, aber er erwiderte ihren Blick nicht. Er blickte ins Leere, mit leicht gefurchter Stirn.

Mara holte tief Luft und griff konzentriert mit der Macht hinaus. Die Laute und Gerüche des Waldes strömten in ihr Bewußtsein und formten sich zu dem Muster des Lebens. Bäume, Büsche, Tiere und Vögel...

Und dort, am äußersten Rand ihres Bewußtseins, war ein anderer Geist. Fremd, rätselhaft..., aber dennoch ein Bewußtsein.

»Es sind vier«, sagte Skywalker leise. »Nein. Fünf.«

Mara runzelte die Stirn, konzentrierte sich auf die Wahrnehmung. Er hatte recht: Dort draußen befand sich mehr als ein Bewußtsein. Aber sie konnte den Allgemeineindruck nicht in verschiedene Komponenten zerlegen.

»Achten Sie auf die Abweichungen«, murmelte Skywalker. »Die Unterschiede zwischen den einzelnen Bewußtseinen. So kann man sie am besten identifizieren.«

Mara versuchte es; und zu ihrer leicht verärgerten Überraschung stellte sie fest, daß er recht hatte. Dort war das zweite Bewußtsein..., das dritte...

Und dann, plötzlich, waren sie verschwunden.

Sie sah Skywalker scharf an. »Ich weiß es nicht«, gestand er, sich noch immer konzentrierend. »Es gab einen Gefühlsausbruch, und dann machten sie einfach kehrt und verschwanden.«

»Vielleicht wußten sie nicht, daß wir hier sind«, vermutete Mara zögernd, obwohl ihr im gleichen Moment klar wurde, wie unwahrscheinlich es war. Da der Wookiee alles anbrüllte, was ihnen über den Weg lief, und der Protokolldroide über alles andere jammerte, war es ein Wunder, daß noch nicht der ganze Planet über ihre Anwesenheit informiert war.

»Nein, sie wußten es«, sagte Skywalker. »Um genau zu sein, ich bin mir sogar ziemlich sicher, daß sie direkt auf uns zukamen, als...« Er schüttelte den Kopf. »Ich wollte sagen, als sie verschreckt wurden. Aber das ergibt keinen Sinn.«

Mara sah zu dem doppelten Blätterdach hinauf. »Könnten wir eine imperiale Patrouille angelockt haben?«

»Nein.« Skywalker war sich sicher. »Ich wüßte es, wenn andere Menschen in der Nähe wären.«

»Klar, darauf wette ich«, murmelte Mara.

»Alles eine Frage der Übung.«

Sie warf ihm einen Seitenblick zu. Seine Stimme hatte einen seltsamen Unterton gehabt. »Wie meinen Sie das?«

Er schnitt eine Grimasse, kaum mehr als ein kurzes Zusammenkneifen der Lippen. »Nichts. Nur... Ich mußte an Leias Zwillinge denken. Daran, daß ich sie eines Tages ausbilden muß.«

»Sie wissen nicht, wann Sie damit anfangen sollen?«

Er schüttelte den Kopf. »Ich weiß nicht, ob ich es überhaupt kann.«

Sie zuckte die Schultern. »Was ist da groß zu können? Sie bringen ihnen bei, wie man Gedanken liest und Objekte bewegt und mit dem Lichtschwert kämpft. Ihrer Schwester haben Sie das doch auch beigebracht, oder?«

»Ja«, bestätigte er. »Aber damals dachte ich noch, das wäre alles. In Wirklichkeit ist es nur der Anfang. Sie müssen stark in der Macht sein, und mit dieser Stärke kommt die Verantwortung. Wie soll ich ihnen das beibringen? Wie bringe ich ihnen Weisheit und Mitgefühl bei und daß sie ihre Macht nicht mißbrauchen dürfen?«

Mara studierte sein Profil, als er in den Wald blickte. Dies war nicht nur Gerede; er meinte es wirklich ernst damit. Eindeutig eine Seite des heldenhaften, edlen, unfehlbaren Jedi, die sie noch nicht gesehen hatte. »Wie bringt man einem so etwas überhaupt bei?« fragte sie. »Doch wohl, indem man ein Beispiel gibt, schätze ich.«

Er dachte darüber nach und nickte widerwillig. »Das glaube ich auch. Wieviel Jedi-Training haben Sie vom Imperator bekommen?«

DU WIRST LUKE SKYWALKER TÖTEN. »Genug«, sagte sie knapp, verdrängte den Klang der Worte aus ihren Gedanken und versuchte, die Woge aus reflexartigem Haß abzuwehren, die sie mit sich brachten. »Die Grundlagen. Warum? Suchen Sie nach Weisheit und Mitgefühl?«

»Nein.« Er zögerte. »Aber da uns noch ein paar Tage bleiben, bis wir den Mount Tantiss erreichen, ist es vielleicht eine gute Idee, es noch einmal zu wiederholen. Als eine Art Auffrischungskurs, wissen Sie.«

Sie sah ihn an, von einem eisigen Frösteln erfaßt. Er hatte etwas zu beiläufig gesprochen... »Haben Sie gesehen, was uns erwartet?« fragte sie argwöhnisch.

»Nicht direkt«, antwortete er. Aber auch diesmal zögerte er dabei. »Ein paar Visionen und Bilder, die keinen Sinn ergeben. Ich dachte nur, es wäre ganz gut, wenn Sie in der Macht so stark wie möglich sind, bevor wir hineingehen.«

Sie wandte den Blick von ihm ab. *DU WIRST LUKE SKYWALKER TÖTEN.* »Sie sind bei mir«, erinnerte sie ihn. »Warum muß ich dann stark in der Macht sein?«

»Um Ihr Schicksal zu erfüllen, ganz gleich, wie es nun aussehen mag«, sagte er mit leiser, aber fester Stimme. »Wir haben noch etwa eine Stunde bis Sonnenuntergang. Fangen wir an.«

Wedge Antilles glitt auf seinen Platz auf der langen, halbkreisförmigen Bank neben den anderen Sternjäger-Staffelführern und sah sich dabei im Kriegsraum des Sternkreuzers um. Er war schon ziemlich voll, und noch immer strömten Leute herein. Was auch immer Ackbar vorhatte, es versprach eine große Sache zu werden.

»Tach, Wedge«, brummte jemand und ließ sich an Wedges Seite nieder. »Komisch, dich hier zu treffen.«

Wedge sah ihn in milder Überraschung an. Pash Cracken, Sohn des legendären Admirals Airen Cracken und einer der besten Sternjäger-Commander der Neuen Republik. »Das könnte ich auch von dir sagen, Pash«, erwiderte er. »Ich dachte, du bist im Atrivis-Sektor und paßt auf das Kommzentrum des Äußeren Randes auf.«

»Du bist hinter der Zeit zurück«, sagte Pash grimmig. »Generis ist vor drei Tagen gefallen.«

Wedge starrte ihn an. »Das wußte ich nicht«, entschuldigte er sich. »Wie schlimm war es?«

»Schlimm genug«, sagte Pash. »Wir haben das ganze Kommzentrum mehr oder weniger intakt verloren, dazu noch die meisten Versorgungsdepots der Sektorflotte. Zum Glück sind ihnen keine brauchbaren Schiffe in die Hände gefallen. Und wir haben beim Rückzug genug Ärger gemacht, daß General Kryll Travia Chan und ihre Leute quasi vor der kollektiven Nase der Imperialen herausholen konnte.«

»Immerhin etwas«, meinte Wedge. »Was hat zur Niederlage geführt, die feindliche Übermacht oder die Taktik?«

»Beides«, sagte Pash mit einer Grimasse. »Ich glaube nicht, daß Thrawn persönlich da war, aber er hat den Angriff mit Sicherheit geplant. Ich muß dir sagen, Wedge, daß diese Klons die unheimlichste Sache sind, mit der ich je zu tun gehabt habe. Es ist, als würde man gegen Sturmtruppen kämpfen: derselbe fanatische Pflichteifer, derselbe kaltblütige, roboterhafte Kampfeinsatz. Der einzige Unterschied ist, daß sie jetzt überall sind, statt nur als Kommandotrupps eingesetzt zu werden.«

»Wem sagst du das?« knurrte Wedge düster. »Wir mußten beim ersten Angriff auf Qat Chrystac zwei TIE-Jägerstaffeln abwehren. Sie haben Manöver geflogen, die ich den TIEs gar nicht zugetraut hätte.«

Pash nickte. »General Kryll glaubt, daß Thrawn für die Klon-Schablonen seine besten Leute ausgesucht hat.«

»Er wäre dumm, wenn er es nicht getan hätte. Was ist mit Varth? Ist er entkommen?«

»Ich weiß es nicht«, gestand Pash. »Wir haben beim Rückzug den Kontakt zu ihm verloren. Ich hoffe immer noch, daß er auf der anderen Seite des Belagerungsrings durchgebrochen und bei Fedje oder Ketaris zu einer der anderen Einheiten gestoßen ist.«

Wedge dachte an die Handvoll Gelegenheiten, bei denen er mit Oberstleutnant Varth aneinandergeraten war, gewöhnlich wegen Ersatzteilen oder Dockzeiten. Der Mann war ein verbitterter, scharfzüngiger Tyrann, für den nur sein Talent sprach, mit seinen

Sternjägern selbst die aussichtslosesten Situationen zu meistern.

»Er wird es schon schaffen«, sagte Wedge. »Er ist viel zu halsstarrig, um dem Imperium den Gefallen zu tun und zu sterben.«

»Vielleicht.« Pash wies zur Mitte des Raums. »Sieht so aus, als würde es losgehen.«

Wedge drehte sich um, als das Stimmengewirr verklang. Admiral Ackbar stand am zentralen Holotisch, flankiert von General Crix Madine und Colonel Bren Derlin. »Offiziere der Neuen Republik«, begrüßte Ackbar sie ernst, während sich seine riesigen Mon-Calamari-Augen verdrehten, damit er den ganzen Kriegsraum übersehen konnte. »Keiner von Ihnen muß daran erinnert werden, daß sich in den letzten Wochen unser Krieg gegen die Überreste des Imperiums geändert hat – aus etwas, das man als Aufräumen bezeichnen konnte, ist ein Kampf um unser nacktes Überleben geworden. Im Moment sind wir an Personal und Material noch überlegen; aber schon jetzt, wo wir miteinander sprechen, droht uns dieser Vorteil zu entgleiten. Weniger greifbar, aber nicht minder ernst sind die Versuche Großadmiral Thrawns, unsere Entschlossenheit und Moral zu untergraben. Es wird Zeit, dafür zu sorgen, daß wir beide Gesichtspunkte dieses Angriffs auf das Imperium zurückfallen lassen.« Er sah Madine an. »General Madine.«

»Ich nehme an, daß Sie alle bereits über die innovative Belagerungsform informiert sind, mit der die Imperialen Coruscant blokkiert haben«, sagte Madine und klopfte mit dem Lichtstift leicht gegen seine linke Handfläche. »Es hat einige Fortschritte bei der Beseitigung der getarnten Asteroiden gegeben; aber um das Problem endgültig zu lösen, brauchen wir eine Kristall-Gravfeldfalle. Wir haben den Auftrag, sie zu besorgen.«

»Klingt spaßig«, murmelte Pash.

»Still«, murmelte Wedge zurück.

»Der Geheimdienst hat drei Exemplare lokalisiert«, fuhr Madine fort. »Sie befinden sich natürlich alle im imperialen Raum. Das leichteste Ziel ist Tangrene, wo eine der Fallen die neue Allgegenwärtigkeits-Basis schützt, die dort gebaut wird. Es gibt dort viele Fracht- und Bauschiffe, aber relativ wenige Kampfeinheiten. Uns ist es gelungen, einige von unseren Leuten in die Frachtercrews einzuschleusen, und sie berichten, daß der Planet sturmreif ist.«

»Klingt verdammt nach Endor«, bemerkte jemand auf der Bank gegenüber von Wedge. »Woher wissen wir, daß es keine Falle ist?«

»Um offen zu sein, wir sind ziemlich sicher, daß es eine ist«, sagte Madine mit einem dünnen Lächeln. »Deshalb greifen wir auch ein anderes Ziel an.«

Er drückte einen Knopf. Der Holoprojektor schob sich aus der Tischmitte, und eine Schemazeichnung erschien in der Luft. »Die imperialen Werften von Bilbringi«, erklärte er. »Und ich weiß, was Sie jetzt sagen wollen: Sie sind groß, sie sind gut gesichert, und was in aller Galaxis denkt sich das Oberkommando eigentlich dabei? Die Antwort ist einfach: Sie sind groß, sie sind gut gesichert, und sie sind der letzte Ort, wo die Imperialen einen Angriff erwarten.«

»Außerdem werden wir im Falle eines Erfolgs ihre Werftkapazitäten erheblich reduzieren«, fügte Ackbar hinzu. »Und den zunehmenden Glauben an Großadmiral Thrawns Unfehlbarkeit erschüttern.«

Was natürlich voraussetzte, daß Thrawn fehlbar *war*. Wedge wollte sie schon darauf hinweisen, verzichtete dann aber darauf. Wahrscheinlich dachten es ohnehin alle Anwesenden.

»Die Operation wird aus zwei Teilen bestehen«, fuhr Madine fort. »Wir werden die Imperialen natürlich nicht enttäuschen, die auf Tangrene diese Falle für uns aufgebaut haben, deshalb wird Colonel Derlin für die Illusion sorgen, daß dieses System tatsächlich unser Ziel ist. Parallel dazu werden Admiral Ackbar und ich den eigentlichen Angriff auf Bilbringi leiten. Irgendwelche Fragen?«

Ein Moment der Stille folgte. Dann hob Pash seine Hand. »Was passiert, wenn die Imperialen Wind von dem Angriff auf Bilbringi bekommen und die Tangrene-Vorbereitungen übersehen?«

Madine lächelte dünn. »Damit würden sie uns sehr enttäuschen. In Ordnung, meine Herren, wir müssen eine Offensive organisieren. Machen wir uns an die Arbeit.«

Das Schlafzimmer war dunkel und warm und still, nur vom fernen, durch die Fenster gedämpften Rauschen der nächtlichen Stadt und den noch leiseren Geräuschen der schlafenden Zwillinge auf der anderen Seite des Raums erfüllt. Leia lauschte ihren Lauten und atmete die vertrauten Gerüche ihres Zuhauses ein, während sie an die Decke starrte und sich fragte, was sie geweckt hatte.

»Brauchst du etwas, Lady Vader?« drang eine leise Noghri-Stimme aus den Schatten neben der Tür.

»Nein, Mobvekhar, danke«, sagte Leia. Sie hatte keinen Lärm gemacht – er mußte die Veränderung ihrer Atmung bemerkt haben. »Tut mir leid; ich wollte dich nicht stören.«

»Du hast mich nicht gestört«, versicherte ihr der Noghri. »Hast du Sorgen?«

»Ich weiß es nicht«, sagte sie. Langsam begann sie sich zu erinnern. »Ich hatte – nein, es war eigentlich kein Traum. Eher eine unbewußte Erkenntnis. Ein Puzzleteil, das sich seinen Platz suchte.«

»Weißt du, welches Teil?«

Leia schüttelte den Kopf. »Ich weiß nicht einmal, welches Puzzle.«

»Hatte es mit dem Belagerungsring der Steine am Himmel zu tun?« fragte Mobvekhar. »Oder mit der Mission deines Gemahls und des Sohnes des Vader?«

»Ich bin mir nicht sicher«, sagte Leia, grübelnd die Stirn runzelnd und die Jedi-Techniken zur Verstärkung des Kurzzeitgedächtnisses einsetzend, die Luke ihr beigebracht hatte. Langsam wurden die halberinnerten Traumbilder deutlicher... »Es war etwas, das Luke gesagt hat. Nein. Es war etwas, das *Mara* gesagt hat. Etwas, das Luke *getan* hat. Irgendwie paßte beides zusammen... Ich weiß nicht, wie..., aber ich weiß, daß es wichtig ist.«

»Dann wirst du die Antwort finden«, sagte Mobvekhar überzeugt. »Du bist die Lady Vader. Die *Mal'ary'ush* des Lord Vader. Du wirst jedes Ziel erreichen, das du dir setzt.«

Leia lächelte in die Dunkelheit. Es waren nicht nur Worte. Mobvekhar und die anderen Noghri glaubten es wirklich. »Danke«, sagte sie, holte tief Luft und spürte, wie sie neuen Mut schöpfte. Ja, sie würde es schaffen. Und wenn auch nur, um das Vertrauen zu rechtfertigen, das das Noghri-Volk in sie gesetzt hatte.

Sie spürte auf der anderen Seite des Zimmers Unruhe und zunehmenden Hunger, was bedeutete, daß die Zwillinge bald aufwachen würden. Sie griff an dem Lichtschwert vorbei, das halb unter ihrem Kissen verborgen lag, und nahm ihren Morgenmantel. Um was auch immer es sich bei diesem wichtigen Puzzleteil handelte, über das sie gestolpert war, es würde bis morgen warten müssen.

20

Das letzte übriggebliebene Rebellenschiff flackerte in der Pseudobewegung und verschwand im Hyperraum... Und nach einer dreißigstündigen Schlacht gehörte das Herz des Kanchen-Sektors endlich ihnen. »Die Flotte soll in voller Kampfbereitschaft bleiben, Captain«, befahl Thrawn mit grimmiger Befriedigung in der Stimme, als er an die Seitensichtluke trat. »Planetares Bombardement vorbereiten. Captain Harbid soll die Kapitulationsbedingungen der Xa-Fel-Regierung übermitteln.«

»Jawohl, Sir«, sagte Pellaeon und gab die Befehle weiter.

Thrawn drehte sich halb zu ihm um. »Und schicken Sie eine Botschaft an alle Schiffe«, fügte er hinzu. »Gut gemacht.«

Pellaeon lächelte. Ja; der Großadmiral verstand es wirklich, seine Männer zu führen. »Jawohl, Sir«, sagte er und übermittelte die Botschaft. An seinem Pult leuchtete ein Licht auf; eine Nachricht war soeben von der Dechiffrierabteilung entschlüsselt worden. Er ließ sie sich zeigen, überflog sie...

»Ein Bericht von Tangrene?« fragte Thrawn, während er noch immer zu der wehrlosen Welt vor ihnen hinüberblickte.

»Jawohl, Sir«, nickte Pellaeon. »Die Rebellen haben zwei weitere Frachter in das System geschickt. Langstreckenscans deuten darauf hin, daß sie dabei im Außensystem etwas entladen haben, aber der Geheimdienst hat die Ladung bis jetzt noch nicht lokalisieren oder identifizieren können.«

»Sie sollen auf eine Untersuchung verzichten«, befahl Thrawn. »Wir wollen unsere Beute nicht verschrecken.«

Pellaeon nickte und staunte erneut über die Fähigkeit des Großadmirals, seine Gegner zu durchschauen. Bis vor zwanzig Stunden hätte er geschworen, daß die Rebellen nicht so tollkühn sein und eine derartig große Streitmacht einsetzen würden, nur um in den Besitz einer KGF-Anlage zu gelangen. Offensichtlich waren sie es doch. »Es liegen außerdem Meldungen vor, daß sich Rebellenschiffe in das Gebiet um Tangrene schleichen«, fügte er nach einem Blick in den Bericht hinzu. »Kriegsschiffe, Sternjäger, Versorgungsschiffe – die ganze Palette.«

»Gut«, sagte Thrawn. Aber in seiner Haltung, die Hände hinter dem Rücken verschränkt, war etwas Grüblerisches und Besorgtes.

Eine Meldung erschien auf Pellaeons Pult: Die Xa-Fel-Regierung hatte Harbids Bedingungen akzeptiert. »Eine Nachricht von der *Totenkopf,* Admiral«, sagte er. »Xa Fel hat kapituliert.«

»Nicht unerwartet«, sagte Thrawn. »Informieren Sie Captain Harbid, daß er die Landung der Truppen und die Besetzung des Planeten leiten soll. Sie, Captain, werden die Flotte zu einer Verteidigungsformation umgruppieren, bis die planetaren Abwehrbasen übernommen worden sind.«

»Jawohl, Sir.« Pellaeon sah den Rücken des Großadmirals verwundert an. »Stimmt irgend etwas nicht, Admiral?«

»Ich weiß es nicht«, sagte Thrawn bedächtig. »Ich bin in meinem privaten Kommandoraum, Captain. Kommen Sie in einer Stunde zu mir.«

Er drehte sich um und schenkte Pellaeon ein dünnes Lächeln. »Vielleicht habe ich dann eine Antwort auf Ihre Frage.«

Gillespee war mit dem Lesen fertig und schob die Datenkarte über den Tisch Mazzic zu. »Sie schaffen es immer wieder, mich zu erstaunen, Karrde«, sagte er gerade laut genug, daß seine Stimme über dem Hintergrundlärm des Schankcafés hörbar war. »Wo in allen Welträumen haben Sie dieses Zeug überhaupt ausgegraben?«

»Irgendwo«, meinte Karrde mit einer vagen Handbewegung. »Einfach irgendwo.«

»Das sagt mir soviel wie Mynockspucke«, beschwerte sich Gillespee.

»Es sollte Ihnen wohl auch nichts sagen«, bemerkte Mazzic trokken, während er Karrde die Datenkarte zurückgab. »Ich stimme Ihnen zu; es ist sehr interessant. Die Frage ist, ob wir es auch glauben können.«

»Die Information selbst ist verläßlich«, erklärte Karrde. »Meine Interpretation jedoch ist natürlich angreifbar.«

Mazzic schüttelte den Kopf. »Ich weiß nicht. Mir kommt es wie ein ziemlich verzweifelter Akt vor.«

»Ich würde ihn nicht als verzweifelt bezeichnen«, widersprach Karrde. »Sehen Sie darin eher eine Rückkehr zu der kühnen Taktik, für die die Rebellen-Allianz früher bekannt war. Ich persönlich finde, daß ein derartiger Schritt schon lange überfällig war – sie haben sich viel zu lange in die Defensive drängen lassen.«

»Das ändert nichts an der Tatsache, daß sie eine Menge Schiffe verlieren werden, wenn es nicht funktioniert«, warf Mazzic ein. »Bis zu zwei Sektorflotten, wenn man diesen Zahlen trauen darf.«

»Stimmt«, nickte Karrde. »Aber wenn es funktioniert, erringen sie einen gewaltigen Sieg gegen Thrawn und erreichen eine gleichermaßen gewaltige Verbesserung der Moral. Von der KGF-Anlage ganz zu schweigen.«

»Ja, das ist eine andere Sache«, sagte Gillespee. »Wofür brauchen sie überhaupt eine KGF?«

»Wahrscheinlich hat es etwas damit zu tun, daß Coruscant seit einigen Tagen für den zivilen Verkehr gesperrt ist«, sagte Karrde. »Das ist alles, was ich weiß.«

Mazzic lehnte sich in seinem Sitz zurück und fixierte Karrde mit einem forschenden Blick. »Schieben wir die Frage mal einen Moment zur Seite. Was sollen wir Ihrer Meinung nach jetzt tun?«

Karrde zuckte die Schultern. »Mir scheint, daß die Neue Republik mit allen Mitteln versucht, in den Besitz einer KGF zu gelangen. Wenn sie bereit sind, dafür zu kämpfen, sind sie wahrscheinlich noch mehr bereit, dafür zu zahlen.«

»Klingt vernünftig«, stimmte Mazzic zu. »Also, was sollen wir tun, uns vor ihnen nach Tangrene schleichen?«

»Eigentlich nichts«, schüttelte Karrde den Kopf. »Ich dachte, während alle um Tangrene kämpfen, holen wir uns die KGF auf Bilbringi.«

Mazzics Lächeln verschwand. »Sie machen Witze.«

»Im Grunde ist es gar keine schlechte Idee«, warf Gillespee ein und drehte langsam seine Tasse. »Wir schleichen uns ein, bevor der Angriff beginnt, schnappen uns die KGF und verschwinden.«

»An der halben imperialen Flotte vorbei?« konterte Mazzic. »Kommen Sie – ich habe erlebt, über wieviel Feuerkraft man dort verfügt.«

»Ich bezweifle, daß sie dort mehr als nur eine Basisverteidigung haben.« Karrde hob eine Augenbraue. »Oder meinen Sie im Ernst,

Thrawn würde den Angriff der Neuen Republik auf Tangrene nicht erwarten und die entsprechenden Vorbereitungen treffen?«

»Richtig«, gestand Mazzic. »Sie können es sich nicht leisten, daß die Neue Republik dort einen Sieg erringt, oder?«

»Ganz bestimmt nicht auf Tangrene«, nickte Karrde. »General Iblis hat sie dort schon einmal geschlagen.«

Mazzic grunzte und griff wieder nach dem Datenblock. Karrde ließ ihn die Information und Analyse noch einmal lesen und sah sich dabei unauffällig im Schankcafé um. In der Nähe des Haupteingangs saßen Aves und Gillespees Lieutenant Faughn an einem der Tische und gaben sich große Mühe, unauffällig auszusehen. Am Hintereingang spielte Mazzics Leibwächterin Shada die flirtende Gastgeberin für Dankin und Torve und wurde dabei mit überzeugender Lüsternheit von Rappapor und Oshay begafft, zwei weiteren von Gillespees Leuten. An drei anderen Tischen im Schankcafé saß zusätzliche Verstärkung und wartete nur auf einen Zwischenfall. Diesmal würden sie sich nicht von den Imperialen überraschen lassen.

»Es wird nicht leicht sein«, warnte Mazzic schließlich. »Thrawn war wütend über unseren Angriff. Sie haben wahrscheinlich inzwischen ihre Sicherheitsmaßnahmen völlig neu organisiert.«

»Um so besser«, sagte Karrde. »Die Lücken im Netz werden sie bis jetzt nicht gefunden haben. Machen Sie nun mit oder nicht?«

Mazzic warf einen Blick auf den Datenblock. »Vielleicht mache ich mit«, grollte er. »Aber nur, wenn Sie den Zeitpunkt des Angriffs auf Tangrene bestätigt bekommen. Wenn wir Bilbringi überfallen, will ich, daß Thrawn mindestens hundert Lichtjahre entfernt ist.«

»Das sollte kein Problem sein«, sagte Karrde. »Wir kennen die Systeme, in denen die Neue Republik ihre Streitkräfte sammelt. Ich werde ein paar von meinen Leuten hinschicken und herumschnüffeln lassen. Mal sehen, was sie herausfinden.«

»Was ist, wenn sie nichts finden?«

Karrde lächelte. »Ghent muß uns ohnehin auf ihre Lohnliste setzen«, erinnerte er. »Solange er im System ist, kann er ebensogut ihre Schlachtpläne überprüfen.«

Für einen Moment starrte Mazzic ihn nur an. Dann, plötzlich, verschwand die Verblüffung von seinem Gesicht, und er kicherte sogar. »Wissen Sie, Karrde, ich habe noch nie jemand erlebt, der so wie Sie auf zwei Hochzeiten tanzen kann. Okay. Ich bin dabei.«

»Ich freue mich«, nickte Karrde. »Gillespee?«

»Ich habe bereits Thrawns Klons in Aktion erlebt«, erinnerte ihn Gillespee grimmig. »Natürlich mache ich mit. Außerdem, wenn wir siegen, bekomme ich vielleicht das Land zurück, das mir das Imperium auf Ukio gestohlen hat.«

»Ich werde ein gutes Wort für Sie bei der Neuen Republik einlegen«, versprach Karrde. »In Ordnung. Ich fliege mit der *Wilder Karrde* nach Coruscant, aber ich lasse Aves hier, damit er meinen Teil der Angriffsgruppe organisiert. Er wird Ihnen die Operationspläne geben, wenn Sie dazustoßen.«

»Klingt gut«, sagte Mazzic, als er aufstand. »Wissen Sie, Karrde, ich hoffe nur, daß ich dabei bin, wenn die Neue Republik Sie eines Tages erwischt. Ob man Ihnen nun einen Orden verleiht oder sie einfach erschießt – es wird auf jeden Fall eine fantastische Show werden.«

Karrde lächelte ihn an. »Ich hoffe auch, daß ich an diesem Tag dabei bin«, sagte er. »Guten Flug, meine Herren; wir sehen uns auf Bilbringi wieder.«

Der grellgrüne Turbolaserblitz zuckte von dem fernen, nur verschwommen erkennbaren Sternzerstörer nach unten. Er zerfaserte leicht am unsichtbaren Energieschild, tauchte dann ein kurzes Stück weiter auf, setzte seinen Weg fort...

»Halt«, sagte Admiral Drayson.

Die Aufzeichnung stoppte, und im Pausenmodus sah der fahle

Spritzer aus Turbolaserfeuer eckig und recht künstlich aus. »Ich muß mich für die mangelnde Qualität entschuldigen«, sagte Drayson, während er einen Schritt näher trat und die Stelle mit dem Lichtstift berührte.

»Makrofernglasaufzeichnungen können nur bis zu einem gewissen Grad vergrößert werden, dann brechen die Algorithmen zusammen. Aber trotzdem können Sie wahrscheinlich alle sehen, was hier passiert. Der Schuß des Sternzerstörers durchdringt in Wirklichkeit nicht Ukios planetaren Schild. Was derselbe Strahl zu sein scheint, ist in Wirklichkeit ein zweiter Schuß, der von einem getarnten Schiff *innerhalb* des Schildes abgefeuert wurde.«

Leia starrte das unscharfe Bild an. Ihr erschien es nicht so offensichtlich. »Sind Sie sicher?« fragte sie.

»Vollkommen sicher«, sagte Drayson und wies mit dem Lichtstift auf den leeren Raum zwischen dem Spritzer und dem anschließenden grünen Strahl. »Wir haben die Spektral- und Energieliniendaten der Strahlen; aber diese Lücke ist im Grunde Beweis genug. Das ist die Hülle des zweiten Schiffes – der Größe nach zu urteilen, handelt es sich höchstwahrscheinlich um einen leichten Kreuzer der *Carrack*-Klasse.«

Er senkte den Lichtstift und sah sich am Tisch um. »Mit anderen Worten, die neue Superwaffe des Imperiums ist nicht mehr als ein extrem gerissenes Täuschungsmanöver.«

Leia dachte an jenes Treffen in Admiral Ackbars Quartier, damals, als er noch unter Hochverratsverdacht gestanden hatte. »Ackbar hat mich und Han einmal gewarnt, daß ein Großadmiral einen Weg finden wird, ein Tarnschild gegen uns einzusetzen.«

»Ich glaube nicht, daß ihm da jemand widersprechen wird«, nickte Drayson. »Jedenfalls sollte dies Thrawns Spiel ein Ende machen. Für den Fall, daß das Imperium diesen Trick wiederholt, informieren wir alle planetaren Streitkräfte, daß sie die Stelle, wo die Turbolaserstrahlen den Schirm zu durchdringen scheinen, mit massivem Feuer eindecken sollen.«

»Täuschungsmanöver oder nicht, es war trotzdem eine äußerst beeindruckende Show«, bemerkte Bel Iblis. »Die Positionierung und das Timing waren hervorragend. Was meinen Sie, Leia – ob dieser wahnsinnige Jedi etwas damit zu tun hatte, mit dem Luke auf Jomark zusammengestoßen ist?«

»Ich glaube nicht, daß es daran irgendeinen Zweifel gibt«, sagte Leia fröstelnd. »Wir haben bereits diese Art Koordination bei Thrawns früheren Feldzügen erlebt. Und wir wissen von Mara, daß C'baoth und Thrawn zusammenarbeiten.«

Maras Namen zu erwähnen war ein Fehler. Die Anwesenden am Tisch rutschten unbehaglich auf ihren Sitzen, und die Atmosphäre im Raum kühlte sich merklich ab. Sie hatten alle Leias Begründung für ihre eigenmächtige Freilassung Maras gehört, und keinem von ihnen hatte sie gefallen.

Bel Iblis brach als erster das peinliche Schweigen. »Woher stammt diese Makrofernglasaufzeichnung, Admiral?«

»Von diesem Schmuggler, Talon Karrde«, erklärte Drayson. Er warf Leia einen bedeutungsvollen Blick zu. »Ein weiterer Außenstehender, der uns wertvolle Informationen anbot, die uns nicht weiterbrachten.«

Leias Miene verhärtete sich. »Das ist nicht fair«, widersprach sie. »Die Tatsache, daß wir die *Katana*-Flotte verloren haben, war nicht Karrdes Schuld.« Sie sah Rat Fey'lya an, der schweigend am Tisch saß und sich seiner privaten Bothan-Buße hingab. Wenn Fey'lya nicht diesen verrückten Machtkampf entfesselt hätte...

Sie sah wieder Drayson an. »Niemand trifft die Schuld«, sagte sie ruhig, während ihr Zorn auf Fey'lya endgültig verrauchte. Die Erkenntnis, einen Fehler gemacht zu haben, lähmte den Bothan bereits. Sie konnte sich nicht erlauben, daß ihr alter Zorn dasselbe mit ihr machte.

Bel Iblis räusperte sich. »Ich denke, Leia versucht zu sagen, daß wir ohne Karrdes Hilfe vielleicht mehr als nur die *Katana*-Flotte verloren hätten. Ganz gleich, wie Sie über Schmuggler im allgemeinen und Karrde im besonderen denken, wir schulden ihm etwas.«

»Interessant, daß Sie das sagen, General«, warf Drayson ein. »Karrde scheint genauso zu denken. Im Tausch für seine Aufzeichnung und bestimmte andere, unbedeutende Geheiminformationen schöpft er recht großzügig einen speziellen Kreditrahmen der Neuen Republik aus.« Er richtete den Blick wieder auf Leia. »Ein Kreditrahmen, der ihm von Rätin Organa Solos Bruder eingeräumt wurde.«

Commander Sesfan, Ackbars Vertreter im Rat, verdrehte seine riesigen Mon-Calamari-Augen und sah Leia an. »Jedi Skywalker hat Zahlungen an einen Schmuggler autorisiert?« fragte er mit tiefer, verblüfft klingender Stimme.

»Er hat«, bestätigte Drayson. »Natürlich ohne jede Erlaubnis. Wir werden den Kredit unverzüglich sperren lassen.«

»Das werden Sie nicht«, drang Mon Mothmas ruhige Stimme vom Kopfende des Tisches. »Ob Karrde nun offiziell auf unserer Seite steht oder nicht, er ist fraglos bereit, uns zu helfen. Damit hat er unsere Unterstützung verdient.«

»Aber er ist ein Schmuggler«, wandte Sesfan ein.

»Das war Han auch«, erinnerte ihn Leia. »Genau wie Lando Calrissian. Beide sind General geworden.«

»*Nachdem* sie sich uns angeschlossen haben«, konterte Sesfan. »Karrde hat diesen Schritt nicht getan.«

»Es spielt keine Rolle«, sagte Mon Mothma. Ihre Stimme klang noch immer ruhig, aber dahinter verbarg sich stählerne Entschlossenheit. »Wir brauchen alle Verbündeten, die wir bekommen können. Offiziell oder nicht.«

»Vorausgesetzt, er hintergeht uns nicht«, wandte Drayson düster ein. »Er gewinnt unser Vertrauen, indem er uns mit Dingen wie dieser Makrofernglasaufzeichnung versorgt, und füttert uns später mit Desinformation. Und in der Zwischenzeit schlägt er gewaltige Profite daraus.«

»Wir werden darauf achten, ob er wirklich ein solches Doppelspiel treibt«, sagte Mon Mothma. »Aber ich glaube nicht, daß es passieren wird. Luke Skywalker ist ein Jedi... Und er traut zweifellos diesem Karrde. Nichtsdestotrotz, im Moment sollten wir uns auf jene Bereiche unseres Schicksals konzentrieren, die in unseren Händen liegen. Admiral Drayson, liegt Ihnen der neueste Bericht über die Bilbringi-Operation vor?«

»Ja«, nickte Drayson und brachte eine Datenkarte zum Vorschein. Er schob sie in den Displayschlitz, und im gleichen Moment hörte Leia an ihrer Seite das leise Piepsen eines Komms. Winter zog das Gerät aus ihrem Gürtel und meldete sich mit gedämpfter Stimme. Leia spürte das plötzliche Flackern in Winters Aura. »Probleme?« murmelte sie.

»Darf ich um Ihre Aufmerksamkeit bitten?« fragte Drayson etwas zu laut.

Leia drehte sich wieder zu ihm um und spürte, wie sich ihr Gesicht rötete, als Winter ihren Stuhl zurückschob und zur Tür eilte. Drayson funkelte ihren Rücken an und entschied offenbar, daß der Zwischenfall keine Auseinandersetzung lohnte. Die Tür glitt zur Seite, und von draußen drückte jemand Winter eine Datenkarte in die Hand. Die Tür schloß sich wieder... »Nun?« fragte Drayson. »Ich schätze, es handelt sich um etwas Dringendes?«

»Darauf können Sie wetten«, sagte Winter kühl und bedachte Drayson mit ihrem eisigsten Blick, als sie zu ihrem Platz zurückkehrte und sich setzte. »Für Sie, Eure Hoheit«, sagte sie und gab Leia die Datenkarte. »Die Koordinaten des Planeten Wayland.«

Ein überraschtes Staunen ging durch den Raum, als Leia die Karte entgegennahm. »Das ging schnell«, sagte Drayson mit argwöhnischem Unterton. »Ich hatte den Eindruck, daß diese Welt viel schwerer zu finden sein würde.«

Leia zuckte die Schultern und versuchte, ihr eigenes Unbehagen zu unterdrücken. Sie hatte ebenfalls diesen Eindruck gehabt. »Offenbar ein Irrtum.«

»Zeigen Sie sie uns«, bat Mon Mothma.

Leia schob die Datenkarte in den Schlitz und ließ sich eine optische Darstellung geben. Auf dem Hauptdisplay erschien eine Sektorkarte mit bekannten Namen neben einer Reihe Sterne. Im Mittelpunkt, umgeben von einer Gruppe namenloser Sterne, leuchtete eins der Systeme rot. Weiter unten tauchten eine kurze Liste der planetaren Daten und ein paar Textzeilen auf. »Das also ist das Rattennest des Imperators«, murmelte Bel Iblis und beugte sich nach vorn. »Ich habe mich schon immer gefragt, wo er all diese interessanten kleinen Leckerbissen versteckt hat, die auf mysteriöse Weise aus den offiziellen Lagern und Depots verschwanden.«

»Falls das tatsächlich der Planet ist«, brummte Drayson.

»Ich nehme an, Sie können bestätigen, daß die Information von Captain Solo kam?« sagte Mon Mothma mit einem Blick zu Winter.

Winter zögerte. »Nicht direkt«, sagte sie.

Leia sah sie verwirrt an. »Was meinst du damit, ›nicht direkt‹? Kam sie von Luke?«

An Winters Wange zuckte ein Muskel. »Ich kann nur sagen, daß die Quelle zuverlässig ist.«

Ein kurzer Moment des Schweigens trat ein, als alle die Eröffnung verdauten. »Zuverlässig«, sagte Mon Mothma.

»Ja«, nickte Winter.

Mon Mothma warf Leia einen Blick zu. »Dieser Rat ist es nicht gewöhnt, daß man ihm Informationen vorenthält«, sagte sie. »Ich will wissen, woher diese Koordinaten stammen.«

»Es tut mir leid«, sagte Winter fest. »Ich darf Ihnen dieses Geheimnis nicht verraten.«

»Wer darf es dann?«

»Das kann ich Ihnen auch nicht sagen.«

Mon Mothmas Miene verdüsterte sich. »Es spielt keine Rolle«, warf Bel Iblis ein, bevor sie etwas erwidern konnte. »Zumindest nicht im Moment. Ob dieser Planet nun tatsächlich das Kloning-

Zentrum ist oder nicht, wir können bis zum Abschluß der Bilbringi-Operation nichts gegen ihn unternehmen.«

Leia sah ihn an. »Wir schicken keine Verstärkung hin?«

»Unmöglich«, grollte Sesfan und schüttelte seinen mächtigen Mon-Calamari-Kopf. »Alle verfügbaren Schiffe und Truppen sind bereits zum Bilbringi-Angriff abbeordert. Schon jetzt sind zu viele Regionen und Systeme ungeschützt.«

»Außerdem wissen wir nicht einmal, ob es der richtige Planet ist«, fügte Drayson hinzu. »Es könnte sich auch nur um eine imperiale Falle handeln.«

»Es ist keine Falle«, beharrte Leia. »Mara arbeitet nicht mehr für das Imperium.«

»Darauf haben wir nur Ihr Wort...«

»Es spielt trotzdem keine Rolle«, unterbrach ihn Bel Iblis und machte mit seiner befehlsgewohnten Stimme dem zunehmenden Streit ein Ende. »Werfen Sie einen Blick auf den Text unter der Karte, Leia – da steht, daß alles darauf hinweist, daß Ihre Landung nicht bemerkt wurde. Wollen Sie wirklich dieses Überraschungsmoment riskieren, indem sie ein weiteres Schiff hinterherschikken?«

Leia spürte, wie sich ihr Magen zusammenzog. Unglücklicherweise hatte er recht.

»Dann sollten wir vielleicht den Bilbringi-Angriff verschieben«, sagte Fey'lya.

Leia drehte sich zu ihm um, sich vage bewußt, daß alle anderen am Tisch ihrem Beispiel folgten. Es war praktisch das erstemal, daß sich der Bothan während einer Ratssitzung zu Wort meldete, seit sein Griff nach der Macht auf schmähliche Weise am Verlust der *Katana*-Flotte gescheitert war. »Ich fürchte, das steht völlig außer Frage, Rat Fey'lya«, sagte Mon Mothma. »Abgesehen von den Vorbereitungen, die damit umsonst gewesen wären, ist es absolut unverzichtbar, daß wir diese getarnten Asteroiden beseitigen, die über unseren Köpfen hängen.«

»Warum?« fragte Fey'lya, während ein Kräuseln über sein Halsfell und die Schultern hinunterlief. »Der Schild beschützt uns. Wir haben Vorräte für viele Monate. Die Kommunikation mit dem Rest der Neuen Republik ist nicht beeinträchtigt. Ist es lediglich die Furcht, schwach und hilflos zu erscheinen?«

»Das Ansehen und Erscheinen der Neuen Republik ist sehr wichtig«, erinnerte ihn Mon Mothma. »Und das ist auch richtig so. Das Imperium herrscht durch Gewalt und Drohung; wir herrschen statt dessen durch Inspiration und Führung. Wir können nicht zulassen, daß es so aussieht, als würden wir uns hier voller Angst um unser Leben ducken.«

»Das hat nichts mehr mit Ansehen und Erscheinen zu tun«, widersprach Fey'lya, während sich an seinem Hinterkopf das Fell anlegte. »Das Bothan-Volk kannte den Imperator – kannte seine Wünsche und Ambitionen vielleicht besser als alle, die nicht seine Verbündeten und Diener waren. Es gibt Dinge in diesem Depot, die nie wieder ans Licht kommen dürfen. Waffen und Geräte, die Thrawn finden und gegen uns einsetzen wird, wenn wir ihn nicht daran hindern.«

»Und das werden wir auch tun«, versicherte ihm Mon Mothma. »Und bald. Aber erst, wenn wir die Bilbringi-Werften zerstört und eine KGF-Anlage erbeutet haben.«

»Und was ist mit Captain Solo und Rätin Organa Solos Bruder?«

Die Linien um Mon Mothmas Mund vertieften sich. Leia sah, daß ihr trotz aller harten militärischen Logik der Gedanke auch nicht gefiel, sie sich selbst zu überlassen. »Wir können im Moment nicht mehr für sie tun, als mit unseren Plänen fortzufahren«, sagte sie ruhig. »Wir müssen Thrawns Aufmerksamkeit auf unseren angeblichen Angriff auf Tangrene lenken.« Sie sah Drayson an. »Worüber wir diskutieren wollten. Admiral?«

Drayson trat wieder ans Display. »Wir beginnen mit dem derzeitigen Stand der Vorbereitungen für die Tangrene-Finte«, sagte er und rief mit seinem Lichtstift das entsprechende Display ab.

Leia warf einen Seitenblick zu Fey'lya und bemerkte die offensichtlichen Zeichen der Erregung, die sich im Gesicht und den Fellbewegungen des Bothan verrieten. Was befand sich in dem Berg, fragte sie sich, daß er solche Angst davor hatte, daß es in Thrawns Hände fiel?

Vielleicht war es ganz gut so, daß sie es nicht wußte.

Pellaeon betrat das fahl erleuchtete Vorzimmer von Thrawns privatem Kommandoraum und sah sich forschend um. Rukh mußte hier irgendwo sein und seine kleinen Noghri-Spiele mit ihm spielen. Er trat einen weiteren Schritt auf die Tür zur Hauptkammer zu, noch einen...

Ein Luftzug streifte ihn im Nacken. Pellaeon wirbelte herum, riß abwehrend die Hände hoch...

»Captain Pellaeon«, miaute die vertraute, katzengleiche Stimme hinter seinem Rücken.

Er fuhr wieder herum. Wieder war niemand da; aber noch während seine Augen die Wände absuchten, trat Rukh hinter ihm hervor. »Du wirst erwartet«, sagte der Noghri und wies mit seinem schmalen Meuchelmesser auf die Haupttür.

Pellaeon funkelte ihn an. Eines Tages, schwor er sich düster, würde er Thrawn davon überzeugen, daß ein Großadmiral des Imperiums keinen arroganten nichtmenschlichen Leibwächter brauchte. Und wenn das geschah, würde es ihm ein besonderes Vergnügen sein, Rukh töten zu lassen. »Danke«, knurrte er und ging hinein.

Er hatte erwartet, den Kommandoraum wie gewöhnlich voll von Thrawns üblicher eklektischer Sammlung nichtmenschlicher Kunstwerke vorzufinden, und er hatte recht. Aber es gab einen kleinen Unterschied: Selbst für Pellaeons ungeübtes Auge war es klar, daß zwei sehr verschiedene Kunststile vertreten waren. Sie waren auf jeweils einer Seite des Raums ausgestellt, während ein großes Taktikholo des Tangrene-Systems die Mitte füllte.

»Kommen Sie herein, Captain«, rief ihm Thrawn aus dem doppelten Displayring zu, als Pellaeon auf der Schwelle verharrte. »Neuigkeiten von Tangrene?«

»Die Rebellen bringen weitere Streitkräfte in Angriffsposition«, meldete Pellaeon, während er an den Skulpturen und dem Taktikholo vorbei zu Thrawns Kommandosessel ging. »Sie schleichen sich auf Umwegen in unsere Falle.«

»Wie praktisch.« Thrawn deutete nach rechts. »Mon-Calamari-Kunst«, erklärte er. »Was halten Sie davon?«

Pellaeon bedachte die Kunstwerke mit einem kurzen Blick, während er an den doppelten Displayring trat. Sie sahen so abstoßend und primitiv aus wie die Mon Calamari selbst. »Sehr interessant«, sagte er laut.

»Nicht wahr?« meinte Thrawn. »Vor allem diese beiden Werke – sie stammen von Admiral Ackbar persönlich.«

Pellaeon betrachtete die beiden Skulpturen. »Ich wußte nicht, daß sich Ackbar künstlerisch betätigt.«

»Nur ein wenig«, sagte Thrawn. »Er hat sie vor langer Zeit geschaffen, bevor er sich der Rebellion anschloß. Trotzdem bieten sie uns nützliche Einblicke in seinen Charakter. Genau wie diese hier«, fügte er hinzu und wies nach links. »Kunstwerke, die unser corellianischer Widersacher persönlich ausgewählt hat.«

Pellaeon sah sie mit neuem Interesse an. Senator Bel Iblis hatte sie selbst ausgesucht? »Woher stammen sie, aus seinem alten imperialen Senatorenbüro?«

»Diese ja«, bestätigte Thrawn mit einer Handbewegung zur nächsten Gruppe. »Diese stammen aus seinem Haus; die aus seinem Privatschiff. Der Geheimdienst hat diese Aufzeichnungen mehr oder weniger zufällig unter den Daten gefunden, die wir bei unserem letzten Informationsraubzug auf Obroa-skai erbeutet haben. Die Rebellen nähern sich also weiter unserer Falle, ja?«

»Jawohl, Sir«, bestätigte Pellaeon, froh, wieder zu einem Thema wechseln zu können, von dem er etwas verstand. »Wir haben zwei weitere Meldungen über Versorgungsschiffe der Rebellen bekommen, die am Rand des Draukyze-Systems Position bezogen haben.«

»Aber nicht offensichtlich.«

Pellaeon runzelte die Stirn. »Wie bitte, Admiral?«

»Ich meine, daß sie ihre Vorbereitungen unter äußerster Geheimhaltung treffen«, sagte Thrawn nachdenklich. »Sie ziehen heimlich Geheimdienst- und Versorgungsschiffe von anderen Basen ab; gruppieren Sektorflotten um, so daß Großkampfschiffe für andere Zwecke frei werden – solche Dinge. Niemals offensichtlich. Stets so, daß der imperiale Geheimdienst Mühe hat, das Puzzle zusammenzusetzen.«

Er blickte zu Pellaeon auf, mit glühend roten Augen, die im gedämpften Licht glitzerten. »Fast so, als wäre Tangrene tatsächlich ihr Ziel.«

Pellaeon starrte ihn an. »Wollen Sie damit sagen, daß es nicht ihr Ziel ist?«

»Das ist korrekt, Captain«, sagte Thrawn und betrachtete die Kunstwerke.

Pellaeon blickte zum Tangrene-Holo auf. Der Geheimdienst hatte für den Angriff eine Wahrscheinlichkeit von 94 Prozent errechnet. »Aber wenn sie nicht Tangrene angreifen... wo dann?«

»Dort, wo wir zuletzt mit einem Angriff rechnen«, sagte Thrawn und legte einen Schalter an seinem Kommandopult um. Das Tangrene-System verschwand und wurde ersetzt durch...«

Pellaeon fiel die Kinnlade nach unten. *»Bilbringi?«* Er richtete den Blick wieder auf seinen Commander. »Sir, das ist...«

»Verrückt?« Thrawn wölbte eine blauschwarze Augenbraue. »Natürlich ist es das. Der Wahnsinn von Menschen und Nichtmenschen, die auf die harte Tour gelernt haben, daß sie mich im offenen Kampf nicht besiegen können. Und so versuchen sie, meine eigenen Taktikfähigkeiten und Einsichten gegen mich einzusetzen. Sie geben vor, in meine Falle zu tappen, in der Hoffnung, daß ich die Heimlichkeit ihrer Manöver bemerken und sie als echte Absicht interpretieren werde. Und während ich mir selbst zu meinem eigenen Scharfsinn gratuliere« – er wies auf das Bilbringi-Holo – »bereiten sie ihren eigentlichen Angriff vor.«

Pellaeon musterte Bel Iblis' alte Kunstwerke. »Wir sollten vielleicht auf eine Bestätigung warten, ehe wir unsere Kräfte von Tangrene abziehen, Admiral«, schlug er vorsichtig vor. »Wir könnten die Geheimdiensttätigkeit in der Bilbringi-Region verstärken. Vielleicht könnten wir auch von der Delta-Quelle eine Bestätigung bekommen.«

»Unglücklicherweise ist die Delta-Quelle zum Schweigen gebracht worden«, sagte Thrawn. »Aber wir brauchen keine Bestätigung. Dies *ist* der Plan der Rebellen, und wir werden nicht unseren Vorteil riskieren, indem wir so etwas Auffälliges tun und die Präsenz unseres Geheimdienstes verstärken. Sie glauben, mich getäuscht zu haben. Unsere wichtigste Aufgabe ist es jetzt, sie in diesem Glauben zu belassen.«

Er lächelte grimmig. »Schließlich, Captain, macht es keinen Unterschied, ob wir sie auf Tangrene oder Bilbringi zerschmettern. Nicht den geringsten Unterschied.«

21

Die verdrehte Helixform der Samenkapsel hing anderthalb Meter vor Mara in der Luft, forderte sie praktisch auf, sie abzuschlagen. Sie betrachtete sie finster, Skywalkers Lichtschwert auf unorthodoxe, aber praktische Weise kampfbereit mit beiden Händen haltend. Sie hatte die Kapsel schon zweimal verfehlt. »Nichts überstürzen«, sagte Skywalker beschwichtigend. »Konzentrieren Sie sich, und lassen Sie die Macht durch sich fließen. Versuchen Sie, die Bewegungen der Kapsel vorauszuahnen.«

Er hatte leicht reden, dachte sie säuerlich; schließlich saß er am Hebel. Die Kapsel ruckte einen Millimeter näher, verlockte sie erneut zum Schlag...

Und plötzlich kam sie zu dem Entschluß, daß sie dieses Spiel satt hatte. Sie griff mit der Macht hinaus und packte die Kapsel. Abrupt zur Bewegungslosigkeit verdammt, zuckte sie nur ein einziges Mal, bevor sie mit dem Lichtschwert zustieß und sie fast in der Mitte durchbohrte. »So«, sagte sie und schaltete die Waffe ab.

Sie hatte erwartet, daß Skywalker wütend sein würde. Zu ihrer gelinden Überraschung und ihrer nicht so gelinden Verärgerung war er es nicht im geringsten. »Gut«, sagte er ermutigend. »Sehr gut. Es ist schwer, gleichzeitig mental und körperlich zu agieren, wie Sie es gerade getan haben. Und Sie haben es gut gemacht.«

»Danke«, murmelte sie und warf das Lichtschwert in die Büsche. Es beschrieb einen eleganten Bogen in der Luft, als Skywalker es in seine ausgestreckte Hand lenkte. »War das alles?« fügte sie fragend hinzu.

Skywalker sah über seine Schulter. Solo und Calrissian beugten sich über den Protokolldroiden, der aufgehört hatte, sich über Waylands Terrain, Vegetation und Tierleben zu beschweren und sich nun statt dessen über die Schäden beklagte, die er sich an seinem Fuß zugezogen hatte, als er durch diese Steinkruste gebrochen war. Skywalkers Astromech-Droide stand ganz in der Nähe, die Sensorantennen ausgefahren, das übliche Repertoire an ermutigenden Geräuschen von sich gebend. Ein paar Schritte weiter wühlte der Wookiee in einem ihrer Rucksäcke und suchte wahrscheinlich nach Werkzeugen.

»Ich denke, wir haben noch Zeit für ein paar weitere Übungen«, entschied Skywalker und drehte sich wieder zu ihr um. »Ihre Technik ist sehr interessant – Obi-wan hat mir nie beigebracht, wie man die Spitze der Lichtschwertklinge einsetzt.«

»Die Philosophie des Imperators war es, alles einzusetzen, was man hat«, sagte Mara.

»Irgendwie überrascht mich das nicht«, meinte Skywalker trokken. Er reichte ihr das Lichtschwert. »Versuchen wir etwas anderes. Nehmen Sie das Lichtschwert.«

Mara griff mit der Macht hinaus und entriß es seinem lockeren Griff, sich fragend, was er tun würde, wenn sie irgendwann versuchte, die Waffe zuerst zu zünden. Sie wußte nicht, ob sie mit etwas so kleinem wie einem Schalter umgehen konnte, aber es war den Versuch wert, schon um zu sehen, wie er vor der Klinge zurückschreckte.

Und wenn sie ihn dabei versehentlich tötete…

DU WIRST LUKE SKYWALKER TÖTEN.

Sie umklammerte das Lichtschwert mit aller Kraft. *Noch nicht,* antwortete sie mit fester Stimme. *Ich brauche ihn noch.* »In Ordnung«, grollte sie. »Was jetzt?«

Er bekam nicht mehr die Chance, ihr zu antworten. Hinter ihm begann der Astromech-Droide plötzlich aufgeregt zu kreischen.

»Was ist?« rief Solo, den Blaster bereits aus dem Halfter.

»Er sagt, daß er dort drüben nur etwas entdeckt hat, das eine genauere Untersuchung lohnt«, übersetzte der Protokolldroide mit einer Handbewegung nach links. »Ich glaube, er meint ein Rankgewirr. Obwohl ich mich irren könnte – wenn man all diese Säureschäden bedenkt…«

»Komm, Chewie, wir sehen nach«, unterbrach ihn Solo, erhob sich und stieg die leicht ansteigende Uferböschung des Flußbetts hinauf.

Skywalker suchte Maras Blick. »Kommen Sie«, sagte er und eilte ihnen nach.

Sie mußten nicht weit gehen. Direkt hinter der ersten Baumreihe, durch einen Busch verdeckt, befand sich ein weiteres Rankengewirr wie jene, durch die sie sich in den letzten Tagen immer wieder den Weg hatten bahnen müssen.

Nur daß dieses hier bereits gekappt worden war. Gekappt, wie dickes, verknäultes Seil zusammengerafft und versteckt.

»Ich schätze, das beendet unsere Diskussion, ob dort draußen jemand ist, der uns beim weiterkommen hilft«, sagte Calrissian, während er eins der abgeschnittenen Enden studierte.

»Wahrscheinlich hast du recht«, meinte Solo. »Kein Raubtier hätte sie so hingelegt.«

Der Wookiee grollte etwas und zerrte am Gebüsch vor den Ranken. Zu Maras Überraschung löste es sich ohne Widerstand vom Boden. »Und hätte sich auch nicht die Mühe gemacht, sie zu tarnen«, fügte Calrissian hinzu, als der Wookiee es umdrehte. »Sieht nach Messerschnitten aus. Genau wie bei den Ranken.«

»Und wie gestern beim Klauenvogel«, stimmte Solo grimmig zu. »Luke? Haben wir Gesellschaft bekommen?«

»Ich habe einige der Eingeborenen gespürt«, erklärte Skywalker. »Aber sie schienen nie sehr nahe zu kommen, bevor sie wieder verschwanden.« Er sah die Böschung hinunter zu dem Protokolldroiden, der besorgt im Flußbett wartete. »Glaubst du, daß es etwas mit den Droiden zu tun hat?«

Solo schnaubte. »Du meinst, wie auf Endor, wo diese pelzigen Ewoks Dreipeo für einen Gott hielten?«

»Irgend etwas in dieser Richtung«, bestätigte Skywalker. »Sie waren nah genug, um Dreipeo oder Erzwo hören zu können.«

»Vielleicht.« Solo sah sich um. »Wann tauchen sie gewöhnlich auf?«

»Meistens gegen Sonnenuntergang«, sagte Skywalker. »Zumindest bis jetzt.«

»Nun, sag mir beim nächstenmal Bescheid«, bat Solo, schob seinen Blaster zurück ins Halfter und stieg die Böschung des Flußbetts hinunter. »Wurde auch Zeit, daß wir mal darüber geredet haben. Kommt, gehen wir weiter.«

Die Dunkelheit nahm zu, und das Nachtlager war fast fertig, als er es spürte. »Han?« rief Luke leise. »Sie sind da.«

Han nickte und klopfte Lando auf die Schulter, während er seinen Blaster zog. »Wie viele?«

Luke konzentrierte sich, um den Allgemeineindruck in einzelne Individuen zu zerlegen. »Sie scheinen zu fünft oder sechst zu sein und kommen aus dieser Richtung.« Er wies zur Seite.

»Ist das nur die erste Gruppe?« fragte Mara.

Erste Gruppe? Luke runzelte die Stirn und öffnete sich erneut in der Macht. Sie hatte recht: hinter der ersten Gruppe folgte eine zweite. »Das ist nur die erste Gruppe«, bestätigte er. »Die zweite Gruppe... besteht auch aus fünf oder sechs Personen. Ich bin mir nicht sicher, denn sie könnten einer anderen Spezies angehören als der ersten.«

Han sah Lando an. »Was meinst du?«

»Mir gefällt das nicht«, sagte Lando und nestelte unbehaglich an seinem Blaster. »Mara, wie gut kommen die beiden Spezies normalerweise miteinander aus?«

»Nicht besonders gut«, sagte sie. »Während ich hier war, haben sie etwas Handel miteinander getrieben und sonst ein paar Kontakte gepflegt; aber es gab auch Geschichten über lange Kriege zwischen ihnen, an denen auch die menschlichen Kolonisten beteiligt waren.«

Chewbacca grollte eine Vermutung: Vielleicht hatten sich die Nichtmenschen gegen sie zusammengetan. »Ein reizender Gedanke«, kommentierte Han. »Was meinst du dazu, Luke?«

Luke konzentrierte sich, aber ohne Erfolg. »Tut mir leid«, sagte er. »Ich kann viele Gefühle spüren, aber mir fehlt die Basis, sie einzuordnen.«

»Sie sind stehengeblieben«, sagte Mara mit vor Konzentration verhärtetem Gesicht. »Beide Gruppen.«

Han schnitt eine Grimasse. »Da haben wir's. Lando, Mara – ihr bleibt hier und bewacht das Lager. Luke, Chewie, wir sehen nach.«

Sie stiegen die steinige Böschung hinauf und verschwanden im Wald, bewegten sich so lautlos wie möglich durch die Büsche und über das tote Laub auf dem Boden. »Wissen sie schon, daß wir kommen?« fragte Han leise über die Schulter.

Luke griff mit der Macht hinaus. »Nicht festzustellen«, sagte er. »Aber sie scheinen nicht näher zu kommen.«

Chewbacca grollte etwas, das Luke nicht verstand. »Könnte sein«, meinte Han. »Obwohl es ziemlich dumm von ihnen wäre, so nahe an ihrem Ziel Kriegsrat zu halten.«

Und dann, vor ihnen und zu ihrer Linken, bemerkte Luke hinter einem dicken Baumstamm eine schattenhafte Bewegung. »Aufpassen!« warnte er, und sein Lichtschwert zündete mit einem scharfen Zischen. In dem grünweißen Licht der Klinge war eine kleine Gestalt in einem enganliegenden Kapuzengewand erkennbar, die sich hinter dem Baum duckte und um Haaresbreite Hans schnellem Blasterschuß entging, der ein tiefes Loch in eine Seite des Stamms brannte. Chewbaccas Blitzwerfer feuerte einen Sekundenbruchteil später und sprengte ein großes Buchstück aus der anderen Seite des Stamms. Durch die Wolke aus Rauch und Splittern war kurz die Gestalt zu sehen, wie sie rasend schnell hinter einem anderen, dickeren Stamm verschwand. Während Han seinen Blaster herumriß und auf sie zielte, zerriß ein seltsames Trillern wie von einem Dutzend fremdartiger Vögel die Luft...

Und mit einem Schrei, der teils Erkennen, teils Verstehen, teils Erleichterung verriet, schmetterte Chewbacca seinen Blitzwerfer gegen Hans Blaster, daß der Schuß sein Ziel weit verfehlte. »Chewie...!« bellte Han.

»Nein – er hat recht«, unterbrach Luke. Plötzlich verstand auch er. »Du – halt!«

Der Befehl war überflüssig. Die schattenhafte Gestalt war bereits stehengeblieben, fern von jeder Deckung, das kapuzenverhüllte Gesicht ein Schatten im matten Schein von Lukes Lichtschwert.

Luke trat einen Schritt auf sie zu. »Ich bin Luke Skywalker«, sagte er formell. »Bruder von Leia Organa Solo, Sohn des Lord Darth Vader. Wer bist du?«

»Ich bin Ekhrikhor Clan Bakh'tor«, antwortete die rauhe Noghri-Stimme. »Ich grüße dich, Sohn des Vader.«

Die Lichtung, zu der Ekhrikhor sie führte, lag ganz in der Nähe, nur etwa zwanzig Meter weiter in der Richtung, die Luke am Anfang eingeschlagen hatte. Dort wurden sie von den Nichtmenschen erwartet: Jeweils fünf Vertreter zweier verschiedener Spezies standen auf der anderen Seite eines mächtigen umgestürzten Baumstamms. Auf der ihnen zugewandten Seite standen zwei weitere Noghri in diesen Tarngewändern, die Kapuzen zurückgeschlagen. Auf dem Stamm stand eine Art Kompaktlaterne, die gerade genug Licht verbreitete, daß Han die nächstbefindlichen Nichtmenschen erkennen konnte.

Sie boten keinen sehr erfreulichen Anblick. Die Wesen zur Rechten waren einen Kopf größer als die Noghri, die ihnen gegenüberstanden, und vielleicht einen Kopf kleiner als Han. Mit schweren Platten gepanzert, erinnerten sie mehr an wandelnde Steinhaufen als an alles andere. Die Wesen zur Linken waren fast so groß wie Chewbacca, hatten vier Arme und eine glänzende, bläulich-kristallene Haut, die Han an das bräunliche Tier erinnerte, das sie am Tag ihrer Ankunft von Dreipeo heruntergeschossen hatten. »Sieht freundlich aus, die Bande«, murmelte er Luke zu, als sie aus den Schatten der Bäume zwischen ihnen und der Lichtung traten.

»Es sind Myneyrshi und Psadans«, sagte Ekhrikhor. »Sie wollten euch angreifen.«

»Und ihr habt sie daran gehindert?« fragte Luke.

»Sie wollten euch angreifen«, wiederholte der Noghri. »Wir konnten das nicht zulassen.«

Sie blieben auf der Lichtung stehen. Ein Raunen ging durch die Nichtmenschen, eines, das ganz und gar nicht freundlich klang. »Ich habe das Gefühl, daß wir ihnen nicht besonders willkommen sind«, sagte Han. »Luke?«

Er spürte, wie Luke an seiner Seite den Kopf schüttelte. »Ich bekomme immer noch keine klare Daten«, sagte er. »Was hat das alles zu bedeuten, Ekhrikhor?«

»Sie haben angedeutet, daß sie mit euch sprechen wollen«, erklärte der Noghri. »Vielleicht, um zu entscheiden, ob sie uns einen Kampf liefern wollen oder nicht.«

Han warf den Nichtmenschen einen prüfenden Blick zu. Sie schienen alle Messer zu tragen und einige hatten Bögen, aber er entdeckte keine modernen Waffen. »Dann hätten sie besser eine Armee mitbringen sollen«, sagte er.

»Wir wollen nicht kämpfen, wenn es sich vermeiden läßt«, mahnte ihn Luke mild. »Wie verständigt ihr euch mit ihnen?«

»Einer von ihnen hat ein wenig Imperiums-Basic gelernt, als die Schatzkammer unter dem Berg gebaut wurde«, sagte Ekhrikhor und deutete auf den Myneirsh, der direkt neben der Kompaktlaterne stand. »Er wird versuchen zu übersetzen.«

»Vielleicht können wir ihm die Mühe ersparen.« Luke wölbte die Brauen und sah Han an. »Was meinst du?«

»Es ist einen Versuch wert«, stimmte Han zu und griff nach seinem Komm. Es wurde ohnehin Zeit, daß sich Dreipeo nützlich machte. »Lando?«

»Hier«, antwortete Landos Stimme prompt. »Habt ihr die Nichtmenschen gefunden?«

»Ja, wir haben sie gefunden«, bestätigte Han. »Und die eine oder andere Überraschung. Mara soll Dreipeo herbringen – wenn sie der Richtung folgt, die wir genommen haben, läuft sie uns direkt in die Arme.«

»Verstanden«, sagte Lando. »Was ist mit mir?«

»Ich glaube nicht, daß uns dieser Haufen irgendwelche Schwierigkeiten machen wird«, erwiderte Han mit einem Seitenblick zu den Nichtmenschen. »Du kannst mit Erzwo bleiben, wo du bist, und das Lager im Auge behalten. Oh, und wenn du ein paar kleine Kerle in Tarnanzügen und mit jeder Menge Zähne siehst, schieß nicht. Sie sind auf unserer Seite.«

»Das freut mich«, sagte Lando trocken. »Okay. Sonst noch was?«

Han betrachtete die Gruppen der schattenhaften Nichtmenschen, die alle zurückstarrten. »Ja – drück uns die Daumen. Vielleicht gewinnen wir ein paar Verbündete. Oder wir handeln uns einen Haufen Ärger ein.«

»In Ordnung. Mara und Dreipeo sind unterwegs. Viel Glück.«

»Danke.« Han schaltete das Komm ab und befestigte es wieder an seinem Gürtel. »Sie kommen«, informierte er Luke.

»Sie brauchen euer Lager nicht zu beschützen«, sagte Ekhrikhor. »Die Noghri werden es beschützen.«

»Das ist schon okay«, erklärte Han. »Hier ist es schon voll genug.« Er musterte Ekhrikhor. »Ich habe also recht gehabt. Wir *sind* verfolgt worden.«

»Ja«, sagte Ekhrikhor und neigte den Kopf. »Und für diese Täuschung bitte ich um Vergebung, Gemahl der Lady Vader. Ich und andere hielten es nicht für ehrenwert; aber Cakhmaim Clan Eikh'mir wollte nicht, daß ihr unsere Anwesenheit bemerkt.«

»Warum nicht?«

Ekhrikhor verneigte sich erneut. »Cakhmaim Clan Eikh'mir hat in der Suite der Lady Vader deine Feindseligkeit gespürt«, sagte er. »Er glaubte, daß du nicht bereit sein würdest, eine Noghri-Wache zu eurem Schutz zu akzeptieren.«

Han sah Luke an und bemerkte, wie der Junge versuchte, ein Grinsen zu unterdrücken. »Nun, beim nächstenmal, wenn du Cakhmaim siehst, sage ihm, daß ich schon vor Jahren aufgehört habe, freiwillige Hilfsangebote zurückzuweisen«, wandte er sich an Ekhrikhor. »Aber was die Feindseligkeit betrifft, laß einfach dieses ›Gemahl der Lady Vader‹-Zeug sein. Nenn mich Han oder Solo. Oder Captain. Oder meinetwegen auch sonstwie.«

»Vielleicht Han Clan Solo«, murmelte Luke.

Ekhrikhor strahlte. »Das ist gut«, sagte er. »Wir bitten um deine Vergebung, Han Clan Solo.«

Han sah Luke an. »Ich schätze, du bist adoptiert worden«, meinte Luke, erneut dieses Grinsen unterdrückend.

»Scheint so«, knurrte Han. »Danke. Vielen Dank.«

»Ein wenig Harmonie kann nicht schaden«, erklärte Luke. »Denk an Endor.«

»Das werde ich bestimmt nicht vergessen«, grollte Han und spürte, wie seine Lippen zuckten. Sicher, die kleinen Pelzbälle von Endor hatten ihren Teil dazu beigetragen, jene Entscheidungsschlacht gegen den zweiten Todesstern zu gewinnen. Das änderte aber nichts an der Tatsache, daß die Aufnahme in einen Ewokstamm eines der lächerlichsten Dinge gewesen war, die er je erlebt hatte.

Trotzdem, die Ewoks hatten allein durch ihre Zahl die imperialen Truppen überwältigt. Die Noghri andererseits... »Wie viele von euch sind hier?« fragte er Ekhrikhor.

»Wir sind acht«, antwortete der andere. »Je zwei sind während eurer Reise vor, hinter und neben euch marschiert.«

Han nickte, von widerwilligem Respekt für diese Wesen erfüllt. Nur acht von ihnen hatten lautlos die Raubtiere getötet und die Eingeborenen vertrieben. Tag und Nacht. *Und* sie hatten außerdem noch die Zeit gehabt, ihnen lästige Dinge wie Klauenvögel und Rankenschlangen aus dem Weg zu räumen.

Er sah auf Ekhrikhor hinunter. Nein, diesmal kam ihm der Adoptionsprozeß nicht so lächerlich vor.

Hinter ihnen erklang ein vertrautes Schlurfen. Han drehte sich um, und einen Moment später latschte die gleichermaßen vertraute goldene Gestalt von Dreipeo ins Blickfeld. Neben und einen halben Schritt hinter ihm kam Mara, den Blaster in der Hand. »Master Luke«, rief Dreipeo mit der üblichen Mischung aus Erleichterung und Besorgnis und schlichter Blasiertheit.

»Hier drüben, Dreipeo«, antwortete Luke. »Kannst du für uns übersetzen?«

»Ich werde mein Bestes tun«, versicherte der Droide. »Wie Sie wissen, beherrsche ich fließend über sechs Millionen Kommunikationsfor...«

»Sie haben also die Eingeborenen gefunden«, fiel ihm Mara ins Wort und bedachte die Gruppe am Baumstamm mit einem raschen, prüfenden Blick, während sie mit Dreipeo die Lichtung betrat. Ihre Augen fanden Ekhrikhor... »Und auch eine kleine Überraschung«, fügte sie hinzu und richtete den Blaster verstohlen auf den Noghri.

»Es ist in Ordnung – er ist ein Freund«, beruhigte Luke sie und griff nach ihrem Blaster.

»Da bin ich anderer Ansicht«, widersprach Mara, ihren Blaster seinem Griff entziehend. »Das sind Noghri. Sie arbeiten für Thrawn.«

»Wir dienen ihm nicht mehr«, erklärte Ekhrikhor.

»Das stimmt, Mara, es ist vorbei«, bestätigte Luke.

»Vielleicht«, sagte Mara. Sie war noch immer nicht ganz überzeugt, aber zumindest zielte ihr Blaster nicht mehr direkt auf Ekhrikhor.

Auf der anderen Seite der Lichtung zog der Myneyrsh, der dem Stamm am nächsten stand, einen Gegenstand aus einer Schultertasche, bei dem es sich um einen weißen, gebleichten, ausgestopften Klauenvogel zu handeln schien. Unhörbar vor sich hin murmelnd, legte er ihn neben die Kompaktlaterne. »Was ist das?« fragte Han. »Mittagessen?«

»Es wird *Satna-Chakka* genannt«, sagte Ekhrikhor. »Es garantiert den Frieden, solange diese Versammlung andauert. Sie wollen anfangen. Du – Dreipeo-Droide – kommst mit mir.«

»Natürlich«, sagte Dreipeo, obwohl ihn die ganze Angelegenheit nicht besonders zu begeistern schien. »Master Luke...?«

»Ich komme mit dir«, beschwichtigte ihn Luke. »Han, Chewie – ihr bleibt hier.«

»Hab' nichts dagegen«, sagte Han.

Mit dem sichtlich widerstrebenden Dreipeo im Schlepptau näherten sich Luke und der Noghri dem Baumstamm. Der Anführer der Myneyrshi hob seine oberen beiden Hände über den Kopf, mit den Handflächen nach innen. *»Bidaesi charaa«,* sagte er mit überraschend melodisch klingender Stimme. *»Lyaaunu baaraemaa dukhnu phaeri.«*

»Er gibt die Ankunft der Fremden bekannt«, übersetzte Dreipeo präzise. »Höchstwahrscheinlich bezieht sich das auf uns. Allerdings fürchtet er, daß wir seinem Volk Gefahr und Probleme bringen.«

Neben Han grollte Chewbacca eine sarkastische Bemerkung. »Nein, für unverbindliches Geplauder haben sie nichts übrig«, stimmte Han zu. »Für Diplomatie auch nicht.«

»Wir bringen deinem Volk Hoffnung«, konterte der Anführer der Noghri. »Wenn ihr uns passieren laßt, werden wir euch von der Herrschaft des Imperiums befreien.«

Dreipeo übersetzte, aber nach Hans Ansicht klangen aus seinem Mund selbst die melodischen Myneyrshi-Worte reichlich blasiert. Einer der plumpen Psadans machte eine schroffe Handbewegung und sagte etwas, das wie ein leiser und ferner, von Konsonanten durchsetzter Schrei klang. »Er sagt, daß die Erinnerung des Psadan-Volkes lange Zeit zurückreicht«, übersetzte Dreipeo. »Offenbar wurde ihnen so etwas schon früher versprochen, ohne daß sich etwas geändert hat.«

»Willkommen in der Wirklichkeit«, brummte Han.

Luke warf einen Blick über die Schulter. »Bitte ihn, dies zu erklären, Dreipeo«, wies er den Droiden an.

Dreipeo gehorchte, übersetzte es zunächst in den leisen Schrei der Psadan-Sprache und anschließend ins Myneyrshi-Idiom, nur um mit seinen Fähigkeiten zu prahlen. Die Antwort des Psadan dauerte mehrere Minuten, und als er endlich fertig war, hatten Hans Ohren zu schmerzen begonnen.

»Nun«, sagte Dreipeo, legte den Kopf zur Seite und dozierte auf jene professorale Art und Weise, die Han schon immer gehaßt hatte. »Da sind viele Details – aber ich werde sie überspringen«, fügte er hastig hinzu, wahrscheinlich, weil ihm einer der Noghri einen Blick zugeworfen hatte. »Die Menschen, die als Kolonisten kamen, waren die ersten Eindringlinge. Sie vertrieben einen Teil der Eingeborenenvölker von ihrem Land und hörten erst damit auf, als ihre Blitzbögen und Metallvögel – das sind natürlich ihre Ausdrücke – den Dienst versagten. Viel später kam das Imperium, das sich, wie wir wissen, in den verbotenen Berg eingrub. Sie versklavten viele der Eingeborenenvölker, die an dem Projekt mitarbeiten mußten, und vertrieben andere von ihrem Land. Nachdem die Baumeister gingen, kam jemand, der sich selbst als der Wächter bezeichnete, und auch er versuchte, die Eingeborenenvölker zu unterwerfen. Schließlich kam jener, der sich selbst Jedi-Meister nannte, und in einer Schlacht, die den Himmel in Brand setzte, bezwang er den Wächter. Für einige Zeit glaubten die Eingeborenenvölker, befreit zu sein, aber der Jedi-Meister holte Menschen und Eingeborene zu sich und zwang sie, im Schatten des verbotenen Berges zusammenzuleben. Schließlich kehrte das Imperium zurück.« Dreipeo legte wieder den Kopf zur Seite. »Wie Sie sehen können, Master Luke, sind wir lediglich die letzten in einer langen Reihe von Invasoren.«

»Nur daß wir keine Invasoren sind«, sagte Luke. »Wir sind hier, um sie von der Herrschaft des Imperiums zu befreien.«

»Ich verstehe das, Master Luke...«

»Das weiß ich«, unterbrach Luke. »Sag es *ihnen*.«

»Oh. Ja. Natürlich.«

Er begann zu übersetzen. »Wenn du mich fragst, sie hatten es gar nicht so schlecht«, murmelte Han Chewbacca zu. »Anderen Völkern hat das Imperium den ganzen Planeten genommen.«

»Primitive reagieren immer so auf Besucher«, sagte Mara. »Ihre Erinnerung reicht auch gewöhnlich weit zurück.«

»Ja. Vielleicht. Glauben Sie, der Jedi-Meister, den sie erwähnt haben, war Ihr alter Freund C'baoth?«

»Wer sonst?« gab Mara grimmig zurück. »Thrawn muß hier auf ihn gestoßen sein.«

Han spürte, wie sich sein Magen zusammenzog. »Glauben Sie, er ist jetzt hier?«

»Ich spüre nichts«, sagte Mara bedächtig. »Das bedeutet natürlich nicht, daß er nicht zurückkommen kann.«

Der Anführer der Myneyrshi sprach wieder. Han ließ seinen Blick über die Lichtung schweifen. Versteckten sich dort draußen noch andere Myneyrshi und Psadans und verfolgten die Verhandlungen? Luke hatte nichts davon erwähnt, aber sie mußten verrückt sein, wenn sie nicht für Rückendeckung gesorgt hatten.

Vorausgesetzt, Ekhrikhors Kumpel hatten sich nicht bereits um sie gekümmert. Wenn die Gespräche scheiterten, würde es sich als ganz praktisch erweisen, die Noghri in der Nähe zu haben.

Der Myneyrsh beendete seine Rede. »Es tut mir leid, Master Luke«, entschuldigte sich Dreipeo. »Sie sagen, sie haben keinen Grund zu der Annahme, daß wir anders sind als jene, die sie bereits erwähnt haben.«

»Ich verstehe ihre Befürchtungen«, nickte Luke. »Frage sie, wie wir unsere guten Absichten beweisen können.«

Dreipeo begann zu übersetzen; und im gleichen Moment traf ein harter Wookiee-Ellbogen Hans Schulter. »Was ist?« fragte Han.

Chewbacca nickte nach links, den Blitzwerfer bereits in der Hand und im Anschlag. Han folgte der Bewegung mit den Augen... »Uh-oh.«

»Was ist los?« fragte Mara.

Han öffnete den Mund; aber er kam nicht zu einer Antwort. Das drahtige Raubtier, das Chewbacca in den Ästen erspäht hatte, kauerte sich zum Sprung auf die Gruppe zusammen. »Aufpassen!« schrie er statt dessen und riß seinen Blaster hoch.

Chewbacca war schneller. Mit einem Wookiee-Jagdschrei feuerte er, und der Blitzwerferbolzen spaltete das Raubtier fast entzwei. Es fiel vom Ast, landete auf dem Laubteppich und blieb reglos liegen.

Und drüben am Baumstamm knurrten die Myneyrshi los.

»Vorsicht, Chewie«, warnte Han und richtete den Blaster auf die Nichtmenschen.

»Möglicherweise war das ein Fehler«, sagte Mara gepreßt. »Bei einer Verhandlung schießt man gewöhnlich nicht.«

»Man läßt aber auch nicht zu, daß die Verhandlungsführer gefressen werden«, erwiderte Han. Die fünf Psadans neben den Myneyrshi hatten zu zittern begonnen, und er hoffte, daß Ekhrikhors Freunde die Umgebung im Auge behielten. »Dreipeo – sag es ihnen.«

»Gewiß, Captain Solo«, sagte Dreipeo fast so nervös, wie sich Han fühlte. *»Mulansaar...«*

Der Anführer der Myneyrshi brachte ihn mit einer schroffen Bewegung seiner beiden linken Arme zum Schweigen. »Du!« flötete er im passablen Basic, mit allen vier Händen auf Han deutend. »Er haben Blitzbogen?«

Han sah ihn verwundert an. Natürlich hatte Chewbacca eine Waffe – wie alle anderen auch. Er sah zu dem Wookiee hoch... Und plötzlich verstand er. »Ja, er hat einen«, antwortete er dem Myneyrsh und senkte seinen Blaster. »Er ist unser Freund. Wir halten keine Sklaven wie das Imperium.«

Dreipeo begann mit der Übersetzung, aber der Myneyrsh trällerte bereits auf seine Freunde ein. »Gut gemacht«, murmelte Mara. »Daran habe ich nicht gedacht. Aber Sie haben recht – die letzten Wookiees, die sie hier gesehen haben, waren imperiale Sklaven.«

Han nickte. »Hoffen wir, daß es einen Unterschied macht.«

Die Diskussion ging noch ein paar Minuten weiter, hauptsächlich zwischen den Myneyrshi und den Psadans. Dreipeo versuchte eine Weile, simultan zu übersetzen, aber es degenerierte rasch zu einer bloßen Zusammenfassung der wichtigsten Punkte. Die Myneyrshi kamen offenbar allmählich zu der Überzeugung, daß dies ihre Chance war, die Herrschaft des Imperiums und anschließend des Jedi-Meisters abzuschütteln. Die Psadans mochten die Imperialen so wenig wie die Myneyrshi, aber die Vorstellung, sich mit C'baoth anzulegen, machte sie sichtlich nervös.

»Wir bitten euch nicht darum, zusammen mit uns zu kämpfen«, versicherte ihnen Luke, als er wieder ihre Aufmerksamkeit hatte. »Es ist unser Kampf, und wir werden ihn allein führen. Wir bitten euch nur um eure Erlaubnis, durch euer Territorium zum verbotenen Berg zu reisen, und um euer Versprechen, daß ihr uns nicht an das Imperium verraten werdet.«

Dreipeo machte sich an die Doppelübersetzung, und Han wappnete sich für den nächsten Streit. Aber es gab keinen. Der Anführer der Myneyrshi hob erneut seine oberen Hände, griff mit den unteren Händen nach dem gebleichten Klauenvogel und bot ihn Luke an. »Ich glaube, er gewährt Ihnen freies Geleit, Master Luke«, sagte Dreipeo hilfsbereit. »Obwohl ich mich irren könnte – ihr Dialekt hat sich wenig verändert, aber Gesten und Bewegungen sind oft...«

»Sprich ihm meinen Dank aus«, sagte Luke mit einem Nicken, als er den Klauenvogel entgegennahm. »Sage ihm, daß wir seine Gastfreundschaft akzeptieren. Und daß sie es nicht bereuen werden, uns geholfen zu haben.«

»General Covell?« drang die militärisch zackige Stimme aus dem Interkom des Fährencockpits. »Wir werden in wenigen Minuten auf der Oberfläche sein.«

»Verstanden«, sagte Covell. Er schaltete das Interkom ab und wandte sich an den einzigen Passagier der Fähre. »Wir sind fast da«, sagte er.

»Ja, ich habe es gehört«, antwortete C'baoth mit amüsiert klingender Stmme, die in Covells Bewußtsein widerhallte. »Sagen Sie, General Covell, befinden wir uns am Ende unserer Reise oder am Anfang?«

»Natürlich am Anfang«, erklärte Covell. »Die Reise, die wir angetreten haben, hat kein Ende.«

»Und was ist mit Großadmiral Thrawn?«

Covell spürte, wie sich seine Stirn furchte. Er hatte diese Frage noch nie gehört, zumindest nicht in dieser Form. Aber noch während er zögerte, schlich sich die Antwort in sein Bewußtsein. Wie es inzwischen bei allen Antworten der Fall war. »Es ist der Anfang von Großadmiral Thrawns Ende«, sagte er.

C'baoth lachte leise, und sein Vergnügen hallte auf angenehme Weise in Covells Bewußtsein wider. Covell wollte schon fragen, was so lustig war, aber es war leichter und angenehmer, sich einfach zurückzulehnen und das Lachen zu genießen. Und außerdem wußte er ganz genau, was so lustig war.

»Ja, das wissen Sie«, stimmte C'baoth zu und schüttelte den Kopf. »Ah, General, General. Ist es nicht eine schöne Ironie? Von Anfang an – seit dieser ersten Begegnung in meiner Stadt – hatte Großadmiral Thrawn die Antwort vor Augen. Und jetzt ist er noch genauso weit von der Antwort entfernt wie damals.«

»Geht es um die Macht, Master C'baoth?« fragte Covell. Dies war ein vertrautes Thema, und selbst ohne den Druck auf sein Bewußtsein wäre ihm sein Text eingefallen.

»In der Tat, General Covell«, sagte C'baoth ernst. »Ich habe ihm schon am Anfang gesagt, daß wahre Macht nicht aus der Eroberung ferner Welten besteht. Oder aus Schlachten und Kriegen und dem Zerschmettern gesichtsloser Rebellionen.«

Er lächelte, und seine Augen glitzerten hell in Covells Bewußtsein. »Nein, General Covell«, sagte er leise. »Dies – *dies* – ist die wahre Macht. Das Leben eines anderen in der Hand zu haben. Die Macht über sein Schicksal und seine Gedanken und seine Gefühle zu haben. Sein Leben zu kontrollieren und seinen Tod zu bestimmen.« Langsam, theatralisch, streckte C'baoth die Hand aus, mit der Handfläche nach oben. »Seine Seele zu beherrschen.«

»Etwas, das nicht einmal der Imperator konnte«, erinnerte ihn Covell.

Eine weitere Woge des Vergnügens schlug über Covells Bewußtsein zusammen. Es war so befriedigend zu sehen, wie der Meister sein Spiel genoß. »Nicht einmal der Imperator«, bestätigte C'baoth, die Augen und die Gedanken in die Ferne gerichtet. »Wie für den Großadmiral war Macht für ihn etwas, das sich nur in der Außenwelt erringen ließ. Und es vernichtete ihn, wie ich ihm schon im voraus hätte sagen können. Denn wenn er Vader wirklich beherrscht hätte...« Er schüttelte den Kopf. »In vielerlei Hinsicht war er ein Narr. Aber vielleicht war dies auch sein Schicksal. Vielleicht war es der Wille des Universums, den ich, und nur ich allein, zu deuten weiß. Denn ich habe sowohl die Kraft als auch den Willen, diese Macht festzuhalten. Der erste..., aber nicht der letzte.«

Covell nickte, schluckte mit trockener Kehle. Es war nicht angenehm, C'baoth in dieser Stimmung zu erleben. Vor allem, wenn damit diese seltsame Einsamkeit einherging...

Aber natürlich wußte der Meister das. »Schmerzt Sie meine Einsamkeit, General Covell?« fragte er und wärmte Covells Bewußtsein mit einem neuen Lächeln. »Ja, natürlich. Aber haben Sie Geduld. Die Zeit wird kommen, in der wir viele sein werden. Und wenn diese Zeit gekommen ist, werden wir nicht mehr einsam sein. Passen Sie auf.«

Er spürte die ferne Wahrnehmung, wie er jetzt auch alle anderen spürte: gefiltert und fokussiert und strukturiert durch das perfekte Bewußtsein des Meisters. »Wie Sie sehen, hatte ich recht«, sagte C'baoth und griff hinaus, um diese Wahrnehmung zu analysieren. »Sie sind hier. Skywalker und Jade.« Er lächelte Covell an. »Sie werden die ersten sein, General Covell – die ersten von unseren vielen. Denn sie werden zu mir kommen, und wenn ich ihnen die wahre Macht gezeigt habe, werden sie verstehen und sich uns anschließen.« Seine Augen glitten wieder ins Leere. »Ich denke, Jade wird die erste sein«, fügte er nachdenklich hinzu. »Skywalker hat einmal widerstanden, und er wird ein zweites Mal widerstehen; aber der Schlüssel zu seiner Seele wartet in diesem Moment auf mich in der Tiefe des Berges. Doch Jade ist eine andere Sache. Ich habe sie in meinen Meditationen gesehen – habe gesehen, wie sie zu mir kommt und vor mir kniet. Sie wird mein sein, und Skywalker wird folgen. Auf die eine oder andere Weise.«

Er lächelte erneut. Covell lächelte zurück, glücklich über die Freude des Meisters und den Gedanken an andere, die bald bei ihm sein würden, um sein Bewußtsein zu wärmen.

Und dann, ohne Warnung, wurde alles finster. Es war nicht die Einsamkeit, die er bereits kannte. Sondern eine Art Leere...

Nach und nach spürte er, wie jemand sein Kinn packte und seinen Kopf grob nach oben drückte. C'baoth war da, in einer gewissen Weise, und blickte in seine Augen. »General Covell!« donnerte die Stimme des Meisters. Es war ein sonderbares Donnern. Covell konnte es hören, aber es existierte nicht wirklich. Nicht so, wie es sein sollte. »Können Sie mich hören?«

»Ich höre Sie«, sagte Covell. Seine eigene Stimme klang auch seltsam. Er sah an C'baoths Gesicht vorbei zu dem interessanten Linienmuster am Schott der Fähre.

Ein Beben durchlief ihn. »Schauen Sie mich an!« verlangte C'baoth.

Covell gehorchte. Auch das war seltsam, denn er konnte den Meister sehen, obwohl er nicht wirklich da war. »Sind Sie noch immer da?«

Das Gesicht des Meisters veränderte sich. Etwas – war es ein Lächeln? – blitzte auf. »Ja, General, ich bin hier«, sagte die ferne Stimme. »Ich berühre nicht mehr Ihr Bewußtsein, aber ich bin noch immer Ihr Meister. Sie werden mir auch weiterhin gehorchen.«

Gehorchen. Ein merkwürdiges Konzept, dachte Covell. Ganz anders als einfach das zu tun, was natürlich war. »Gehorchen?«

»Sie werden das tun, was ich Ihnen sage«, bekräftigte C'baoth. »Ich werde Ihnen Worte in den Mund legen, und Sie werden jedes Wort wiederholen.«

»Verstanden«, sagte Covell. »Kommen Sie dann zurück?«

»Das werde ich«, versprach der Meister. »Trotz Großadmiral Thrawns Verrat. Wenn Sie gehorchen – wenn Sie tun, was ich Ihnen sage –, werden wir ihn gemeinsam für den Verrat an uns bestrafen. Und dann werden wir uns nie wieder trennen.«

»Es wird keine Leere mehr geben?«

»Ja. Aber nur, wenn Sie tun, was ich Ihnen sage.«

Die anderen Männer kamen ein wenig näher. Der Meister blieb die ganze Zeit an seiner Seite, und er sagte all die Worte, die ihm der Meister in den Mund legte. Sie gingen alle irgendwohin, und dann verschwanden die Männer, und auch der Meister verschwand.

Er blickte sich an dem Ort um, wo man ihn alleingelassen hatte, betrachtete die Muster der Linien und lauschte in die Leere, die ihn umgab. Schließlich schlief er ein.

In der Ferne trillerte ein fremdartiger Vogelruf, und abrupt verstummte das Summen der Insekten und das Rascheln der Tiere. Aber offenbar drohte keine unmittelbare Gefahr, und eine Minute später setzten wieder die Laute der Nacht ein. Mara löste sich von dem Baumstamm, an dem sie gelehnt hatte, entspannte ihre schmerzende Rückenmuskulatur und wünschte sich, diese ganze Sache wäre schon vorbei.

»Du mußt nicht wach bleiben«, sagte eine leise Noghri-Stimme an ihrer Schulter. »Wir halten Wacht.«

»Danke«, sagte Mara knapp. »Wenn es dir nichts ausmacht, übernehme ich das lieber selbst.«

Der Noghri schwieg für einen Moment. »Du traust uns noch immer nicht, oder?«

In Wirklichkeit hatte sie darüber noch nicht nachgedacht. »Skywalker vertraut euch«, sagte sie. »Genügt das nicht?«

»Uns geht es nicht um Anerkennung«, erklärte der Noghri. »Nur um die Möglichkeit, unsere Schuld abzutragen.«

Sie zuckte die Schultern. Sie hatten das Lager beschützt, sie hatten die heikle Aufgabe gelöst, Kontakt mit den Myneyrshi und Psadans aufzunehmen, und jetzt beschützten sie wieder das Lager. »Wenn eure Schuld der Neuen Republik gilt, so leistet ihr verdammt gute Arbeit«, gab sie zu. »Seid ihr endlich dahintergekommen, daß Thrawn und das Imperium euch hingehalten haben?«

Ein leises Klicken wie von klappernden Nadelzähnen. »Du weißt davon?«

»Ich habe Gerüchte gehört«, sagte Mara, die die potentielle Gefährlichkeit dieses Themas erkannte, sich aber nicht darum kümmerte. »In Wirklichkeit waren es eher Scherze. Ich habe nie erfahren, wieviel davon wahr ist.«

»Vermutlich alles«, sagte der Noghri ruhig. »Ja. Ich kann verstehen, daß unser Leben und unser Tod unseren Sklavenhaltern Vergnügen bereitet hat. Aber wir werden sie eines Besseren belehren.«

Kein weißglühender Zorn, kein fanatischer Haß. Nur eine schlichte, eiskalte Entschlossenheit. Gefährlicher als alles andere.

»Wenn die Zeit kommt, werden sich die Noghri gegen ihre Sklavenhalter wenden. Manche auf imperialen Welten, manche auf Transportschiffen. Und fünf Gruppen werden hierherkommen.«

Mara runzelte die Stirn. »Ihr wußtet von Wayland?«

»Erst durch euch haben wir davon erfahren«, sagte der andere. »Aber jetzt wissen wir es. Wir haben die Koordinaten an jene übermittelt, die auf Coruscant warten. Inzwischen werden sie die anderen informiert haben.«

Mara schnaubte leise. »Ihr habt großes Vertrauen zu uns, was?«

»Unsere Missionen ergänzen sich gegenseitig«, versicherte ihr der Noghri, und sein rauhes Miauen klang noch grimmiger als sonst. »Ihr habt euch die Aufgabe gestellt, die Kloning-Fabrik zu zerstören. Mit Hilfe des Sohns des Vader wird es euch ohne Zweifel gelingen. Wir Noghri haben uns die Aufgabe gestellt, alle Hinterlassenschaften des Imperators auf Wayland zu eliminieren.«

Und damit wahrscheinlich die letzten Relikte des Imperators überhaupt. Mara dachte über das Gesagte nach und wunderte sich, warum es sie nicht mit Trauer oder Zorn erfüllte. Wahrscheinlich war sie einfach zu müde. »Klingt nach einem großen Projekt«, sagte sie statt dessen. »Wer ist der Sohn des Vader, der eurer Meinung nach hier auftauchen und uns helfen wird?«

Für einen Moment herrschte Stille. »Der Sohn des Vader ist bereits bei euch«, sagte der Noghri verwirrt. »Ihr dient ihm so wie wir.«

Mara starrte ihn durch die Dunkelheit an..., und plötzlich schien ihr das Herz in der Brust zu gefrieren. »Du meinst... *Skywalker*?«

»Wußtest du das nicht?«

Mara wandte sich ab und sah die schlafende Gestalt an, die kaum einen Meter von ihren Füßen entfernt lag, und eine schreckliche Betäubung legte sich über sie. Plötzlich, endlich, nach all diesen Jahren, fügte sich das letzte rätselhafte Puzzleteil an seinen Platz. Der Imperator wollte nicht, daß sie um seinetwillen Skywalker tötete. Es war in Wirklichkeit ein letzter Racheakt gegen seinen Vater. *DU WIRST LUKE SKYWALKER TÖTEN.*

Und innerhalb weniger Herzschläge war alles, woran Mara geglaubt hatte – ihr Haß, ihre Mission, ihr gesamtes Leben –, aller Sicherheit beraubt und in Verwirrung gestürzt worden.

DU WIRST LUKE SKYWALKER TÖTEN. DU WIRST LUKE SKYWALKER TÖTEN. DU WIRST LUKE SKYWALKER TÖTEN.

»Nein«, murmelte sie mit zusammengebissenen Zähnen. »So nicht. *Meine* Entscheidung. *Meine* Gründe.«

Aber die Stimme sprach unbeirrt weiter. Vielleicht wurde sie jetzt von ihrem Widerstand und Trotz angefeuert, oder vielleicht hatte die tiefere Kraft in der Macht, die ihr Skywalker in den letzten Tagen vermittelt hatte, sie aufnahmebereiter gemacht.

DU WIRST LUKE SKYWALKER TÖTEN. DU WIRST LUKE SKYWALKER TÖTEN.

Aber bei dir ist es etwas anderes, Mara.

Mara fuhr hoch und stieß sich dabei den Hinterkopf am Baumstamm. Eine andere Stimme; aber diese kam nicht aus ihrem Inneren. Sie kam von…

Ich habe dich in meinen Meditationen gesehen, fuhr die Stimme gelassen fort. *Ich habe gesehen, wie du zu mir kommst und vor mir kniest. Du wirst mein sein, und Skywalker wird folgen. Auf die eine oder andere Weise.*

Mara schüttelte heftig den Kopf, versuchte die Worte und Gedanken abzuschütteln. Die zweite Stimme schien zu lachen; dann, plötzlich, verwandelten sich die Worte und das Gelächter in einen schwachen, aber hartnäckigen Druck auf ihr Bewußtsein. Sie biß die Zähne zusammen und wehrte sich gegen den Druck. Hörte die Stimme hohl über ihre Anstrengung lachen……

Und dann, so plötzlich, daß ihr der Atem stockte, war der Druck verschwunden.

»Alles in Ordnung mit Ihnen?« fragte Skywalkers leise Stimme.

Mara senkte den Blick. Skywalker hatte sich auf einen Ellbogen gestützt und ihr sein silhouettenhaftes Gesicht zugedreht. »Haben Sie es auch gehört?« fragte sie.

»Ich habe keine Worte gehört. Aber ich habe den Druck gespürt.«

Mara sah hinauf zum Blätterdach. »Es ist C'baoth«, sagte sie. »Er ist hier.«

»Ja«, bestätigte Skywalker; und sie konnte die Besorgnis in seiner Stimme hören. Kein Wunder – er war schon einmal mit C'baoth zusammengeprallt, damals auf Jomark, und ihm fast erlegen.

»Und was jetzt?« fragte Mara und wischte sich mit bebender Hand den Schweiß von der Oberlippe. »Brechen wir die Mission ab?«

Die Silhouette zuckte die Schultern. »Wie denn? Wir sind nur noch ein paar Tage vom Berg entfernt. Es würde viel länger dauern, zum *Falken* zurückzukehren.«

»Aber die Imperialen wissen jetzt, daß wir hier sind.«

»Vielleicht«, sagte Skywalker langsam. »Vielleicht aber auch nicht. Ist der Kontakt bei Ihnen auch so plötzlich abgebrochen?«

Sie runzelte die Stirn; und abrupt begriff sie. »Glauben Sie, daß man ihn mit Ysalamiri blockiert hat?«

»Oder man hat ihn an eins dieser Gerüste gebunden, die Sie auf Jomark benutzt haben«, sagte Skywalker. »So oder so würde es bedeuten, daß er ein Gefangener ist.«

Mara dachte darüber nach. Wenn dem so war, dann würde er vielleicht kein Interesse daran haben, seinen Widersachern von den Eindringlingen zu erzählen, die sich dem Berg näherten.

Sie sah ihn scharf an, als ihr plötzlich ein anderer Gedanke kam. »Wußten Sie, daß C'baoth kommen würde?« fragte sie. »Wollten Sie deshalb, daß ich mein altes Jedi-Training auffrische?«

»Ich wußte nicht, daß er hierher kommen würde«, antwortete Skywalker. »Aber ich wußte, daß wir früher oder später wieder zusammentreffen würden. Damals auf Jomark hat er es selbst gesagt.«

Mara fröstelte. *Du wirst vor mir knien...* »Ich will ihm nicht gegenübertreten, Skywalker.«

»Ich auch nicht«, sagte er sanft. »Aber ich fürchte, wir müssen es tun.«

Er seufzte; und dann, lautlos, schlüpfte er aus seinem Schlafsack und stand auf. »Warum versuchen Sie nicht ein wenig zu schlafen?« sagte er und trat an ihre Seite. »Ich bin jetzt sowieso hellwach; und Sie haben die ganze Wucht der Attacke zu spüren bekommen.«

»In Ordnung«, sagte Mara, zu müde, um mit ihm zu streiten. »Wenn Sie Hilfe brauchen, wecken Sie mich.«

»Das werde ich.«

Sie ging an Calrissian und dem Wookiee vorbei zu ihrem Schlafsack und schlüpfte hinein. Ihre letzte Erinnerung vor dem Einschlafen war die Stimme im Hintergrund ihres Bewußtseins.

DU WIRST LUKE SKYWALKER TÖTEN...

22

Die Meldung vom Mount Tantiss traf während der Bordnacht ein und erwartete Pellaeon bereits, als er am Morgen die Brücke betrat. Die *Draklor* hatte Wayland mehr oder weniger planmäßig vor sechs Stunden erreicht, die Passagiere abgesetzt und das System befehlsgemäß Richtung Valrar wieder verlassen. General Covell hatte sich bis zum lokalen Morgen geweigert, das Kommando zu übernehmen...

Pellaeon runzelte die Stirn. *Sich geweigert, das Kommando zu übernehmen?* Das klang nicht nach Covell.

»Captain Pellaeon?« rief der Kommoffizier zu ihm hinauf. »Sir, es trifft soeben eine Holosendung von Colonel Selid auf Wayland ein. Es ist dringend.«

»Legen Sie sie auf das Achterbrückenholo«, befahl Pellaeon, stand von seinem Kommandosessel auf und ging nach achtern. »Sagen Sie dem Großadmiral – nein, vergessen Sie's«, unterbrach er sich, als er hinter dem Torbogen Thrawn und Rukh auf der Treppe zur Achterbrücke erblickte.

Thrawn sah ihn ebenfalls. »Was stimmt nicht, Captain?«

»Dringende Meldung von Wayland, Sir«, sagte Pellaeon mit einer Handbewegung zum Hologrammwürfel. Das Bild eines imperialen Offiziers war bereits sichtbar, und obwohl es auf ein Viertel der Originalgröße verkleinert war, konnte Pellaeon die Nervosität des jüngeren Mannes erkennen.

»Wahrscheinlich geht es um C'baoth«, prophezeite Thrawn. Sie traten vor den Holowürfel, und Thrawn nickte dem Bild zu. »Colonel Selid, hier spricht Großadmiral Thrawn. Berichten Sie.«

»Sir«, sagte Selid und nahm noch zackiger Haltung an. »Ich bedaure, Admiral, Sie über den plötzlichen Tod General Covells informieren zu müssen.«

Pellaeon spürte, wie ihm die Kinnlade nach unten fiel. »Wie ist es passiert?« fragte er.

»Wir wissen es noch nicht, Sir«, sagte Selid. »Er starb offenbar im Schlaf. Die Mediker führen noch immer ihre Untersuchungen durch, aber bis jetzt konnten sie nur feststellen, daß große Gehirnteile des Generals einfach versagt haben müssen.«

»Gehirngewebe versagt nicht so einfach, Colonel«, erklärte Thrawn. »Es muß einen Grund dafür geben.«

Selid schien zusammenzuzucken. »Jawohl, Sir. Es tut mir leid, Sir; ich habe es nicht so gemeint.«

»Das weiß ich«, versicherte ihm Thrawn. »Was ist mit dem Rest der Passagiere?«

»Die Mediker untersuchen sie derzeit«, sagte Selid. »Bis jetzt gibt es keine Probleme. Das heißt, sie untersuchen alle, die sich noch innerhalb der Garnison befinden. General Covells Soldaten – die Kompanie, die zusammen mit ihm mit der *Draklor* eintraf – hatten bereits den Berg verlassen, als er starb.«

»Was, die gesamte Kompanie?« fragte Pellaeon. »Warum?«

»Ich weiß es nicht, Sir«, gestand Selid. »General Covell hat den Befehl gegeben. Nach dem großen Treffen, meine ich, bevor er starb.«

»Vielleicht sollten Sie uns die Geschichte von Anfang an erzählen, Colonel«, unterbrach Thrawn. »Berichten Sie alles.«

»Jawohl, Sir.« Selid riß sich sichtlich zusammen. »General Covell und die anderen sind vor etwa sechs Stunden per Fähre gelandet. Ich wollte ihm das Kommando über die Garnison übergeben, aber er weigerte sich. Dann bestand er darauf, in einer der Offiziersmessen mit seinen Soldaten allein zu sprechen.«

»Welche Soldaten?« fragte Thrawn. »Die ganze Garnison?«

»Nein, Sir, nur die, die mit ihm auf der *Draklor* waren. Er sagte, er hätte Sonderbefehle für sie.«

Pellaeon sah Thrawn an. »Man sollte meinen, daß er an Bord des Schiffes genug Zeit hatte, um ihnen Sonderbefehle zu geben.«

»Ja«, stimmte Thrawn zu. »Sollte man meinen.«

»Vielleicht war es C'baoths Idee«, schlug Selid vor. »Seit sie die Fähre verlassen haben, war er ständig an der Seite des Generals. Er hat die ganze Zeit leise auf ihn eingeredet.«

»Tatsächlich?« sagte Thrawn nachdenklich. Seine Stimme klang ruhig, hatte aber einen Unterton, der Pellaeon frösteln ließ. »Wo ist Master C'baoth jetzt?«

»In den alten königlichen Gemächern des Imperators«, antwortete Selid. »General Covell bestand darauf, sie ihm zur Verfügung zu stellen.«

»Befindet er sich dort oben außerhalb des Ysalamiri-Einflusses?« murmelte Pellaeon.

Thrawn schüttelte den Kopf. »Nach meinen Berechnungen müßte der ganze Berg und ein Teil der Umgebung innerhalb der machtfreien Blase liegen. Was geschah dann, Colonel?«

»Der General sprach rund fünfzehn Minuten zu seinen Soldaten«, erklärte Selid. »Als er herauskam, sagte er mir, er hätte ihnen Geheimbefehle gegeben, die direkt von Ihnen kommen, Admiral, und daß ich mich nicht einmischen sollte.«

»Und dann verließen sie den Berg?«

»Nachdem sie aus einem der Magazine sämtliche Kampfausrüstungen und Sprengkörper geholt haben, ja«, nickte Selid. »Um genau zu sein, sie blieben noch ein paar Stunden in der Garnison, ehe sie aufbrachen. Um sich mit der Gegend vertraut zu machen, sagte der General. Nachdem sie weg waren, brachte C'baoth den General in sein Quartier und ließ sich dann von zwei meiner Sturmtruppler zu den königlichen Gemächern führen. Ich ordnete für den Rest der Garnison normalen Nachtdienst an, und das war es. Bis zum Morgen, als die Ordonnanz den General fand.«

»Also war C'baoth nicht bei Covell, als er starb?« fragte Thrawn.

»Nein, Sir«, sagte Selid. »Obwohl die Mediker glauben, daß der General nicht mehr lange gelebt hat, nachdem ihn C'baoth verließ.«

»Und bis zu diesem Zeitpunkt war er ständig mit dem General zusammen.«

»Ja, Sir.«

Pellaeon warf Thrawn einen Seitenblick zu. Der Großadmiral blickte ins Leere, die glühend roten Augen zu Schlitzen verengt. »Sagen Sie mir, Colonel, welchen Eindruck hat General Covell auf Sie gemacht?«

»Nun...« Selid zögerte. »Ich muß gestehen, daß ich ein wenig enttäuscht war, Sir.«

»Wie das?«

»Er war nicht der, den ich erwartet hatte, Admiral«, sagte Selid sichtlich unbehaglich. Pellaeon konnte es gut verstehen; einen vorgesetzten Offizier vor einem anderen zu kritisieren, war ein ernster Verstoß gegen die militärische Etikette. »Er wirkte..., *abwesend* ist das Wort, das ich benutzen muß, Sir. Er behauptete, meine Sicherheitsmaßnahmen wären zu lasch, und er wollte wichtige Änderungen vornehmen, ohne mehr darüber zu sagen. Um genau zu sein, während der ganzen Zeit, in der er hier war, hat er kaum mit mir gesprochen. Und das betraf nicht nur mich – gegenüber den anderen Offizieren, die versuchten, mit ihm zu reden, war er ebenfalls kurz angebunden. Natürlich war das sein Recht, und vielleicht war er auch einfach nur müde. Aber es schien mir nicht zum Ruf des Generals zu passen.«

»Das tut es auch nicht«, erwiderte Thrawn. »Ist die Hologrammkonsole im alten Thronsaal des Imperators in Betrieb, Colonel?«

»Jawohl, Sir. Obwohl sich C'baoth vermutlich nicht im Thronsaal befindet.«

»Er wird dort sein«, sagte Thrawn kalt. »Verbinden Sie mich mit ihm.«

»Jawohl, Sir.«

Selids Bild verschwand und wurde durch das Pausensymbol ersetzt. »Sie glauben, daß C'baoth irgend etwas mit Covell angestellt hat?« fragte Pellaeon ruhig.

»Ich sehe keine andere vernünftige Erklärung«, sagte Thrawn. »Ich vermute, daß unser geliebter Jedi-Meister versucht hat, Covells Bewußtsein zu übernehmen, oder gar Teile durch sein eigenes zu ersetzen. Als sie die Ysalamiri-Blase erreichten und er diesen direkten Kontakt verlor, war von Covell nicht mehr genug übrig, um ihn für längere Zeit am Leben zu erhalten.«

»Ich verstehe.« Pellaeon wandte den Kopf vom Großadmiral ab, von finsterem Zorn erfüllt. Er hatte Thrawn vor C'baoth gewarnt. Hatte ihn immer und immer wieder gewarnt. »Was werden Sie jetzt tun?«

Das Pausensymbol verschwand, bevor Thrawn antworten konnte; aber es wurde nicht durch das übliche, ein Viertel der Originalgröße messende Bild ersetzt. Statt dessen starrte sie plötzlich C'baoths riesenhaftes Gesicht an, so daß Pellaeon unwillkürlich einen Schritt zurücktrat.

Thrawn zuckte nicht einmal zusammen. »Guten Morgen, Master C'baoth«, sagte der Großadmiral mit spiegelglatter Stimme. »Wie ich sehe, haben Sie die private Holoanlage des Imperators gefunden.«

»Großadmiral Thrawn«, sagte C'baoth im kalten und arroganten Tonfall. »Ist das der Dank dafür, daß ich Ihre Ambitionen unterstützt habe? Ein Akt des Verrats?«

»Wenn es Verrat gibt, dann von Ihrer Seite, Master C'baoth«, konterte Thrawn. »Was haben Sie mit General Covell angestellt?«

C'baoth ignorierte die Frage. »Die Macht läßt sich nicht so leicht verraten, wie Sie glauben«, sagte er. »Und vergessen Sie nie, Großadmiral Thrawn: Mein Ende wird auch Ihres sein. Ich habe es gesehen.«

Er schwieg, ließ seine Blicke zwischen den beiden Männern hin und her wandern. Für eine Handvoll Herzschläge sagte Thrawn nichts. »Sind Sie fertig?« fragte er schließlich.

C'baoth runzelte die Stirn, und das vergrößerte Gesicht verriet deutlich seine Unsicherheit und Nervosität. Trotz ihrer einschüchternden Erhabenheit hatte die private Holoanlage des Imperators zweifellos ihre Nachteile. »Im Moment, ja«, erklärte C'baoth. »Haben Sie etwas zu Ihrer Verteidigung zu sagen?«

»Ich muß mich nicht verteidigen, Master C'baoth«, widersprach Thrawn. »Sie waren es, der darauf bestanden hat, nach Wayland zu gehen. Sagen Sie mir jetzt, was Sie mit General Covell gemacht haben.«

»Sie werden mir zuerst die Macht zurückgeben.«

»Die Ysalamiri werden bleiben, wo sie sind«, entgegnete Thrawn. »Sagen Sie mir, was Sie mit Covell gemacht haben.«

Für einen Moment funkelten die beiden Männer sich an. C'baoth senkte als erster den Blick, und für einen Augenblick sah es aus, als würde er nachgeben. Aber dann streckte der alte Mann das Kinn nach vorn, und er war wieder der arrogante Jedi-Meister. »General Covell gehörte mir, und ich konnte mit ihm tun, was ich wollte«, sagte er. »Wie mit allem in meinem Imperium.«

»Danke«, sagte Thrawn. »Das ist alles, was ich wissen muß. Colonel Selid?«

Das riesengroße Gesicht verschwand und wurde durch Selids verkleinertes Bild ersetzt. »Ja, Admiral?«

»Instruktionen, Colonel«, sagte Thrawn. »Erstens, Master C'baoth wird hiermit unter Arrest gestellt. Er darf sich in den königlichen Gemächern und dem Thronsaal des Imperators frei bewegen, diese Räume aber nicht verlassen. Alle Kontrollschaltungen dieser Stockwerke werden natürlich unterbrochen. Zweitens, Sie werden feststellen, wo genau im Berg sich General Covells Truppen aufgehalten haben, bevor sie aufbrachen.«

»Warum fragen wir die Truppen nicht selbst, Sir?« schlug Selid vor. »Sie sind doch wohl mit Komms ausgerüstet.«

»Weil ich mir nicht sicher bin, ob wir ihren Antworten vertrauen können«, erklärte Thrawn. »Was mich zu meinem dritten Befehl bringt. Die Soldaten, die den Berg auf General Covells Befehl hin verlassen haben, dürfen ihn nicht wieder betreten.«

Selids Kinnlade sackte sichtlich nach unten. »Sir?«

»Sie haben richtig gehört«, bekräftigte Thrawn. »Ein weiteres Schiff wird in wenigen Tagen eintreffen; sie sollen dann zusammengetrieben und abtransportiert werden. Aber sie dürfen unter keinen Umständen den Berg noch einmal betreten.«

»Jawohl, Sir«, bestätigte Selid unbehaglich. »Aber – Sir, was soll ich ihnen sagen?«

»Sagen Sie ihnen die Wahrheit«, befahl Thrawn ruhig. »Daß ihre Befehle nicht von General Covell und ganz gewiß nicht von mir kamen, sondern von einem Verräter am Imperium. Bis der Geheimdienst den Vorfall aufgeklärt hat, steht die gesamte Kompanie unter dem Verdacht, unwissentlich zu Komplizen des Verräters geworden zu sein.«

»Verstanden, Sir«, sagte Selid schließlich.

»Gut«, sagte Thrawn. »Sie sind natürlich wieder als Garnisonskommandeur eingesetzt. Noch irgendwelche Fragen?«

Selid straffte sich. »Nein, Sir.«

»Gut. Weitermachen, Colonel. *Schimäre* Ende.«

Die Gestalt verschwand aus dem Hologrammwürfel. »Glauben Sie, es ist sicher, C'baoth dort zu lassen, Sir?« fragte Pellaeon.

»Im ganzen Imperium gibt es keinen Ort, der sicherer ist«, meinte Thrawn. »Zumindest im Moment nicht.«

Pellaeon runzelte die Stirn. »Ich verstehe nicht.«

»Sein Nutzen für das Imperium nähert sich rasch dem Ende, Captain«, sagte Thrawn, wandte sich ab und ging durch den Torbogen zur Hauptsektion der Brücke. »Allerdings hat er noch eine letzte Rolle in unserem Langzeitplan zur Konsolidierung unserer Macht zu spielen.«

Am Achterende des Kommandogangs blieb er stehen. »C'baoth ist wahnsinnig, Captain – da stimmen wir beide überein. Aber dieser Wahnsinn betrifft seinen Geist. Nicht seinen Körper.«

Pellaeon starrte ihn an. »Wollen Sie damit vorschlagen, ihn zu *klonen*?«

»Warum nicht?« fragte Thrawn. »Natürlich nicht im Mount Tantiss – in Anbetracht der dortigen Verhältnisse. Sehr wahrscheinlich auch nicht mit der Geschwindigkeit dieser Fabrik – sie ist für Techniker und TIE-Jägerpiloten geeignet, aber nicht für ein derart delikates Projekt. Nein, ich stelle mir vor, einen derartigen Klon bis zur Kindheit heranreifen und ihn dann die letzten zehn oder fünfzehn Jahre auf normale Weise heranwachsen zu lassen. Natürlich unter entsprechender Aufsicht.«

»Ich verstehe«, sagte Pellaeon und hatte Mühe, seine Stimme gleichmütig klingen zu lassen. Ein junger C'baoth – oder vielleicht zehn oder zwanzig von ihnen, die in der Galaxis frei herumliefen. Das war ein Gedanke, an den er sich erst gewöhnen mußte. »Wo wollen Sie diese neue Kloning-Fabrik einrichten?«

»An einem Ort, wo sie absolut sicher ist«, erklärte Thrawn. »Wahrscheinlich auf einer der Welten in den Unbekannten Regionen, wo ich einst dem Imperator gedient habe. Sie werden den Geheimdienst beauftragen, nach der Vernichtung der Rebellen auf Bilbringi nach einem passenden Ort zu suchen.«

Pellaeon spürte, wie seine Lippe zuckte. Richtig: der gefährliche und delikate Bilbringi-Angriff. Diese C'baoth-Sache hatte ihn fast die Hauptaufgabe des Tages vergessen lassen. Oder seine diesbezüglichen Bedenken. »Jawohl, Sir. Admiral, ich sehe mich gezwungen, Sie daran zu erinnern, daß alle Hinweise nach wie vor darauf hindeuten, daß Tangrene das wahrscheinliche Angriffsziel ist.«

»Ich kenne die Hinweise, Captain«, sagte Thrawn. »Nichtsdestotrotz werden sie Bilbringi angreifen.«

Er ließ seine Blicke müßig über die Brücke schweifen, mit glühendroten Augen, denen nichts entging. Und die Besatzungsmitglieder wußten es. An jeder Station, von den Mannschaftsständen bis zu den Seitenkonsolen, verrieten die subtilen Laute und Bewegungen der Männer, daß sie sich der Beobachtung durch ihren Commander bewußt waren und sich anstrengten, den bestmöglichen Eindruck zu erwecken. »Machen wir uns ebenfalls auf den Weg«, fügte der Großadmiral hinzu. »Nehmen Sie Kurs auf Bilbringi, Captain. Und bereiten wir uns auf den Empfang unserer Gäste vor.«

Wedge leerte seine Tasse und stellte sie zurück auf das rissige und fleckige Holz des kleinen Tisches, während er sich in der lärmenden Mumbri-Storve-Bar umsah. Das Lokal war noch immer so überfüllt wie vor einer Stunde, als er es mit Janson und Hobbie betreten hatte, aber die Zusammensetzung der Gäste hatte sich merklich geändert. Die meisten jüngeren Leute, Pärchen und Gruppen, waren gegangen und durch ein älteres und eindeutig reifer wirkendes Publikum ersetzt worden. Dunkles Gelichter strömte herein; was bedeutete, daß es Zeit für sie wurde zu verschwinden.

Seine Pilotenkameraden vom Sondergeschwader wußten es auch. »Zeit zu gehen?« fragte Hobbie so leise, daß seine Stimme fast im Lärm unterging.

»Ja«, nickte Wedge, stand auf und suchte in seiner Tasche seiner *Zivilkleidung;* und er haßte diesen Aufzug. Aber es würde ihnen schlecht bekommen, in voller Neue-Republik-Uniform in dieser Stadt herumzulaufen.

Er fand eine passende Münze und warf sie auf die Mitte des Tisches, als sich die anderen erhoben. »Wohin jetzt?« fragte Janson und hob leicht die Schultern, um seine Rückenmuskulatur zu strecken.

»Zurück zur Basis, schätze ich«, meinte Wedge.

»Gut«, brummte Janson. »Wie's aussieht, kommt der Morgen früh genug.«

Wedge nickte, als er sich umdrehte und den Ausgang ansteuerte. Natürlich konnte der Morgen kommen, wann er wollte; vorher würden sie längst den Planeten verlassen haben und mit Höchstgeschwindigkeit zu ihrem zugeteilten Rendezvouspunkt außerhalb der Bilbringi-Werften unterwegs sein.

Sie drängten sich an den besetzten Tischen vorbei; und plötzlich schob ein großer, dünner Mann seinen Stuhl zurück, daß er fast gegen Wedges Knie stieß, und erhob sich schwankend. »Hoppla«, lallte er, sich halb drehend, seinen Arm um Wedges Schultern legend und sich mit seinem ganzen Gewicht auf ihn stützend.

»Sachte, Freund«, knurrte Wedge, um sein Gleichgewicht kämpfend. Aus den Augenwinkeln sah er, wie Janson an die andere Seite des großen Mannes trat und ihm unter den Arm griff.

»›Sachte‹ klingt gut«, murmelte der Mann, plötzlich nicht mehr lallend, als sich der Druck seines Armes um Wedges Schultern verstärkte. »Wir alle vier – ganz sachte jetzt. Helft dem armen alten Säufer nach draußen.«

Wedge erstarrte. Aufgespürt, überrumpelt und gefangen... Binnen eines Atemzugs hatte sich diese zwanglose Nacht in der Stadt in eine gefährliche Situation verwandelt. Er und Janson wurden durch den Fremden behindert, so daß nur Hobbie zur Waffe greifen konnte. Und der Fremde hatte gewiß nicht vergessen, für Rükkendeckung zu sorgen.

Der große Mann mußte Wedges Anspannung gespürt haben. »He – ganz ruhig«, riet er leise. »Kennen Sie mich nicht mehr?«

Wedge betrachtete aus den Augenwinkeln forschend das Gesicht, das praktisch an seiner Wange lehnte. Es kam ihm nicht bekannt vor; aber andererseits würde er aus diesem Blickwinkel nicht einmal seine Mutter erkennen. »Sollte ich?« murmelte er.

Der andere wirkte verblüfft. »Hatte ich eigentlich erwartet«, sagte er mit gekränkter Stimme. »Wenn man mit jemand einen Sternzerstörer angreift, sollte man ihn eigentlich nicht vergessen. Vor allem, wenn sich die Sache draußen in der Mitte des Nirgendwo abgespielt hat.«

Wedge sah das Gesicht genauer an, halb bewußt, daß sich die ganze Gruppe in Bewegung gesetzt hatte. Draußen in der Mitte des Nirgendwo...?

Und plötzlich dämmerte es ihm. Die *Katana*-Flotte, und Talon Karrdes Leute, die plötzlich aus dem Nichts aufgetaucht waren, um ihnen gegen die Imperialen zu helfen. Und hinterher die kurze, hektische Begegnung an Bord des Sternkreuzers… »Aves?«

»War doch gar nicht so schwer, oder?« sagte der andere beifällig. »Ich wußte, daß Sie drauf kommen würden. Kommen Sie jetzt – ganz sachte, damit wir nicht mehr Aufmerksamkeit erregen als unbedingt nötig.«

Sie schienen auch keine andere Wahl zu haben; aber während sich Wedge weiter dem Ausgang näherte, hielt er seine Umgebung im Auge, auf der Suche nach etwas, das ihnen helfen konnte, aus dieser Lage zu entkommen. Karrde und seine Leute hatten sich angeblich dazu bereit erklärt, die Neue Republik mit Informationen zu versorgen, aber sie waren noch weit davon entfernt, echte Verbündete zu sein. Und wenn das Imperium Druck auf sie ausgeübt… oder sie einfach gekauft hatte…

Aber ihnen bot sich keine Gelegenheit zur Flucht, bis sie durch die Tür waren. »Hier entlang«, sagte Aves, nun nicht mehr den Betrunkenen spielend, und eilte die trüb beleuchtete und wenig belebte Straße hinunter.

Janson suchte Wedges Blick und hob fragend die Brauen. Wedge zuckte andeutungsweise die Schultern und folgte Aves. Es konnte immer noch eine Falle sein, aber inzwischen wichen seine vagen Ängste schlichter Neugierde. Etwas ging hier vor sich, und er wollte herausfinden, was es war.

Er mußte nicht mehr lange rätseln. Zwei Häuser vom Mumbri Storve entfernt bog Aves in einen dunklen Eingang. Wedge folgte ihm, halb damit rechnend, direkt in ein halbes Dutzend Blastermündungen zu laufen. Aber Aves war allein. »Was jetzt?« fragte er, als Janson und Hobbie zu ihnen stießen.

Aves nickte zur Straße hin. »Passen Sie auf«, sagte er. »Wenn ich recht habe – da kommt er schon.«

Wedge beobachtete. Ein walroßgesichtiger Aqualish ging hastig vorbei und warf einen raschen Blick in den Eingang. Seine Schritte verlangsamten sich kaum merklich; dann riß er sich zusammen und ging schneller. Er passierte die andere Seite des Eingangs...

Ein dumpfer Schlag, und plötzlich tauchte der Aqualish wieder im Eingang auf, seine schlaffe und offensichtlich bewußtlose Gestalt im Griff zweier grimmig dreinblickender Männer. »Irgendwelche Probleme?« fragte Aves.

»Nee«, sagte einer der Männer, als sie den Aqualish unsanft auf den Boden fallen ließen. »Sie sind bösartig, aber nicht klug.«

»Der hier war klug genug«, widersprach Aves. »Sehen Sie ihn sich genau an, Antilles. Vielleicht erkennen Sie dann beim nächstenmal einen imperialen Spion, wenn Ihnen einer auf den Fersen ist.«

Wedge sah den Nichtmenschen an. »Ein imperialer Spion?«

»Zumindest ein Zuträger«, meinte Aves schulterzuckend. »Genauso gefährlich.«

Wedge warf ihm einen Blick zu und versuchte, gleichmütig dreinzuschauen. »Ich schätze, wir sollten Ihnen danken«, sagte er.

Einer der anderen Männer, der die Kleidung des Aqualish durchsuchte, schnaubte gepreßt. »Ich schätze, das sollten Sie«, sagte Aves. »Ohne uns wären Sie eine schöne fette Meldung im nächsten Bericht des imperialen Geheimdiensts geworden.«

»Das denke ich auch«, gestand Wedge und wechselte einen Blick mit Janson und Hobbie. Aber schließlich war dies der Zweck dieser ganzen Scharade gewesen: Großadmiral Thrawn davon zu überzeugen, daß Tangrene noch immer das Angriffsziel der Neuen Republik war. »Was werden Sie mit ihm machen?« fragte er Aves.

»Wir kümmern uns schon um ihn«, versicherte Aves. »Keine Sorge, in der nächsten Zeit wird er keine Berichte mehr liefern.«

Wedge nickte. Ein Abend sinnlos vertan. Trotzdem tat es gut zu wissen, daß Karrdes Leute noch immer auf ihrer Seite waren. »Noch einmal vielen Dank«, sagte er, und diesmal meinte er es auch. »Ich schulde Ihnen etwas.«

Aves legte den Kopf zur Seite. »Wollen Sie die Schuld nicht sofort abtragen?«

»Wie?« fragte Wedge vorsichtig.

»Wir haben einen kleinen Job in Vorbereitung«, sagte Aves mit einer vagen Handbewegung zum Nachthimmel. »Sie auch, wie wir wissen. Es würde uns eine Menge helfen, wenn wir mit unserem Job beginnen könnten, während Sie Thrawn beschäftigen.«

Wedge starrte ihn verblüfft an. »Wie, Sie wollen, daß ich Ihnen verrate, wann unsere Operation beginnt?«

»Warum nicht?« sagte Aves nüchtern. »Wie ich schon sagte, wir wissen bereits, daß Ihre Vorbereitungen laufen. Bel Iblis' alter Trick und so weiter.«

Wedge sah wieder seine Piloten an und fragte sich, ob auch sie die Ironie dieser Sache zu schätzen wußten. Hier standen sie, nachdem ein Abend voller subtiler Hinweise direkt in der Protonenröhre gelandet war; und jetzt wurden sie gebeten, die gesamte Operation rundweg zu bestätigen. Colonel Derlins Täuschungsteam hätte auch keine bessere Arbeit liefern können. »Es tut mir leid«, sagte er langsam und um echtes Bedauern in der Stimme bemüht. »Aber Sie wissen, daß ich Ihnen das nicht verraten darf.«

»Warum nicht?« fragte Aves ungeduldig. »Wie ich schon sagte, das meiste wissen wir bereits. Ich kann es beweisen, wenn Sie wollen.«

»Nicht hier«, sagte Wedge rasch. Ihr Auftrag lautete, Hinweise auszustreuen, aber nicht so offensichtlich, daß es Verdacht erregte. »Jemand könnte uns hören.«

Janson berührte seinen Arm. »Sir, wir müssen zurück«, murmelte er. »Wir haben noch eine Menge Arbeit zu erledigen, bevor wir aufbrechen.«

»Ich weiß, ich weiß«, nickte Wedge. Der gute alte Janson; das war genau der Schlüssel, nach dem er gesucht hatte. »Hören Sie, Aves, ich sage Ihnen, was ich tun werde. Sind Sie noch eine Weile hier?«

»Ließe sich einrichten. Warum?«

»Ich muß mit dem Commander meiner Einheit sprechen«, erklärte Wedge. »Vielleicht bekomme ich eine Sondergenehmigung, Sie einzuweihen.«

Aves' Gesichtsausdruck verriet nur zu deutlich, was er von diesem Vorschlag hielt. »Es ist einen Versuch wert«, sagte er statt dessen diplomatisch. »Wie schnell können Sie die Antwort bekommen?«

»Ich weiß es nicht«, gestand Wedge. »Er ist so beschäftigt wie wir alle, wissen Sie. Ich werde auf jeden Fall versuchen, wieder Kontakt mit Ihnen aufzunehmen; aber wenn Sie in etwa achtundzwanzig Stunden noch nichts von mir gehört haben, rechnen Sie nicht mehr mit mir.«

Vielleicht hatte sich ein leises Lächeln auf Aves' Züge gestohlen. Wedge konnte es in dem trüben Licht nicht genau erkennen. »Verstanden«, sagte er mit einem leichten Murren. »Ich schätze, das ist besser als nichts. Sie können beim Nachtbarkeeper im Schankcafé Dona Laza eine Nachricht für mich hinterlassen.«

»Okay«, nickte Wedge. »Wir müssen jetzt gehen. Noch einmal vielen Dank.«

Mit den beiden anderen Piloten verließ er den Eingang und überquerte die Straße. Sie hatten bereits zwei Blocks zurückgelegt, als Hobbie das Wort ergriff. »Achtundzwanzig Stunden, was? Verdammt gerissen.«

»Ganz meine Meinung«, stimmte Wedge bescheiden zu. »Wir kämen dann pünktlich zur großen Schlacht um Tangrene.«

»Hoffen wir nur, daß er auch vorhat, diese Information an das Imperium zu verkaufen«, murmelte Janson. »Es wäre eine Schande, wenn wir den ganzen Abend vergeudet hätten.«

»Oh, er wird sie schon verkaufen, jede Wette«, schnaubte Hobbie. »Er ist ein Schmuggler. Warum hätte er sie sonst haben wollen?«

Wedge dachte an die Schlacht um die *Katana*. Vielleicht waren

Karrde und seine Bande das tatsächlich: Abschaum, stets vom höchsten Bieter zu kaufen. Aber irgendwie glaubte er es nicht. »Wir werden es schon früh genug erfahren«, wandte er sich an Hobbie. »Kommen Sie. Wie Janson sagte, wir haben eine Menge Arbeit vor uns.«

23

Die letzte Seite rollte über das Display und endete. ENDE DER SUCHE: NÄCHSTE ANFRAGE?

»Keine«, sagte Leia, lehnte sich in ihrem Sessel zurück und blickte aus dem Fenster. Eine weitere Sackgasse. Genau wie die letzte und die vorletzte. Es sah allmählich so aus, als hätten die Archivare recht gehabt: Wenn es in der Alten Senatsbibliothek irgendwelche Informationen über die alten Kloning-Techniken aus der Zeit der Klon-Kriege gab, dann waren sie so tief begraben, daß niemand sie je finden würde.

Auf der anderen Seite des Zimmers spürte sie das Flackern eines erwachenden Bewußtseins. Sie stand auf, ging zur Wiege und betrachtete ihre Kinder. Jacen war tatsächlich wach, brabbelte vor sich hin und mühte sich redlich, seine Finger zu begutachten. Jaina an seiner Seite schlief noch, die pummeligen Lippen gerade so weit offen, daß sie bei jedem Atemzug leise pfiff. »Hallo, du da«, flüsterte Leia ihrem Sohn zu, nahm ihn aus der Wiege und schaukelte ihn in ihren Armen. Er sah sie an, die Finger vorübergehend vergessen, und lächelte sein wundervolles zahnloses Lächeln. »Nun, vielen Dank«, sagte sie, erwiderte das Lächeln und streichelte seine Wange. »Komm – mal sehen, was draußen in der großen Welt so alles geschieht.«

Sie trug ihn zum Fenster. Unter ihnen war Imperial City zu ihrer morgendlichen Aktivität erwacht, Bodenfahrzeuge und Gleiter rasten in alle Richtungen wie aufgeregte Insekten. Jenseits der Stadt, im Süden, glitzerten die schneebedeckten Gipfel der Manarai-Berge im morgendlichen Sonnenschein. Der Himmel über den Bergen war von einem tiefen und wolkenlosen Blau; und über dem Himmel...

Sie fröstelte. Über dem Himmel war der planetare Energieschild. Und die unsichtbaren, tödlichen Asteroiden des Imperiums.

Jacen gurgelte. Leia sah auf ihn hinunter und stellte fest, daß er sie mit einem Ausdruck betrachtete, der fast Besorgnis sein konnte. »Es ist alles gut«, beruhigte sie ihn, drückte ihn leicht an sich und wiegte ihn sanft in ihren Armen. »Es ist alles gut. Wir werden sie alle aufspüren und vernichten – kein Grund zur Sorge.«

Die Tür hinter ihr öffnete sich, und Winter trat ins Zimmer, vor sich in der Luft ein Schwebetablett. »Eure Hoheit«, grüßte sie Leia mit leiser Stimme. »Ich dachte, Sie möchten vielleicht eine Erfrischung.«

»Ja, gern, danke«, sagte Leia und sog das köstliche Aroma der gewürzten Paricha ein, das aus der Schüssel auf dem Tablett aufstieg. »Hat sich unten etwas ereignet?«

»Nichts Interessantes«, sagte Winter, schob das Tablett zu einem Nebentisch und räumte es ab. »Die Suchteams haben seit gestern morgen keine weiteren Asteroiden gefunden. General Bel Iblis hat gemeint, daß wir sie möglicherweise alle bereits zerstört haben.«

»Ich bezweifle, daß Admiral Drayson das glaubt.«

»Nein«, bestätigte Winter, während sie ihr einen dampfenden Becher reichte und wartete, bis Leia eine Hand frei hatte. »Mon Mothma auch nicht.«

Leia nickte, als sie den Becher entgegennahm. Um ehrlich zu

sein, sie glaubte selbst auch nicht daran. Ganz gleich, wie kostspielig diese Tarnschilde in der Produktion auch sein mochten, sie konnte sich nicht vorstellen, daß sich das Imperium all diese Mühe gegeben hatte, um weniger als siebzig getarnte Asteroiden auszusetzen. Und es konnten gut doppelt soviel sein. Die einundzwanzig, die sie bisher aufgespürt hatten, waren kaum mehr als ein Anfang.

»Was machen die Nachforschungen?« fragte Winter und goß sich selbst einen Becher ein.

»Keine Fortschritte«, mußte Leia gestehen. Von einem unlösbaren Problem zum nächsten. »Obwohl es mich eigentlich nicht überraschen sollte. Die Archivspezialisten des Rates haben bereits alle Aufzeichnungen überprüft und nichts gefunden.«

»Aber Sie sind eine Jedi«, erinnerte Winter. »Sie haben die Macht.«

»Offenbar nicht genug«, schüttelte Leia den Kopf. »Zumindest nicht genug, um mich zu dem richtigen Archiv zu führen. Falls es ein richtiges Archiv gibt. Ich bin mir inzwischen dessen nicht mehr so sicher.«

Für eine Minute schlürften sie schweigend ihre Becher. Leia genoß den milden Geschmack der heißen Paricha, sich deutlich bewußt, daß dies möglicherweise für einige Zeit ihre letzte Gelegenheit war. Alle Vorräte der Wurzel, aus denen das Getränk hergestellt wurde, mußten von Fremdwelten importiert werden.

»Ich habe gestern mit Mobvekhar gesprochen«, sagte Winter in ihre Gedanken hinein. »Er sagte, sie hätten ihm gegenüber einen Anhaltspunkt erwähnt. Etwas, das Mara Jade gesagt hat.«

»Etwas, das Mara gesagt hat, in Verbindung mit etwas, das Luke getan hat«, nickte Leia. »Ja, ich erinnere mich; und ich denke immer noch, daß darin irgendwo ein wichtiger Hinweis versteckt ist. Ich komme nur nicht dahinter, um was es sich dabei handelt.«

An ihrer Hüfte piepte das Komm. »Ich wußte, daß es nicht lange dauern wird«, seufzte Leia, stellte ihren Becher ab und griff nach dem Komm. Mon Mothma hatte ihr einen ganzen freien Vormittag versprochen; offenbar konnte sie dieses Versprechen nicht halten. »Rätin Organo Solo«, sagte sie in das Gerät.

Aber es war nicht Mon Mothma. »Rätin, hier ist die Kommunikationszentrale«, meldete sich eine militärisch zackige Stimme. »Ein ziviler Frachter namens *Wilder Karrde* befindet sich unmittelbar vor der Wachtgrenze. Der Captain besteht darauf, mit Ihnen persönlich zu sprechen. Wollen Sie mit ihm reden, oder sollen wir ihn aus dem System vertreiben?«

Also war Karrde endlich gekommen, um seine Leute abzuholen. Oder er hatte Gerüchte gehört und sich entschlossen, selbst ein wenig auf Coruscant herumzuschnüffeln. So oder so bedeutete es Ärger. »Lassen Sie mich mit ihm reden«, wies sie den Controller an.

»Ja, Rätin.«

Ein leises Klicken folgte. »Hallo, Karrde«, sagte Leia. »Hier ist Leia Organa Solo.«

»Hallo, Rätin«, antwortete Karrdes kühle, wohlmodulierte Stimme. »Schön, wieder mit Ihnen zu plaudern. Ich schätze, Sie haben meine Sendung bekommen?«

Leia mußte überlegen. Richtig – die Makrofernglasaufzeichnung des Angriffs auf Ukio. »Ja, haben wir«, bestätigte sie. »Gestatten Sie mir, Ihnen den Dank der Neuen Republik auszusprechen.«

»Ihr Dank wurde bereits großzügig ausgedrückt«, sagte Karrde trocken. »Hat es irgendwelche unangenehmen Nachfragen hinsichtlich der Zahlungsvereinbarung gegeben?«

»Im Gegenteil«, versicherte Leia, die Wahrheit nur ein wenig strapazierend. »Wir wären froh, vergleichbare Raten für weitere Informationen dieser Qualität zu bezahlen.«

»Ich bin froh, das zu hören«, sagte Karrde. »Sind Sie zufällig auch an Technologie interessiert?«

Leia blinzelte. Die Frage hatte sie nicht erwartet. »Welche Art Technologie?« fragte sie.

»Die schwer zu beschaffende Art«, sagte er. »Warum besorgen Sie mir keine Landeerlaubnis, damit wir darüber reden können?«

»Ich fürchte, das wird nicht möglich sein«, erwiderte Leia. »Aller Verkehr von und nach Coruscant ist auf das unbedingt Notwendige beschränkt worden.«

»Nur auf das unbedingt Notwendige?«

Leia verzog das Gesicht. Er *hatte* also Gerüchte gehört. »Was genau wissen Sie?«

»Ich kenne nur das eine oder andere Gerücht«, sagte er. »Wovon mich nur eins wirklich interessiert. Verraten Sie mir, was mit Mara ist.«

»Mit Mara?« wiederholte Leia wachsam.

»Steht sie unter Arrest?«

Leia warf Winter einer Blick zu. »Karrde, wir sollten dieses Thema nicht auf...«

»Hören Sie bloß auf«, unterbrach Karrde mit plötzlich harter Stimme. »Sie schulden mir etwas. Wichtiger noch, Sie schulden ihr etwas.«

»Ich bin mir dessen bewußt«, konterte Leia und ließ ihren Tonfall merklich abkühlen. »Wenn Sie mich ausreden lassen würden – wir sollten dieses Thema nicht auf einem offenen Kanal diskutieren.«

»Ah. Ich verstehe.« Wenn ihm sein Schnitzer peinlich war, so ließ er es sich nicht anmerken. »Versuchen wir etwas anderes. Ist Ghent erreichbar?«

»Er muß hier irgendwo sein.«

»Suchen Sie ihn und setzen Sie ihn an ein Terminal mit Kommsystemzugang. Sagen Sie ihm, er soll einen meiner persönlichen Chiffrierkodes einprogrammieren – welcher, steht ihm frei. Dann sollten wir uns ungestört unterhalten können.«

Leia dachte darüber nach. Zumindest sollte es verhindern, daß sie zufällig von anderen Zivilschiffen im System abgehört wurden. Ob sich die imperialen Sondendroiden, die irgendwo dort draußen herumschlichen, davon täuschen ließen, war eine andere Frage. »Es ist zumindest ein Anfang«, stimmte sie zu. »Ich werde ihn suchen.«

»Ich werde warten.«

Die Verbindung wurde unterbrochen. »Ärger?« fragte Winter.

»Möglich«, sagte Leia. Sie sah Jacen an, mit einem seltsamen Kribbeln im Hinterkopf. Da war es wieder: das unheimliche Gefühl, daß eine lebenswichtige Information im Dunkeln wartete, greifbar nah und dennoch unerreichbar. Es hatte mit Luke und Mara zu tun, soviel war ihr inzwischen klar. Konnte es auch mit Karrde zu tun haben? »Er ist wegen Mara gekommen... und ich glaube nicht, daß es ihm gefallen wird, wenn er entdeckt, daß sie fort ist. Kümmere dich um die Zwillinge – ich muß Ghent suchen und hinunter in den Kriegsraum.«

Die Datencheckliste endete. »Sieht okay aus«, sagte Ghent zu Leia, während er auf das Display starrte und eine letzte Veränderung am Chiffrierplan vornahm. »Sie werden jedenfalls nicht mehr als hier und da eine Silbe verlieren. Fangen Sie an.«

»Seien Sie mit Ihren Worten bloß vorsichtig«, warnte Bel Iblis sie. »Dort draußen könnte es immer noch Sondendroiden geben, die alle Gespräche abhören, und wir haben keine Garantie, daß die Imperialen Karrdes Chiffrierkodes nicht geknackt haben. Sagen Sie nichts, was sie nicht schon wissen.«

»Ich verstehe«, nickte Leia. Sie setzte sich und drückte den Schalter, den ihr der Kommoffizier gezeigt hatte. »Wir sind bereit, Karrde.«

»Ich auch«, erwiderte Karrdes Stimme. Sie klang etwas tiefer als normal, war aber ansonsten klar zu verstehen. »Warum steht Mara unter Arrest?«

»Vor ein paar Wochen ist ein imperiales Kommandoteam in den Palast eingedrungen«, sagte Leia. »Der Anführer des Teams behauptete, Mara wäre ihre Komplizin.«

»Das ist absurd«, ereiferte sich Karrde.

»Ganz meine Meinung«, sagte Leia. »Aber ein derartiger Vorwurf muß untersucht werden.«

»Und was haben Ihre Untersuchungen ergeben?«

»Was einige von uns bereits wußten«, sagte Leia. »Daß sie einst zum persönlichen Stab des Imperators gehört hat.«

»Halten Sie sie deshalb immer noch fest?« fragte Karrde. »Wegen Dingen, die sie vor Jahren getan oder vielleicht auch nicht getan hat?«

»Über ihre Vergangenheit machen wir uns keine Sorgen«, sagte Leia und begann ein wenig zu schwitzen. Sie haßte es, Karrde auf diese Weise in die Irre zu führen, vor allem, nachdem er ihnen so sehr geholfen hatte. Aber wenn Sondendroiden mithörten, mußte sie den Eindruck erwecken, daß Mara noch immer unter Verdacht stand. »Bestimmte Mitglieder des Rates und des Oberkommandos fragen sich, wem im Moment ihre Loyalität gehört.«

»Dann muß es sich bei diesen Mitgliedern um Idioten handeln«, stieß Karrde hervor. »Ich möchte mit ihr sprechen.«

»Ich fürchte, das ist unmöglich«, sagte Leia. »Sie hat keine Erlaubnis, externe Kommunikationssysteme zu benutzen.«

Ein leises Geräusch drang aus dem Lautsprecher; ein verschlüsseltes Stöhnen oder Seufzen, wie Leia vermutete. »Sagen Sie mir, warum ich nicht landen darf«, forderte Karrde. »Ich habe Gerüchte gehört. Sagen Sie mir die Wahrheit.«

Leia sah Bel Iblis an. Auf seinem Gesicht lag ein säuerlicher Ausdruck, aber er nickte widerwillig. »Die Wahrheit ist, daß wir belagert werden«, berichtete sie Karrde. »Der Großadmiral hat eine große Anzahl getarnter Asteroiden in den Orbit um Coruscant gebracht. Wir kennen weder ihre Umlaufbahnen noch ihre genaue Zahl. Bis wir alle aufgespürt und vernichtet haben, muß der planetare Schild aufrechterhalten werden.«

»Interessant«, murmelte Karrde. »Ich habe von den Blitzangriffen des Imperiums gehört, aber von irgendwelchen Asteroiden war nie die Rede. Die meisten Gerüchte deuteten lediglich an, daß Coruscant schwer zerstört wurde und Sie versuchen, es geheimzuhalten.«

»Das klingt nach der Sorte Geschichte, die Thrawn in Umlauf bringen würde«, knurrte Bel Iblis. »Eine kleine Spitze gegen unsere Moral, damit er sich zwischen den Angriffen auch weiter amüsieren kann.«

»Er beherrscht alle Aspekte der Kriegsführung«, stimmte Karrde zu. Aber in Leias Ohren klang sein Tonfall merkwürdig. »Wie viele von diesen Asteroiden haben Sie bis jetzt gefunden? Ich nehme doch an, daß Sie nach ihnen gesucht haben?«

»Wir haben einundzwanzig aufgespürt und vernichtet«, erklärte sie. »Das bedeutet, daß zweiundzwanzig ausgeschaltet sind, wenn man den einen mitzählt, der von den Imperialen zerstört wurde, damit er uns nicht in die Hände fiel. Aber unsere Schlachtdaten deuten darauf hin, daß er bis zu zweihundertsiebenundachtzig ausgesetzt haben könnte.«

Karrde schwieg einen Moment. »Das sind trotzdem nicht besonders viele, wenn man die Größe des in Frage kommenden Raumes bedenkt. Ich wäre bereit, einen Durchbruch zu riskieren.«

»Wir machen uns keine Sorge um Ihre Sicherheit«, warf Bel Iblis ein. »Wir denken daran, was aus Coruscant wird, wenn ein Vierzigmeterasteroid durch den Schild dringt und auf der Oberfläche einschlägt.«

»Ich könnte den Schild in fünf Sekunden passiert haben«, sagte Karrde.

»Wir werden ihn nicht einmal für eine Sekunde öffnen«, erwiderte Leia fest. »Es tut mir leid.«

Aus dem Lautsprecher drang erneut jenes leise Geräusch. »In diesem Fall bleibt mir offenbar keine andere Wahl, als Ihnen einen Handel vorzuschlagen. Sie haben erst gesagt, daß Sie bereit sind, für Informationen zu zahlen. Nun gut. Ich habe etwas, das Sie brauchen; und mein Preis ist ein paar Minuten mit Mara.«

Leia sah Bel Iblis verwirrt an und erntete einen gleichermaßen verblüfften Blick. Er konnte sich anscheinend auch nicht vorstellen, worauf Karrde hinauswollte. Jedenfalls stand fest, daß sie ihm unmöglich eine Unterredung mit Mara versprechen konnte. »Ich kann keine Versprechungen machen«, sagte sie. »Verraten Sie mir, um welche Informationen es geht, und ich werde versuchen, fair zu Ihnen zu sein.«

Ein Moment des Schweigens folgte, in dem er darüber nachdachte. »Ich schätze, das ist das beste Angebot, das ich bekommen kann«, sagte er schließlich. »In Ordnung. Sie können jetzt jederzeit Ihren Schild senken. Die Asteroiden sind alle weg.«

Leia starrte den Lautsprecher an. »Was?«

»Sie haben mich richtig verstanden«, sagte Karrde. »Sie sind weg. Thrawn hat zweiundzwanzig abgesetzt; Sie haben zweiundzwanzig zerstört. Die Belagerung ist zu Ende.«

»Woher wissen Sie das?« fragte Karrde.

»Ich war kurz vor dem Blitzangriff des Imperiums in der Nähe der Bilbringi-Werften«, berichtete Karrde. »Wir haben beobachtet, wie eine Gruppe von zweiundzwanzig Asteroiden unter schärfsten Sicherheitsvorkehrungen präpariert wurde. Zu diesem Zeitpunkt wußten wir natürlich nicht, was das Imperium mit ihnen vorhatte.«

»Haben Sie während Ihres Aufenthalts Aufzeichnungen gemacht?« fragte Bel Iblis.

»Ich habe die Sensordaten der *Wilder Karrde*«, sagte er. »Wenn Sie bereit sind, spiele ich sie Ihnen rüber.«

»Tun Sie's.«

Die Datenempfangsdiode leuchtete auf, und Leia hob den Blick zum visuellen Display. Es waren die Bilbrini-Werften – sie erkannte sie anhand der Bilder, die die Schiffe der Neuen Republik während ihrer Aufklärungsflüge geschossen hatten. Und dort im Zentrum, von Versorgungseinheiten und Wartungstechnikern umgeben...

»Er hat recht«, murmelte Bel Iblis. »Es sind zweiundzwanzig.«

»Das beweist nicht, daß es nicht mehr gibt, Sir«, wandte der Offizier an der Sensorkonsole ein. »Sie könnten eine weitere Gruppe auf Ord Trasi oder Yaga Minor zusammengestellt haben.«

»Nein«, schüttelte Bel Iblis den Kopf. »Abgesehen von den logistischen Problemen kann ich mir nicht vorstellen, daß Thrawn seine Tarnfeldtechnologie mehr als unbedingt nötig verstreut. Er kann es sich auf keinen Fall leisten, daß uns ein funktionierendes Modell in die Hände fällt.«

»Nicht einmal die Systemwerte«, stimmte Karrde zu. »Wenn Sie eine schwache Stelle finden, büßt er einen seiner wichtigsten Vorteile gegen Sie ein. In Ordnung; ich habe meinen Teil der Abmachung erfüllt. Wie steht's mit Ihrem?«

Leia sah Bel Iblis hilflos an. »Warum wollen Sie mit ihr sprechen?« fragte der General.

»Wenn Sie es wirklich wissen wollen, das Schlimmste am Eingesperrtsein ist das Gefühl des Verlassenseins«, sagte Karrde kühl. »Ich kann mir vorstellen, daß Mara sich so fühlt – mir erging es genauso, als ich gezwungenermaßen Thrawns Gast an Bord der *Schimäre* war. Ich will sie wissen lassen – persönlich –, daß man sie nicht vergessen hat.«

»Leia?« murmelte Bel Iblis. »Was sollen wir tun?«

Leia starrte den General an und hörte seine Worte, ohne sie richtig zu verstehen. Dort war er, direkt vor ihren Augen: der Schlüssel, nach dem sie gesucht hatte. Karrdes Gefangenschaft an Bord der *Schimäre*...

»Leia?« wiederholte Bel Iblis stirnrunzelnd.

»Ich habe Sie gehört«, sagte sie, und die Worte klangen fern und mechanisch in ihren Ohren. »Lassen Sie ihn landen.«

Bel Iblis warf dem Deckoffizier einen Blick zu. »Vielleicht sollten wir...«

»Ich sagte, lassen Sie ihn landen«, fauchte Leia heftiger, als sie eigentlich beabsichtigt hatte. Plötzlich fügten sich alle Puzzleteile zusammen... Und das Bild, das sie bildeten, war das einer potentiellen Katastrophe. »Ich übernehme die Verantwortung.«

Für einen Moment studierte Bel Iblis ihr Gesicht. »Karrde, hier spricht Bel Iblis«, sagte er langsam. »Wir öffnen fünf Sekunden lang für Sie den Schild. Erwarten Sie die Landeanweisungen.«

»Danke«, sagte Karrde. »Wir unterhalten uns später weiter.«

Bel Iblis gab dem Deckoffizier einen Wink, der nickte und sich an die Arbeit machte. »In Ordnung, Leia«, sagte er wieder zu ihr gewandt. »Was geht hier vor?«

Leia holte tief Luft. »Die Klons, Garm. Ich weiß, wieso Thrawn sie so schnell züchten kann.«

Im Kriegsraum wurde es totenstill. »Sagen Sie es mir«, bat Bel Iblis.

»Es liegt an der Macht«, erklärte sie. Es war so offensichtlich – völlig offensichtlich –, und trotzdem hatte sie es bis jetzt völlig übersehen. »Verstehen Sie denn nicht? Wenn man ein exaktes Duplikat eines intelligenten Wesens herstellt, entsteht durch die Macht eine natürliche Resonanz zwischen dem Duplikat und dem Original. *Das* ist es, was das Bewußtsein eines Klons zerstört, der zu schnell heranreift – sein Bewußtsein hat nicht genug Zeit, sich an den Druck zu gewöhnen. Es kann sich nicht anpassen; also zerbricht es.«

»In Ordnung«, sagte Bel Iblis zweifelnd. »Wie umgeht Thrawn das Problem?«

»Ganz einfach«, erwiderte Leia fröstelnd. »Er benutzt die Ysalamiri, um die Macht von den Kloning-Tanks fernzuhalten.«

Bel Iblis' Miene verhärtete sich. Irgendwo im stillen Raum fluchte jemand gepreßt. »Karrdes Befreiung auf der *Schimäre* war der Schlüssel«, fuhr Leia fort. »Mara sagte mir, daß das Imperium fünf- oder sechstausend Ysalamiri aus den Wäldern von Myrkr geholt hat. Aber sie haben sie nicht auf ihre Kriegsschiffe geschafft, denn als Mara und Luke Karrde herausholten, hatten sie keine Probleme beim Einsatz der Macht.«

»Weil sich die Ysalamiri auf Wayland befanden«, nickte Bel Iblis. Er sah Leia scharf an, und seine Aura veränderte sich abrupt. »Was bedeutet, wenn das Team den Berg erreicht...«

»Wird Luke hilflos sein«, nickte Leia mit zugeschnürter Kehle. »Und er wird es erst bemerken, wenn es zu spät ist.«

Sie fröstelte erneut, und plötzlich erinnerte sie sich an den Traum, den sie in der Nacht des imperialen Angriffs gehabt hatte. Luke und Mara, die einem wahnsinnigen Jedi und einer anderen, unbekannten Gefahr gegenüberstanden. Sie hatte sich damals mit dem Gedanken getröstet, daß Luke in der Lage sein würde, C'baoths Anwesenheit auf Wayland zu spüren und Schritte zu unternehmen, um ihm auszuweichen. Aber die Ysalamiri würden ihn dem anderen vielleicht direkt in die Hände spielen.

Nein. Sie würden ihn *bestimmt* in C'baoths Hände spielen. In diesem Moment wußte sie genau, daß es passieren würde. Was sie in jener Nacht gesehen hatte, war kein Traum, sondern eine Jedi-Vision gewesen.

»Ich werde mit Mon Mothma sprechen«, sagte Bel Iblis mit grimmigem Gesicht. »Trotz Bilbringi werden wir vielleicht ein paar Schiffe auftreiben können, um ihnen zu helfen.«

Er wandte sich ab und eilte zum Ausgang und den dahinterliegenden Turboliften. Für einen Moment sah Leia ihm nach und hörte, wie die selbstauferlegte Trance des Kriegsraums brach und er langsam wieder zum Leben erwachte. Er würde es versuchen, wußte sie; aber sie wußte auch, daß er scheitern würde. Mon Mothma, Commander Sesfan und Bel Iblis selbst hatten es bereits gesagt; es standen einfach nicht genug Schiffe zur Verfügung, um Wayland und die Bilbringi-Werften zur gleichen Zeit anzugreifen. Und sie wußte nur zu gut, daß nicht alle im Rat glauben würden, daß die Bedrohung durch die getarnten Asteroiden vorbei war. Zumindest nicht früh genug, um den Angriff auf Bilbringi abzublasen. Was bedeutete, daß es nur eine Person gab, die ihrem Mann und ihrem Bruder helfen konnte.

Leia holte tief Luft und eilte Bel Iblis nach. Es gab noch viel für sie zu tun, bis Karrde eintraf.

Drei Personen erwarteten Karrde, als er das Schiff verließ, versteckt unter dem Vordach des Zugangstunnels zur Landegrube. Karrde entdeckte sie oben von der Ausstiegsrampe der *Wilder Karrde* aus, und trotz der Schatten hatte er zwei von ihnen identifiziert, ehe er die Hälfte der Rampe hinuntergestiegen war. Da waren Leia Organa Solo und, hinter ihr verborgen, Ghent. Die dritte Gestalt, die hinter beiden stand, war klein und trug die grobe braune Robe eines Jawa. Was ein Wüstenplünderer hier zu suchen hatte, war Karrde rätselhaft..., aber als die Gruppe aus den Schatten auf ihn zutrat und er einen ersten Blick auf Organa Solos Gesicht erhaschte, wurde ihm klar, daß er es bald erfahren würde. »Guten Morgen, Rätin«, begrüßte er sie und neigte leicht den Kopf. »Schön, dich zu sehen, Ghent. Ich nehme an, du hast dich nützlich gemacht?«

»Ich denke schon«, meinte Ghent und scharrte nervös mit den Füßen. Viel zu nervös, selbst für seine Verhältnisse. »Zumindest sagen sie es.«

»Gut.« Karrde richtete seine Aufmerksamkeit auf das dritte Mitglied der Gruppe. »Und dein Freund ist...«

»Ich bin Mobvekhar Clan Hakh'khar«, miaute eine rauhe Stimme.

Karrde widerstand dem Impuls, einen Schritt zurückzuweichen. Was sich auch immer unter dieser Robe verbarg, es war ganz gewiß kein Jawa. »Er ist mein Leibwächter«, erklärte Organa Solo.

»Ah.« Karrde zwang sich, die Blicke von dem Geschöpf abzuwenden, das sich unter der dunklen Kapuze verbarg. »Nun«, sagte er mit einer Handbewegung zum Tunnel. »Sollen wir gehen?«

Organa Solo schüttelte den Kopf. »Mara ist nicht hier.«

Karrde warf Ghent einen Blick zu. Seine Nervosität hatte zugenommen. »Sie haben gesagt, ich würde sie hier treffen.«

»Ich habe nur gesagt, daß sie verhaftet worden ist«, widersprach Organa Solo. »Ich konnte es Ihnen nicht genauer erklären – möglicherweise sind wir von imperialen Sondendroiden abgehört worden.«

Mühsam bezwang Karrde seine Verärgerung. Schließlich standen sie alle auf seiner Seite. »Wo ist sie?«

»Auf einem Planeten namens Wayland«, antwortete Organa Solo. »Zusammen mit Luke und Han und einigen anderen.«

Wayland? Karrde konnte sich nicht erinnern, von dieser Welt schon einmal gehört zu haben. »Und was gibt es auf Wayland so Interessantes?« fragte er.

»Großadmiral Thrawns Kloning-Fabrik.«

Karrde starrte sie an. »Sie haben sie gefunden?«

»Wir nicht«, gestand Organa Solo. »Mara.«

Karrde nickte mechanisch. Sie hatten also aus eigener Kraft die Kloning-Fabrik gefunden. All die Mühe, die er sich mit der Organisation der anderen Schmugglergruppen gegeben hatte – alles umsonst. Die Arbeit, das Risiko, von dem Geld ganz zu schweigen, das er ihnen hatte zahlen wollen. »Sind Sie sicher, daß sich die Kloning-Fabrik dort befindet?«

»Wir werden es früh genug erfahren«, sagte Organa Solo mit einer Handbewegung zu dem Schiff hinter ihm. »Sie müssen mich hinbringen. Sofort.«

»Warum?«

»Weil sich die Expedition in Gefahr befindet«, antwortete Organa Solo. »Sie wissen es vielleicht noch nicht, aber es ist so. Und wenn sie den vereinbarten Zeitplan eingehalten haben, gibt es vielleicht noch eine Chance, sie zu erreichen, bevor es zu spät ist.«

»Sie hat mir unterwegs alles erzählt«, fügte Ghent zögernd hinzu. »Ich denke, wir sollten...«

Er verstummte unter Karrdes Blick. »Ich habe Mitgefühl mit Ihren Freunden, Rätin«, sagte er. »Aber es gibt andere Angelegenheiten, die ebenfalls meine Aufmerksamkeit erfordern.«

»Dann lassen Sie Mara im Stich«, erinnerte ihn Organa Solo.

»Ich habe keine besonderen Verpflichtungen gegenüber Mara«, konterte Karrde. »Sie ist ein Mitglied meiner Organisation; mehr nicht.«

»Ist das wirklich alles?«

Für einen Moment starrte Karrde sie an. Sie hielt seinem Blick stand, ließ sich von seinem Bluff nicht beeindrucken ..., und in ihren Augen konnte er sehen, daß sie sehr genau wußte, daß es ein Bluff *war*. Er konnte nicht einfach weggehen und Mara dem Tod ausliefern, ebensowenig wie er Aves oder Dankin oder Chin im Stich lassen konnte. Nicht, wenn es noch eine Möglichkeit gab, ihnen zu helfen. »So einfach ist das nicht«, sagte er ruhig. »Ich trage auch Verantwortung für den Rest meiner Leute. Im Moment bereiten sie einen Angriff vor, um eine Kristall-Gravfeldfalle zu erbeuten, die wir Ihnen verkaufen wollen.«

Überraschung huschte über Organa Solos Gesicht. »Eine Kristall-Gravfeldfalle?«

»Nicht die, die Sie erbeuten wollen«, beruhigte Karrde sie. »Aber wir haben den Angriff zeitgleich angesetzt, in der Hoffnung, daß Ihre Aktion den Feind ablenken wird. Ich muß dabei sein.«

»Ich verstehe«, murmelte Organa Solo, offenbar bereit, auf die Frage zu verzichten, wie Karrde von dem Tangrene-Angriff erfahren hatte. »Ist es denn so wichtig, daß die *Wilder Karrde* an diesem Angriff teilnimmt?«

Karrde sah Ghent an. Es war keineswegs wichtig, nicht, seit Mazzic und Ellor und die anderen die beeindruckende Gruppe verstärkten, die Aves zusammengestellt hatte. Das Problem war, wenn er jetzt losflog – und Organa Solo ließ keinen Zweifel daran, daß sie von ihm erwartete, auf dem Absatz kehrtzumachen und direkt in den Weltraum zu starten –, würde er keine Chance mehr haben, Ghent auf das Computersystem der Neuen Republik anzusetzen und die Gelder umzuleiten, die er brauchte, um die anderen Gruppen zu bezahlen.

Vorausgesetzt, er fand keine andere Möglichkeit, das Geld aufzutreiben. »Es ist nicht machbar«, sagte er fest. »Ich kann meine Leute nicht einfach sich selbst überlassen. Zumindest nicht ohne…«

Abrupt schnippte der Nichtmensch in der Jawarobe mit den Fingern. Karrde brach mitten im Satz ab und beobachtete fasziniert, wie der Fremde von irgendwoher ein schmales Messer hervorzauberte und lautlos in den Zugangstunnel huschte. Er verschwand durch die Tür, und für einen Moment blieb es still. Karrde sah Organa Solo mit gewölbten Brauen an, bekam ein leichtes Schulterzucken zur Antwort…

Hinter der Tunneltür erklang plötzlich ein Schrei, gefolgt von schattenhaften Bewegungen und einem kurzen Tumult. Karrde zog seinen Blaster; und er wollte ihn schon auf die Tür richten, als der Tumult unvermittelt abbrach. Einen Moment später tauchte der Nichtmensch wieder auf und trieb eine halb zusammengekrümmte Gestalt vor sich her.

Eine nur allzu vertraute Gestalt. »Nun, nun«, sagte Karrde, während er seinen Blaster senkte, ohne ihn ins Halfter zu stecken. »Rat Fey'lya, nehme ich an. Sind Sie jetzt zum Lauscher an der Tür geworden?«

»Er ist unbewaffnet«, erklärte der verhüllte Nichtmensch mit kratziger Stimme.

»Dann laß ihn los«, befahl Organa Solo.

Der Nichtmensch gehorchte. Fey'lya richtete sich auf, mit wild gesträubtem Kopf- und Oberkörperfell, bemüht, seine Fassung zurückzugewinnen. »Ich protestiere gegen diese unverschämte Behandlung«, sagte er mit einer Stimme, die merklich unmelodischer klang, als bei einem Bothan üblich. »Und ich habe nicht gelauscht. General Bel Iblis hat mich über Rätin Organa Solos Enthüllung bezüglich der Kloning-Fabrik auf Wayland informiert. Ich bin gekommen, Captain Karrde, um Sie zu bitten, Rätin Organa Solo nach Wayland zu bringen.«

Karrde lächelte dünn. »Was praktischerweise bedeuten würde, daß sie Ihnen hier nicht mehr im Weg ist. Danke, aber ich glaube, das haben wir bereits hinter uns.«

Der Bothan richtete sich auf. »Es geht hier nicht um Politik. Ohne ihre Warnung wird das Team auf Wayland vielleicht nicht überleben. Und ohne ihr Überleben wird das Depot des Imperators vielleicht nicht zerstört werden, bevor der Großadmiral die dort gelagerten Dinge an einen sicheren Ort bringen kann.«

Seine violetten Augen bohrten sich in Karrdes. »Und das wäre eine Katastrophe. Sowohl für das Volk der Bothan als auch für die Galaxis.«

Für einen Moment musterte Karrde ihn und fragte sich, was sich dort befand, das Fey'lya solche Sorgen machte. Irgendeine Waffe oder Technologie, die Thrawn noch nicht gefunden hatte? Oder war es etwas Persönliches? Eine unangenehme oder peinliche Information vielleicht, die entweder Fey'lya oder das Bothan-Volk im allgemeinen betraf?

Er wußte es nicht, und er vermutete, daß Fey'lya es auch nicht sagen würde. Aber die Einzelheiten spielten keine Rolle. »Mögliche Katastrophen für das Volk der Bothan kümmern mich nicht«, eröffnete er Fey'lya. »Wieviel würden Sie es sich denn kosten lassen?«

Fey'lyas Schulterfell kräuselte sich nervös. »Es wäre auch für die Galaxis eine Katastrophe«, erklärte er.

»Das sagten Sie bereits«, nickte Karrde. »Ich wiederhole: Wieviel würden Sie es sich denn kosten lassen?«

Und diesmal verstand Fey'lya. Seine Augen verengten sich, sein Fellkräuseln verriet offene Verachtung. »Wieviel verlangen Sie?«

»Nicht übermäßig viel«, beruhigte ihn Karrde. »Lediglich einen Kredit von, sagen wir, siebzigtausend.«

»Siebzig*tausend*?« wiederholte Fey'lya entgeistert. »Was glauben Sie eigentlich...«

»Das ist mein Preis, Rat«, fiel ihm Karrde ins Wort. »Akzeptieren Sie ihn oder lassen Sie es sein. Und wenn Rätin Organa Solo recht hat, bleibt uns keine Zeit für lange Diskussionen.«

Fey'lya fauchte wie ein hungriges Raubtier. »Sie sind nicht besser als jeder andere geldgierige Söldner«, schnarrte er so bösartig, wie Karrde es selten bei einem Bothan erlebt hatte. »Sie saugen dem Bothan-Volk das Lebensblut aus…«

»Ersparen Sie mir die Predigt, Rat«, sagte Karrde. »Ja oder nein?«

Fey'lya fauchte erneut. »Ja.«

»Gut«, nickte Karrde mit einem Blick zu Organa Solo. »Ist das Kreditkonto, das mir Ihr Bruder eingerichtet hat, noch immer gültig?«

»Ja«, sagte sie. »General Bel Iblis kennt den Zugangskode.«

»Sie können mir die siebzigtausend dort gutschreiben«, wandte sich Karrde an Fey'lya. »Und denken Sie daran, daß wir das Konto überprüfen werden, bevor wir Wayland erreichen. Nur für den Fall, daß Sie vorhaben, die Abmachung zu brechen.«

»*Ich* bin ehrlich, Schmuggler«, schnarrte Fey'lya. »Im Gegensatz zu anderen Anwesenden.«

»Ich bin froh, das zu hören«, sagte Karrde. »Ehrliche Wesen sind so schwer zu finden. Rätin Organa Solo?«

Sie holte tief Luft. »Ich bin bereit«, sagte sie.

Sie hatten Coruscant verlassen und standen kurz vor dem Sprung in die Lichtgeschwindigkeit, als Leia endlich die Frage stellte, die sie beschäftigt hatte, seit sie an Bord gegangen war. »Werden wir wirklich einen Zwischenhalt einlegen, um Fey'lyas Zahlung zu überprüfen?«

»Obwohl wir so wenig Zeit haben, wie Sie sagen?« konterte Karrde. »Seien Sie nicht albern. Aber Fey'lya braucht das nicht zu wissen.«

Leia musterte ihn einen Moment. »Das Geld ist Ihnen gar nicht so wichtig, oder?«

»Das sollten Sie besser auch nicht glauben«, riet er ihr kühl. »Ich habe bestimmte Verpflichtungen zu erfüllen. Wenn Fey'lya nicht zur Kooperation bereit gewesen wäre, hätte Ihre Neue Republik zahlen müssen.«

»Ich verstehe«, murmelte Leia.

Er mußte ihren Unterton bemerkt haben. »Es ist mein Ernst«, bekräftigte er und warf ihr einen kurzen und wenig überzeugenden finsteren Blick zu. »Ich bin hier, weil es meinen Zwecken dient. Nicht wegen Ihrem Krieg.«

»Ich sagte, ich verstehe«, nickte Leia lächelnd. Die Worte waren anders; aber Karrdes Gesichtsausdruck war fast identisch. *Hören Sie, ich mache nicht wegen Ihrer Revolution mit und ich mache nicht wegen Ihnen mit, Prinzessin. Ich erwarte, daß man mich gut bezahlt. Ich mache wegen dem Geld mit.* Han hatte dies zu ihr nach der stürmischen Flucht vom ersten Todesstern gesagt. Damals hatte sie es geglaubt.

Ihr Lächeln verblaßte. Er und Luke hatten damals ihr Leben gerettet. Sie fragte sich, ob sie rechtzeitig eintreffen würde, um ihres zu retten.

24

Der Eingang zum Mount Tantiss war ein metallen schimmernder, gut getarnter Fleck unter einem Überhang aus Fels und Vegetation. Zwischen ihnen und ihm, von ihrem erhöhten Blickwinkel auf der Hügelkuppe gerade noch zu erkennen, befand sich eine Lichtung mit einer kleinen Stadt. »Was meinst du?« fragte Luke.

»Ich denke, wir sollten einen anderen Weg hinein suchen«, erwiderte Han, während er seine Ellbogen auf den laubbedeckten

Boden stützte und versuchte, das Makrofernglas ruhig zu halten. Er hatte recht gehabt; direkt vor den Metalltüren entdeckte er einen Sturmtrupplerposten. »Man sollte sowieso nie die Vordertür benutzen.«

Luke klopfte ihm zweimal auf die Schulter: das Zeichen, daß sich ihnen jemand näherte. Han erstarrte, lauschte. Ja, irgendwo im Unterholz hörte er leise Schritte. Einen Moment später traten ein paar Meter unter ihnen am Hügelhang vier imperiale Soldaten in voller Kampfausrüstung zwischen den Bäumen hervor. Sie gingen an Han und Luke vorbei, ohne auch nur einen Blick nach oben zu werfen, und verschwanden nach ein paar Schritten wieder zwischen den Bäumen. »Wird nicht einfach sein«, murmelte Han.

»Ich denke, es liegt nur daran, daß wir dem Berg so nah sind«, entgegnete Luke. »Es gibt immer noch keinen Hinweis darauf, daß sie wissen, daß wir hier sind.«

Han grunzte und richtete das Fernglas auf das Städtchen und die Lichtung unter ihnen. Die meisten Gebäude waren niedrige, fremdartig wirkende Gebilde, und nur an einem weiten Platz erhob sich ein größeres Gebäude. Sein Blickwinkel war nicht besonders gut, aber es sah aus, als hinge vor dem großen Bauwerk eine Bande Psadans herum. Vielleicht eine Versammlung der Stadtbewohner? »Dort unten gibt es keine Spur von einer Garnison«, sagte er, während er mit dem Makrofernglas langsam die gesamte Stadt absuchte. »Sie müssen direkt aus dem Berg heraus operieren.«

»Das sollte es leichter machen, ihnen auszuweichen.«

»Ja«, sagte Han und richtete das Makrofernglas stirnrunzelnd auf den freien Platz. Die Gruppe Psadans, die er vor einer Minute entdeckt hatte, bildete jetzt eine Art Halbkreis um einige andere dieser wandelnden Steinhaufen, die mit dem Rücken zum großen Gebäude standen. Und die Gruppe war eindeutig größer geworden.

»Probleme?« murmelte Luke.

»Ich weiß es nicht«, sagte Han langsam, die Ellbogen gegen den

Boden stemmend und den Vergrößerungsfaktor erhöhend. »Dort unten findet ein großes Treffen statt. Zwei Psadans..., aber sie scheinen nicht miteinander zu reden. Halten nur was in den Händen.«

»Laß mich es mal versuchen«, bat Luke. »Es gibt Jedi-Techniken zur Schärfung der Augen. Vielleicht funktionieren sie auch bei einem Makrofernglasbild.«

»Dann mach mal«, sagte Han, reichte ihm das Makrofernglas und blinzelte in den Himmel. Da waren ein paar Wölkchen zu sehen, aber nichts deutete darauf hin, daß er sich in der nächsten Zeit zuziehen würde. Bis Sonnenuntergang waren es noch etwa zwei Stunden; danach eine halbe Stunde Dämmerlicht...

»Hmm«, machte Luke.

»Was ist?«

»Ich bin mir nicht ganz sicher«, gestand Luke und senkte das Makrofernglas. »Aber mir scheint, daß sie einen Datenblock in den Händen halten.«

Han sah zur Stadt hinunter. »Ich wußte nicht, daß sie Datenblöcke benutzen.«

»Ich auch nicht«, meinte Luke mit plötzlich seltsam klingender Stimme.

Han warf ihm einen fragenden Blick zu. Der Junge starrte nur die Berge an, mit einem sonderbaren Gesichtsausdruck.

»Es ist der Berg«, sagte er, ihn weiter anstarrend. »Er ist dunkel. Der ganze Berg.«

Dunkel? Han sah den Berg verwundert an. Für ihn wirkte er normal. »Wovon redest du überhaupt?«

»Er ist dunkel«, wiederholte Luke langsam. »Wie auf Myrkr.«

Han richtete den Blick wieder auf den Berg. Sah wieder Luke an. »Du meinst, als würde ein Rudel Ysalamiri die Macht blockieren?«

Luke nickte. »Genauso fühlt es sich an. Aber ich werde erst Gewißheit haben, wenn wir näher herankommen.«

Han betrachtete wieder den Berg und spürte, wie sich sein Magen zusammenzog. »Großartig«, knurrte er. »Einfach großartig. Was jetzt?«

Luke zuckte die Schultern. »Wir machen weiter. Was sollen wir auch sonst tun?«

»Wir könnten beispielsweise zum *Falken* zurückkehren und von hier verschwinden«, entgegnete Han. »Vorausgesetzt, du bist nicht wild darauf, in eine Falle des Imperiums zu laufen.«

»Ich glaube nicht, daß es eine Falle ist«, sagte Luke und schüttelte nachdenklich den Kopf. »Oder zumindest keine Falle für uns. Erinnerst du dich, wie ich dir sagte, daß dieser Kontakt mit C'baoth plötzlich abgebrochen ist?«

Han rieb sich die Wange. Er konnte sehen, worauf Luke hinauswollte: Die Ysalamiri waren wegen C'baoth hier, nicht wegen ihm. »Ich bin mir trotzdem nicht sicher«, sagte er. »Ich dachte, C'baoth und Thrawn würden auf derselben Seite stehen. Mara hat es selbst gesagt.«

»Vielleicht haben sie sich zerstritten«, schlug Luke vor. »Oder vielleicht hat Thrawn ihn von Anfang an nur benutzt, und jetzt braucht er ihn nicht mehr. Wenn die Imperialen nicht wissen, daß wir hier sind, müssen die Ysalamiri für ihn bestimmt sein.«

»Ja, nun, es spielt keine große Rolle, für wen sie nun bestimmt sind«, stellte Han fest. »Sie blockieren dich genauso wie C'baoth. Es wird wieder genau wie auf Myrkr sein.«

»Mara und ich sind auf Myrkr gut zurechtgekommen«, erinnerte ihn Luke. »Wir werden auch hier damit fertig. Außerdem sind wir schon zu weit gekommen, um jetzt noch einen Rückzieher zu machen.«

Han schnitt eine Grimasse. Aber der Junge hatte recht. Wenn das Imperium nicht mehr den Eindruck einer verlassenen Welt erwekken mußte, würde es das nächste Team der Neuen Republik nicht einmal mehr in die Atmosphäre schaffen. »Wirst du es Mara sagen, bevor wir eindringen?«

»Natürlich.« Luke sah zum Himmel. »Aber ich werde es ihr unterwegs sagen. Wir sollten uns besser auf den Weg machen, solange es noch hell ist.«

»Richtig«, nickte Han mit einem letzten Blick in die Runde, ehe er aufstand. Ob die Macht nun mit ihnen war oder nicht, sie mußten es tun. »Gehen wir.«

Die anderen warteten auf der anderen Seite des Hügels auf sie. »Wie sieht's aus?« fragte Lando, als Han und Luke zu ihnen stießen.

»Sie wissen immer noch nicht, daß wir hier sind«, erklärte Han und hielt nach Mara Ausschau. Sie saß neben Dreipeo und Erzwo auf dem Boden und konzentrierte sich auf fünf Steine, die sie vor sich in der Luft schweben ließ. Luke trainierte diese Dinge schon seit Tagen mit ihr, und Han hatte längst den Versuch aufgegeben, es dem Jungen auszureden. Jetzt sah es ohnehin so aus, als wären diese Lektionen umsonst gewesen. »Sind Sie bereit, uns zu Ihrer Hintertür zu führen?«

»Ich bin bereit, nach ihr zu suchen«, erwiderte sie, die Steine noch immer in der Luft haltend. »Wie ich Ihnen schon sagte, ich kenne nur das Luftversorgungssystem im Inneren des Berges. Die Ansaugrohre selbst habe ich nie gesehen.«

»Wir werden sie finden«, versicherte ihr Luke, während er Han passierte und zu den Droiden hinüberging. »Wie geht es dir, Dreipeo?«

»Sehr gut, danke Master Luke«, antwortete der Droide geziert. »Diese Route ist soviel besser als die anderen, die wir bisher benutzt haben.« Erzwo an seiner Seite trillerte etwas. »Erzwo ist ebenfalls dieser Meinung«, fügte Dreipeo hinzu.

»Gewöhnt euch bloß nicht daran«, warnte Mara und ließ die Steine endlich fallen, als sie aufstand. »Am Berg wird es wahrscheinlich keine Myneyrshi-Pfade geben, denen wir folgen könnten. Das Imperium hat den Eingeborenen jede Aktivität in der Umgebung verboten.«

»Aber keine Sorgen«, beruhigte Luke die Droiden. »Die Noghri werden schon einen Pfad für uns finden.«

»Frachter *Garrets Gold*, Anflugerlaubnis erteilt«, drang die barsche Stimme des Bilbringi-Raumlotsen aus dem Lautsprecher. »Dockplattform fünfundzwanzig. Direkter Vektor bis zur Boje; ich gebe Ihnen jetzt den anschließenden Kurs zur Plattform.«

»Verstanden, Kontroller«, sagte Aves und gab den Kurs ein, der auf dem Navigationsdisplay erschien. »Was ist mit den Sicherheitsbereichen?«

»Bleiben Sie auf dem Kurs, den Sie bekommen haben, und Sie werden sie nicht kreuzen«, sagte der Raumlotse. »Wenn Sie mehr als fünfzehn Meter von ihm abweichen, bekommen Sie einen kräftigen Schlag auf die Nase. So, wie Ihre Nase aussieht, glaube ich nicht, daß sie noch weitere Schläge verträgt.«

Aves funkelte den Lautsprecher an. Allmählich hatte er den Sarkasmus der Imperialen wirklich satt. »Danke«, sagte er und unterbrach die Verbindung.

»Es macht richtig Spaß, mit den Imperialen zu arbeiten, was?« bemerkte Gillespee von der Kopilotenstation.

»Ich stelle mir gerade sein Gesicht vor, wenn wir mit ihrer KGF von hier verschwinden«, sagte Aves.

»Hoffen wir, daß wir dann nicht in der Nähe sind, um es mit eigenen Augen zu sehen«, meinte Gillespee. »Ein verdammt kompliziertes Flugsystem haben sie hier.«

»Vor Mazzics Angriff war es anders«, sagte Aves und sah durch die Bugluke. Ein halbes Dutzend Schildgeneratoren trieb entlang ihrem Anflugvektor frei durch den Raum und begrenzte die Flugschneise, die ihnen die Boje wahrscheinlich zuteilen würde. »Dient vermutlich dazu, fremde Schiffe daran zu hindern, unkontrolliert durch die Werften zu fliegen.«

»Ja«, brummte Gillespee. »Ich hoffe nur, sie haben alle Wanzen aus dem System entfernt.«

»Ich auch«, stimmte Aves zu. »Ich möchte nicht, daß sie erfahren, wieviel Schläge dieses Schiff wirklich vertragen kann.«

Er warf einen Blick auf sein Pult, überprüfte den Vektor und dann die Zeit. Die Flotte der Neuen Republik würde Tangrene in etwas mehr als drei Stunden angreifen. Gerade genug Zeit für die *Ätherstraße*, um anzudocken, die speziell frisierten Traktorstrahlkapazitoren zu entladen, die sie freundlicherweise zu den Kriegsanstrengungen des Imperiums beisteuerten, und die Position einzunehmen, wo sie Mazzic den Rücken decken konnten, während er versuchte, die KGF vom Hauptkommandozentrum der acht Dockplattformen zu rauben.

»Das ist Ellor«, bemerkte Gillespee und nickte nach Steuerbord.

Aves drehte den Kopf. Es war tatsächlich die *Kai Mir*, begleitet von der *Klivering*, die ihr Flankenschutz geben würde. Dahinter konnte er die *Sterneneis* erkennen, die auf eine Dockplattform in der Nähe zutrieb. Soweit er feststellen konnte, schien alles zu funktionieren.

Aber wenn man bedachte, daß jemand wie Thrawn das Kommando führte, hatte der Schein nicht viel zu besagen. Möglicherweise war der Großadmiral bereits über diesen Angriff informiert und wartete vielleicht schon darauf, daß sich alle in die Falle wagten, um sie dann zuschnappen zu lassen.

»Haben Sie was Neues von Karrde gehört?« fragte Gillespee etwas zu beiläufig.

»Er hat uns nicht im Stich gelassen, Gillespee«, grollte Aves. »Wenn er sagt, daß er etwas Wichtiges zu tun hat, dann hat er etwas Wichtiges zu tun. Punkt.«

»Ich weiß«, sagte Gillespee mit ausdrucksloser Stimme. »Ich dachte nur, daß sich vielleicht ein paar von den anderen gewundert haben.«

Aves verzog das Gesicht. Sie waren wieder beim Thema. Er hatte gehofft, daß die Aufdeckung von Ferriers Verrat auf Hijarna die Sache ein für alle Male erledigt hatte. Er hätte es besser wissen müssen. »Ich bin hier«, erinnerte er Gillespee. »Genau wie die *Sterneneis*, die *Morgenröte*, die *Lastris Ort*, die *Amanda Brach*, die …«

»Ja, schon gut, ich hab's kapiert«, unterbrach Gillespee. »Kein Grund, eingeschnappt zu sein – meine Schiffe sind auch hier.«

»Tut mir leid«, sagte Aves. »Ich habe es nur allmählich satt, daß jeder jedem mißtraut.«

Gillespee zuckte die Schultern. »Wir sind Schmuggler. Wir haben jede Menge Übung darin. Persönlich bin ich überrascht, daß die Gruppe überhaupt so lange zusammengehalten hat. Was, glauben Sie, macht er?«

»Wer, Karrde?« Aves schüttelte den Kopf. »Keine Ahnung. Aber es muß etwas Wichtiges sein.«

»Sicher.« Gillespee deutete nach vorn. »Sorgen Sie dafür, daß Sie die Kursdaten kopieren. Ob wir wollen oder nicht, es geht los.«

Die Befehle flimmerten über Wedges Kommandoschirm, und er überflog sie hastig, während er auf die Privatfrequenz des Geschwaders ging. »Sondergeschwader, hier spricht Sonderführer«, sagte er. »Befehle: Wir gehen mit der ersten Welle rein und flankieren Admiral Ackbars Kommandokreuzer. Halten Sie die Position, bis Sie gegenteilige Anweisungen bekommen. Alle Schiffe bestätigen.«

Die Bestätigungen trafen ein, knapp und entschlossen, und Wedge lächelte dünn vor sich hin. Es hatte einige Sorge unter Ackbars Stabspersonal gegeben, als der lange Flug zum Rendezvouspunkt jenen Einheiten die Schlagkraft rauben konnte, die vorher die Täuschungsmanöver in der Nähe des Aufmarschgebiets nach Tangrene durchgeführt hatten. Wedge wußte nicht, wie es den anderen erging, aber es stand fest, daß das Sondergeschwader in hervorragender Verfassung und kampfbereit war.

»Glauben Sie, daß Thrawn unsere Nachricht bekommen hat, Sonderführer?« drang Jansons Stimme in Wedges Gedanken.

Ihre Nachrichten … Oh, richtig – diese kurze Unterhaltung mit

Talon Karrdes Freund Aves vor der Mumbri-Storve-Bar. Hobbie war fest davon überzeugt gewesen, daß Aves sich sofort an den imperialen Geheimdienst wenden würde. »Ich weiß es nicht, Sonder fünf«, gestand Wedge. »Um offen zu sein, ich hoffe irgendwie, daß er sie nicht bekommen hat.«

»Wenn nicht, war's reine Zeitverschwendung.«

»Nicht unbedingt«, widersprach Wedge. »Bedenken Sie, er sagte, daß sie einen anderen Plan haben, den sie mit unserem koordinieren wollten. Alles, was das Imperium trifft oder ablenkt, kann uns nur nützen.«

»Wahrscheinlich haben sie nur irgendeine Schmuggleraktion geplant«, meinte Sonder sechs pikiert. »In der Hoffnung, damit durchzukommen, während die Imperialen in die andere Richtung schauen.«

Wedge antwortete nicht. Luke Skywalker schien der Meinung zu sein, daß Karrde heimlich auf der Seite der Neuen Republik stand, und das genügte ihm. Aber es gab für ihn keine Möglichkeit, den Rest seines Geschwaders davon zu überzeugen. Vielleicht würde Karrde eines Tages bereit sein, sich offen gegen das Imperium zu wenden. Bis dahin halfen nach Wedges Meinung alle, die nicht auf der Seite des Großadmirals waren, der Neuen Republik, ob sie es nun zugaben oder nicht.

In manchen Fällen sogar, ob sie es nun wußten oder nicht.

Sein Kommdisplay veränderte sich: Der Spitzkegel des Sternkreuzers hatte ihre Startformation erreicht. Zeit, daß seine Begleitschiffe dasselbe taten. »Okay, Sondergeschwader«, wandte er sich an die anderen. »Wir haben grünes Licht bekommen. Nehmen wir unsere Position ein.«

Er gab Energie auf den Antrieb seines X-Flüglers und näherte sich den vor ihm flackernden Positionslichtern. Noch zweieinhalb Stunden, wenn der Rest der Flotte den Zeitplan einhielt, und sie würden in Spuckweite der Bilbringi-Werften aus dem Hyperraum fallen.

Eine Schande, dachte er, daß sie nicht in der Lage sein würden, die Gesichter der Imperialen zu sehen.

Die neuesten Meldungen aus der Tangrene-Region flimmerten über das Display. Pellaeon sah sie durch und schnitt dabei ein finsteres Gesicht. Es war kein Irrtum – die Rebellen waren noch immer dort. Noch immer brachten sie auf Schleichwegen ihre Streitkräfte in diese Region; noch immer taten sie nichts, was die Aufmerksamkeit auf sie lenken konnte. Und wenn die Berechnungen des Geheimdienstes auch nur halbwegs zuverlässig waren, würden sie in zwei Stunden mit dem Angriff auf ein buchstäblich schutzloses System beginnen.

»Sie gehen sehr geschickt vor, nicht wahr, Captain?« bemerkte Thrawn an seiner Seite. »Alles in allem eine sehr überzeugende Vorstellung.«

»Sir«, sagte Pellaeon, um einen ehrerbietigen Tonfall bemüht. »Ich möchte respektvoll darauf hinweisen, daß ich die Aktivität der Rebellen nicht für eine Vorstellung halte. Die Beweise sind erdrückend, daß Tangrene ihr tatsächliches Ziel ist. Zahlreiche Elite-Sternjägergeschwader und Großkampfschiffe haben eindeutig Lichtsprungpositionen bezogen...«

»Falsch, Captain«, schnitt ihm Thrawn kühl das Wort ab. »Sie wollen, daß wir das glauben, aber es ist nicht mehr als eine sorgfältig erzeugte Illusion. Die von Ihnen erwähnten Schiffe sind vor vierzig bis siebzig Stunden aus diesen Sektoren abgezogen worden und haben nur eine Handvoll Leute mit den richtigen Uniformen und Rangabzeichen zurückgelassen, um unsere Spione zu täuschen. Die Hauptstreitmacht ist inzwischen bereits auf dem Weg nach Bilbringi.«

»Jawohl, Sir«, sagte Pellaeon mit einem Seufzer der Resignation. Das also war es dann. Erneut hatte sich Thrawn entschlossen, seine Argumente – und alle Beweise – zu ignorieren und statt dessen seinen nebulösen Ahnungen zu vertrauen.

Und wenn er sich irrte, würden sie nicht nur die Allgegenwärtigkeits-Basis auf Tangrene verlieren. Ein Fehler dieser Größenordnung würde das Selbstvertrauen und den Schwung der gesamten imperialen Kriegsmaschinerie erschüttern.

»Jeder Krieg ist ein Risiko, Captain«, sagte Thrawn ruhig. »Aber dieses Risiko ist nicht so groß, wie Sie offenbar denken. Wenn ich mich irre, verlieren wir eine Allgegenwärtigkeits-Basis – sicherlich wichtig, aber kaum kritisch.« Er wölbte eine blauschwarze Braue. »Aber wenn ich recht habe, werden wir wahrscheinlich zwei ganze Sektorflotten der Rebellen vernichten können. Bedenken Sie, welche Auswirkungen dies auf das derzeitige Gleichgewicht der Kräfte haben wird.«

»Jawohl, Sir«, sagte Pellaeon pflichtschuldig.

Er spürte Thrawns Blicke auf sich ruhen. »Sie müssen es nicht glauben«, erklärte der Großadmiral. »Aber bereiten Sie sich darauf vor, daß sich Ihre Befürchtungen als unzutreffend erweisen.«

»Das hoffe ich sehr, Sir«, sagte Pellaeon.

»Gut. Ist mein Flaggschiff bereit, Captain?«

Palleon nahm reflexartig Haltung an. »Die *Schimäre* erwartet Ihre Befehle, Admiral.«

»Dann soll sich die Flotte auf den Sprung in den Hyperraum vorbereiten.« Die glühenden Augen glitzerten. »Und auf die Schlacht.«

Es gab keine richtigen Wege, die zum Mount Tantiss hinaufführten; aber wie Luke vorhergesagt hatte, waren die Noghri in der freien Wildbahn zu Hause. Sie kamen bemerkenswert schnell voran, obwohl die Droiden ihre Marschgeschwindigkeit verlangsamten, und als die Sonne hinter den Bäumen verschwand, erreichten sie die Luftansaugrohre.

Sie sahen allerdings nicht so aus, wie Luke sie sich vorgestellt hatte.

»Sieht mehr wie ein einziehbarer Turbolaserturm als wie ein

Luftversorgungssystem aus«, meinte er zu Han, als sie vorsichtig durch den Wald zu dem massiven Metallnetz und der noch massiveren Metallstruktur schlichen, in die das Netz eingelassen war.

»Erinnert mich an den Bunker auf Endor, den wir stürmen mußten«, murmelte Han zurück. »Bis auf die Schirmtür. Ruhig – vielleicht sind dort Eindringlingsdetektoren angebracht.«

Überall sonst hätte Luke mit der Macht in den Tunnel gegriffen. Hier, wo der Ysalamiri-Effekt wirksam war, hatte er das Gefühl, blind zu sein. Genau wie damals auf Myrkr.

Er sah Mara an und fragte sich, ob ihr ähnliche Gedanken und Erinnerungen durch den Kopf gingen. Wahrscheinlich. Selbst im verdämmernden Licht konnte er die Anspannung in ihrem Gesicht erkennen, eine Besorgnis und Furcht, die vor dem Betreten der Ysalamiri-Blase nicht dagewesen war. »Und was jetzt?« knurrte sie und funkelte ihn kurz an, bevor sie den Blick wieder abwandte. »Sollen wir bis zum Morgen hier herumsitzen?«

Han hatte sein Makrofernglas auf die Ansaugöffnung gerichtet. »Das Ding da an der Wand unter dem Überhang sieht wie ein Computerterminal aus«, sagte er. »Ihr bleibt hier und rührt euch nicht – ich gehe mit Erzwo rüber und versuche, ihn einzustöpseln.«

Neben Han grollte Chewbacca eine Warnung. »Wo?« flüsterte Han und zog seinen Blaster.

Der Wookie griff mit einer Hand nach seinem Blitzwerfer und deutete mit der anderen in die entsprechende Richtung.

Die ganze Gruppe erstarrte, die Waffen schußbereit..., und erst dann hörte Luke das leise Zischen fernen Blasterfeuers. Mehrere Kilometer entfernt, dachte er, wahrscheinlich irgendwo am Fuß des Berges. Aber ohne seine Jedi-Verstärkungstechniken hatte er keine Möglichkeit, seine Vermutung zu überprüfen.

Aus viel größerer Nähe drang ein vogelähnliches Trillern. »Eine Gruppe Myneyrshi nähert sich«, sagte Ekhrikhor, konzentriert horchend. »Die Noghri haben sich ihnen in den Weg gestellt. Sie wollen kommen und mit euch reden.«

»Sag ihnen, sie sollen bleiben, wo sie sind«, befahl Han, der nur eine Sekunde lang zögerte, ehe er seinen Blaster zurück ins Halfter steckte. Er zog den gebleichten *Satna-Chakka*-Klauenvogel aus einer Tasche seiner Jacke und nickte Dreipeo zu. »Komm, Goldrute, stellen wir fest, was sie wollen.«

Ekhrikhor murmelte einen Befehl, und einer der Noghri glitt lautlos an Hans Seite. Chewbacca trat auf die andere Seite, und mit einem hilflos protestierenden Dreipeo im Schlepptau verschwanden sie zwischen den Bäumen.

Erzwo gluckerte unbehaglich, während sich sein Kuppelkopf zwischen Luke und dem sich entfernenden Dreipeo hin und her drehte. »Ihm wird schon nichts passieren«, beruhigte ihn Luke. »Han wird es nicht zulassen.«

Der stämmige Droide brummte, womit er wahrscheinlich seine Ansicht über die Größe von Hans Sorge um Dreipeo ausdrücken wollte. »In einer Minute werden wir wahrscheinlich größere Probleme haben als nur die Sorge um Dreipeos Wohlergehen«, sagte Lando grimmig. »Ich habe am Fuß des Berges Blasterfeuer gehört.«

»Ich auch«, nickte Mara. »Wahrscheinlich am Eingang zum Depot.«

Lando blickte über die Schulter zu dem massiven Luftansaugstutzen hinüber. »Mal sehen, ob wir das Ventil öffnen können. Zumindest haben wir dann einen weiteren Fluchtweg, wenn wir verschwinden müssen.«

Luke sah Mara an, aber sie mied auch diesmal seinen Blick. »Einverstanden«, sagte er zu Lando. »Ich gehe voran; du folgst mit Erzwo nach.«

Vorsichtig schlich er durch den Wald zu den Rohren. Aber wenn es irgendwelche Anti-Eindringling-Abwehrsysteme gab, schienen sie jetzt nicht zu funktionieren. Er erreichte den Metallüberhang ohne Zwischenfall, und während der Wind der angesaugten Luft durch sein Haar pfiff, studierte er das Netz. Aus der Nähe konnte er erkennen, daß es eher ein massives Gitter war; was er für einzelne

Drähte gehalten hatte, waren in Wirklichkeit zentimeterdicke Stangen, die den Weg in den Tunnel versperrten. Eine beeindrukkende Barriere, aber nichts, womit sein Lichtschwert nicht fertig werden konnte.

Er hörte raschelnde Schritte auf totem Laub, und als er sich umdrehte, sah er, wie sich Lando und Erzwo näherten. »Das Terminal ist dort drüben, Erzwo«, sagte er zu dem Droiden und deutete auf den Sockel an der Seitenwand. »Stöpsel dich ein und sieh zu, was du herausfinden kannst.«

Der Droide trällerte eine Bestätigung, und mit Landos Hilfe rollte er über den unebenen Boden.

»So einfach läßt es sich nicht öffnen«, sagte Mara hinter ihm.

»Erzwo überprüft es«, erklärte Luke und studierte ihr Gesicht. »Ist mit Ihnen alles in Ordnung?«

Er hatte einen sarkastischen Kommentar oder zumindest einen finsteren Blick erwartet. Er war nicht darauf vorbereitet, daß sie seine Hand ergriff. »Ich möchte, daß Sie mir etwas versprechen«, sagte sie mit leiser Stimme. »Was immer es auch kostet, lassen Sie nicht zu, daß mich C'baoth auf seine Seite zieht. Verstehen Sie? Lassen Sie nicht zu, daß ich mich ihm anschließe. Selbst wenn Sie mich töten müßten.«

Luke starrte sie an, von einem unheimlichen Schaudern ergriffen. »C'baoth kann Sie nicht auf seine Seite ziehen, Mara«, sagte er. »Nicht ohne Ihr Einverständnis.«

»Sind Sie sich dessen sicher? *Wirklich* sicher?«

Luke schnitt eine Grimasse. Es gab so viel, was er noch nicht über die Macht wußte. »Nein.«

»Ich auch nicht«, sagte Mara. »Das ist es, was mir Sorgen macht. C'baoth hat mir auf Jomark prophezeit, daß ich mich ihm anschließen werde. Er hat es auch hier gesagt, in der Nacht seiner Ankunft.«

»Er kann sich geirrt haben«, schlug Luke zögernd vor. »Oder gelogen.«

»Ich will das Risiko nicht eingehen.« Sie umklammerte Lukes Hand fester. »Ich werde ihm nicht dienen, Skywalker. Sie müssen mir versprechen, daß Sie mich töten, bevor er mir das antun kann.«

Luke schluckte hart. Selbst ohne die Macht konnte er aus ihrer Stimme heraushören, daß sie es ernst meinte. Aber als Jedi zu versprechen, sie kaltblütig niederzustrecken... »Ich verspreche Ihnen folgendes«, sagte er statt dessen. »Was immer dort drinnen passieren wird, Sie werden ihm nicht allein gegenübertreten müssen. Ich werde bei Ihnen sein und Ihnen helfen.«

Sie wandte ihr Gesicht ab. »Was ist, wenn Sie dann schon tot sind?«

Das also war es: Derselbe Kampf, den sie mit sich ausgetragen hatte, seit sie sich zum erstenmal begegnet waren. »Sie müssen es nicht tun«, sagte er ruhig. »Der Imperator ist tot. Diese Stimme, die Sie hören, ist nur eine Erinnerung, die er in Ihnen eingepflanzt hat.«

»Das weiß ich«, schnappte sie, und ein feuriger Funke flackerte in ihrer kalten Angst auf. »Glauben Sie, das macht es leichter für mich?«

»Nein«, gestand er. »Aber Sie können die Stimme auch nicht als Entschuldigung benutzen. Ihr Schicksal liegt in Ihren Händen, Mara. Nicht in den Händen C'baoths oder des Imperators. Am Ende sind Sie es, die die Entscheidungen trifft. Sie haben dieses Recht... und diese Verantwortung.«

Aus dem Wald ertönte das Geräusch von Schritten. »Schön«, grollte Mara, ließ Lukes Hand los und trat einen Schritt zurück. »Philosophieren Sie ruhig weiter. Aber vergessen Sie nicht, worum ich Sie gebeten habe.« Sie fuhr herum und sah der sich nähernden Gruppe entgegen. »Also, was ist los, Solo?«

»Wir haben ein paar Verbündete gefunden«, sagte er und warf Luke einen fragenden Blick zu. »Das heißt, so etwas wie Verbündete.«

»He – Dreipeo«, rief Lando und winkte ihm zu. »Los, komm her und sag mir, worüber Erzwo sich so aufregt.«

»Gewiß, Sir«, sagte Dreipeo und schlurfte zum Computerterminal hinüber.

Luke sah Han an. »Was meinst du damit, so etwas wie Verbündete?«

»Es ist ein bißchen verwirrend«, gestand Han. »Vielleicht liegt es aber auch an Dreipeos Übersetzung. Sie wollen uns nicht helfen, sie wollen nur hinein und gegen die Imperialen kämpfen. Sie sind uns gefolgt, weil sie hofften, wir würden eine Hintertür finden, durch die sie eindringen können.«

Luke musterte die Gruppe der schweigenden, vierarmigen Nichtmenschen, die die sie bewachenden Noghri überragten. Alle trugen vier oder mehr lange Messer und Armbrüste – nicht gerade die Art Waffen, die man gegen gepanzerte imperiale Truppen einsetzen konnte. »Ich weiß nicht. Was meinst du?«

»He, Han«, rief Lando leise, ehe Han antworten konnte. »Komm her. Du mußt dir das anhören.«

»Was ist?« fragte Han, als sie an das Computerterminal traten.

»Sag es ihnen, Dreipeo«, befahl Lando.

»Offenbar wird der Haupteingang des Berges angegriffen«, sagte Dreipeo auf seine typisch überraschte Weise. »Erzwo hat mehrere Meldungen aufgefangen, nach denen Truppen in dieses Gebiet verlegt...«

»Wer greift an?« unterbrach Han.

»Offenbar einige der Psadans aus der Stadt«, erklärte Dreipeo. »Laut den Torberichten haben sie vor dem Angriff die Freilassung ihres Lord C'baoth gefordert.«

Han sah Luke an. »Der Datenblock.«

»Kommt mir logisch vor«, stimmte Luke zu. Eine Nachricht von C'baoth, der sie zum Angriff aufforderte. »Ich frage mich nur, wie es ihm gelungen ist, den Block nach draußen zu schmuggeln.«

»Jedenfalls wissen wir jetzt mit Sicherheit, daß man ihn gefangengenommen hat«, warf Mara ein. »Ich hoffe, seine Zelle wird gut bewacht.«

»Verzeihen Sie, Master Luke«, sagte Dreipeo, den Kopf zur Seite gelegt, »aber was den von Captain Solo erwähnten Datenblock betrifft, würde ich vermuten, daß er den gleichen Weg genommen hat wie die Waffen. Nach den Berichten…«

»Was für Waffen?« fragte Han.

»Darauf wollte ich soeben zu sprechen kommen«, sagte Dreipeo leicht pikiert. »Nach den Torberichten sind die Angreifer mit Blastern, tragbaren Raketenwerfern und Thermodetonatoren ausgerüstet. Alles hochmoderne Modelle, wenn man den Berichten glauben kann.«

»Es spielt keine Rolle, woher sie sie haben«, meinte Lando. »Fest steht, daß wir praktisch eine ganze Division zur Unterstützung bekommen haben. Nutzen wir sie, solange sie noch existiert.«

Chewbacca grollte argwöhnisch. »Du hast recht, Alter«, stimmte Han zu und spähte durch das Gitter. »Ein verdammt verdächtiger Zufall. Aber Lando hat auch recht – warum sie nicht nutzen?«

Lando nickte. »Okay, Erzwo. Schalt alles ab.«

Der stämmige Droide pfiff eine Bestätigung und ließ seinen Computerarm im Sockel rotieren. Das Rauschen der angesaugten Luftmassen ließ nach, und einen Moment später hatte es vollständig aufgehört.

Erzwo trällerte erneut. »Erzwo meldet, daß alle Betriebssysteme dieses Ansaugstutzens abgeschaltet sind«, erklärte Dreipeo. »Er warnt allerdings, daß die Staubfilter und Umwälzfelder von einer zentralen Stelle aus reaktiviert werden könnten, wenn es zur routinemäßigen Kontrolle kommt.«

»Dann machen wir uns besser auf den Weg«, sagte Luke, zündete sein Lichtschwert und trat zum Ansaugstutzen. Vier sorgfältige Schnitte später war der Eingang frei.

»Sieht alles leer aus«, meinte Han, während er vorsichtig durch die Öffnung kletterte und in die begrenzte Deckung der Seitenwand trat. »Weiter hinten im Tunnel brennen Notleuchten. Erzwo, kannst du uns einen Lageplan besorgen?«

Der Droide trillerte, als er durch die Öffnung rollte. »Es tut mir schrecklich leid, Sir«, sagte Dreipeo. »Er hat einen lückenlosen Plan des Luftversorgungssystem, aber er sagt, daß an diesem Terminal keine weiteren Informationen über die Anlage verfügbar waren.«

»Es muß noch andere Terminals geben«, erklärte Lando. »Sollen wir jemand als Wache zurücklassen?«

»Einer der Noghri wird hierbleiben«, miaute Ekhrikhor neben Hans Ellbogen. »Er wird den Ausgang offenhalten.«

»Schön«, sagte Han. »Gehen wir.«

Sie waren fünfzig Meter tief in den Tunnel vorgedrungen und näherten sich den ersten der trüben Notleuchten, die Han erst entdeckt hatte, als Luke plötzlich feststellte, daß ihnen die schweigenden Myneyrshi gefolgt waren. »Han?« murmelte er mit einer Handbewegung nach hinten.

»Ja, ich weiß«, sagte Han. »Was soll ich tun, sie nach Hause schicken?«

Luke sah sich wieder um. Er hatte natürlich recht. Aber Messer und Armbrüste gegen Blaster... »Ekhrikhor?«

»Wie lautet dein Befehl, Sohn des Vader?«

»Ich möchte, daß zwei von deinen Leuten diese Myneyrshi begleiten«, wies er den Noghri an. »Sie sollen ihnen den Weg zeigen und bei den Angriffen helfen.«

»Aber wir müssen dich beschützen, Sohn des Vader«, wandte Ekhrikhor ein.

»Ihr werdet mich beschützen«, sagte Luke. »Jeder Imperiale, der von den Myneyrshi ausgeschaltet werden kann, ist einer weniger, um den wir uns Sorgen machen müssen. Aber sie können die Soldaten nicht ausschalten, wenn sie schon beim ersten Scharmützel getötet werden.«

Der Noghri gab einen kehligen, unglücklich klingenden Laut von sich. »Ich höre und gehorche«, sagte er widerstrebend. Er gab zwei der Noghri einen Wink; und während Luke ihnen nachsah, wie sie im Tunnel verschwanden, erhaschte er einen Blick auf Maras Gesicht, das kurz von einer der Leuchten erhellt wurde. Die Angst war noch immer da, aber auch eine grimmige Entschlossenheit. Was immer sie auch erwarten mochte, sie war bereit, sich dem zu stellen.

Er konnte nur hoffen, daß er es auch war.

»Das ist er«, erklärte Karrde und deutete auf den Berg, der sich aus dem Wald und den zunehmenden Schatten der Dämmerung erhob.

»Sind Sie sicher?« fragte Leia und griff so konzentriert wie möglich mit der Macht hinaus. Damals auf Bespin, während dieser überstürzten Flucht aus Landos Wolkenstadt, hatte sie Lukes Ruf aus ähnlich großer Entfernung hören können. Jetzt war alles totenstill.

»Ihr Navsignal scheint uns dorthin zu führen«, entgegnete Karrde. »Vorausgesetzt, sie haben Ghents kleines Täuschungsmanöver nicht durchschaut und locken uns zum falschen Ziel.« Er warf ihr einen Blick über die Schulter zu. »Spüren Sie etwas?«

»Nein.« Leia sah zu dem Berg hinüber, und ihr Magen zog sich schmerzhaft zusammen. Trotz aller Hoffnungen und Mühen waren sie zu spät gekommen. »Sie müssen bereits im Inneren sein.«

»Dann bekommen sie einen Haufen Ärger«, warf Ghent von der Kommstation aus ein, wo er immer noch an der Feinabstimmung seines gefälschten imperialen ID-Kodes arbeitete. »Die Flugkontrolle sagt, daß es am Eingang zu Unruhen gekommen ist. Sie leiten uns zu einem zweiten Stützpunkt zehn Kilometer nördlich um.«

Leia schüttelte den Kopf. »Wir müssen das Risiko eingehen und Verbindung mit ihnen aufnehmen.«

»Zu gefährlich«, widersprach Dankin, der Kopilot. »Wenn sie

uns dabei erwischen, daß wir einen nichtimperialen Kommkanal benutzen, werden sie uns wahrscheinlich abschießen.«

»Vielleicht gibt es einen anderen Weg«, sagte Mobvekhar und trat an Leias Seite. »Ekhrikhor Clan Bakh'tor wird dort, wo sie eingedrungen sind, eine Wache zurückgelassen haben. Es gibt ein Noghri-Erkennungssignal, das mit den Landescheinwerfern gegeben werden kann.«

»Dann mach«, sagte Karrde. »Wir können uns immer noch mit einer Fehlfunktion herausreden, wenn die Garnison es bemerkt. Chin, Corvis – haltet eure Scanner im Auge.«

Der Noghri trat an Dankins Pult und schaltete die Landescheinwerfer ein halbes dutzendmal ein und aus. Leia spähte durch die Sichtluke und studierte den Berg. Wenn Han und die anderen oberhalb der Dämmerungsgrenze eingedrungen waren...

»Wir haben's«, drang Corvis' Stimme aus seinem Turbolaserturm. »Null-null-drei-punkt-siebzehn.«

Leia blickte über Karrdes Schulter, als die Koordinaten auf seinem Navdisplay erschienen. Dort war es, matt, aber sichtbar: ein flackerndes Licht. »Das sind sie«, bestätigte Mobvekhar.

»Gut«, sagte Karrde. »Ghent, bestätige, daß wir wie befohlen diesen zweiten Stützpunkt anfliegen. Rätin, Sie setzen sich besser und schnallen sich an; wir werden gleich einen unerwarteten Schaden am Repulsortriebwerk haben.«

Zwischen den Bäumen und den erodierten Felsformationen gab es Leias Meinung nach keinen Landeplatz für ein Schiff von der Größe der *Wilder Karrde*. Aber Karrde und seine Crew hatten diesen Trick zweifellos schon einmal benutzt, und mit einem kurzen Feuerstoß aus dem Turbolaser brannten sie in der letzten Sekunde eine Öffnung in das Blätterdach, die gerade groß genug war, um niederzugehen.

»Was jetzt?« fragte Dankin, als Karrde das Repulsortriebwerk herunterfuhr.

Karrde sah Leia an, hob fragend eine Augenbraue. »Ich komme

mit«, sagte Leia, vor Augen das Bild von Luke und Mara, die in Gefahr waren. »Sie müssen nicht mitkommen.«

»Die Rätin und ich werden nachsehen, was ihre Freunde machen«, beantwortete Karrde Dankins Frage, schnallte sich los und stand auf. »Ghent, du versuchst, die Garnison davon zu überzeugen, daß wir keine Hilfe brauchen.«

»Was ist mit mir?« fragte Dankin.

Karrde lächelte dünn. »Sie bleiben hier für den Fall, daß sie ihm nicht glauben. Kommen Sie, Rätin.«

Der Noghri, der ihr Signal beantwortet hatte, war nirgendwo zu sehen, als sie die Rampe der *Wilder Karrde* hinunterstiegen. »Wo ist er?« fragte Karrde und schaute sich um.

»Warte«, sagte Mobvekhar, legte eine Hand an den Mund und stieß einen komplizierten Pfiff aus. Ein anderer Pfiff antwortete und verwandelte sich in ein komplexes Trillern. »Unsere Identität ist bestätigt«, sagte er. »Er bittet, daß wir uns beeilen. Die anderen haben einen Vorsprung von einer knappen Viertelstunde.«

Eine Viertelstunde. Leia blickte in die sternenbeschienene Dunkelheit des Berges. Zu spät, um sie zu warnen, aber vielleicht noch nicht zu spät, um ihnen zu helfen. »Kommen Sie – wir verschwenden unsere Zeit«, sagte sie.

»Einen Moment«, bat Karrde und spähte an ihrer Schulter vorbei. »Wir müssen warten... ah.«

Leia drehte sich um. Aus dem zur Achtersektion des Schiffes führenden Gang kam ein Mann mittleren Alters mit zwei langbeinigen, vierfüßigen Tieren im Schlepptau. »Hier sind sie, Capt'«, sagte der Mann und reichte ihm die Leinen.

»Danke, Chin«, nickte Karrde und nahm sie entgegen, während er sich niederkniete und die beiden Tiere kurz hinter den Ohren kraulte. »Ich glaube, Sie kennen meine Schoßvornskr noch nicht, Rätin. Der hier heißt Drang; der daneben Sturm. Auf Myrkr jagen sie mit der Macht ihre Beute. Hier werden sie mit ihrer Hilfe Mara finden. Richtig?«

Die Vorsnskr gaben einen seltsamen Laut von sich, eine Mischung aus Gackern und Schnurren. »Gut«, sagte Karrde und richtete sich wieder auf. »Ich glaube, wir sind jetzt bereit, Rätin. Können wir gehen?«

25

In der Ferne heulte noch immer der Alarm, als Han vorsichtig mit einem Auge um die Ecke schielte. Nach dem Bauplan, den Erzwo besorgt hatte, mußte sich die Hauptzentrale der Außenverteidigung in diesem Sektor der Garnison befinden. Wahrscheinlich gab es hier Wachen, und wahrscheinlich waren sie auf der Hut.

Er hatte mit beiden Annahmen recht. Fünf Meter weiter den Eingangskorridor hinunter, an den Seiten eines schweren Sicherheitsschotts, standen zwei Sturmtruppler. Und sie waren wachsam genug, um den Fremden zu entdecken, der sie verstohlen beobachtete, und ihre Blastergewehre hochzureißen.

Die klügste Reaktion – die Reaktion einer jeden vernünftigen Person, die an ihrem Leben hing – wäre gewesen, vor der Eröffnung des Feuers wieder hinter der Ecke zu verschwinden. Han packte statt dessen die Ecke mit der freien Hand und nutzte die Hebelwirkung, um sich abzustoßen und auf die andere Seite des Eingangskorridors zu springen. Er erreichte die andere Seite und preßte sich gegen die Wand, während ihn die Blasterschüsse nur um Millimeter verfehlten und Splitter aus der metallenen Verkleidung sprengten.

Sie feuerten noch immer, als Chewbacca hinter der Ecke hervorkam, die Han soeben verlassen hatte, und den Kampf mit zwei schnellen Schüssen aus seinem Blitzwerfer beendete.

»Gute Arbeit, Chewie«, knurrte Han, warf einen kurzen Blick nach hinten und schlüpfte wieder um die Ecke. Die Sturmtruppler waren ausgeschaltet, und jetzt stand ihnen nur noch eine massive Metalltür im Weg.

Die, wie die Sturmtruppler selbst, kein großes Problem darstellte. Zumindest nicht für sie. »Fertig?« fragte er, kauerte an einer Seite der Tür nieder und hob seinen Blaster. Dahinter würde es zwei weitere Wachen geben.

»Fertig«, bestätigte Luke. Das Lichtschwert des Jungen zündete mit einem Zischen, und die grellgrüne Klinge zuckte über Hans Kopf hinweg und schnitt horizontal durch das dicke Metall des Sicherheitsschotts. Dabei traf sie den eingebauten Öffnungsmechanismus, und als Luke den Schnitt beendete, schoß der obere Teil des Schotts entlang der Schienen in die Decke.

Die Haltung der dahinter postierten Sturmtruppler verriet, daß sie den kurzen Kampf draußen gehört hatten. Ebenso klar war, daß sie nicht mit einem so schnellen Eindringen gerechnet hatten. Han erschoß den ersten, als der sein Blastergewehr auf ihn anlegte; Luke hechtete über den unteren Teil des Schotts hinweg, schwang das Lichtschwert und erledigte den zweiten.

Die Imperialen an den Sensorkonsolen rechneten auch nicht mit unerwünschten Gästen. Sie griffen nach ihren Waffen und suchten nach Deckung, als Han und Chewbacca über sie herfielen. Ein Dutzend Schüsse später war der Raum nur noch ein rauchender Schrotthaufen.

»Das sollte genügen«, entschied Han. »Verschwinden wir besser, ehe Verstärkung kommt.«

Aber die Unruhen vor dem Haupteingang und der marodierende Haufen Myneyrshi schienen die Imperialen vollauf zu beschäftigen. Die drei Eindringlinge konnten ungestört durch den Korridor zur Nottreppe und drei Stockwerke tiefer in den Pumpenraum zurückkehren, wo die anderen auf sie warteten.

Zwei der Noghri waren direkt hinter der Tür postiert, als Han sie öffnete. »Irgendwelche Probleme?« rief Lando aus dem Gewirr der Rohre, die zwei Drittel des Raums auszufüllen schienen.

»Eigentlich nicht«, sagte Han, als Chewbacca die Tür hinter ihnen schloß und verriegelte. »Aber ich möchte es nicht noch einmal versuchen.«

Lando grunzte. »Das ist vermutlich auch nicht nötig. Sie sollten inzwischen davon überzeugt sein, daß sie in Kürze von starken Luftstreitkräften angegriffen werden.«

»Hoffentlich«, meinte Han und zwängte sich zu Lando durch, der an einem altertümlich wirkenden Kontrollpult hantierte. Erzwo war an der Seite des Pultes in einen Computersockel eingelassen, während Dreipeo ihn wie eine nervöse Vogelmutter umflatterte. »Eine uralte Kiste, was?«

»Du hast's erkannt«, bestätigte Lando. »Ich denke, der Imperator hat sie aus der Kloning-Fabrik ausgebaut und hier abgestellt.«

Erzwo schnatterte indigniert. »Richtig – das Programm eingeschlossen«, sagte Lando trocken. »Ich kenne mich ein wenig mit dem Zeug aus, Han, aber nicht genug, um dauerhafte Schäden anzurichten. Ich schätze, wir werden den Sprengstoff einsetzen müssen.«

»Von mir aus«, sagte Han. Er hätte es gehaßt, den Sprengstoff den ganzen Weg von Wayland mitgeschleppt zu haben, ohne ihn dann zu benutzen. »Wo ist Mara?«

»Dort draußen«, sagte Lando und wies auf eine andere Tür, die halb hinter den Rohren verborgen war. »Im Hauptraum.«

»Sehen wir mal nach, Luke«, sagte Han. Ihm gefiel der Gedanke nicht, daß Mara hier allein herumspazierte. »Chewie, du bleibst mit Lando hier. Vielleicht findet ihr was, das zu sprengen sich lohnt.«

Er trat an die Tür und öffnete sie. Dahinter lag ein breiter, kreisförmiger Gang, der an der Innenseite einer riesigen natürlichen Höhle entlanglief. Direkt vor ihm, an einer massiven Technosäule, die in der Mitte der Höhle bis zur Decke reichte, stand Mara ans

Geländer des Laufgangs gelehnt. »Sind wir hier richtig?« fragte er und warf einen Blick in die Runde, während er sich ihr näherte. Rund zwanzig andere Türen säumten in mehr oder weniger regelmäßigen Abständen den Laufgang, und es gab vier einziehbare Brücken, die zu einer Arbeitsplattform rund um die zentrale Technosäule führten. Abgesehen von einigen ihrer Noghri, die in der Höhle verteilt Wache hielten, war alles leer.

Aber er hörte Geräusche. Von irgendwoher drangen Stimmen und das gedämpfte Brummen von Maschinen, untermalt vom leisen Klicken von Relais und einem seltsamen rhythmischen Pulsieren oder Rauschen. Als würde die ganze Höhle atmen...

»Wir sind hier richtig«, bestätigte Mara mit merkwürdig verändert klingender Stimme. Vielleicht hörte sie das Atmen auch. »Kommen Sie und sehen Sie es sich an.«

Han warf Luke einen Blick zu, und gemeinsam traten sie an Maras Seite und sahen nach unten.

Es war tatsächlich der richtige Ort.

Die Höhle war riesig und reichte unter dem Geländer mindestens zehn Stockwerke in die Tiefe. Sie war wie ein Sportstadion angelegt, und jede Etage war eine Art kreisförmige Terrasse an der Innenseite der Höhle. Jede Terrasse war etwas breiter als die über ihr liegende, reichte ein Stück weiter zum Zentrum der Kaverne und ließ das Loch um die Technosäule ein wenig schrumpfen. Überall führten Rohre entlang: große, die an die Zentralsäule angeschlossen waren, und kleinere, die den Rändern der Terrassen folgten, und noch kleinere, die mit den in regelmäßigen Abständen angelegten Metallringen verbunden waren, die die Terrassen und das Erdgeschoß übersäten.

Tausende von kleinen Ringen. Jeder die Deckplatte eines Spaarti-Kloning-Zylinders.

Luke an Hans Seite gab einen seltsam kehligen Laut von sich. »Kaum zu glauben«, sagte er halb ehrfürchtig, halb verblüfft.

»Glaub's ruhig«, riet ihm Han grimmig, griff nach seinem MakroferngIas und richtete es auf das Erdgeschoß. Das Rohrgeflecht verstellte ihm ein wenig die Sicht, aber er konnte Männer in Meditech- und Wachuniformen herumwimmeln sehen. »Sie laufen da unten wie aufgescheuchte Hühner herum«, sagte er. »Das ganze Erdgeschoß wimmelt von Sturmtruppen.«

Er warf Mara einen Seitenblick zu. Ihr Gesicht war verspannt, als sie die Kloning-Tanks anstarrte, und sie hatte den gehetzten Ausdruck eines Menschen, der von seiner Vergangenheit eingeholt wurde. »Löst es Erinnerungen aus?« fragte er.

»Ja«, sagte sie mechanisch. Sie blieb noch einen Moment länger stehen und richtete sich dann langsam auf. »Aber wir sollten jetzt handeln.«

»Schön das zu hören«, sagte Han und studierte ihr Gesicht. Sie schien sich wieder gefaßt zu haben, aber unter der Oberfläche brodelte es. *Halte durch, Kleine,* sagte er im stillen zu ihr. *Es ist bald vorbei, okay?* »Diese Säule in der Mitte sieht wie ein ideales Ziel aus. Wissen Sie irgend etwas über sie?«

Sie spähte durch die Höhle. »Eigentlich nicht.« Sie zögerte. »Aber vielleicht gibt es eine andere Möglichkeit. Der Imperator war nicht der Typ, der auf Vorsichtsmaßnahmen verzichtet. Nicht, wenn er anderen schaden konnte.«

Han warf Luke einen Seitenblick zu. »Sie meinen, daß diese Anlage mit einem Selbstvernichtungsmechanismus versehen ist?«

»Es ist möglich«, sagte sie, wieder mit diesem gehetzten Ausdruck in den Augen. »Wenn ja, dann befindet sich die Kontrolle oben im Thronsaal. Ich könnte hinaufgehen und mich umsehen.«

»Ich weiß nicht«, sagte Han und sah hinunter in die Kloning-Höhle. Es war ein verdammt großer Raum, der sich wohl kaum mit einem einzigen Sack voll Sprengstoff zerstören ließ – insoweit mußte er ihr recht geben. Aber die Vorstellung, Mara allein mit ihren Erinnerungen im Thronsaal herumlaufen zu lassen, gefiel ihm auch nicht. »Danke, aber ich schätze, keiner von uns sollte sich hier allein herumtreiben.«

»Ich werde sie begleiten«, erbot sich Luke. »Sie hat recht – es ist einen Versuch wert.«

»Es wird kein Problem sein«, fügte Mara hinzu. »Vom Laufgang führt ein Wartungsdroiden-Turbolift fast bis ganz nach oben. Außerdem dürfte der Aufstand am Haupteingang die Aufmerksamkeit der Imperialen voll beanspruchen.«

Han schnitt eine Grimasse. »Okay, macht euch auf den Weg«, knurrte er. »Aber sagt uns Bescheid, bevor ihr den Knopf drückt, verstanden?«

»Keine Sorge«, beruhigte ihn Luke mit einem freudlosen Grinsen. »Kommen Sie, Mara.«

Sie eilten den Laufgang entlang. »Wohin gehen sie?« fragte Lando hinter Han.

»Zum Thronsaal des Imperators«, antwortete Han. »Sie glaubt, daß sich dort oben der Schalter zur Selbstzerstörungsanlage befindet. Hast du irgend etwas gefunden?«

»Erzwo hat endlich eine Verbindung zum Hauptcomputer bekommen«, sagte Lando. »Er sucht jetzt nach einem Bauplan dieses Dings.« Er deutete auf die Zentralsäule.

»Wir können nicht warten«, entschied Han und drehte sich um, als Chewbacca aus dem Pumpenraum kam, die Tasche mit dem Sprengstoff über der Schulter. »Chewie, nimm dir mit Lando diese Brücken dort drüben vor.«

»Richtig«, sagte Lando mit einem vorsichtigen Blick über das Geländer. »Was ist mit dir?«

»Ich werde uns einsperren«, erwiderte Han und wies auf die anderen Türen, die auf den Laufgang führen. »Ihr – Noghri – kommt her.«

Die beiden Noghri, die Wache gehalten hatten, traten lautlos auf ihn zu, während Lando und Chewbacca zur nächsten Brücke liefen. »Deine Befehle, Han Clan Solo?« fragte einer von ihnen.

»Du – bleibst hier«, wies er den nächsten an. »Für den Fall, daß es Ärger gibt. Du ...« Er deutete auf den anderen. »Hilf mir, diese

Türen zu versiegeln. Ein gezielter Blasterschuß auf jeden Kontrollkasten dürfte reichen. Ich nehme diese Richtung; du die andere.«

Er hatte zwei Drittel des Laufgangs hinter sich, als er über dem unheimlichen mechanischen Atem Geräusche aus der Höhle unter sich hörte. Er blickte sich um und entdeckte Dreipeo, der in der Tür zum Pumpenraum stand und ihm winkend etwas zurief. »Großartig«, knurrte er. Wenn man Dreipeo auch nur einen Moment allein ließ, stellte er garantiert irgendwelchen Unfug an. Er blockierte die letzte Tür, drehte sich um und eilte zurück.

»Captain Solo!« rief Dreipeo erleichtert, als Han ihn erreichte. »Dem Schöpfer sei Dank. Erzwo sagt…«

»Was willst du eigentlich?« fauchte Han. »Die ganze Garnison alarmieren?«

»Natürlich nicht, Sir. Aber Erzwo sagt…«

»Wenn du mit mir reden willst, kommst du zu mir.«

»Ja, Sir. Aber Erzwo sagt…«

»Wenn du mich nicht finden kannst, benutzt du dein Komm«, unterbrach Han und stach mit dem Finger nach dem kleinen Zylinder, den der Droide in der Hand hielt. »Deshalb hat man dir eins gegeben. Brüll auf keinen Fall herum. Ist das klar?«

»Ja, Sir«, sagte Dreipeo, und seine mechanische Geduld klang nun mehr als nur leicht strapaziert. »Darf ich fortfahren?«

Han seufzte. Soviel zur Lektion. Mit einem Bantha ließ sich besser reden. »Ja, was gibt's?«

»Es geht um Master Luke«, erklärte Dreipeo. »Ich habe gehört, wie einer der Noghri sagte, daß er sich mit Mara auf den Weg zum Thronsaal gemacht hat.«

»Ja. Und?«

»Nun, Sir, im Zuge seiner Untersuchungen hat Erzwo soeben herausgefunden, daß der Jedi-Meister C'baoth in diesem Bereich gefangengehalten wird.«

Han starrte ihn an. »Was meinst du damit, in diesem Bereich? Ist er nicht im Gefängnistrakt?«

»Nein, Sir«, erwiderte Dreipeo. »Wie ich schon sagte...«

»Warum hast du das nicht gleich gesagt?« knurrte Han, riß sein Komm heraus und schaltete es ein.

Und schaltete es fast sofort wieder ab. »Die Komms scheinen nicht zu funktionieren«, sagte Dreipeo geziert. »Ich habe es festgestellt, als ich versuchte, mit Ihnen Kontakt aufzunehmen.«

»Großartig«, fauchte Han, und das statische Prasseln dröhnte noch immer in seinen Ohren, als er sich umsah. Luke und Mara liefen C'baoth direkt in die Arme. Und er hatte keine Möglichkeit, sie zu warnen.

Bis auf eine. »Erzwo soll weiter nach dem Bauplan suchen«, befahl er Dreipeo und befestigte das Komm wieder an seinem Gürtel. »Und er soll feststellen, woher die Kommstörung kommt. Wenn er es weiß, schick ein paar Noghri los, damit sie den Störsender ausschalten. Dann geh zu dieser Arbeitsplattform und sagte Chewie und Lando, wohin ich gegangen bin.«

»Ja, Sir«, sagte Dreipeo, angesichts der zahlreichen Anweisungen und seines Befehlstons leicht überrascht wirkend. »Verzeihen Sie, Sir, aber *wohin* wollen Sie gehen?«

»Was glaubst du wohl?« gab Han über die Schulter zurück, während er den Laufgang entlangeilte. Es war immer dasselbe, dachte er säuerlich. So oder so, ganz gleich, wo sie waren oder was sie machten, irgendwie endete es immer damit, daß er Luke heraushauen mußte. Und es kam ihm immer mehr wie eine gute Idee vor, daß er mitgekommen war.

»In Ordnung, *Garrets Gold*, die Schleusen sind geschlossen«, sagte die Stimme des Raumlotsen. »Halten Sie sich für den Empfang der Abflugkursdaten bereit.«

»Verstanden, Kontrolle«, bestätigte Aves, während er die *Ätherstraße* von der Andockspeiche wegsteuerte und sie langsam beidrehte. Sie waren hier fertig; und so, wie es aussah, traf dies auch auf alle anderen zu.

»Da ist er«, murmelte Gillespee und wies aus der Sichtluke. »Planmäßig.«

»Sind Sie sicher, daß das Mazzic ist?« fragte Aves und spähte zu dem Schiff hinüber.

»Ganz sicher«, nickte Gillespee. »Soll ich versuchen, Verbindung mit ihm aufzunehmen?«

Aves zuckte die Schultern und sah sich im Werftgebiet um. Sie waren alle mit einem guten Chiffrierkode ausgerüstet, aber es war keine besonders kluge Idee, das Risiko einzugehen und ihn zu benutzen, bevor es wirklich notwendig war. »Warten wir noch eine Minute«, sagte er zu Gillespee. »Bis wir etwas Wichtiges mitzuteilen haben.«

Die Worte hatten kaum seinen Mund verlassen, als die Katastrophe begann.

»Sternzerstörer!« bellte Faughn an der Kommkonsole. »Stürzen soeben aus der Lichtgeschwindigkeit.«

»Vektor?« schnappte Gillespee.

»Bemühen Sie sich nicht«, sagte Aves, und ein kaltes Messer bohrte sich in seine Eingeweide. Er konnte die Sternzerstörer bereits erkennen, die am Rand der Werften aus dem Hyperraum fielen. Und die Dreadnaughts und die Fregatten und Angriffskreuzer und TIE-Geschwader. Eine komplette Einsatzflotte.

Und praktisch jedes Kampfschiff von Karrdes Schmuggler-Konförderation war hier. Inmitten des Getümmels.

»Also war es *doch* eine Falle«, sagte Gillespee.

»Scheint so«, sagte Aves, die Armada anstarrend, die inzwischen eine Formation annahm. Eine Formation, mit der irgend etwas nicht zu stimmen schien.

»Aves, Gillespee, hier ist Mazzic«, drang die Stimme des anderen Schmugglers aus dem Komm. »Sieht aus, als wären wir erledigt. Ich werde mich nicht ergeben. Wie ist es mit Ihnen?«

»Ich schätze, sie haben es verdient, dafür zumindest ein paar Sternzerstörer zu verlieren«, stimmte Gillespee zu.

»Das war auch meine Idee«, sagte Mazzic. »Schade, daß Karrde nicht hier ist, um zu sehen, wie wir in einen glorreichen Tod gehen.«

Er schwieg, und Aves spürte Gillespees und Faughns Blicke auf sich ruhen. Er wußte, daß sie mit der Überzeugung in den Tod gehen würden, daß Karrde sie verraten hatte. Alle würden dies glauben. »Ich bin auch bei Ihnen«, erinnerte er ruhig die anderen. »Wenn Sie wollen, Mazzic, können Sie das Kommando übernehmen.«

»Danke«, sagte Mazzic. »Das wollte ich sowieso tun. Bereithalten: Wir können den ersten Schlag genausogut gemeinsam führen.«

Aves warf einen letzten Blick auf die Armada... Und plötzlich begriff er. »Warten Sie«, stieß er hervor. »Marzzic – alle –, nichts unternehmen. Diese Einsatzflotte ist nicht wegen uns hier.«

»Wovon reden Sie?« fragte Gillespee.

»Diese Abfangkreuzer dort drüben«, sagte Aves. »Hinter der Gruppe Sternzerstörer – sehen Sie sie? Achten Sie auf ihre Position.«

Ein Moment des Schweigens folgte. Mazzic erkannte es zuerst. »Das ist keine Umschließungsformation«, sagte er.

»Sie haben recht, es ist keine«, stimmte Gillespee zu. »Da – im Hintergrund ist eine zweite Gruppe.«

»Es ist eine Fallenformation«, sagte Mazzic, und es klang, als würde er es selbst nicht glauben. »Sie bereiten sich darauf vor, jemand aus dem Hyperraum zu holen. Und ihn dann lange genug festzuhalten, um ihn zu vernichten.«

Aves sah Gillespee an und stellte fest, daß der seinen Blick erwiderte. »Nein«, keuchte Gillespee. »Sie glauben doch nicht etwa...? Ich dachte, sie greifen Tangrene an.«

»Das dachte ich auch«, sagte Aves grimmig, und das Messer bohrte sich wieder in seine Eingeweide. »Ich schätze, wir haben uns geirrt.«

»Oder Thrawn irrt sich.« Gillespee sah zu der Armada hinaus und schüttelte den Kopf. »Nein. Wahrscheinlich nicht.«

»Okay, bloß keine Panik«, sagte Mazzic. »Wenn die Neue Republik kommt, ist es um so wichtiger, die Aufmerksamkeit der Imperialen abzulenken. Halten wir uns an den Plan, und sehen wir, was passiert.«

»Einverstanden«, seufzte Aves. Mitten in einer imperialen Basis während eines Angriffs der Neuen Republik. Fantastisch.

»Ich sage Ihnen was, Aves«, bemerkte Gillespee. »Wenn wir hier lebend rauskommen, werde ich ein paar Worte mit Ihrem Boß wechseln.«

»Nichts dagegen.« Aves betrachtete Thrawns Armada. »Um offen zu sein, ich mache wahrscheinlich mit.«

Vorsichtig steckte Mara den Kopf aus dem Nottreppenhaus und warf einen Blick in den dahinterliegenden Korridor. Die Vorsicht war überflüssig; dieses Stockwerk war so verlassen wie die drei davor. »Alles klar«, murmelte sie und trat in den Korridor.

»Auch keine Wachen?« fragte Skywalker, der sich mißtrauisch umsah, als er sich zu ihr gesellte.

»Warum auch?« sagte sie. »In diesen obersten Stockwerken gab es immer schon nur den Thronsaal und die königlichen Gemächer.«

»Dann wird sich wohl nichts verändert haben. Wo ist dieser private Turbolift?«

»Nach rechts und dann um die Ecke«, erwiderte sie und zeigte mit ihrem Blaster in die entsprechende Richtung.

Mehr aus Gewohnheit denn aus Notwendigkeit versuchte sie, so leise wie möglich zu gehen, als sie ihn durch den Korridor führte. Sie erreichte den Quergang und bog hinein.

Dort, zehn Meter vor ihnen, standen zwei Sturmtruppler neben der Turbolifttür, die die Blastergewehre hochrissen und auf sie anlegten.

Mit einem Bein bereits im Korridor, von ihrem Schwung in die falsche Richtung getragen, hatte Mara nur die Möglichkeit, sich zu ducken. Sie ließ sich aufs Deck fallen und schoß aus der Bewegung heraus. Einer der Sturmtruppler stolperte zurück, als sein Brustpanzer in Flammen explodierte. Das zweite Gewehr richtete sich auf ihr Gesicht...

Und wurde reflexartig zur Seite gerissen, als Skywalkers Lichtschwert durch den Korridor auf ihn zugeflogen kam.

Es richtete natürlich keinen Schaden an – auf diese Entfernung und ohne die Macht war Skywalker nicht besonders treffsicher. Aber es genügte, um den Sturmtruppler abzulenken, und mehr brauchte Mara nicht. Noch während sich der Imperiale unter der wirbelnden Klinge duckte, traf sie ihn mit zwei sauberen Schüssen. Er fiel aufs Deck und blieb liegen.

»Ich schätze, sie wollen nicht, daß jemand dort hineingeht«, sagte Skywalker und trat an ihre Seite.

»Scheint so«, stimmte Mara zu, ignorierte seine angebotene Hand und sprang auf. »Kommen Sie.«

Die Turboliftkabine war auf diesem Stockwerk blockiert, aber Mara brauchte nur eine Minute, um die Blockade aufzuheben. Es gab nur vier Haltepunkte: die Etage, in der sie sich befanden, den Notfährenhangar, die königlichen Gemächer und den Thronsaal selbst. Sie drückte den obersten Knopf, und die Tür schloß sich hinter ihnen. Die Fahrt nach oben dauerte nicht lange, und ein paar Sekunden später glitt die Tür auf der anderen Seite der Kabine zur Seite. Mara straffte sich und stieg aus.

Trat in den Thronsaal des Imperators..., und eine Flutwelle aus Erinnerungen schlug über ihr zusammen.

Es war alles so wie damals. Die gedämpften Lichter an den Seiten und die brütende Dunkelheit, die der Imperator so nützlich zum Meditieren und Nachdenken gefunden hatte. Das Plateau am anderen Ende des Saales, das ihm erlaubte, von seinem Thron auf die Besucher hinunterzublicken, während sie die Treppe zu ihm heraufstiegen. Die Bildschirme auf jeder Seite des Throns, dunkel jetzt, die ihm gestattet hatten, seine Domäne zu überwachen.

Und eine Übersicht dieser Domäne...

Sie drehte sich nach links und blickte über das Geländer des Laufgangs zu der großen freien Fläche vor dem Thron. Dort in der Dunkelheit schwebte die Galaxis, eine blendende Scheibe aus Licht mit einem Durchmesser von zwanzig Metern.

Nicht das Standardgalaxishologramm, wie man es in jeder Schule oder Reederei fand. Nicht einmal die präziseren Versionen, die es nur in den Kriegsräumen ausgewählter militärischer Sektorhauptquartiere gab. Dieses Hologramm war von einem unvorstellbaren und einzigartigen Detailreichtum, mit genau positionierten Lichtpunkten für jeden der hundert Milliarden Sterne der Galaxis. Politische Regionen waren mittels subtiler Färbungen hervorgehoben: die Kernsysteme, die Territorien des Äußeren Randes, der Wilde Raum, die Unbekannten Regionen. Von seinem Thron aus konnte der Imperator das Bild manipulieren, ausgewählte Sektoren hervorheben, ein einzelnes System lokalisieren oder einen militärischen Feldzug planen.

Es war sowohl ein Kunstwerk als auch ein Werkzeug. Es würde Großadmiral Thrawn gefallen.

Und mit diesem Gedanken verblaßten die Erinnerungen an die Vergangenheit und wichen widerwillig den Realitäten der Gegenwart. Thrawn hatte jetzt das Kommando, ein Mann, der das Imperium nach seinen Vorstellungen neu errichten wollte. Mit einer Entschlossenheit, die ihn dazu verleitet hatte, einen neuen Klon-Krieg zu entfesseln, um dieses Ziel zu erreichen.

Sie holte tief Luft. »In Ordnung«, sagte sie. Die Worte hallten im Saal wider und ließen sie die Erinnerungen noch mehr vergessen. »Wenn sich der Selbstzerstörungsmechnismus hier befindet, dann ist er im Thron eingebaut.«

Mit offensichtlicher Mühe wandte Skywalker den Blick von der Hologrammgalaxis ab. »Sehen wir ihn uns mal an.«

Sie folgten dem Zehnmetergang, der vom Turbolift zum Hauptbereich des Thronsaals führte, unter dem Laufsteg zwischen dem vorderen Rand der Hologrammgrube und den erhöhten Wachplattformen, die die Treppe flankierten. Mara sah zu den Plattformen hoch, als sie und Skywalker die Treppe hinaufstiegen, und erinnerte sich an die rotgewandeten imperialen Wachen, die früher dort schweigend Wache gehalten hatten. Unter dem Plateau, zwischen den Stufen sichtbar, lag der Überwachungs- und Kontrollbereich des Imperators dunkel und still da. Abgesehen von dem Galaxishologramm schienen alle Systeme hier oben außer Betrieb zu sein.

Sie erreichten das Ende der Treppe und näherten sich dem Thron selbst, der zur dahinterliegenden polierten Felswand gedreht war. Mara musterte ihn und fragte sich, warum der Imperator ihn vom Galaxishologramm abgewandt hatte, als er sich plötzlich zu drehen begann.

Sie griff nach Skywalkers Arm, riß gleichzeitig ihren Blaster hoch und zielte auf den Thron. Der mächtige Sessel vollendete seine Drehung...

»Also seid ihr endlich zu mir gekommen«, sagte Joruus C'baoth ernst, der sie aus den Tiefen des Throns heraus betrachtete. »Ich wußte, ihr würdet kommen. Gemeinsam werden wir die Galaxis lehren, was es heißt, den Jedi zu dienen.«

26

»Ich wußte, daß ihr heute nacht kommen würdet«, sagte C'baoth und erhob sich langsam von seinem Thron, um ihnen entgegenzutreten. »Seit ihr Coruscant verlassen habt, wußte ich, daß ihr kommen würdet. Deshalb habe ich in dieser Nacht den Bewohnern meiner Stadt den Angriff auf meine Kerkermeister befohlen.«

»Das war nicht nötig«, erklärte Luke, unwillkürlich einen Schritt zurücktretend, als die Erinnerungen an jene fast kastastrophalen Tage auf Jomark über ihm zusammenschlugen. C'baoth hatte dort auf subtile Weise versucht, ihn zu korrumpieren und auf die Dunkle Seite zu locken... Und als es fehlgeschlagen war, hatte er versucht, Luke und Mara zu töten.

Aber er würde es nicht noch einmal versuchen. Nicht hier. Nicht ohne die Macht.

»Natürlich war es nötig«, sagte C'baoth. »Ihr brauchtet die Ablenkung, um in mein Gefängnis eindringen zu können. Und sie brauchten – wie alle niederen Geschöpfe – einen Lebensinhalt. Kann es einen besseren Lebensinhalt geben als die Ehre, im Dienst der Jedi zu sterben?«

Mara an seiner Seite murmelte etwas. »Ich fürchte, Sie verdrehen alles«, sagte Luke. »Die Jedi waren die Wächter des Friedens. Die Diener der Alten Republik, nicht ihre Herren.«

»Was der Grund dafür ist, daß sie und die Alte Republik versagt haben, Jedi Skywalker«, erklärte C'baoth und zeigte bekräftigend mit dem Finger auf ihn. »Warum sie versagt haben und warum sie untergegangen sind.«

»Die Alte Republik hat tausend Generationen lang bestanden«, erinnerte Mara. »Das klingt in meinen Ohren nicht nach Versagen.«

»Vielleicht nicht«, sagte C'baoth mit sichtlicher Verachtung. »Du bist jung und du siehst noch nicht klar.«

»Natürlich im Gegensatz zu Ihnen?«

C'baoth lächelte sie an. »O ja, meine junge Schülerin«, sagte er weich. »In der Tat. Wie auch du eines Tages.«

»Rechnen Sie nicht damit«, knurrte Mara. »Wir sind nicht hier, um Sie zu befreien.«

»Die Macht nimmt keine Rücksicht darauf, was du für deine

Ziele hältst«, sagte C'baoth. »Ebensowenig wie die wahren Meister der Macht. Ob ihr es nun wißt oder nicht, ihr seid hier, weil ich euch gerufen habe.«

»Glauben Sie das ruhig«, meinte Mara und wies mit ihrem Blaster zur Seite. »Dort hinüber.«

»Natürlich, meine junge Schülerin.« C'baoth machte drei Schritte in die entsprechende Richtung. »Sie hat einen sehr starken Willen, Jedi Skywalker«, fügte er zu Luke gewandt hinzu, als sich Mara wachsam dem Thron näherte und niederkniete, um die in die Armlehnen eingebauten Kontrolltafeln zu untersuchen. »Sie wird in der Galaxis, die wir gestalten werden, ein großer Machtfaktor sein.«

»Nein«, sagte Luke kopfschüttelnd. Dies war vielleicht seine letzte Chance, den verrückten Jedi zur Vernunft zu bringen. Ihn zu retten, wie er Vader an Bord des zweiten Todessterns gerettet hatte. »Sie sind nicht in der Verfassung, irgend etwas zu gestalten, Master C'baoth. Sie sind krank. Aber ich kann Ihnen helfen, wenn Sie mich lassen.«

C'baoths Miene verdüsterte sich. »Wie kommst du dazu, solche Dinge zu sagen?« fragte er. »Wie kannst du es überhaupt wagen, derart blasphemische Dinge über den großen Jedi-Meister C'baoth auch nur zu *denken*?«

»Aber genau das ist es«, sagte Luke sanft. »Sie sind nicht der Jedi-Meister C'baoth. Zumindest nicht das Original. Der Beweis befindet sich in den Aufzeichnungen der *Katana*. Jorus C'baoth starb vor langer Zeit während des extragalaktischen Flugprojekts.«

»Dennoch bin ich hier.«

»Ja«, nickte Luke. »*Sie* schon. Aber nicht Jorus C'baoth. Sehen Sie, Sie sind sein Klon.«

C'baoths ganzer Körper versteifte sich. »Nein«, sagte er. »Nein. Das ist unmöglich.«

Luke schüttelte den Kopf. »Es gibt keine andere Erklärung. Gewiß ist Ihnen der Gedanke auch schon einmal gekommen.«

C'baoth holte tief und schaudernd Luft... Und dann, abrupt, warf er den Kopf zurück und lachte.

»Aufpassen«, stieß Mara hervor, den alten Mann über die Armlehne des Throns hinweg wachsam beobachtend. »Er hat denselben Trick auf Jomark versucht, erinnern Sie sich?«

»Ist schon gut«, meinte Luke. »Er kann uns nichts anhaben.«

»Ah, Skywalker, Skywalker«, sagte C'baoth kopfschüttelnd. »Auch du? Großadmiral Thrawn, die Neue Republik und jetzt du. Was hat diese plötzlich Faszination für Klons und das Kloning zu bedeuten?«

Er brach erneut in Gelächter aus; und dann, ohne Vorwarnung, wurde er todernst. »Er versteht es nicht, Jedi Skywalker«, sagte er feierlich. »Nicht Großadmiral Thrawn – keiner von ihnen. Die wahre Macht der Jedi beruht nicht auf diesen simplen Tricks der Materie und Energie. Die wahre Macht der Jedi besteht darin, daß von allen Bewohnern der Galaxis allein wir die Kraft haben, über uns selbst hinauszuwachsen. Uns über die Weiten des Universums auszudehnen.«

Luke sah Mara an und erntete ein Schulterzucken und einen verwirrten Blick. »Wir verstehen es auch nicht«, wandte er sich an C'baoth. »Was meinen Sie damit?«

C'baoth trat einen Schritt auf ihn zu. »Ich habe es getan, Jedi Skywalker«, flüsterte er, die Augen glitzernd im gedämpften Licht. »Mit General Covell. Was nicht einmal der Imperator getan hat. Ich habe sein Bewußtsein in meine Hände genommen und es verändert. Es neu gestaltet und nach meinem eigenen Bild geformt.«

Luke durchlief ein Frösteln. »Wie meinen Sie das, nach Ihrem Bild geformt?«

C'baoth nickte, und um seine Lippen spielte ein geheimnisvolles Lächeln. »Ja – es nach meinem Bild geformt. Und das war erst der Anfang. Unter uns, in den Tiefen des Berges, steht in diesem Moment die zukünftige Armee der Jedi bereit, uns zu dienen. Was ich mit General Covell getan habe, werde ich wieder tun, und wieder, und immer wieder. Denn Großadmiral Thrawn hat nie erkannt, daß er die Armee, die er für sich selbst aufzustellen glaubte, in Wirklichkeit für mich geschaffen hat.«

Und plötzlich verstand Luke. Die Klons, die unten in der Höhle heranwuchsen, waren nicht nur körperlich mit ihren Originalschablonen identisch. Auch ihre Bewußtseine war identisch, oder einander zumindest so ähnlich, daß sie nur winzige Variationen desselben Musters waren. Wenn C'baoth lernen konnte, wie man den Willen eines einzigen Klons brach, dann konnte er es auch bei der ganzen Gruppe machen.

Luke sah wieder Mara an. Auch sie begriff. »Glauben Sie immer noch, daß er gerettet werden kann?« fragte sie grimmig.

»Ich muß nicht gerettet werden, Mara Jade«, erklärte ihr C'baoth. »Sage mir, glaubst du wirklich, ich würde einfach zulassen, daß mich Großadmiral Thrawn auf diese Weise einsperrt?«

»Ich schätze, er hat Sie nicht um Ihre Erlaubnis gebeten«, stieß Mara hervor und trat vom Thron zurück. »Hier ist nichts, was uns weiterhelfen könnte, Skywalker. Verschwinden wir von hier.«

»Ich habe euch nicht die Erlaubnis zum Gehen gegeben«, sagte C'baoth mit plötzlich laut und herrisch klingender Stimme. Er hob einen Arm, und Luke sah, daß er einen kleinen Zylinder in der Hand hielt. »Und ihr werdet nicht gehen.«

Mara gestikulierte mit ihrem Blaster. »Und Sie werden uns *damit* nicht aufhalten«, sagte sie mit kaum verhüllter Verachtung. »Eine Fernsteuerung braucht etwas zum Fernsteuern.«

»Und so ist es auch«, sagte C'baoth mit einem dünnen Lächeln. »Ich habe alles von meinen Soldaten vorbereiten lassen. Bevor ich sie mit den Waffen und Befehlen für mein Volk losschickte.«

»Sicher.« Mara wich zur Treppe zurück und warf einen wachsamen Blick zur Decke, während ihre Hand nach dem Schutzgeländer tastete, das das Plateau des Thronsaals von der Bodenebene trennte. »Das glauben wir Ihnen aufs Wort.«

C'baoth schüttelte den Kopf. »Das ist nicht nötig«, sagte er weich und drückte den Knopf. In Lukes Hinterkopf schien etwas Fernes und sehr Fremdartiges gequält aufzuschreien...

Und plötzlich, unmöglicherweise, spürte er, wie ihn Klarheit und Kraft durchströmten. Als würde er aus einem tiefen Schlaf erwachen oder aus einem dunklen Zimmer in helles Licht treten.

Die Macht war wieder mit ihm.

»Mara!« stieß er hervor. Aber es war zu spät. Der Blaster war bereits Maras Hand entrissen worden und flog durch den Saal; und noch während Luke auf sie zusprang, explodierte C'baoths ausgestreckte Hand in einem grellen Ausbruch aus blauweißen Blitzen.

Die Blitze schlugen in Maras Brust ein und schleuderten sie gegen das Geländer. »Aufhören!« schrie Luke, stellte sich schützend vor sie und zündete sein Lichtschwert. C'baoth ignorierte ihn, feuerte ein zweites Blitzgewitter ab. Luke wehrte den Großteil mit seiner Lichtschwertklinge ab und verzog das Gesicht, als der Rest seine Abwehr durchbrach und durch seine Muskeln zuckte. C'baoth feuerte eine dritte Blitzladung ab, und eine vierte, und eine fünfte...

Und dann, abrupt, senkte er seine Hände. »Du wirst dich nicht erdreisten, mir Befehle geben zu wollen, Jedi Skywalker«, sagte er mit seltsam pikiert klingender Stimme. »Ich bin der Meister. Du bist der Diener.«

»Ich bin nicht Ihr Diener«, widersprach Luke, trat zurück und warf einen kurzen Blick auf Mara. Sie war noch immer auf den Beinen, klammerte sich haltsuchend an das Schutzgeländer. Ihre Augen waren geöffnet, aber verschleiert, und sie gab leise stöhnende Laute von sich, während sie durch die zusammengebissenen Zähne ausatmete. Luke legte seine freie Hand auf ihre Schulter, verzog das Gesicht unter dem beißenden Ozongeruch und untersuchte hastig ihre Verletzungen.

»Du bist doch mein Diener«, sagte C'baoth, und die Pikiertheit von vorhin hatte nun einer Art hochmütiger Würde Platz gemacht.

»Genau wie sie. Laß sie in Ruhe, Jedi Skywalker. Sie hat eine Lektion gebraucht und sie hat sie jetzt gelernt.«

Luke antwortete nicht. Keine ihrer Brandwunden schien sonderlich ernst zu sein, aber ihre Muskeln zuckten noch immer unkontrolliert. Er griff mit der Macht hinaus und versuchte, den Schmerz von ihr zu nehmen.

»Ich sagte, laß sie in Ruhe«, wiederholte C'baoth, daß seine Stimme unheimlich im Thronsaal hallte. »Ihr Leben ist nicht in Gefahr. Spare dir deine Kräfte lieber für die Probe auf, die dich erwartet.« Dramatisch hob er eine Hand und wies nach hinten.

Luke drehte sich um. Dort, ein Schattenriß vor dem schimmernden Galaxisholo, stand eine Gestalt, die die gleiche braune Robe zu tragen schien wie C'baoth. Eine Gestalt, die ihm seltsam bekannt vorkam...

»Du hast keine Wahl, mein junger Jedi«, sagte C'baoth im fast freundlichen Tonfall. »Verstehst du nicht? Du wirst mir dienen, oder du wirst nicht in der Lage sein, die Galaxis vor sich selbst zu retten. Du mußt deshalb dem Tode trotzen und dich an meine Seite stellen... Oder du wirst sterben, damit ein anderer deinen Platz einnehmen kann.« Er richtete die Augen auf die Gestalt und winkte ihr zu. »Komm«, rief er. »Und stelle dich deinem Schicksal.«

Die Gestalt näherte sich der Treppe und zog dabei ein Lichtschwert aus dem Gürtel. Das grelle Licht des Hologramms hinter ihr verbarg noch immer das Gesicht der Gestalt.

Luke entfernte sich von Mara, und ein seltsamer und unangenehm summender Druck legte sich auf sein Bewußtsein. Es war etwas verstörend Vertrautes an dieser Konfrontation. Als würde er gegen jemand oder etwas kämpfen müssen, dem er sich früher schon einmal gestellt hatte...

Abrupt fiel es ihm ein. Dagobah – sein Jedi-Training –, die Höhle der Dunklen Seite, in die ihn Yoda geschickt hatte. Sein kurzer traumgleicher Kampf mit einer Vision Dark Vaders...

Luke hielt den Atem an, und eine grausige Ahnung preßte sein Herz zusammen. Aber nein – die stumme Gestalt, die sich ihm näherte, war nicht groß genug, um Vader zu sein. Aber wer war es dann...?

Und dann trat die Gestalt ins Licht..., und zu spät erinnerte sich Luke, wie dieser Traumkampf in der Höhle der Dunklen Seite geendet hatte. Vaders Maske war zerbrochen, und das Gesicht dahinter war Lukes eigenes gewesen.

Wie das Gesicht, das jetzt ausdruckslos zu ihm hinaufblickte.

Luke spürte, wie er von der Treppe zurückwich, vom Schock überwältigt und dem zunehmenden summenden Druck auf sein Bewußtsein gelähmt. »Ja, Jedi Skywalker«, sagte C'baoth leise hinter ihm. »Er ist du. Luuke Skywalker, erschaffen aus der Hand, die du in der Wolkenstadt auf Bespin zurückgelassen hast. Das Lichtschwert schwingend, das du dort verloren hast.«

Luke starrte die Waffe in der Hand des Klons an. Es war seins, das stimmte. Das Lichtschwert, das ihm laut Obi-wan sein Vater vererbt hatte. »Warum?« brachte er hervor.

»Damit du endlich verstehst«, sagte C'baoth ernst. »Und weil du dein Schicksal erfüllen mußt. Auf die eine oder andere Art wirst du mir dienen.«

Luke warf ihm einen kurzen Blick zu. C'baoth beobachtete ihn mit erwartungsvoll funkelnden Augen. Und mit Wahnsinn.

Und in diesem Moment griff Klon Luuke an.

Er sprang die Treppe hinauf, zündete sein Lichtschwert und schlug mit der blauweißen Klinge wild nach Lukes Brust. Luke glitt zur Seite und wehrte mit seiner eigenen Waffe den Angriff ab. Die Klingen trafen mit einer Wucht aufeinander, die ihn das Gleichgewicht verlieren ließ und fast das Lichtschwert aus der Hand schmetterte. Der Klon Luuke stürzte ihm nach, wieder das Lichtschwert schwingend; Luke griff mit der Macht hinaus und warf sich nach hinten, schwang sich über das Schutzgeländer und auf eine der erhöhten Wachplattformen, die die Bodenebene des

Thronsaals überragten. Er brauchte Zeit zum Denken und Planen, eine Atempause, um das störende Summen in seinem Bewußtsein zu vertreiben.

Aber Klon Luuke gönnte ihm keine Atempause. Er trat an das Schutzgeländer und hieb mit dem Lichtschwert nach dem Stützpfeiler der Plattform, auf der Luke stand. Es war kein sauberer Schlag – die Klinge durchtrennte nicht einmal den halben Pfeiler –, aber er genügte, um die Plattform plötzlich zur Seite kippen zu lassen. Luke griff erneut mit der Macht hinaus, machte einen Salto rückwärts und versuchte, den Laufgang zu erreichen, der sich fünf Meter hinter ihm durch den Thronsaal spannte.

Aber die Entfernung war zu groß oder das Summen in seinem Kopf lenkte ihn zu sehr ab, als daß er richtig mit der Macht zupakken konnte. Er knallte mit der Kniekehle gegen die Kante des Laufgangs, und statt auf den Füßen zu landen, schlug er mit dem Rükken auf.

»Ich wollte dir dies nicht antun, Jedi Skywalker«, hörte er C'baoths Stimme. »Ich will es immer noch nicht. Schließe dich mir an – laß mich dir alles beibringen. Zusammen können wir die Galaxis vor den niederen Wesen retten, die sie sonst zerstören werden.«

»Nein«, sagte Luke heiser, bekam eine Stützrebe zu fassen und zog sich hoch, während er keuchend nach Luft schnappte. Der Klon Luke hatte sein Lichtschwert inzwischen abgeschaltet und kam die Treppe herunter auf ihn zu.

Der Klon. *Sein* Klon. Was erzeugte diesen seltsamen Druck auf sein Bewußtsein? Die Nähe eines exakten Duplikats, das selbst die Macht einsetzte?

Er wußte es nicht, genausowenig, wie er wußte, was C'baoth damit bezweckte, sie beide gegeneinander zu hetzen. Obi-wan und Master Yoda hatten ihn beide gewarnt, im Zorn oder aus Haß zu töten, denn dies führte unweigerlich zur Dunklen Seite. Traf dies auch auf die Tötung eines Klon-Duplikats zu?

Oder führte C'baoth etwas ganz anderes im Schilde? Erwartete er, daß Luke dem Wahnsinn verfallen würde, wenn er seinen eigenen Klon tötete?

So oder so gehörte es nicht zu den Dingen, die Luke unbedingt herausfinden wollte. Und ihm kam der Gedanke, daß es auch gar nicht nötig war. Er konnte auf der anderen Seite des Saals vom Laufgang springen, zum Turbolift laufen, mit dem er und Mara gekommen waren, und fliehen.

Was bedeutete, Mara in der Gewalt C'baoths zu lassen.

Er hob die Augen. Mara lehnte noch immer am Schutzgeländer. Wahrscheinlich nicht ganz bei Bewußtsein. Gewiß nicht in der Verfassung für eine Flucht.

Luke biß die Zähne zusammen und sprang auf. Mara hatte ihn gebeten – ihn angefleht –, sie eher zu töten, als sie in C'baoths Hände geraten zu lassen. Das mindeste, was er für sie tun konnte, war, bis zum Ende bei ihr zu bleiben.

Ob es nun ihr Ende war... oder seins.

Die Explosion stieg wie fernes Donnergrollen aus der Höhle unter ihnen auf, deutlich hörbar und dennoch seltsam gedämpft. »Hast du das gehört, Chewie?« fragte Lando und beugte sich zurück, um einen vorsichtigen Blick über den Rand ihrer Arbeitsplattform zu werfen. »Ob unten was hochgegangen ist?«

Chewbacca, die Hände voller Kabel und Drähte, während er sich unter und um das Stützgitter der Technosäule duckte, knurrte eine Berichtigung: Es war keine einzige große Explosion, sondern gleichzeitig viele kleine gewesen. Kleine Sprengkapseln oder ähnlich schwache Explosivkörper. »Bist du dir sicher?« fragte Lando unbehaglich, zu den Kloning-Tanks auf der Terrasse unter der Plattform hinunterspähend. Es hatte nicht wie irgendeine normale technische Störung geklungen.

Er versteifte sich. Dünne Rauchfäden waren jetzt sichtbar, die über den zu den Spitzen der Kloning-Tanks führenden Nährröhren träge in die Luft stiegen. Eine *Menge* Rauchfäden, und sie schienen in einem regelmäßigen Muster aufzusteigen. Als ob in jeder Traube der Spaarti-Zylinder etwas explodiert wäre...

Hinter ihm erklang gedämpft das Klirren von Metall auf Metall. Lando wirbelte herum und sah Dreipeo staksig von der Brücke auf die Arbeitsplattform treten, den Kopf zur Seite geneigt und nach unten in die Höhle gewandt. »Ist das Rauch?« fragte der Droide, und es klang so, als wäre er nicht sicher, ob er es wirklich wissen wollte.

»Sieht für mich wie Rauch aus«, bestätigte Lando. »Was machst du hier?«

»Ah...« Mit einem Ruck wandte der Droide die Augen von dem Geschehen unter ihnen ab. »Erzwo hat die Baupläne dieser Technosäule gefunden«, sagte er und reichte Lando eine Datenkarte. »Er meint, daß der Pluspolkoppler an der Hauptstromversorgung eine Untersuchung wert sein könnte.«

»Ich werde dran denken«, sagte Lando, schob die Datenkarte in seinen Datenblock und warf einen raschen Blick über das Plattformgeländer, als er den Datenblock Chewbacca gab. Er und der Wookiee waren vor der dunkel getönten Technosäule und der felsigen Höhlendecke zwei Meter über ihnen nur schwer zu erkennen, aber Dreipeo mußte wie ein Klumpen Gold auf einer Schlammbank auffallen. »Jetzt verschwinde, ehe dich jemand entdeckt.«

»Oh«, sagte Dreipeo und versteifte sich noch mehr als gewöhnlich. »Ja, natürlich. Außerdem hat Erzwo die Quelle der Kommstörung in diesem Bereich lokalisiert. Captain Solo hat für diesen Fall darum gebeten, daß wir...«

»Schon verstanden«, unterbrach Lando. Bewegte sich da jemand hinter einer der Spaarti-Zylinder-Reihen auf der Ebene unter ihnen? »Ich weiß Bescheid. Mach du mit Erzwo weiter. Und nimm die Noghri mit.«

Der Droide wirkte entsetzt. »Erzwo und ich? Aber, Sir...«

Und mit einem Geräusch, das an einen spuckenden Tauntaun

erinnerte, zuckte von der Kloning-Terrasse unter ihnen eine grellblaue Lichtbahn herauf.

»Stunnerangriff!« brüllte Lando, warf sich flach auf die Arbeitsplattform und spürte den schweren Aufprall, mit dem Chewbacca neben ihm landete. Ein zweiter Stunnerstrahl zuckte heran und prallte von der Säule über seinem Kopf ab, als er seinen Blaster herausriß. »Dreipeo, verschwinde von hier.«

Der Droide brauchte keine Ermutigung. »Ja, Sir«, rief er über die Schulter, während er bereits hastig über die Brücke schlurfte.

Chewbacca knurrte eine Frage. »Irgendwo dort drüben«, erwiderte Lando und gestikulierte mit seinem Blaster. »Aber paß auf, wahrscheinlich kommen noch mehr von ihnen.«

Ein dritter Stunnerstrahl prallte harmlos von der Unterseite der Arbeitsplattform ab, und diesmal entdeckte Lando den Soldaten, der hinter einem der Kloning-Zylinder kauerte. Er feuerte zweimal, streckte den Imperialen zu Boden und verwandelte den Kloning-Zylinder in einen Schrotthaufen. Hinter ihm zuckte ein weiterer blauer Strahl über seinen Kopf hinweg, einen Sekundenbruchteil später gefolgt von dem schweren Dröhnen von Chewbaccas Blitzwerfer.

Lando grinste humorlos. Sie waren in Schwierigkeiten, aber es war nicht so schlimm, wie es hätte sein können. Solange sie sich in der Nähe dieser lebenswichtigen Anlage befanden, würden die Imperialen nicht wagen, schwerere Waffen als die Stunner einzusetzen. Aber gleichzeitig hatten die Imperialen selbst dort unten auf den Terrassen nur die Kloning-Tanks als Deckung. Was bedeutete, daß ihre einzige Möglichkeit war, dort zu bleiben, ohne ihre Gegner gefährden zu können, und dabei sich und eine Menge wertvoller Einrichtungen dem feindlichen Feuer auszusetzen.

Oder sie kamen einfach herauf und griffen aus einem Winkel an, wo sie nicht von dem massiven Metall der Arbeitsplattform behindert wurden.

Von der anderen Seite der Technosäule her drang Chewbaccas

Grollen: Die Imperialen zogen sich zurück. »Wahrscheinlich kommen sie rauf«, stimmte Lando zu und sah zu den Türen hinüber, die auf ihrer Ebene den äußeren Laufgang säumten. Sie sahen ziemlich massiv aus, waren wahrscheinlich nur um ein oder zwei Klassen schlechter als die Sicherheitsschotts vom Kriegsschifftyp. Wenn Han und die Noghri bei ihrer Blockierung gute Arbeit geleistet hatten, sollten sie selbst eine entschlossene Gruppe Sturmtruppler für eine Weile aufhalten.

Bis auf die Tür zum Pumpenraum, in dem Erzwo gearbeitet hatte. Han mußte sie offen gelassen haben, damit sie von hier verschwinden konnten.

Lando schnitt eine Grimasse; aber es ließ sich nicht ändern. Er stützte seine Waffenhand auf die Bodenverstrebung des Geländers, zielte sorgfältig auf den Kontrollkasten der Tür und schoß. Die Kastenverkleidung leuchtete auf und verschmorte, und für ein paar Sekunden konnte er durch den Rauch stiebende Funken erkennen.

Und das war es. Die Imperialen waren ausgesperrt. Und er und Chewbacca waren eingesperrt.

Dicht am Boden kroch er um die Säule herum. Chewbacca hatte sich bereits wieder an die Arbeit gemacht, die ölverschmierten Hände zwischen den Kabeln und Röhren, den Datenblock auf dem Boden neben seinen Füßen. »Irgendwelche Fortschritte?« fragte Lando.

Chewbacca knurrte, berührte den Datenblock behutsam mit dem Fuß, und Lando verdrehte den Kopf, um besser sehen zu können. Es war die Blaupause einer Sektion der Energieversorgung, eine Verteilerbox mit acht Kabelausgängen.

Und direkt über der Box, deutlich markiert, befand sich ein Pluspolregulator. »Uh-*huh*«, machte Lando, von einem nicht unbedingt angenehmen Gefühl erfüllt. »Du hast doch nicht etwa vor, den mit dem Minuspolkoppler zu verbinden, den Dreipeo erwähnt hat, oder?«

Der Wookiee zog als Antwort seine Hand aus dem Kabelgewirr und brachte den teilweise von seinen Anschlüssen getrennten Minuspolkoppler zum Vorschein. »Warte einen Moment«, sagte Lando und betrachtete den Koppler mißtrauisch. Er hatte gehört, was passierte, wenn man einen Minuspolkoppler mit einem Pluspoldetonator verband, und einen Regulator statt einen Detonator zu benutzen, klang auch nicht viel sicherer. »Was hat dieses Gerät für eine Aufgabe?«

Der Wookiee sagte es ihm. Er hatte recht gehabt: Einen Regulator zu benutzen, war nicht sicherer. In Wirklichkeit war es sogar noch viel gefährlicher. »Laß uns nichts überstürzen, Chewie«, warnte er. »Wir sind hierhergekommen, um die Kloning-Zylinder zu zerstören, und nicht, um das ganze Depot zusammen mit uns in die Luft zu jagen.«

Chewbacca rumpelte störrisch. »In Ordnung, schön, wir behalten ihn in Reserve«, seufzte Lando.

Der Wookiee grunzte zustimmend und machte sich wieder an die Arbeit. Lando verzog das Gesicht, legte seinen Blaster auf den Boden und zog zwei Ladungen aus ihrer Sprengstofftasche. Er konnte sich ebensogut nützlich machen, während er darüber nachdachte, wie sie durch die blockierten Sicherheitstüren und einen Korridor voller Sturmtruppen entkommen konnten.

Und wenn sie am Ende doch auf Chewbaccas Plan zurückgreifen und die Energieversorgung mittels arhythmischer Resonanz zerstören mußten... Nun, in diesem Fall würde die Flucht ohnehin nur noch eine akademische Frage sein.

Er zog die Stromkabel auseinander und machte sich ans Werk.

Der Zeitgeber summte seine Fünfsekundenwarnung, und Wedge holte tief Luft. Es war soweit. Er griff nach den Hyperantriebshebeln...

Und abrupt verblaßte der gefleckte Himmel des Hyperraums zu Sternlinien und Sternen. Um ihn wurde der Rest des Sondergeschwaders sichtbar, noch immer im Formationsflug; und vor sich konnte er die vertrauten Lichtmuster und Umrisse einer Raumwerft erkennen.

Sie hatten die Bilbringi-Werften erreicht. Nur daß sie zu weit von ihrem Ziel entfernt aufgetaucht waren. Was bedeuten konnte...

»Schlachtalarm!« stieß Sonder zwei hervor. »TIE-Abfangjäger im Anflug – auf zwei-neun-drei-Punkt-zwanzig.«

»Alle Schiffe – Notkampfstatus«, drang Admiral Ackbars rauhe Stimme aus dem Komm. »Verteidigungsformation: Sternjäger-Kommando auf Abschirmposition. Es scheint eine Falle zu sein.«

»Und ob es eine ist«, knurrte Wedge, drehte hart nach Backbord bei und riskierte einen kurzen Blick auf seine Displays. Tatsächlich, dort waren die Abfangkreuzer, die sie aus dem Hyperraum geholt hatten, weit entfernt von den riesigen Flotten, die langsam ihre Schlachtpositionen einnahmen. Und so, wie sie verteilt waren, würde die Flotte der Neuen Republik wohl kaum in nächster Zeit in die Lichtgeschwindigkeit springen können.

Und dann waren die TIE-Abfangjäger über ihnen, und er hatte keine Zeit mehr, darüber zu rätseln, warum ihr sorgfältig geplanter Überraschungangriff gescheitert war, noch ehe er begonnen hatte. Im Moment ging es nur ums Überleben, und jedes Schiff war auf sich allein gestellt.

Die leisen Schritte bogen in zehn Metern Entfernung um die Ecke und näherten sich ihm weiter; und Han, in den schmalen Türeingang gepreßt, der im Umkreis von jenen zehn Metern die einzige Deckung war, gab die schwache Hoffnung auf, daß seine Verfolger ihn übersehen würden, und bereitete sich auf die unausweichliche Schießerei vor.

Sie *hätten* eigentlich umdrehen müssen. Sie hätten sich im Grunde gar nicht hier oben aufhalten dürfen. Nach den bruchstückhaften Statusberichten, die er beim Passieren verlassener

Kontrollposten abgehört hatte, mußte jeder, der einen Blaster tragen konnte, zwanzig Stockwerke tiefer gegen die Eingeborenen kämpfen, die in die Garnison eingedrungen waren. Diese oberen Stockwerke schienen nicht einmal bewohnt zu sein, und außer C'baoth gab es hier bestimmt nichts, das beschützt werden mußte.

Die Schritte kamen näher. Es wäre typisch für ihn, dachte Han säuerlich, ein paar Deserteuren über den Weg zu laufen, die nach einem Versteck suchten.

Und dann, vielleicht fünf Meter entfernt, kamen die Schritte abrupt zum Halt..., und in der plötzlichen Stille hörte er ein unterdrücktes Keuchen.

Er war entdeckt worden.

Han zögerte nicht. Er stieß sich hart von der Tür ab und sprang durch den Korridor, in dem Versuch, jenen Trick vor der Verteidigungsstation zu wiederholen, auch wenn ihm diesmal Chewbacca keine Rückendeckung geben konnte. Es waren weniger Gegner, als er erwartet hatte, und sie standen weiter seitlich, als er erwartet hatte, und er verlor keine kostbare halbe Sekunde, ehe er den Blaster auf sie anlegte...

»Han!« schrie Leia. »Nicht schießen!«

Die Überraschung war so groß, daß er seinen Schwung nicht mehr bremsen konnte und wenig heldenhaft gegen die Wand an der anderen Seite des Korridors prallte. Es war Leia, tatsächlich. Noch überraschender war, daß sie Talon Karrde bei sich hatte, zusammen mit diesen beiden zahmen Vornskr. »Was, in allen Galaxien, macht ihr hier?« fragte er.

»Luke steckt in Schwierigkeiten«, sagte Leia atemlos, stürzte auf ihn zu und drückte ihn kurz, aber heftig an sich. »Er ist irgendwo dort vorn...«

»Ruhig, Süße«, unterbrach Han und hielt ihren Arm fest, als sie sich wieder von ihm lösen wollte. »Es ist okay – als wir reingingen, wußten wir, daß es hier Ysalamiri gibt.«

Leia schüttelte den Kopf. »Das ist es ja: Sie sind nicht mehr hier.

Die Macht ist zurückgekehrt. Kurz bevor du aus der Deckung gesprungen bist.«

Han fluchte gepreßt. »C'baoth«, knurrte er. »Er muß es sein.«

»Ja«, sagte Leia fröstelnd. »Er ist es.«

Han warf Karrde einen Blick zu. »Ich wurde angeheuert, um das Depot des Imperators zu vernichten«, sagte der Schmuggler ruhig. »Ich habe Sturm und Drang mitgebracht, um bei der Suche nach Mara zu helfen.«

Han musterte die Vornskr. »Ist sonst noch jemand mit dir gekommen?« fragte er Leia.

Sie schüttelte den Kopf. »Wir sind drei Stockwerke tiefer auf Sturmtruppler gestoßen. Unsere beiden Noghri sind zurückgeblieben, um sie aufzuhalten.«

Er sah Karrde an. »Was ist mit Ihren Leuten?«

»Sie sind alle auf der *Wilder Karrde*«, erklärte er. »Halten den Fluchtweg offen, sofern wir hier jemals rauskommen sollten.«

Han grunzte. »Ich schätze, dann bleibt es an uns hängen«, sagte er, ließ Leias Arm los und eilte den Korridor hinunter. »Kommt. Sie sind oben im Thronsaal – ich kenne den Weg.«

Und während sie rannten, versuchte er, nicht an das letztemal zu denken, an dem er einem Dunklen Jedi begegnet war. In Landos Wolkenstadt auf Bespin, als Vader ihn gefoltert und dann in Karbonid eingefroren hatte.

Nach allem, was Luke ihm erzählt hatte, mußte er damit rechnen, daß C'baoth nicht einmal so zivilisiert war.

27

Die Lichtschwerter blitzten, blauweiße Klinge gegen grünweiße Klinge, zischten beim Aufeinanderprall, zerschnitten Metall und Kabel, wenn ihre Schläge fehlgingen. Mara klammerte sich mit beiden Händen an das Schutzgeländer, kämpfte gegen ihre Benommenheit an und verfolgte mit hilfloser Faszination die erbitterte Auseinandersetzung im Thronsaal. Es war wie eine verdrehte Version jener letzten schrecklichen Vision, die der Imperator ihr vor fast sechs Jahren im Moment seines Todes geschickt hatte.

Nur daß diesmal nicht der Imperator dem Tod ins Auge sah. Sondern Skywalker. Und es war keine Vision.

»Sieh genau hin, Mara Jade«, sagte C'baoth von seinem Platz am Ende der Treppe aus, mit harter, aber seltsam wehmütig klingender Stimme. »Wenn du dich nicht freiwillig meinem Willen beugst, wirst du auch eines Tages diesen Kampf führen müssen.«

Mara warf ihm einen Seitenblick zu. C'baoth verfolgte das Duell, das er inszeniert hatte, mit einer Faszination, die fast grausig wirkte. Sie hatte es schon damals bei ihrer ersten Begegnung auf Jomark erkannt. Die Arbeit für Thrawn hatte ihn den Geschmack der Macht kosten lassen; und wie zuvor beim Imperator war auch ihm dieser Geschmack nicht genug gewesen.

Aber im Gegensatz zum Imperator würde er sich nicht nur mit der Kontrolle der Welten und Armeen begnügen. Sein Imperium würde von persönlicher Natur sein: Bewußtsein, das er verändern und nach seiner Vorstellung vom Bewußtsein formen würde.

Was bedeutete, daß Mara auch mit ihrer anderen Annahme recht gehabt hatte. C'baoth war völlig wahnsinnig.

»Es ist nicht verrückt, meine ganze Pracht und Herrlichkeit mit anderen zu teilen«, murmelte C'baoth. »Es ist ein Geschenk, für das manche sterben würden.«

»Die Gegenleistung für dieses Geschenk wollen Sie Skywalker offenbar gerade abpressen«, stieß Mara hervor und schüttelte den Kopf, um die Benommenheit zu vertreiben. Bedrängt von ihren Erinnerungen, einem Echo des sonderbaren summenden Drucks, den sie von Skywalker empfing, und C'baoths einschüchternder, nur zwei Meter entfernter Präsenz war der Versuch, einen klaren Kopf zu bekommen, gleichbedeutend mit einem Gleitflug in einem Wintersturm.

Aber es gab ein mentales Muster, das der Imperator sie vor langer Zeit gelehrt hatte, ein Muster für jene Gelegenheiten, bei denen er seine Anweisungen vor Vader verbergen wollte. Wenn sie ihren Kopf nur frei genug bekommen konnte, um sich auf dieses Muster zu konzentrieren...

Durch die Benommenheit drang plötzlich eine Schmerzwelle. »Versuche nicht, deine Gedanken vor mir zu verbergen, Mara Jade«, rief C'baoth ihr scharf. »Du gehörst jetzt mir. Es ist nicht recht, wenn eine Schülerin versucht, ihre Gedanken vor ihrem Meister zu verbergen.«

»Dann bin ich also schon Ihre Schülerin, was?« knurrte Mara, biß die Zähne zusammen und versuchte trotz der Schmerzen, sich erneut auf das Muster zu konzentrieren. »Ich dachte, ich müßte vorher zu Ihren Füßen knien.«

»Du verhöhnst meine Vision«, sagte C'baoth mit düsterer Pikiertheit. »Aber du *wirst* vor mir knien.«

»Genau wie Skywalker, oder? Vorausgesetzt, er überlebt?«

»Er wird mir gehören«, bestätigte C'baoth selbstsicher. »Genauso wie seine Schwester und ihre Kinder.«

»Und dann werdet ihr alle zusammen die Galaxis heilen«, sagte Mara, während sie sein Gesicht studierte und sich auf das Muster konzentrierte. Ja; die Barriere schien C'baoth auszusperren. Wenn sie sie nur noch etwas länger aufrechterhalten konnte...

»Du enttäuschst mich, Mara Jade«, sagte C'baoth kopfschüttelnd. »Glaubst du wirklich, ich müßte deine Gedanken hören, um dein Herz zu lesen? Wie die niederen Wesen in der Galaxis willst du mich vernichten. Ein törichtes Vorhaben. Hat dir der Imperator nichts über unser Schicksal erzählt?«

»Er war nicht mal in der Lage, sein eigenes vorauszusehen«, konterte Mara und hörte den lauten Schlag ihres Herzens, während sie C'baoth beobachtete. Wenn sein verdrehter Verstand zu der Überzeugung kam, daß sie eine echte Bedrohung darstellte, und er wieder diese Blitze nach ihr schleuderte...

C'baoth lächelte und breitete die Arme aus. »Willst du deine Kräfte mit meinen messen, Mara Jade? Dann komm und versuche es.«

Für einige Herzschläge musterte sie ihn, halb entschlossen, es zu wagen. Er sah so alt und hilflos aus; und sie hatte ihre mentale Barriere und beherrschte einige der besten waffenlosen Selbstverteidigungskünste, die das Imperium auf dem Höhepunkt seiner Macht entwickelt hatte. Es würde nur ein paar Sekunden dauern...

Sie holte tief Luft und senkte die Augen. Nein; nicht jetzt. Nicht auf diese Art. Nicht mit diesem Druck und der Benommenheit in ihrem Kopf. Sie würde es nie schaffen. »Dann töten Sie mich, und ich werde nie in der Lage sein, vor Ihnen zu knien«, murmelte sie und ließ ihre Schultern in gespielter Niedergeschlagenheit nach unten sinken.

»Sehr gut«, schnurrte C'baoth. »Offenbar verfügst du doch über ein gewisses Maß an Weisheit. Dann sieh zu und lerne.«

Mara drehte sich wieder zum Schutzgeländer um. Aber nicht, um das Lichtschwertduell zu verfolgen. Irgendwo dort unten war der Blaster, der ihr von C'baoth entrissen worden war, als er die Ysalamiri im Berg ausgeschaltet und die Macht zurückgeholt hatte. Wenn sie ihn finden konnte, ehe C'baoth erkannte, daß sie nicht wirklich aufgegeben hatte...

Skywalker sprang wieder auf den Laufgang. Der Klon hatte mit dieser Reaktion gerechnet und schleuderte das Lichtschwert hinterher. Die blauweiße Klinge verfehlte Skywalker um Haaresbreite, schnitt statt dessen durch den größten Teil des Laufgangbodens und kappte eine der Stützstreben, mit denen er an der Decke befestigt war. Mit einem durch Mark und Bein dringenden Knirschen gab das überlastete Metall unter Skywalkers Gewicht nach, daß er vom Laufgang stürzte.

Er landete schwankend auf den Füßen und sank auf ein Knie. Er streckte die Hand aus, und das Lichtschwert, das zum Klon zurückflog, änderte plötzlich die Richtung. Es näherte sich Skywalkers Hand...

Und verharrte mitten in der Luft. Skywalker strengte sich an, und die Muskeln seiner Hand traten sichtbar hervor, während er mit der Macht hinausgriff. »Nicht auf diese Weise, Jedi Skywalker«, sagte C'baoth tadelnd; und als Mara ihn ansah, stellte sie fest, daß auch er die Hand nach dem Lichtschwert ausgestreckt hatte. Der Klon für seinen Teil stand einfach in seiner braunen Robe da, als wüßte er, daß in diesem Kampf C'baoth auf seiner Seite war.

Vielleicht war es so. Aber vielleicht wurde dieser Körper auch nur von C'baoths Willen gelenkt.

»Das Duell muß bis zum Tode weitergeführt werden«, fuhr C'baoth fort. »Waffe gegen Waffe, Wille gegen Wille, Seele gegen Seele. Alles andere wird dir nicht das Wissen verschaffen, das du brauchst, um mir richtig dienen zu können.«

Skywalker war gut, soviel stand fest. Ihm mußte klar sein, daß er sich mit diesem seltsamen summenden Druck auf sein Bewußtsein nicht mit C'baoth messen konnte. Mara spürte die subtile Veränderung in seiner Konzentration; und plötzlich schleuderte er sein eigenes Lichtschwert über die Schulter, und die grünweiße Klinge zuckte auf den Knauf des anderen Lichtschwerts zu.

Aber C'baoth wollte nicht zulassen, daß Skywalker seinen Gegner entwaffnete; er wollte auch nicht zulassen, daß er die Waffe zerstörte. Noch während die Klinge durch die Luft flog, schoß aus den Schatten rechts von Skywalker ein kleines Objekt, traf ihn an der Schulter und lenkte seinen Arm soweit ab, daß seine Klinge nur leere Luft traf. Einen Augenblick später hatte der alte Jedi das Lichtschwert des Klons Skywalkers mentalem Griff entrissen und schickte es durch den Saal zu seinem Besitzer zurück. Der Klon nahm Kampfstellung ein; müde rappelte sich Skywalker auf und bereitete sich auf die Fortsetzung des Duells vor.

Aber im Moment war Mara an den Lichtschwertern nicht interessiert. Dort auf dem Boden, vielleicht zwei Meter von Skywalkers Füßen entfernt, lag das Objekt, das C'baoth nach ihm geworfen hatte. Maras Blaster.

Sie warf C'baoth einen Seitenblick zu und fragte sich, ob er sie beobachtete. Nein. Er schien sogar überhaupt nichts zu sehen. Seine Augen starrten ins Leere, und auf seinem Gesicht leuchtete ein seltsam kindliches Lächeln auf. »Sie ist gekommen«, sagte er mit einer Stimme, die über dem Lärm der aufeinanderschlagenden Lichtschwerter fast unhörbar war. »Ich wußte, daß sie kommen würde.« Abrupt sah er Mara an. »Sie ist hier, Mara Jade«, sagte er und wies dramatisch auf den Turbolift, mit dem sie und Skywalker heraufgekommen waren.

Stirnrunzelnd, nicht sicher, ob sie den Blick von ihm wenden sollte, drehte Mara den Kopf. Die Turbolifttür glitt zur Seite und Solo trat heraus, seinen Blaster schußbereit in der Hand. Und direkt hinter ihm...

Mara stockte der Atem, und ihr ganzer Körper verspannte sich. Es war Leia Organa Solo, einen Blaster in der einen und ihr Lichtschwert in der anderen Hand. Und hinter ihr, seine Schoßvornskr an der Leine...

Es war Karrde.

Organa Solo? Und *Karrde*?

»Leia – Han – zurück«, schrie Skywalker ihnen über den Lärm der Lichtschwerter hinweg zu, als sich die Neuankömmlinge am Laufgang entlang und dem Galaxishologramm vorbei der Mitte des Thronsaals näherten. »Es ist zu gefähr...«

»Willkommen, meine neue Schülerin!« rief C'baoth glücklich, Skywalkers Stimme übertönend, daß seine Worte ohrenbetäubend in dem großen Raum widerhallten. »Komm zu mir, Leia Organa Solo. Ich werde dir die wahren Wege der Macht zeigen.«

Solo wollte ihm etwas anderes zeigen. Er erreichte das Ende des Laufgangs, zielte mit seinem Blaster und feuerte.

Aber auch in diesem Moment des Überschwangs ließ sich ein Jedi mit C'baoths Macht nicht so einfach überrumpeln. Blitzschnell flog Maras Blaster vom Boden hoch und in die Schußbahn, daß sein Griff in Funken explodierte, als sich dort die Energie von Solos Schuß entlud. Der zweite Schuß wurde genauso abgeblockt; der dritte traf die Energiezelle des Blasters und verwandelte die Waffe in einen grellen Feuerball. Der Blaster wurde Solos Hand entrissen, ehe er einen vierten abgeben konnte.

Und C'baoth verlor die Beherrschung.

Er schrie, ein schrecklicher Schrei der Raserei und des Verrats, der die Luft in Brand zu setzen schien. Mara sprang zurück, als der markerschütternde Schrei in ihren Ohren gellte...

Und stürzte einen Augenblick später fast über das Schutzgeländer, als das Machtäquivalent des Schreis sie traf.

Es war mit nichts vergleichbar, was sie bisher erlebt hatte; nicht bei Vader, nicht beim Imperator selbst. Die totale, bestialische Wildheit – der völlige Verlust auch des letzten Restes an Selbstkontrolle... Es war, als würden sie inmitten eines plötzlich losbrechenden Hurrikans stehen. Welle auf Welle schlug die Raserei über ihr zusammen, zerschmetterte die von ihr geschaffene Barriere und hämmerte mit einer betäubenden Mischung aus Haß und Schmerz auf sie ein. Verschwommen sah sie Skywalker und Organa Solo unter dem Angriff schwanken; hörte Karrdes Vornskr schmerzgepeinigt aufheulen.

Und aus C'baoths ausgestreckter Hand zuckte ein Blitzgewitter.

Mara fühlte Solos Schmerz, als dieser gegen das Schutzgeländer an der Frontseite der Hologrammgrube geschleudert wurde. Durch das Prasseln der Blitze hörte sie, wie Organa Solo den Namen ihres Mannes rief und an seine Seite stürzte, ihren Blaster fallenließ und gerade noch rechtzeitig ihr Lichtschwert zündete, um die dritte Blitzentladung mit der grünweißen Klinge zu parieren. Abrupt richtete C'baoth seine Kräfte auf den beschädigten Laufgang, der schief über ihren Köpfen hing. Die Blitze zuckten erneut...

Und mit dem Krachen berstenden Metalls brach der Laufgang in der Mitte auseinander. Sich an der letzten verbliebenen Stützstrebe drehend, sackte er knirschend nach unten, drohte Organa Solo unter sich zu begraben.

Sie sah ihn kommen, oder vielleicht hatte ihr Skywalkers Training beigebracht, wie sie die Macht einsetzen mußte, um Gefahren vorauszusehen. Als das schwere Metall auf sie niederstürzte, stieß sie ihr Lichtschwert nach oben und schnitt durch die Seite des Laufgangs, daß der Hauptteil sie und Solo verfehlte, an ihnen vorbeischwang und vor Karrde und den Vornskr krachend auf dem Boden aufschlug. Aber sie hatte keine Zeit, um unter dem von ihr abgeschnittenen Ende hervorzukommen. Es traf sie am Kopf und schickte sie neben Solo zu Boden.

»Leia!« brüllte Skywalker und warf seiner Schwester einen angstvollen Blick zu. Plötzlich schien das störende Summen in seinem Kopf vergessen, als er von der zögernden Verteidigung zum wilden Angriff überging. Der Klon wich unter dem Ansturm zurück und wehrte nur mit Mühe Skywalkers Schläge ab. Er sprang auf die Treppe, stieg hastig zwei weitere Stufen zu C'baoth hinauf und schwang sich dann auf die verbleibende Wachplattform. Für eine Sekunde glaubte Mara, daß Skywalker ihm nachsetzen oder den Stützpfeiler der Plattform kappen und ihn so herunterholen würde.

Er tat keins von beidem. Halb auf der Treppe stehend, das Gesicht schweißglänzend, sah er mit einem Ausdruck zu C'baoth hinauf, der Mara frösteln ließ.

»Willst auch du mich vernichten, Jedi Skywalker?« fragte C'baoth mit tödlicher Ruhe in der Stimme. »Denn solche Gedanken sind töricht. Ich könnte dich wie ein kleines Insekt unter meinem Absatz zertreten.«

»Vielleicht«, sagte Skywalker schwer atmend. »Aber wenn Sie das tun, werden Sie nie die Chance bekommen, mein Bewußtsein zu kontrollieren.«

C'baoth musterte ihn. »Was willst du?«

Skywalkers Kopf fuhr zu seiner Schwester und Solo herum. »Lassen Sie sie gehen. Alle. Jetzt.« Seine Augen glitten zu Mara. »Mara auch.«

»Und wenn ich das tue?«

An Skywalkers Wange zuckte ein Muskel. Seine Finger bewegten sich, und mit einem stotternden Zischen erlosch die Klinge seines Lichtschwerts. »Lassen Sie sie gehen«, sagte er ruhig, »und ich werde bleiben.«

Irgendwo in der Nähe setzte gedämpftes Dröhnen ein und fügte den unheimlichen Atemzügen, die durch die Kloning-Höhle rauschten, einen unregelmäßigen Pulsschlag hinzu. Schüsse aus einem Blastergewehr, die auf massives Metall einhämmerten, entschied Lando und musterte hastig die Türen, die den Laufgang säumten. Sie schienen stabil zu sein, aber er wußte, daß es nicht mehr lange dauern würde. Die Sturmtruppler dort draußen feuerten nicht auf die Türen, nur weil sie Zielübungen veranstalteten, und höchstwahrscheinlich hatten sie auch Sprengladungen dabei.

Auf der anderen Seite der Technosäule rumpelte Chewbacca eine Warnung. »Ich *halte* meinen Kopf unten«, versicherte ihm Lando, während er durch die Lücke zwischen zwei dicken Rohren auf das dahinterliegende Gewirr aus bunten Drähten und Röhren spähte. Verdammt, wo war noch einmal diese Repulsorpumpe...?

Er hatte die Stelle entdeckt und wollte sich soeben mit der Isolierzange ans Werk machen, als plötzlich der Pieper seines Komms losging und einen Sekundenbruchteil später auch Chewbaccas

Komm ansprach. Stirnrunzelnd, halb damit rechnend, daß ein genialer imperialer Techniker seinen Kanal aufgespürt hatte, löste er das Gerät vom Gürtel. »Calrissian«, sagte er.

»Ah – General Calrissian«, antwortete Dreipeos perfekt modulierte Stimme. »Wie ich sehe, hat Erzwo erfolgreich die Störung beseitigt. Was eigentlich überraschend ist, wenn man die Probleme bedenkt, die wir...«

»Sag ihm, er hat gute Arbeit geleistet«, fiel ihm Lando ins Wort. Jetzt war eindeutig nicht der richtige Zeitpunkt für ein entspanntes Schwätzchen mit Dreipeo. »Gibt es sonst noch was?«

»Ah, ja, Sir, da ist noch etwas«, bestätigte der Droide. »Die Noghri haben mir aufgetragen, Sie zu fragen, ob wir zurückkehren und Ihnen helfen sollen.«

Ein weiterer dröhnender Schlag ertönte, lauter diesmal. »Ich wünschte, ihr könntet«, seufzte Lando. »Aber ihr würdet es nicht rechtzeitig schaffen.« Das Dröhnen wiederholte sich, und diesmal sah er deutlich, wie die Tür auf der anderen Seite der Brücke unter dem Schlag erbebte. »Wir müssen uns allein durchkämpfen.«

Auf der anderen Seite der Arbeitsplattform rumpelte Chewbacca seine wenig enthusiastische Meinung zu diesem Problem.

»Aber wenn Chewbacca möchte, daß wir zurückkehren...«

»Ihr werdet nicht rechtzeitig hier sein«, sagte Lando hart. »Sag den Noghri, wenn sie sich nützlich machen wollen, sollen sie hinauf in den Thronsaal gehen und Han helfen.«

»Dafür ist es zu spät«, warf eine neue Stimme ein, fast zu leise, als daß er sie verstehen konnte.

Lando sah irritiert das Komm an. »Han?«

»Nein, hier spricht Talon Karrde«, identifizierte sich der andere. »Ich bin mit Rätin Organa Solo gekommen. Wir sind oben im Thronsaal...«

»*Leia* ist hier?« fragte Lando. »Was in...«

»Seien Sie still und hören Sie zu«, unterbrach Karrde. »Dieser Jedi-Meister – Joruus C'baoth – ist auch hier oben. Er hat Solo und

Organa Solo ausgeschaltet und läßt Skywalker mit jemand kämpfen, der wie sein eigener Klon aussieht. Im Moment kümmert er sich nicht um mich – offenbar bin ich ihm nicht wichtig genug. Aber wenn ich eingreife, wird er mich sofort erledigen.«

»Ich dachte, Luke sagte, die Macht wäre blockiert.«

»War sie auch. Irgendwie hat es C'baoth geschafft, die Blockade zu beenden. Sind Sie unten bei den Kloning-Tanks?«

»Wir sind direkt über ihnen, ja. Warum?«

»Organa Solo hat erst gemeint, daß sich in diesem Bereich eine große Anzahl Ysalamiri aufhalten müsse«, sagte Karrde. »Wenn Sie ein paar von ihnen von ihren Nährgerüsten holen und heraufbringen könnten, haben wir vielleicht eine Chance, ihn zu stoppen.«

Chewbacca grollte bekümmert, und Lando spürte, wie seine Lippen zuckten, als er zustimmend nickte. Das also war der Grund für die Sprengkapselexplosionen gewesen. »Auch dafür ist es zu spät«, erklärte er Karrde. »C'baoth hat bereits alle getötet.«

Für einen langen Moment blieb das Komm stumm. »Ich verstehe«, sagte Karrde schließlich. »Nun, das erklärt manches. Irgendwelche Vorschläge?«

Lando zögerte. »Eigentlich nicht«, sagte er. »Wenn uns irgend etwas einfällt, melden wir uns.«

»Danke«, sagte Karrde etwas zu trocken. »Ich werde warten.«

Mit einem Klicken endete die Verbindung. »Dreipeo, hörst du mich?« fragte Lando.

»Ja, Sir«, bestätigte der Droide.

»Erzwo soll sich wieder an den Computer hängen«, befahl Lando. »Er soll tun, was er kann, um die Soldaten von dem Lufteinlaß wegzulocken, durch den wir gekommen sind. Dann macht ihr euch mit den Noghri auf den Weg dorthin.«

»Wir verschwinden, Sir?« fragte Dreipeo erstaunt.

»So ist es«, sagte Lando. »Und Chewie und ich werden euch sofort folgen, also beeilt euch, damit wir nicht auf euch treten. Und sagt den beiden Noghri Bescheid, die Luke mit dieser Horde Myneyrshi losgeschickt hat. Alles verstanden?«

»Ja, Sir«, sagte Dreipeo zögernd. »Was ist mit Master Luke und den anderen?«

»Überlaß das mir«, erklärte Lando. »Jetzt beeil dich.«

»Ja, Sir«, sagte Dreipeo wieder. Ein weiteres Klicken, und er war fort.

Ein Moment des Schweigens folgte. Chewbacca brach es schließlich und stellte die naheliegende Frage. »Ich glaube nicht, daß wir noch eine Wahl haben«, antwortete Lando grimmig. »So, wie Luka und Mara über ihn gesprochen haben, ist C'baoth mindestens so gefährlich wie der Imperator. Vielleicht noch gefährlicher. Wir müssen versuchen, das gesamte Depot zu vernichten, und zwar zusammen mit ihm.«

Chewbacca grollte einen Einwand. »Das können wir nicht«, schüttelte Lando den Kopf. »Zumindest nicht, bis alles erledigt ist. Wenn wir jetzt nach oben eine Warnung durchgeben, wird C'baoth Bescheid wissen. Vielleicht gelingt ihm sogar, es zu verhindern.«

Von der Tür drang ein weiterer gedämpfter Donnerschlag. »Komm, bringen wir es hinter uns«, sagte Lando und griff nach den letzten Sprengkapseln. Mit etwas Glück blieb ihnen noch genug Zeit, um Chewbaccas arhythmische Resonanz-Schaltung vorzubereiten, bevor die Sturmtruppen eindrangen. Mit etwas mehr Glück würden sie beide sogar lebend aus der Höhle entkommen.

Und mit noch mehr Glück würden sie vielleicht einen Weg finden, Han und die anderen zu warnen, ehe das ganze Depot unter ihnen in die Luft flog.

Für einen langen Moment war es still im Thronsaal. Mara starrte Skywalker an und fragte sich, ob er überhaupt wußte, was er da sagte. Anzubieten, freiwillig bei C'baoth zu bleiben...

Er suchte erneut ihren Blick, und selbst durch das Summen in seinem Bewußtsein konnte sie seine unterdrückte Angst spüren.

Er wußte also, was er sagte. Und er meinte es ernst. Wenn C'baoth sein Angebot annahm, würde er tatsächlich bei dem verrückten Jedi bleiben. Sich selbst opfern, um seine Freunde zu retten.

Darunter auch die Frau, die einst geschworen hatte, ihn zu töten.

Sie wandte sich ab, war plötzlich nicht mehr in der Lage, alles mitanzusehen. Ihre Blicke fanden Karrde, der halb hinter den Überresten des Laufgangs verborgen zwischen seinen beiden Vornskr kniete. Sie streichelte, leise auf sie einredete – wahrscheinlich, um sie nach C'baoths von der Macht gesteuertem Wutausbruch zu beruhigen. Sie musterte die Tiere, aber sie schienen unverletzt zu sein.

Ihre Bewegung hatte Karrdes Aufmerksamkeit erregt. Er sah zu ihr hinüber, mit ausdruckslosem Gesicht. Noch immer die Vornskr streichelnd, neigte er andeutungsweise den Kopf Richtung Solo und Organa Solo. Verwundert folgte Mara seinem Blick...

Und erstarrte. Neben jenem Teil des zusammengebrochenen Laufgangs, unter dem seine Frau noch immer halb begraben lag, bewegte sich Solo. Langsam kroch er über den Boden.

Zu dem Blaster, den Organa Solo fallengelassen hatte.

»Du verlangst zuviel Skywalker«, warnte C'baoth sanft. »Mara Jade wird mir gehören. Muß mir gehören. Es ist das Schicksal, das ihr von der Macht auferlegt wurde. Nicht einmal du kannst etwas dagegen tun.«

»Richtig«, warf Mara ein, richtete den Blick wieder auf C'baoth und legte in ihre Stimme allen Sarkasmus, den sie aufbringen konnte. Ganz gleich, wie groß das Risiko auch sein mochte, sie mußte versuchen, C'baoths Aufmerksamkeit vom anderen Ende des Thronsaals abzulenken. »Ich muß immer noch zu seinen Füßen knien, erinnern Sie sich?«

»Du beleidigst mich, Mara Jade«, sagte C'baoth mit einem bösen Lächeln. »Glaubst du wirklich, ich lasse mich so leicht in die Irre führen? Sie noch immer ansehend, krümmte er einen Finger...

Und als Solo die Hand ausstreckte, machte der Blaster einen Satz und befand sich wieder einen halben Meter außerhalb seiner Reichweite.

Auf der Wachplattform spürte sie eine subtile Veränderung des Summens. »Skywalker – aufpassen!« stieß Mara hervor.

Skywalker wirbelte herum, zündete wieder das Lichtschwert und riß es abwehrend hoch. Der Klon hatte bereits die Hälfte seines Sprungs zurückgelegt und ließ sein Lichtschwert nach unten sausen. Die beiden Klingen trafen krachend aufeinander und die Wucht des Schlags trieb Skywalker zum Rand der Treppe zurück. Er machte einen weiteren Schritt, kämpfte um sein Gleichgewicht und fiel dann von der Treppe.

Mara warf Solo einen raschen Blick zu, als sich der Klon über den Rand schwang. Wenn der Klon wirklich eine Verlängerung von C'baoths Bewußtsein war...

Aber nein. Als Solo erneut nach dem Blaster griff, entglitt er ihm wieder. Wieviel Kraft C'baoth das Lichtschwertduell auch kosten mochte, er verfügte immer noch über genug Konzentration, um mit seinen Gefangenen zu spielen.

»Siehst du, Mara Jade?« fragte C'baoth ruhig. Seine Wut war verraucht, das kurze Vergnügen, das ihm das Spiel mit seinen Gefangenen bereitet hatte, war verflogen, und jetzt war es an der Zeit, sich wieder mit der wichtigsten Aufgabe zu beschäftigen, dem Aufbau seines Imperiums. »Es ist unausweichlich. Ich werde herrschen..., und zusammen mit Skywalker und seiner Schwester wirst du an meiner Seite dienen. Und gemeinsam werden wir Großes vollbringen.«

Abrupt trat er einen großen Schritt vom Schutzgeländer auf der anderen Seite der Treppe zurück. Gerade noch rechtzeitig; einen Moment später war Skywalker wieder da, sprang mit einem Salto vom Boden des untersten Thronsaals herauf. Er landete schwankend auf den Füßen, mit dem Rücken zu Mara, kämpfte einen Augenblick lang um sein Gleichgewicht. Licht blitzte auf, blauweiß diesmal, als sich der Klon über das Schutzgeländer schwang und sein Lichtschwert in gefährlichen horizontalen Bögen kreisen ließ, um einen etwaigen Angriff abzuwehren. Skywalker wich zurück; Mara sah an ihm vorbei und stellte fest, daß C'baoth ebenfalls einen Schritt zurückgewichen war. Der Klon landete und setzte nach, attackierte Skywalker mit dem horizontal kreisenden Lichtschwert. Skywalker wich weiter zurück, sich offenbar nicht bewußt, daß hinter ihm die massive Felswand war.

Wenn er sie erreichte, saß er in der Falle.

Sie passierten Mara..., und als sie erneut zu C'baoth hinüberblickte, stellte sie fest, daß er sie beobachtete. »Wie ich schon sagte, Mara Jade«, erklärte er. »Unausweichlich. Und mit dir und Skywalker an meiner Seite werden uns die niederen Wesen der Galaxis wie Blätter im Wind zufliegen. Ihre Herzen und ihre Seelen werden uns gehören.«

Er sah durch den Saal und winkte. Karrde, der noch immer hinter den Trümmern des Laufgangs lauerte, zuckte überrascht zusammen, als sich sein Blaster aus dem Halfter löste und durch die Luft auf C'baoth zuflog. Auf halbem Weg gesellten sich Organa Solos Lichtschwert und der Blaster hinzu, den Solo noch immer zu erreichen versuchte. »Genau wie ihre lächerlichen Waffen«, fügte C'baoth hinzu. Er streckte beiläufig die Hand nach ihnen aus und richtete den Blick wieder auf das Duell, das seinem Höhepunkt zustrebte.

Das war die Chance, auf die Mara gewartet hatte. Wahrscheinlich die letzte Chance, die sie bekommen würde. Sie griff durch das Chaos in ihrem Kopf mit der Macht hinaus, konzentrierte Augen und Willen auf die Waffen, die durch den Saal auf C'baoth zuflogen. Sie spürte, wie seine vernachlässigte Kontrolle brach...

Und Organa Solos Lichtschwert löste sich von den Blastern und landete sicher in ihrer Hand.

C'baoth wirbelte zu ihr herum, die Blaster fielen klappernd auf die Treppe. »Nein!« kreischte er, das Gesicht eine schreckliche

Fratze aus Furcht, Verwirrung und Entsetzen. Mara spürte, wie er wie rasend an dem Lichtschwert zerrte, aber die Verwirrung und das Entsetzen hatten seine Kräfte geschwächt, und diesmal war die Überraschung nicht auf seiner Seite. Mit der Zeit würde er sich von dem Schock erholen, doch Mara hatte nicht die Absicht, ihm diese Zeit zu geben. Sie zündete das Lichtschwert und griff an.

Der Klon mußte sie natürlich kommen gehört haben; das laute Zischen ihres Lichtschwerts machte es unvermeidlich. Aber jetzt, wo Skywalker mit dem Rücken zur Wand stand, war die Versuchung, den Gegner zuerst zu erledigen, unwiderstehlich. Er schlug ein letztes Mal zu, aber Skywalker duckte sich und das Lichtschwert bohrte sich in die Wand...

Und mit einem grellen Entladungsblitz durchbrennender elektronischer Schaltkreise explodierte die Wand nach draußen, über Skywalkers Kopf hinweg und direkt in das Gesicht des Klons.

Skywalker hatte sich gar nicht zur nackten Felswand, sondern zu einem der Bildschirme des Thronsaals zurückgezogen.

Der Klon kreischte – der erste Laut, den Mara bis jetzt von ihm gehört hatte – und torkelte zurück. Er fuhr zum Zischen ihres Lichtschwerts herum, das Gesicht von Zorn und Angst verzerrt, die Augen verschleiert. Er hob sein Lichtschwert zum Angriff...

DU WIRST LUKE SKYWALKER TÖTEN.

Sie duckte sich unter der niederzuckenden Klinge, starrte in sein Gesicht. Skywalkers Gesicht. Das Gesicht, das sie seit nunmehr fast sechs Jahren in ihren Alpträumen verfolgte. Das Gesicht, das auszulöschen ihr der Imperator befohlen hatte.

DU WIRST LUKE SKYWATER TÖTEN.

Und zum erstenmal, seit sie Skywalker und seinen manövrierfähigen X-Flügler im Tiefraum entdeckt hatte, gab sie der Stimme nach, die in ihrem Kopf hallte. Mit aller Kraft schwang sie ihr Lichtschwert und streckte ihn nieder.

Der Klon brach zusammen, das Lichtschwert fiel klirrend neben ihm zu Boden.

Mara sah auf ihn hinab… Und als sie keuchend Luft holte, verstummte die Stimme in ihrem Hinterkopf.

Es war getan. Sie hatte den letzten Befehl des Imperators ausgeführt.

Und sie war endlich frei.

28

»Das scheinen alle zu sein«, sagte Thrawn, während er durch die Brückensichtluke zu den Kriegsschiffen der Rebellen hinausblickte, die entlang der Ränder der von den Abfangkreuzern erzeugten Gravitationskegel verteilt waren. »Weisen Sie die *Bezwinger* und die *Wache* an, sich auf ihre Positionen an der Demarkationsgrenze zurückzuziehen. Alle Kriegsschiffe: Angriff auf den Feind.«

»Jawohl, Sir«, sagte Pellaeon, in stiller Verwunderung den Kopf schüttelnd, als er die Befehle weiterleitete. Wieder einmal, gegen alle erdrückenden gegenteiligen Beweise, hatte der Großadmiral recht gehabt. Die Angriffsflotte der Rebellen war hier.

Und sie fragten sich wahrscheinlich in diesem Moment, warum ihr gerissener kleiner Plan fehlgeschlagen war. »Ich denke, Admiral, wir sollten sie nicht alle vernichten«, schlug er vor. »Einige sollten nach Coruscant zurückkehren, damit bekannt wird, wie sehr sie übertölpelt worden sind.«

»Ich stimme Ihnen zu, Captain«, sagte Thrawn. »Obwohl ich bezweifle, daß sie zu dieser Überzeugung gelangen werden. Wahrscheinlicher ist, daß sie statt dessen annehmen werden, verraten worden zu sein.«

»Wahrscheinlich«, nickte Pellaeon und warf einen raschen

Blick über die Brücke. Er hatte geglaubt, soeben etwas gehört zu haben, etwas wie ein gepreßtes Keuchen oder kehliges Stöhnen. Er lauschte, aber es wiederholte sich nicht. »Obwohl uns auch das zum Vorteil gereichen würde.«

»Gewiß«, sagte Thrawn. »Sollen wir Admiral Ackbars Sternkreuzer den Boten spielen lassen?«

Pellaeon lächelte dünn. Ackbar. Der nur mit knapper Not Rat Borsk Fey'lyas kürzliche Vorwürfe der Unfähigkeit und des Verrats während der Operation bei den Sluis-Van-Raumwerften überstanden hatte. Diesmal würde er nicht soviel Glück haben. »Ein hübscher Schachzug, Admiral«, sagte er.

»Danke, Captain.«

Pellaeon sah zu Rukh hinüber, der schweigend hinter Thrawns Sessel Wache hielt, und fragte sich, ob der Noghri die Ironie des Ganzen zu schätzen wußte. Wenn man ihren Mangel an Kultur bedachte, vermutlich nicht.

Vor ihm wurde der Weltraum von Blitzen durchzuckt, als die gegnerischen Sternjäger-Geschwader zum Angriff ansetzten. Pellaeon machte es sich in seinem Sessel gemütlich, überflog die Displays und bereitete sich innerlich auf die Schlacht vor. Auf die Schlacht und auf den Sieg.

»Aufpassen, Sonderführer, Sie haben ein paar Verfolger bekommen«, drang die Stimme von Sonder zwei in Wedges Ohr. »Sonder sechs?«

»Bei Ihnen, Sonder zwei«, meldete sich der andere. »Doppelsalto bei drei. Eins, zwei...«

Wedge straffte sich und riß seinen X-Flügler in einer wilden Scherenrolle zur Seite. Die beiden TIE-Jäger, die versuchten, das Manöver nachzumachen, ohne übers Ziel hinauszuschießen, bemerkten wahrscheinlich nicht einmal die beiden X-Flügler, die hinter ihnen auftauchten. Zwei heftige Explosionen später war Wedge außer Gefahr. »Danke«, sagte er.

»Keine Ursache. Was jetzt?«

»Ich weiß es nicht«, gestand er, rasch die Schlacht begutachtend, die um ihn herum tobte. Bis jetzt hielt Admiral Ackbar seine Sternkreuzer noch in Kampfformation zusammen. Aber so, wie die peripheren Begleitschiffe von den Imperialen bedrängt wurden, konnte sich die ganze Sache in jedem Moment in heillose Verwirrung auflösen. In diesem Fall würden die Sternjäger-Staffeln auf sich allein gestellt sein und zuschlagen müssen, wann und wo sich eine Möglichkeit ergab.

Was sie im Grunde auch jetzt schon machten. Der Trick würde sein, ein wirklich lohnendes Ziel zu finden...

Sonder zwei mußte zur selben Schlußfolgerung gelangt sein. »Wissen Sie, Sonderführer, mir scheint, die Imperialen hätten nie soviel Schiffe zusammenziehen können, wenn sie gleichzeitig ihre Werften bewachen müßten.«

Wedge verdrehte den Kopf, um die grellen Lichtblitze in der Ferne zu betrachten. Silhouettenhaft konnte er vor ihnen die dunklen, düsteren Umrisse von mindestens vier Golan-II-Kampfstationen erkennen. »Richtig«, stimmte er zu. »Aber ich schätze, es ist mehr nötig als selbst ein Angriff des legendären Sondergeschwaders, um sie so nervös zu machen...«

»Commander Antilles, hier spricht die Flottenkommunikationszentrale«, unterbrach eine barsche Stimme. »Ich habe hier einen als dringend bezeichneten Funkspruch an Sie, der mit dem diplomatischen Kode der Neuen Republik verschlüsselt ist. Soll ich ihn weiterleiten?«

Wedge blinzelte. Ein diplomatischer Kode? Hier draußen? »Wird wohl besser sein. Sicher, stellen Sie ihn durch.«

»Ja, Sir.« Ein Klicken folgte...

»Hallo, Antilles«, sagte eine vage vertraute Stimme trocken in sein Ohr. »Nett, Sie wiederzusehen.«

»Das Gefühl ist gewiß gegenseitig«, sagte Wedge stirnrunzelnd. »Wer *sind* Sie?«

»Oh, kommen Sie«, neckte der andere. »Haben Sie schon diese wundervolle Zeit vergessen, die wir draußen vor der Mumbri-Storve-Bar verbracht haben?«

Die Mumbri-Storve...? *»Aves?«*

»He, sehr gut«, sagte Aves. »Ihr Gedächtnis wird immer besser.«

»Sie sind auch schwer zu vergessen«, konterte Wegde. »Wo stecken Sie?«

»Mitten in dieser riesigen Ansammlung imperialer Lichter an Ihrer Flanke«, sagte Aves mit nun leicht grimmig klingender Stimme. »Ich wünschte, Sie hätten mir gesagt, daß Sie dieses System statt Tangrene angreifen würden.«

»Ich wünschte, Sie hätten *mir* gesagt, um was es bei Ihrem kleinen Job in Wirklichkeit geht«, gab Wedge zurück. »Da haben wir uns wohl gegenseitig in die Irre geführt, was?«

»Und ob. Alle – bis auf den Großadmiral.«

»Sie sagen es. Rufen Sie nur an, um mit mir zu plaudern?«

»Möglich«, sagte Aves. »Oder auch nicht. Sehen Sie, in etwa neunzig Sekunden werden einige von uns versuchen, diese KGF-Anlage zu erbeuten, wegen der wir hergekommen sind. Danach schießen wir uns den Weg frei und verschwinden so schnell wie möglich von hier.«

Sich den Weg aus einer imperialen Raumwerft freischießen. Und so, wie er es sagte, klang es auch noch wie ein Kinderspiel. »Viel Glück.«

»Danke. Ich erwähne das nur, weil es keine Rolle spielt, welche Richtung wir bei unserem Durchbruchversuch nehmen werden. Obwohl es vielleicht für Sie wichtig sein könnte.«

Wedge spürte ein humorloses Lächeln um seine Lippen spielen. »Vielleicht«, sagte er. »Beispielsweise, wenn Sie in der Nähe dieses Golan-Zwos dort drüben durchbrechen würden. Sie könnten ihnen dabei von hinten ein paar kleine Schläge verpassen...«

»Klingt vernünftig«, stimmte Aves zu. »Natürlich wird's danach ziemlich häßlich werden – all diese Schiffe und so, die blindlings um sich schießen. Ich schätze, Sie sehen keine Möglichkeit, uns von diesem Punkt aus eine freundliche Eskorte zur Verfügung zu stellen, oder?«

Wedge sah zu den Lichtern hinüber und dachte darüber nach. Ja, es könnte funktionieren. Wenn es Aves' Leuten gelingen würde, auch nur eine dieser Golan II zu erledigen, hatte die Neue Republik freie Bahn zu den Raumwerften. Sofern die Imperialen nicht bereit waren, sie zu opfern, mußten sie einen Teil ihrer Streitkräfte in diesen Bereich verlagern, um die Lücke zu schließen und alle durchgebrochenen Schiffe auszuschalten.

Und vom Standpunkt der Schmuggler aus würde ein Kordon aus Kriegsschiffen der Neuen Republik ihnen die Flucht erleichtern und bessere Deckung geben, als sie sonst im ganzen Umkreis bekommen konnten. Alles in allem ein sehr faires Tauschgeschäft. »Die Abmachung gilt«, informierte er Aves. »Geben Sie mir ein paar Minuten, und ich besorge Ihnen diese Eskorte.«

»Eine *freundliche* Eskorte, vergessen Sie das nicht«, warnte Aves. »Wenn Sie wissen, was ich meine.«

»Ich weiß genau, was Sie meinen«, versicherte ihm Wedge. Der traditionelle Haß der Mon Calamari auf Schmuggler und Schmuggel war in den Kriegsräumen Legende, und Wedge wollte ebensowenig wie Aves, daß er sich zum falschen Zeitpunkt entlud. Wahrscheinlich hatte sich der Schmuggler deshalb an ihn gewandt, statt seine Hilfe direkt Ackbar und den Flottencommandern anzubieten. »Keine Sorge, ich kümmere mich schon darum.«

»Okay. Hu – die erste Angriffswelle ist unterwegs. Bis später.«

Klickend verstummte das Komm. »Schlagen wir zu?« warf Sonder sieben ein.

»Wir schlagen zu«, bestätigte Wedge und drehte seinen X-Flügler nach Steuerbord bei. »Sonder zwei, informieren Sie das Oberkommando, daß wir Unterstützung brauchen. Erwähnen Sie nicht Aves' Namen – sagen Sie ihnen nur, daß wir mit einer unabhängigen Widerstandsgruppe zusammenarbeiten.«

»Verstanden, Sonderführer.«

»Was ist, wenn Ackbar das Risiko nicht eingehen will?« fragte Sonder sieben.

Wedge sah zu den Lichtern der Werften hinaus. Wieder einmal, wie schon so oft zuvor, war es alles eine Frage des Vertrauens. Vertrauen zu einem Bauernjungen, der frisch von einer provinziellen Wüstenwelt kam und sie zum Angriff auf den ersten Todesstern führte. Vertrauen zu einem ehemaligen Glücksspieler, von dem niemand wußte, ob er wirklich über echte Kampferfahrung verfügte, und der sie zum Angriff auf den zweiten Todesstern führte. Und jetzt Vertrauen zu einem Schmuggler, der sie jederzeit gegen einen entsprechenden Preis verraten konnte. »Es spielt keine Rolle«, sagte er. »Ob nun mit oder ohne Unterstützung, wir schlagen zu.«

Maras Lichtschwert blitzte, bohrte sich in den Klon Luke. Der Klon stürzte, sein Lichtschwert fiel klirrend zu Boden, und er blieb reglos liegen.

Und plötzlich war der summende Druck in Lukes Bewußtsein verschwunden.

Er sprang auf, im Rücken der noch immer funkenschlagende Bildschirm, zu dem er den Klon gelockt hatte, und atmete, wie ihm schien, zum erstenmal seit Stunden frei durch. Die Tortur war endlich vorbei. »Danke«, sagte er leise zu Mara.

Sie trat einen Schritt von dem toten Klon zurück. »Kein Problem. Ist Ihr Kopf jetzt klar?«

Sie hatte also das Summen in seinem Bewußtsein gespürt. Eine Frage, die er sich die ganze Zeit gestellt hatte. »Ja«, nickte er und holte erneut tief und unbeschwert Luft. »Was ist mit Ihnen?«

Sie warf ihm einen halb amüsierten, halb ironischen Blick zu. Aber zum erstenmal, seit er sie kennengelernt hatte, waren der Schmerz und der Haß aus ihren Augen verschwunden. »Ich habe getan, was er von mir verlangt hat«, sagte sie. »Es ist vorbei.«

Luke blickte durch den Thronsaal. Karrde hatte die Vornskr an den zusammengebrochenen Laufgang gebunden und arbeitete sich vorsichtig durch die Trümmer. Han war inzwischen wieder auf den Beinen und zog die noch immer benommene Leia unter dem Teil hervor, der sie begraben hatte. »Leia?« rief Luke. »Bist du in Ordnung?«

»Mir geht's gut«, antwortete Leia. »Nur ein paar blaue Flecken. Verschwinden wir von hier, okay?«

Luke drehte sich zu C'baoth um. Der alte Jedi starrte den toten Klon an, die Hände an den Seiten verkrampft, die Augen wild und verloren und verrückt. »Ja«, stimmte er zu. »Kommen Sie, Mara.«

»Gehen Sie schon«, sagte Mara. »Ich komme in einer Minute nach.«

Luke musterte sie. »Was haben Sie vor?«

»Was glauben Sie wohl?« gab sie zurück. »Ich bringe die Sache zu Ende. Das hätte ich schon auf Jomark tun sollen.«

Langsam hob C'baoth die Augen und sah sie an. »Du wirst dafür sterben, Mara Jade«, sagte er, und seine ruhige Stimme klang noch schrecklicher als jeder Wutausbruch. »Langsam und unter großen Schmerzen.« Er holte tief Luft, ballte die Hände vor seiner Brust zu Fäusten und schloß die Augen.

»Das werden wir sehen«, knurrte Mara. Sie hob ihr Lichtschwert und ging auf ihn los.

Es begann als fernes Grollen, mehr fühlbar als hörbar. Luke sah sich im Saal um, spürte mit seinen Sinnen drohende Gefahr. Aber er konnte nichts Ungewöhnliches entdecken. Das Geräusch wurde lauter, tiefer...

Und mit einer donnernden Explosion stürzten die Teile der Thronsaaldecke, die direkt über ihm und Mara lagen, in einem Schauer schottergroßer Steine auf sie nieder.

»Vorsicht!« schrie Luke, warf die Arme hoch, um seinen Kopf zu schützen, und versuchte, aus dem Weg zu springen. Aber der Steinschauer folgte ihm. Er versuchte es erneut und verlor diesmal fast das Gleichgewicht, als sich sein Fuß in einem fast kniehohen Steinhaufen verfing. Die Kiesel, zu zahlreich und zu klein, als daß er sie mit der Macht packen konnte, prasselten weiter auf ihn ein, fügten ihm Prellungen und Blutergüsse zu. Durch den tanzenden Staub sah er, wie Mara unter einem anderen Steinschauer wankte, den Kopf mit den Armen schützend, während sie planlos mit ihrem Lichtschwert nach den Kieseln schlug. Von der anderen Seite des Thronsaals hörte Luke Han etwas schreien, und er vermutete, daß auch sie demselben Angriff ausgesetzt waren.

Und unberührt von den vernichtenden Steinstürmen, die er entfesselt hatte, hob C'baoth die Hände hoch über den Kopf. »Ich bin der Jedi-Meister C'baoth!« brüllte er, daß seine Stimme durch den Thronsaal hallte und das Prasseln und Poltern der Steinschauer übertönte. »Das Imperium – das Universum – gehört mir.«

Luke nahm mit seinem Lichtschwert eine Verteidigungsstellung ein, spürte mit seinen Sinnen wieder drohende Gefahr. Aber auch diesmal half ihm das Wissen wenig. C'baoths Blitzgewitter zuckte gegen die Klinge seines Lichtschwerts, und die Wucht des Aufpralls fegte ihn von den Beinen und ließ ihn schmerzhaft auf die Knie fallen. Noch während er sich aufrappelte, traf ihn ein Stein hart an der Seite des Kopfes. Er wankte, stützte sich mit einer Hand auf. Wieder zuckten Blitze, ließen Koronarfeuer über die Steinhaufen tanzen und schickten Schmerzwelle auf Schmerzwelle durch seinen Körper. Das Lichtschwert wurde seinen Fingern entrissen; benommen sah er, wie es über das Geländer flog und in der Tiefe des Thronsaals verschwand.

»Aufhören«, kreischte Mara. Durch den Schmerznebel sah Luke, daß sie bis zu den Knien in Steinen stand und sinnlos mit dem Lichtschwert auf den Haufen einschlug, als wollte sie ihn wegfegen. »Wenn Sie uns töten wollen, dann tun Sie es.«

»Geduld, meine zukünftige Schülerin«, sagte C'baoth... Und als Luke durch die Steine und den Staub blinzelte, stellte er fest, daß der andere verträumt lächelte. »Du kannst jetzt noch nicht sterben.

Nicht, bevor ich dich hinunter in die Kloning-Kammer des Großadmirals gebracht habe.«

Unter dem Steinregen zuckte Mara zusammen, und plötzliches Entsetzen erfüllte ihre Aura. »Was?«

»Denn ich habe vorhergesehen, daß Mara Jade vor mir knien wird«, erinnerte C'baoth sie. »Die eine Mara Jade... oder eine andere.«

»Das genügt«, sagte Lando und befestigte den Zünder an der letzten Ladung. »Machen wir sie scharf, und verschwinden wir von hier.«

Auf der anderen Seite der Zentralsäule grollte Chewbacca eine Bestätigung. Lando griff nach seinem Blaster, stand auf und betrachtete kurz die Türen des äußeren Laufgangs. Soweit, so gut. Wenn sie die Sturmtruppen noch zwei Minuten lang aufhalten konnten, lange genug, daß Chewbacca und er von dieser Arbeitsplattform verschwinden und den Laufgang erreichen...

Chewbacca murmelte eine Warnung. Lando lauschte angestrengt und hörte das schriller werdende Pfeifen eines außer Kontrolle geratenen Minuspolkopplers. »Großartig, Chewie«, sagte er. »Bloß weg von hier.« Er trat ans Ende der Brücke...

Und direkt vor ihm explodierte die Tür gegenüber der Brücke.

»Aufpassen!« bellte Lando, warf sich flach auf den Bauch und feuerte mit seinem Blaster in die Wolke aus Staub und Trümmern, in die sich die Tür verwandelt hatte. Aus der Türöffnung zuckten bereits die ersten zischenden blauen Stunnerstrahlen in ihre ungefähre Richtung. Hinter ihm antwortete das Dröhnen von Chewbaccas Blitzwerfer. Soviel zu diesen letzten zwei Minuten.

Und Lando preßte das Gesicht so dicht wie möglich gegen den Metallgitterboden der Brücke und sah aus den Augenwinkeln die dünnen, aber stabilen Schutzgeländer zu beiden Seiten...

Es war verrückt. Aber das bedeutete nicht, daß es nicht funktionieren würde.

»Chewie, komm her«, rief er, rollte sich auf die Seite und warf einen kurzen Blick auf die Brückenkontrollen, die oben in das Schutzgeländer der Arbeitsplattform eingelassen waren. Brücke ausfahren... dort. Brücke einziehen... Nothalt...

Die Brücke schwankte, als Chewbacca polternd an seiner Seite landete. »Beschäftige sie«, befahl Lando. Die Entfernung abschätzend, schnellte er nach oben und drückte rasch hintereinander die Brückeneinzugskontrolle und den Nothaltschalter. Die Brücke löste sich von der Arbeitsplattform und verharrte, sobald sich die Haltebolzen gelöst hatten.

Chewbacca rumpelte eine Frage, als die Brücke leicht unter ihrem Gewicht zu schaukeln begann. »Du wirst schon sehen«, sagte Lando. Von beiden Seiten flammten Lichtblitze auf, als sich zwei weitere Türen auflösten. »Halt dich nur am Geländer fest und schieß weiter. Und los geht's.« Er klammerte sich ebenfalls fest, zielte sorgfältig und eröffnete das Feuer.

Aber nicht auf die Sturmtruppler, die jetzt auf den kreisförmigen Laufgang strömten. Seine Schüsse galten dem anderen Ende der Brücke, verdampften Teile des Bodengitters, ließen Funken stieben und die tragenden Stützstreben darunter splittern. Die Brücke schwankte jetzt noch heftiger, als Lando weitere tragende Teile zerstörte. Chewbacca rumpelte einen wilden Wookiee-Fluch, den Lando noch nie von ihm gehört hatte...

Und mit einem schrecklichen Kreischen überlasteten Metalls gab die Brücke plötzlich nach. Nur durch das noch unbeschädigte Schutzgeländer mit dem Laufgang verbunden, neigte es sich gefährlich nach unten. Lando hielt sich verbissen am Geländer fest, als sich ihre horizontale Lage rasch in eine vertikale verwandelte...

Und mit einem Krachen, das ihn fast den Halt verlieren ließ, prallte die Brücke gegen das Schutzgeländer der drei Stockwerke tieferen Kloning-Terrasse.

»Aussteigen«, sagte Lando. »Los.« Er rammte den Blaster ins

Halfter, schwang sich über das schiefe Schutzgeländer der Brücke und landete auf dem Boden der Kloning-Terrasse. Chewbacca, der fähige natürliche Kletterer, war schon drei Sekunden vor ihm dort.

Sie hatten den halben Weg zum Ausgang der Terrasse zurückgelegt, geduckt zwischen den Reihen der Spaarti-Zylinder, als die Säule hinter ihnen in die Luft flog.

Die Sprengladungen explodierten zuerst, ließen Kabel und Rohre in einer Serie blendender Feuerbälle verschwinden. Eine bösartig aussehende Wolke aus Rauch und Staub und verdampften Nährflüssigkeiten trieb durch die Luft, verschleierte die Sicht; von allen Seiten spritzten bunte Flüssigkeiten. Die Arbeitsplattform, auf der sie noch vor einer Minute gestanden hatten, löste sich aus den Halterungen und rutschte ruckartig an der Säule nach unten, zerriß und beschädigte weitere Kabel und Geräte. Aus dem Inneren der Wolke drangen stotternde Entladungsblitze und weitere Explosionen, die den Trümmerregen noch verstärkten.

Und mit einem schrecklichen Knirschen überlasteter und nachgebender Halterungen begann sich die Außenverkleidung der Säule zu lösen und abzufallen.

Chewbacca brüllte eine Warnung über den Lärm. »Ich auch nicht«, brüllte Lando zurück. »Laß uns von hier verschwinden.«

Zehn Sekunden später überrannten sie den einzigen Wachposten am Ausgang dieses Stockwerks und waren draußen. Zwei Korridore weiter spürten sie die gedämpften Erschütterungen, als die Säule krachend auf dem Boden der Kloning-Höhle aufschlug.

»Okay«, keuchte Lando, blieb stehen und blickte in beide Richtungen des Quergangs. Erzwo hatte gute Arbeit geleistet, was den Abzug der Truppen betraf; ihre Umgebung schien verlassen zu sein. »Zum Ausgang geht's in diese Richtung«, informierte er Chewbacca. »Wir sagen den anderen Bescheid und machen, daß wir nach draußen kommen.« Er funkte Han an...

Und fuhr zusammen, als lautes Prasseln aus dem Komm drang. »Han?« rief er.

»Lando?« antwortete Hans Stimme, fast unhörbar in diesem Höllenlärm.

»Ja«, bestätigte Lando. »Was ist da oben los?«

»Dieser verrückte Jedi hat das Dach über uns einstürzen lassen«, brüllte Han. »Leia und ich hatten ein wenig Deckung, aber er hat Luke und Mara voll erwischt. Wo bist du?«

»Unten in der Kloning-Höhle«, knirschte Lando. Wenn Chewbaccas arhythmischer Resonanztrick funktionierte, mußte einer der Reaktoren im Berg bereits instabil geworden sein. Wenn es ihnen nicht gelang, den Berg zu verlassen, bevor er hochging... »Sollen wir kommen und euch helfen?«

»Bemühen Sie sich nicht«, warf Karrdes Stimme grimmig ein. »Vor dem Turbolift liegt bereits ein riesiger Schutthaufen. Sieht aus, als würden wir hier festsitzen.«

Chewbacca schnarrte entsetzt. »Vergiß es, Chewie, ihr könnt nichts für uns tun«, erklärte Han. »Aber vielleicht können Luke und Mara ihn aufhalten.«

»Und wenn nicht?« fragte Lando mit einem eisigen Klumpen in der Magengegend. »Hör zu, ihr habt nicht mehr viel Zeit – wir haben einen der Reaktoren in arhythmische Resonanzschwingungen versetzt.«

»Gut«, knurrte Han. »Das bedeutet immerhin, daß auch C'baoth nicht entkommen wird.«

»Han...«

»Macht schon, verschwindet von hier«, fiel ihm Han ins Wort. »Chewie, wir hatten eine großartige Zeit; aber wenn wir es nicht schaffen, muß jemand Winter dabei helfen, sich um Jacen und Jaina zu kümmern. Hast du mich verstanden?«

»Die *Wilder Karrde* steht unmittelbar vor dem Lufteinlaß«, fügte Karrde hinzu. »Man erwartet Sie.«

»Gut«, sagte Lando und biß die Zähne zusammen. »Viel Glück.«

Er unterbrach die Verbindung und schob das Komm in seinen Gürtel. Han hatte recht; von hier unten aus konnten sie nichts gegen C'baoth unternehmen. Aber mit den Turbolasern der *Wilder Karrde* und Erzwos Bauplänen... »Komm, Chewie«, sagte er, wandte sich Richtung Ausgang und begann zu rennen. »Es ist noch nicht vorbei.«

»Vielleicht ist es am besten so«, murmelte C'baoth mit einem traurigen Blick zu Luke, als er auf ihn zutrat. Luke blinzelte den Staub aus den Augen und sah zu dem alten Jedi auf, gegen den Schmerz ankämpfend, der in ihm wühlte.

Gegen den Schmerz und das überwältigende Gefühl der Niederlage. Auf dem Boden kniend, bis zu den Hüften in Steinen feststekkend, während weitere auf ihn niederprasselten, vor sich ein verrückter Jedi, der ihn töten wollte...

Nein. *Ein Jedi muß handeln, wenn er innerlich ruhig ist. In Frieden mit der Macht.* »Master C'baoth, hören Sie mir zu«, sagte er. »Es geht Ihnen nicht gut. Ich weiß es. Aber ich kann Ihnen helfen.«

Ein Dutzend widersprüchlicher Gefühle huschten über C'baoths Gesicht. »Tatsächlich?« sagte er amüsiert. »Und warum solltest du das für mich tun?«

»Weil Sie Hilfe brauchen«, sagte Luke. »Und weil wir Sie brauchen. Sie verfügen über große Erfahrung und eine Macht, die Sie für die Neue Republik einsetzen könnten.«

C'baoth schnaubte. »Der Jedi-Meister Joruus C'baoth dient keinen niederen Wesen, Jedi Skywalker.«

»Warum nicht? Alle großen Jedi-Meister der Alten Republik haben es getan.«

»Und das war ihr Fehler«, sagte C'baoth und stach mit einem Finger nach Luke. »Deshalb haben sich die niederen Wesen erhoben und sie getötet.«

»Aber sie haben nicht...«

»Genug!« donnerte C'baoth. »Es spielt keine Rolle, was die niederen Wesen deiner Meinung nach von mir brauchen. *Ich* bin es, der dies entscheiden wird. Sie werden sich meiner Herrschaft unterwerfen oder sie werden sterben.« Seine Augen blitzten. »Du hattest die Wahl, Jedi Skywalker. Und mehr noch – du hättest an meiner Seite herrschen können. Statt dessen hast du den Tod gewählt.«

Ein Tropfen Schweiß oder Blut perlte über die Seite von Lukes Gesicht. »Was ist mit Mara?«

C'baoth schüttelte den Kopf. »Mara Jade hat dich nicht länger zu interessieren«, sagte er. »Ich werde mich später mit ihr beschäftigen.«

»Nein«, fauchte Mara. »Sie werden sich *jetzt* mit mir beschäftigen.«

Luke sah zu ihr hinüber. Die Steine regneten noch immer auf ihren Kopf nieder; aber zu seiner Verblüffung war der kniehohe Felshaufen, in dem sie festgesteckt hatte, verschwunden. Und jetzt erkannte er, warum: Diese Schläge mit dem Lichtschwert von vorhin waren ganz und gar nicht so sinnlos gewesen, wie er geglaubt hatte. In Wirklichkeit hatte sie große Spalten in den Boden geschnitten, durch die die Steine in den darunter liegenden Kontrollbereich gefallen waren.

Sie hob ihr Lichtschwert und griff an.

C'baoth wirbelte zu ihr herum, das Gesicht wutverzerrt. »Nein!« kreischte er; und wieder zuckten die blauweißen Blitze von seinen Fingerspitzen. Mara parierte sie mit ihrem Lichtschwert und wurde langsamer, als rings um sie das Koronarfeuer brannte. C'baoth schoß weitere Blitze auf sie ab, wich zum Thron und der massiven Wand dahinter zurück. Schwankend folgte Mara ihm.

Abrupt hörte der Steinregen über ihrem Kopf auf. Von dem Haufen, der Luke halb begraben hatte, flogen die ersten Steine auf C'baoth zu. Sie bogen um ihn herum und trafen Mara mitten im Gesicht. Sie taumelte zurück, kniff die Augen zusammen und riß den rechten Unterarm hoch, um die Geschosse abzuwehren.

Luke biß die Zähne zusammen und versuchte, sich von der Last der Steine zu befreien. Er konnte Mara nicht allein kämpfen lassen. Aber es war sinnlos; seine Muskeln waren von C'baoths letztem Angriff noch zu geschwächt. Er versuchte es trotzdem, ignorierte den frischen Schmerz, den die Anstrengung durch seine Glieder schickte. Er sah Mara an…

Und bemerkte, wie sich ihr Gesichtsausdruck plötzlich veränderte. Er runzelte die Stirn; und dann hörte er sie auch: Leias Stimme sprach in seinem Bewußtsein…

Halt die Augen geschlossen, Mara, und hör mir zu. Ich kann sehen; ich werde dich führen.

»Nein!« kreischte C'baoth wieder. »Nein! Sie gehört mir!«

Luke blickte zum anderen Ende des Thronsaals hinüber und fragte sich, ob C'baoth einen Vergeltungsschlag gegen Leia führen würde. Aber da war nichts. Selbst die Steine prasselten nicht mehr auf das Bruchstück des Laufgangs nieder, unter dem sie alle kauerten. Vielleicht hatte der lange Kampf inzwischen C'baoths Kräfte erschöpft, und er konnte es nicht mehr riskieren, seine Aufmerksamkeit aufzuteilen. Hinter dem Laufgang, halb unter dem Steinhaufen begraben, der jetzt die Turbolifttür blockierte, entdeckte Luke das metallische Glitzern seines Lichtschwerts. Wenn er es zu sich holen und genug Kraft aufbringen konnte, um auf Maras Seite in den Kampf einzugreifen…

Und dann bemerkte er eine andere Bewegung. Am Laufgang angebunden, unberührt von dem Steinregen, der auf ihren Besitzer niedergeprasselt war, zerrten Karrdes beide Schoßvornskr an ihren Leinen.

Fletschten Mara an. Und C'baoth.

Ein wilder Vornskr hatte Mara während ihres Marsches durch den Wald von Myrkr fast getötet. Es schien irgendwie zu passen, daß diese beiden sie nun retten würden. Das Lichtschwert erzitterte unter Lukes Ruf und zündete, als sein Bewußtsein die Kontrolle fand. Es rutschte den Steinhaufen hinunter, daß die grellgrüne Klinge Funken von den Felsbrocken schlug. Luke strengte sich an, und die Waffe hob sich in die Luft und flog auf ihn zu.

Und als sie den geborstenen Laufgang erreichte, ließ er die Klinge tiefer gehen, daß sie die Leinen der Vornskr säuberlich zerschnitt.

C'baoth sah sie natürlich kommen. Mit dem Rücken jetzt fast an der Wand des Thronsaals stehend, zielte er neu und deckte die angreifenden Raubtiere mit einem Blitzgewitter ein, als sie die Treppe hoch hetzten. Einer der Vornskr heulte auf und stürzte zu Boden, rutschte über das Geröll; der andere wankte, rannte aber weiter.

Die kurze Ablenkung gönnte Mara die Atempause, die sie brauchte. Sie sprang nach vorn, trotz der Steine, die noch immer auf ihr Gesicht einprasselten, überwand die letzten Meter, die sie noch von C'baoth trennten; und als er verzweifelt die Hände wieder auf sie richtete, fiel sie vor ihm auf die Knie und stieß mit aller Wucht das Lichtschwert nach oben. Mit einem letzten klagenden Schrei brach C'baoth zusammen...

Und wie bei dem Imperator an Bord des Todessterns entlud sich die Energie der Dunklen Seite in ihm in einer gewaltigen Explosion aus blauem Feuer.

Luke war darauf vorbereitet. Er sammelte all seine Kräfte, packte Mara mit der Macht und riß sie so schnell wie möglich aus dem Wirkungsbereich des Energieausbruchs. Er spürte, wie die Wellenfront über ihm zusammenschlug; spürte, wie Leia ihn mit der Macht unterstützte.

Und dann, plötzlich, war alles vorbei.

Für eine lange Minute blieb er einfach liegen, nach Luft schnappend und gegen die Bewußtlosigkeit ankämpfend, die ihn zu überwältigen drohte. Benommen spürte er, wie die Steine um ihn fortgeräumt wurden. »Ist alles in Ordnung, Luke?« fragte Leia.

Er zwang sich, die Augen zu öffnen. Staubbedeckt und zerschrammt, wie sie war, sah sie kaum besser aus, als er sich fühlte. »Mir geht's gut«, sagte er, befreite sich von den letzten Steinen und richtete sich auf. »Was ist mit den anderen?«

»Die meisten sind okay«, sagte sie und ergriff seinen Arm, um ihn zu stützen. »Aber Han braucht medizinische Behandlung – er hat ein paar schlimme Brandwunden.«

»Mara auch«, fügte Karrde grimmig hinzu, während er die bewußtlose Mara die Treppe hinauftrug. »Wir müssen sie so schnell wie möglich zur *Wilder Karrde* bringen.«

»Dann nehmen Sie Verbindung mit ihnen auf«, forderte Han. Er kniete über dem toten Luuke-Klon, starrte ihn an. »Sagen Sie ihnen, sie sollen uns abholen.«

»Wo abholen?« fragte Karrde.

Han deutete auf die Stelle, wo C'baoth gestorben war. »Genau da.«

Luke drehte sich um. Die mächtige Detonation der Dunklen Energie hatte dieses Ende des Thronsaals in ein Trümmerfeld verwandelt. Wände und Decke waren geschwärzt und durchlöchert; wo C'baoth gestanden hatte, war das Metall des Bodens gewellt und halb geschmolzen; der Thron selbst war aus seiner Verankerung gerissen und lag schmorend einen Meter entfernt auf der Seite.

Und dahinter, durch einen gezackten Riß in der Rückwand, konnte er das helle Glitzern eines Sternes sehen.

»Richtig«, sagte Luke und holte tief Luft. »Leia?«

»Schon gesehen«, nickte sie, reichte ihm sein Lichtschwert und zündete ihr eigenes. »An die Arbeit.«

Die beiden Angriffsfregatten der Rebellen brachen zu der bedrängten Golan II durch und deckten sie mit massiven Breitseiten ein, während sie abdrehten. Eine Sektion der Kampfstation flammte auf und wurde dunkel; und vor der geschwärzten Hülle wurde eine weitere Welle von Rebellen-Sternjägern sichtbar, die zu den dahinterliegenden Werften vorstießen.

Und Pellaeon lächelte nicht mehr.

»Keine Panik, Captain«, sagte Thrawn. Aber auch seine Stimme klang grimmig. »Wir sind noch nicht besiegt. Nicht auf lange Sicht.«

An Pellaeons Pult piepte es. Er sah es an... »Sir, wir empfangen eine Prioritätsnachricht von Wayland«, meldete er Thrawn, während sich sein Magen unter einer schrecklichen Vorahnung zusammenzog. Wayland – die Kloning-Fabrik...

»Vorlesen, Captain«, befahl Thrawn in tödlicher Ruhe.

»Die Entschlüsselung läuft, Sir«, sagte Pellaeon und trommelte ungeduldig auf das Pult, während die ersten Sätze der Nachricht über das Display flackerten. Es war genau das, was er befürchtet hatte. »Der Berg wird angegriffen, Sir«, wandte er sich an Thrawn. »Zwei verschiedene Eingeborenengruppen sowie einige Rebellen-Saboteure...« Er brach ab, runzelte ungläubig die Stirn. »Und eine Gruppe Noghri...«

Er kam nie dazu, den Bericht zu Ende vorzulesen. Abrupt zuckte aus dem Nichts eine grauhäutige Hand auf ihn zu und traf ihn an der Kehle.

Er keuchte, fiel steif in seinen Sessel, am ganzen Körper gelähmt. »Das ist für den Verrat des Imperiums am Volk der Noghri«, sagte Rukhs ruhige Stimme an seiner Seite, während er nach Luft schnappte. »Wir wurden verraten. Nun sind wir gerächt.«

Eine schattenhafte Bewegung, und er war fort. Noch immer keuchend, gegen die Lähmung seiner paralysierten Muskel ankämpfend, streckte er eine Hand nach seinem Kommandopult aus. Mit übermenschlicher Anstrengung, nach zwei vergeblichen Versuchen, gelang es ihm, auf den Alarmknopf zu drücken.

Und als das Heulen der Alarmsirenen den Lärm an Bord des kämpfenden Sternzerstörers zerschnitt, schaffte er es endlich, den Kopf zu drehen.

Thrawn saß aufrecht in seinem Sessel, das Gesicht seltsam entspannt. In der Mitte seiner Brust breitete sich ein dunkelroter Fleck auf seiner fleckenlos weißen Großadmiralsuniform aus. Im Zentrum des Flecks glitzerte der Griff von Rukhs Dolch.

Thrawn suchte seinen Blick; und zu Pellaeons Verwunderung lächelte der Großadmiral »Aber«, flüsterte er, »es war ein meisterhafter Plan.«

Das Lächeln verblaßte. Genau wie das Glühen in seinen Augen... Und Thrawn, der letzte Großadmiral, war tot.

»Captain Pellaeon?« rief der Kommoffizier drängend, als das Mediteam – zu spät – am Sessel des Großadmirals eintraf. »Die *Nemesis* und *Sturmfalke* bitten um Befehle. Was soll ich ihnen sagen?«

Pellaeon blickte zu den Sichtluken auf. Zu dem Chaos, das hinter dem Verteidigungsring der angeblich sicheren Raumwerften ausgebrochen war und nun erforderte, daß er seine Streitkräfte aufteilte, um sie zu schützen; zu der Rebellenflotte, die diese Aufteilung zu ihrem Vorteil nutzte. Binnen eines Lidschlags hatte sich das Universum plötzlich gegen sie gewandt.

Thrawn hätte daraus immer noch einen imperialen Sieg machen können. Aber er, Pellaeon, war nicht Thrawn.

»Nachricht an alle Schiffe«, krächzte er. Die Worte schmerzten in seiner Kehle, auf eine Weise, die nichts mit dem pochenden Schmerz von Rukhs verräterischer Attacke zu tun hatte. »Wir ziehen uns zurück.«

29

Die Sonne war am westlichen Horizont hinter einer dünnen Wolkenbank verschwunden und die Farben des Abendhimmels verblaßten mit dem Heraufdämmern der coruscantischen Nacht. Mara lehnte an der brusthohen schmiedeeisernen Brüstung am Rand des Palastdachs, lauschte dem Wind, der in ihren Ohren flüsterte, und blickte hinunter zu den Lichtern und dem Verkehr von Imperial City. Obwohl sie vor Leben pulsierte, strahlte die Stadt dennoch einen seltsamen Frieden aus.

Oder der Frieden war vielleicht in ihr. So oder so, ihr gefiel die Veränderung.

Zwanzig Meter hinter ihr öffnete sich die aufs Dach führende Tür. Sie griff mit der Macht hinaus; aber sie hatte schon vorher gewußt, wer es sein würde. Und sie hatte recht. »Mara?« rief Luke leise.

»Hier drüben«, antwortete sie, das Gesicht verziehend, den Blick weiter auf die Stadt zu ihren Füßen gerichtet. Seine Aura verriet ihr, daß er gekommen war, um ihre Antwort zu hören.

Soviel zum inneren Frieden.

»Eine faszinierende Aussicht, nicht wahr?« bemerkte Luke, als er an ihre Seite trat und die Stadt betrachtete. »Sie löst bei Ihnen bestimmt viele Erinnerungen aus.«

Sie warf ihm einen geduldigen Blick zu. »Übersetzung: Wie fühle ich mich diesmal bei der Heimkehr. Wissen Sie, Skywalker – ganz unter uns –, es wirkt ziemlich jämmerlich, wenn Sie versuchen, gerissen zu sein. Ich an Ihrer Stelle würde damit aufhören und bei dieser geradlinigen Bauernjungenehrlichkeit bleiben.«

»Tut mir leid«, sagte er. »Ich schätze, ich habe zuviel Zeit mit Han verbracht.«

»Und mit Karrde und mir, nehme ich an?«

»Wollen Sie darauf die geradlinige Antwort eines ehrlichen Bauernjungen?«

Sie schenkte ihm ein schiefes Lächeln. »Tut mir leid, daß ich überhaupt damit angefangen habe.«

Luke erwiderte das Lächeln und wurde dann wieder ernst. »Also, wie fühlen Sie sich?«

Mara sah wieder zu den Lichtern hinaus. »Seltsam«, gestand sie. »Als wäre ich heimgekehrt…, aber das bin ich nicht. Ich habe nie hier gestanden und mir einfach die Stadt *angesehen*. Wenn ich hier oben war, dann nur, um auf die Ankunft eines bestimmten Gleiters zu warten oder ein bestimmtes Gebäude im Auge zu behalten und so weiter. Im Auftrag des Imperators. Ich glaube nicht, daß Imperial City für ihn aus Menschen und Lichtern bestand – für ihn bedeutete sie nur Macht und Gelegenheiten.«

»Wahrscheinlich hat er alles so gesehen«, stimmte Luke zu. »Und da wir gerade von Gelegenheiten sprechen...?«

Mara schnitt eine Grimasse. Sie hatte recht gehabt: Er war gekommen, weil er die Antwort von ihr hören wollte. »Die ganze Sache ist lächerlich«, sagte sie. »Sie wissen es, und ich weiß es.«

»Karrde denkt da anders.«

»Karrde ist manchmal ein noch schlimmerer Idealist als Sie«, gab sie zurück. »Er wird seine Schmuggler-Koalition niemals zusammenhalten können.«

»Vielleicht nicht«, sagte Luke. »Aber denken Sie an die Möglichkeiten, wenn es ihm gelingt. In der Unterwelt gibt es eine Menge Kontakte und Informationsquellen, zu denen die Neue Republik keinen Zugang hat.«

»Wozu brauchen Sie noch Informationsquellen?« konterte Mara. »Thrawn ist tot, sein Kloning-Zentrum liegt in Trümmern, und das Imperium befindet sich wieder auf dem Rückzug. Sie haben gewonnen.«

»Wir haben auch auf Endor gewonnen«, erinnerte Luke. »Trotzdem gab es noch Jahre später sogenannte Scharmützel. Es liegt immer noch eine Menge Arbeit vor uns.«

»Es ergibt trotzdem keinen Sinn, ausgerechnet auf mich zurückzugreifen«, wehrte Mara ab. »Wenn Sie ein Bündnis mit den Schmugglern wollen, warum wenden Sie sich dann nicht an Karrde?«

»Weil Karrde ein Schmuggler ist. Sie waren nur die Assistentin eines Schmugglers.«

Sie schnaubte. »Ein riesiger Unterschied.«

»Für manche Leute schon«, nickte Luke. »Diese Verhandlungen

hängen ebenso sehr vom Anschein und von Äußerlichkeiten ab wie von der Realität. Außerdem hat Karrde bereits abgelehnt. Jetzt, wo seine Vornskr wieder gesund sind, will er zu seinen Leuten zurückkehren.«

Mara schüttelte den Kopf. »Ich bin keine Politikerin«, beharrte sie. »Auch keine Diplomatin.«

»Aber Sie sind jemand, dem beide Seiten vertrauen werden«, sagte Luke. »Das ist das wichtigste.«

Mara verzog das Gesicht. »Sie kennen diese Leute nicht, Skywalker. Glauben Sie mir – Chewbacca und die Burschen, die Sie losgeschickt haben, um die Noghri zu ihrer neuen Welt zu bringen, werden es viel leichter haben.«

Er berührte ihre Hand. »Sie können es schaffen, Mara. Ich weiß, daß Sie es können.«

Sie seufzte. »Ich muß darüber nachdenken.«

»Einverstanden«, sagte er. »Kommen Sie einfach nach unten, wenn Sie sich entschieden haben.«

»Sicher.« Sie warf ihm einen Seitenblick zu. »Gibt es sonst noch was?«

Er lächelte. »Sie werden immer besser.«

»Ihr Fehler, daß Sie mich so gut ausgebildet haben. Heraus damit, was ist es?«

»Nur das hier.« Er griff in seine Tunika und zog ein Lichtschwert heraus.

»Was ist das?« fragte Mara verwirrt.

»Mein altes Lichtschwert«, sagte Luke ruhig. »Das ich in der Wolkenstadt verloren habe und das mich auf Wayland fast getötet hätte.« Er reichte es ihr. »Ich möchte, daß Sie es nehmen.«

Sie sah verblüfft zu ihm auf. »Ich? Warum?«

Er zuckte gelassen die Schultern. »Aus vielen Gründen. Weil Sie es sich verdient haben. Weil Sie dabei sind, ein Jedi zu werden und Sie es brauchen werden. Aber vor allem, weil ich es Ihnen schenken möchte.«

Langsam, fast widerwillig, nahm sie die Waffe an sich. »Vielen Dank.«

»Es ist mir eine Freude.« Er berührte wieder ihre Hand. »Sie finden mich unten bei den anderen im Konferenzraum. Kommen Sie nach, wenn Sie sich entschieden haben.«

Er wandte sich ab und ging langsam über das Palastdach. Mara sah wieder zu den Lichtern der Stadt hinaus, das kühle Metall des Lichtschwerts in der Hand. Lukes Lichtschwert. Wahrscheinlich eins seiner letzten Bindeglieder zur Vergangenheit... Und er hatte es ihr geschenkt.

Wollte er ihr damit etwas sagen? Wahrscheinlich. Wie sie schon gesagt hatte, Subtilität gehörte nicht zu Lukes Stärken. Aber wenn er es deswegen getan hatte, verschwendete er seine Zeit. Ihr letztes Bindeglied zur Vergangenheit war im Thronsaal des Mount Tantiss zerbrochen.

Ihre Vergangenheit lag hinter ihr. Es wurde Zeit, sich auf die Zukunft zu konzentrieren. Und die Neue Republik war diese Zukunft. Ob es ihr nun gefiel oder nicht.

Sie hörte, wie Luke hinter ihr die Dachtür öffnete. »Warten Sie«, rief sie ihm nach. »Ich komme mit Ihnen.«